HEYNE <

Das Buch

Dr. Roberta J. Cole führt ein Leben, um das sie viele beneiden: Schnell hat die Ärztin am berühmten Bostoner Lemuel Grace Hospital Karriere gemacht, und nun ist sie für einen leitenden Posten innerhalb der Klinik im Gespräch. Aber Robertas Glück währt nicht lange. Als sie erfährt, dass ihr Mann Tom eine Affäre hat, gerät ihre Ehe in eine schwere Krise. Auch den Führungsposten in der Klinik erhält ein Kollege, da ihr nebenberufliches Engagement in einer Abtreibungsklinik nicht mehr opportun erscheint. Nach der Scheidung von Tom zieht Roberta in ihr Landhaus in Massachusetts und eröffnet eine Praxis.
Dort trifft sie auf den Aussteiger David Markus aus New York. Der ehemalige Rabbi sucht mit seiner siebzehnjährigen Tochter Sarah auf dem Land Zuflucht vor Alkoholproblemen. Sehr zurückhaltend beobachtet Sarah die Annäherung zwischen ihrem Vater und der neuen Ärztin. Und es wird das Schicksal dieses Mädchens sein, das über Robertas und Davids Zukunft entscheidet. Denn Sarah ist ungewollt schwanger, und Roberta muss sich entscheiden, ob sie ihr hilft.

»Ein ergreifendes Frauenschicksal und eine kluge Auseinandersetzung mit den moralischen Problemen der heutigen Medizin.« *Publishers Weekly*

Der Autor

Noah Gordon (1926 bis 2021) lebte in Boston, Massachusetts und arbeitete lange Jahre als Journalist beim »Boston Herald«. Mit »Der Medicus« gelang ihm ein Weltbestseller, der auch in Deutschland viele Monate auf der Bestsellerliste stand. Noah Gordon bekam weltweit mehr als ein Dutzend literarische Preise. Alle seine Romane wurden sensationelle Erfolge.

Mehr Informationen über den Autor und sein Werk finden sich am Ende des Romans.

Noah Gordon

Die Erben des Medicus

ROMAN

Aus dem Amerikanischen
von Klaus Berr

WILHELM HEYNE VERLAG
MÜNCHEN

Die amerikanische Ausgabe MATTERS OF CHOICE
erschien bei Dutton, New York
Die englische Ausgabe CHOICES erschien bei
Little, Brown und Company, London

MIX
Papier aus verantwortungsvollen Quellen
FSC
www.fsc.org
FSC® C014496

Penguin Random House Verlagsgruppe FSC® N001967

5. Auflage
Vollständige deutsche Taschenbuchausgabe 02/2015

Neumarkter Straße 28, 81673 München
Printed in Germany
Umschlaggestaltung und Motiv: Hauptmann & Kompanie
Werbeagentur, Zürich, unter Verwendung einer Illustration
von © Martin Paul/Photolibrary/Getty Images
Satz: Uhl + Massopust, Aalen
Druck und Bindung: GGP Media GmbH, Pößneck
ISBN: 978-3-453-41821-9

www.heyne.de

Dieses Buch ist für Lorraine,
meine Liebe.
Und für unsere Kinder:
Michael Gordon;
Lise Gordon und Roger Weiss;
und Jamie Beth Gordon,
die die Wärme und
die Phantasie besaß,
die Magie von Herzsteinen
zu erkennen.

»Das Schwierige im Leben ist die Entscheidung.«

George Moore, *»The Bending of the Bough«*

»Ich hatte nie des Geldes wegen eine Praxis; es wäre mir unmöglich gewesen. Aber die eigentlichen Besuche bei den Patienten, zu allen Zeiten und unter allen Bedingungen, das Zurechtkommen mit den intimsten Umständen ihres Lebens, wenn sie auf die Welt kommen, wenn sie sterben, zu sehen, wie sie sterben, zu sehen, wie sie wieder gesund werden, nachdem sie krank waren, das alles hat mich immer fasziniert.«

William Carlos Williams, M. D., *»Autobiography«*

»Der vertrauliche, beruhigende, herzliche Kontakt mit dem Arzt, der Trost und die Anteilnahme, die langen, entspannten Gespräche … verschwinden allmählich aus der medizinischen Praxis, und dies mag sich einmal als äußerst großer Verlust erweisen … Wenn ich heute Medizinstudent oder eben beginnender Assistenzarzt in einem Krankenhaus wäre, würde ich mir um diesen Aspekt meiner Zukunft mehr Sorgen machen als um alles andere. Ich würde befürchten, daß mir meine eigentliche Arbeit, die Behandlung kranker Menschen, bald weggenommen würde und ich eine ganz andere Aufgabe erhalten würde, nämlich die Überwachung von Maschinen. Ich würde Mittel und Wege suchen, um dies zu verhindern.«

Lewis Thomas, M. D.,
»The Youngest Science: Notes of a Medicine Watcher«

ERSTER TEIL
Der Rückschlag

Eine Unterredung

R. J. wachte auf. Ihr Leben lang würde sie immer wieder mitten in der Nacht die Augen aufschlagen und mit der beklemmenden Gewißheit in die Dunkelheit starren, noch eine überarbeitete Assistenzärztin am Lemuel Grace Hospital in Boston zu sein, die sich während einer Sechsunddreißig-Stunden-Schicht in einem leeren Krankenzimmer ein kurzes Nickerchen erschlichen hat. Sie gähnte, während die Gegenwart in ihr Bewußtsein sickerte und ihr zu ihrer großen Erleichterung dämmerte, daß die Assistenzzeit schon Jahre zurücklag. Aber sie verschloß sich vor der Wirklichkeit, denn die Leuchtzeiger ihres Weckers sagten ihr, daß sie noch zwei Stunden liegenbleiben durfte, und in dieser längst vergangenen Assistenzzeit hatte sie gelernt, jede Minute Schlaf zu nutzen.

Zwei Stunden später wurde sie, bei grauer Morgendämmerung und diesmal ohne Schrecken, wieder wach und schaltete den Wecker aus. Sie wachte immer auf, kurz bevor er klingelte, trotzdem stellte sie ihn regelmäßig am Abend zuvor, für alle Fälle. Aus dem Massageduschkopf trommelte ihr das Wasser fast schmerzhaft auf den Schädel, was so belebend war wie eine zusätzliche Stunde Schlaf. Die Seife glitt über einen Körper, der ein wenig fülliger war, als sie es für erstrebenswert hielt, und sie wünschte sich, sie hätte Zeit zum Joggen, doch die hatte sie nicht.

Während sie sich die halblangen schwarzen, noch immer dichten und kräftigen Haare fönte, begutachtete sie ihr Gesicht. Ihre Haut war glatt und rein, die Nase schmal und etwas lang, der Mund groß und voll. Sinnlich? Groß, voll und seit langem ungeküßt. Sie hatte Ringe unter den Augen.

»Also, was willst du, R. J.?« fragte sie barsch die Frau im Spiegel.

Tom Kendricks auf jeden Fall nicht mehr, sagte sie sich. Da war sie ganz sicher.

Was sie anziehen wollte, hatte sie sich schon vor dem Zubettgehen überlegt, und die Sachen hingen nun an der einen Seite des Schranks: eine Bluse und eine maßgeschneiderte Bundfaltenhose, darunter standen attraktive, aber bequeme Schuhe. Vom Gang aus sah sie durch die offene Tür zu Toms Schlafzimmer, daß der Anzug, den er tags zuvor getragen hatte, noch immer am Boden lag, wie er ihn am Abend hingeworfen hatte. Er war früher aufgestanden als sie und hatte das Haus schon lange verlassen, denn er mußte bereits um sechs Uhr fünfundvierzig mit desinfizierten Händen im Operationssaal sein.

Unten goß sie sich ein Glas Orangensaft ein und zwang sich, es langsam zu trinken. Dann zog sie ihren Mantel an, nahm ihre Aktentasche und ging durch die unbenutzte Küche zur Garage. Der kleine rote BMW war ihre Schwäche, so, wie das herrschaftliche alte Haus die von Tom war. Sie mochte das Schnurren des Motors und die reaktionsfreudige Präzision des Lenkrads.

Während der Nacht hatte es leicht geschneit, aber die Räumkolonnen von Cambridge hatten gute Arbeit geleistet, und nachdem sie den Harvard Square und den JFK Boulevard passiert hatte, kam sie problemlos vorwärts. Sie schaltete das Radio an und hörte Mozart, während sie sich von der Flut des Verkehrs den Memorial Drive hinuntertreiben ließ, dann überquerte sie auf der University Bridge den Charles River zur Bostoner Seite.

Trotz der frühen Morgenstunde war der Personalparkplatz des Krankenhauses schon fast voll besetzt. Sie stellte den BMW neben einer Wand ab, um das Risiko einer Beschädigung durch die nachlässig geöffnete Tür eines Nachbarn zu verringern, und betrat mit raschen Schritten das Gebäude.

Der Wachmann nickte. »Mor'n, Dokta Cole!«

»Hallo, Louie!«

Im Aufzug grüßte sie einige Leute. Im dritten Stock stieg sie aus und ging schnell zu Zimmer 308. Wenn sie morgens zur Arbeit kam, war sie immer sehr hungrig. Sie und Tom aßen höchst selten mittags oder abends zu Hause, und gefrühstückt wurde nie; der Kühlschrank war leer bis auf Saft, Bier und Limonade. Vier Jahre lang war R. J. jeden Morgen in die überfüllte Cafeteria gegangen, aber dann war Tessa Martula ihre Sekretärin geworden und hatte darauf bestanden, für R. J. das zu tun, was sie für einen Mann mit Sicherheit nie getan hätte.

»Ich gehe mir ohnedies meinen Kaffee holen, da wäre es doch unsinnig, wenn ich Ihnen keinen mitbringe!« hatte Tessa gesagt. So zog R. J. jetzt nur einen frischen weißen Mantel an und begann sofort, die Krankengeschichten zu lesen, die auf ihrem Schreibtisch lagen. Sieben Minuten später wurde sie dafür belohnt mit dem Anblick Tessas, die ihr auf einem Tablett ein getoastetes Brötchen mit Frischkäse und starken schwarzen Kaffee brachte.

Während sie ihr Frühstück verdrückte, kam Tessa mit dem Terminkalender zu ihr, und sie gingen ihn gemeinsam durch. »Dr. Ringgold hat angerufen. Er will Sie sehen, bevor Sie mit der Arbeit anfangen.«

Der medizinische Direktor hatte ein Eckbüro im vierten Stock. »Gehen Sie gleich durch, Dr. Cole! Er erwartet Sie«, sagte seine Sekretärin.

Dr. Sidney Ringgold nickte, als sie eintrat, deutete auf einen Stuhl und schloß dann die Tür.

»Max Roseman hatte gestern während der Konferenz über Infektionskrankheiten an der Columbia einen Schlaganfall. Er liegt im New York Hospital.«

»Ach, Sidney, der arme Max! Wie geht es ihm?«

Er zuckte die Achseln. »Er wird's überleben, aber es könnte ihm bessergehen. Zunächst einmal Lähmung und Gefühlsstörung in der kontralateralen Gesichtshälfte, im Arm und im Bein. Wir werden sehen, was die nächsten Stunden bringen. Jim Jeffers war eben so freundlich, mich aus New York anzurufen. Er meinte, er werde mich auf dem laufenden halten, aber es wird wohl lange dauern, bis Max wieder zum Dienst kommt. Und offen gesagt, bei seinem Alter bezweifle ich, ob er je wieder zurückkommt.«

Plötzlich hellhörig geworden, nickte R. J. Max Roseman war stellvertretender medizinischer Direktor.

»Jemand wie Sie, eine gute Ärztin mit diesem juristischen Hintergrund, würde als Max' Nachfolgerin dem Fachbereich neue Dimensionen eröffnen.«

Sie hatte nicht den Ehrgeiz, stellvertretender Direktor zu werden, war das doch ein Posten, der trotz großer Verantwortung nur begrenzte Macht bot.

Es war, als hätte Sidney Ringgold ihre Gedanken gelesen. »In drei Jahren bin ich fünfundsechzig, dann schicken sie mich in Pension. Der stellvertretende medizinische Direktor wird bei der Nachfolge gegenüber allen anderen Kandidaten einen enormen Vorteil haben.«

»Sidney, bieten Sie mir den Posten an?«

»Nein, das tue ich nicht, R. J. Ich werde noch mit einigen anderen über die Stelle reden. Aber Sie wären eine aussichtsreiche Kandidatin.«

R. J. nickte. »Das ist fair. Danke, daß Sie es mir gesagt haben.« Sein Blick hielt sie in ihrem Stuhl fest. »Noch etwas anderes«, sagte er. »Ich trage mich schon lange mit dem Gedanken, daß wir einen Publikationsausschuß haben sollten, der unsere Ärzte ermutigt, mehr zu schreiben und zu publizieren. Ich hätte es gern, wenn Sie ihn einrichten und den Vorsitz führen würden.«

Sie schüttelte den Kopf. »Ich kann wirklich nicht«, erwiderte sie bestimmt. »Ich muß jetzt schon kämpfen, um mit all meinen Terminen zurechtzukommen.« Es stimmte; und er müßte das eigentlich wissen, dachte sie leicht verstimmt. Montags, dienstags, mittwochs und freitags kümmerte sie sich um ihre Patienten hier im Krankenhaus. Dienstag vormittags hielt sie im Massachusetts College auf der anderen Straßenseite einen zweistündigen Kurs über die Vermeidung iatrogener Leiden, also Krankheiten oder Verletzungen, die von einem Arzt oder im Krankenhaus verursacht werden. Mittwoch nachmittags hielt sie an der Medical School eine Vorlesung über die Vermeidung von und das Verhalten bei Kunstfehlerprozessen. Donnerstags führte sie an der Family Planning Clinic in Jamaica Plain Ersttrimester-Abtreibungen durch. Freitag nachmittags arbeitete sie in der PMS-Clinic, einer Ambulanz zur Behandlung des prämenstruellen Syndroms, die wie der Kurs über iatrogene Leiden auf ihr Drängen hin und gegen den Widerstand einiger konservativerer Kollegen ins Leben gerufen worden war.

Ihr und Sidney war klar, daß sie in seiner Schuld stand. Der medizinische Direktor hatte ihre Projekte und ihre Karriere trotz politischer Opposition gefördert. Anfangs hatte er ihre Aktivitäten mit leichtem Argwohn verfolgt – eine Anwältin, die Ärztin geworden war, Expertin für Krankheiten, die durch Fehler von Ärzten und in Krankenhäusern verursacht wurden, jemand, der die Arbeit von Kollegen begutachtete und bewertete und diese oft viel Geld kostete. Am Anfang hatten einige Ärzte sie »Doktor Petze« genannt, doch diesen Spitznamen trug sie mit Stolz. Der medizinische Direktor hatte beobachtet, wie Dr. Petze sich behauptete und vorwärtskam und schließlich zu Dr. Cole wurde, einer Ärztin, die man akzeptierte, weil sie ehrlich und zäh war. Inzwischen waren sowohl ihre Vorlesungen als auch ihre Übungen politisch korrekt, ja Einrichtungen von solchem Ruf, daß Sidney Ringgold viel Lob für sie einstecken konnte.

»Vielleicht könnten Sie bei etwas anderem kürzertreten?« Beide wußten, daß er die Donnerstage in der Family Planning Clinic meinte.

Er beugte sich vor. »Ich würde mich sehr freuen, wenn Sie das übernehmen würden.«

»Ich werde gründlich darüber nachdenken, Sidney.«

Diesmal schaffte sie es, vom Stuhl aufzustehen. Auf dem Weg hinaus ärgerte sie sich über sich selbst, weil sie merkte, daß sie schon jetzt überlegte, wer wohl die anderen auf seiner Kandidatenliste sein könnten.

Das Haus an der Brattle Street

Schon vor ihrer Heirat hatte Tom versucht, R. J. zu überreden, die Kombination von Jura und Medizin zur Optimierung ihres Jahreseinkommens auszunutzen. Als sie sich gegen seinen Rat von der Jurisprudenz abwandte und sich ganz auf die Medizin konzentrierte, hatte er sie gedrängt, in einem wohlhabenden Vorort eine Privatpraxis zu eröffnen. Während sie dann über den Kauf des Hauses verhandelten, hatte er über ihr Krankenhausgehalt gemeckert, das fast fünfundzwanzig Prozent niedriger war als der Ertrag, den eine Privatpraxis gebracht hätte.

Für ihre Hochzeitsreise hatten sie sich die Virgin Islands ausgesucht, eine Woche auf einer kleinen Insel in der Nähe von St. Thomas. Schon zwei Tage nach ihrer Rückkehr fingen sie an, sich nach einem Haus umzusehen, und am fünften Tag ihrer Suche führte sie eine Immobilienmaklerin zu einem vornehmen, aber heruntergekommenen Haus an der Brattle Street im Stadtteil Cambridge.

R. J. zeigte nur geringes Interesse. Das Haus war zu groß, zu teuer, zu renovierungsbedürftig, und die Straße war viel zu befahren. »Es wäre verrückt.«

»Nein, nein, nein«, murmelte er. Wie sie sich später erinnerte, sah er an diesem Tag sehr attraktiv aus in seinem wunderbar geschnittenen neuen Anzug und mit den strohblonden Haaren im Designerschnitt. »Es wäre überhaupt nicht verrückt.« Tom Kendricks sah ein stattliches georgianisches Haus an einer anmutigen, geschichtsträchtigen Straße mit ziegelgepflasterten Bürgersteigen, über die Dichter und Philosophen geschritten waren, Männer, von denen man in den Schulbüchern liest. Eine halbe Meile nördlich an dieser Straße stand das herrschaftliche Anwesen, in dem Henry Wadsworth Longfellow gewohnt hatte.

Kurz dahinter kam die Divinity School. Tom war bereits »bostonerischer« als Boston selbst, sein Akzent stimmte haargenau, seine Kleidung ließ er sich bei »Brooks Brothers« schneidern. Tatsächlich aber war er ein Farmerjunge aus dem Mittleren Westen, der die Bowling Green University und die Ohio State besucht hatte und den der Gedanke, in der Nachbarschaft von Harvard zu leben, ja beinahe Teil von Harvard zu sein, faszinierte.

Und dieses Haus hatte es ihm angetan: die Backsteinfassade mit Verzierungen aus Vermont-Marmor, die hübschen schlanken Säulen neben den Türen, die geschliffenen Glasscheiben neben und über dem Portal und die zu allem passende Ziegelmauer um das Grundstück.

Erst dachte sie, er mache nur Spaß. Als deutlich wurde, daß er es ernst meinte, war sie entsetzt, und sie versuchte, ihm das Ganze auszureden. »Das wird doch viel zu teuer! Haus und Mauer müssen neu verfugt, Dach und Fundament saniert werden. Und das Maklerbüro gibt unumwunden zu, daß ein neuer Heizkessel benötigt wird. Es ist Unsinn, Tom.«

»Aber ganz im Gegenteil. Das Haus ist wie geschaffen für zwei erfolgreiche Ärzte. Als Ausdruck ihres Selbstbewußtseins.«

Weder er noch sie hatten viel gespart. Da R. J. einen Juraabschluß gemacht hatte, bevor sie das Medizinstudium begann, konnte sie nebenbei etwas Geld verdienen, und zwar so viel, daß sie ihre medizinische Ausbildung abschließen konnte, ohne große Schulden machen zu müssen. Aber Tom hatte bereits Schulden in beängstigender Höhe. Trotzdem argumentierte er hartnäckig, daß sie das Haus kaufen sollten. Er erinnerte sie daran, daß er als Chirurg inzwischen sehr gut verdiente, und beharrte darauf, daß sie sich das Haus leicht würden leisten können, wenn sie ihr geringeres Gehalt zu dem seinen rechneten. Er wiederholte es immer und immer wieder.

Sie waren frisch verheiratet, und sie war noch vernarrt in ihn. Er war als Mensch nicht so gut wie als Liebhaber, aber das wußte sie damals noch nicht, und sie hörte ihm ernst und beeindruckt zu. Schließlich gab sie verwirrt nach.

Sie gaben eine stattliche Summe für die Einrichtung aus, darunter Antiquitäten und Beinaheantiquitäten. Auf Toms Drängen kauften sie einen Stutzflügel, weniger, weil R. J. Klavier spielte, sondern weil er perfekt ins Musikzimmer paßte. Ungefähr einmal im Monat kam R. J.s Vater mit dem Taxi in die Brattle Street und gab dem Fahrer ein großzügiges Trinkgeld, damit er ihm seine sperrige Gambe ins Haus trug. R. J.s Vater war froh, daß sie etabliert war, und sie spielten lange, gefühlvolle Duette. Die Musik überdeckte viele Schrammen, die von Anfang an da waren, und ließ das große Haus weniger leer erscheinen.

Da sie und Tom fast immer außer Haus aßen, hatten sie keine feste Hausangestellte. Eine schweigsame schwarze Frau namens Beatrix Johnson kam montags und donnerstags und hielt das Haus sauber, wobei sie nur selten etwas zerbrach. Ein Gärtnerservice kümmerte sich um Rasen und Bepflanzung. Sie hatten kaum Gäste. Kein Schild an der Mauer ermutigte Patienten, durch das Gartentor zu treten. Der einzige Hinweis auf die Bewohner waren zwei kleine Kupferschildchen, die Tom am rechten Pfosten des hölzernen Türstocks befestigt hatte.

THOMAS ALLEN KENDRICKS,
M. D.

UND
ROBERTA J. COLE,
M. D.

Damals nannte sie ihn noch Tommy.

Nach ihrer Unterredung mit Dr. Ringgold machte sie ihre Morgenvisite.

Leider hatte sie nie mehr als ein oder zwei Patienten auf den Stationen. Sie war Allgemeinärztin mit einem speziellen Interesse für hausärztliche Belange in einem Krankenhaus, das keine allgemeine Abteilung hatte. Das machte sie zu einem Hansdampf in allen Gassen, einem Allroundspieler ohne spezielle Klassifikation. Ihre Tätigkeit für das Krankenhaus und die Medical School war keiner speziellen Abteilung zuzuordnen; so untersuchte sie zwar Schwangere, doch jemand aus der Geburtshilfeabteilung brachte die Babys zur Welt, und ebenso überwies sie ihre Patienten fast immer an einen Chirurgen, einen Gastroenterologen oder an einen anderen der mehr als ein Dutzend Fachärzte. Meistens sah sie den Patienten nie wieder, denn die Nachfolgebehandlung wurde von dem Spezialisten oder dem jeweiligen Hausarzt übernommen, und normalerweise kamen ins Krankenhaus ohnedies nur Patienten mit Problemen, die eine hochentwickelte Technik erforderten.

Früher hatten Oppositionsgeist und das Gefühl, Neuland zu erschließen, ihren Aktivitäten am Lemuel Grace Hospital Würze verliehen, aber inzwischen hatte sie keine rechte Freude mehr an ihrer ärztlichen Arbeit. Sie verschwendete viel zuviel Zeit damit, Versicherungsformulare zu prüfen und auszufüllen – ein spezielles Formular, wenn jemand Sauerstoff brauchte, ein spezielles Formular für dies, ein spezielles Kurzformular für das, in zweifacher, in dreifacher Ausfertigung, und von jeder Versicherungsgesellschaft ein anderes Formular.

Ihre Patientengespräche waren beinahe zwangsläufig unpersönlich und kurz. Gesichtslose Effizienzexperten bei den einzelnen Versicherungsgesellschaften hatten festgelegt, wieviel Zeit und wie viele Besuche den Patienten zustanden, die ohnehin schnell weitergeschickt wurden zu Laboruntersuchungen, zum Röntgen, zum Ultraschall, zur Kernspintomographie, zu all jenen Prozeduren, die den Großteil der diagnostischen Arbeit leisten und den Behandelnden vor Kunstfehlerprozessen schützen.

Oft fragte sie sich, wer diese Patienten eigentlich waren, die bei ihr Hilfe suchten. Welche Umstände in ihrem Leben, die den mehr oder weniger flüchtigen Blicken des Arztes verborgen blieben, führten zu ihrer Krankheit? Was würde aus ihnen werden? Sie hatte weder die Zeit noch die Gelegenheit, ihnen als Menschen zu begegnen, für sie wirklich Ärztin zu sein.

An diesem Abend traf sie sich mit Gwen Gabler in »Alex's Gymnasium«, einem gehobenen Fitneßstudio am Kenmore Square.

Gwen hatte mit R. J. die Medical School besucht und war ihre beste Freundin. Die Unbeschwertheit und das lockere Mundwerk der Gynäkologin an der Family Planning Clinic täuschten darüber hinweg, daß sie mit ihrem Leben nur mühsam zu Rande kam. Sie hatte zwei Kinder, einen Immobilienmakler zum Mann, der geschäftlich in eine Talsohle gerutscht war, dazu einen übervollen Terminkalender, beschädigte Ideale und Depressionen. Sie und R. J. kamen zweimal pro Woche ins »Alex's«, um sich mit einer langen Aerobic-Session zu bestrafen, törichte Sehnsüchte in der Sauna herauszuschwitzen, sich fruchtlosen Frust im Whirlpool herausmassieren zu lassen, im Foyer ein Glas Wein zu trinken und den ganzen Abend zu plaudern und zu fachsimpeln.

Ihr bevorzugtes Laster war das Taxieren der Männer im Club und die Beurteilung ihrer Attraktivität rein nach dem Äußeren. R. J. fand heraus, daß für ihren Geschmack ein Gesicht den Anflug von Geist verraten mußte, den Hauch von Selbstkritik, während Gwen animalischere Qualitäten bevorzugte. Sie bewunderte den Besitzer des Clubs, einen knackigen Griechen namens Alexander Manakos. Es war leicht für Gwen, von muskulösen, aber seelenvollen Galanen zu träumen und dann heim zu ihrem Phil zu gehen, der kurzsichtig war und übergewichtig, den sie aber sehr schätzte. R. J. ging nach Hause und las sich mit medizinischen Zeitschriften in den Schlaf.

Oberflächlich betrachtet, hatte sich für sie und Tom der amerikanische Traum erfüllt: ein ausgefülltes Berufsleben, das schöne Haus an der Brattle Street und ein Farmhaus in den Berkshire Hills, das sie für höchst seltene freie Wochenenden und Urlaube nutzten. Aber die Ehe war ein Trümmerhaufen. R. J. sagte sich, daß es vielleicht anders gekommen wäre, wenn sie ein Kind hätten. Ironischerweise war die Ärztin, die sich häufig mit der Unfruchtbarkeit anderer Frauen zu beschäftigen hatte, selbst seit Jahren unfruchtbar. Tom hatte eine Spermaanalyse machen lassen, und sie hatte sich einer ganzen Reihe von Tests unterzogen. Aber man fand keinen Grund für die Unfruchtbarkeit, und beide waren schnell wieder voll und ganz von den Verpflichtungen ihres Ärztedaseins in Anspruch genommen. Diese Anforderungen waren so hoch, daß sie sich allmählich auseinanderlebten. Hätte ihre Ehe eine solidere Basis gehabt, hätte sie in den vergangenen Jahren zweifellos daran gedacht, eine künstliche Befruchtung oder eine In-vitro-Fertilisation vornehmen zu lassen oder ein Kind zu adoptieren. Aber inzwischen hatten sie und ihr Gatte das Interesse verloren.

Schon vor langer Zeit waren R. J. zwei Dinge klargeworden: daß sie einen oberflächlichen Mann geheiratet hatte und daß er sie mit anderen Frauen betrog.

Betts

R. J. wußte, daß niemand so überrascht war wie Tom selbst, als Elizabeth Sullivan wieder in sein Leben trat. In ihrer Jugend hatten er und Betts zwei Jahre lang in Columbus, Ohio, zusammengelebt. Damals hatte sie noch Elizabeth Bossard geheißen. Nach dem zu urteilen, was R. J. hörte und sah, wenn Tom über sie redete, mußte er sie sehr gerne gehabt haben. Aber sie hatte ihn verlassen, nachdem sie Brian Sullivan kennengelernt hatte.

Sie hatte Brian geheiratet und war in die Niederlande gezogen, nach Den Haag, wo er als Marketingmanager für IBM arbeitete. Einige Jahre später wurde er nach Paris versetzt, und weniger als neun Jahre nach ihrer Heirat erlitt er einen Schlaganfall und starb. Zu diesem Zeitpunkt hatte Elizabeth Sullivan bereits zwei Kriminalromane veröffentlicht und verfügte über eine breite Leserschaft. Ihr Protagonist war ein Computerprogrammierer, der für seine Firma unterwegs war, und jedes Buch spielte in einem anderen Land. Sie reiste, wohin ihre Bücher sie führten, und lebte meistens ein oder zwei Jahre in dem Land, über das sie schrieb.

Tom hatte die Anzeige von Brian Sullivans Tod in der »New York Times« gesehen, Betts einen Beileidsbrief geschrieben und darauf von ihr eine Antwort erhalten. Abgesehen davon, hatte er in all den Jahren nicht einmal eine Postkarte von ihr bekommen und auch nicht sehr viel an sie gedacht, bis sie ihn eines Tages anrief und ihm sagte, daß sie Krebs habe.

»Ich war bei Ärzten in Spanien und Deutschland, und ich weiß, daß die Krankheit in einem fortgeschrittenen Stadium ist. Ich habe beschlossen, nach Hause zu kommen, um mich hier behandeln zu lassen. Der Arzt in Berlin hat jemanden vom Sloan-Kettering in New York vorgeschlagen, aber ich wußte, daß du Arzt in Boston bist, und deshalb bin ich hierhergekommen.«

Tom wußte, was sie damit sagen wollte. Auch Elizabeth' Ehe war kinderlos geblieben. Mit acht Jahren hatte sie ihren Vater bei einem Unfall verloren, und ihre Mutter war vier Jahre später an dem gleichen Krebs gestorben, an dem Betts jetzt litt. Aufgewachsen war sie bei der fürsorglichen einzigen Schwester ihres Vaters, die jetzt in einem Pflegeheim in Cleveland lebte. Außer Tom Kendricks hatte sie niemanden mehr, an den sie sich wenden konnte.

»Das nimmt mich sehr mit«, sagte er zu R. J.

»Das glaube ich dir gern.«

Das Problem überstieg bei weitem die Fähigkeiten eines Allgemeinchirurgen. Tom und R. J. besprachen sich und zogen alles in Betracht, was sie über Betts' Fall wußten; es war das erste Mal seit langem, daß es zwischen ihnen zu einem solchen Gedankenaustausch kam. Dann hatte Tom für Elizabeth einen Termin im Dana-Farber Cancer Institute ausgemacht und nach allen Untersuchungen und Tests mit Howard Fisher, dem behandelnden Arzt, gesprochen.

»Das Karzinom hat sich schon stark ausgebreitet«, hatte Fisher gesagt. »Ich habe schon Zurückbildungen bei Patienten erlebt, die in einem schlimmeren Zustand waren als Ihre Freundin, aber Sie werden sicher verstehen, daß ich keine großen Hoffnungen habe.«

»Natürlich verstehe ich das«, hatte Tom erwidert, und der Onkologe hatte einen Therapieplan ausgearbeitet, der Bestrahlung und Chemotherapie verband.

R. J. hatte Elizabeth vom ersten Augenblick an gemocht; sie war eine vollschlanke Frau mit rundem Gesicht, die sich so vorteilhaft kleidete wie eine Europäerin, die es sich aber in ihren mittleren Jahren gestattete, etwas rundlicher zu sein, als es die augenblickliche Mode erlaubte. Sie war nicht bereit aufzugeben, sie war eine Kämpfernatur. R. J. hatte ihr geholfen, eine kleine Eigentumswohnung an der Massachusetts Avenue zu finden, und sie und Tom besuchten die Kranke so oft wie möglich, als Freunde, nicht als Ärzte.

R. J. nahm Betts mit zu einer Aufführung von »Dornröschen« durch das Boston Ballet und zum ersten Herbstkonzert der Sinfoniker, wobei sie weit oben in den Rängen saß und Betts ihren Abonnementsplatz in der Mitte der siebten Parkettreihe überließ.

»Habt ihr nur eine Abonnementskarte?«

»Tom geht nicht ins Theater. Wir haben verschiedene Interessen. Er geht gerne zu Eishockeyspielen und ich nicht«, sagte R. J., und Elizabeth nickte nachdenklich und meinte, Seiji Ozawa habe ihr als Dirigent sehr gut gefallen.

»Warte auf die Boston Pops im nächsten Sommer, die wirst du mögen! Die Leute sitzen an kleinen Tischen und trinken Champagner oder Limonade und hören sich leichtere Sachen an. Sehr gemütlich!«

»Ja, da müssen wir unbedingt hin!« sagte Betts.

Die Boston Pops waren ihr nicht mehr vergönnt. Der Winter hatte erst begonnen, als ihre Krankheit sich ernstlich verschlimmerte; die Wohnung hatte sie nur sieben Wochen lang gebraucht. Im Middlesex Memorial Hospital gab man ihr ein Einzelzimmer auf der VIP-Etage, und die Bestrahlungen wurden intensiviert. Schon sehr bald fielen ihr die Haare aus, und sie verlor Gewicht.

Sie blieb so vernünftig, so ruhig. »Weißt du, daraus könnte man ein interessantes Buch machen«, sagte sie zu R. J. »Aber ich habe nicht die Kraft, es zu schreiben.«

Zwischen den beiden Frauen hatte sich ein herzliches Einvernehmen entwickelt, aber als sie eines Abends zu dritt im Krankenzimmer saßen, war es Tom, an den Betts sich wandte. »Ich will, daß du mir etwas versprichst. Du mußt mir schwören, nicht zuzulassen, daß mein Leiden unnötig verlängert wird.«

»Ich schwöre es«, sagte er, beinahe ein Hochzeitsgelübde.

Elizabeth wollte ihr Testament neu abfassen und eine schriftliche Erklärung abgeben, in der sie verfügte, daß ihr Leben nicht künstlich durch Medikamente oder Apparate verlängert werden solle. Sie bat R. J., ihr einen Anwalt zu besorgen, und R. J. rief Suzanne Lorentz von »Wigoder, Grant & Berlow« an, der Kanzlei, in der sie selbst kurz gearbeitet hatte.

Einige Tage später stand Toms Auto bereits in der Garage, als R. J. abends vom Krankenhaus kam. Sie fand ihn in der Küche am Tisch, wo er ein Bier trank und fernsah.

»Hallo! Hat die Lorentz dich angerufen?« Er schaltete den Fernseher aus.

»Hallo! Suzanne? Nein, ich habe noch nichts von ihr gehört.«

»Mich hat sie angerufen. Sie will, daß ich Betts' medizinisch-juristischer Beistand werde. Aber das kann ich nicht. Ich gehöre offiziell zum Kreis ihrer behandelnden Ärzte, und das würde einen Interessenskonflikt darstellen, nicht?«

»Ja, das würde es.«

»Willst du? Ihr medizinisch-juristischer Beistand werden, meine ich.«

Er hatte zugenommen und sah aus, als würde er nicht genug schlafen. Auf dem Hemd hatte er Kekskrümel. Es machte R. J. traurig, mit ansehen zu müssen, wie ein wichtiger Bestandteil seines Lebens dahinstarb.

»Ja, das wird sich machen lassen.«

»Danke!«

»Nichts zu danken«, sagte sie, ging hinauf in ihr Zimmer und zu Bett.

Max Roseman hatte eine lange Rekonvaleszenz vor sich und deshalb beschlossen, in den Ruhestand zu gehen. R. J. erfuhr dies nicht von Sidney Ringgold, denn von ihm gab es überhaupt keine offizielle Verlautbarung. Aber Tessa kam strahlend mit der Nachricht ins Zimmer. Sie wollte ihre Quelle nicht verraten, doch R. J. hätte wetten mögen, daß Tessa es von Bess Harrison erfahren hatte, Max Rosemans Sekretärin.

»Es heißt, Sie gehören zu denen, die ernsthaft als Dr. Rosemans Nachfolger in Frage kommen«, sagte Tessa. »O Mann! Ich glaube, Sie haben eine echte Chance. Ich glaube, der Posten des stellvertretenden Direktors wäre für Sie die erste Sprosse auf einer langen, langen Leiter. Wollen Sie lieber Dekan der Medical School oder medizinischer Direktor des Krankenhauses werden? Aber egal, wo Sie landen, werden Sie mich dorthin mitnehmen?«

»Vergessen Sie es! Ich werde diese Stelle nicht bekommen. Aber Sie werde ich überallhin mitnehmen. Sie hören so viele Gerüchte. Und Sie holen mir jeden Morgen meinen Kaffee, Sie Dummkopf!«

Es war nur eins von vielen Gerüchten, die durch das Krankenhaus schwirrten. Hin und wieder machte jemand eine schlaue Bemerkung und gab R. J. damit zu verstehen, alle Welt wisse, daß ihr Name auf einer Liste stehe. Sie kam nicht auf die Idee, den Atem anzuhalten. Sie wußte nicht einmal, ob sie die Stelle so interessierte, daß sie sie annehmen würde, falls man sie ihr anbot.

Elizabeth hatte bald so viel Gewicht verloren, daß R. J. für kurze Zeit eine Ahnung davon bekam, wie sie als das schlanke junge Mädchen ausgesehen haben mußte, das Tom geliebt hatte. Ihre Augen wirkten größer, die Haut wurde durchscheinend. R. J. wußte, daß sie auf der Schwelle zur Auszehrung stand.

Zwischen den beiden herrschte eine eigenartige Vertrautheit, eine resignative Einsicht, die sie intimer verband als Schwestern. Teilweise rührte das daher, daß sie Erinnerungen an denselben Geliebten teilten. Dabei versuchte R. J., sich Elizabeth und Tom nicht beim Sex vorzustellen. Hatte er sich im Bett genauso verhalten wie bei ihr? Hatte er Elizabeth' Po auch so gestreichelt? Ihren Nabel geküßt, wenn er den Höhepunkt hinter sich hatte? Elizabeth, überlegte R. J., muß ganz ähnliche Gedanken haben, wenn sie mich anschaut. Doch war dabei von Eifersucht keine Spur; die beiden waren nur auf eine besondere Weise vertraut miteinander. So todkrank sie war, blieb Elizabeth doch einfühlsam und scharfsinnig.

»Du und Tom, werdet ihr beide euch trennen?« fragte sie eines Abends, als R. J. sie auf dem Nachhauseweg besuchte.

»Ja. Ich glaube, schon sehr bald.«

Elizabeth nickte. »Das tut mir leid«, sagte sie, tröstend trotz ihrer Schwäche; aber ganz offensichtlich war für sie diese Eröffnung nicht überraschend gekommen. R. J. wünschte sich, daß sie sich schon viel früher begegnet wären.

Sie wären wunderbare Freundinnen geworden.

Augenblick der Entscheidung

Diese Donnerstage.

In jüngeren Jahren war R. J. politisch ausgesprochen aktiv gewesen, jetzt schien es ihr, als habe sie nur noch die Donnerstage.

Babys waren für sie etwas sehr Wichtiges, und der Gedanke, eine Geburt zu verhindern, bereitete ihr deshalb Unbehagen. Eine Abtreibung war häßlich und schmutzig. Manchmal kam diese Tätigkeit ihren anderen beruflichen Interessen in die Quere, weil einige ihrer Kollegen sie mißbilligten; und aus Angst um seinen Ruf hatte ihr Mann ihr Engagement in dieser Richtung immer gefürchtet und gehaßt.

Aber in Amerika herrschte ein Abtreibungskrieg. Viele Ärzte wurden aus den Kliniken vertrieben, wurden eingeschüchtert von dummen und taktlosen Drohungen der Anti-Abtreibungs-Bewegung. R. J. war der Überzeugung, daß jede Frau das Recht hatte, über ihren Körper selbst zu bestimmen, und deshalb fuhr sie jeden Donnerstagmorgen nach Jamaica Plain und schlich sich durch die Hintertür in die Klinik, um den Demonstranten aus dem Weg zu gehen, den Transparenten, die man vor ihr schwenkte, den Kruzifixen, die man ihr entgegenreckte, dem Blut, mit dem man sie bespritzte, den Föten in Flaschen und den Beleidigungen.

Am letzten Donnerstag im Februar parkte sie in der Auffahrt von Ralph Aiello, einem Nachbarn, der von der Klinik bezahlt wurde. Der Schnee in Aiellos Garten war tief und frisch, aber der Mann hatte sich sein Geld verdient, indem er einen schmalen Pfad zur hinteren Gartentür freigeschaufelt hatte. Direkt an Aiellos Zaun schloß sich der Hinterhof der Klinik an, und von dort führte ein ebenfalls freigeschaufelter Weg zur Hintertür der Klinik.

R. J. legte den Weg von ihrem Auto zur Kliniktür immer sehr schnell zurück, denn sie hatte Angst, daß die Demonstranten plötzlich vom Bürgersteig vor der Klinik um die Ecke stürmen könnten, und außerdem war sie wütend und ganz unlogischerweise beschämt, weil sie sich zu ihrer Arbeit als Ärztin wie ein Dieb schleichen mußte.

An diesem Donnerstag kam kein Lärm von der Vorderseite des Gebäudes, kein Schrei, keine Verwünschung, aber R. J. war sehr bekümmert, denn sie hatte auf dem Weg zur Arbeit kurz bei Elizabeth Sullivan vorbeigeschaut.

Elizabeth hatte das Stadium der Hoffnungslosigkeit und der unstillbaren Schmerzen erreicht. Zwar hatte sie einen Knopf, den sie zur Selbstmedikation drücken durfte, doch die Dosis, die sie dadurch bekam, war fast von Anfang an ungenügend gewesen. Sooft sie das Bewußtsein wiedererlangte, litt sie unsäglich, so daß ihr Howard Fisher inzwischen starke Dosen Morphium gab.

Sie schlief in ihrem Bett, ohne sich zu rühren.

»Hallo, Betts!« hatte R. J. laut gesagt und die Finger auf Elizabeth' warmen Hals, in dem schwach der Puls schlug, gelegt. Dann, fast gegen ihren Willen, hatte sie die Hände dieser Frau mit den ihren umschlossen, und irgendwo aus der Tiefe Elizabeth Sullivans war etwas in R. J. übergeströmt und in ihr Gedächtnis gedrungen. R. J. war sich bewußt geworden, wie klein dieser Lebensrest nur mehr war, der sich ständig und langsam weiter verringerte. Ach, Elizabeth, du tust mir ja so leid, meine Liebe! hatte sie im stillen gesagt.

Elizabeth hatte den Mund bewegt, worauf R. J. sich über sie beugte, bemüht, sie zu verstehen.

»... eine Grüne. Nimm die Grüne!«

R. J. hatte dies einer der Schwestern auf der Station erzählt, Beverly Martin.

»Gott steh ihr bei!« sagte die Schwester. »Normalerweise ist sie nie wach genug, um überhaupt etwas zu sagen.«

In dieser Woche war es, als würden sämtliche Daumenschrauben, mit denen man R. J. marterte, plötzlich fester angezogen.

In einer Abtreibungsklinik in New York war in der Nacht Feuer gelegt worden, und in Boston loderte die gleiche kranke Wut. Ziel großer, turbulenter Demonstrationen, die teilweise manisch ausarteten, waren zwei Kliniken von Planned Parenthood and Preterm in Brookline gewesen. Die Unruhen hatten zu einer Unterbrechung des Krankenhausbetriebs, zu einem massiven Polizeieinsatz und zu Massenverhaftungen geführt. Jetzt wurde erwartet, daß das Family Planning Center in Jamaica Plain als nächstes an der Reihe sei.

Im Personalzimmer saß eine ungewöhnlich stille Gwen Gabler und trank Kaffee.

»Stimmt was nicht?«

Gwen stellte die Tasse ab und griff nach ihrer Tasche. Das Blatt Papier war doppelt gefaltet. Als R. J. es öffnete, sah sie, daß es ein Fahndungsplakat war, wie man es in Postämtern findet. Es trug Gwens Namen und Adresse, ihr Foto, ihren Wochenplan, die Information, daß sie eine lukrative Gynäkologie- und Geburtshilfepraxis in Framingham aufgegeben hatte, »um mit Abtreibungen reich zu werden«, und schloß mit dem Verbrechen, dessentwegen sie gesucht wurde: Mord an Babys.

»Fehlt nur noch ›tot oder lebendig‹«, bemerkte Gwen verbittert.

»Haben Sie so ein Plakat nicht auch für Les gemacht?« Leszek Ustinovich hatte sechsundzwanzig Jahre lang als Gynäkologe in Newton praktiziert, bevor er zur Family Planning Clinic kam. Er und Gwen waren die einzigen Vollzeitärzte des Krankenhauses.

»Nein, wie's aussieht, haben sie mich als Sündenbock ausgesucht; allerdings wurde, soweit ich weiß, auch Walter Hearst vom Deaconess Hospital eine ähnliche Ehre zuteil.«

»Was wirst du dagegen unternehmen?«

Gwen zerriß das Plakat und warf die Fetzen in den Papierkorb. Dann küßte sie ihre Fingerspitzen und tätschelte R. J. die Wange. »Sie können uns nicht wegjagen, wenn wir nicht wollen.«

Gedankenverloren trank R. J. ihren Kaffee aus. Seit zwei Jahren führte sie in dieser Klinik Ersttrimester-Abtreibungen durch. Sie hatte nach ihrer Assistenzzeit eine Weiterbildung in Gynäkologie absolviert, und Les Ustinovich, ein hervorragender Lehrer mit langjähriger Erfahrung, hatte sie in der Prozedur des Ersttrimester-Abbruchs unterwiesen. Solch ein Abbruch war absolut sicher, wenn er sorgfältig und richtig durchgeführt wurde, und sie verwandte große Sorgfalt auf die richtige Durchführung. Trotzdem war sie jeden Donnerstagmorgen so angespannt, als müßte sie den ganzen Tag lang Gehirnchirurgie praktizieren. Sie seufzte, warf den Pappbecher weg, stand auf und machte sich an die Arbeit.

Am nächsten Morgen brachte ihr Tessa Kaffee und Brötchen mit einem sehr feierlichen Blick. »Jetzt geht's um die Wurst. Es wird ernst. Soweit wir wissen, sind bei Dr. Ringgold vier Namen im Gespräch, und der Ihre gehört dazu.«

R. J. schluckte einen Bissen vom Brötchen. »Wer sind die drei anderen?« fragte sie, weil sie der Versuchung nicht widerstehen konnte.

»Weiß ich noch nicht. Ich habe nur gehört, daß einer eine ziemliche Kanone ist.« Tessa warf ihr einen Seitenblick zu. »Wissen Sie, daß es in dieser Position noch nie eine Frau gab?«

R. J. lächelte nicht gerade fröhlich. Der Druck war nicht angenehmer, nur weil er von ihrer Sekretärin kam. »Das ist doch keine Überraschung, oder?«

»Nein, das nicht«, erwiderte Tessa.

Als sie an diesem Nachmittag aus der PMS-Clinic zurückkehrte, traf sie vor dem Verwaltungsgebäude Sidney.

»Hallo«, sagte er.

»Ebenfalls hallo.«

»Haben Sie bezüglich meiner Bitte schon eine Entscheidung getroffen?«

Sie zögerte. In Wahrheit hatte sie die Angelegenheit aus ihren Gedanken verdrängt, weil sie sich nicht damit herumschlagen wollte. Doch das war unfair Sidney gegenüber. »Nein, noch nicht. Aber sehr bald.«

Er nickte. »Sie wissen, was jedes Lehrkrankenhaus in dieser

Stadt tut? Wenn ein Führungsposten zu vergeben ist, suchen sie einen Kandidaten, der bereits auf sich als Wissenschaftler aufmerksam gemacht hat. Sie wollen jemanden, der schon einige Artikel veröffentlicht hat.«

»Wie der junge Sidney Ringgold mit seinen Artikeln über Gewichtsreduktion und Blutdruck und Krankheitsfrüherkennung.«

»Ja, wie das ehemalige junge As Sidney Ringgold. Es war die Forschung, die mir diese Stelle eingebracht hat«, gab er zu. »Das ist nicht unlogischer als die Tatsache, daß Ernennungsausschüsse, die einen College-Präsidenten suchen, immer jemanden auswählen, der einen guten Ruf als Lehrer hat. So ist das eben. Sie dagegen haben ein paar Artikel veröffentlicht, und Sie haben ein paarmal für Wirbel gesorgt, aber Sie sind Ärztin, keine Wissenschaftlerin. Ich persönlich halte die Zeit für gekommen, einen richtigen Arzt mit Patientenkontakt zum stellvertretenden medizinischen Direktor zu ernennen, aber ich muß eine Wahl treffen, die sowohl beim Krankenhauspersonal wie in der medizinischen Fakultät Zustimmung findet. Wenn also eine nicht in der Forschung tätige Person zum stellvertretenden medizinischen Direktor ernannt werden soll, dann sollte diese in ihrer Laufbahn so viel professionelle Autorität nachweisen können, wie es menschlich nur möglich ist.«

Sie lächelte ihn an, denn sie wußte, er war ihr Freund. »Ich verstehe, Sidney. Ich werde Ihnen sehr bald meine Entscheidung wegen des Publikationsausschusses mitteilen.«

»Vielen Dank, Dr. Cole. Ein schönes Wochenende, R. J.!«

»Ihnen auch, Dr. Ringgold!«

Ein merkwürdig warmer Sturm blies vom Meer herein, der Boston mit schweren Regengüssen überschüttete und den letzten Schnee des Winters wegtaute. Alles triefte, Pfützen standen auf den Straßen, und die Rinnsteine quollen über.

Es war Samstag morgen, R. J. lag im Bett, lauschte dem Regen und dachte nach. Ihre Stimmung gefiel ihr nicht; sie wurde immer mürrischer und wußte, daß so etwas ihre Entscheidungen beeinflussen konnte, wenn sie nachgab.

Sie war nicht versessen darauf, Max Rosemans Nachfolgerin zu werden. Aber sie war auch nicht versessen auf ihr berufliches Leben, so, wie es sich im Augenblick gestaltete, und sie merkte, daß sie empfänglich war für Sidney Ringgolds Vertrauen in sie und für die Tatsache, daß er ihr immer wieder Chancen gegeben hatte, die andere Männer ihr verweigert hätten.

Außerdem sah sie noch immer Tessas Gesichtsausdruck vor sich, als sie gesagt hatte, daß noch nie eine Frau stellvertretender medizinischer Direktor gewesen war.

Gegen zehn stand sie auf, zog ihren ältesten Trainingsanzug, eine Windjacke und ihre unansehnlichsten Laufschuhe an und setzte sich eine Red-Sox-Kappe auf, die sie sich tief über die Ohren zog. Draußen patschten ihre Füße durch Wasser und waren tropfnaß, bevor sie auch nur zwanzig Meter vom Haus entfernt war. Trotz des Tauwetters war es noch Winter in Massachusetts, und sie war naß und zitterte, aber das Joggen brachte ihren Kreislauf in Schwung, und ihr wurde schnell wieder warm. Sie hatte vorgehabt, nur bis zum Memorial Drive und zurückzulaufen, aber die Bewegung tat einfach zu gut, und so trabte sie am gefrorenen Charles River entlang und beobachtete, wie der Regen auf das dicke Eis fiel, bis sie schließlich müde wurde. Auf dem Rückweg wurde sie zweimal von Autos vollgespritzt, aber das machte nichts, denn sie war bereits naß wie eine Schwimmerin. Sie ging durch die Hintertür ins Haus, warf die nassen Kleider auf den Fliesenboden in der Küche und trocknete sich mit einem Geschirrtuch ab, damit sie auf dem Weg zur Dusche nicht den Teppich volltropfte. Sie blieb so lange unter dem sehr heißen Strahl, daß der Spiegel, als sie aus der Dusche trat, um sich abzutrocknen, beschlagen war und sie sich nicht sehen konnte.

Sie hatte eben angefangen, sich anzuziehen, als sie plötzlich die Entscheidung traf, in den Kampf um den Posten einzusteigen und den Vorsitz von Sidneys Ausschuß zu übernehmen. Aber nicht als Ersatz für eine ihrer anderen Aktivitäten. Donnerstag bleibt Donnerstag, Dr. Ringgold!

Nur in Slip und einem Tufts-University-T-Shirt griff sie zum schnurlosen Telefon und wählte seine Privatnummer.

»R. J. hier«, sagte sie, als er sich meldete. »Ich war mir nicht sicher, ob Sie zu Hause sein würden.« Die Ringgolds besaßen ein Strandhaus auf Martha's Vineyard, und Gloria Ringgold bestand darauf, daß sie so viele Wochenenden wie möglich auf der Insel verbrachten.

»Na ja, bei dem beschissenen Wetter«, sagte Dr. Ringgold. »Wir sitzen hier übers Wochenende fest. Man muß schon ein vollkommener Trottel sein, wenn man an einem Tag wie heute vor die Tür geht.«

R. J. klappte den Klosettdeckel herunter, setzte sich auf ihn und lachte. »Da haben Sie vollkommen recht, Sidney«, sagte sie.

Eine Aufforderung zum Tanz

Am Dienstag hielt sie den Kurs über iatrogene Krankheiten an der Medical School, der ihr viel Spaß machte, weil fast die ganzen zwei Stunden lang heftig diskutiert wurde. Es gab noch immer Studenten, die ein Medizinstudium in der arroganten Hoffnung aufnahmen, zu unfehlbaren Göttern der Heilkunst ausgebildet zu werden. Sie sperrten sich gegen jede Beschäftigung mit der Tatsache, daß Ärzte bei dem Versuch zu heilen ihren Patienten manchmal Verletzungen und Leiden zufügen. Aber die meisten Studierenden kannten ihren Platz in Zeit und Gesellschaft und wußten, daß eine explodierende Technologie die Möglichkeit, daß der Mensch Fehler machte, nicht beseitigt hatte. Für sie war es wichtig, daß sie sich sehr genau der Situationen bewußt waren, in denen es zu Verletzungen oder sogar zum Tod der Patienten kommen konnte und die letztendlich dazu führten, daß sie ihr schwer verdientes Geld für die Entschädigung bei Kunstfehlern ausgeben mußten.

Ein guter Kurs. Ein kleiner Lichtblick in meiner sonst so verfahrenen Lage, dachte sie, als sie zum Krankenhaus zurückging.

Sie war erst einige Minuten in ihrem Büro, als Tessa ihr sagte, daß Tom am Telefon sei.

»R. J., Elizabeth ist heute frühmorgens gestorben.«

»Ach, Tom.«

»Ja. Wenigstens leidet sie jetzt nicht mehr.«

»Ich weiß. Das ist gut so, Tom.«

Trotzdem merkte sie, daß er jetzt litt, und sie war überrascht, wie sie mit ihm empfand. Die Liebe war dahin, aber zweifellos war eine lebhafte emotionale Anteilnahme geblieben. Vielleicht brauchte er Gesellschaft. »Hör zu, sollen wir uns heute abend irgendwo zum Essen treffen? Vielleicht im ›North End‹?«

»Oh. Nein, ich...« Er klang verlegen. »Also, ich habe heute schon etwas vor, das ich nicht absagen kann.«

Er läßt sich von jemand anderem trösten, dachte sie sarkastisch, aber ohne Bedauern. Sie dankte ihm, daß er ihr wegen Elizabeth Bescheid gesagt hatte, und stürzte sich gleich wieder in die Arbeit.

Später an diesem Nachmittag erhielt sie einen Anruf von einer der Frauen aus seinem Büro. »Dr. Cole? Hier spricht Cindy Wolper. Dr. Kendricks hat mich gebeten, Ihnen auszurichten, daß er heute nacht nicht nach Hause kommen wird. Er hat einen Konsultationstermin in Worcester.«

»Danke für den Anruf«, sagte R. J.

Dafür lud Tom sie am folgenden Samstag vormittag zum Brunch am Harvard Square ein. Das überraschte sie. Seine gewohnte Samstagsroutine bestand aus der Morgenvisite im Middlesex Memorial Hospital, wo er Belegchirurg war, sowie Tennis mit anschließendem Lunch im Club.

Während er sehr sorgfältig einen Pumpernickel butterte, verriet er ihr den Grund: »Im Middlesex hat man gegen mich Beschwerde wegen ärztlichem Fehlverhalten erhoben.«

»Wer?«

»Eine Schwester auf Betts' Station. Beverly Martin.«

»Ja. Ich erinnere mich an sie. Aber warum um alles in der Welt...«

»Sie hat angegeben, ich hätte Elizabeth eine unangemessen hohe Dosis Morphium verabreicht und damit ihren Tod verursacht.«

»Ach, Tom.«

Er nickte.

»Und was passiert jetzt?«

»Der Bericht wird bei einer Sitzung der internen Untersuchungskommission für ärztliches Fehlverhalten beraten.«

Die Kellnerin kam vorbei. Tom winkte ihr und bestellte frischen Kaffee.

»Keine große Sache, da bin ich mir ziemlich sicher. Ich wollte es dir nur selber sagen, bevor du es von jemand anderem erfährst«, sagte er.

Am Montag wurde Elizabeth Sullivan entsprechend der Verfügungen in ihrem Testament eingeäschert. Tom, R. J. und Suzanne Lorentz gingen zu dem Bestattungsinstitut, wo Suzanne in ihrer Funktion als Nachlaßverwalterin eine rechteckige Schachtel aus grauem Karton mit Elizabeth' Asche ausgehändigt bekam.

Sie gingen zum Lunch ins »Ritz«, wo Suzanne ihnen, während sie Salat aßen, Teile aus Betts' Testament vorlas. Betts hatte ein »beträchtliches Vermögen«, wie Suzanne es nannte, für die Pflege ihrer Tante, Mrs. Sally Frances Bossard, zur Verfügung gestellt, die als Patientin in einem Heim lebte.

Nach dem Tod von Mrs. Bossard sollte das verbliebene Geld an die American Cancer Society gehen. Ihrem geliebten Freund Dr. Thomas A. Kendricks hatte Elizabeth schöne Erinnerungen, wie sie hoffte, und eine Kassette mit einer Aufnahme von »Strawberry Fields«, gesungen von Elizabeth Sullivan und Tom Kendricks, hinterlassen. Ihrer neuen und hochgeschätzten Freundin Dr. Roberta J. Cole hatte sie ein sechsteiliges silbernes Kaffeeservice anonymer französischer Herkunft aus dem achtzehnten Jahrhundert hinterlassen. Das Silberservice und die Kassette befanden sich in Verwahrung in Antwerpen, zusammen mit anderen Dingen, vorwiegend Möbeln und Kunstgegenständen, die verkauft werden sollten und deren Erlös den Sally Frances Bossard vermachten Geldern zugeschlagen werden sollte.

Von Dr. Cole erbat sich Elizabeth Sullivan noch einen letzten Dienst: Sie wollte, daß die Asche Dr. Cole ausgehändigt und von dieser »ohne Zeremonie oder Gottesdienst an einem schönen Ort ihrer Wahl der Erde übergeben werde«.

R. J. war überwältigt, sowohl von dem Vermächtnis wie der unerwarteten Verantwortung. Toms Augen glitzerten feucht. Er bestellte eine Flasche Champagner, die sie nach einem Toast auf Betts tranken.

Auf dem Parkplatz holte Suzanne die kleine Pappschachtel aus ihrem Auto und gab sie R. J., die nicht wußte, was sie mit ihr anfangen sollte. Sie stellte sie auf den Beifahrersitz ihres BMW und fuhr zum Lemuel Grace zurück.

Am folgenden Mittwoch morgen wurde sie um fünf Uhr dreißig vom lauten und entsetzlich aufdringlichen Bimmeln der Hausglocke geweckt, was bedeutete, daß jemand an ihrer Tür stand.

Sie kämpfte sich aus dem Bett und warf ihren Bademantel über. Da sie ihre Slipper nicht finden konnte, stapfte sie barfuß hinaus auf den kalten Gang.

»Tom?« Er war in seinem Bad, denn sie konnte die Dusche rauschen hören. Sie ging nach unten und spähte durch die Glasverkleidung seitlich der Tür. Draußen war es noch dunkel, aber sie konnte zwei Gestalten erkennen.

»Was wollen Sie?« rief sie, denn sie hatte nicht die Absicht, die Tür zu öffnen.

»Staatspolizei.«

Als sie das Licht anknipste und noch einmal nach draußen sah, erkannte sie, daß das stimmte, und sie öffnete die Tür. Plötzlich beschlich sie eine schreckliche Angst.

»Ist meinem Vater etwas passiert?«

»O nein, Ma'am. Nein, Ma'am. Wir hätten uns nur gerne mit Dr. Kendricks unterhalten.« Die Beamtin, die das gesagt hatte, war eine drahtige Frau im Rang eines Corporal, ihr Begleiter ein stämmiger Mann in Zivilkleidung: schwarzer Hut, schwarze Schuhe, Regenmantel, graue Hose. Beide verströmten eine Aura ernstgesichtigen Diensteifers.

»Was ist denn los, R. J.?« fragte Tom. In einer blauen Anzughose mit mattrosa Nadelstreifen, Socken und Unterhemd stand er am Treppenabsatz.

»Dr. Kendricks?«

»Ja. Was ist los?«

»Ich bin Corporal Flora McKinnon, Sir«, sagte die Beamtin. »Und das ist Trooper Robert Travers. Wir gehören zum C-PAC, der Einheit zur Verbrechensprävention und -kontrolle, einer Unterabteilung des Büros von Edward W. Wilhoit, dem Bezirksstaatsanwalt von Middlesex County. Mr. Wilhoit würde sich gerne mit Ihnen unterhalten, Sir.«

»Wann?«

»Jetzt gleich, Sir. Er möchte, daß Sie mit uns in sein Büro kommen.«

»Ach du meine Güte! Wollen Sie damit sagen, daß er um fünf Uhr dreißig in der Früh bereits arbeitet?«

»Jawohl, Sir«, erwiderte die Frau.

»Haben Sie einen Haftbefehl?«

»Nein, Sir, haben wir nicht.«

»Nun, dann sagen Sie Mr. Wilhoit, daß ich seine freundliche Einladung ablehne. In einer Stunde muß ich im Operationssaal des Middlesex Memorial sein und jemanden an der Gallenblase operieren, einen Menschen, der sich auf mich verläßt. Sagen Sie Mr. Wilhoit, daß ich um dreizehn Uhr dreißig in sein Büro kommen kann. Wenn ihm das recht ist, soll er es meine Sekretärin wissen lassen, wenn nicht, dann können wir uns einen anderen Termin überlegen, der uns beiden paßt. Haben Sie mich verstanden?«

»Ja, Sir. Das haben wir«, sagte die rothaarige Beamtin. Dann nickten beide Staatspolizisten und verschwanden in der Dunkelheit.

Tom blieb oben auf dem Treppenabsatz. R. J. stand unten und sah zu ihm hoch. Sie hatte Angst um ihn. »Mein Gott, Tom. Was soll das werden?«

»Vielleicht kommst du besser mit mir, R. J.«

»Diese Art von Anwalt war ich nie. Ich komme mit. Aber du solltest besser noch jemand anderen mitnehmen«, entgegnete sie.

Sie sagte ihre Mittwochsvorlesung ab und telefonierte drei Stunden lang mit verschiedenen Anwälten, Leuten, von denen sie wußte, daß sie die Vertraulichkeit wahren und ihr einen ehrlichen Rat geben würden. Ein Name tauchte immer wieder auf: Nat Rourke. Er war schon sehr lange im Geschäft. Er war keiner der schillernden Staranwälte, aber sehr intelligent, und er hatte einen ausgezeichneten Ruf. R. J. war ihm nie begegnet. Er meldete sich nicht persönlich, als sie sein Büro anrief, aber eine Stunde später rief er sie zurück.

Er sagte so gut wie nichts, während sie ihm die Einzelheiten des Falles darlegte.

»Nein, nein, nein«, sagte er dann leise. »Sie und Ihr Gatte werden nicht um dreizehn Uhr dreißig zu Wilhoit gehen. Um zwölf Uhr dreißig werden Sie in mein Büro kommen. Um fünfzehn Uhr habe ich hier noch eine kurze Besprechung. Wir werden dann um sechzehn Uhr fünfundvierzig zum Staatsanwalt gehen. Meine Sekretärin wird Wilhoit anrufen und ihm den neuen Termin nennen.«

Nat Rourkes Kanzlei befand sich in einem soliden alten Gebäude hinter dem State House, sehr komfortabel, aber schon ein wenig verwittert. Der Anwalt selbst erinnerte R. J. an Fotos von Irving Berlin, ein kleiner Mann mit blasser Haut und scharfgeschnittenen Gesichtszügen, elegant gekleidet in dunklen und gedämpften Farben, einem sehr weißen Hemd und einer Universitätskrawatte, die sie nicht kannte. Penn, fand sie später heraus.

Rourke bat Tom, ihm genau die Umstände zu schildern, die zu Elizabeth Sullivans Tod geführt hatten. Er beobachtete Tom dabei eingehend, hörte ihm sehr aufmerksam zu und unterbrach ihn nicht, sondern wartete, bis er geendet hatte. Dann nickte Rourke, spitzte die Lippen, lehnte sich in seinem Stuhl zurück und faltete vor seiner leicht gewölbten Anzugweste die Hände.

»Haben Sie sie getötet, Dr. Kendricks?«

»Ich brauchte sie nicht zu töten. Dafür hat schon der Krebs gesorgt. Sie hätte auch von allein aufgehört zu atmen, das war nur eine Frage von Stunden, vielleicht von Tagen. Sie hätte nie das Bewußtsein wiedererlangen, nie wieder Betts sein können, ohne unter entsetzlichen Schmerzen zu leiden. Ich habe ihr versprochen, sie nicht unnötig leiden zu lassen. Sie erhielt bereits sehr hohe Dosen Morphium. Ich habe die Dosis erhöht, damit sie keine Schmerzen mehr hatte. Falls das dann zu einem vielleicht etwas früheren Tod geführt haben sollte, habe ich damit keine Probleme.«

»Diese dreißig Milligramm, die Mrs. Sullivan zweimal täglich oral erhalten hat? Ich nehme an, das war langsam wirkendes Morphium«, sagte Rourke.

»Ja.«

»Und die vierzig Milligramm, die Sie ihr intravenös verabreicht haben, das war schnell wirkendes Morphium, eine ausreichende Menge, um möglicherweise die Atmung zu hemmen.«

»Ja.«

»Und falls sie die Atmung hinreichend hemmte, hätte das zum Tod geführt.«

»Ja.«

»Hatten Sie eine Affäre mit Mrs. Sullivan?«

»Nein.« Sie unterhielten sich über Toms frühere Beziehung zu Elizabeth, und der Anwalt schien zufriedengestellt.

»Haben Sie in irgendeiner Weise finanziell von Elizabeth Sullivans Tod profitiert?«

»Nein.« Tom nannte ihm die Verfügungen in Betts' Testament. »Wird Wilhoit diese Geschichte in den Schmutz ziehen?«

»Sehr gut möglich. Er ist ein ehrgeiziger Politiker, will vorwärtskommen und hat Ambitionen auf das Amt des Vizegouverneurs. Ein Sensationsprozeß wäre ein gutes Sprungbrett für ihn. Falls er Ihre Verurteilung wegen Mordes erreichen könnte, mit lebenslänglicher Haft ohne Bewährung und mit fetten schwarzen Schlagzeilen, Schulterklopfen und viel Tamtam, dann wäre er ein gemachter Mann. Aber zu einer Verurteilung wegen Mordes wird es in diesem Fall nicht kommen. Und Mr. Wilhoit ist ein zu gerissener Politiker, um diesen Fall überhaupt vor ein Schwurgericht zu bringen, wenn er nicht gute Chancen hat zu gewinnen. Er wird das Urteil der ärztlichen Untersuchungskommission abwarten und sich danach richten.«

»Was ist das Schlimmste, was mir in diesem Fall passieren kann?«

»Düsterstes Szenario?«

»Ja. Das Schlimmste.«

»Natürlich ohne Gewähr, daß ich recht habe. Aber ich würde sagen, das Schlimmste wäre eine Verurteilung wegen Totschlags. Die Strafe würde Gefängnis lauten. In einem Fall wie diesem ist es wahrscheinlich, daß der Richter Wohlwollen zeigt und Ihnen auferlegt, was wir eine ›Concord-Strafe‹ nennen. Er würde Sie zu zwanzig Jahren im Massachusetts Correctional Institute in Concord verurteilen, um damit seinen Ruf als strenger und unbeugsamer Richter zu wahren. Aber er würde es Ihnen damit leichtmachen, weil Sie in Concord schon nach Verbüßung von nur vierundzwanzig Monaten Ihrer Strafe Anspruch auf eine Aussetzung zur Bewährung haben. Und diese Zeit könnten Sie nutzen, um ein Buch zu schreiben, berühmt zu werden und einen Haufen Geld zu verdienen.«

»Ich würde meine Zulassung als Arzt verlieren«, bemerkte Tom sachlich, und R. J. hätte beinahe vergessen, daß sie schon lange aufgehört hatte, ihn zu lieben.

»Vergessen Sie nicht, daß wir über den schlimmstmöglichen Fall reden. Im günstigsten Fall kommt die Sache gar nicht vor ein Schwurgericht. Und damit ich eben das erreiche, bekomme ich so viel Geld«, sagte Rourke.

Nun war es leicht, über sein Honorar zu sprechen. »Bei einem Fall wie diesem kann alles passieren oder nichts. Normalerweise und wenn der Klient jemand ist, der nicht gerade den allerbesten Ruf hat, verlange ich eine Vorauszahlung, zwanzigtausend. Aber... Sie sind ein Akademiker von hohem Ansehen und gutem Charakter. Ich glaube, das beste für Sie wäre es, wenn Sie mich auf Stundenbasis engagieren. Zweieinviertel pro Stunde.«

Tom nickte. »Klingt ja fast wie ein Schnäppchen«, sagte er, und Rourke lächelte.

Fünf Minuten vor fünf erreichten sie das Hochhaus des Gerichtsgebäudes, zehn Minuten nach der von Rourke angekündigten Zeit. Es war Dienstschluß, und die Leute strömten mit der fröhlichen Energie von Kindern bei Schulschluß aus dem Gebäude. »Lassen Sie sich Zeit, wir haben es nicht eilig«, sagte

Rourke. »Es schadet ihm nicht, wenn er sich nach uns richten muß. Daß er Ihnen die Staatspolizei im Morgengrauen auf den Hals geschickt hat, war nichts als billige Einschüchterungstaktik, Dr. Kendricks. Eine Aufforderung zum Tanz, wenn Sie so wollen.«

Dieser Kniff sollte ihnen zu verstehen geben, erkannte R. J. fröstelnd, daß der Bezirksstaatsanwalt sich die Mühe gemacht hatte, Toms Tagesablauf in Erfahrung zu bringen, was er bei einem Routinefall nicht getan hätte.

Sie mußten sich beim Pförtner in der Halle eintragen, und dann brachte der Aufzug sie in den fünfzehnten Stock.

Wilhoit war schlank und braungebrannt, ein Mann mit einer großen Nase, der sie so freundlich anlächelte, als wäre er ein Freund. R. J. hatte sich über ihn informiert: Harvard College 72, Boston College Law School 75, stellvertretender Bezirksstaatsanwalt 75 bis 78, Anklagevertreter des Staates von 78 bis zu seiner Wahl zum Bezirksstaatsanwalt im Jahr 1988.

»Wie geht es Ihnen, Mr. Rourke? Was für ein Vergnügen, Sie wiederzusehen. Freut mich, Ihre Bekanntschaft zu machen, Dr. Kendricks, Dr. Cole. Bitte, setzen Sie sich, setzen Sie sich!«

Dann wurde er sehr geschäftsmäßig. Mit nüchternem Blick stellte er ruhig Fragen, die Tom am Nachmittag größtenteils bereits Rourke beantwortet hatte.

Er habe sich Elizabeth Sullivans Akte beschafft und sie studiert, sagte Wilhoit. »Darin steht, daß auf Anordnung von Dr. Howard Fisher die Patientin in Zimmer 208 des Middlesex Memorial Hospital orale Morphingaben erhalten hat, und zwar das Präparat Contin in einer Dosierung von zweimal täglich dreißig Milligramm.

...Nun lassen Sie mich nachsehen. In der fraglichen Nacht um zwei Uhr zehn trug Dr. Thomas A. Kendricks eine schriftliche Bestellung für vierzig Milligramm intravenös zu verabreichendes Morphinsulfat in die Krankenakte der Patientin ein. Nach Angaben der für die Medikation zuständigen Schwester, Miss Beverly Martin, habe der Arzt gesagt, er werde persönlich injizieren. Die Schwester gibt an, als sie eine halbe Stunde später das Zimmer 208 betreten habe, um Temperatur und Blutdruck der Patientin zu messen, sei Mrs. Sullivan tot gewesen. Dr. Kendricks habe neben ihrem Bett gesessen und ihr die Hand gehalten.« Er sah Tom an. »Sind diese Fakten, so, wie ich sie dargestellt habe, im wesentlichen korrekt, Dr. Kendricks?«

»Ja, ich würde sagen, sie sind zutreffend, Mr. Wilhoit.« »Haben Sie Elizabeth Sullivan getötet, Dr. Kendricks?« Tom sah Rourke an. Rourkes Blick verriet nichts, aber der Anwalt nickte und gab Tom damit zu verstehen, daß er antworten solle.

»Nein, Sir. Der Krebs hat Elizabeth Sullivan getötet.«

Auch Wilhoit nickte. Er dankte ihnen höflich für ihr Kommen und informierte sie, daß das Gespräch damit beendet sei.

Der Konkurrent

Der Bezirksstaatsanwalt ließ nichts mehr von sich hören, auch in den Zeitungen stand nichts über die Sache. R. J. wußte, daß Schweigen ein schlechtes Vorzeichen sein konnte. Wilhoits Leute vertieften sich in ihre Arbeit, sie befragten Schwestern und Ärzte im Middlesex und versuchten herauszufinden, ob sie einen Fall hatten oder nicht, ob es für die Karriere des Bezirksstaatsanwalts zuträglich oder schädlich sein würde, wenn er versuchte, Dr. Thomas A. Kendricks in den Dreck zu stoßen.

R. J. konzentrierte sich auf ihre Arbeit. Im Krankenhaus und in der Medical School hängte sie Anschläge aus, die die Gründung eines Publikationsausschusses ankündigten. Als an einem verschneiten Dienstagabend das erste Treffen stattfand, erschienen vierzehn Leute. Sie hatte erwartet, daß der Ausschuß vor allem Assistenten und junge Ärzte, die noch nichts veröffentlicht hatten, anziehen würde. Aber es kamen auch einige ältere Semester. Es hätte sie nicht zu überraschen brauchen. Auch sie kannte mehr als einen Mann, der Dekan einer Medical School geworden war, ohne vernünftiges Englisch schreiben zu können.

Sie stellte einen Monatsplan mit Vorlesungen zusammen, die vorwiegend von Redakteuren medizinischer Fachzeitschriften gehalten werden sollten, und einige Ärzte boten an, bei der nächsten Zusammenkunft aus Artikeln vorzulesen, an denen sie gerade arbeiteten, um sich für Kritik und Diskussionen zur Verfügung zu stellen. R. J. mußte zugeben, daß Sidney Ringgold den Bedarf richtig eingeschätzt hatte.

Boris Lattimore, ein schon etwas älterer Stationsarzt, nahm R. J. in der Cafeteria beiseite und flüsterte ihr ins Ohr, daß er Neuigkeiten für sie habe. Sidney habe ihm gesagt, daß der nächste stellvertretende medizinische Direktor entweder R. J. oder Allen Greenstein heißen werde. Greenstein war ein erstklassiger Wissenschaftler, der ein vielbeachtetes Programm zum genetischen Screening von Neugeborenen entwickelt hatte. R. J. hoffte, daß das Gerücht nicht stimmte, denn Greenstein war ein beängstigender Konkurrent.

Die zusätzliche Arbeit für den Ausschuß war nicht schwierig, sie machte nur R. J.s Terminplan noch gedrängter und knabberte an ihrer kostbaren Freizeit, aber R. J. kam nie in Versuchung, ihre Donnerstage aufzugeben. Sie wußte, daß ohne hygienische, moderne Kliniken für den Schwangerschaftsabbruch viele Frauen bei dem Versuch, es selbst zu machen, sterben würden. Die ganz armen Frauen, jene ohne Krankenversicherung, Geld oder genug Geschick, um herauszufinden, wo Hilfe verfügbar war, versuchten noch immer, Schwangerschaften selbst abzubrechen. Sie schluckten Terpentin, Ammoniak oder Reinigungsmittel, oder sie stocherten mit allen möglichen Gegenständen in ihrer Gebärmutter herum – mit Kleiderbügeln, Stricknadeln, Küchenutensilien, mit allem, was versprach, eine Fehlgeburt auszulösen. R. J. arbeitete in der Family Planning Clinic, weil es ihrer Überzeugung nach für eine Frau von grundlegender Bedeutung war, adäquate Hilfe zur Verfügung zu haben, wenn sie sie brauchte. Aber für das medizinische Personal in der Klinik wurde es immer schwieriger. Als sie an einem Mittwoch abends nach einem hektischen Kliniktag nach Hause fuhr, hörte sie im Autoradio, daß vor einer Abtreibungsklinik in Bridgeport, Connecticut, eine Bombe explodiert war, die einen Teil des Gebäudes zerstört, einen Wachposten das Augenlicht gekostet und eine Sekretärin und zwei Patientinnen verletzt hatte.

Am nächsten Morgen sagte ihr Gwen Gabler in der Klinik, daß sie aufhöre und wegziehe.

»Aber das kannst du doch nicht tun!« sagte R. J.

Sie, Gwen und Samantha Porter waren seit der Medical School enge Freundinnen. Samantha war eine angesehene Professorin an der Medical School der University of Massachusetts, ihre Anatomievorlesungen waren schon jetzt eine Legende. R. J. sah sie nicht so oft, wie sie es sich gewünscht hätte, aber mit Gwen hatte sie engen und regelmäßigen Kontakt, und das seit achtzehn Jahren.

Gwen lächelte sie traurig an. »Ich werd' dich vermissen wie sonstwas.«

»Dann geh nicht!«

»Ich muß. Phil und die Kinder gehen vor.« Der Immobilienmarkt war aus den Fugen geraten, und Phil Gabler hatte ein miserables Geschäftsjahr hinter sich. Die Gablers zogen nach Westen, nach Moscow in Idaho. Phil würde an der dortigen Universität Kurse über Immobilienhandel halten, und Gwen verhandelte mit einer privatwirtschaftlichen Gesundheitsfürsorgeorganisation, einer sogenannten Health Maintenance Organisation oder kurz HMO, wegen einer Anstellung als Gynäkologin und Geburtshelferin. »Phil ist der geborene Lehrer, und HMOs sind der letzte Schrei. Wir müssen etwas tun, um das System zu ändern, R. J. Über kurz oder lang werden wir alle für HMOs arbeiten.« Erste Vereinbarungen mit der HMO in Idaho hatte sie bereits telefonisch getroffen.

Sie hielten sich fest bei den Händen, und R. J. fragte sich, wie sie wohl ohne Gwen zurechtkommen würde.

Nach der Chefarztvisite am Freitag morgen löste sich Sidney Ringgold aus dem Haufen Weißkittel und kam quer durch die Halle auf R. J. zu, die am Aufzug wartete.

»Ich wollte Ihnen nur sagen, daß ich eine Menge positiver Reaktionen auf den Publikationsausschuß bekomme«, sagte er.

R. J. kam das verdächtig vor. Für gewöhnlich machte Sidney Ringgold keine Umwege, nur um jemandem auf die Schulter zu klopfen.

»Wie geht's eigentlich Tom in letzter Zeit?« fragte er beiläufig. »Ich habe von einer Anzeige beim Untersuchungsausschuß für ärztliches Fehlverhalten am Middlesex gehört. Kann ihn diese Geschichte in Schwierigkeiten bringen?«

Sidney hatte viel Geld für das Krankenhaus mobilisiert, und er hatte eine übertriebene Angst vor schlechter Publicity, sogar vor der, die auf einen Lebensgefährten abstrahlte.

Schon immer hatte R. J. die Rolle der Bewerberin gehaßt. Doch sie gab der Versuchung nicht nach, sagte nicht: Stecken Sie sich diesen Posten sonstwohin! »Nein«, sagte sie vielmehr, »keine Schwierigkeiten, Sidney. Tom meint, es ist einfach lästig, aber nichts, weswegen man sich Sorgen machen müßte.« Er beugte sich zu ihr. »Und ich glaube auch nicht, daß Sie sich irgendwelche Sorgen machen müssen. Ich will nichts versprechen, aber es sieht gut aus für Sie. Sehr gut sogar.«.

Seine Ermutigung erfüllte sie mit einer unerklärlichen Traurigkeit. »Wissen Sie, was ich mir wünsche?« fragte sie spontan. »Ich wünsche mir, daß wir beide uns zusammentun und hier im Lemuel Grace Hospital eine allgemeinmedizinische Abteilung für Patientenbehandlung und Lehre aufbauen, damit die Nichtversicherten von Boston eine Einrichtung haben, wo sie wirklich erstklassige medizinische Versorgung erhalten.«

»Eine solche Einrichtung für die Nichtversicherten gibt es doch bereits! Wir haben eine Ambulanz, die sehr erfolgreich arbeitet.« Sidneys Verärgerung war deutlich zu spüren. Diskussionen über die medizinischen Unzulänglichkeiten seines Krankenhauses mochte er nicht.

»In die Ambulanz kommen die Leute nur, wenn es unbedingt nötig ist. Sie bekommen jedesmal einen anderen Arzt, es gibt also keine Kontinuität bei der Behandlung. Sie werden nur wegen der jeweils aktuellen Krankheit oder Verletzung behandelt, eine medizinische Vorsorge existiert nicht. Sidney, wir könnten wirklich etwas in Bewegung bringen, wenn wir Allgemeinmediziner ausbilden würden. Das sind die Ärzte, die wirklich gebraucht werden.«

Sein Lächeln war gezwungen. »Keins der Bostoner Krankenhäuser hat eine allgemeinmedizinische Lehrabteilung.«

»Wäre denn das kein ausgezeichneter Grund, eine aufzubauen?«

Er schüttelte den Kopf. »Ich bin müde. Ich glaube, ich habe

meine Sache als medizinischer Direktor gut gemacht, und ich habe nur noch drei Jahre bis zu meiner Pensionierung. Ich habe kein Interesse mehr daran, den Kampf zu führen, der nötig wäre, um ein solches Programm durchzusetzen. Kommen Sie mir nicht mehr mit irgendwelchen Kreuzzügen, R. J.! Wenn Sie das System verändern wollen, müssen Sie sich zuerst den entsprechenden Platz in der Hierarchie erstreiten. Dann können Sie Ihre eigenen Strategien verfolgen.«

An diesem Donnerstag wurde ihr geheimer Schleichweg zur Family Planning Clinic entdeckt. Die Polizeieinheit, die sonst die Demonstranten von der Klinik zurückdrängte, hatte sich an diesem Morgen verspätet. R. J. hatte ihr Auto in Ralph Aiellos Hof abgestellt und ging eben durch das Gartentor, da sah sie, daß Demonstranten links und rechts um die Klinik herumkamen.

Viele Leute mit Schildern in der Hand, Leute, die schrien und mit dem Finger auf sie zeigten.

Was sollte sie tun?

Das, was sie immer befürchtet hatte, stand bevor: Sie witterte Gewalt.

Sie wappnete sich, um schweigend durch die Menge hindurchzugehen, ohne daß man sah, daß sie zitterte. Passiver Widerstand. Denk an Gandhi! sagte sie sich, und doch mußte sie an all die Ärzte denken, die man angegriffen hatte, an die Klinikbediensteten, die verletzt oder gar getötet wurden. Verrückte Menschen.

Einige liefen an ihr vorbei, zwängten sich durch das Tor in Aiellos Hof.

Würdevolle Zurückhaltung. Denk an Frieden! Denk an Martin Luther King. Geh zwischen ihnen hindurch! Geh!

Sie drehte sich um und sah, daß die Menge sich um ihren roten BMW drängte und ihn fotografierte. Oh, der Lack! Sie machte kehrt und schob sich wieder durch das Tor. Jemand boxte sie in den Rücken.

»Finger weg von dem Auto, sonst brech ich dir den Arm!« schrie sie.

Der Mann mit der Kamera wandte sich um und richtete sie auf ihr Gesicht. Das Blitzlicht zuckte auf, immer und immer wieder, Lichtnägel, die ihr in die Augen stachen, Schreie, die ihr wie Dornen in die Ohren drangen, eine Art Kreuzigung.

Stimmen

Unverzüglich rief sie Nat Rourke an und berichtete ihm von dem Vorfall bei der Klinik.

»Ich habe mir gedacht, Sie sollten es wissen, damit es für Sie nicht als Überraschung kommt, wenn der Staatsanwalt versuchen sollte, meine Aktivitäten gegen Tom zu verwenden.«

»Ja. Vielen herzlichen Dank, Dr. Cole«, sagte Rourke. Er hatte eine sehr höflich-reservierte Art, und R. J. konnte nicht erkennen, was er wirklich dachte.

An diesem Abend war Tom früh zu Hause. Sie saß am Küchentisch und erledigte Papierkram, und er kam herein und holte ein Bier aus dem Kühlschrank. »Willst du auch eins?«

»Nein, danke.«

Er setzte sich ihr gegenüber. Sie hatte das Verlangen, ihn zu berühren. Er sah übermüdet aus. Früher wäre sie hinübergegangen, um seinen Nacken zu massieren. Eine Zeitlang waren sie sehr auf Berührungen aus gewesen, und auch er hatte sie oft massiert.

»Rourke hat mich angerufen«, sagte Tom, »und er hat mir erzählt, was heute in Jamaica Plain passiert ist.«

»Soso.«

»Ja. Er, ähm … hat mich nach unserer Ehe gefragt. Und ich habe ihm offen und ehrlich geantwortet.«

Sie sah ihn an und lächelte. Was einmal war, ist eben nicht mehr. »Das ist immer das beste.«

»Ja. Rourke meint, wenn wir uns scheiden lassen wollen, sollten wir das sofort in die Wege leiten, damit deine Arbeit in der Abtreibungsklinik nicht meine Verteidigung beeinträchtigt.«

R. J. nickte. »Das klingt einleuchtend. Unsere Ehe existiert schon lange nicht mehr, Tom.«

»Ja. Ja, das stimmt, R. J.« Er lächelte sie an. »Möchtest du jetzt ein Bier?«

»Nein, danke«, sagte sie und beugte sich wieder über ihre Arbeit.

Tom packte ein paar Sachen ein und zog noch am selben Abend aus, und das so unbekümmert, daß sie überzeugt war, es gebe jemanden, bei dem er sofort einziehen würde.

Zunächst konnte sie in dem Haus an der Brattle Street keine Veränderung feststellen, weil sie es gewöhnt war, hier allein zu sein. Sie kehrte wie zuvor auch jeden Abend in ein leeres Haus zurück, aber jetzt zog dort ein neuer Frieden ein, denn es fehlten die Zeichen seiner Anwesenheit, die sie so gestört und verärgert hatten. Eine erfreuliche Erweiterung ihres persönlichen Freiraums.

Aber acht Tage nach seinem Auszug begannen plötzlich die nächtlichen Anrufe.

Es waren verschiedene Stimmen, und sie riefen die ganze Nacht hindurch zu verschiedenen Stunden an. Vermutlich wechselten sich die Anrufer schichtweise ab.

»Du bringst Babys um, du Schlampe!« flüsterte eine Männerstimme.

»Du zerschnippelst unsere Kinder. Du saugst menschliche Wesen ab, wie man Staub vom Teppich saugt.«

Eine Frau teilte R. J. mit Bedauern in der Stimme mit, daß sie offensichtlich vom Teufel beherrscht sei. »Sie werden für alle Ewigkeit in der Hölle brennen«, sagte die Anruferin. Es war das kehlige Raunen einer gebildeten Stimme.

R. J. ließ sich eine Geheimnummer geben. Doch als sie einige Abende später nach Hause kam, hatte jemand mit großen Nägeln an die teuer restaurierte Tür ihres altehrwürdigen georgianischen Hauses ein Plakat geschlagen:

GESUCHT!
Wir brauchen Ihre Hilfe,
um Dr. Roberta J. Cole zu stoppen

Das Foto zeigte sie, wie sie wütend in die Kamera starrte, den Mund nicht gerade schmeichelhaft geöffnet. Darunter stand: »Dr. Roberta J. Cole, wohnhaft in Cambridge, spielt die Woche über die ehrbare Ärztin und Dozentin am Lemuel Grace Hospital und am Massachusetts College of Physicians and Surgeons.

Aber sie ist eine Abtreiberin. Jeden Donnerstag tötet sie von zehn bis dreizehn Uhr Babys.

Bitte helfen Sie uns, indem Sie:

1. Beten und fasten – Gott will nicht, daß auch nur eine Seele zugrunde geht. Beten Sie für Dr. Coles Errettung!

2. Schreiben Sie ihr, und rufen Sie sie an, verkünden Sie ihr die Frohbotschaft, und sagen Sie ihr, daß Sie ihr helfen wollen, ihre Tätigkeit aufzugeben!

3. Bitten Sie sie, *nicht mehr abzutreiben!* Beteiligt euch nicht an den unfruchtbaren Werken, sondern deckt sie vielmehr sogar strafend auf! Epheser, 5,11.

Die Grundkosten für eine Abtreibung betragen 250 Dollar. Die meisten Ärzte in Dr. Coles Position erhalten die Hälfte der Kosten. Somit belief sich Dr. Coles Einkommen aus dem Töten von fast 700 Kindern im letzten Jahr auf 87 500 Dollar.«

Das Plakat gab dann noch Möglichkeiten an, wie R. J. zu erreichen war, ihren Tagesablauf und die Adressen und Telefonnummern des Krankenhauses, der Medical School, der PMS-Clinic und der Abtreibungsklinik. Den Abschluß bildete folgende Zeile:

BELOHNUNG:
Wird sie gestoppt, werden Leben gerettet!

In der folgenden Woche herrschte ein ominöses Schweigen. Eines Morgens brachte »The Boston Globe« einen Artikel mit Zitaten von politischen Insidern, denen zufolge der Bezirksstaatsanwalt Edward W. Wilhoit die Stimmung hinsichtlich einer Kandidatur für das Amt des Vizegouverneurs auslote. Am Sonntag verlas man in allen Kirchen der Bostoner Erzdiözese einen Hirtenbrief des Kardinals, in dem jede Abtreibung als Todsünde gebrandmarkt wurde. Zwei Tage später brachten die überregionalen Medien die Meldung, in Michigan habe Dr. Jack Kevorkian wieder einmal Beihilfe zur Selbsttötung geleistet. Als R. J. an diesem Abend den Fernseher für die Spätnachrichten einschaltete, hörte sie Ausschnitte aus einer Rede Wilhoits vor einer Seniorenversammlung. Er forderte, »den Antichrist in unserer Mitte, der durch Abtreibung, Selbstmord und Mord versucht, die Macht der Dreifaltigkeit an sich zu reißen, schleunigst der Gerechtigkeit zu überantworten«.

»Ich hoffe, wir können das zivilisiert hinter uns bringen, ohne Groll und Streit, indem wir einfach alles teilen, Aktiva und Passiva. Genau halbe-halbe«, sagte Tom.

R. J. erklärte sich einverstanden. Sie war überzeugt, daß er bis aufs Messer gestritten hätte, wenn Geld dagewesen wäre, aber fast alles, was sie verdient hatten, hatten sie in das Haus und in die Rückzahlung seiner Studienschulden gesteckt.

Tom wurde verlegen, als er ihr gestand, daß er bei Cindy Wolper wohne, seiner Chefsekretärin: blond, temperamentvoll, Ende Zwanzig.

»Wir wollen heiraten«, sagte er und schien sehr erleichtert, daß er endlich den Sprung vom betrügerischen Ehemann zum frisch Verlobten geschafft hatte.

Armes Mädchen! dachte sie wütend.

Trotz seiner Zivilisiertheitsbeteuerungen brachte Tom einen Anwalt, Jerry Saltus, mit, als sie sich trafen, um die Aufteilung des Besitzes zu besprechen.

»Hast du vor, das Haus an der Brattle Street zu behalten?« fragte er.

R. J. schaute ihn verwundert an. Sie hatten das Haus auf sein Drängen hin und gegen ihre Einwände gekauft. Weil er es so gern wollte, hatten sie ihr ganzes Geld hineingesteckt. »Willst denn du das Haus nicht?«

»Cindy und ich haben beschlossen, eine Eigentumswohnung zu kaufen.«

»Also ich will dieses protzige Haus auch nicht. Ich habe es nie gewollt.« Sie merkte, daß sie ihre Stimme erhoben hatte und ziemlich gereizt klang, aber das war ihr egal.

»Was ist mit dem Farmhaus?«

»Das sollten wir besser auch verkaufen«, sagte sie.

»Wenn du dich um das Haus auf dem Land kümmerst, übernehme ich den Verkauf des Stadthauses. Okay?«

»Okay.«

Er sagte, er wolle unbedingt den Bücherschrank aus Kirschholz, das Sofa, die beiden Ohrensessel und den Fernseher mit dem Großbildschirm. Auch sie hätte den Bücherschrank gerne gehabt, aber er überließ ihr dafür den Stutzflügel und einen Perserteppich, einen hundert Jahre alten Heils, den sie sehr mochte. Das restliche Mobiliar teilten sie, indem sie sich abwechselnd ein Stück nahmen. Man einigte sich schnell und unblutig, und der Anwalt nahm Reißaus, bevor sie es sich anders überlegten und eine häßliche Szene anzettelten.

Am Sonntag abend ging sie ins Fitneßstudio zusammen mit Gwen, die schon in ein paar Wochen nach Idaho ziehen würde. Vor dem Aerobic-Kurs erzählte R. J. ihr gerade von Tom und seiner Zukünftigen, als Alexander Manakos mit einem Mechaniker hereinkam, um ihn ans andere Ende des Trainingssaals zu führen und ihm ein kaputtes Übungsgerät zu zeigen.

»Er sieht zu uns rüber«, sagte Gwen.

»Wer?«

»Manakos. Er sieht dich an. Er hat dich schon ein paarmal angesehen.«

»Ach, Gwen, mach dich doch nicht lächerlich!«

Der Clubbesitzer klopfte dem Mann auf die Schulter und kam in ihre Richtung.

»Bin gleich wieder zurück. Muß nur mal kurz im Krankenhaus anrufen«, sagte Gwen und machte sich aus dem Staub.

Manakos' Kleidung war so gut geschnitten wie die von Tom, aber nicht von »Brooks Brothers«. Seine Anzüge waren legerer, modischer. Er war ein ausgesprochen gutaussehender Mann.

»Dr. Cole?«

»Ja.«

»Ich bin Alex Manakos.« Er gab ihr beinahe förmlich die Hand. »Ist alles zu Ihrer Zufriedenheit hier in meinem Club?«

»Ja. Mir macht es hier sehr viel Spaß.«

»Nun, das freut mich aber. Bitte, zögern Sie nicht, es mir zu sagen, wenn Sie irgendwelche Beanstandungen haben.«

»Werde ich. Woher kennen Sie meinen Namen?«

»Ich habe jemanden gefragt. Ich habe Sie der Dame gezeigt. Und ich habe mir gedacht, ich sage mal hallo. Sie scheinen sehr nett zu sein.«

»Danke.« Sie war ungeschickt in solchen Dingen, und es war ihr peinlich, daß er sie angesprochen hatte. Aus der Nähe erinnerten seine Haare an den jungen Robert Redford. Seine Nase war gebogen, was ihn ein wenig brutal aussehen ließ.

»Darf ich Sie einmal zum Abendessen einladen? Oder auf einen Drink, wenn Ihnen das lieber ist. Damit wir uns ein bißchen unterhalten, uns näher kennenlernen können.«

»Mr. Manakos, ich pflege nicht ...«

»Alex. Nennen Sie mich Alex! Wäre es Ihnen angenehmer, wenn uns jemand, den Sie kennen, bekannt machen würde?«

Sie lächelte. »Das ist nicht nötig.«

»Ach, jetzt habe ich Sie erschreckt, weil ich Sie so direkt angesprochen habe, als wollte ich Sie aufreißen. Ich weiß, daß Sie wegen des Aerobic-Kurses hier sind. Überlegen Sie es sich, und geben Sie mir Bescheid, bevor Sie gehen!«

Bevor sie den Mund aufmachen konnte, um zu protestieren und ihm zu sagen, daß sie ihre Meinung nicht ändern werde, ging er davon.

»Du gehst mit ihm aus, nicht?«

»Nein, das werde ich nicht.«

»Warum? Er sieht doch sehr gut aus.«

»Gwen, er ist großartig, aber einfach nicht mein Typ. Ich kann dir nicht sagen, warum.«

»Na und? Er hat dir keinen Heiratsantrag gemacht oder dich gebeten, den Rest deines Lebens mit ihm zu verbringen. Er will einfach nur mit dir ausgehen.«

Gwen ließ nicht locker. Während des Kurses kam sie nach jeder Übung wieder auf dieses Thema zu sprechen.

»Er scheint doch wirklich sehr nett zu sein. Wann hast du das letzte Mal eine Verabredung mit einem Mann gehabt?«

Beim Tanzen überlegte R. J., was sie eigentlich über Manakos wußte. Er kam aus einer Emigrantenfamilie und war ehemaliger All-American-Basketballspieler für das Boston College. In der Halle hing ein frühes Bild von ihm, ein ernst dreinblickender Junge mit einer Schuhputzkiste. Als er sich am College einschrieb, hatte er sich bereits in einem Gebäude am Kenmore Square einen winzigen Schuhputzstand gemietet und ließ dort mehrere Leute für sich arbeiten. Während sein Ruhm als Sportler wuchs, wurde das »Alex's« zum Muß für alle Liebhaber glänzender Schuhe, und bald hatte er einen richtigen Schuhputzsalon mit eigenem Erfrischungsstand. Er war nicht gut genug, um Basketballprofi zu werden, aber er machte sein Betriebswirtschaftsdiplom und war prominent genug, um von den Bostoner Banken so viel Geld zu bekommen, wie er brauchte, um das Fitneßstudio voller Nautilus-Geräte und ausgebildeter Trainer zu eröffnen. Als Erinnerung an frühere Zeiten gab es in »Alex' Gymnasium« noch einen Schuhputzsalon, aber aus dem Erfrischungsstand war eine ausgewachsene Bar mit Café geworden. Inzwischen besaß Alex Manakos das Fitneßstudio, ein griechisches Restaurant am Hafen und ein zweites in Cambridge und Gott weiß, was noch.

Sie wußte außerdem, daß er unverheiratet war.

Wann hast du dich denn das letzte Mal mit einem Mann unterhalten, der kein Arzt oder Patient war? Er scheint sehr nett zu sein. Wirklich sehr nett.

»Geh aus mit ihm!« zischte Gwen.

Nachdem R. J. sich geduscht und umgezogen hatte, betrat sie die Bar. Als sie Alex Manakos sagte, daß sie gerne mit ihm ausgehen werde, lächelte er.

»Sehr schön. Sie sind Ärztin, habe ich recht?«

»Ja.«

»Also, mit einer Ärztin war ich noch nie aus.«

Auf was habe ich mich da nur eingelassen! dachte sie. »Gehen Sie sonst nur mit Ärzten aus?«

Er lachte herzhaft, sah sie dabei aber interessiert an. Und so kam es, daß sie sich zum Abendessen verabredeten. Für Samstag.

Am nächsten Morgen brachten der »Herald« und der »Globe« Artikel über Abtreibung in Boston. Reporter hatten Vertreter beider Parteien dieses Streits interviewt, und jede Zeitung brachte auch Fotos verschiedener Aktivisten. Der »Herald« hatte zusätzlich auch Reproduktionen von zwei Gesucht-Plakaten abgedruckt. Das eine zeigte James Dickinson, einen Gynäkologen, der an der Planned Parenthood Clinic in Brookline Abtreibungen vornahm, das zweite war das Plakat von Dr. Roberta J. Cole.

Am Mittwoch wurde bekanntgegeben, daß Allen Greenstein, M. D., zum stellvertretenden Direktor der medizinischen Abteilung am Lemuel Grace Hospital und damit zum Nachfolger von Maxwell B. Roseman, M. D., ernannt worden war.

In den folgenden Tagen brachten Zeitungen und das Fernsehen Interviews mit Dr. Greenstein, in denen er sich darüber ausließ, daß man schon in einigen Jahren Neugeborene genetisch screenen werde und so den Eltern werde mitteilen können, welche Gesundheitsrisiken im Laufe des Lebens auf ihre Kinder zukommen, und vielleicht sogar, woran sie letztendlich sterben würden.

R. J. und Sidney Ringgold trafen sich zwangsweise bei den Chefarztvisiten und bei einer Abteilungsbesprechung, und sie begegneten sich des öfteren auf dem Gang. Sidney sah ihr dabei immer in die Augen und grüßte sie freundlich und herzlich.

R. J. hätte es lieber gesehen, wenn er stehengeblieben wäre und mit ihr geredet hätte. Sie wollte ihm sagen, daß sie sich nicht schämte, Abtreibungen vorzunehmen, daß sie damit eine schwierige und wichtige Arbeit leistete, eine, die sie nur übernommen hatte, weil sie eine gute Ärztin war.

Warum schlich sie dann so schuldbewußt die Gänge ihres Krankenhauses entlang?

Scheißkerle!

Am Samstag nachmittag kam sie so früh nach Hause, daß sie noch ausführlich duschen und sich mit Sorgfalt anziehen konnte. Um sieben betrat sie das Studio »Alex's« und ging ins Café. Alexander Manakos stand an einem Ende der Bar und unterhielt sich mit zwei Männern. Sie setzte sich auf einen Hocker am anderen Ende, und er kam sofort zu ihr herüber. Er sah besser aus denn je.

»Guten Abend!«

Er nickte. Er hatte eine Zeitung in der Hand. Als er sie aufschlug, sah sie, daß es die Montagsausgabe des »Globe« war. »Stimmt das, was da steht? Daß Sie, Sie wissen schon, daß Sie Abtreibungen vornehmen.«

Das war nicht als Anerkennung gemeint, das wußte sie. Sie hob den Kopf und setzte sich aufrecht hin, so daß sie ihm in die Augen sehen konnte. »Ja. Das ist ein legaler und moralischer medizinischer Eingriff, der für die Gesundheit und das Leben meiner Patientinnen von höchster Bedeutung ist«, sagte sie sachlich. »Und ich mache meine Sache gut.«

»Sie widern mich an. Ihnen würd' ich's nicht einmal mit einem fremden Schwanz besorgen.«

Sehr freundlich.

»Na, mit Ihrem eigenen werden Sie's bestimmt nicht tun«, erwiderte sie ruhig, stand auf und verließ das Café. Dabei kam sie an einem Tisch mit einer mütterlichen, weißhaarigen Dame vorbei, die ihr mit Tränen in den Augen applaudierte. Es wäre für R. J. tröstender gewesen, wenn die Frau nicht betrunken gewesen wäre.

»Ich brauche überhaupt niemanden. Ich kann mein Leben auch allein leben. Allein! Ich brauche keinen Menschen, kapiert? Und ich will auch, daß du mich in Frieden läßt, klar, Freundin?« sagte sie wütend zu Gwen.

»Ist ja gut, ist ja gut«, erwiderte Gwen, seufzte und ließ sie stehen.

Ein Urteil von Kollegen

Die für April geplante Sitzung des Untersuchungsausschusses für ärztliches Fehlverhalten im Middlesex Memorial Hospital wurde wegen eines Frühlingsblizzards vertagt. Der Schneesturm überdeckte den rußigen Schnee und das alte Eis mit einer sauberen weißen Schicht, wie sie früher im Jahr willkommener gewesen wäre. Nun murrte R. J. über noch mehr Schnee. Zwei Tage später stieg die Temperatur auf zweiundzwanzig Grad, der neue Frühlingsschnee verschwand zusammen mit dem alten Winterschnee, und in den Rinnsteinen staute sich das Schmelzwasser.

Der Untersuchungsausschuß kam in der folgenden Woche zusammen. Es wurde keine lange Sitzung. Angesichts klarer Beweise und eindeutiger Zeugenaussagen, daß Elizabeth Sullivan unter schrecklichen Schmerzen litt und im Sterben lag, kam der Ausschuß zu dem einstimmigen Urteil, daß Dr. Thomas A. Kendricks sich nicht standeswidrig verhalten hatte, indem er Mrs. Sullivan so stark sedierte.

Einige Tage nach der Sitzung erzählte Phil Roswell, ein Mitglied des Ausschusses, R. J., daß es keine Debatte gegeben habe. »Mein Gott, seien wir doch mal ehrlich! Wir alle tun so etwas, um ein gnädiges Ende zu beschleunigen, wenn der Tod nahe und unausweichlich ist«, sagte Roswell. »Tom hat nicht versucht, ein Verbrechen zu vertuschen, er hat die Anforderung ordnungsgemäß und aufrichtig in der Krankenakte vermerkt. Wenn wir ihn bestraft hätten, müßten wir uns selbst und die meisten Ärzte, die wir kennen, ebenfalls bestrafen.«

Nat Rourke hatte eine diskrete Unterhaltung mit dem Bezirksstaatsanwalt gehabt und von Wilhoit erfahren, daß dieser nicht vorhatte, den Tod Elizabeth Sullivans vor ein Geschworenengericht zu bringen.

Tom war überglücklich. Er wollte eine neue Seite im Buch seines Lebens aufschlagen und hatte es deshalb eilig, die Scheidung hinter sich zu bringen und eine neue Ehe einzugehen.

R. J.s Laune wurde noch schlechter, als sie die vielen Bettler sah, die überall herumlungerten. Sie war in Boston zur Welt gekommen und aufgewachsen, und sie liebte diese Stadt, aber den Anblick dieser Menschen auf der Straße konnte sie nicht ertragen. Sie sah sie überall in der Stadt, wie sie Mülltonnen und Abfallhaufen durchwühlten, ihre wenigen Habseligkeiten in entwendeten Einkaufswagen durch die Gegend schoben, in Transportkisten auf kalten Ladedocks schliefen, vor der Suppenküche in der Tremont Street um eine kostenlose Mahlzeit anstanden und die Bänke am Boston Common und an anderen öffentlichen Plätzen mit Beschlag belegten.

Für R. J. waren die Obdachlosen ein medizinisches Problem. In den siebziger Jahren hatten Psychiater für eine schrittweise Auflösung der gewaltigen steinernen Irrenhäuser gekämpft, in denen die Geisteskranken unter beschämenden Bedingungen zusammengepfercht waren. Der Gedanke dahinter war, die Patienten wieder in die Freiheit zu entlassen, damit sie harmonisch mit den Gesunden zusammenlebten, wie es in einigen europäischen Ländern bereits mit großem Erfolg praktiziert wurde. Aber in Amerika bekamen die psychiatrischen Gemeindezentren, die eingerichtet wurden, um die nun freien Geisteskranken zu betreuen, zu wenig Geld, und schließlich brach das ganze System zusammen. Für einen psychiatrischen Sozialarbeiter war es unmöglich, einen Patienten im Auge zu behalten, der die eine Nacht in einem Pappkarton schlief und die nächste meilenweit weg über einem Abluftschacht. Über die ganzen Vereinigten Staaten verteilt, bildeten Alkoholiker, Drogensüchtige, Schizophrene oder sonstwie geistig Kranke eine wahre Armee von Obdachlosen. Viele von ihnen verlegten sich aufs Betteln, einige versuchten, in U-Bahnen und Bussen mit lauten Reden und herzzerreißenden Geschichten Mitleid zu heischen, und wieder andere saßen an Hausmauern mit einer Tasse oder einem umgedrehten Hut vor sich und einem selbstgemalten Schild mit der Aufschrift: »Arbeite gegen Essen. Vier Kinder zu Hause ...«

R. J. hatte in einer Studie gelesen, daß schätzungsweise fünfundneunzig Prozent der amerikanischen Bettler alkohol- oder drogensüchtig waren und daß einige bis zu dreihundert Dollar am Tag erbettelten, Geld, das sofort wieder für Suchtstoffe ausgegeben wurde. Mit einem sehr schlechten Gewissen dachte R. J. an jene fünf Prozent, die nicht süchtig waren, sondern nur ohne Wohnung und Arbeit. Trotzdem überwand sie sich dazu, nichts zu geben, und wurde jedesmal wütend, wenn sie sah, daß jemand ein Zehncentstück oder einen Vierteldollar in eine Tasse warf, anstatt politisch dafür zu kämpfen, daß die Obdachlosen von der Straße geholt wurden und eine angemessene Betreuung erhielten.

Aber es waren nicht nur die Obdachlosen – sämtliche Aspekte ihres Lebens in der Stadt gingen ihr auf die Nerven: das Ende ihrer Ehe, die zunehmende Entmenschlichung ihres Berufs, der tägliche, mühsame Papierkram und nicht zuletzt ihre Unlust, weiter in einer Institution zu arbeiten, in der Allen Greenstein sie übertrumpft hatte.

All das ergab einen bitteren Cocktail. Langsam dämmerte ihr, daß es Zeit war für einschneidende Veränderungen in ihrem Leben, Zeit, um Boston zu verlassen.

Die einzigen medizinischen Fakultäten mit Projekten, die jemandem wie ihr mit ihren gemischten Interessen gepaßt hätten, waren in Baltimore und Philadelphia. Also schrieb sie Roger Carleton von der John Hopkins University und Irving Simpson von der Penn University und fragte sie, ob sie Interesse an ihren Diensten hätten.

Schon seit langem hatte sie für das Frühjahr eine Woche Urlaub eingeplant – damals hatte sie noch von St. Thomas geträumt. Statt dessen verließ sie an einem warmen Freitagnachmittag zeitig das Krankenhaus und fuhr heim, um ein paar Sachen einzupacken, die sie auf dem Land tragen konnte. Sie mußte das Farmhaus in den Berkshires loswerden.

Sie hatte das Anwesen schon verlassen und stieg eben ins Auto ein, als sie sich plötzlich an Elizabeth' Asche erinnerte. Also ging sie noch einmal hinein und holte den Pappkarton von der Kommode im Gästezimmer, wo sie ihn am Tag der Einäscherung abgestellt hatte.

Sie brachte es nicht übers Herz, die Asche zu ihrem Gepäck in den Kofferraum zu packen. Deshalb stellte sie die kleine Schachtel auf den Beifahrersitz und legte ihren zusammengefalteten Regenmantel davor, damit sie nicht herunterrutschte, wenn sie einmal scharf bremsen mußte.

Dann fuhr sie zur Massachusetts Turnpike und steuerte ihren roten BMW Richtung Westen.

Woodfield

Schon bevor das georgianische Haus an der Brattle Street ganz renoviert und nach ihrem Geschmack eingerichtet war, hatte R. J.s Ehe mit Tom sich aufzulösen begonnen. Als sie dann dieses bezaubernde Anwesen in den Berkshires auf einem zur Gemeinde Woodfield gehörenden Hügel im westlichen Massachusetts nahe der Grenze zu Vermont entdeckten, kauften sie es, weil sie glaubten, in einem solchen Ferienhaus ihre »Zweisamkeit« wiederbeleben zu können. Das kleine hellbeige Holzhaus war an die fünfundachtzig Jahre alt und trotzte standhaft und robust der Zeit, während die alte Tabakscheune daneben, wie ihre Beziehung, schon ziemlich wackelig wirkte. Zum Anwesen gehörten knapp drei Hektar Weideland sowie etwa sechzehn Hektar dichter, alter New-England-Wald, und der Catamount, einer von Woodfields drei kleinen Gebirgsflüssen, schlängelte sich durch Wald und Wiese.

Tom hatte einen Bauunternehmer beauftragt, an einer feuchten Stelle in der Wiese einen Teich anzulegen, und der Bulldozer hatte dabei die zierlichen knochigen Überreste eines Neugeborenen freigelegt. Das Bindegewebe war schon längst verschwunden. Was übriggeblieben war, hätte man leicht für Hühnerknochen halten können, wäre da nicht der unverkennbar menschliche Schädel gewesen, der wie ein zarter, verknöcherter Pilz in drei Teilen bei dem Skelett lag. Es gab keine Anzeichen eines Grabes, und der Boden war zu morastig, um je als Friedhof gedient zu haben. Der Fund hatte damals im Ort für einige Aufregung gesorgt, denn niemand wußte, wie der Fötus dort in die Erde gekommen war.

Manche vermuteten, das Kind sei indianischer Herkunft gewesen. Nach der Aussage des Bezirksleichenbeschauers waren die kleinen Knochen alt; keine Äonen, aber mit Sicherheit schon vor Jahrzehnten vergraben.

In der Erde über den Knochen fand man eine kleine Tontafel. Als man sie abwusch, kamen einige rostfarbene, schon sehr verblaßte Buchstaben zum Vorschein. Was jedoch ursprünglich auf dieser Tafel gestanden hatte, war nicht mehr zu rekonstruieren. Die meisten Buchstaben waren verschwunden, nur einige wenige waren lesbar: *ah* und *od*, dann *u* und schließlich ot. Trotz gründlichen Siebens konnten nicht alle Knochen des kleinen Skeletts gefunden werden, doch hatte der Leichenbeschauer genug davon, um angeben zu können, daß es sich um einen fast, jedoch nicht voll ausgereiften Fötus gehandelt hatte, dessen Geschlecht freilich nicht feststand. Der Pathologe nahm die Knochen an sich. Als R. J. ihn bat, das Täfelchen behalten zu dürfen, zuckte er nur die Achseln und gab es ihr. Seitdem lag es im Wohnzimmerschrank hinter Glas.

Die Massachusetts Turnpike ist fast auf ihrer gesamten Länge ziemlich eintönig. Erst als R. J. die Turnpike in der Nähe von Springfield verlassen hatte und auf der Route 91 Richtung Norden fuhr, sah sie die ersten flachen, verwitterten Hügel, und ihre Stimmung hellte sich auf: Ich werde meine Augen zu den Bergen erheben, denn von dort kommt mir Hilfe. Eine halbe Stunde später war sie mitten in den Hügeln, fuhr kurvige Straßen entlang, die sich durch die Landschaft schlängelten, vorbei an Farmen und Wäldern, bis sie schließlich auf die Laurel Hill Road einbog und die lange, gewundene Einfahrt zum hölzernen Farmhaus entlangzockelte, das sich fahlbutterfarben am Rand der Wiese an den Waldsaum drückte.

Seit dem letzten Herbst hatten sie und Tom das Landhaus nicht mehr benutzt. Als sie die Tür öffnete, schlug ihr abgestandene, leicht bittere Luft entgegen. Auf einem Fensterbrett im Wohnzimmer lagen Kotbröckchen, wie Mäusefäkalien, nur etwas größer, und in einem schnellen Wiederaufblitzen der schlechten Laune, die sie seit Tagen plagte, sagte sie sich, daß sie eine Ratte im Haus haben mußte. Aber in einem Winkel in der

Küche fand sie dann die vertrockneten Überreste einer Fledermaus. So machte sie sich zuerst daran, mit Schaufel und Besen Kot und Fledermaus zu entsorgen. Sie schaltete den Kühlschrank ein, öffnete die Küchenfenster, um frische Luft hereinzulassen, und trug ihre Vorräte, zwei Kartons mit Lebensmitteln und eine Kühlbox mit verderblicher Ware, ins Haus. Hungrig, aber ohne großen Kochehrgeiz machte sie sich ein Abendessen aus einer harten und geschmacklosen Supermarkttomate, einem Kaiserbrötchen, zwei Tassen Tee und einer Tüte Schokoladenplätzchen.

Als sie die Brösel vom Tisch wischte, fiel ihr mit Bestürzung ein, daß sie Elizabeth ganz vergessen hatte.

Sie ging nach draußen, holte den Karton mit der Asche aus dem Auto und stellte ihn auf den Kaminsims. Sie würde einen schönen Platz suchen und die Asche dort begraben, wie es Elizabeth' Wunsch gewesen war. Es zog sie noch einmal nach draußen, und sie machte einige Schritte in den Wald, aber der war dunkel und sehr verwildert. Erforschen ließ er sich nur, wenn man über umgestürzte Bäume kletterte oder unter ihnen durchkroch, um sich einen Weg durch Gestrüpp und Unterholz zu bahnen. Weil sie dazu im Augenblick wenig Lust hatte, machte sie ziemlich schnell kehrt und spazierte die Einfahrt hinunter zur Laurel Hill Road. Diese war ein grob geteerter Schotterweg, knapp drei Meilen lang, der sich über mehrere Hügelkuppen hinzog. R. J. genoß den Spaziergang. Nach eineinviertel Meilen näherte sie sich dem kleinen weißen Farmhaus und der riesigen roten Scheune von Hank und Freda Krantz, dem Farmerehepaar, von dem Tom und sie das Haus gekauft hatten. Kurz vor der Tür kehrte sie jedoch wieder um, denn im Augenblick wollte sie keine Fragen nach Tom beantworten und das Ende ihrer Ehe rechtfertigen müssen.

Die Sonne war untergegangen, als sie ihr Haus wieder erreichte, und die Luft wurde schneidend kalt. Sie schloß alle Fenster bis auf eins. Im Schuppen war trockenes Holz, und sie zündete im Kamin ein kleines Feuer an, das die Kälte vertrieb. Als die Nacht hereinbrach, drang durch das offene Fenster das schrille Quaken der Frösche im Abflußgraben des Teichs, und sie saß auf der Couch, trank heißen schwarzen Kaffee mit so viel Zucker, daß sie bestimmt wieder zunehmen würde, und starrte ins Feuer.

Am nächsten Morgen schlief sie lang, aß Eier zum Frühstück und stürzte sich dann mit Begeisterung auf den Hausputz. Da sie nur sehr selten häusliche Arbeiten verrichten mußte, machten sie ihr Spaß, so, wie jetzt das Saugen, Kehren und Wischen. Sie wusch alle Töpfe und Pfannen, aber nur ein paar Teller und Küchenutensilien, lediglich die, die sie benützen würde.

Da sie wußte, daß die Krantz pünktlich um zwölf Uhr zu Mittag aßen, wartete sie bis ein Uhr fünfzehn und ging dann die Straße entlang zu deren Farm.

Hank Krantz öffnete auf ihr Klopfen hin. »Na, wen haben wir denn da?« rief er. »Kommen Sie doch herein, kommen Sie herein!«

Sie wurde in die Küche geführt, und Freda Krantz goß ihr, ohne lang zu fragen, eine Tasse Kaffee ein und schnitt ein Stück von dem halben Sandkuchen auf der Anrichte ab.

R. J. kannte die beiden nicht besonders gut, da sie sie nur bei ihren seltenen Besuchen traf, aber sie konnte ernstgemeintes Bedauern in ihren Augen sehen, als sie ihnen von der Scheidung erzählte und sie um Rat fragte, wie sie Haus und Grund am besten loswürde.

Hank kratzte sich das Kinn. »Sie können natürlich zu einem Immobilienmakler in Greenfield oder Amherst gehen, aber heutzutage verkaufen die meisten über einen Kerl namens Dave Markus, gleich hier am Ort. Er inseriert und erzielt gute Preise. Und er ist anständig. Eigentlich kein übler Typ, wenn man bedenkt, daß er aus New York kommt.«

Er beschrieb ihr den Weg zu Markus' Haus. Sie fuhr zuerst ein Stück auf dem State Highway, verließ ihn dann wieder und rumpelte einige sehr holprige Schotterwege entlang, die ihrem Auto nicht gerade guttaten. Auf einer Kleewiese graste ein wunderschönes Morgan-Pferd – braun mit einer Blesse –, das nun hinter dem Zaun neben ihrem Auto herlief und es schließlich mit wehender Mähne und fliegendem Schwanz überholte. Vor einem hübschen Holzhaus mit einer großartigen Aussicht baumelte ein Maklerschild. Ein zweites Schild brachte sie zum Lächeln.

I'M-IN-LOVE-WITH-YOU
HONEY

Diese Liedzeile war eine Werbung für den bernsteinfarbenen Honig, der, in Gläser abgefüllt, in zwei alten Bücherregalen auf der Veranda stand. Im Haus plärrte Radiomusik: »The Who«. Ein Mädchen im Teenager-Alter mit langen schwarzen Haaren kam zur Tür. Sie hatte Sommersprossen, schwere Brüste und ein Engelsgesicht hinter dicken Brillengläsern. Mit einem Wattebausch betupfte sie einen blutigen Pickel auf ihrem ausgeprägten Kinn.

»Hallo! Ich bin Sarah, mein Vater ist nicht zu Hause. Er kommt erst heute abend wieder.« Sie schrieb sich R. J.s Namen und Telefonnummer auf und versprach, ihr Vater werde anrufen. Während R. J. ein Glas Honig kaufte, wieherte hinter dem Zaun das Pferd.

»Er ist schrecklich aufdringlich«, sagte das Mädchen. »Wollen Sie ihm Zucker geben?«

»Gerne.«

Sarah Markus holte zwei Zuckerwürfel und gab sie R. J., dann gingen sie gemeinsam zum Zaun. Ein wenig furchtsam streckte R. J. die Hand aus, aber die großen, eckigen Pferdezähne berührten ihre Haut nicht, und als die rauhe Zunge ihre Handfläche leckte, mußte sie lächeln. »Wie heißt er denn?«

»Chaim. Er ist jüdisch. Mein Vater hat ihn nach einem Schriftsteller benannt.«

R. J. fühlte sich schon entspannter, als sie dem Mädchen und dem Pferd zum Abschied zuwinkte und wieder auf die von großen Bäumen und alten Steinmauern gesäumte Straße einbog.

An der Main Street von Woodfield befanden sich das Postamt und vier Geschäfte: »Hazel's«, das sich nicht recht entscheiden konnte, ob es eine Eisenwarenhandlung oder ein Souvenirladen war; die Reparaturwerkstatt »Buell's Expert Auto Repair«; das Lebensmittelgeschäft »Sotheby's General Market (gegr. 1842)«; und »Terry's«, eine moderne Gemischtwarenhandlung mit zwei Benzinpumpen vor der Tür. Frank Sotheby hatte immer einen Laib würzigen alten Cheddar auf Lager, bei dem einem das Wasser im Mund zusammenlief. Er verkaufte Ahornsirup, schlachtete selbst und machte auch seine Bratwürste selbst, milde und scharfe.

Eine Imbißtheke gab es nicht. »Könnten Sie mir ein Sandwich machen, Cheddar in einem Brötchen?«

»Warum denn nicht?« erwiderte der Ladenbesitzer. Er verlangte einen Dollar, dazu fünfzig Cent für einen Orangensaft. Sie aß auf der Bank vor dem Laden und sah dem Treiben im Ort zu. Dann warf sie unbekümmert all ihre Überzeugungen, was cholesterinarme Ernährung betraf, über Bord, betrat noch einmal den Laden und kaufte sich ein Lendensteak, eine milde Bratwurst und ein Stück von dem guten Käse.

An diesem Nachmittag zog sie ihre ältesten Sachen und Stiefel an, dann wagte sie sich in den Wald. Schon nach wenigen Schritten war es wie in einer anderen Welt, kühler, dunkel und still bis auf den Wind in unzähligen Blättern, ein sanftes, vielstimmiges Rascheln, das manchmal so laut wurde wie Brandung und ihr irgendwie heilig vorkam, sie aber auch ein wenig ängstigte. Sie vertraute darauf, daß große Tiere und Ungeheuer durch den Lärm verschreckt wurden, den sie machte, wenn sie auf Zweige trat, die unter ihrem Fuß zerbrachen, und sich ganz allgemein etwas unbeholfen durch den dicht wuchernden Wald bewegte. Hin und wieder kam sie an eine kleine Lichtung, wo sie eine kurze Atempause einlegen konnte, aber einen Platz, der zum Verweilen und Ausruhen einlud, fand sie nirgends.

Sie folgte einem Bachlauf zum Catamount. Sie schätzte, daß sie sich etwa in der Mitte ihres Grundbesitzes befand, und wanderte flußabwärts am Catamount entlang. Das Ufer war so zugewuchert wie der Wald, und sie kam nur schwer vorwärts; sie merkte, daß sie trotz der Frühlingskühle verschwitzt und müde war, und als sie einen großen Granitfelsen erreichte, der vom Ufer in den Fluß vorsprang, setzte sie sich auf ihn. Sie betrachtete die Gumpe, die sich im Schutz des Felsens gebildet hatte, und sah einen Schwarm kleiner Forellen, die in halber Höhe im Wasser dahinzogen und sich im Einklang miteinander bewegten wie ein Geschwader von Kampfflugzeugen. Die Strömung rauschte schnell und angeschwollen vom Schmelzwasser am Rand der Gumpe vorbei, und R. J. legte sich bäuchlings auf den warmen Stein, ließ sich die Sonne auf den Rücken brennen und beobachtete die Fische. Ab und zu spürte sie einen Spritzer wie eisiges Geflüster auf ihrer Wange.

Sie blieb im Freien, bis sie erschöpft war, kämpfte sich dann durch den Wald zurück, ließ sich auf die Couch fallen und schlief zwei Stunden. Anschließend briet sie Kartoffeln, Zwiebeln und Paprikaschoten, in einer zweiten Pfanne das Steak medium, und dann verschlang sie die ganze Riesenportion, mit honiggesüßtem Tee als Abschluß. Als draußen das letzte Tageslicht verlöschte und sie sich mit einer Tasse Kaffee vor den Kamin setzte, um wieder dem Froschkonzert zu lauschen, klingelte das Telefon.

»Dr. Cole, o Gott, Hank hier. Freda ist angeschossen, mein Gewehr ist losgegangen …«

»Wo wurde sie getroffen?«

»Am Oberschenkel, unter der Hüfte. Sie blutet ziemlich heftig, es spritzt nur so aus ihr heraus.«

»Suchen Sie sich ein sauberes Handtuch, und drücken Sie es auf die Wunde, ganz fest! Ich komme.«

Nachbarn

R. J. war auf Urlaub hier, sie hatte ihre Arzttasche nicht dabei. Die Räder des BMW verspritzten Kies, die Fernlichtkegel kämpften mit verrückten Schatten, als sie die Straße entlangraste und in die Zufahrt einbog. Die linken Reifen zerwühlten den Rasen, den Hank Krantz so penibel pflegte. Sie fuhr bis zur Vordertür und ging, ohne zu klopfen, ins Haus. Das besagte Gewehr sah sie auf dem mit Zeitungen bedeckten Tisch, zusammen mit einigen Lumpen, einem Putzstock und einer kleinen Dose Waffenöl.

Freda lag leichenblaß auf ihrer linken Seite im Blut. Sie hatte die Augen geschlossen, öffnete sie aber jetzt und sah R. J. an. Hank hatte ihr die Jeans halb heruntergezogen. Er kniete neben ihr und drückte ihr ein blutgetränktes Handtuch auf den Schenkel. Seine Hände und Ärmel waren verschmiert. »O Gott! Gott im Himmel, schauen Sie nur, was ich ihr angetan habe!« Er litt sehr, hatte sich aber fest unter Kontrolle. »Ich habe den Krankenwagen gerufen, damit sie sie nach Greenfield bringen«, sagte er.

»Gut. Nehmen Sie ein frisches Handtuch! Legen Sie es auf das durchtränkte, und drücken Sie wieder fest drauf.« Sie kniete sich neben ihn und tastete direkt neben den schwarzen Schamhaaren, die sich durch Fredas Baumwollunterhose abzeichneten, die Leiste ab. Als sie den Puls der Femoralarterie spürte, legte sie den Handballen auf die Stelle und drückte darauf. Freda war eine große, kräftige Frau, und die jahrelange Farmarbeit hatte sie muskulös gemacht. R. J. mußte sich fest dagegenstemmen, um die Arterie abzudrücken, und Freda öffnete den Mund, um zu schreien, aber es kam nur ein leises Stöhnen heraus.

»Tut mir leid...« Die linke Hand auf die Arterie gepreßt, tastete R. J. mit der rechten vorsichtig die Unterseite von Fredas Schenkel ab. Als sie die Austrittswunde berührte, verkrampfte sich Freda.

R. J. fühlte eben den Puls an Fredas Halsschlagader, als sie das erste animalische Heulen der Sirene hörte. Kurz darauf hielten zwei Fahrzeuge vor dem Haus, Türen wurden zugeschlagen. Drei Leute stürzten herein: ein stämmiger Polizeibeamter mittleren Alters sowie ein Mann und eine Frau in roten Polyesterjacken.

»Ich bin Ärztin. Sie wurde angeschossen. Der Oberschenkelknochen ist zertrümmert, die Arterie ist verletzt, vielleicht durchtrennt. Es gibt eine Eintrittswunde und eine Austrittswunde. Ihr Puls ist hundertneunzehn, fadenförmig.«

Der männliche Rettungssanitäter nickte. »Sie steht unter Schock, ganz klar. Hat verdammt viel Blut verloren, was?« sagte er mit einem Blick auf den besudelten Boden. »Können Sie weiter die Arterie abdrücken, Doc?«

»Ja.«

»Gut, dann tun Sie's!« Er kniete sich auf der anderen Seite neben Freda. Ohne Zeit zu verlieren, untersuchte er die Patientin. Er war breit gebaut, übergewichtig und sehr jung, kaum älter als ein Junge, hatte aber schnelle, geschickte Hände.

»Wurde nur der eine Schuß abgefeuert, Hank?« rief er.

»Ja«, rief Hank Krantz wütend zurück, verärgert über die Implikationen dieser Frage.

»Ja, eine Eintrittswunde, ein Austritt«, sagte der Sanitäter, nachdem er seine Untersuchung beendet hatte.

Die zierliche blonde Frau hatte bereits den Blutdruck gemessen. »Einundachtzig zu siebenundfünfzig«, sagte sie, und ihr Kollege nickte. Sie stellte ein tragbares Sauerstoffgerät auf und schnallte Freda eine Atemmaske über Mund und Nase. Dann schnitt sie Fredas Jeans und Unterhose auf, zog sie behutsam weg und legte ihr ein Handtuch über die Scham. Nachdem sie ihr den Tennisschuh und die Socke ausgezogen hatte, umfaßte sie den nackten Fuß mit beiden Händen und begann, langsam und gleichmäßig zu ziehen.

Der Sanitäter schob eine Knöchelschlaufe über den Fuß der Patientin. »Das wird jetzt ein wenig problematisch, Doc«, sagte er. »Wir müssen mit der Schiene da oben hin, an Ihrer Hand vorbei. Sie werden für ein paar Sekunden loslassen müssen.« Als sie es tat, spritzte wieder Blut aus der Wunde. Mit schnellen Bewegungen immobilisierten die Sanitäter das Bein mit einem »Hare«-Streckverband, einem Metallrahmen, der am oberen Ende in den Schritt eingepaßt wurde und am anderen ein Stück über den Fuß hinausragte. Sobald es ging, drückte R. J. die Femoralarterie wieder ab, und die Blutung ließ nach. Der Streckverband wurde am Oberschenkel festgeschnallt und in der Knöchelschlaufe befestigt. Eine kleine Winde ermöglichte es den Sanitätern, den Verband zu spannen, so daß manuelle Streckung nicht länger nötig war.

Freda seufzte, und der Rettungssanitäter nickte. »Ja, das macht's ein bißchen leichter, nicht?« Sie nickte ebenfalls, schrie aber auf, als sie sie hochhoben, und weinte, als sie sie auf die Trage legten. Mit vereinten Kräften transportierten sie Freda nach draußen, Hank und der Polizist an den vorderen Griffen der Trage, der Sanitäter hinter Fredas Kopf, auf der einen Seite die blonde Sanitäterin mit der Sauerstoffflasche, auf der anderen R. J., die versuchte, im Gehen weiterhin die Arterie abzudrücken.

Sie hoben die Trage in den Krankenwagen und arretierten sie. Die Frau schloß Fredas Atemmaske an die Sauerstoffversorgung des Wagens an, sie lagerten ihre Beine hoch und packten sie gegen den Schock in warme Decken ein. »Wir sind einer zuwenig. Wollen Sie mitkommen?« fragte der Sanitäter R. J.

»Klar«, sagte sie, und er nickte.

Die Sanitäterin saß am Steuer, Hank neben ihr auf dem Beifahrersitz. Schon im Anfahren meldete die blonde Frau über Funk dem Krankenhaus in Greenfield, daß sie die Patientin abgeholt hätten und unterwegs seien. Das Polizeiauto fuhr voraus, das Blaulicht blinkte, und die Sirene sorgte lärmend für freie Fahrt. Die Blinklichter des Krankenwagens waren auch im Stehen angeschaltet gewesen. Jetzt schaltete die blonde Frau die

Zwei-Ton-Sirene dazu, abwechselnd *wupp-wupp-wupp* und *ii-aa*, *ii-aa*, *ii-aa*.

Es war schwierig für R. J., in dem Krankenwagen, der über Schlaglöcher rumpelte und in Kurven bedrohlich schwankte, den Druck auf die Arterie aufrechtzuerhalten.

»Sie blutet wieder«, sagte sie.

»Ich weiß.« Der Rettungssanitäter legte bereits ein unförmiges Ding mit abstehenden Kabeln und Schläuchen zurecht, eine Art Hose, die aussah wie der untere Teil eines Raumanzugs. Er kontrollierte noch schnell Blutdruck, Puls und Atemfrequenz, nahm dann das Sprechgerät von der Wand und fragte im Krankenhaus um Erlaubnis nach, die Schockhose benutzen zu dürfen. Nach kurzer Diskussion erhielt er die Genehmigung, und R. J. half ihm, die Hose über den Streckverband zu schieben. Mit einem Zischen wurde Luft in das Ding gepumpt, das sich aufblähte und steif wurde.

»Ich liebe dieses Ding. Haben Sie so was schon mal benutzt, Doc?«

»Ich habe nie viel Notfallmedizin gemacht.«

»Also, es macht alles für Sie, und zwar alles auf einmal«, sagte der Mann. »Stoppt die Blutung, verstärkt den Stabilisierungseffekt des Streckverbands und drückt das Blut zu Herz und Hirn. Aber wir müssen Genehmigung einholen, bevor wir die Hose benutzen, weil sie, falls innere Verletzungen vorliegen, das ganze Blut in die Bauchhöhle drücken kann.« Er kontrollierte kurz Fredas Zustand, lächelte dann und streckte R. J. die Hand entgegen. »Steve Ripley.«

»Ich bin Roberta Cole.«

»Unsere Teufelsfahrerin ist Toby Smith.«

»Hallo, Doc!« Sie ließ die Straße nicht aus den Augen, aber im Spiegel sah R. J. ein gewinnendes Lächeln.

Am Krankenhauseingang in Greenfield warteten bereits Schwestern und Pfleger, und Freda wurde fortgebracht. Die beiden Rettungssanitäter zogen die blutigen Laken von der Trage ab und ersetzten sie durch frische aus dem Krankenhauslager, sie desinfizierten die Trage und machten sie für den nächsten Einsatz bereit, bevor sie sie wieder in den Krankenwagen schoben. Dann setzten sie sich zu R. J., Hank und dem Polizisten in den Warteraum. Der Beamte stellte sich als Maurice A. McCourtney vor, Polizeichef von Woodfield. »Man nennt mich Mack«, sagte er mit ernster Miene zu R. J.

Die vier schlafften nun sichtlich ab; die Arbeit war getan, und jetzt setzte die Reaktion ein.

Hank Krantz ließ alle an seinen Gewissensbissen teilhaben. Die Kojoten seien schuld, sagte er, die sich schon seit fast einer Woche in der Nähe der Farm herumtrieben. Er hatte beschlossen, sein Jagdgewehr zu reinigen und ein paar zu erschießen, um das Rudel zu vertreiben.

»Eine Winchester, nicht?« fragte Mack McCourtney.

»Ja, eine alte Winchester 94 mit Unterhebelverschluß, Kaliber .30-30. Die habe ich jetzt also bestimmt schon seit achtzehn Jahren, und noch nie ist was passiert. Ich hab sie wohl ein bißchen zu fest auf den Tisch geknallt, und da ist sie einfach losgegangen.«

»War der Sicherungshebel nicht umgelegt?« fragte Steve Ripley.

»Mein Gott, ich hab doch sonst nie 'ne Patrone in der Kammer. Ich leere das verdammte Ding immer aus, wenn ich es nicht mehr brauche. Aber diesmal hab ich's anscheinend vergessen, so, wie ich in letzter Zeit alles vergesse.«

Er sah den Sanitäter böse an. »Und du hast vielleicht Nerven, Ripley! Mich zu fragen, ob sie mehr als eine Kugel im Leib hat. Glaubst du vielleicht, ich wollte meine Frau erschießen?«

»Also hör mal! Sie liegt da am Boden und blutet wie verrückt. Ich wollte einfach ganz schnell wissen, ob ich mich um mehr als eine Wunde kümmern muß.«

Hanks Blick wurde sanfter. »Ja. Und ich sollte dir keine Vorwürfe machen. Schließlich hast du ihr das Leben gerettet, hoffe ich wenigstens.«

Ripley schüttelte den Kopf. »Wirklich das Leben gerettet hat ihr Doc Cole hier. Wenn sie die Arterie nicht so schnell gefunden und abgedrückt hätte, wären wir jetzt eine Trauerversammlung.«

Hank Krantz sah R. J. an. »Das werde ich nie vergessen.« Er schüttelte den Kopf. »Was habe ich meiner Freda nur angetan!«

Toby Smith beugte sich zu ihm, streichelte ihm die Hand und ließ dann ihre auf der seinen liegen. »Hör zu, Hank, wir alle bauen mal Mist. Wir machen alle möglichen blöden Fehler. Die Vorwürfe, die du dir jetzt machst, helfen Freda kein bißchen.«

Der Polizeichef runzelte die Stirn. »Du hast doch keine Milchkühe mehr. Du hast doch nur ein paar Schlachtochsen. Ich glaube nicht, daß Kojoten einen großen Ochsen anfallen würden.«

»Nein, einen Ochsen fallen sie nicht an. Aber ich habe letzte Woche bei Bernstein, diesem Viehhändler aus Pittsfield, vier Kälber gekauft.«

Mack McCourtney nickte. »Das erklärt es. Ein Kalb machen sie fertig, eine Färse nicht.«

»Ja, Färsen lassen sie meistens in Frieden«, stimmte Hank ihm zu.

McCourtney verabschiedete sich, er mußte mit dem Polizeiauto in Woodfield Streife fahren. »Ihr werdet euch auch wieder auf die Socken machen müssen«, sagte Hank zu Ripley.

»Ach, für eine Weile können die Nachbarorte unser Gebiet mit übernehmen. Wir bleiben hier. Du willst sicher noch mit dem Arzt sprechen.«

Es dauerte eineinhalb Stunden, bis der Chirurg aus dem Operationssaal kam. Er teilte Hank mit, er habe die Arterie genäht und den zertrümmerten Oberschenkelknochen mit einem Metallstift stabilisiert. »Sie wird wieder ganz in Ordnung. Ungefähr fünf Tage muß sie noch hierbleiben. Fünf Tage bis eine Woche.«

»Kann ich sie sehen?«

»Sie liegt jetzt im Aufwachzimmer. Die Wirkung der Beruhigungsmittel wird die ganze Nacht anhalten. Es ist am besten, Sie fahren nach Hause und schlafen ein wenig. Morgen früh können Sie sie sehen. Wollen Sie, daß ich den Krankenbericht an Ihren Hausarzt schicke?«

Hank verzog das Gesicht. »Also, im Augenblick haben wir keinen. Unser Hausarzt ist vor kurzem in Pension gegangen.«

»Wer war das? Hugh Marchant, drüben an der High Street?«

»Ja. Dr. Marchant.«

»Na, wenn Sie einen neuen Arzt haben, sagen Sie mir Bescheid, und ich schicke ihm die Unterlagen.«

»Warum fahren Sie eigentlich bis nach Greenfield, wenn Sie einen Arzt brauchen?«

»Ganz einfach, es gibt keinen näheren. Wir haben in Woodfield seit zwanzig Jahren keinen Arzt mehr, seit der alte gestorben ist.«

»Wie hieß der?«

»Thorndike.«

»Ja. Von dem haben mir schon einige Leute erzählt.«

»Craig Thorndike. Die Leute haben diesen Mann geliebt. Aber nach seinem Tod kam kein anderer Arzt mehr nach Woodfield.«

Es war kurz nach Mitternacht, als der Krankenwagen Hank und R. J. vor dem Haus der Krantz absetzte.

»Alles in Ordnung mit Ihnen?« fragte sie Hank.

»Ja. Schlafen werd ich allerdings nicht können, das weiß ich. Dann mach ich eben die Küche sauber.«

»Lassen Sie mich Ihnen helfen!«

»Nein, das kommt gar nicht in Frage«, sagte er bestimmt, und plötzlich war sie froh darüber, denn sie war sehr müde.

Er zögerte. »Vielen Dank! Nur Gott weiß, was passiert wäre, wenn Sie nicht hier gewesen wären.«

»Ich bin froh, daß ich hier war. Und Sie sehen zu, daß Sie jetzt zur Ruhe kommen!«

Die Sterne leuchteten groß und weiß. In der Nachtluft hing noch ein Nachklang von Frost, eine Frühlingskühle, aber R. J. war warm, als sie die Straße entlangfuhr.

Die Berufung

Am nächsten Morgen wachte sie früh auf, blieb aber im Bett liegen und ging in Gedanken noch einmal die Ereignisse der vergangenen Nacht durch. Sie vermutete, daß die Kojoten, die Hank hatte vertreiben wollen, ohnedies weitergezogen waren, denn durch das Schlafzimmerfenster sah sie drei Weißwedelhirsche, die mit wackelnden Schwänzen im Klee ästen. Als auf der Straße ein Auto vorbeifuhr, stellten sie die Schwänze auf und zeigten ihr Gefahrensignal, die weiße Unterseite. Kaum war das Auto verschwunden, senkten sie die Schwänze wieder und ästen friedlich weiter.

Zehn Minuten später raste ein Junge auf einem Motorrad vorbei, und die Hirsche flüchteten mit langen, verängstigten Sprüngen, die kraftvoll und zart zugleich aussahen, auf den Wald zu.

Nach dem Aufstehen rief R. J. im Krankenhaus an und erfuhr, daß Fredas Zustand stabil war.

Es war Sonntag. Nach dem Frühstück fuhr sie gemächlich zu »Sotheby's«, wo sie sich die »New York Times« und den »Boston Globe« kaufte. Beim Verlassen des Ladens traf sie Toby Smith, und die beiden begrüßten sich.

»Sie sehen aber nach dem gestrigen Nachteinsatz ziemlich ausgeruht aus«, sagte Toby.

»Ich fürchte, ich bin Nachtarbeit gewöhnt. Haben Sie ein paar Minuten Zeit, Toby, damit wir uns unterhalten können?«

»Natürlich.«

Sie ging voraus zur Bank auf der Veranda des Ladens, und die beiden setzten sich. »Erzählen Sie mir von dem Rettungsdienst!«

»Na ja... das ist schon richtig Geschichte. Angefangen hat es gleich nach dem Zweiten Weltkrieg. Einige Leute, die in der

Armee als Sanitäter gedient hatten, brachten bei ihrer Heimkehr einen Krankenwagen aus Armeebeständen mit und gründeten damit einen Gemeinderettungsdienst. Nach einer Weile begann der Staat, Rettungssanitäter zu prüfen und anzuerkennen, und daraus entwickelte sich ein ganzes System der Weiterbildung. Rettungssanitäter müssen sich über die neuesten Entwicklungen auf dem Gebiet der Notfallmedizin auf dem laufenden halten und sich jedes Jahr neu prüfen lassen. Hier am Ort haben wir vierzehn eingetragene Rettungssanitäter, nur Freiwillige. Für alle, die in Woodfield leben, ist der Service kostenlos. Wir haben Piepser bei uns und sind bei Notfällen rund um die Uhr einsatzbereit. Im Idealfall haben wir bei jedem Einsatz drei Leute pro Wagen: einen am Steuer, zwei hinten bei der Patientenbetreuung. Aber meistens sind wir nur zu zweit, so, wie gestern nacht.«

»Warum ist der Service kostenlos?« fragte R. J. »Warum rechnen Sie den Transport ins Krankenhaus nicht mit den Versicherungen der Patienten ab?«

Toby warf ihr einen spöttischen Blick zu. »Hier in den Hügeln haben wir keine großen Arbeitgeber. Die meisten von uns sind selbständig und kommen gerade so über die Runden: Holzfäller, Schreiner, Farmer, kleine Gewerbetreibende. Ein großer Teil unserer Bevölkerung hat keine Krankenversicherung. Auch ich hätte keine, wenn mein Mann nicht als Fischerei- und Jagdaufseher beim Staat angestellt wäre. Ich bin freiberufliche Buchhalterin, und ich könnte mir die Versicherungsprämien einfach nicht leisten.«

R. J. nickte seufzend. »Anscheinend ist es hier auch nicht viel anders als in der Stadt, zumindest was die medizinische Versorgung angeht.«

»Viele Leute vertrauen einfach darauf, daß sie nie krank werden oder einen Unfall haben. Sie haben dann zwar eine Heidenangst, daß etwas passiert, aber bei den meisten geht's einfach nicht anders.« Der Rettungsdienst spiele eine wichtige Rolle in der Gemeinde, sagte Toby. »Die Leute sind wirklich sehr froh, daß es uns gibt. Der nächste Arzt in westlicher Richtung sitzt in

Greenfield. In östlicher Richtung gibt es an der Route 9 kurz vor Dalton einen Allgemeinarzt namens Newly, aber der ist zweiunddreißig Meilen weit weg.« Toby sah sie an und lächelte. »Warum ziehen Sie nicht hierher und machen für uns den Doc?«

R. J. erwiderte das Lächeln. »Wenn das so leicht wäre«, sagte sie.

Doch als sie wieder zu Hause war, holte sie sich eine Karte des Gebiets und studierte sie. In der Umgebung gab es elf kleine Orte und Dörfer, in denen es, wie Toby Smith ihr gesagt hatte, keinen Arzt gab.

An diesem Nachmittag kaufte sie eine Topfpflanze – ein Usambaraveilchen mit üppigen blauen Blüten – und brachte sie Freda ins Krankenhaus. Freda litt noch an den Nachwirkungen der Operation und redete nicht sonderlich viel, aber Hank Krantz freute sich sehr über R. J.s Besuch.

»Was ich Sie noch fragen wollte: Was schulde ich Ihnen für gestern nacht?«

R. J. schüttelte den Kopf. »Ich war als Nachbarin bei Ihnen und nicht als Ärztin«, sagte sie. Freda sah sie an und lächelte.

Anschließend fuhr sie langsam nach Woodfield zurück und genoß den Ausblick auf die Farmen und die bewaldeten Hügel.

Die Sonne ging gerade unter, als das Telefon klingelte.

»Dr. Cole? Mein Name ist David Markus. Meine Tochter hat mir gesagt, daß Sie gestern bei uns waren. Tut mir leid, daß ich nicht zu Hause war.«

»Ja. Mr. Markus... Ich wollte mit Ihnen über den Verkauf meines Anwesens sprechen...«

»Aber natürlich. Wann paßt es Ihnen denn, daß ich vorbeikomme?«

»Also, die Sache ist die... Möglicherweise will ich ja noch immer verkaufen, aber auf einmal bin ich mir nicht mehr so sicher. Ich muß mich erst noch entscheiden.«

»Lassen Sie sich Zeit! Überlegen Sie es sich gut!«

Er hat eine freundliche, warme Stimme, dachte sie. »Aber ich möchte mit Ihnen noch über etwas anderes sprechen.«

»Ich verstehe«, erwiderte er, obwohl er das ganz offensichtlich nicht tat.

»Übrigens, Sie machen einen wunderbaren Honig.«

Sie spürte durch die Leitung, daß er lächelte. »Danke, ich werde es den Bienen sagen. Sie hören so was sehr gerne, aber es macht sie wahnsinnig, daß immer ich die Komplimente bekomme.«

Am Montag vormittag war der Himmel bedeckt, aber sie hatte noch eine Pflicht zu erfüllen, die sie ständig beschäftigte. Also bahnte sie sich noch einmal einen Weg in den Wald und ließ sich von den Dornen Hals und Handrücken zerkratzen. Am Catamount angekommen, folgte sie ihm so nahe am Ufer wie möglich flußabwärts, mußte aber manchmal ausweichen, weil wilde Rosen, Himbeeren und anderes Gestrüpp ihr den Weg versperrten. Sie ging den Fluß bis zur Grenze ihres Grundstücks ab und sah sich mehrere in Frage kommende Stellen genau an. Schließlich entschied sie sich für ein sonniges, grasbewachsenes Fleckchen, wo eine mächtige Birke ihr Blätterdach über einem kleinen, munter plätschernden Wasserfall ausbreitete. Noch einmal quälte sie sich durch den Wald und kehrte anschließend mit dem Spaten, der an einem Nagel in der Scheune gehangen hatte, und dem Karton mit Elizabeth Sullivans Asche zurück.

Zwischen zwei dicken Wurzeln des Baums grub sie ein tiefes Loch und schüttete die Asche hinein. Von den Knochen waren nur noch Fragmente erhalten. In der Gluthitze des Krematoriums war Betts Sullivans fleischliches Sein verdampft und verschwunden, war irgendwohin davongeflogen, so, wie R. J. sich als Kind immer vorgestellt hatte, daß die Seele eines Sterbenden sich, von der Welt befreit, in die Lüfte erhebt.

Sie bedeckte die Asche mit Erde und stampfte den Boden behutsam fest. Um zu verhindern, daß ein Tier die Asche wieder ausgrub, suchte sie nach einem geeigneten Stein. Schließlich fand sie im Fluß einen runden, von der Strömung glattgeschliffenen Felsbrocken, der fast zu schwer für sie war. Doch unter mehrmaligem Absetzen schaffte sie es, ihn zur Grabstelle zu schleppen und auf die festgestampfte Erde zu legen. Jetzt war Betts Teil dieses Landes, und das komische war, daß R. J. immer stärker das Gefühl hatte, in vieler Hinsicht ebenfalls Teil dieses Landes zu sein.

Die nächsten Tage verbrachte sie damit, zu recherchieren, Informationen zu sammeln, sich Notizen zu machen, mit Zahlen und Schätzungen zu jonglieren. David Markus erwies sich als großer, stiller Mann Ende Vierzig, mit zerfurchten, ein wenig zerknautschten Zügen, recht interessant auf eine Lincolnsche Art. (Wie hatte man Lincoln nur häßlich nennen können, dachte sie.) Er hatte ein großflächiges Gesicht, eine vorstehende, leicht gebogene Nase, eine Narbe im linken Winkel seiner Oberlippe und sanfte, häufig belustigt aufblitzende blaue Augen. Sein Geschäftsanzug bestand aus einer ausgewaschenen Jeans und einer Jacke der »New England Patriots«. Die dichten, graumelierten braunen Haare trug er zu einem unmöglichen Pferdeschwanz zusammengebunden.

Sie ging ins Rathaus und sprach mit einer Gemeinderätin namens Janet Cantwell, einer knochigen, älteren, müde dreinblickenden Frau in abgerissenen Jeans, die noch schäbiger als die von Markus waren, und einem Männerhemd mit hochgekrempelten Ärmeln. R. J. ging die Main Street von einem Ende zum anderen ab, musterte die Häuser und die Leute, die ihr unterwegs begegneten, beobachtete den Verkehrsfluß. Sie fuhr zum Krankenhaus in Greenfield und redete mit dem ärztlichen Direktor, setzte sich dann in die Cafeteria und redete mit den Ärzten, die dort zu Mittag aßen.

Dann packte sie ihre Reisetasche, stieg ins Auto und fuhr Richtung Boston. Je weiter sie sich von Woodfield entfernte, desto stärker wurde das Gefühl, daß sie dorthin zurückkehren mußte. Bis jetzt hatte sie, wenn sie hörte, jemand verspüre eine »Berufung«, diese Formulierung immer als romantische Übertreibung abgetan. Nun aber merkte sie, daß man durchaus von etwas so stark in den Bann gezogen werden konnte, daß man sich nicht mehr dagegen zu wehren vermochte.

Das schönste daran war jedoch, daß das, was sie in den Bann

zog, ihr eine ausgezeichnete Möglichkeit bot, ihrem Leben neue Gestalt und einen neuen Sinn zu geben.

Ihr blieben noch einige Tage Urlaub, und die nutzte sie, um sich zusammenzuschreiben, was sie alles erledigen mußte. Und um Pläne zu machen.

Schließlich rief sie ihren Vater an und bat ihn, sich einen Abend für sie Zeit zu nehmen.

Ein Abstecher in die Rechtswissenschaft

Mit ihrem Vater hatte R. J. von der Zeit ihrer frühesten Erinnerungen bis zu ihrem Erwachsenwerden immer gestritten. Dann war etwas Schönes und Gutes eingetreten, ein gleichzeitiges Sanfterwerden und Aufblühen der Gefühle. Er fand zu einer anderen Art von Stolz auf seine Tochter, zu einer Neubewertung der Gründe, warum er sie liebte. Und sie gelangte zu der Erkenntnis, daß er ihr auch in den Jahren, in denen sie nur wütend auf ihn gewesen war, nie seine Unterstützung entzogen hatte.

Dr. Robert Jameson Cole war Inhaber des Regensberg-Lehrstuhls für Immunologie an der Boston University School of Medicine. Diese Professur war zwar von einem entfernten Verwandten von ihm gegründet worden, R. J. hatte aber noch nie erlebt, daß er verlegen geworden wäre, wenn jemand diese Tatsache erwähnte. Als dieser Lehrstuhl gegründet wurde, war Robert J. noch ein kleiner Junge gewesen, und Professor Cole war in seinem Bereich eine solche Kapazität, daß es niemandem in den Sinn gekommen wäre, seine Berufung könnte andere Gründe gehabt haben als seine Fähigkeiten und Leistungen. Er war ein Mensch, der mit starkem Willen Großes leisten konnte.

R. J. erinnerte sich, wie ihre Mutter einmal zu einer Bekannten gesagt hatte, die erste Trotzreaktion ihrer Tochter gegen Professor Cole sei es gewesen, als Mädchen auf die Welt zu kommen. Er hatte fest mit einem Jungen gerechnet. Seit Jahrhunderten wurden die erstgeborenen Söhne der Coles auf den Namen Robert getauft und erhielten einen zweiten Vornamen, der mit dem Buchstaben J. begann. Dr. Cole hatte sehr ernsthaft über diese Tradition nachgedacht und schließlich für seinen Jungen den Namen Robert Jenner Cole ausgewählt – Jenner zu Ehren jenes Edward Jenner, der die Pockenschutzimpfung begründet hatte. Als das Neugeborene dann ein Mädchen war und klar wurde, daß seine Frau Bernadette Valerie nie wieder einem Kind das Leben schenken können würde, beharrte Dr. Cole darauf, daß man die Tochter Roberta Jenner Cole taufte und Rob J. rief. Das war eine weitere Familientradition: Wurde das Kind zum neuen Rob J. erkoren, bedeutete das die Ankündigung, daß der Familie Cole ein weiterer Arzt geboren worden war.

Bernadette Cole hatte sich seinen Wünschen gefügt bis auf den zweiten Vornamen. Kein Männername für ihre Tochter! Sie hatte sich ihrer nordfranzösischen Wurzeln erinnert und durchgesetzt, daß das Mädchen schließlich Roberta Jeanne d'Arc Cole getauft wurde. Auch der Versuch Dr. Coles, für seine Tochter den Rufnamen Rob J. zu etablieren, schlug fehl, denn bald war sie für ihre Mutter und alle, die sie kannten, nur noch R. J., auch wenn ihr Vater es sich nicht nehmen ließ, sie bei zärtlichen Anwandlungen Rob J. zu nennen.

R. J. wuchs in einer komfortablen Wohnung im ersten Stock eines Backsteinhauses in der Beacon Street auf, mit riesigen Magnoliensträuchern vor dem Eingang. Dr. Cole gefiel es dort, weil nur wenige Türen weiter das Backsteinhaus stand, in dem Oliver Wendell Holmes gewohnt hatte, seiner Frau gefiel es, weil für die Wohnung Mietpreisbindung bestand und sie deshalb mit einem Dozentengehalt zu bezahlen war. Aber als sie drei Tage nach dem elften Geburtstag ihrer Tochter an Lungenentzündung starb, war die Wohnung für die Restfamilie plötzlich zu groß.

R. J. hatte staatliche Halbtagsschulen besucht, aber nach dem Tod ihrer Mutter war ihr Vater der Meinung, sie brauche mehr Kontrolle und Ordnung in ihrem Leben, als er ihr bieten konnte, und er schrieb sie in einer Tagesschule in Cambridge ein, zu der sie mit dem Bus fuhr. Seit ihrem siebten Lebensjahr spielte sie Klavier, aber mit zwölf nahm sie in der Schule auch Unterricht in klassischer Gitarre, und schon nach wenigen Jahren hing sie am Harvard Square herum, um zusammen mit anderen Straßenmusikanten zu spielen und zu singen. Auf der Gitarre war sie sehr gut, ihre Stimme schien zwar nicht die allerbeste, aber sie erfüllte ihren Zweck. Mit fünfzehn verleugnete sie ihr wahres Alter und wurde singende Kellnerin in dem Club, in dem Joan Baez, ebenfalls Tochter eines Bostoner Universitätsprofessors, ihre Karriere begonnen hatte. In diesem September hatte R. J. zum erstenmal Sex, mit dem Schlagmann der MIT-Rudermannschaft auf dem Dachboden des MIT-Bootshauses. Es war unappetitlich und schmerzhaft, und diese Erfahrung nahm ihr die Lust am Sex, aber nicht für immer. Nicht einmal für lange.

R. J. war der Überzeugung, daß der zweite Vorname, den ihre Mutter für sie ausgesucht hatte, ihr Leben stark beeinflußte. Von Kindheit an war sie immer bereit, für eine Sache zu kämpfen. Und obwohl sie ihren Vater inbrünstig liebte, stritt sie sich doch sehr häufig mit ihm. Seine Sehnsucht nach einem Rob J., der in seine medizinischen Fußstapfen treten würde, übte einen ständigen Druck auf sein einziges Kind aus. Wäre dem nicht so gewesen, hätte Roberta vielleicht einen anderen Lebensweg eingeschlagen. Wenn sie nachmittags allein in die stille Wohnung an der Beacon Street zurückkam, ging sie manchmal in sein Arbeitszimmer und zog seine Bücher aus dem Regal. Sie studierte die Sexualorgane der Männer und Frauen und schlug jene Dinge nach, über die ihre Klassenkameraden flüsterten und kicherten. Bald jedoch wurde daraus eine von der frühpubertären Lust nicht mehr beeinflußte Beschäftigung mit Anatomie und Physiologie; so, wie einige ihrer Schulkameraden sich für die Namen von Dinosauriern interessierten, lernte R. J. die Knochen des menschlichen Körpers auswendig. Auf dem Tisch im Arbeitszimmer ihres Vaters befand sich in einem kleinen Eichenkästchen mit Glasdeckel ein altes Skalpell aus gehämmertem blauem Stahl. Die Familienlegende besagte, daß dieses Skalpell vor vielen hundert Jahren einem von R. J.s Vorfahren, einem berühmten Chirurgen, gehört hatte. Manchmal erschien es ihr als durchaus sinnvolle Lebensaufgabe, als Arzt Menschen zu helfen, aber ihr Vater drängte sie zu sehr in diese Richtung, und als es soweit war, trieb er sie mit seinen Erwartungen zu der trotzigen Ankündigung, daß sie im College ein Jura-Vorstudium aufnehmen werde. Als Tochter eines Professors hätte sie die Boston University besuchen können, ohne Studiengebühren bezahlen zu müssen. Aber sie brach aus der jahrhundertelangen Medizinertradition der Coles aus, indem sie ein Dreiviertelstipendium für die Tufts University gewann, in einer Studentenmensa Tische abräumte und zwei Abende pro Woche in dem Club am Harvard Square arbeitete. Die Law School besuchte sie dann allerdings an der Boston University. Zu dieser Zeit hatte sie bereits eine eigene Wohnung am Beacon Hill, hinter dem State House. Ihren Vater besuchte sie regelmäßig, aber sie lebte jetzt ihr eigenes Leben.

Sie war Jurastudentin im dritten Jahr, als sie Charlie Harris kennenlernte – Charlie Harris, M. D., ein langer, schlaksiger junger Mann, dem die Hornbrille unweigerlich an der langen Nase herunterrutschte und seinen freundlichen bernsteinfarbenen Augen einen etwas verwirrten Blick verlieh. Er begann damals gerade seine Assistenzzeit als Chirurg.

R. J. hatte noch nie jemanden kennengelernt, der gleichzeitig so ernst und so lustig sein konnte wie er. Sie lachten viel miteinander, aber sein Humor hörte bei seiner Arbeit auf. Er beneidete R. J., weil sie so mühelos ein Stipendium bekommen und weil sie richtig Spaß an Prüfungen hatte und dabei auch immer sehr gut abschnitt. Er war intelligent und hatte alle Anlagen für einen Chirurgen, aber das Lernen fiel ihm schwer, und Erfolg hatte er nur, weil er sich unermüdlich abrackerte: »Muß mich ums Geschäft kümmern, R. J.« Sie saß im Juristischen Repetitorium, er hatte Bereitschaft. Beide waren immer müde und schlafbedürftig, und ihre Terminpläne machten es ihnen schwer, einander zu sehen. Nach ein paar Monaten gab sie die Wohnung am Beacon Hill auf und zog zu ihm in den umgebauten Stall an der Charles Street, die billigere ihrer beiden Wohnungen.

Drei Monate vor ihren Abschlußprüfungen an der Law School merkte sie, daß sie schwanger war. Zuerst waren sie und Charlie entsetzt darüber, aber schon bald strahlten sie bei dem Gedanken, Eltern zu werden, und sie beschlossen, sofort zu heiraten. Doch einige Tage später, Charlie stand eben im Desinfektionsraum am Waschbecken und bereitete sich auf eine Operation vor, krümmte er sich plötzlich vor Schmerzen im unteren linken Abdominalquadranten. Eine Untersuchung ergab, daß er Nierensteine hatte, die zu groß waren, um auf natürlichem Weg abzugehen, und binnen vierundzwanzig Stunden lag er als Patient in seinem eigenen Krankenhaus. Ted Forester, der beste Chirurg der Abteilung, führte die Operation durch. Die erste postoperative Phase schien Charlie gut zu überstehen, er konnte allerdings kein Wasser lassen. Als er nach achtundvierzig Stunden immer noch nicht uriniert hatte, ordnete Dr. Forester eine Katheterisierung an, und ein Assistenzarzt führte den Katheter ein, der Charlie sofortige Erleichterung brachte. Binnen zwei Tagen war allerdings die Niere infiziert. Trotz Antibiotikagaben breitete sich die Staphylokokkeninfektion im Blutkreislauf aus und setzte sich in einer Herzklappe fest.

Vier Tage nach der Operation saß R. J. neben seinem Bett im Krankenhaus. Sie sah deutlich, daß er sehr krank war. Sie hatte hinterlassen, daß sie Dr. Forester nach der Visite sprechen wolle, und sie wollte auch Charlies Familie in Pennsylvania anrufen, damit seine Eltern mit dem Arzt reden konnten, falls sie wollten.

Charlie stöhnte, und sie stand auf und wusch sein Gesicht mit einem nassen Tuch. »Charlie?«

Sie nahm seine Hände in die ihren, beugte sich über ihn und betrachtete sein Gesicht.

Da ereignete sich etwas. Irgend etwas strömte von seinem Körper in ihren über, wurde ihr bewußt. Sie konnte sich nicht erklären, wie oder warum. Sie bildete es sich nicht ein, sie wußte, es war wirklich so. Auf eine Art, die sie nicht verstand, wurde ihr plötzlich bewußt, daß sie beide nicht miteinander alt werden würden. Sie konnte seine Hände nicht loslassen, nicht weglaufen, nicht einmal weinen. Sie blieb einfach, wo sie war; über ihn gebeugt, hielt sie seine Hände fest, als könne sie ihn zurückholen, und prägte sich seine Gesichtszüge ein, solange sie noch Zeit dazu hatte.

Charlie wurde in einem großen, häßlichen Friedhof in Wilkes-Bane beerdigt. Nach dem Begräbnis saß R. J. in einem Plüschsessel im Wohnzimmer seiner Eltern und ließ die Blicke und die Fragen von Fremden über sich ergehen, bis sich ihr eine Möglichkeit zur Flucht bot. In der winzigen Toilette des Flugzeugs, das sie dann nach Boston zurückbrachte, überwältigte sie die Übelkeit. Sie mußte sich übergeben. Einige Tage lang dachte sie nur daran, wie Charlies Baby wohl aussehen werde. Vielleicht lag es am Schmerz, vielleicht aber wäre, was nun passierte, auch geschehen, wenn Charlie noch am Leben gewesen wäre: Fünfzehn Tage nach seinem Tod hatte R. J. eine Fehlgeburt.

Am Morgen des Abschlußexamens saß sie in einem Raum voller nervöser, angespannter Männer und Frauen. Sie wußte, daß Charlie ihr geraten hätte, sich nur ums Geschäft zu kümmern, und so formte sie in Gedanken einen »frauhohen« Eisklumpen und stellte sich mitten hinein. Kalt verdrängte sie Kummer und Leid und alles andere aus ihrem Bewußtsein und konzentrierte sich nur auf die vielen, schwierigen Fragen der Prüfer.

Ihren eisigen Schutzschild hielt R. J. aufrecht, als sie bei »Wigoder, Grant & Berlow« anfing, einer alteingesessenen Anwaltskanzlei mit Büros auf drei Etagen eines vornehmen Gebäudes an der State Street. Einen Wigoder gab es nicht mehr. Harold Grant, der Geschäftsführer, war mürrisch, vertrocknet und kahlköpfig. George Berlow, Chef der Abteilung Testamente und Nachlaßverwaltung, hatte einen Bauch und ein vom Whiskey rotgeädertes Gesicht. Sein Sohn Andrew Berlow, Anfang Vierzig und unscheinbar, betreute wichtige Immobilienkunden. Er ließ R. J. Verhandlungsschriftsätze und Mietverträge vorbereiten, Routinetätigkeiten, die weitgehend auf vorgegebenem Textmaterial beruhten. Sie fand die Arbeit mühselig und uninteressant, und nach zwei Monaten gestand sie das Andy Berlow. Er nickte und sagte trocken zu ihr, das sei grundlegende Kleinarbeit und eine gute Erfahrung. In der folgenden Woche durfte sie ihn zum Gericht begleiten, aber auch das weckte bei ihr keine große Begeisterung. Das ist nur eine Depression, sagte sie sich und stürzte sich mit Vehemenz auf die Arbeit.

Nach knapp fünf Monaten bei »Wigoder, Grant & Berlow« brach sie zusammen. Es war kein emotionales Zugunglück, eher eine zeitweilige Entgleisung. Eines Abends nach einem langen Arbeitstag mit Andrew Berlow ließ sie sich von ihm zu einem Glas Wein einladen, aus dem schließlich eineinhalb Flaschen wurden, und die beiden landeten in R. J.s Bett. Zwei Tage später lud er sie zum Mittagessen ein und erklärte ihr nervös, daß er zwar geschieden sei, aber »eine Beziehung zu einer Frau habe, genaugenommen mit ihr zusammenlebe«. R. J.s Reaktion interpretierte er als wohlwollend und verständnisvoll; tatsächlich aber war der einzige Mann, der sie interessierte, tot. Bei diesem Gedanken bekam ihr eisiger Schutzschild Risse und bröckelte von ihr ab. Als ihr die Tränen kamen, verließ sie das Büro und ging nach Hause, und dort blieb sie auch. Andy Berlow deckte sie, da er glaubte, sie verschmachte vor Liebe zu ihm.

Sie sehnte sich nach einem langen Gespräch mit Charlie Harris. Sie sehnte sich danach, wieder seine Geliebte zu sein, und sie sehnte sich nach seinem Phantomkind, nach dem Baby, das seins gewesen wäre. Sie wußte, daß keiner dieser Wünsche in Erfüllung gehen konnte, aber der Kummer hatte sie zum Wesentlichen zurückgeführt, und sie erkannte, daß es einen Aspekt ihres Lebens gab, den sie aus eigener Kraft ändern konnte.

Der zweite Weg

R. J.s Entscheidung, Medizin zu studieren, war genau das, was ihr Vater sich immer gewünscht hatte, aber Professor Cole liebte seine Tochter und ging das Thema sehr behutsam an.

»Tust du es, weil du irgendwie das Gefühl hast, Charlies Stelle einnehmen zu müssen?« fragte er sie sanft. »Willst du spüren und erleben, was er gespürt und erlebt hat?«

»Teilweise schon, das muß ich zugeben«, antwortete sie, »aber das ist nur ein kleiner Teil davon.« Sie hatte sehr eingehend über diese Sache nachgedacht und war zu einer ausgereiften Entscheidung gelangt. Dabei hatte sie erkannt, daß sie jede frühere Regung, Ärztin zu werden, nur deshalb unterdrückt hatte, weil sie sich gegen ihren Vater hatte auflehnen wollen. Auch jetzt gab es noch Probleme in ihrer Beziehung. So sah sie sich außerstande, sich an der Boston University School of Medicine zu bewerben, denn dort gehörte ihr Vater zum Lehrkörper. Sie erhielt einen Studienplatz am Massachusetts College of Physicians and Surgeons, allerdings mit mangelnder Qualifikation in organischer Chemie, die sie jedoch in einem Ferienkurs nachholte.

Für Medizinstudenten gab es keine angemessenen Beihilfen. R. J. erhielt nur ein Viertelstipendium und ging davon aus, daß sie sich stark verschulden mußte. Ihr Vater hatte ihr durch das Jurastudium geholfen, indem er ihre Einkünfte aus dem Stipendium und den Nebenjobs ein wenig aufbesserte, und er war auch bereit, sie beim Medizinstudium zu unterstützen, auch wenn es Opfer gekostet hätte. Doch die Leute bei »Wigoder, Grant & Berlow« waren fasziniert von dem, was sie vorhatte. Sol Foreman, Chef der Abteilung medizinische Rechtsstreitigkeiten, lud sie zum Mittagessen ein, obwohl sie sich noch nie begegnet waren.

»Andy Berlow hat mir von Ihnen erzählt. Um Ihnen die Wahrheit zu sagen, Miss Cole, als Anwältin, die Medizin studiert, sind Sie für unsere Kanzlei viel mehr wert denn als Assistentin in der Immobilienabteilung. Sie werden in der Lage sein, die Fakten für wichtige Fälle vom medizinischen Standpunkt aus zu recherchieren, aber gleichzeitig werden Sie Schriftsätze verfassen können, wie ein ausgebildeter Jurist es tut. Wir zahlen gut für diese Art von Fachkenntnissen.«

Das war ihr sehr willkommen. »Wann soll ich anfangen?«

»Warum versuchen Sie es nicht gleich?«

Während sie also im Ferienkurs Chemie paukte, recherchierte sie gleichzeitig im Fall einer neunundzwanzigjährigen Frau, die an aplastischer Anämie gestorben war, und zwar infolge einer Behandlung mit Penizillinamid, das die Blutbildung im Knochenmark hemmte. Sie machte sich vertraut mit jeder medizinischen Bibliothek in Boston, und sie kämpfte sich durch Karteien, Bücher, medizinische Fachzeitschriften und Forschungsberichte, wobei sie viel über Antibiotika erfuhr.

Foreman schien mit dem Ergebnis zufrieden zu sein, und er gab ihr sofort einen zweiten Auftrag. Sie bereitete den Verhandlungsschriftsatz für den Fall eines neunundfünfzigjährigen Lehrers vor, der sich bei einer Operation des Hüftgelenks eine durch ungenügend gefilterte Luft im Operationssaal verursachte Infektion im Knochenmark zugezogen hatte, die drei Jahre in seinem Körper schwelte, bis sie ausbrach und ihm eine instabile Hüfte und ein verkürztes Bein einbrachte.

Danach brachten ihre Recherchen die Kanzlei dazu, den Fall eines Mannes abzulehnen, der nach einer erfolglosen Vasektomie seinen Chirurgen verklagen wollte. R. J. wies daraufhin, daß der Chirurg den Mann vor dem Risiko eines Fehlschlags gewarnt und ihm geraten hatte, nach der Operation sechs Monate lang Verhütungsmittel zu benutzen, einen Rat, den der Mann jedoch nicht befolgt hatte.

Bei »Wigoder, Grant & Berlow« war man sehr angetan von ihrer Arbeit. Foreman zahlte ihr ein monatliches Grundhonorar, zu dem sie sich fast jeden Monat eine zusätzliche Leistungsvergütung verdiente, und er war bereit, ihr so viele Fälle zu übertragen, wie sie bearbeiten konnte. Im September nahm sie, um die finanzielle Lage noch mehr zu entspannen, eine andere Medizinstudentin als Wohnungsgenossin auf, eine sehr schöne schwarze Frau aus Fulton, Missouri, mit dem Namen Samantha Porter. Mit minimalster Hilfe von ihrem Vater war es R. J. nun möglich, die Studiengebühren und ihren Lebensunterhalt zu bestreiten und dazu noch ein Auto zu fahren. Der Anwaltsberuf, den sie aufgegeben hatte, ermöglichte es ihr, ohne finanzielle Härten Medizin zu studieren.

Sie war eine von elf Frauen in einem Semester von neunundneunzig Studenten. Es war, als habe sie sich verirrt und nun endlich den richtigen Weg gefunden. Jede Vorlesung bedeutete für sie eine enorme Bereicherung. Sie merkte, daß sie Glück gehabt hatte bei der Wahl ihrer Wohnungsgenossin. Samantha Porter war das älteste von acht Kindern, aufgewachsen auf einer kleinen Pachtfarm, die kaum den Unterhalt für die Familie abwarf. Alle Porter-Kinder pflückten Baumwolle und ernteten Gemüse für andere Leute, sie übernahmen jede Arbeit, wenn sie nur ein wenig Geld einbrachte. Mit sechzehn wurde Samantha, damals bereits eine große Frau mit breiten Schultern, von einer Fleischverpackungsfirma angestellt, wo sie nach der Schule und in den Ferien arbeitete. Ihre Vorgesetzten mochten sie, weil sie stark genug war, um schwere gefrorene Fleischstücke zu schleppen, und weil sie gute Manieren hatte und man sich auf sie verlassen konnte. Nachdem sie ein Jahr lang Innereienkarren durch die Halle geschoben hatte, lernte man sie als Fleischerin an. Die Fleischer arbeiteten mit Kettensägen und Messern, die so scharf waren, daß sie problemlos Fleisch und Bindegewebe durchtrennten, und es war nicht ungewöhnlich, daß ein Arbeiter sich ernsthaft verletzte. Samantha trug einige kleine Schnittwunden davon und gewöhnte sich an verbundene Finger, aber größere Unfälle konnte sie vermeiden. Trotz der täglichen Arbeit nach der Schule war sie die erste in der Familie, die ihren High-School-Abschluß machte. Und obwohl sie auch in den folgenden fünf Sommern in der Fleischfabrik arbeitete, machte sie an der University of Missouri zuerst ihren Bachelor und dann ihren Master in vergleichender Anatomie, und den Grundkurs in menschlicher Anatomie an der Medical School begann sie mit einem eindrucksvollen Wissen über Knochenbau, innere Organe und das Kreislaufsystem der Tiere.

R. J. und Samantha entwickelten eine enge Freundschaft zu einer der anderen Frauen ihres Semesters. Gwendolyn Bennett war eine lebhafte Rothaarige aus Manchester, New Hampshire. Zwar hatte die Medizin große Veränderungen durchgemacht, aber eine Domäne der Männer war sie noch immer. Es gab fünf Frauen im Lehrkörper, doch alle Lehrstühle und alle Verwaltungsposten waren mit Männern besetzt. In den Kursen wurden die Männer häufig aufgerufen, die Frauen dagegen eher übersehen. Doch die drei Freundinnen waren entschlossen, sich nicht ignorieren zu lassen. Gwen hatte bereits Erfahrungen als Frauenrechtlerin am Mount Holyoke College gemacht, und sie skizzierte den anderen ihre Strategie.

»Wir müssen uns in den Kursen freiwillig melden. Der Dozent stellt Fragen, und wir heben die Hand, strecken sie ihm direkt in sein sexistisches Gesicht und geben ihm die richtige Antwort. Wir machen auf uns aufmerksam, weil wir uns die Hacken abarbeiten, klar? Das heißt, wir müssen intensiver studieren als die Männer, besser vorbereitet sein als sie, sie in allem übertrumpfen.«

Für R. J. bedeutete das eine enorme Arbeitsbelastung zusätzlich zu den medizinisch-juristischen Recherchen, die sie übernahm, um an der Universität bleiben zu können, aber das war auch genau die Herausforderung, die sie brauchte. Die drei lernten gemeinsam, hörten sich vor Prüfungen gegenseitig ab und gaben einander Nachhilfe, wenn sie Wissenslücken oder Schwächen bemerkten.

Im großen und ganzen war ihre Strategie von Erfolg gekrönt, auch wenn sie sehr schnell als aggressive Frauen verschrien waren. Einige Male glaubten sie, schlechtere Noten bekommen zu haben, weil ein Dozent Vorurteile gegen sie hatte, aber meistens erhielten sie die guten Bewertungen, die sie verdient hatten. Mit Männern gingen sie nur gelegentlich aus, weil Zeit und Kraft zu etwas Kostbarem geworden waren, mit dem man geizen mußte. An freien Abenden gingen sie gemeinsam ins Anatomielabor, das zu Samanthas eigentlichem Zuhause geworden war. Von Anfang an wußte jeder in der Anatomie, daß Samantha ein As war, eine zukünftige Professorin in ihrem Spezialgebiet. Während andere Studenten um einen Arm oder ein Bein zum Sezieren kämpfen mußten, war für Samantha immer irgendwie eine ganze Leiche reserviert, und die teilte sich Sam mit ihren zwei Freundinnen. In vier Jahren hatten sie zusammen vier Tote seziert: einen älteren, glatzköpfigen Chinesen mit überentwickeltem Brustkorb, der auf ein chronisches Emphysem hindeutete, eine alte schwarze Frau mit grauen Haaren und zwei Weiße, einen athletischen Mann mittleren Alters und eine Schwangere etwa in ihrem Alter. Samantha führte R. J. und Gwen ins Studium der Anatomie ein, als wäre es ein exotisches Wunderland. Stundenlang konnten sie sezieren, Schicht um Schicht legten sie frei, Muskeln und Organe, Gelenke und Blutgefäße stellten sie dar und skizzierten sie mit höchster Detailgenauigkeit und nahmen so Einblick in die wundervolle Komplexität und die Geheimnisse des menschlichen anatomischen Apparats.

Kurz vor Beginn des zweiten Jahres an der Medical School gaben R. J. und Samantha die Wohnung an der Charles Street auf. R. J. war froh, den umgebauten Stall zu verlassen, war er doch voller Erinnerungen an Charlie. Sie taten sich mit Gwen zusammen und mieteten sich zu dritt eine heruntergekommene Eisenbahnerwohnung nur einen Block von der Medical School entfernt. Sie lag am Rand eines zwielichtigen Viertels, aber von dort aus mußten sie nicht wertvolle Zeit vergeuden, um in die Labore oder ins Krankenhaus zu kommen. Am Abend vor Semesterbeginn gaben sie eine Einzugsparty, und typischerweise waren es die Gastgeberinnen selbst, die ihre Gäste ziemlich früh wieder hinausscheuchten, um am nächsten Morgen in Topform zu sein.

Als dann die Zeit der klinischen Praktika auf den Krankenstationen begann, stürzte R. J. sich in diese Arbeit, als hätte sie sich ihr ganzes Leben lang darauf vorbereitet. Sie sah die Medizin mit anderen Augen als die meisten ihrer Kommilitonen. Weil sie Charlie Harris wegen eines verunreinigten Katheters verloren hatte und weil sie sich als Juristin ständig mit Kunstfehlerprozessen beschäftigte, neigte sie dazu, Gefahren zu erkennen, für die ihre Mitstudenten blind waren.

Bei ihren juristischen Recherchen stieß sie auf einen Bericht eines Dr. Knight Steel vom Boston University Medical Center, der achthundertfünfzehn aufeinanderfolgende medizinische Fälle (ausgenommen Krebs, da bei der Chemotherapie das Risiko fataler Nebenwirkungen sehr hoch ist) untersucht hatte. Von diesen Patienten zeigten zweihundertneunzig – das ist mehr als ein Drittel – iatrogene Symptome.

Bei dreiundsiebzig Patienten, neun Prozent, kam es zu Komplikationen, die lebensbedrohend waren oder permanente Behinderungen hinterließen – Katastrophen also, die nicht passiert wären, wenn diese Menschen sich von Ärzten und Krankenhäusern ferngehalten hätten.

Zu diesen Vorfällen war es gekommen bei der Medikation, bei Diagnoseverfahren und Behandlung, bei Ernährung, Pflege und Transport, bei Herzkatheterisierung, intravenösen Prozeduren, Arteriographie und Dialyse, bei Harnröhrenkatheterisierung und einer Vielzahl anderer Verfahren, die ein Patient über sich ergehen lassen muß.

Bald war es R. J. klar, daß den Patienten in jedem Bereich der medizinischen Versorgung von ihren Wohltätern Gefahren drohten. Je mehr neue Medikamente auf den Markt kamen und je mehr Tests und Laboruntersuchungen von Ärzten als Schutz gegen Kunstfehlerprozesse angeordnet wurden, desto höher wurde auch das Risiko iatrogener Schädigungen. Dr. Franz Ingelfinger, höchst angesehener Professor für Medizin in Haryard und Herausgeber des »New England Journal of Medicine«, schrieb: »Gehen wir davon aus, daß achtzig Prozent der Patienten an Krankheiten leiden, die entweder selbstlimitierend oder auch von der modernen Medizin nicht zu verbessern sind. In knapp über zehn Prozent aller Fälle jedoch zeigt ein medizinisches Eingreifen deutlichen Erfolg. Leider ist es bei den verbleibenden neun Prozent, plus oder minus einige Zehntel, so, daß der Arzt unangemessen diagnostiziert oder behandelt, oder er hat einfach Pech. Was immer der Grund auch sein mag, der Patient bekommt iatrogene Probleme.«

R. J. erkannte, daß trotz des hohen Aufwands an Geld und menschlichem Leid die Medical Schools bei den Studenten weder ein Bewußtsein für das Risiko menschlichen Fehlverhaltens bei der Patientenbehandlung ausbildeten noch ihnen beibrachten, wie sie auf Kunstfehlervorwürfe zu reagieren hatten, und das trotz der starken Zunahme von Prozessen gegen Ärzte. Im weiteren Verlauf ihrer Arbeit für »Wigoder, Grant & Berlow« stellte R. J. eine umfangreiche Akte mit Fällen und Daten aus diesen beiden Bereichen zusammen.

Nach dem Examen brach das Trio auseinander. Samantha hatte schon immer gewußt, daß sie einmal Anatomie lehren wollte, und sie nahm deshalb eine Stelle als Assistenzärztin in der Pathologie des Yale New Haven Medical Center an. Gwen hatte beinahe bis zum Ende ihrer vier Jahre an der Medical School keine Ahnung, in welche Richtung sie sich spezialisieren wollte, doch schließlich brachte ihr politisches Engagement sie auf die Gynäkologie, und sie ging als Assistenzärztin an das Mary Hitchcock Hospital in Hanover, New Hampshire. R. J. wollte alles kennenlernen, was das Leben als Ärztin mit sich brachte. Sie blieb in Boston und begann eine dreijährige Assistenzzeit am Lemuel Grace Hospital. Auch in den schlimmsten Zeiten, wenn sie mit Dreckarbeit eingedeckt wurde, trotz all der Plackerei, der Schlaflosigkeit und den endlosen Bereitschaftsdiensten, zweifelte sie keinen Augenblick an dem, was sie tat. Sie war die einzige Frau unter dreißig internistischen Assistenten. Wie in der Law School und der Medical School mußte sie ein wenig lauter reden als die Männer und ein wenig mehr arbeiten. Das Ärztezimmer war Männergebiet, wo ihre Assistentenkollegen sich gehenließen, obszöne Witze über Frauen rissen (die gynäkologischen Assistenten hießen nur »Mösenmeister«) und sie meist ignorierten. Aber sie hatte von Anfang an ihr Ziel fest vor Augen, und das hieß, die beste Ärztin zu werden, die sie nur werden konnte, und sie konnte es sich leisten, sich über Sexismus erhaben zu fühlen, wenn er ihr begegnete, so, wie sie bei Samantha gesehen hatte, daß diese sich über Rassismus erhaben fühlte.

Schon früh in ihrer Ausbildung hatte sie ein ausgeprägtes Talent als Diagnostikerin bewiesen, und sie betrachtete gern jeden Patienten als Rätsel, das sie mit ihrer Intelligenz und ihrem Wissen lösen mußte. Als sie eines Abends mit einem älteren männlichen Herzpatienten namens Bruce Weiler scherzte, nahm sie seine Hände und drückte sie.

Sie konnte sie nicht mehr loslassen.

Es war, als wäre sie mit dem Patienten verbunden über ... über was? Benommen registrierte sie eine plötzliche Gewißheit, die sie Augenblicke zuvor noch nicht gehabt hatte. Am liebsten hätte sie Mr. Weiler eine Warnung zugerufen. Statt dessen murmelte sie nur eine verworrene Nettigkeit und brachte die folgenden vierzig Minuten damit zu, über seinen Akten zu brüten und ihm immer wieder Puls und Blutdruck zu messen und sein Herz abzuhören. Die Nerven gehen mit mir durch, sagte sie sich, denn nichts in Bruce Weilers Krankenblatt oder seinen Vitalfunktionen wies darauf hin, daß sein genesendes Herz etwas anderes als stark war und täglich stärker wurde.

Trotzdem war sie sich sicher, daß er sterben würde.

Zu Fritzie Baldwin, dem Stationsarzt, sagte sie nichts. Sie konnte ihm nichts sagen, was einen Sinn ergeben hätte.

Aber in den frühen Morgenstunden barst Mr. Weilers Herz wie eine schadhafte Röhre, und er war tot.

Einige Wochen später hatte sie ein ähnliches Erlebnis. Besorgt und zugleich fasziniert erzählte sie ihrem Vater von den Vorfällen. Professor Cole nickte, und sie konnte ein interessiertes Aufleuchten in seinen Augen sehen.

»Manchmal scheinen Ärzte einen sechsten Sinn zu besitzen, der sie vorausahnen läßt, wie ein Patient reagiert.«

»Ich habe das schon einmal erlebt, lange bevor ich Ärztin wurde. Ich wußte plötzlich, daß Charlie Harris sterben würde. Ich wußte es mit absoluter Sicherheit.«

»In unserer Familie gibt es eine Legende«, sagte er zögernd, und R. J. stöhnte innerlich auf, denn sie war nicht in der Stimmung für Familienlegenden. »Es heißt, daß über die Jahrhunderte hinweg einige der Cole-Ärzte den nahenden Tod vorhersagen konnten, indem sie den Patienten die Hände hielten.«

R. J. schnaubte verächtlich.

»Nein, das meine ich ernst. Sie nannten es die Gabe.«

»Also komm, Dad. Das ist doch Aberglauben! Und zwar noch aus den Tagen, als Ärzte Molchaugen und Krötenzehen verschrieben. Ich glaube nicht an Magie.«

»Von Magie war nicht die Rede«, sagte er nachsichtig. »Ich meine, einige in unserer Familie wurden mit besonderen sensorischen Fähigkeiten geboren, die ihnen gestatteten, Informationen zu empfangen, die für die meisten von uns nicht wahrnehmbar sind. Angeblich hatten mein Großvater Robert Jefferson Cole und mein Urgroßvater Robert Judson Cole, die beide als Landärzte in Illinois praktizierten, diese Gabe. Sie kann Generationen überspringen. Es heißt, einige meiner Cousins hätten sie besessen. Ich habe zwar die hochgeschätzten Familienerbstücke, Rob J.s Skalpell, das meinen Schreibtisch schmückt, und die Gambe meines Urgroßvaters bekommen, aber *die* Gabe wäre mir lieber gewesen.«

»Dann … hast du so etwas also nie erlebt?«

»Natürlich weiß ich meistens, ob ein Patient überlebt oder stirbt. Aber nein, ein sicheres Wissen um den nahen Tod ohne irgendwelche Anzeichen oder Symptome hatte ich noch nie. Natürlich«, ergänzte er beiläufig, »besagt die Legende auch, daß die Gabe durch den Gebrauch von Stimulantien abgestumpft oder zerstört wird.«

»Damit scheidest du aus«, sagte R. J. Jahrelang, bis die Ärztegeneration, der er angehörte, sich eines Besseren besann, hatte

Professor Cole sich häufig den Genuß einer guten Zigarre gestattet, und auch heute noch belohnte er sich jeden Abend mit einem guten Single Malt Whisky.

R. J. hatte während der High-School ein paarmal Marihuana probiert, sich aber nie das Rauchen in der einen oder der anderen Form angewöhnt. Wie ihr Vater mochte sie Alkohol. Sie hatte es zwar nie so weit kommen lassen, daß er ihre Arbeit beeinträchtigte, aber in Zeiten starker Belastung empfand sie einen Drink als ausgesprochene Wohltat, die sie sich gerne gönnte.

Gegen Ende des dritten Jahres ihrer Assistenzzeit wußte R. J., daß sie ganze Familien behandeln wollte, Menschen jedes Alters und beiderlei Geschlechts. Aber um das angemessen tun zu können, mußte sie mehr über die medizinischen Probleme von Frauen wissen. Sie holte die Genehmigung ein, in der Abteilung für Gynäkologie und Geburtshilfe statt nur einen Rotationszyklus drei solche zu durchlaufen. Nach Abschluß ihrer Assistenzzeit arbeitete sie ein Jahr lang als Stationsärztin in dieser Abteilung und nutzte gleichzeitig das Angebot, für ein großes Forschungsprojekt zum Themenbereich hormonelle Probleme von Frauen die medizinischen Untersuchungen durchzuführen. In diesem Jahr bestand sie auch die Aufnahmeprüfung für die American Academy of Internal Medicine.

Inzwischen war sie im Krankenhaus bereits ein alter Hase. Es war allgemein bekannt, daß sie umfangreiche juristisch-medizinische Vorarbeiten für Kunstfehlerprozesse geleistet hatte, die einigen Versicherungsgesellschaften teuer zu stehen gekommen waren. Die Prämien für Versicherungen gegen Kunstfehler schnellten in die Höhe. Einige Ärzte sagten in unverhülltem Zorn, es sei unentschuldbar, daß ein Arzt etwas tue, das einem Kollegen schade, und während ihrer Ausbildungsjahre kam es immer wieder zu unerfreulichen Situationen, etwa wenn jemand sich nicht die Mühe machte, die Animosität, die er ihr gegenüber hegte, zu verbergen. Aber sie hatte auch an einer ganzen Reihe von Fällen gearbeitet, bei denen ihr Gutachten für die

Verteidigung den beklagten Arzt gerettet hatte, und auch das wurde allgemein bekannt.

R. J. hatte eine sachliche Antwort für jeden, der sie angriff. »Die Lösung heißt nicht, Kunstfehlerprozesse auszumerzen. Die Lösung heißt, gewohnheitsmäßige Kunstfehler auszumerzen, der Allgemeinheit beizubringen, keine unberechtigten Forderungen zu stellen, und den Ärzten beizubringen, wie sie sich schützen können, wenn ihnen einmal die Fehler passieren, die jedem Menschen passieren. Wir nehmen uns das Recht heraus, ansonsten ehrliche Polizisten zu kritisieren, die bestechliche Kollegen wegen ihres ›blauen Ehrenkodex‹ schützen. Aber wir haben unseren ›weißen Ehrenkodex‹. Der gestattet es einigen Ärzten, sich mit klinischer Schlampigkeit und schlechter Behandlung durchzumogeln, und ich sage: zum Teufel damit!«

Das hörte jemand. Gegen Ende ihrer Zeit in der Abteilung für Gynäkologie und Geburtshilfe fragte Dr. Sidney Ringgold, der medizinische Direktor am Lemuel Grace Hospital, ob sie Interesse habe, zwei Kurse zu halten: »Die Verhinderung von und die Verteidigung bei Kunstfehlerklagen« für Studenten im vierten Jahr und »Die Vermeidung iatrogener Komplikationen« für Studenten im dritten Jahr. Zu dieser Dozentur gehörte auch die Aufnahme ins medizinische Stammpersonal des Krankenhauses. R. J. nahm das Angebot sofort an. Ihre Berufung provozierte Murren und einige Beschwerden innerhalb der Abteilung, aber Dr. Ringgold wehrte sie gelassen ab, und alles ging gut.

Samantha Porter war gleich nach ihrer Assistenzzeit als Dozentin für Anatomie an die Medical School der State University in Worcester gegangen. Gwen Bennett war in die angesehene Praxis eines Gynäkologen in Framingham eingetreten und arbeitete bereits nebenher in der Family Planning Clinic. Die drei Frauen blieben enge Freundinnen und politische Verbündete. Gwen und Samantha sowie eine ganze Reihe anderer Frauen und fortschrittlicher Ärzte hatten R. J. energisch unterstützt, als sie die Einrichtung der Ambulanz zur Behandlung des prämenstruellen Syndroms forderte, und nach einigen Grabenkämpfen mit Ärzten, die dies als reine Geldverschwendung betrachteten, war die PMS-Clinic zum festen Bestandteil des Krankenhauses und die PMS-Problematik Teil des Lehrplans geworden.

Besonders hart trafen all diese Kontroversen Professor Cole. Er war ein prominenter Vertreter des medizinischen Establishments, und die harsche Kritik an seiner Tochter, vor allem der Vorwurf, sie verrate gelegentlich ihre eigenen Kollegen, war für ihn nur schwer zu ertragen. Aber R. J. wußte, daß er stolz auf sie war. Trotz ihrer früheren Differenzen hatte er ihr immer wieder beigestanden. Ihre Beziehung war stark, und jetzt zögerte sie nicht, sich wieder an ihren Vater zu wenden.

Das letzte Cowgirl

Sie trafen sich zum Abendessen im »Pinerola's«, einem Restaurant im North End. Bei ihrem ersten Besuch, damals mit Charlie Harris, hatte R. J. eine dunkle Gasse zwischen zwei Mietshäusern entlanggehen und dann eine steile Treppe zu einem Raum hochsteigen müssen, der im wesentlichen nur eine Küche mit drei kleinen Tischen war. Carla Pinerola war die Köchin, zu der Zeit nur unterstützt von ihrer betagten Mutter, von der sie oft mürrisch angefahren wurde. Carla war mittleren Alters, sexy, ein Original. Sie hatte einen Gatten, der sie schlug; manchmal, wenn R. J. und Charlie in das Restaurant kamen, hatte Carla einen blauen Fleck am Arm oder ein Veilchen am Auge. Inzwischen war die alte Mutter tot, und Carla ließ sich nicht mehr sehen; sie hatte eins der Mietshäuser gekauft, die ersten beiden Stockwerke entkernt und dort ein großes und komfortables Speiselokal eingerichtet. Jetzt gab es immer eine lange Schlange von Stammgästen, die auf ihre Tische warteten, Geschäftsleute und College-Studenten. R. J. mochte das Restaurant immer noch, das Essen war beinahe so gut wie in den alten Tagen, und sie hatte sich inzwischen angewöhnt, nie ohne Reservierung hinzugehen.

Sie saß am Tisch und beobachtete, wie ihr Vater, der sich leicht verspätet hatte, auf sie zugeeilt kam. Seine Haare waren inzwischen fast völlig grau geworden. Sein Anblick erinnerte sie daran, daß auch sie älter wurde.

Sie bestellten Antipasti, Scaloppine di vitello alla Marsala und den Hauswein, und sie redeten über die Red Sox, über das Theaterleben in Boston und über die Arthritis in seinen Händen, die inzwischen ziemlich schmerzhaft war.

R. J. trank einen Schluck von ihrem Wein und erzählte ihm, daß sie vorhabe, in Woodfield eine Privatpraxis zu eröffnen.

»Warum eine Privatpraxis?« Er war unübersehbar erstaunt, unübersehbar besorgt. »Und warum in einem solchen Kaff?«

»Es wird Zeit, daß ich aus Boston wegkomme. Nicht als Ärztin, sondern als Mensch.«

Professor Cole nickte. »Das verstehe ich. Aber warum gehst du nicht an ein anderes Medical Center? Oder arbeitest für... ich weiß auch nicht, für ein medizinisch-juristisches Institut?«

Sie hatte von Roger Carleton am Hopkins einen Brief erhalten, in dem er ihr mitteilte, daß im Augenblick keine Mittel für eine Stelle vorgesehen seien, die ihr zusagen würde, daß er ihr aber für sechs Monate Arbeit in Baltimore besorgen könne. Von Irving Simpson hatte sie ein Fax bekommen mit der Mitteilung, daß man sie an der Penn sehr gerne einstellen wolle, und ob sie nicht nach Philadelphia kommen wolle, um über das Finanzielle zu reden.

»Ich will das alles nicht machen. Ich will eine richtige Ärztin werden.«

»Ach du meine Güte, R. J.! Was bist du denn jetzt?«

»Ich will Allgemeinärztin in einem kleinen Ort sein.« Sie lächelte. »Ich glaube, ich bin eine Reinkarnation deines Großvaters.«

Bemüht, die Fassung zu wahren, musterte Professor Cole seine arme Tochter, die es sich in den Kopf gesetzt hatte, ihr ganzes Leben lang gegen den Strom zu schwimmen. »Es gibt einen Grund, warum zweiundsiebzig Prozent aller amerikanischen Ärzte Spezialisten sind, R. J., Spezialisten verdienen das große Geld, zwei- oder dreimal mehr als praktische Ärzte, und sie können nachts durchschlafen. Wenn du Landärztin wirst, machst du dir das Leben sehr viel schwerer. Weißt du, was ich tun würde, wenn ich in deinem Alter wäre, in deiner Lage, so unabhängig, wie du jetzt bist? Ich würde mich fortbilden und fortbilden, alles in mein Hirn stopfen, was gerade noch hineingeht. Ich würde ein Superspezialist werden.«

R. J. stöhnte. »Keinen Stationsdienst mehr, mein lieber Dad, und auf keinen Fall noch eine Assistenzzeit! Ich will hinter die Technologie sehen, hinter diese ganzen Apparate, ich will die

Menschen sehen. Ich habe fest vor, Landärztin zu werden. Ich nehme es in Kauf, weniger zu verdienen. Mir geht es um das Leben.«

»Das Leben?« Er schüttelte den Kopf. »R. J., du bist wie dieser letzte Cowboy aus diesen Romanen und Liedern, der sein Pferd sattelt und durch endlose Verkehrsstaus und Wohnsiedlungen reitet, immer auf der Suche nach der verschwundenen Prärie.«

Sie lächelte und schüttelte den Kopf. »Die Prärie ist vielleicht verschwunden, Dad, aber die Hügel gibt es noch, drüben am anderen Ende des Staates, und die sind voller Menschen, die Ärzte brauchen. Die Allgemeinmedizin ist die reinste Form ärztlicher Praxis. Ich werde sie mir selbst zum Geschenk machen.«

Sie ließen sich Zeit mit dem Essen, redeten viel. Sie hörte aufmerksam zu, denn sie wußte, daß er sich in der Medizin sehr gut auskannte.

»Schon in wenigen Jahren wirst du das amerikanische Gesundheitssystem nicht mehr wiedererkennen. Es wird sich vollständig ändern«, sagte er. »Der Präsidentschaftswahlkampf ist jetzt in seiner heißen Phase, und Bill Clinton verspricht dem amerikanischen Volk, daß alle eine Krankenversicherung bekommen werden, wenn er die Wahl gewinnt.«

»Glaubst du, daß er das Versprechen auch einlösen kann?«

»Ich bin fest überzeugt, daß er es ernsthaft versuchen wird. Er scheint der erste Politiker zu sein, dem es zu Herzen geht, daß es arme Menschen ohne medizinische Versorgung gibt, und der gesteht, daß er sich für den augenblicklichen Zustand schämt. Eine allgemeine Krankenversicherung wird deinen praktischen Ärzten das Leben leichtermachen und gleichzeitig die Einkommen der Spezialisten senken. Wir müssen abwarten und sehen, was auf uns zukommt.«

Sie besprachen die finanziellen Voraussetzungen ihres Vorhabens. Nach Abzug der Schulden würde von dem Geld für das Haus an der Brattle Street nicht mehr viel übrigbleiben, die Immobilienpreise waren im Keller. Sie hatte sich sorgfältig ausgerechnet, wieviel sie brauchte, um eine Privatpraxis einzurichten und zu eröffnen und das erste Jahr zu überstehen. Es fehlten ihr knapp dreiundfünfzigtausend Dollar. »Ich habe mit einigen Banken gesprochen, und ich kann das Geld aufnehmen. Ich habe ausreichende Sicherheiten für ein Darlehen, aber sie bestehen auf einem Bürgen.« Das war eine Demütigung, denn sie bezweifelte, ob man das von Tom Kendricks auch verlangen würde.

»Du bist dir hundertprozentig sicher, daß du genau das willst?«

»Hundertprozentig.«

»Dann werde ich für dich bürgen, wenn du gestattest.«

»Danke, Dad!«

»Einerseits macht es mich wahnsinnig, wenn ich mir vorstelle, auf was du dich da einläßt, andererseits muß ich dir gestehen, daß ich dich beneide.«

R. J. hob seine Hand an ihre Lippen. Bei Cappuccino gingen sie gemeinsam ihre Berechnungen durch. Seiner Ansicht nach hatte sie zu knapp kalkuliert, und er meinte, sie solle zehntausend Dollar mehr aufnehmen. Sie war entsetzt über eine solch hohe Verschuldung und wehrte sich energisch dagegen, aber am Ende sah sie ein, daß er recht hatte, und war bereit, das Darlehen aufzustocken.

»Du bist eine Kanone, meine Tochter.«

»Du bist auch eine Kanone, mein Alter.«

»Und wirst du auch zurechtkommen, ganz alleine da oben in den Hügeln?«

»Du kennst mich doch, Dad! Ich brauche niemanden. Bis auf dich«, sagte sie, beugte sich über den Tisch und küßte ihn auf die Wange.

ZWEITER TEIL

Das Haus an der Grenze

Metamorphose

R. J. lud Tessa Martula zum Mittagessen ein. Tessa weinte in ihren Hummertopf und war abwechselnd bockig und verzweifelt. »Ich weiß nicht, warum Sie hier alles hinschmeißen und davonlaufen müssen«, sagte sie. »Sie hätten mein Aufzug sein können, die Berufsleiter höher und höher.«

»Sie sind eine hervorragende Sekretärin, und Sie werden weiterkommen. Und ich laufe nicht davon«, sagte R. J. geduldig, »sondern auf einen Ort zu, der besser für mich ist – glaube ich zumindest.«

Sie versuchte, so zuversichtlich zu sein, wie sie klang, aber es war, als würde sie noch einmal den Schulabschluß machen, so viele Ängste und Unsicherheiten trieben sie um. In den letzten Jahren hatte sie nicht oft Geburtshilfe geleistet, und nun fühlte sie sich einer solchen Situation nicht ganz gewachsen. Lew Stanetsky, der Chef der Geburtshilfestation, gab ihr gute Ratschläge, allerdings auf eine Art, die eine Mischung aus Fürsorge und Belustigung erkennen ließ. »Dann wollen Sie also Landärztin werden, was? Also, wenn Sie da draußen am Ende der Welt Babys entbinden wollen, müssen Sie einen Gynäkologen bei der Hand haben. Das Gesetz schreibt vor, daß Sie einen Gynäkologen hinzuzuziehen haben, falls es Komplikationen gibt, die einen Kaiserschnitt, eine Zangengeburt oder eine Vakuumextraktion erfordern.«

Er erlaubte R. J., neben den Praktikanten und Assistenten viele Stunden im Kreißsaal des Krankenhauses zu verbringen, einem großen Raum voller Geburtsstühle, auf denen pressende, schwitzende, oft auch fluchende Großstadtfrauen saßen, überwiegend Afroamerikanerinnen. Bei dieser Gelegenheit konnte sie ausgiebig zwei lange Reihen bräunlicher und violetter Vulven studieren, die sich unter der natürlichen Gewalt des Geburtsaktes dehnten.

Für Tessa verfaßte sie ein fundiertes und lobendes Zeugnis, aber das war gar nicht nötig. Ein paar Tage später kam Tessa zu ihr und strahlte über das ganze Gesicht.

»Sie kommen nie drauf, für wen ich demnächst arbeiten werde. Für Dr. Allen Greenstein.«

Wenn die Götter grausam sein wollen, dachte R. J., dann kosten sie es bis zur Neige aus. »Und, wird er dann auch hier einziehen?«

»Nein, wir bekommen Dr. Rosemans Büro, dieses schöne, große Eckbüro gegenüber dem von Dr. Ringgold.«

R. J. nahm sie in den Arm. »Na, er kann sich glücklich schätzen, daß er Sie bekommt«, sagte sie.

Es fiel ihr überraschend schwer, dem Krankenhaus Lebewohl zu sagen, bei der Family Planning Clinic war das viel einfacher. Mona Wilson, der Klinikchefin, gab sie sechs Wochen im voraus Bescheid. Zum Glück hatte Mona bereits die Werbetrommel gerührt, um einen Ersatz für Gwen zu finden. Zwar hatte sich noch niemand gemeldet, der bereit war, die Vollzeitstelle zu übernehmen, aber sie hatte drei Teilzeitkräfte eingestellt und deshalb kein Problem, die Donnerstage zu besetzen.

»Sie haben uns zwei Jahre geschenkt«, sagte Mona. Sie sah R. J. an und lächelte. »Und jede Sekunde davon gehaßt, nicht wahr?«

R. J. nickte. »Ich glaube schon. Woher haben Sie das gewußt?«

»Ach, das war nicht schwer zu erraten. Aber warum haben Sie es getan, wenn es so schwierig für Sie war?«

»Ich wußte, daß ich hier wirklich gebraucht wurde. Ich wußte, daß Frauen diese Wahlmöglichkeit haben müssen«, erwiderte R. J.

Aber als sie die Klinik verließ, fühlte sie sich so leicht wie eine Feder. Ich muß nicht mehr zurück! jubelte sie innerlich.

Sie gestand sich ein, daß der BMW, so viel Spaß er ihr auch machte, nicht das richtige Auto war für Frühjahrsmatsch, ungeteerte Straßen und ähnliche Widrigkeiten, die sie in Woodfield würde meistern müssen. Sie sah sich einige Fahrzeuge mit Vierradantrieb genau an und entschied sich schließlich für einen »Ford Explorer«, den sie komplett mit Klimaanlage, einem guten Radio mit CD-Player, einer Hochleistungsbatterie und breiten Reifen mit einem Spezialprofil für schlammige Straßen bestellte. »Darf ich Ihnen einen Rat geben?« fragte der Verkäufer. »Bestellen Sie sich auch eine Winde!«

»Eine was?«

»Eine elektrische Seilwinde, die vorne am Rahmen befestigt wird. Läuft über die Batterie. Sie hat ein Stahlkabel und einen Karabinerhaken.«

Sie war unschlüssig.

»Wenn Sie im Schlamm steckenbleiben, wickeln Sie das Kabel um einen Baum und ziehen sich mit der Winde selber raus. Fünf Tonnen Zugkraft. Kostet Sie zwar noch einen Tausender, ist aber jeden Penny davon wert, wenn Sie auf schlechten Straßen fahren.«

Sie bestellte die Winde. Der Händler musterte ihren roten BMW mit berechnendem Blick.

»Eins-a-Zustand. Innenausstattung ganz in Leder«, sagte sie.

»Ich nehme ihn in Zahlung und gebe Ihnen fünfundzwanzigtausend dafür.«

»Also hören Sie! Das ist ein teurer Sportwagen. Ich habe mehr als das Doppelte dafür gezahlt.«

»Vor ein paar Jahren vielleicht.« Er zuckte die Achseln. »Schauen Sie sich die Preislisten für Gebrauchtwagen an!«

Das tat sie, und dann setzte sie eine Anzeige in die Sonntagsausgabe des »Globe«. Ein Ingenieur aus Lexington kaufte den BMW für achtundzwanzigtausendneunhundert Dollar, was bedeutete, daß ihr nach Bezahlung des »Explorer« noch ein kleiner Profit übrigblieb.

Sie fuhr zwischen Boston und Woodfield hin und her. David Markus schlug vor, sie solle sich Praxisräume an der Main Street suchen, direkt im Zentrum des Ortes. Der Straßenzug führte ringförmig um das weiße, hölzerne Rathaus, das vor mehr als hundert Jahren aus einer ehemaligen Kirche entstanden war und von einem Türmchen im Stil Christopher Wrens gekrönt wurde.

Markus zeigte ihr vier Objekte an der Main Street, die leerstanden oder bald frei sein würden. Erfahrungsgemäß brauchte ein Arzt zwischen neunzig und einhundertvierzig Quadratmeter für eine Praxis. Von den vier in Frage kommenden Räumlichkeiten lehnte R. J. zwei sofort als offensichtlich untauglich ab. Das dritte Objekt gefiel ihr, war mit nur vierundsiebzig Quadratmetern jedoch zu klein. Das vierte, das der clevere Immobilienmakler bis zum Schluß aufgehoben hatte, sah vielversprechend aus. Es lag direkt gegenüber der Stadtbibliothek, im Erdgeschoß, und nur ein paar Häuser vom Rathaus entfernt. Die Fassade des Hauses war gut in Schuß, das Grundstück gepflegt. Die Räumlichkeiten, einhundertundvier Quadratmeter, waren ein wenig heruntergekommen, dafür war die Miete etwas niedriger, als R. J. in dem Finanzrahmen, den sie so mühsam mit ihrem Vater und anderen Beratern ausgearbeitet hatte, veranschlagt hatte. Das Haus gehörte einer älteren Dame namens Sally Howland. Sie hatte rote Pausbäckchen und einen nervösen, aber wohlwollenden Blick, und sie meinte, es sei eine Ehre, wieder einen Arzt am Ort zu haben, und noch dazu in ihrem Haus.

»Aber ich muß von meinen Mieteinkünften leben. Ich kann Ihnen deshalb nichts nachlassen, das müssen Sie verstehen.«

Auch könne sie für die nötigen Renovierungen nicht aufkommen, fuhr sie fort, aber sie lasse R. J. freie Hand, diese wie auch alle Malerarbeiten auf eigene Kosten durchzuführen.

»Renovierung und Malerarbeiten werden Sie einiges kosten«, gab Markus zu bedenken. »Wenn Sie die Räumlichkeiten wollen, sollten Sie zu Ihrer eigenen Sicherheit einen Mietvertrag abschließen.«

Genau das tat sie schließlich auch. Die Malerarbeiten wurden von Bob und Tillie Matthewson erledigt, einem Ehepaar, das nebenbei ein wenig Milchwirtschaft betrieb. Die Zimmer waren voller alter Holzvertäfelungen, die unter ihren Händen in neuem, weichem Glanz erstrahlten. Die abgenutzten, zerkratzten Kiefernholzdielen unterschiedlicher Breite ließ R. J. mattblau lackieren. Ein Schreiner des Ortes brachte jede Menge Regale an und sägte aus der Trennwand des ehemaligen Wohnzimmers ein rechteckiges Loch – dahinter würde die Sprechstundenhilfe sitzen. Ein Klempner baute zwei zusätzliche Toiletten ein, installierte Waschbecken in den beiden ehemaligen Schlafzimmern, die nun als Untersuchungszimmer dienen sollten, und ergänzte den Heizkessel im Keller mit einem Durchlauferhitzer, damit R. J. bei Bedarf immer heißes Wasser hatte.

Der Kauf von Möbeln und Apparaten hätte eigentlich Spaß machen sollen, gab ihr aber immer wieder Grund zur Besorgnis, weil R. J. ihr Bankkonto im Auge behalten mußte. Ihr Problem bestand darin, daß sie es vom Krankenhaus her gewohnt war, immer nur das Beste zu bestellen, wenn sie etwas brauchte. Jetzt mußte sie sich mit gebrauchten Tischen und Stühlen zufriedengeben, einem Prachtstück von einem Heilsarmeeteppich, einem guten gebrauchten Mikroskop und einem generalüberholten Sterilisierungsapparat. Instrumente kaufte sie sich allerdings neue. Man hatte ihr geraten, sich zwei Computer anzuschaffen, einen für die Patientendaten, den anderen für die Buchhaltung, aber sie war fest entschlossen, mit einem auszukommen.

»Haben Sie Mary Stem schon kennengelernt?« fragte Sally Lowland sie.

»Nein, ich glaube nicht.«

»Nun, sie ist die Postmeisterin. Ihr gehört die schwere, alte Personenwaage, die früher in Dr. Thorndikes Praxis stand. Hat sie bei der Versteigerung erstanden, als der Doktor vor zweiundzwanzig Jahren starb. Für dreißig Dollar würde sie Ihnen die Waage verkaufen.«

R. J. kaufte die alte Waage, reinigte sie und ließ sie überprüfen und neu austarieren. Die Personenwaage wurde somit ein Bindeglied zwischen dem alten Arzt des Ortes und der neuen Ärztin.

Sie hatte vorgehabt, sich über ein Inserat in der Zeitung Hilfskräfte zu suchen, aber das war nicht nötig. Woodfield hatte ein geheimes Kommunikationssystem, das zuverlässig und fast mit Lichtgeschwindigkeit arbeitete. Sehr schnell lagen ihr vier Bewerbungen von Frauen vor, die für sie als Sprechstundenhilfe arbeiten wollten, und drei Bewerbungen von staatlich geprüften Krankenschwestern. R. J. nahm sich Zeit für eine sorgfältige Auswahl, aber Toby Smith, die sympathische blonde Frau, die in der Nacht, als Hank Krantz seine Frau angeschossen hatte, den Krankenwagen gefahren hatte, war eine der Bewerberinnen für die Stelle der Sprechstundenhilfe. Vom ersten Augenblick an war R. J. sehr beeindruckt von ihr gewesen, und außerdem brachte sie als zusätzliche Qualifikation ihre Erfahrung als Buchhalterin mit, so daß sie sich auch um die Finanzen und die Organisation kümmern konnte. Als Krankenschwester stellte R. J. die stämmige, grauhaarige, sechsundfünfzigjährige Margaret Weiler ein, die Peggy gerufen wurde.

Sie bekam Hemmungen, als es darum ging, mit den beiden über Geld zu reden. »Was ich Ihnen als Anfangsgehalt zahlen kann, ist natürlich weniger, als Sie in Boston bekommen würden«, sagte sie zu Toby.

»Also, machen Sie sich darüber mal keine Gedanken!« sagte die frischgebackene Sprechstundenhilfe freimütig. »Wir beide, Peggy und ich, sind sehr froh, daß wir am Ort Arbeit gefunden haben. Wir sind hier nicht in Boston. Auf dem Land ist es schwierig, Arbeit zu finden.«

Gelegentlich schaute David Markus in der sich langsam entwickelnden Praxis vorbei. Er musterte mit kundigem Blick die Renovierungsarbeiten und gab R. J. manchmal einen Rat. Ein paarmal gingen sie zum Mittagessen ins »River Bank«, einer Pizzeria am Rand des Ortes; zweimal zahlte er, einmal sie. Sie merkte, daß sie ihn mochte, und sagte ihm, ihre Freunde würden sie R. J. nennen.

»Und mich nennen alle nur Dave«, erwiderte er. Und dann lächelte er. »Meine Freunde nennen mich David.« Seine Jeans waren ausgebleicht, sahen aber immer sehr sauber aus. Seine zum Pferdeschwanz zusammengebundenen Haare waren stets frisch gewaschen. Wenn sie ihm die Hand gab, spürte sie, daß seine Handfläche muskulös und von körperlicher Arbeit hart war, aber seine Nägel waren geschnitten und sahen gepflegt aus. Sie konnte sich nicht so recht entscheiden, ob er sexy war oder nur interessant.

Für den Samstag, bevor sie endgültig von Boston wegzog, verabredete er sich mit ihr in aller Form: zum Abendessen nach Northampton. Als sie das Restaurant verließen, nahm er sich eine Handvoll Süßigkeiten aus der Schale neben der Tür, kleine, glasierte Schokoladenriegel. »Mmmm, Luxus-M&Ms!« sagte er und bot ihr welche an.

»Nein, danke«, sagte sie.

Im Auto sah sie zu, wie er kaute, und mußte sich Mühe geben, ruhig zu bleiben. »Die sollten Sie nicht essen, David!«

»He, aber ich mag diese Dinger. Ich nehme nicht zu.«

»Ich mag sie ja auch. Ich kauf Ihnen welche in einer ordentlichen, sauberen Verpackung.«

»Reinlichkeitsfanatikerin, was?«

»Ich habe vor kurzem einen Test von solchen Süßigkeiten aus Restaurantschalen gelesen. An den meisten dieser Leckereien hat man Urinspuren gefunden.«

Er sah sie schweigend an. Er hatte aufgehört zu kauen.

»Männliche Gäste gehen auf die Toilette. Danach waschen sie sich oft nicht die Hände. Und beim Verlassen des Restaurants greifen sie dann in die Schale…«

Sie merkte, daß er nicht wußte, ob er ausspucken oder schlukken sollte. Das war wohl das Ende dieser Beziehung, dachte sie, als er schluckte, dann das Fenster herunterkurbelte und den Rest auf die Straße warf.

»Das ist aber nicht sehr nett, einem solche Horrorgeschichten zu erzählen. Seit Jahren esse ich diese Restaurantsüßigkeiten sehr gern. Aber das Vergnügen haben Sie mir gründlich verdorben.«

»Ich weiß. Aber wenn ich sie gegessen hätte und Sie es gewußt hätten, hätten Sie es mir doch auch gesagt, oder?«

»Vielleicht nicht«, erwiderte er, und als er anfing zu lachen, lachte sie mit. Sie kicherten noch immer, als sie schon die halbe Route 91 hinter sich hatten.

Auf der Heimfahrt in die Hügel und anschließend in seinem vor ihrem Haus abgestellten Pick-up erzählten sie sich aus ihrem Leben. Als Jugendlicher war er Sportler gewesen, »immerhin so gut, daß ich in einer Menge Sportarten eine Menge Verletzungen abkriegte«. Als er schließlich aufs College ging, hatte er sich so oft verletzt, daß er überhaupt keinen Sport mehr betrieb. Er studierte Englisch am Hamilton College und schrieb seine Diplomarbeit über ein Thema, zu dem er nichts Näheres sagen wollte. Vor seinem Rückzug in die Hügel von Massachusetts war er Immobilienmanager bei »Lever Brothers« in New York gewesen, in den letzten beiden Jahren sogar stellvertretender Direktor. »Mit allem Drum und Dran – um sieben Uhr fünf mit dem Zug nach Manhattan, das große Haus, der Swimmingpool, der Tennisplatz.« Seine Frau Natalie hatte amyotrophische Lateralsklerose bekommen, die Gehrigsche Krankheit. Sie wußten beide, was das bedeutete, denn sie hatten einen Freund an ALS sterben sehen. Einen Monat nach der endgültigen Bestätigung der Diagnose mußte David beim Nachhausekommen feststellen, daß Sarah, die damals neunjährige Tochter, sich in der Obhut eines Nachbarn befand und Natalie die Garagentür mit feuchten Tüchern abgedichtet und den Motor ihres Wagens angelassen hatte, um bei klassischer Musik aus dem Radio Selbstmord zu begehen.

Er hatte eine Köchin und eine Haushälterin angestellt, die sich um Sarah kümmerten, er selbst aber flüchtete sich acht Monate lang in den Alkohol. An einem nüchternen Tag erkannte er plötzlich, daß seine intelligente, aufgeweckte Tochter in der Schule nachließ und an psychosomatischen Störungen, etwa einem chronischen Husten, litt, woraufhin er das erste Mal zu den Anonymen Alkoholikern ging. Zwei Monate später war er mit Sarah nach Woodfield gezogen.

Als er etwas später und nach drei Tassen starken Kaffees in ihrer Küche R. J.s Geschichte gehört hatte, nickte er.

»Diese Hügel sind voller Überlebenskämpfer«, sagte er.

Sprechzeiten

Es war ein heißer Morgen Ende Juni, als sie von Cambridge wegzog, und am Himmel standen hohe, dunkle Regenwolken, die ein Gewitter versprachen. Sie hatte geglaubt, es würde sie froh machen, das Haus endlich zu verlassen, aber in den letzten Tagen, als einige Möbel verkauft und andere eingelagert wurden und wieder andere an Tom gingen – als Stück für Stück hinausgetragen wurde, bis der Klang ihrer hochhackigen Schuhe durch die leeren Zimmer hallte –, betrachtete sie das Haus mit dem nachsichtigen Blick eines ehemaligen Besitzers und sah, daß Tom eigentlich recht gehabt hatte, was seine Ausstrahlung und seine Pracht anging. Sie ging ungern, trotz ihrer gescheiterten Ehe. Dann aber fiel ihr ein, daß dieses Haus wie ein Faß ohne Boden gewesen war, in das sie ihr Geld geschüttet hatten, und sie schloß gerne die Tür hinter sich und fuhr die Auffahrt hinunter, vorbei an der Ziegelmauer, die zu einem Teil noch immer renovierungsbedürftig war. Doch dafür war sie nicht mehr verantwortlich.

Ihr war klar, daß sie ins Ungewisse fuhr. Auf der ganzen Fahrt nach Woodfield grübelte sie über die wirtschaftlichen Fragen einer Arztpraxis nach, aus Angst, sie könnte einen entscheidenden Fehler machen.

Seit Tagen schon ging ihr eine Idee nicht mehr aus dem Kopf. Angenommen, sie würde ihre Praxis ausschließlich auf Barzahlungsbasis führen und wäre somit in der Lage, die Krankenversicherungen zu ignorieren, von denen ja meistens der Ärger ausging, der den Beruf oft so unerfreulich machte? Wenn sie ihr Honorar für einen Behandlungstermin drastisch senken würde – auf zwanzig Dollar etwa –, ob dann so viele Patienten kämen, daß ihr finanzielles Auskommen gesichert war?

Einige würden kommen, das wußte sie, Kranke, die nicht versichert waren. Aber würden auch solche, die an ihre Krankenkasse regelmäßig Beiträge zahlten, vergessen, daß sie eine Versicherungspolice besaßen, und freiwillig in Dr. Coles Praxis Bargeld auf den Tisch blättern?

Leider mußte sie sich eingestehen, daß die meisten das nicht tun würden.

Sie beschloß, ein inoffizielles Honorar von zwanzig Dollar für jene festzusetzen, die nicht versichert waren. Die Kassen sollten weiterhin die üblichen vierzig bis fünfundsechzig Dollar für den Praxisbesuch eines ihrer Klienten bezahlen, je nach der Komplexität ihres Problems und mit dem entsprechenden Aufschlag für Hausbesuche. Umfassende körperliche Untersuchungen wollte sie mit fünfundneunzig Dollar in Rechnung stellen und alle Laborarbeiten vom Medical Center in Greenfield durchführen lassen.

Zwei Wochen vor der offiziellen Praxiseröffnung gab sie Toby den Auftrag, alle Formulare der Krankenkassen in den Computer einzugeben. Ein Hauptteil der Abrechnungen würde mit den fünf größten Versicherungsgesellschaften abgewickelt werden, aber es gab auch noch fünfzehn andere, bei denen viele Patienten versichert waren, dazu etwa fünfunddreißig noch kleinere und unbedeutendere. Die Daten sämtlicher Kassen mußten im Computer abgespeichert sein, eine Vielzahl von Formularen jeder Gesellschaft. Das mühselige Eingeben war zwar eine einmalige Arbeit, aber R. J. wußte aus Erfahrung, daß der Bestand ständig aktualisiert werden mußte, da die Gesellschaften Formulare auslaufen ließen, umgestalteten und durch neue ersetzten.

Dies stellte einen beträchtlichen Aufwand dar, ein Problem, mit dem sich ihr Urgroßvater nicht hatte herumschlagen müssen.

Montag morgen.

Sie war schon früh in der Praxis, und das hastig hinuntergestürzte Frühstück aus Toast und Tee wurde in ihrem Magen zu einem kalten Klumpen Nervosität. Die Praxis roch nach Farbe und Firnis. Toby war bereits bei der Arbeit, und Peggy kam zwei Minuten später. Die drei grinsten einander dümmlich an. Das Wartezimmer war klein, aber plötzlich wirkte es riesig auf R. J., verlassen und leer.

Nur dreizehn Leute hatten sich einen Termin geben lassen. Wer zweiundzwanzig Jahre ohne Arzt am Ort ausgekommen ist, hat sich wahrscheinlich daran gewöhnt, daß man für einen Arztbesuch in die nächste Stadt fahren muß, sagte sie sich. Und wer als Patient erst einmal eine Beziehung zu einem Arzt aufgebaut hat, wird so schnell nicht zu einem anderen gehen. Was ist, wenn niemand kommt? fragte sie sich und merkte sofort, daß das unvernünftige Panik war.

Ihr erster Patient traf fünfzehn Minuten vor seinem Termin ein: George Palmer, zweiundsiebzig Jahre alt, ein pensionierter Sägewerksarbeiter mit einer schmerzenden Hüfte und drei Stummeln, wo eigentlich Finger sein sollten.

»Morgen, Mr. Palmer!« sagte Toby gelassen, als würde sie schon jahrelang Patienten in der Praxis begrüßen.

»Morgen, Toby!«

»Morgen, George!«

»Morgen, Peg!«

Peg Weiler wußte genau, was sie zu tun hatte: Sie führte ihn in eines der beiden Untersuchungszimmer, füllte das Deckblatt seiner Patientenkarte aus, maß seine Vitalfunktionen und notierte die Daten.

R. J. genoß es, sich entspannt die Krankengeschichte von George Palmer anzuhören. Anfangs würde jeder Praxisbesuch viel Zeit erfordern, war doch jeder Patient neu für sie, und sie würde sich gründlich über ihn informieren müssen.

In Boston hätte sie Mr. Palmer mit seiner Schleimbeutelentzündung für eine Kortisoninjektion zu einem Orthopäden geschickt. Hier gab sie ihm die Spritze selbst und forderte ihn auf, sich einen neuen Termin geben zu lassen.

Als sie den Kopf ins Wartezimmer steckte, zeigte Toby ihr einen Strauß Sommerblumen, den ihr Vater geschickt hatte, und einen riesigen Ficus benjaminus von David Markus. Sechs Leute saßen im Wartezimmer, drei von ihnen hatten keinen Termin. Sie trug Toby auf, bei der Patientenreihenfolge Prioritäten zu setzen. Wer akute Schmerzen hatte oder ernsthaft krank war, den sollte sie vorziehen und den anderen den frühestmöglichen Termin geben. Plötzlich erkannte sie, mit einer Mischung aus Erleichterung und Bedauern, daß ihr nun doch keine Zeit für eine Pause blieb. Sie bat Toby, ihr von »Sotheby's« ein Kaiserbrötchen mit Käse und einen großen koffeinfreien Kaffee zu bringen. »Ich werde die Mittagspause durcharbeiten.«

Peg und Toby meinten, sie würden ebenfalls durcharbeiten und sich wohl besser auch Sandwiches bestellen. »Auf meine Rechnung«, sagte R. J. fröhlich zu Toby.

David Markus

Er lud sie zum Abendessen zu sich nach Hause ein.

»Wird Sarah auch dasein?«

»Sarah ist bei einem großen, offiziellen Essen ihres High-School-Kochclubs«, sagte er und sah sie nachdenklich an. »Können Sie nicht in mein Haus kommen, wenn keine dritte Person anwesend ist?«

»Unsinn, natürlich komme ich. Ich hatte nur gehofft, daß Sarah dabeisein würde.«

Sie mochte das Haus der beiden, die Wärme und Freundlichkeit der dicken Holzbalken und der alten Möbel. An den Wänden hingen viele Gemälde, Arbeiten von Künstlern aus der Umgebung, deren Namen ihr nichts sagten. Er führte sie herum. Küche mit Eßecke, ein Büro voller Maklerkram, ein Computer, eine große graue Katze, die auf seinem Schreibtisch schlief.

»Ist die Katze auch jüdisch – so, wie das Pferd?«

»Das ist sie tatsächlich.« Er grinste. »Wir haben sie zusammen mit einem verwilderten, liebestollen Kater bekommen, von dem Sarah behauptet hat, er sei ihr Gefährte. Aber der Kater hat's nur ein paar Tage ausgehalten und hat sich dann aus dem Staub gemacht, und so hab ich die Katze Agunah getauft. Das ist Jiddisch für verlassene Ehefrau.«

Sein mönchisches Schlafzimmer. Und doch kam ein klein wenig sexuelle Spannung in ihr auf, als sie das Doppelbett mit der Sprungfedermatratze sah. An der Wand stand ein Regal voller Bücher über Geschichte und Landwirtschaft, daneben ein Schreibtisch mit einem Computer und dem dicken Stapel eines Manuskripts. Auf R. J.s Drängen hin gab David zu, daß er an einem Roman schreibe über das Sterben der kleinen landwirtschaftlichen Betriebe in Amerika und über die ersten Farmer, die sich in den Hügeln von Berkshire niedergelassen hatten.

»Ich habe schon immer Geschichten erzählen wollen. Nach Natalies Tod habe ich beschlossen, es zu versuchen. Ich muß ja Sarah versorgen und bin deshalb auch nach dem Umzug im Immobiliengeschäft geblieben. Aber hier draußen leidet man als Makler ja nicht gerade unter Streß. Ich habe viel Zeit zum Schreiben.«

»Und wie läuft's?«

»Na ja…« Er lächelte und hob die Schultern.

Sarahs Zimmer. Schrecklich bunte Vorhänge an den Fenstern; von Sarah selbst gebatikt, wie er sagte. Zwei Poster von Barbra Streisand. Über das ganze Zimmer verstreut Kästen mit Steinen: großen Brocken, kleinen Kieseln, mittleren Steinen – aber alle hatten annähernd die Form eines Herzens. Geologische Valentinsgrüße.

»Was sind das für Steine?«

»Sie nennt sie Herzsteine. Sie sammelt sie schon von klein auf. Natalie hat sie draufgebracht.«

R. J. hatte an der Tufts University ein Jahr lang Geologie belegt. Als sie sich jetzt die Kästen genauer ansah, glaubte sie Quarz, Tonschiefer, Marmor, Sandstein, Basalt, Kupferschiefer, Feldspat, Gneis, Plattenkalk und sogar einen Granat identifizieren zu können, jedes Exemplar in Herzform. Es waren auch Kristalle darunter, die sie überhaupt nicht kannte. »Den da habe ich in der Schaufel des Traktors hertransportiert«, sagte David und zeigte auf ein fast einen Meter großes Granitherz, das in einer Ecke lehnte. »Sechs Meilen weit, von Frank Parsons Wald. Wir mußten ihn zu dritt ins Haus schleppen.«

»Sie findet sie einfach so im Boden?«

»Sie findet sie überall. Sie hat irgendwie einen Blick dafür. Ich finde fast nie einen. Sarah ist streng, sie sortiert viele Steine aus. Ein Herzstein ist für sie nur einer, der wirklich Herzform hat.«

»Vielleicht sollten Sie genauer hinsehen. Da draußen gibt's Abermillionen Steine. Ich wette, daß ich für Sarah ein paar Herzsteine finden kann.«

»Glauben Sie wirklich? Sie haben noch fünfundzwanzig Minuten, bis ich das Essen serviere. Um was wetten Sie?«

»Um eine Pizza mit allem. Fünfundzwanzig Minuten sollten reichen.«

»Wenn Sie gewinnen, kriegen Sie eine Pizza. Wenn ich gewinne, kriege ich einen Kuß.«

»He!«

»Was ist denn, haben Sie Angst? Ihr Mund gegen mein Geld.« Er lachte sie herausfordernd an.

»Abgemacht.«

Im Hof und auf der Auffahrt hielt sie sich nicht lange auf, da sie davon ausging, daß hier alles bereits gründlich abgesucht war. Die Straße war nicht geteert und voller Steine. Langsam und mit gesenktem Kopf ging R. J. dahin und suchte den Boden ab. Sie hatte gar nicht gewußt, wie unterschiedlich Steine sein konnten, wie viele verschiedene Formen sie hatten, lang, rund, eckig, schmal, flach.

Hin und wieder bückte sie sich und nahm einen Stein in die Hand, aber es war nie ein richtiger Herzstein.

Nach zehn Minuten war sie etwa eine Viertelmeile vom Haus entfernt und hatte erst einen Stein gefunden, der entfernt an ein Herz erinnerte, aber eher an ein mißgestaltetes, denn der rechte Bogen war zu flach.

Eine schlechte Wette, dachte sie. Sie wollte unbedingt einen Herzstein finden, denn er sollte auf keinen Fall denken, sie habe mit Absicht verloren.

Nach Ablauf der Frist kehrte sie zum Haus zurück. »Ich habe einen gefunden«, sagte sie und zeigte ihm den Stein.

Er sah ihn an und grinste. »Diesem Herz fehlt ... wie heißt die obere Kammer?«

»Vorhof.«

»Ja. Diesem Herz fehlt der rechte Vorhof.« Er ging mit dem Stein zur Tür und warf ihn hinaus.

Was jetzt passiert, ist wichtig, dachte sie sich. Wenn er die Wette dazu ausnutzte, den Macho herauszukehren, entweder mit einem Klammergriff oder einem Zungenkuß, dann hatte sie kein Interesse mehr an ihm.

Aber er beugte sich zu ihr und berührte ihren Mund nur ganz sanft mit seinen Lippen, ein Kuß, der sehr zärtlich war und unglaublich süß.

Ooh.

Er servierte ihr ein einfaches, aber wunderbares Abendessen: einen großen, knackigen Salat mit Zutaten aus seinem eigenen Garten, bis auf die Tomaten, die stammten aus dem Laden, denn die seinen waren noch nicht reif. Angemacht war er mit einer Spezialität des Hauses, einem Honig-Miso-Dressing, und garniert mit Spargel, den sie erst kurz vor dem Essen gemeinsam gestochen und gedünstet hatten. Der Salat war verfeinert mit Sprossen, einer, wie er ihr versicherte, geheimen Mischung aus Samen und Gemüseschößlingen, und dazu gab es frischgebackene, knusprige Brötchen, durchzogen von winzigen Knoblauchstückchen, die beim Kauen kleine Aromaexplosionen auslösten.

»Mann! Du kannst vielleicht kochen!«

»Ich probier nur gern herum.«

Als Nachtisch gab es selbstgemachtes Vanilleeis mit einem Blaubeerkuchen, den er an diesem Vormittag gebacken hatte. Dabei erzählte sie ihm von der religiösen Vielfalt in ihrer Sippe.

»Es gibt protestantische Coles und Regensbergs, die Quäker sind. Und jüdische Coles und jüdische Regensbergs. Und Atheisten. Und meine Cousine Marcella Regensberg ist eine Franziskanerin in einem Kloster in Virginia. Wir haben ein bißchen was von allem.«

Bei der zweiten Tasse Kaffee erfuhr sie etwas über ihn, das sie erstaunte. Die mysteriöse Diplomarbeit hatte er am Jewish Theological Seminary of America in New York fertiggestellt.

»Dann bist du *was*?«

»Ein Rabbi. Zumindest habe ich ein Rabbinerdiplom. Aber das ist schon lange her. Meinen Dienst versehen habe ich nur sehr kurz.«

»Warum hast du aufgehört? Hattest du eine Gemeinde?«

»Ich, hm...« Er zuckte die Achseln. »Mich beschäftigten viel zu viele Fragen und Unsicherheiten, um eine Gemeinde zu übernehmen. Ich hatte begonnen zu zweifeln, war mir nicht mehr sicher, ob es nun einen Gott gibt oder nicht. Und ich war der Ansicht, daß eine Gemeinde einen Rabbi verdient, der sich zumindest in dieser Hinsicht sicher ist.«

»Und jetzt? Hast du seitdem Gewißheit erlangt?«

Abraham Lincoln sah sie lange an. Wie konnten blaue Augen so traurig werden, einen solchen unvermittelten Schmerz ausstrahlen? Er schüttelte langsam den Kopf. »Die Geschworenen beraten noch.«

Er trug sein Herz nicht auf der Zunge. Erst nach Wochen und häufigen Begegnungen erfuhr sie Einzelheiten. Nach Abschluß des Seminars war er direkt zur Armee gegangen: neunzig Tage Offizierslehrgang und dann sofort nach Vietnam als Lieutenant der Militärseelsorge. Es war ein relativ gemütlicher Dienst, sicher hinter der Front in einem großen Krankenhaus in Saigon. Tagsüber hatte er die Verstümmelten und Sterbenden betreut und abends Briefe an ihre Familien geschrieben, und er hatte ihre Angst und ihre Wut in sich aufgenommen, lange bevor er selbst verwundet wurde.

Eines Tages war er mit zwei katholischen Geistlichen, Major Joseph Fallon und Lieutenant Bernard Towers, in einem Mannschaftswagen unterwegs. Auf der Straße gerieten sie in einen Raketenangriff. Das Fahrzeug wurde direkt von vorne getroffen. Im hinteren Teil, wo sie saßen, war die Streuung der Detonation nur schmal, die Wirkung selektiv. Bernie Towers, der auf der linken Seite saß, wurde getötet. Joe Fallon auf dem Mittelplatz wurde das rechte Bein unterhalb des Knies abgerissen. David trug eine ernste Verwundung am linken Bein davon, auch der Knochen war in Mitleidenschaft gezogen. Zur Wiederherstellung waren drei Operationen nötig, die Heilung dauerte sehr lange. Jetzt war sein linkes Bein ein wenig kürzer als das rechte, aber er hinkte nur unwesentlich, R. J. hatte es nicht einmal bemerkt.

Nach der Entlassung aus der Armee kehrte er nach New York zurück und hielt als Bewerber um eine Rabbistelle eine Gastpredigt in Bay Path, Long Island, im Temple Beth Shalom, dem Haus des Friedens. Er sprach über die Bewahrung des Friedens in einer komplexen Welt. Mitten in der Predigt hob er den Kopf und bemerkte eine große Tafel, auf der der erste von Maimonides' »dreizehn Glaubensgrundsätzen« prangte: »Ich glaube in vollkommenem Glauben, daß der Schöpfer, gelobt sei sein Name, Urheber und Lenker ist von allem, was erschaffen wurde, und daß er allein alles Bestehende gemacht hat, macht und machen wird.«

Starr vor Entsetzen erkannte er, daß er diesem Satz nicht aus voller Überzeugung zustimmen konnte, und nur mit Mühe konnte er sich bis zum Ende seiner Predigt durchkämpfen.

Danach war er als Immobilien-Trainee zu »Lever Brothers« gegangen, ein agnostischer Rabbi mit zu vielen Zweifeln, um irgend jemandes Seelsorger zu sein.

»Darfst du noch immer Ehen stiften?«

Er hatte ein attraktives, leicht schiefes Lächeln. »Ich glaube schon. Einmal Rabbi…«

»Das wäre doch eine tolle Kombination von Schildern: ›I'm-In-Love-With-You Honey‹ und direkt darunter ›Marryin' Markus‹, Markus der Heiratsschmied.«

Wenn die Katze zusieht

R. J. hatte sich nicht sofort in David Markus verliebt. Es hatte angefangen als kleines Samenkörnchen, mit ihrer Bewunderung seines Gesichts und seiner starken, langen Finger, ihrer Reaktion auf das Timbre seiner Stimme, der Sanftheit seiner Augen. Aber der Samen war aufgegangen, das Gefühl war gewachsen, was sie überraschte und zugleich ängstigte. Sie waren einander nicht in die Arme gefallen – es war, als würden sie mit ihrer Geduld, mit ihrer reifen Vorsicht einander etwas mitteilen. Aber an einem regnerischen Samstagnachmittag allein in seinem Haus (Sarah war mit Freunden in Northampton im Kino) küßten sie sich mit einer Vertrautheit, die ebenfalls zwischen ihnen gewachsen war.

Er beklagte sich, daß er bei der Arbeit an seinem Roman Schwierigkeiten habe, einen Frauenkörper zu beschreiben. »Maler und Fotografen benutzen einfach Modelle, eine sehr sinnvolle Lösung.«

Sehr sinnvoll, da gab sie ihm recht. »Wirst du für mich posieren?«

Sie schüttelte den Kopf. »Nein. Du wirst aus dem Gedächtnis schreiben müssen.«

Sie waren bereits mit ihren Knöpfen beschäftigt.

»Du bist eine Jungfrau«, sagte er.

Sie erinnerte ihn nicht daran, daß sie eine geschiedene Frau war und zweiundvierzig Jahre alt.

»Und ich war noch nie mit einer Frau beisammen. Wir sind beide brandneu, unbeschriebene Seiten.«

Auf einmal waren sie es auch. Sie erkundeten einander ausführlich. R. J. fiel das Atmen schwer. Er war langsam und zärtlich, beherrscht und sanft, und er behandelte sie, als wäre sie aus sehr zartem, zerbrechlichem Material, ließ sie ohne Worte wissen, was wichtig war. Doch schon bald zügelte nichts mehr ihre Leidenschaft.

Danach lagen sie wie im Koma da, noch immer miteinander verbunden. Als sie schließlich den Kopf drehte, sah sie in die starren grünen Augen der Katze. Agunah hockte auf ihren Hinterläufen auf einem Stuhl neben dem Bett und beobachtete sie. R. J. war sich ziemlich sicher, daß die Katze genau wußte, was sie eben getan hatten.

»David, wenn das ein Test sein soll, dann bin ich durchgefallen. Schaff sie raus!«

Er lachte. »Das ist kein Test.«

Er löste sich von ihr, trug die Katze aus dem Zimmer, schloß die Tür und kam wieder ins Bett. Das zweite Mal geschah alles langsamer, ruhiger, R. J. war richtig glücklich. Er benahm sich rücksichtsvoll und großzügig. Sie gestand ihm, daß ihre Orgasmen meist lang und intensiv seien, aber wenn sie einen gehabt habe, lasse der nächste normalerweise ein paar Tage auf sich warten. Sie war verlegen, als sie das sagte, war sie doch sicher, daß seine letzte Geliebte reinste Feuerwerke von Höhepunkten gehabt hatte, doch es zeigte sich, daß er jemand war, mit dem man gut über so etwas reden konnte.

Schließlich ließ er sie im Bett liegen, stand auf und machte das Abendessen. Die Tür war offen, die Katze kam zurück und setzte sich wieder auf den Stuhl. Diesmal hatte R. J. nichts dagegen, sie lag einfach nur da und hörte zu, wie David ziemlich falsch, aber mit fröhlicher Stimme etwas von Puccini sang. Der Geruch ihrer Vereinigung mischte sich mit dem Duft seines Omeletts, dem Duft von Zwiebeln und Paprika und winzigen Zucchini, die brutzelten, bis sie süß waren wie seine Küsse und üppig wie das Versprechen des Lebens. Als sie und David dann später dösend nebeneinanderlagen, machte Agunah es sich am Ende des Bettes zwischen ihren Füßen bequem. Sobald R. J. sich daran gewöhnt hatte, mochte sie es.

»Danke für dieses wundervolle Erlebnis, für all die wichtigen kleinen Einzelheiten, über die ich jetzt schreiben kann.«

Sie funkelte ihn böse an. »Ich reiß dir das Herz raus.«
»Das hast du bereits«, erwiderte er galant.

Von sechs Patienten, die in ihre Praxis kamen, war durchschnittlich einer überhaupt nicht krankenversichert. Eine ganze Reihe davon hatte nicht einmal die zwanzig Dollar, die sie als Honorar für die Behandlung Nichtversicherter festgesetzt hatte. Von einigen nahm sie die Bezahlung in Naturalien an. So kam sie zu sechs Klaftern Hartholz, fertig gehackt und hinter ihrem Haus aufgeschichtet. Und so kam sie auch zu einer Putzfrau, die sich einmal pro Woche um ihr Haus kümmerte, und zu einer zweiten für die Praxis. Sie erhielt regelmäßig bratfertige Hähnchen und Truthähne und hatte verschiedene Quellen für frisches Gemüse, Beeren und Blumen.

Der Tauschhandel amüsierte sie, aber sie machte sich Gedanken wegen ihrer Finanzen und der Schulden.

Für Patienten ohne Versicherung entwickelte sie eine spezielle Behandlungsstrategie, denn sie wußte, daß sie bei diesen oft versuchen mußte, ein lange nicht behandeltes Leiden zu kurieren.

Aber nicht die Leute mit komplizierten Problemen machten ihr die meisten Sorgen, sondern jene, die überhaupt nicht kamen, weil sie kein Geld hatten und zu stolz waren, um Wohltätigkeit anzunehmen. Solche Leute suchten einen Arzt nur in Extremfällen auf, wenn es für eine Hilfe häufig schon zu spät war: wenn der Diabetes bereits zur Erblindung geführt, wenn ein Tumor bereits metastasiert hatte. R. J. geriet gleich zu Beginn an mehrere solche Fälle, doch sie konnte nichts tun, als stumm gegen das System zu wettern und sie zu behandeln.

Sie verließ sich darauf, daß ihre Botschaft durch Mundpropaganda in den Hügeln verbreitet wurde: »Wenn du krank bist, wenn du Schmerzen hast, geh zu der neuen Ärztin! Falls du keine Krankenversicherung hast, findet sie schon eine Lösung für das Geldproblem.«

Und tatsächlich kamen ein paar der Entrechteten. Auch wenn sie deren Tauschwaren gar nicht wollte, bestanden einige darauf. Ein Mann mit der Parkinsonschen Krankheit flocht ihr trotz zitternder Finger einen Spankorb aus Eschenholz. Eine Frau mit Eierstockkrebs nähte ihr eine Patchworkdecke. Aber noch gab es in den Berkshires viele Menschen ohne Versicherung und ohne jegliche medizinische Versorgung. Das nagte an ihr.

Mit David traf sie sich ziemlich oft. Zu ihrer Überraschung und zu ihrem Bedauern kühlte die Herzlichkeit, die Sarah ihr bei der ersten Begegnung entgegengebracht hatte, bald merklich ab. R. J. merkte, daß das Mädchen eifersüchtig auf sie war, und sprach mit David darüber.

»Es ist ganz natürlich, daß sie sich von einer Frau bedroht fühlt, die einen großen Teil vom Leben ihres Vaters in Anspruch nimmt«, sagte sie.

Er nickte. »Wir müssen ihr einfach Zeit lassen, sich daran zu gewöhnen.«

Das setzte voraus, daß die beiden einen Weg einschlugen, von dem R. J. sich gar nicht ganz sicher war, ob sie ihn auch gehen wollte. David sprach sehr offen und ehrlich über die Gefühle, die sich zwischen ihnen entwickelt hatten. Sie war ebenso ehrlich – mit sich selbst wie mit David.

»Ich will einfach so weiterleben wie bisher, ohne große Pläne für die Zukunft zu machen. Es ist für mich noch zu früh, um über eine dauerhafte Beziehung zu reden. Ich habe mir hier Ziele gesetzt, die ich erreichen will. Ich möchte mich als Ärztin dieses Ortes etablieren, und ich habe nicht vor, im Augenblick schon persönliche Verpflichtungen einzugehen.«

David schien sich an die Worte »im Augenblick schon« zu klammern und aus ihnen Hoffnung zu schöpfen. »Gut. Wir müssen uns eben selbst auch Zeit lassen.«

Sie war voller Zweifel und wußte selbst nicht genau, was sie wollte, aber es war ihr möglich, mit ihm über ihre Hoffnungen und über ihre finanziellen Sorgen zu sprechen.

»Ich hab zwar keine Ahnung von einer Arztpraxis, aber hier in der Gegend müßte es doch genügend Patienten geben, um dir ein verdammt gutes Einkommen zu sichern. Große Kohle.«

»Es muß ja nicht einmal verdammt gut sein, ich muß nur über die Runden kommen. Ich habe niemanden, den ich unterstützen muß, ich brauche nur für mich selbst zu sorgen.«

»Trotzdem – warum nur über die Runden kommen?« Er sah sie an, wie ihr Vater es getan hatte.

»Geld ist mir nicht wichtig. Mir ist wichtig, in diesem kleinen Ort Weltklassemedizin zu praktizieren.«

»Das macht dich ja zu einer Art Heiligen«, sagte er beinahe ehrfürchtig.

»Komm wieder auf den Boden zurück! Keine Heilige würde tun, was ich gerade mit dir getan habe«, sagte sie trocken und lächelte verschwörerisch.

Mit der Zeit beseitigte R. J. gemeinsam mit Peg und Toby die Schwachstellen des täglichen Arbeitsablaufs. Mit der Zeit lernte R. J. auch den Rhythmus des Ortes kennen und wurde vertraut mit seinem Tempo. Sie erkannte, daß Leute, die ihr begegneten, ihr gerne zunickten und »Hallo, Doctor!« riefen. Sie erkannte ihren Stolz darauf, daß der Ort wieder eine Ärztin hatte. Sie fing an, Hausbesuche zu machen, kümmerte sich um die Bettlägerigen und fuhr zu den Patienten, für die es schwer oder unmöglich war, in die Praxis zu kommen. Wenn sie Zeit hatte und man ihr Kaffee und Kuchen anbot, setzte sie sich mit den Leuten an den Küchentisch und redete über lokale Politik und das Wetter oder notierte sich Kochrezepte auf ihrem Verschreibungsblock.

Woodfield breitete sich auf knapp einhundertzehn Quadratkilometern rauhen Landes aus, und manchmal wurde sie auch in Nachbargemeinden gerufen. Alarmiert von einem Jungen, der meilenweit bis zum nächsten Telefon marschiert war, fuhr sie zu einer Hütte auf dem Houghton's Mountain und bandagierte Lewis Magoun, einem Schafzüchter, den verstauchten Knöchel. Als sie vom Berg zurück in die Praxis kam, fand sie Toby bestürzt und verängstigt vor. »Seth Rushton hatte einen Herzanfall. Seine Leute haben sofort hier angerufen, aber als ich Sie nicht erreichen konnte, habe ich den Krankenwagen alarmiert.«

R. J. fuhr zur Farm der Rushtons und erfuhr, daß der Krankenwagen bereits nach Greenfield unterwegs war. Rushton war versorgt und außer Gefahr, aber für sie war es eine wertvolle Lektion. Gleich am nächsten Morgen fuhr sie nach Greenfield und kaufte sich ein Autotelefon. Sie deponierte es in ihrem »Explorer«, und von da an war sie von der Praxis aus immer erreichbar.

Wenn sie im Ort unterwegs war, fuhr sie gelegentlich an Sarah Markus vorbei. Sie hupte immer und winkte, und Sarah winkte zurück.

Besuchte sie David und war Sarah ebenfalls im Haus, spürte sie Sarahs aufmerksamen Blick und merkte, daß das Mädchen alles genau zur Kenntnis nahm, was gesagt wurde.

Als R. J. eines Nachmittags von der Praxis nach Hause fuhr, galoppierte Sarah auf Chaim in entgegengesetzter Richtung an ihr vorbei. Sie bewunderte, wie sicher das Mädchen auf dem Pferd saß, wie mühelos sie mit wehenden schwarzen Haaren dahinritt. R. J. hupte nicht, sie hatte Angst, das Tier zu erschrecken.

Ein paar Tage später saß R. J. in ihrem Wohnzimmer und schaute zum Fenster hinaus. Durch die Lücken zwischen den Apfelbäumen sah sie Sarah Markus, die auf ihrem Pferd langsam die Laurel Hill Road entlangritt und dabei R. J.s Haus musterte.

R. J. interessierte sich für Sarah nicht nur wegen deren Vater, sondern auch wegen des Mädchens selbst, und vielleicht auch noch aus einem anderen Grund. Irgendwo im Hinterkopf hatte sie ein verschwommenes Bild, eine Möglichkeit, über die sie im Augenblick noch gar nicht nachzudenken wagte: die Vorstellung von ihnen dreien als Gemeinschaft, sie, David und dieses Mädchen als ihre Tochter.

Einige Minuten später kamen Pferd und Reiterin die Straße wieder herunter, und Sarah beobachtete noch immer das Haus und dessen Umgebung. Am Ende des Grundstücks angelangt, drückte sie dem Pferd die Fersen in die Flanke, und Chaim begann zu traben.

Zum erstenmal seit langer Zeit gestattete R. J. sich einen Gedanken an ihre Schwangerschaft und die Fehlgeburt nach Charlie Harris' Tod. Wenn das Baby zur Welt gekommen wäre, wäre es jetzt dreizehn Jahre alt, drei Jahre jünger als Sarah.

Sie trat ans Fenster und hoffte, Sarah würde das Pferd wenden und noch einmal vorbeireiten.

Als sie eines Tages in der Abenddämmerung nach Hause kam, fand sie vor ihrer Tür einen etwa handtellergroßen Stein in Herzform. Es war ein wunderschöner Herzstein mit zwei äußeren Schichten aus dunkelgrauem Gestein und einer inneren Schicht aus hellerem Material, in dem Glimmerstückchen funkelten.

Sie wußte, wer ihn da hingelegt hatte. Aber war es ein Zeichen der Anerkennung? Symbol für einen Waffenstillstand? Der Stein war einfach zu schön, um eine Kriegserklärung zu bedeuten, da war R. J. sich ganz sicher.

Sie freute sich sehr über diesen Herzstein, und sie nahm ihn mit ins Haus und legte ihn an einen Ehrenplatz neben den Messingkerzenständern ihrer Mutter auf dem Kaminsims.

Frank Sotheby stand auf der Veranda seines Ladens und räusperte sich. »Also ich denk mir, die zwei sollten vielleicht beide mal zu 'ner Krankenschwester gehen, oder, Doctor Cole? Die zwei leben ganz allein mit 'nem Rudel Katzen in der Wohnung über dem Eisenwarenladen. Dieser Gestank! Uäh!«

»Sie meinen, gleich da unten an der Straße? Warum habe ich die beiden dann noch nie gesehen?«

»Naja, weil die ja kaum noch vor die Tür gehn. Die eine, Miss Eva Goodhue, ist uralt, und die andere, Miss Helen Phillips, Evas Nichte, die ist viel jünger, aber nicht ganz richtig im Oberstübchen. Eine sorgt für die andere, wenn man das so nennen kann.« Er zögerte. »Eva ruft mich jeden Freitag an und gibt mir ihre Einkaufsliste durch. Na ja … und letzte Woche kam ihr Scheck von der Bank zurück. War nicht gedeckt.«

In dem dunklen, schmalen Treppenhaus gab es keine Glühbirne. Oben angekommen, klopfte R. J. an die Tür, und nachdem sie ziemlich lange gewartet hatte, klopfte sie fester. Immer und immer wieder.

Sie hörte keine Schritte, spürte aber eine schwache Bewegung hinter der Tür. »Hallo?«

»… Wer da?«

»Ich bin Roberta Cole. Ich bin die Ärztin.«

»Von Dr. Thorndike?«

O Gott. »Dr. Thorndike ist ... ist schon ziemlich lange nicht mehr hier. Ich bin die neue Ärztin. Bitte, spreche ich mit Miss Goodhue oder mit Miss Phillips?«

»... Eva Goodhue. Was wollen Sie?«

»Nun, ich würde Sie gern kennenlernen, Miss Goodhue, einfach guten Tag sagen. Wenn Sie so freundlich wären, die Tür zu öffnen und mich einzulassen?«

Hinter der Tür herrschte Schweigen. Der Augenblick dehnte und dehnte sich. Das Schweigen hing schwer in der Luft.

»Miss Goodhue?«

Schließlich seufzte R. J. »Ich habe eine neue Praxis, nur ein Stückchen weiter unten an der Main Street. Bei Sally Howland im Erdgeschoß. Falls Sie je ärztliche Hilfe brauchen sollten, Sie oder Ihre Nichte, dann rufen Sie einfach an, oder schicken Sie jemanden, der mich holt! In Ordnung?« Sie zog eine Visitenkarte aus der Tasche und schob sie unter der Tür durch. »In Ordnung, Miss Goodhue?«

Aber sie erhielt keine Antwort, und so stieg sie die Treppe wieder hinunter.

Bei den seltenen Ausflügen zu ihrem Landhaus hatten sie und Tom gelegentlich wildlebende Tiere beobachten können, Hasen, Eichhörnchen und Backenhörnchen, die sich unter dem überhängenden Dach des Holzschuppens ihr Nest gebaut hatten. Aber jetzt, da sie ständig in dem Haus lebte, lernte sie eine Vielzahl von wilden Nachbarn kennen, die sie vorher noch nie gesehen hatte. Sie gewöhnte sich an, immer ihr Fernglas in Reichweite zu haben.

Einmal sah sie im Morgengrauen durch das Küchenfenster einen Rotluchs, der frech über die Wiese stolzierte. Vom Fenster ihres Arbeitszimmers aus beobachtete sie auf der feuchten Wiese vier Otter, die vom Fluß hergekommen waren, um im Marschland zu jagen. In einer mäandernden Reihe liefen sie so dicht hintereinander her, daß sie aussahen wie die Windungen einer großen Schlange, ein Loch-Ness-Monster in der Feuchtwiese. Sie sah Schildkröten und Schlangen, ein fettes, altes Waldmurmeltier, das jeden Tag im Klee der Wiese äste, und ein Baumstachelschwein, das aus dem Wald herausgewatschelt kam, um die winzigen blaßgrünen Äpfel zu fressen, die vor der Zeit von den Bäumen gefallen waren. Strauchwerk und Bäume waren voller Sing- und Raubvögel. Ohne sich groß anstrengen zu müssen, konnte sie einen Blaureiher und verschiedene Falkenarten beobachten. Von ihrer Veranda aus sah sie eine Ohreule, die sich schnell wie das Unheil und leise wie ein Flüstern herabstürzte, um eine über die Wiese huschende Wühlmaus zu packen. Dann stieg sie wieder auf und verschwand.

Sie erzählte Janet Cantwell, was sie alles gesehen hatte. Die Gemeinderätin unterrichtete Biologie an der Universität in Amherst. »Das kommt daher, daß Ihr Haus an einer Grenze steht, an der verschiedene Lebensräume zusammenstoßen. Feuchtwiese, Trockenweide, dichter Wald mit Teichen, dazu der saubere Fluß, der das Ganze durchfließt. Die Tiere finden hier hervorragende Jagdmöglichkeiten.«

Bei ihren Fahrten durch die Gegend sah R. J. immer wieder Anwesen mit Namensschildern. Einige Namen waren nur erklärende Bezeichnungen: »Schroeder's Ten Acres«, »Ransome's Tree Farm« oder »Peterson's Reward«. Andere waren lustig: »Dunrovin« und »It's Our Place«, oder beschreibend: »Ten Oaks«, »Windcrest« und »Walnut Hill«. Einige Namen waren einfach zu köstlich, und sie hätte ihr Haus gern »Catamount River Farm« genannt, aber so hieß schon seit vielen Jahren ein Haus eine Meile flußaufwärts; und außerdem wäre es anmaßend gewesen, ihr Anwesen noch als eine Farm zu bezeichnen.

David, dieser Mann mit den vielen Gesichtern, besaß einen Keller voller elektrischer Werkzeuge und bot ihr an, ihr beim Aufstellen eines Namensschilds zu helfen.

Sie erzählte Hank Krantz davon, und der kam eines Morgens mit seinem großen John-Deere-Traktor und einem Jaucheanhänger im Schlepptau auf ihren Hof gedonnert. »Steigen Sie ein!« sagte er. »Wir besorgen Ihnen einen Pfosten für Ihr Hausschild.« Sie kletterte auf den glücklicherweise leeren, aber nichtsdestoweniger nach Kuhmist stinkenden Dungwagen und hielt sich kopfschüttelnd am Rand fest, während er sie – endlich eine richtige Landfrau – ruckelnd und holpernd zum Fluß kutschierte.

Hank suchte eine gesunde, ältere Scheinakazie aus, die in einer Baumgruppe am Ufer stand, und fällte sie mit seiner Kettensäge. Dann richtete er den Stamm zu und hievte ihn auf den Dungwagen, damit sie auf dem Rückweg Gesellschaft hatte.

David sägte den Stamm zu einem kräftigen Kantholz zurecht, das als Pfosten dienen sollte. Mit Hanks Wahl war er sehr einverstanden. »Scheinakazienholz verfault praktisch nicht«, sagte er und rammte den Pfosten einen knappen Meter tief in die Erde. An der Spitze befestigte er einen seitlich abstehenden Arm mit zwei Haken, in die später das Schild eingehängt werden sollte. »Willst du außer deinem Namen noch etwas auf dem Schild? Willst du deinem Haus einen eigenen Namen geben?«

»Nein«, antwortete sie. Doch dann überlegte sie es sich anders und sagte: »Doch, schon.«

Das Schild gefiel ihr sehr, als es fertig war, im gleichen Hellbeige lackiert wie das Haus und mit schwarzer Beschriftung:

DAS HAUS AN DER GRENZE
DR. R. J. COLE

Das Schild verwirrte die Leute. »An der Grenze zu was?« fragten sie R. J.

Je nach Laune gönnte sie sich den Spaß, den Fragenden zu erklären, das Haus stehe an der Grenze zur Zahlungsfähigkeit, an der Grenze zur Verzweiflung, an der Grenze zum Kollaps oder an der Grenze zur Lösung des kosmischen Lebensrätsels. Doch schon bald langweilte ihre Wunderlichkeit die Leute, oder sie hatten sich an das Schild gewöhnt, und die Fragen hörten auf.

Schnappschüsse

»Wer ist der nächste?« fragte R. J. eines späten Nachmittags Toby Smith.

»Ich«, sagte Toby nervös.

»Sie? Oh ... aber natürlich, Toby. Nur eine Routineuntersuchung oder ein Problem?«

»Problem.«

Toby setzte sich neben R. J.s Schreibtisch und umriß mit knappen, klaren Worten den Sachverhalt.

Sie und ihr Mann Jan waren seit zweieinhalb Jahren verheiratet. Seit zwei Jahren versuchten sie, ein Kind zu bekommen. »Es funktioniert einfach nicht. Wir schlafen dauernd miteinander, verzweifelt und eigentlich viel zu oft. Es hat unser ganzes Sexualleben ruiniert.«

R. J. nickte mitfühlend. »Legt mal eine Pause ein! Wichtig ist nicht, was ihr macht, sondern wie ihr es macht. Und wann. Weiß Jan, daß Sie mit mir darüber reden? Ist er ebenfalls bereit, zu mir zu kommen?«

»O ja.«

»Nun, dann machen wir erst einmal eine Spermaanalyse und führen bei Ihnen einige Tests durch. Und wenn wir die nötigen Informationen haben, stelle ich eine Routine für euch zusammen.«

Toby sah sie ernst an. »Es wäre mir lieb, wenn Sie ein anderes Wort dafür benutzen könnten, Dr. Cole.«

»Natürlich. Wie wär's mit Zeitplan? Ich stelle für euch einen Zeitplan zusammen.«

»Zeitplan ist okay«, sagte Toby, und dann lächelten sie sich an.

R. J. und David hatten in ihrer Beziehung ein Stadium erreicht, in dem sie einander viele Fragen stellten und alles vom anderen wissen wollten. Er fragte sie, wie sie zu ihrer Arbeit stehe, und fand es sehr interessant, daß sie sowohl zur Anwältin wie zur Ärztin ausgebildet war.

»Maimonides war ebenfalls Anwalt und Arzt.«

»Und Rabbi, oder?«

»Auch Rabbi, ja. Und außerdem Diamantenhändler, um Geld ins Haus zu bringen.«

Sie lächelte. »Vielleicht sollte ich auch mit Diamanten handeln.«

Sie merkte, daß sie über alles mit ihm reden konnte, für sie ein unglaublicher Luxus. Der Abtreibung gegenüber hatte er die gleiche Haltung wie gegenüber Gott: Er war unsicher. »Ich glaube, eine Frau sollte das Recht haben, über ihr eigenes Leben zu entscheiden, ihre Gesundheit und ihre Zukunft zu schützen, aber ... für mich ist ein Baby etwas sehr Ernstes.«

»Aber natürlich. Für mich auch. Das Leben zu erhalten, es besser zu machen – das ist ja meine Aufgabe.«

Sie erzählte ihm, was sie empfand, wenn sie jemand helfen, wenn sie wirklich Schmerzen lindern, Leben verlängern konnte. »Das ist wie ein kosmischer Orgasmus. Wie die heftigste Umarmung der ganzen Welt.«

Er hörte ihr auch zu, als sie von schlimmen Erfahrungen erzählte, von Fehlern, die sie gemacht hatte, und von der Erkenntnis, jemandem, der sich hilfesuchend an sie gewandt hatte, durch ihre Bemühungen geschadet zu haben.

»Hast du je das Leben eines Menschen beendet?«

»Den Tod beschleunigt? Ja.«

Es freute sie, daß er nicht mit irgendeiner Banalität antwortete. Er nickte nur, sah ihr in die Augen und nahm ihre Hand.

Er war von Stimmungen abhängig. Das Immobiliengeschäft hatte nur höchst selten Einfluß auf seine Laune, aber sie merkte, ob er mit dem Schreiben gut vorankam oder nicht. Wenn es schlecht lief, flüchtete er sich in körperliche Arbeit. An den Wochenenden ließ er sich manchmal bei der Gartenarbeit helfen.

Dann jätete sie Unkraut und wühlte mit den Händen in der Erde, deren rauhen Kontakt mit der Haut sie genoß. Obwohl sie immer frisches Gemüse von Patienten bekam, wollte sie ihr eigenes haben. David überzeugte sie von den Vorzügen von Hochbeeten, und er wußte auch, wo man Abbruchbalken für die Rahmen kaufen konnte.

Sie entfernten die Grasdecke von zwei rechteckigen Flächen auf einem leicht nach Süden geneigten Hang, wobei sie die Soden Stück um Stück wie Eskimos Schneeblöcke für den Iglubau ausstachen und sie dann mit dem Rasen nach unten im Komposter stapelten. Auf die nun bloßen, etwa ein Meter zwanzig auf zwei Meter vierzig großen Rechtecke legten sie flache Steine, die sie festdrückten, bis sie eine plane Ebene bildeten. Um diese Steinsockel errichtete David je zwei Balken hohe Beetrahmen. Die Eichenbalken waren unhandlich und schwierig zu bearbeiten. »Hart wie der Tod und schwer wie die Sünde«, stöhnte David. Doch bald hatte er die Enden ausgekerbt und die Balken überlappend verbunden. Mit einem Elektrobohrer trieb er Löcher in die Verbindungsstellen und stabilisierte sie abschließend mit langen Stahlschrauben.

David richtete sich auf und nahm R. J. bei der Hand. »Weißt du, was ich liebe?«

»Was?« fragte sie mit klopfendem Herzen.

»Pferdescheiße und Kuhscheiße.«

Den Mist bekamen sie aus dem Kuhstall der Krantz. Sie mischten ihn mit Torfmoos und Erde und füllten damit die Rahmen bis über den Rand. Obendrauf kam eine dicke Schicht lockeres Heu.

»Das wird sich noch setzen. Im nächsten Frühjahr mußt du nur noch das Heu wegnehmen und säen. Und während der Wachstumsperiode füllst du die Beete mit Mulch auf«, sagte David, und sie freute sich darauf wie ein Kind.

Anfang Juli war sie in der Lage, gewisse finanzielle Tendenzen in ihrer Praxis zu erkennen. Zu ihrer Bestürzung mußte sie feststellen, daß es Patienten gab, die Arztrechnungen auflaufen ließen, ohne je ernsthaft ans Bezahlen zu denken. Das Honorar für die Behandlung versicherter Patienten war gesichert, auch wenn es nur langsam hereinkam. Von den Nichtversicherten waren einige mittellos, und das Geld für deren Behandlung schrieb sie ohne Zögern oder Bedauern ab – für einen guten Zweck. Aber ein paar Patienten wollten nicht zahlen, obwohl sie ganz offensichtlich dazu in der Lage waren. Sie hatte Gregory Hinton, einen wohlhabenden Milchfarmer, wegen einiger Furunkel am Rücken behandelt. Dreimal war er bei ihr in der Praxis gewesen, und jedesmal hatte er zu Toby gesagt, er werde »einen Scheck schicken«. Aber nie traf ein solcher Scheck ein.

Als sie eines Tages an seiner Farm vorbeifuhr und sah, daß er gerade in seinen Stall ging, bog sie in seine Einfahrt ein. Er grüßte sie freundlich, wenn auch mit unverhohlener Neugier. »Ich brauch Sie nicht mehr, Gott sei Dank. Die Furunkel sind alle verschwunden.«

»Das ist schön, Mr. Hinton. Freut mich für Sie. Ich habe mich nur gefragt, ob Sie … nun ja, ob Sie die Rechnungen für die drei Arztbesuche bezahlen können.«

»Sie haben *was*?« Er starrte sie böse an. »Haben Sie es nötig, Patienten zu mahnen? Was sind denn Sie für eine Ärztin?«

»Eine Ärztin, die eben erst ihre Praxis eröffnet hat.«

»Lassen Sie sich sagen, daß Doc Thorndike den Leuten immer sehr viel Zeit zum Zahlen gelassen hat.«

»Doctor Thorndike ist schon sehr, sehr lange nicht mehr hier, und ich kann mir diesen Luxus nicht leisten. Ich würde es sehr begrüßen, wenn Sie bezahlen könnten, was Sie mir schulden«, sagte sie und wünschte ihm, so freundlich sie es vermochte, einen guten Tag.

Als sie David an diesem Abend von der Konfrontation erzählte, nickte er bedächtig.

»Hinton ist ein sturer alter Geizhals. Er läßt jeden auf die Bezahlung warten, damit er aus jedem Dollar auch noch den letzten Rest an Bankzinsen herausquetschen kann. Du mußt dir aber klar sein – und auch deine Patienten müssen es begreifen –, daß du, indem du die Leute behandelst, auch ein Geschäft führst.«

Sie müsse ein System fürs Geldeintreiben finden, meinte er. Mahnungen sollten nicht von der Ärztin, sondern von jemand anderem kommen, damit R. J. ihr »Image als Heilige« behalten könne. Das Schuldeneintreiben sei in jeder Branche gleich, sagte er, und gemeinsam arbeiteten sie ein Programm aus, das R. J. am nächsten Morgen Toby erläuterte, denn die sollte das Mahnwesen übernehmen, indem sie monatlich die Rechnungen kontrollierte.

Toby kannte die Bevölkerung gut und würde deshalb die schwierige Entscheidung treffen können, ob ein Patient wirklich bedürftig war oder nicht. Jeder, der kein Geld hatte, aber mit Arbeitsstunden oder Tauschware bezahlen wollte, sollte das tun dürfen. Und wer weder Geld noch etwas zum Tauschen hatte, würde auch keine Rechnung bekommen.

Für solche, die Toby für zahlungsfähig hielt, wurden drei Kategorien eingerichtet, und zwar Säumigkeit bis zu dreißig Tagen, Säumigkeit zwischen sechzig und neunzig Tagen und Säumigkeit über neunzig Tage. Fünfundvierzig Tage nach Rechnungstellung wurde der erste Brief abgeschickt, in dem der Patient noch höflich gebeten wurde, sich mit der Ärztin in Verbindung zu setzen, falls es irgendwelche Fragen zur Rechnung gab. Nach sechzig Tagen sollte Toby den Patienten anrufen, ihn an seine Schuld erinnern und seine Reaktion vermerken. Nach neunzig Tagen wurde dann der Brief Nummer zwei abgeschickt, in dem der Patient mit Nachdruck aufgefordert wurde, seine Schuld bis zu einem bestimmten Datum zu begleichen.

David schlug vor, Außenstände, die älter als vier Monate waren, einer Inkassoagentur zu übergeben. R. J. rümpfte die Nase, denn das paßte nicht zu ihrer Vorstellung von den Beziehungen, die sie in einem kleinen Ort wie Woodfield aufbauen wollte. Sie wußte, daß sie sich zwingen mußte, sowohl Geschäftsfrau als auch Heilende zu sein, aber trotzdem vereinbarte sie mit Toby, vorerst keine Inkassoagentur hinzuzuziehen.

Eines Morgens kam Toby mit einem Blatt Papier zur Arbeit, das sie R. J. lächelnd gab. Es war vergilbt und spröde und steckte in einer transparenten Schutzhülle.

»Mary Stem hat es im Archiv der Historic Society gefunden«, sagte Toby. »Da es an einen Vorfahren meines Mannes adressiert war – den Bruder seiner Ururgroßmutter –, hat sie es uns gebracht.«

Es war eine Arztrechnung, adressiert an Alonzo S. Sheffield, für einen »Praxisbesuch, Grippe – 50 Cent«. Der Name im Briefkopf lautete »Doctor Peter Elias Hathaway«, und das Datum war der 16. Mai 1889.

»Drehen Sie die Rechnung um!« sagte Toby zu R. J.

Auf der Rückseite stand ein kleines Gedicht:

Erst wenn Gefahr droht, nicht davor,
leihen wir Gott und
dem Arzt unser Ohr.
Ist die Gefahr gebannt,
hör'n wir auf keine Mahnung;
Nicht zum Gebet,
erst recht nicht zur Bezahlung.

Toby gab die Rechnung an die Historic Society zurück, aber erst nachdem sie das Gedicht kopiert und für die ausstehenden Rechnungen in den Computer eingegeben hatte.

David redete die ganze Zeit über Sarah, und R. J. ermutigte ihn dazu. Eines Abends holte er Fotos heraus, vier dicke Alben, die das Leben dieses einen Kindes dokumentierten. Auf einem Bild war Sarah als Neugeborenes zu sehen, in den Armen der Großmutter mütterlicherseits, der verstorbenen Trudi Kaufman, einer korpulenten Frau mit einem breiten Lächeln. Auf einem anderen sah man Sarah im Laufstall, wie sie ihrem Vater sehr aufmerksam beim Rasieren zusieht. Viele der Bilder hatten eine Geschichte. »Siehst du diesen Schneeanzug da? Marineblau, ihr erster Schneeanzug. Sie war gerade ein Jahr alt. Natalie und ich waren sehr stolz darauf, daß sie kein Windelhöschen mehr brauchte. An einem Samstag gingen wir mit ihr zu ›Abraham & Strauss‹, diesem hübschen Kaufhaus in Brooklyn. Es war

Januar, kurz nach den Feiertagen, und es war sehr kalt. Weißt du, was das heißt, ein kleines Kind für die Kälte anzuziehen? Die ganzen Schichten, die man ihm überziehen muß?«

R. J. nickte lächelnd.

»Sie hatte so viele Kleiderschichten am Leib, daß sie aussah wie ein kleiner Ball, wie eine kleine Biskuitrolle. Da sind wir also bei A & S im Lift, und der Aufzugführer ruft in jedem Stockwerk die Abteilungen aus. Zuvor hatte ich Sarah getragen, aber jetzt steht sie zwischen uns auf dem Boden, und Natalie und ich halten sie bei den Händen. Und plötzlich sehe ich, daß sich um die zwei kleinen Babyfüße herum ein feuchter Kreis auf dem Teppichboden des Lifts gebildet hat. Und Sarahs Beinchen sind irgendwie dunkler, anders blau als der Rest ihres Schneeanzugs.

Wir hatten was zum Wechseln für sie im Auto, und ich bin hinunter in die Garage gerannt und habe die Sachen geholt. Wir mußten ihr also alle diese nassen Schichten ausziehen und die ganzen trockenen wieder anziehen. Aber der Schneeanzug war durchnäßt, wir sind deshalb in die Kinderabteilung gegangen, um ihr einen neuen zu kaufen.«

Sarah an ihrem ersten Schultag. Sarah als dünne Achtjährige, wie sie im Urlaub am Old Lyme Beach in Connecticut im Sand spielt. Sarah mit Zahnspange und einem breiten, übertriebenen Lächeln, damit man die Spange nur ja gut sieht.

Auf ein paar Bildern war David zu sehen, aber er hatte wohl meistens hinter der Kamera gestanden, denn auf vielen Schnappschüssen war Natalie. R. J. musterte sie verstohlen. Sie war eine hübsche, selbstbewußte junge Frau mit langen schwarzen Haaren gewesen, und sie wirkte auf R. J. beinahe schockierend vertraut, denn ihre sechzehnjährige Tochter sah ihr sehr ähnlich.

Auf eine tote Frau eifersüchtig zu sein hatte etwas Falsches, fast Krankhaftes, aber R. J. war eifersüchtig auf diese Frau, die gelebt hatte, als diese Aufnahmen gemacht wurden. Sie war die Frau, die eine Tochter empfangen und auf die Welt gebracht hatte, die Sarah erzogen und ihr ihre Liebe geschenkt hatte. Mit Unbehagen stellte R. J. fest, daß ihre Zuneigung zu David teilweise auch von ihrer Sehnsucht nach einer Tochter herrührte und daß sie nicht zuletzt deshalb so großes Interesse an dem Mädchen hatte, das er und Natalie Kaufman gezeugt hatten.

Wenn sie zu Fuß unterwegs war, dachte sie hin und wieder an Sarah und deren Sammlung, und dann hielt sie Ausschau nach Herzsteinen, doch ohne Erfolg. Meistens war sie jedoch zu beschäftigt, um an dergleichen zu denken, und sie hatte zu wenig Zeit, um ein paar angenehme Minuten mit Steinesuchen zu verbringen.

Dann geschah es ganz zufällig, sie hatte einfach Glück. An einem heißen Hochsommertag stahl sie sich in den Wald und zog am Fluß Schuhe und Strümpfe aus. Sie krempelte die Hosenbeine bis über die Knie hoch und watete glückselig durch das kalte Wasser des Catamount. Bald darauf kam sie zu einer Gumpe, in der es von Jungfischen wimmelte. Wie sie so in dem klaren Wasser schwammen, konnte sie nicht erkennen, ob es Bachsaiblinge oder Steinforellen waren. Doch plötzlich entdeckte sie unter dem Schwarm einen kleinen weißlichen Stein. Obwohl sie sich auf Grund früherer Enttäuschungen keine großen Hoffnungen machte, watete sie ein Stück ins tiefere Wasser, worauf die Fische in alle Richtungen davonstoben. Sie bückte sich nach dem Stein.

Ein Herzstein.

Kristall, vermutlich Quarz, etwa fünf Zentimeter im Durchmesser, von glatter, mattglänzender Oberfläche, in unzähligen Jahren von fließendem Wasser und schmirgelndem Sand zur vollkommenen Form geschliffen.

Triumphierend trug sie ihn nach Hause. In ihrer Schreibtischschublade hatte sie ein kleines Schmuckkästchen, in dem sie ihre Perlenohrringe aufbewahrte. Die nahm sie jetzt heraus und legte dafür den Kristall auf den Samt. Und mit dem Kästchen fuhr sie ans andere Ende des Orts.

Zum Glück sah das Markus-Holzhaus verlassen aus. Sie ließ den Motor ihres »Explorer« laufen, stieg aus und legte das Kästchen auf die oberste Stufe vor die Tür. Dann sprang sie wieder ins Auto und flüchtete, als hätte sie eben eine Bank ausgeraubt.

Der richtige Weg

R. J. hatte Sarah gegenüber den Herzstein, den sie vor ihrer Tür gefunden hatte, nie erwähnt, und Sarah ließ ebenfalls unerwähnt, ob sie den Kristall in dem Schmuckkästchen gefunden hatte.

Als aber R. J. am folgenden Mittwoch nachmittags von der Praxis nach Hause kam, fand sie neben ihrer Tür eine kleine Pappschachtel. Der Karton enthielt einen glänzenden dunkelgrünen Stein mit einem gezackten Riß, der von der Furche etwa bis zum Zentrum des Herzens verlief.

Am nächsten Morgen, an ihrem kostbaren freien Tag, fuhr R. J. zu einer Kiesgrube in den Hügeln, die vom Straßenbauamt genutzt wurde. Vor Millionen von Jahren hatte sich ein riesiger Eisstrom über das Land bewegt, der Erde, Geröll und Gestein vor sich her schob und dieses Material schließlich zu einer Moräne auftürmte, die jetzt den Kies für die Schotterstraßen Woodfields lieferte.

Den ganzen Vormittag über kletterte R. J. über Steinhaufen und wühlte mit den Händen im Geröll. Es gab Steine der unterschiedlichsten Schattierungen und Farbkombinationen: braun, beige, blau, grün, schwarz und grau. Es gab eine Vielzahl von Formen, und R. J. betrachtete und verwarf Tausende von Steinen, einen nach dem anderen, ohne die Form zu finden, die sie suchte. Gegen Mittag fuhr sie, von der Sonne verbrannt und mißmutig, nach Hause. Als sie an der Farm der Krantz vorbeikam, sah sie im Garten Freda, die sie mit ihrem Stock heranwinkte.

»Ich ernte gerade rote Bete«, rief Freda, als R. J. das Fenster herunterkurbelte. »Wollen Sie welche?«

»Gern. Warten Sie, ich helfe Ihnen!«

In dem großen Garten an der Südseite der mächtigen roten Scheune hatten sie eben die achte runde Rübe aus dem Boden gezogen, als R. J. in der aufgeworfenen Erde ein schwarzes Basaltherz entdeckte, das etwa so groß wie der Nagel ihres kleinen Fingers und perfekt geformt war. Lachend pulte sie es heraus.

»Darf ich den Stein behalten?«

»Wieso, ist es ein Diamant?« fragte Freda erstaunt.

»Nein, nur ein Kiesel«, erwiderte R. J. und trug triumphierend Bete und Herzstein zum Auto.

Zu Hause wusch sie den Stein und wickelte ihn in ein Papiertaschentuch. Der kleine Ball kam flachgedrückt in die Plastikbox einer Videokassette, und diese wiederum in einen Pappkarton von etwa fünfunddreißig Zentimeter Seitenlänge. Dann machte sie Popcorn, aß ein bißchen davon zu Mittag und füllte mit dem Rest den Karton auf. Nun suchte sie sich eine noch größere Schachtel, etwa neunzig mal sechzig Zentimeter, polsterte sie mit zerknülltem Zeitungspapier aus und stellte den kleineren Karton hinein. Zum Abschluß verklebte sie die große Schachtel säuberlich.

Sie stellte den Wecker, denn sie wollte am nächsten Morgen so früh auf sein, daß sie bei Davids und Sarahs Haus sein konnte, wenn die beiden noch schliefen. Die Sonne stand noch so tief, daß die Tautropfen im Gras funkelten, als sie auf der Straße vor dem Markus-Haus hielt. Da sie nicht bis zur Tür fahren wollte, ging sie mit der Schachtel die Auffahrt hoch und stellte sie vor die Tür. In diesem Augenblick wieherte Chaim.

»Aha! Dann warst es also doch du«, rief Sarah von ihrem geöffneten Fenster herunter.

Einen Augenblick später war sie an der Tür. »*Wow!* Das muß aber ein großer Stein sein«, sagte sie, und R. J. lachte, als Sarah die unerwartet leichte Schachtel hochhob.

»Komm rein! Ich mach dir Kaffee«, sagte Sarah.

Dann saßen sie am Küchentisch und lächelten sich verlegen an. »Ich habe die zwei Herzsteine, die du mir geschenkt hast, sehr gern. Ich werde sie immer in Ehren halten«, sagte R. J.

»Der kristallene ist mein Liebling, zumindest im Augenblick. Bei mir wechselt das ziemlich oft«, sagte Sarah, um Ehrlichkeit bemüht. »Es heißt, Kristalle haben die Kraft, Krankheiten zu heilen. Glaubst du das?«

Auch R. J. gab ihr eine ehrliche Antwort. »Ich bezweifle es, aber ich habe noch keine Erfahrung mit Kristallen gemacht, also kann ich es eigentlich nicht sagen.«

»Also, ich glaube, daß Herzsteine magische Kräfte haben. Ich weiß, daß sie Glücksbringer sind, und ich trage immer einen bei mir. Glaubst du an das Glück?«

»O ja. An das Glück glaube ich auf jeden Fall. Wirklich.«

Während der Kaffee durch die Maschine lief, stellte Sarah das Paket auf den Tisch und schnitt das Klebeband auf. Lachend arbeitete sie sich durch die vielen Schichten und Hindernisse. Als sie dann den winzigen schwarzen Herzstein sah, hielt sie die Luft an. »Das ist bis jetzt der Schönste.«

Überall auf dem Boden waren Papierknäuel und Popcorn verstreut, R. J. kam sich vor, als hätten sie an Weihnachten Pakete geöffnet.

Und so traf David die beiden an, als er im Pyjama in die Küche kam und sich nach Kaffee umsah.

R. J. begann sich mehr um ihr Haus zu kümmern. Sie genoß es, ihr eigenes Nest einzurichten, ohne die Vorlieben und Abneigungen eines anderen Menschen berücksichtigen zu müssen. Inzwischen waren die Bücher aus dem Haus an der Brattle Street eingetroffen. Sie bot die medizinische Versorgung von vier Kindern zum Tausch gegen Schreinerarbeiten von deren Vater, George Garroway. In einer kleinen Ein-Mann-Sägemühle kaufte sie abgelagertes Holz. In Boston wären die Kirschholzbretter wahrscheinlich künstlich getrocknet und unverschämt teuer gewesen, Elliot Purdy dagegen machte alles selbst. Er fällte Bäume von seinem eigenen Grund, sägte die Bretter und stapelte sie an der Luft zum Trocknen auf. Der Preis war deshalb vernünftig. R. J. und David brachten die Bretter in seinem Pick-up zum »Haus an der Grenze«, und Garroway zog an den

Wänden des Wohnzimmers Regale hoch. R. J. brachte Abend um Abend damit zu, sie zu schleifen und mit Leinölfirnis einzureiben. Oft half David ihr dabei und manchmal auch Toby und Jan, die sie dann mit einem Spaghettiessen und Opernmusik aus dem CD-Player belohnte. Als schließlich alles fertig war, verströmte das Zimmer eine Wärme, wie nur der matte Glanz von Holz und die Rücken vieler Bücher sie vermitteln können.

Zusammen mit den Büchern hatte sie sich aus dem Lagerhaus in Boston auch den Stutzflügel kommen lassen, den sie jetzt vor das Wohnzimmerfenster stellte, und den Perserteppich, der in dem Haus in Cambridge ihr Lieblingsstück gewesen war. Der antike Heris war vor einhundert Jahren einmal leuchtend bunt gewesen, aber mit der Zeit hatte sich das Rot in einen Rostton gewandelt, die Blau- und Grünnuancen waren zu feinen, zarten Schattierungen verblaßt, und das Weiß entsprach jetzt einem sanften Cremeton.

Ein paar Tage später fuhr ein Transporter von »Federal Express« auf R. J.s Hof, und der Fahrer übergab ihr ein sperriges Paket mit Frachtaufklebern aus den Niederlanden. Es war das Service, das Betts Sullivan ihr vermacht hatte, ein wunderschön gearbeitetes silbernes Tablett, dazu Kaffeekanne, Teekanne, Zuckerdose und Sahnekännchen. Einen ganzen Abend lang polierte sie die schweren Stücke und stellte sie dann auf die Kommode, damit sie das Service wie den Heris sehen konnte, wenn sie am Stutzflügel saß und spielte. Sie spürte eine tiefe Zufriedenheit, ein Gefühl, das sie noch nicht recht kannte, an das sie sich aber sehr leicht gewöhnen konnte.

David blieb fast die Luft weg, als er das Silberservice sah. Er zeigte sich sehr interessiert, als sie ihm von Elizabeth Sullivan erzählte, und war gerührt, als sie ihn zu der Lichtung am Fluß führte, wo sie Betts' Asche begraben hatte.

»Kommst du oft hierher, um mit ihr zu reden?«

»Ich komme hierher, weil mir diese Lichtung gefällt. Aber nein,... mit Elizabeth rede ich nicht.«

»Willst du ihr nicht sagen, daß ihr Geschenk angekommen ist?«

»Sie ist doch nicht hier, David.«

»Woher weißt du das?«

»Ich weiß es einfach. Unter diesem Stein liegen nur ein paar verkohlte Knochenstücke. Elizabeth wollte nur, daß ihre Überreste an einem hübschen, wildromantischen Ort der Erde übergeben werden. Dieser Ort, diese Stelle am Catamount hier hatten absolut keine Bedeutung für sie, als sie noch lebte. Sie kannte sie nicht einmal. Wenn die Seelen nach dem Tod zurückkehren – aber ich glaube nicht, daß das passiert, ich glaube, daß tot einfach tot heißt –, wenn so etwas also passieren könnte, würde Betts dann nicht an einen Ort zurückkehren, der wichtig für sie war?«

Er war schockiert, das merkte sie. Und enttäuscht von ihr, in einer für ihn wichtigen Frage.

Sie waren zwei vollkommen verschiedene Menschen. Vielleicht stimmt es ja, dachte sie, daß Gegensätze sich anziehen.

Obwohl ihre Beziehung voller Fragen und Unsicherheiten war, verbrachten sie wunderbare Stunden miteinander. Gemeinsam erkundeten sie R. J.s Anwesen und entdeckten wahre Schätze. Tief in ihrem Waldstück fanden sie eine Reihe von Tümpeln, die aufgereiht waren wie Perlen an einer riesigen Kette. Es begann mit einem winzigen Damm, der ein kaum Bach zu nennendes Rinnsal staute und so eine nur pfützengroße Wasseransammlung hervorrief. Mit unbeirrbarem baumeisterlichem Instinkt hatten Biber hinter diesem ersten Hindernis noch eine ganze Reihe von Dämmen und Tümpeln angelegt, und den Abschluß bildete ein Teich, der fast einen halben Hektar bedeckte. Wasservögel kamen an diesen kleinen See, um Fische zu fangen oder ihre Nester zu bauen, denn hier herrschten Ruhe und Frieden.

»Ich würde gerne durch den Wald gehen können, ohne mich ständig durch Bäume und Gestrüpp kämpfen zu müssen.«

David stimmte ihr zu. »Du brauchst einen Pfad.«

An diesem Wochenende brachte er eine Dose mit Sprühfarbe, um den Verlauf des Pfades zu markieren. Sie durchstreiften mehrmals den Wald, bis sie die optimale Route gefunden hatten, und dann markierte David die Bäume und machte sich auch gleich mit seiner Kettensäge an die Arbeit.

Mit Absicht hielten sie den Pfad schmal. Sie machten um umgestürzte, tote Stämme einen Umweg und vermieden es auch, große Bäume zu fällen, sondern stutzten nur tiefhängende Äste, die das Vorankommen behinderten. R. J. schleppte die Äste und kleinen Bäume, die David abgeschnitten hatte, weg, wobei sie die größeren Stücke beiseite legte, um später Feuerholz aus ihnen zu machen. Das restliche Kleinzeug schob sie zu Haufen zusammen, damit diese kleineren Tieren als Unterschlupf dienen konnten.

David zeigte ihr Tierspuren, einen Baum, an dem sich ein Hirsch den Bast vom Geweih gewetzt hatte, einen toten Stamm, den ein Schwarzbär auf der Suche nach Maden und Insekten auseinandergerissen hatte, und hin und wieder Haufen von Bärenkot, manchmal formlos-weich von Beerendurchfall, manchmal genau wie Menschenexkremente, nur um einiges größer.

»Gibt es hier in der Gegend viele Bären?«

»Ein paar schon. Früher oder später wirst du einen sehen, wahrscheinlich aus der Entfernung. Sie lassen uns Menschen nicht nahe an sich ran. Sie hören uns kommen, riechen uns. In den allermeisten Fällen gehen sie den Menschen aus dem Weg.«

Einige Stellen waren besonders schön, und während sie sich durch den Wald voranarbeiteten, merkte R. J. sich Plätze, wo sie später Bänke aufstellen wollte. Doch vorerst kaufte sie sich im Supermarkt in Greenfield zwei Plastikstühle und stellte sie in ein kleines Gehölz am Ufer des größten Biberteichs. Sie lernte, dort lange bewegungslos zu sitzen, und manchmal wurde sie dafür belohnt. Sie beobachtete die Biber, ein wunderschönes Brautentenpärchen, einen Blaureiher, der durchs flache Wasser watete, einen Hirsch, der zum Saufen an den Teich kam, und zwei Schnappschildkröten in der Größe etwa von Betts' Silbertablett. Manchmal kam sie sich wie ein Mensch vor, der noch nie in einem Verkehrsstau gesteckt hatte. Stück für Stück und wann immer sie die Zeit dafür fanden, trieben sie den schmalen Pfad tiefer in den flüsternden Wald, zuerst bis zu den Biberteichen und dann weiter, zum Fluß hin.

Die Sänger

Trotz aller Zweifel geriet R. J. zusehends tiefer in die Beziehung.

Es machte ihr angst, daß eine Frau in ihrem Alter und mit ihrer Erfahrung sich innerlich so auflösen, so verletzlich werden konnte wie ein Teenager. Ihre Arbeit hielt sie die meiste Zeit von David fern, aber sie dachte häufig und zu unpassenden Gelegenheiten an ihn – an seinen Mund, seine Stimme, seine Augen, an die Form seines Kopfes, seine Körperhaltung. Sie versuchte, ihre Reaktionen wissenschaftlich zu analysieren, und sie redete sich ein, es sei alles nur Biochemie: Wenn sie ihn sah, seine Stimme hörte oder seine Anwesenheit spürte, schüttete ihr Hirn Phenyläthylamin aus, das ihren Körper erregte. Wenn er sie streichelte, sie küßte, wenn sie Sex miteinander hatten, machte das Hormon Oxytozin die Liebe noch süßer.

Tagsüber vertrieb sie ihn gnadenlos aus ihren Gedanken, damit sie als Ärztin funktionieren konnte. Doch wenn sie dann Zeit zum Zusammensein fanden, konnten sie die Hände nicht voneinander lassen.

Für David war es eine schwierige Zeit, eine entscheidende Zeit. Er hatte die Hälfte seines Manuskripts und ein Exposé der gesamten Geschichte an einen Verlag geschickt, und Ende Juli wurde er nach New York gerufen, wohin er am heißesten Tag dieses Sommers mit dem Zug fuhr.

Mit einem Vertrag kehrte er zurück. Der Vorschuß würde sein Leben nicht verändern – zwanzigtausend Dollar, das Übliche für einen Erstlingsroman, in dem es nicht um Mord und einen attraktiven Detektiv ging. Aber es war ein Sieg, und dazu kam noch der persönliche Triumph, daß er sich von seinem Lektor zum Essen, nicht aber zu Wein hatte einladen lassen.

Um den Erfolg zu feiern, lud R. J. ihn zu einem schicken Essen in das »Deerfield Inn« ein und begleitete ihn anschließend zu einem Treffen der Anonymen Alkoholiker in Greenfield. Beim Essen hatte er ihr gestanden, daß er große Zweifel habe, ob er das Buch beenden könne. Während des AA-Treffens fiel ihr auf, daß er nicht den Mut hatte, sich als Schriftsteller vorzustellen.

»Ich bin David Markus«, sagte er. »Ich bin Alkoholiker, und ich verkaufe in Woodfield Immobilien.«

Als sie am Ende des Abends zu seinem Haus zurückkehrten, setzten sie sich im Dunkeln auf die zerschlissene Couch, die neben den Honiggläsern auf der Veranda stand. Sie unterhielten sich leise und genossen die kühle Brise, die gelegentlich vom Wald her über die Weide wehte.

Während sie so dasaßen, bog ein Auto von der Straße in die Zufahrt ein, und die gelben Strahlen der Scheinwerfer warfen die Schatten der Glyzinienreben, die die Veranda umrankten, wie ein Netz auf Davids Gesicht.

»Das ist Sarah«, sagte er. »Sie war mit Bobby Henderson im Kino.«

Aus dem näher kommenden Auto war Gesang zu hören. Sarah und der junge Henderson versuchten sich an »Clementine«. Ihre Stimmen klangen dünn und ziemlich falsch, aber offensichtlich amüsierten sie sich.

David lachte kurz auf.

»Pscht!« machte R. J. leise. Das Auto blieb wenige Meter vor der Veranda stehen, und nur das Dickicht der Glyzinienreben trennte seine Insassen von dem Paar auf der Veranda.

Sarah begann mit dem nächsten Lied, »Der Diakon ging in den Keller zum Beten«, und der Junge stimmte mit ein. Danach herrschte Schweigen. Wahrscheinlich küßt Bobby Henderson Sarah jetzt, dachte R. J. Sie hätten sich bemerkbar machen müssen, das wurde ihr jetzt klar, doch es war schon zu spät. Sie und David saßen in der Dunkelheit, hielten Händchen wie ein altes Ehepaar und lächelten sich verschwörerisch an.

Dann stimmte Bobby ein Lied an: »Das Dingsbums-Ding ist klein und drall…«

»O Bobby, du bist ein Schwein«, rief Sarah, kicherte aber dabei, und als er fortfuhr, sang sie die zweite Stimme.

»… und hat ganz viele Haare…« (»ganz furchtbar viele Haare…«) »… wie ein Muschikätzchen…« (»… ein Muschikätzchen…«)

David ließ R. J.s Hand los.

»… ja, furchtbar viele Haare…« (»… krause schwarze Haare…«) »… und es hat einen Spalt…« (»… ja, so ’nen Spalt…«) »… Na, was ist das…?« (»… Was ist denn das…?«) »… Das ist Sarahs Dingsbums-Ding!« (»… Das ist mein Dingsbums-Diiiiiing!«)

»Sarah«, sagte David sehr laut.

»O Gott«, rief Sarah.

»Geh ins Haus!«

Kurz war hektisches Flüstern zu hören, dann ein Kichern. Die Autotür wurde geöffnet und wieder zugeschlagen. Sarah rannte die Eingangsstufen hoch und wortlos an ihnen vorbei, während Bobby Henderson im Hof wendete, noch einmal am Haus vorbeifuhr und dann Richtung Straße davonbrauste.

»Komm, ich fahr dich nach Hause! Sarah knöpfe ich mir dann später vor.«

»Immer mit der Ruhe! Sie hat ja keinen Mord begangen.«

»Wo hat sie nur ihre Selbstachtung gelassen?«

»Also, das war doch höchstens eine Geschmacksverirrung. Eine Teenager-Dummheit.«

»Eine Dummheit? Also hör mal!«

»David! Hast du denn keine schmutzigen Lieder gesungen, als du in ihrem Alter warst?«

»Doch. Aber ich habe sie mit meinen Freunden gesungen. Mit einem anständigen Mädchen habe ich sie nie gesungen, das kann ich dir versichern.«

»Schade«, sagte R. J., stand auf und ging die Treppe hinunter zu seinem Auto.

Tags darauf rief er sie an, um sie zum Abendessen einzuladen, aber sie war zu beschäftigt; es war der Beginn eines fünftägigen Arbeitsmarathons, während dem sie auch nachts nicht zur Ruhe kommen würde. Ihr Vater hatte recht gehabt, sie wurde zu oft aus dem Schlaf gerissen. Das Problem war, daß das im Notfall mit einem Krankenwagen in einer halben Stunde zu erreichende Krankenhaus in Greenfield, in das sie ihre Patienten einwies, keine Lehrklinik war. In den seltenen Fällen, in denen sie in Boston aus dem Schlaf geholt worden war, hatte sie immer bereits die Aufnahmediagnose eines Bereitschaftsarztes vorliegen gehabt, so daß sie nur dem Assistenzarzt zu sagen brauchte, was er mit dem Patienten tun solle, und wieder zu Bett gehen konnte. In Greenfield dagegen gab es keine Bereitschaftsärzte. Wenn sie einen Anruf erhielt, dann immer von einer Krankenschwester und häufig mitten in der Nacht. Das Pflegepersonal war sehr gut, aber bald kannte R. J. den Mohawk Trail tagsüber, nachts oder in der frühen Morgendämmerung so genau wie den Inhalt ihrer Tasche.

Sie beneidete die Ärzte in den europäischen Ländern, wo die Patienten mit vollständigen Krankenunterlagen in die Kliniken eingewiesen wurden und wo ein Stab von Krankenhausärzten die volle Verantwortung für deren Behandlung übernahm. Aber sie praktizierte in Woodfield und nicht in Europa, und deshalb fuhr sie häufig ins Krankenhaus.

Sie fürchtete sich schon vor den Fahrten im Winter, wenn der Mohawk Trail rutschig und vereist war, aber bei den schlimmsten dieser ermüdenden Touren während dieser Woche erinnerte sie sich immer wieder daran, daß sie ja unbedingt auf dem Land hatte praktizieren wollen.

Erst am Wochenende fand sie Zeit, Davids Essenseinladung anzunehmen, doch als sie bei ihm ankam, war er nicht zu Hause.

»Er mußte mit Kunden zum Potter's Hill, um ihnen das Haus der Weilands zu zeigen. Ein Paar aus New Jersey«, sagte Sarah. Sie trug ein T-Shirt und Shorts, die ihre langen, braungebrannten Beine noch länger wirken ließen. »Heute koche ich. Kalbfleischeintopf. Willst du Limonade?«

»Gern.«

Sarah goß ihr ein Glas ein. »Du kannst es draußen auf der Veranda trinken oder mir hier in der Küche Gesellschaft leisten.«

»Ich komm natürlich in die Küche.« R. J. setzte sich an den Tisch und trank, während Sarah Kalbfleischstücke aus dem Kühlschrank nahm, sie unter dem Wasserhahn wusch, mit Küchenkrepp trockentupfte und dann mit Mehl und Gewürzen in eine Plastiktüte steckte. Nachdem sie durch Schütteln der Tüte das Fleisch paniert hatte, erhitzte sie ein wenig Öl in einer Pfanne und briet das Fleisch an. »Und jetzt eine halbe Stunde bei zweihundert Grad in den Ofen.«

»Du siehst aus und hörst dich an wie eine hervorragende Köchin.«

Das Mädchen zuckte die Achseln und lächelte. »Na ja. Die Tochter meines Vaters eben.«

»Ja. Er ist ein großartiger Koch, nicht?« R. J. hielt inne. »Ist er immer noch böse auf dich?«

»Nein. Dad wird zwar schnell wütend, aber er beruhigt sich auch schnell wieder.« Sie nahm einen Spankorb von dem Haken über der Anrichte. »So, während das Fleisch bräunt, müssen wir in den Garten und das Gemüse für den Eintopf holen.«

Im Garten knieten sie sich beiderseits der Reihe Buschbohnen hin und pflückten gemeinsam.

»Mein Vater ist sehr komisch, was mich betrifft. Am liebsten würde er mich in Cellophan einwickeln und erst wieder auspacken, wenn ich verheiratet bin.«

R. J. lächelte. »Mein Vater war genauso. Ich glaube, die meisten Eltern würden das gern tun. Sie wollen ihre Kinder unbedingt vor Leid bewahren.«

»Aber das können sie nicht.«

»Das stimmt, Sarah. Das können sie nicht.«

»Nun haben wir genug Bohnen. Ich hole noch eine Pastinake. Ziehst du bitte ungefähr zehn Karotten heraus?«

Die Erde im Karottenbeet war oft geharkt worden, und R. J. brauchte sich nicht anzustrengen, leuchtend orangefarbene, kurze, keilförmige Rüben zu ernten. »Wie lange gehst du denn schon mit Bobby?«

»Ungefähr ein Jahr. Mein Vater hätte es zwar gerne, wenn ich mir jüdische Freunde aussuche, und deshalb gehören wir zu der Gemeinde in Greenfield. Aber Greenfield ist zu weit weg, ich habe dort keine wirklich engen Freunde. Außerdem hat er mir mein ganzes Leben lang gepredigt, daß man niemanden nach seiner Rasse oder seiner Religion beurteilen soll. Gilt das alles nicht mehr, wenn man anfängt, mit Jungs auszugehen?« Sie machte ein finsteres Gesicht. »Mir ist aufgefallen, daß *deine* Religion unwichtig war, als er dich kennenlernte.«

R. J. nickte nachdenklich.

»Bobby Henderson ist wirklich nett, und er ist auch sonst sehr gut für mich. Richtige Freunde in der Schule habe ich erst, seit ich mit ihm gehe. Er spielt in der Football-Mannschaft, und im Herbst wird er Co-Captain. Er ist sehr beliebt, und das hat mich ebenfalls beliebt gemacht, verstehst du?«

R. J. nickte, doch ein wenig Sorgen machte sie sich schon. Sie verstand, was Sarah meinte. »Nur eins, Sarah. An diesem Abend, da hatte dein Vater recht. Du hast zwar nichts verbrochen, aber daß du dieses Liedchen mitgesungen hast, war nicht gerade ein Zeichen von Selbstachtung. Solche Lieder… die sind fast wie Pornographie. Wenn du Männer ermutigst, Frauen als Sexualobjekte zu betrachten, dann werden sie dich auch so betrachten – wie Frischfleisch.«

Sarah sah R. J. an, ganz offensichtlich überdachte sie noch einmal, was sie von der älteren Frau halten sollte. Ihr Gesicht war sehr ernst. »Bobby betrachtet mich nicht so. Ich habe eigentlich Glück, daß er mein Freund ist, schließlich bin ich ja nicht gerade eine Schönheit.«

R. J. runzelte die Stirn. »Das war ein Witz, oder?«

»Was?«

»Entweder du machst dich über mich oder über dich selber lustig. Du siehst doch toll aus.«

Sarah wischte Erde von einer weißen Rübe, legte sie in den Korb und stand auf. »Schön wär's.«

»Dein Vater hat mir eine Menge Bilder gezeigt, in diesen Alben, die er im Wohnzimmer stehen hat. Es waren auch welche von deiner Mutter dabei. Sie war sehr schön, und du siehst genauso aus wie sie.«

Sarahs Augen leuchteten auf. »Das hat man mir schon öfter gesagt, daß ich ihr ähnlich sehe.«

»Ja, du siehst ihr sehr ähnlich. Zwei schöne Frauen.«

Sarah kam einen Schritt auf sie zu. »Tust du mir einen Gefallen, R. J.?«

»Natürlich, wenn ich kann.«

»Verrat mir, was ich gegen die da machen kann«, sagte sie und deutete auf die beiden Pickel auf ihrem Kinn. »Ich verstehe nicht, warum ich sie bekommen habe. Ich schrubbe mir das Gesicht, esse die richtigen Sachen. Ich brauche nie einen Arzt. Ich habe noch keine einzige Füllung in meinen Zähnen. Und ich schmiere mich mit Gesichtscreme ein, bis mir die Finger abfallen, aber...«

»Laß die Gesichtscreme weg! Nimm lieber Wasser und Seife, und geh sanft mit dem Waschlappen um, weil die Haut sehr leicht zu reizen ist! Ich werde dir eine Salbe geben.«

»Und das hilft?«

»Ich glaube schon. Probier's mal!« Sie zögerte. »Sarah, manchmal gibt es Sachen, über die kann man mit einer Frau leichter reden als mit einem Mann, auch wenn's der eigene Vater ist. Wenn du je Fragen hast oder einfach über irgendwas quatschen willst...«

»Danke. Ich habe gehört, was du an dem Abend zu meinem Vater gesagt hast, daß du mich in Schutz genommen hast. Ich danke dir dafür.« Sie kam auf R. J. zu und drückte sie an sich. R. J. wurden die Knie weich, sie hätte Sarah gern ebenfalls gedrückt und ihr über die glänzenden schwarzen Haare gestrichen. Aber sie beschränkte sich darauf, ihr mit der Hand, in der sie keine Karotten hielt, etwas unbeholfen auf die Schulter zu klopfen.

Eine Gabe und wie man sie nutzt

In der Regel war es im Sommer wie im Winter auf den Hügeln etwa vier Grad kälter als im Flachland, aber in diesem Jahr war die dritte Augustwoche so drückend heiß, daß R. J. und David in den kühlen Schatten des Waldes flüchteten. Vom Ende des Pfades kämpften sie sich durch dichtes Unterholz bis zum Fluß weiter und liebten sich schweißtriefend auf den Tannennadeln am Ufer. R. J. war nervös aus Angst, daß ein Jäger sie überraschen könnte. Danach suchten sie sich eine Gumpe mit sandigem Grund, setzten sich nackt ins Wasser und wuschen sich gegenseitig mit bloßen Händen.

»Das ist der Himmel«, sagte sie.

»Zumindest das Gegenteil der Hölle«, erwiderte David nachdenklich.

Er erzählte ihr eine Geschichte, eine Legende. »In der *Sheol*, der feurigen Unterwelt, in die alle Sünder kommen, werden die Seelen jeden Freitagabend bei Sonnenuntergang von *Malakh ha-mavet,* dem Engel des Todes, vorübergehend freigelassen. Die Seelen sitzen dann den ganzen Sabbat über in einem frischen Bach, um sich zu kühlen, so, wie wir es jetzt tun. Das ist der Grund, warum früher die strenggläubigen Juden den ganzen Sabbat über kein Wasser getrunken haben. Sie wollten den Spiegel des wohltuenden Wassers nicht senken, in dem die aus der Hölle beurlaubten Seelen saßen.«

Die Legende faszinierte sie, aber David stellte sie vor ein Rätsel. »Ich verstehe dich nicht. Machst du dich über Frömmigkeit lustig, oder ist Frömmigkeit ein Teil des realen David Markus? Wie kommst du überhaupt dazu, von Engeln zu reden, wenn du nicht einmal an Gott glaubst.«

Er schien leicht schockiert zu sein. »Wer sagt das? Es ist nur …

Ich bin mir nicht sicher, ob Gott existiert, und falls er existiert, wer er – oder sie oder es ist.« Er lachte. »Ich glaube an ein ganzes Regiment höherer Mächte. Engel. Dschinns. Küchenfeen. Ich glaube an geheiligte Seelen, die Gebetsräder bedienen, an Kobolde und Elfen.« Er hob die Hand. »Horch!«

Was sie hörte, war das Murmeln des Wassers, fröhliches Vogelgezwitscher, der Wind in den unzähligen Blättern und das gedämpfte Brummen eines Lastwagens auf der weit entfernten Straße.

»Immer wenn ich in den Wald komme, spüre ich die Geister.«

»Ich meine es ernst, David.«

»Ich auch.«

Sie merkte, daß er zu spontaner Euphorie fähig war, fähig zu einer Art Rausch ohne Alkohol. Wirklich ohne Alkohol? War er inzwischen gegen den Alkohol gefeit?

Wie geheilt war er von dieser Schwäche, die inmitten all seiner Stärken lauerte? Die launische Brise raschelte weiter im Blätterdach über ihnen, und seine Waldgeister piesackten sie, zwickten sie am empfindlichsten Teil ihrer Psyche, flüsterten ihr ins Ohr, daß sie diesen Mann, mit dem sie sich immer mehr einließ, doch eigentlich gar nicht kannte.

R. J. hatte eine Sozialarbeiterin des Bezirks angerufen und gemeldet, daß Eva Goodhue und Helen Phillips Hilfe benötigten. Aber die Mühlen der Behörden mahlen langsam, und bevor dieser Anruf Wirkung zeigte, kam eines Nachmittags ein Junge in R. J.s Praxis gelaufen und berichtete, in der Wohnung über dem Eisenwarenladen werde ein Arzt gebraucht.

Diesmal ging die Tür zu Eva Goodhues Wohnung auf, und mit voller Wucht schlug R. J. ein Gestank entgegen, der so ekelig war, daß sie sich beinahe übergeben mußte. Überall am Boden waren Katzen, die ihr um die Beine strichen, während sie versuchte, ihren Exkrementen auszuweichen. Aus einem Plastikeimer quoll der Müll, im Spülbecken stapelte sich Geschirr mit faulenden Speiseresten. R. J. hatte angenommen, man habe sie gerufen, weil Miss Goodhue Probleme habe, aber die zweiundneunzigjährige Frau empfing sie angekleidet und munter.

»Es ist Helen, ihr geht's sehr schlecht.«

Helen Phillips lag im Bett. Ihr Herz klang nicht besorgniserregend, als R. J. sie mit dem Stethoskop abhörte. Sie hatte allerdings dringend ein Bad nötig, und an Gesäß und Rücken zeigten sich wundgelegene Stellen. Sie litt an Verstopfung, stieß auf, ließ Winde abgehen und reagierte nicht auf R. J.s Fragen. Eva Goodhue antwortete an ihrer Stelle.

»Warum liegen Sie im Bett, Helen?«

»Das gefällt ihr, es ist gemütlich. Es macht ihr Spaß, im Bett zu liegen und fernzusehen.«

Nach dem Zustand der Bettwäsche zu urteilen, nahm Helen auch ihre Mahlzeiten im Bett ein. R. J. wollte ihr schon eine andere und strengere Lebensweise verordnen – frühmorgens aufstehen, regelmäßige Bäder, die Mahlzeiten am Tisch einnehmen – und gegen die Verstopfung ein Medikament verschreiben, als sie aber Helens Hände in die ihren nahm, war sie bestürzt. Es war schon einige Zeit her, seit sie zum letztenmal diese merkwürdige und schreckliche Erkenntnis gespürt hatte, dieses Wissen, für das es keine Erklärung gab.

Sie griff zum Telefon, wählte die Nummer des Notdienstes der Gemeinde und wartete ungeduldig auf Antwort. »Joe, Roberta Cole hier. Ich habe hier einen Notfall und brauche schleunigst einen Krankenwagen. Bei Eva Goodhue, direkt an der Main Street, über dem Eisenwarenladen.«

In weniger als vier Minuten waren sie da, eine beachtliche Leistung. Dennoch hörte auf halbem Weg zum Krankenhaus Helen Phillips' Herz auf zu schlagen. Trotz verzweifelter Wiederbelebungsversuche der Rettungssanitäter war sie bei der Einlieferung tot.

Seit einigen Jahren hatte R. J. nicht mehr die Botschaft des bevorstehenden Todes erhalten. Jetzt gestand sie sich zum erstenmal selber ein, daß sie diese Gabe besaß. Sie erinnerte sich daran, was ihr Vater ihr darüber erzählt hatte.

Sie merkte, daß sie bereit war, zu glauben.

Vielleicht, sagte sie sich, sollte ich lernen, diese Gabe zum Kampf gegen den *Malakh ha-mavet,* wie David den dunklen Engel nennt, zu benutzen.

Sie achtete darauf, daß sie immer Injektionsspritzen und einen Vorrat an Streptokinase in ihrer Arzttasche hatte, und sie ergriff die Hände ihrer Patienten, sooft sich ihr eine Möglichkeit dazu bot.

Nur drei Wochen später, während eines Hausbesuchs bei Frank Olchowski, einem Mathematiklehrer an der High-School, der mit Grippe im Bett lag, schüttelte sie seiner Frau Stella die Hand und spürte die Signale, die sie so fürchtete.

Sie atmete tief durch und zwang sich, kühl und sachlich zu überlegen. Sie wußte zwar nicht, welche Art von Katastrophe sich da ankündigte, aber aller Wahrscheinlichkeit nach würde es sich um einen Herzinfarkt oder einen Schlaganfall handeln. Die Frau war dreiundfünfzig Jahre alt, hatte weit über zehn Kilo Übergewicht und war nervös und verwirrt. »Aber Frank ist doch der Kranke, Dr. Cole! Warum haben Sie den Krankenwagen gerufen? Und warum muß ich ins Krankenhaus?«

»Sie müssen mir vertrauen, Mrs. Olchowski.«

Als Stella Olchowski in den Krankenwagen verfrachtet wurde, starrte sie die Ärztin verständnislos an. R. J. begleitete sie auf der Fahrt. Sie legte ihr die Atemmaske an und stellte den Regler des Tanks auf hundert Prozent Sauerstoff. Der Fahrer war Timothy Dalton, ein Farmarbeiter. »Los jetzt, mit Tempo! Aber ohne Lärm!« sagte sie zu ihm. Im Gasgeben schaltete er das Blinklicht ein, aber nicht die Sirene; R. J. wollte Mrs. Olchowski nicht noch mehr beunruhigen.

Auch Steve Ripley war verwundert, nachdem er die Vitalfunktionen der Patientin gemessen hatte. Der Sanitäter warf R. J. einen verständnislosen Blick zu. »Was fehlt ihr denn, Dr. Cole?« fragte er und griff nach dem Funkgerät.

»Rufen Sie das Krankenhaus noch nicht an!«

»Wenn ich jemanden ohne Symptome einliefere, ohne mich

zuvor mit dem Arzt in der Notaufnahme in Verbindung gesetzt zu haben, dann bekomme ich ernste Probleme.«

Sie sah ihn an. »Verlassen Sie sich dieses eine Mal auf mich, Steve!«

Widerstrebend legte er den Hörer wieder auf. Je länger die Fahrt dauerte, desto unglücklicher wurden die Blicke, die er Stella Olchowski und R. J. zuwarf.

Sie hatten etwa zwei Drittel des Weges zum Krankenhaus zurückgelegt, als Mrs. Olchowski plötzlich zusammenzuckte und sich die Hand an die Brust hielt. Sie stöhnte und sah R. J. mit weitaufgerissenen Augen an.

»Noch mal die Vitalfunktionen, aber schnell!«

»Mein Gott, sie hat schwerste Rhythmusstörungen.«

»Jetzt können Sie die Notaufnahme anrufen. Sagen Sie, daß sie einen Herzinfarkt hat und daß Dr. Cole bei ihr ist! Und holen Sie für mich die Genehmigung ein, Streptokinase zu geben.« Noch während sie das sagte, stieß sie die Nadel ins Fleisch und drückte den Kolben in den Zylinder.

Die Zellen des Herzmuskels wurden von Sauerstoff durchflutet, und als die Genehmigung durchgegeben wurde, hatte die Wirkung des Medikaments bereits eingesetzt. Bei der Einlieferung in die Notaufnahme konnte deshalb festgestellt werden, daß Mrs. Olchowskis Herz nur eine minimale Schädigung erlitten hatte.

Zum erstenmal hatte R. J. also erlebt, daß diese merkwürdige Botschaft, die sie manchmal von Patienten empfing, deren Leben retten konnte.

Die Olchowskis erzählten allen Freunden von ihrer Ärztin mit der wundersamen medizinischen Weisheit. »Diese Frau hat mich nur angesehen und wußte sofort, was passieren würde. Das ist vielleicht eine Ärztin!« Die Besatzung des Krankenwagens war derselben Meinung und tat das Ihrige, um die Geschichte auszuschmücken. Und R. J. genoß es, wie man ihr zulächelte, wenn sie zu Hausbesuchen unterwegs war.

»Dieser Ort freut sich, wieder einen Doc zu haben«, erzählte

Peg ihr. »Und die Leute sind stolz darauf, weil sie glauben, daß Sie eine verdammt gute Ärztin sind.«

Auch wenn es R. J. verlegen machte, verbreitete sich die Botschaft doch über die Hügel und Täler. Eines Tages kam Toby von einer Parteiversammlung der Demokraten in Springfield zurück und berichtete von einem Delegierten aus Charlemont, der ihr erzählt hatte, er habe gehört, die Ärztin, für die sie, Toby, arbeite, sei ein sehr warmherziger, freundlicher Mensch. Sie halte den Leuten immer die Hände.

Der Oktober beendete die Insektenplage und hüllte die Bäume in ein Kleid von unglaublicher Farbenvielfalt. Die Einheimischen meinten, das sei ein ganz gewöhnlicher Herbst, aber R. J. glaubte es nicht.

An einem Altweibersommertag ging sie mit David im Catamount fischen, und er fing drei anständige Forellen und sie zwei, alle mit leuchtendbunten Kiemen, die ihre Paarungsbereitschaft signalisierten. Beim Ausnehmen sahen sie, daß zwei der Forellen Weibchen und voller Eier waren, die David beiseite legte, um sie später mit Hühnereiern zu braten. R. J. mochte sie nicht, denn sie hatte eine Abneigung gegen jede Form von Rogen.

Dann saßen sie am Ufer, und R. J. merkte, daß sie mit David auf eine Art über ihre Erlebnisse mit der Coleschen Gabe sprach, wie sie es mit einem Medizinerkollegen nie gewagt hätte.

David war ganz ernst. Er hörte mit großem Interesse, ja sogar, wie sie erkannte, mit Neid zu.

»In der ›Mischna‹ steht geschrieben... Du weißt, was die ›Mischna‹ ist?«

»Ein heiliges Buch der Juden?«

»Es ist die Grundlage der jüdischen Gesetze und des jüdischen Denkens, eine Textsammlung, die vor tausendachthundert Jahren zusammengestellt wurde. Darin wird von einem Rabbi namens Hanina Ben Dosa berichtet, der Wunder wirken konnte. Er betete in Anwesenheit der Kranken und sagte dann immer: ›Dieser wird sterben‹ oder ›Dieser wird leben‹, und es war immer so, wie er vorhergesagt hatte. Sie fragten ihn: ›Woher wisset Ihr das?‹ Und er antwortete: ›Wenn mein Gebet mir flüssig über die Lippen geht, weiß ich, er wird aufgenommen. Und wenn nicht, weiß ich, er wird abgewiesen.‹«

Sie war verärgert. »Ich bete nicht in Anwesenheit meiner Patienten.«

»Ich weiß. Deine Vorfahren haben dieser Fähigkeit einen guten Namen gegeben. Sie ist eine Gabe.«

»Aber ... was genau ist es?«

Er hob die Schultern. »Ein religiöser Weiser würde über dich und Rabbi Hanina sagen, daß ihr beide das Privileg besitzt, Botschaften zu vernehmen, die sonst niemand wahrnimmt.«

»Aber warum ich? Warum meine Familie? ... Und von wem stammt die Botschaft? Bestimmt nicht von deinem Engel des Todes.«

»Ich glaube, dein Vater hat recht mit seiner Vermutung, daß es eine genetische Gabe ist, eine Kombination aus mentalen und biologischen Sensoren, die dir zusätzliche Informationen vermitteln. Eine Art sechster Sinn.«

Er streckte ihr beide Hände entgegen.

»Nein. Laß das!« sagte sie, als sie begriff, was er wollte.

Aber er wartete mit schrecklicher Geduld, bis sie seine Hände in die ihren nahm.

Sie spürte nur die Wärme und die Kraft seines Händedrucks, und dann, wie sie schwach wurde vor Erleichterung, und sie spürte Wut auf ihn.

»Du wirst ewig leben.«

»Das werde ich, wenn du es auch tust.«

Er redete, als wären sie Seelenverwandte. Sie dachte darüber nach, daß er bereits eine tiefe Liebe hinter sich hatte, eine Frau, die er angebetet hatte und jetzt betrauerte. R. J. hatte Charlie Harris gehabt, einen frühen Geliebten, der gestorben war, als ihre Verbindung noch vollkommen und unangefochten gewesen war, und dann eine schlechte Ehe mit einem egoistischen und unreifen Mann. So hielt sie weiter Davids Hände, sie wollte ihn nicht loslassen.

Neue Freunde

An einem hektischen Nachmittag rief eine Frau namens Penny Coleridge in der Praxis an und wollte R. J. sprechen. »Ich habe ihr gesagt, daß Sie gerade einen Patienten haben und sie zurückrufen werden«, sagte Toby. »Sie ist eine Hebamme. Sie sagt, sie würde Sie gerne kennenlernen.«

R. J. rief zurück, sobald sie Zeit dazu hatte. Penny Coleridge hatte eine angenehme Telefonstimme, aber es war unmöglich, anhand der Stimme ihr Alter zu schätzen. Sie sagte, daß sie seit vier Jahren in den Hügeln als Hebamme tätig sei. Es gebe noch zwei andere Hebammen – Susan Millet und June Todman –, die zusammen mit ihr praktizierten. R. J. lud alle drei für den Donnerstag, an dem sie ihren freien Nachmittag hatte, zum Abendessen ein, und nachdem Penny Coleridge sich mit ihren Kolleginnen besprochen hatte, sagte sie für alle drei zu. Sie erwies sich als liebenswürdige, stämmige Brünette, vermutlich Ende Dreißig. Susan Millet und June Todman waren etwa zehn Jahre älter. Susan hatte bereits graue Strähnen, aber sie und June waren beide Blondinen, die sich so ähnlich sahen, daß man sie für Schwestern hätte halten können. Dabei hatten sich die beiden erst ein paar Jahre zuvor kennengelernt. June hatte ihre Ausbildung im Hebammenprogramm an der Yale New Haven erhalten. Penny und Susan waren Krankenschwestern und Hebammen; Penny war an der University of Minnesota, Susan in Urbana, Illinois, ausgebildet worden.

Die drei machten deutlich, daß sie sehr froh über die neue Ärztin in Woodfield waren. Sie erzählten, daß einige Schwangere in den Hügelorten sich lieber von einem Gynäkologen oder einem Allgemeinarzt entbinden ließen und oft weit fahren mußten, um einen zu finden. Andere zogen die weniger invasiven Techniken der Hebammen vor. »In Gegenden, wo alle Ärzte Männer sind, kommen einige Frauen zu uns, weil sie sich lieber von einer Frau entbinden lassen wollen«, sagte Susan. Sie lächelte R. J. an. »Aber jetzt, da Sie hier sind, ist die Auswahl größer.«

Einige Jahre zuvor hatten die Gynäkologen in den größeren Städten politischen Druck auf die Hebammen ausgeübt, weil sie in ihnen Konkurrenz im Hinblick auf ihre Einkünfte sahen. »Aber hier draußen auf dem Land machen die Ärzte uns keine Schwierigkeiten«, sagte Penny. »Es gibt mehr als genug Arbeit für alle, und sie sind froh, daß wir da sind und ihnen einen Teil der Last abnehmen. Vom Gesetz her müssen wir Gehaltsempfängerinnen sein, die entweder in einem Krankenhaus oder bei einem Arzt fest angestellt sind. Und obwohl Hebammen durchaus in der Lage sind, eine Zangengeburt oder eine Vakuumextraktion vorzunehmen, müssen wir für so etwas einen Gynäkologen hinzuziehen, so, wie Sie auch.«

»Haben Sie schon einen Gynäkologen, der Ihnen in solchen Fällen hilft?« fragte June R. J.

»Nein. Ich wäre sehr froh, wenn Sie mir in dieser Hinsicht einen Rat geben könnten.«

»Wir haben bis jetzt bei einem guten jungen Geburtshelfer gearbeitet, Dr. Grant Hardy«, sagte Susan. »Er ist intelligent, unvoreingenommen und idealistisch.« Sie verzog das Gesicht. »Ich fürchte, er ist zu idealistisch. Er hat eine Stelle im Gesundheitsministerium in Washington angenommen.«

»Haben Sie schon eine Vereinbarung mit einem anderen Gynäkologen getroffen?«

»Daniel Noyes wird uns übernehmen. Das Problem ist nur, daß er in einem Jahr in Pension geht, und dann müssen wir uns wieder auf die Suche machen. Wenn ich so überlege«, sagte Penny, »könnte er durchaus auch für Sie als gynäkologischer Beistand fungieren. Er ist nach außen hin ziemlich mürrisch und barsch, aber eigentlich ist er eine Seele von einem Menschen. Er ist bei weitem der beste Geburtshelfer in der Gegend, und nach einer Vereinbarung mit ihm hätten Sie Zeit, sich bis zu seiner Pensionierung nach einem anderen Gynäkologen umzusehen.«

R. J. nickte. »Das klingt einleuchtend. Ich werde versuchen, ihn zu überreden, mit mir zu arbeiten.«

Die Hebammen waren sehr erfreut, als sie hörten, daß R. J. eine weiterführende Ausbildung in Gynäkologie und Geburtshilfe erfahren und in einer Ambulanz für hormonelle Probleme von Frauen gearbeitet hatte. Es war eine Erleichterung für die drei, daß sie zur Verfügung stand, falls sie medizinische Probleme mit einer ihrer Patientinnen bekommen sollten, und sie hatten mehrere Frauen, die sie von ihr untersuchen lassen wollten.

R. J. mochte sie als Menschen und als Hebammen, und daß es sie gab, vermittelte ihr ein Gefühl größerer Sicherheit.

Nach Helen Phillips' Tod schaute R. J. häufig bei Eva Goodhue vorbei, manchmal mit einem Becher Eiskrem oder etwas Obst. Eva war still und introvertiert, und anfangs glaubte R. J., das sei ihre Art, um ihre Nichte zu trauern, doch schon bald merkte sie, daß diese Eigenschaften zu Evas Charakter gehörten.

Die Wohnung war von Mitgliedern der First Congregational Church gründlich gereinigt worden, und »Essen auf Rädern«, ein gemeinnütziger Verein zur Seniorenversorgung, brachte ihr jeden Tag eine warme Mahlzeit. R. J. hatte sich mit Marjorie Lassiter, der Sozialarbeiterin des County, und mit John Richardson, dem Pfarrer der Kirche in Woodfield, zusammengesetzt, um über Miss Goodhues andere Bedürfnisse zu reden. Die Sozialarbeiterin begann mit einer unverblümten Beschreibung von Evas finanzieller Lage.

»Sie ist pleite.«

Vor neunundzwanzig Jahren war Eva Goodhues letzter lebender Bruder, ein Junggeselle namens Norm, an Lungenentzündung gestorben. Nach seinem Tod war Eva alleinige Besitzerin der Familienfarm, auf der sie ihr ganzes Leben verbracht hatte. Sie verkaufte sie für knappe einundvierzigtausend Dollar und zog ins Ortszentrum, wo sie die Wohnung an der Main Street mietete. Ein paar Jahre später hatte sich ihre Nichte

Helen Goodhue Phillips, Tochter von Harold Goodhue, Evas anderem toten Bruder, von ihrem gewalttätigen Mann scheiden lassen und war bei ihrer Tante eingezogen.

»Sie lebten von Evas Geld auf der Bank und von einem kleinen monatlichen Wohlfahrtsscheck«, sagte Marjorie Lassiter. »Sie meinten, sie könnten es sich gutgehen lassen, und nicht zu selten gaben sie auch ihrer gemeinsamen Schwäche für Katalogkäufe nach. Sie gaben ständig mehr aus, als das Kapital jährlich an Zinsen abwarf, und jetzt ist das Konto leer. Es ist nicht ungewöhnlich, das können Sie mir glauben, daß jemand länger lebt, als seine Ersparnisse reichen.«

»Gott sei Dank bekommt sie wenigstens noch den Scheck von der Wohlfahrt«, bemerkte John Richardson.

»Davon kann sie nicht leben«, erwiderte die Sozialarbeiterin. »Allein schon Evas Miete beträgt vierhundertundzehn Dollar pro Monat. Sie muß Lebensmittel kaufen. ›Medicare‹ kommt zwar für ihre Arztrechnungen auf, aber Medikamente muß sie selbst bezahlen. Sie hat nämlich keine Zusatzversicherung.«

»Mit Medikamenten versorge ich sie, solange sie hier am Ort wohnt«, sagte R. J. leise.

Ms. Lassiter schenkte ihr ein wehmütiges Lächeln. »Aber dann bleiben immer noch das Heizöl, die Stromrechnung, und gelegentlich braucht sie auch ein neues Kleidungsstück.«

»Der Sumner-Fonds«, sagte Richardson. »Die Gemeinde Woodfield hat einen gewissen Geldbetrag zur Verfügung, dessen Zinsen zur Unterstützung bedürftiger Bürger verwendet werden können. Die Zahlungen werden nach dem Ermessen von drei Gemeideräten getätigt, und zwar unter Wahrung der Vertraulichkeit. Ich werde mit Janet Cantwell reden«, sagte der Pfarrer.

Ein paar Tage später traf R. J. Richardson vor der Bibliothek, und er erzählte ihr, daß die Sache mit dem Gemeinderat geregelt sei. Miss Goodhue werde vom Sumner-Fonds eine monatliche Unterstützung in Höhe ihres Defizits erhalten.

Erst später am Tag, nachdem sie die Krankenkarten auf den neuesten Stand gebracht hatte, kam R. J. eine erfreuliche Erkenntnis: Solange sie in einer Gemeinde lebte, die bereit war, einer notleidenden alten Frau zu helfen, war sie gerne bereit, auf funkelnde neue Toiletten im Rathaus zu verzichten.

»Ich will in meiner Wohnung bleiben«, sagte Eva Goodhue.

»Das werden Sie auch«, entgegnete R. J.

Auf Evas Vorschlag hin kochte R. J. eine Kanne Schwarze-Johannisbeeren-Tee, Evas Lieblingsgetränk. Sie saßen am Küchentisch und sprachen über die medizinische Untersuchung, die R. J. eben abgeschlossen hatte. »Für eine Frau, die auf dreiundneunzig zugeht, sind Sie in erstaunlich guter Verfassung. Offensichtlich haben Sie eine sehr gute Veranlagung. Haben auch Ihre Eltern sehr lange gelebt?«

»Nein, meine Eltern sind ziemlich jung gestorben. Meine Mutter hatte einen Blinddarmdurchbruch, als ich erst fünf war. Mein Vater wäre vielleicht alt geworden, aber er kam bei einem Unfall auf der Farm zu Tode. Ein Holzstapel geriet ins Rollen und begrub ihn unter sich. Damals war ich neun.«

»Und wer hat Sie dann aufgezogen?«

»Mein Bruder Norm. Ich hatte zwei Brüder. Norm war dreizehn Jahre älter als ich und Harold vier Jahre jünger als Norm. Die zwei kamen nicht miteinander aus. Überhaupt nicht. Haben sich dauernd nur gestritten, und irgendwann ist Harold aufgestanden und davongelaufen – hat einfach Norman die Farm und die Sorgen überlassen. Er ging zur Küstenwache und kam nie wieder heim, hat sich nie mit Norm in Verbindung gesetzt, nur ich bekam ab und zu eine Postkarte oder manchmal zu Weihnachten einen Brief mit etwas Geld.« Sie trank einen Schluck Tee. »Harold starb im Naval Hospital in Maryland an Tuberkulose, ungefähr zehn Jahre vor Norm.«

»Wissen Sie, was mich ganz aus dem Häuschen bringt?«

Eva lächelte über die Formulierung. »Was?«

»Als Sie geboren wurden, war Victoria Königin von England. Wilhelm II. war Deutschlands letzter Kaiser. Teddy Roosevelt stand kurz davor, Präsident der Vereinigten Staaten zu werden. Und Woodfield – was für Veränderungen müssen Sie in Woodfield miterlebt haben.«

»Gar nicht so viele, wie Sie vielleicht glauben«, sagte Eva. »Das Automobil war auf jeden Fall eine große Veränderung. Jetzt sind alle Hauptstraßen geteert. Und überall gibt es Strom. Ich erinnere mich noch, als an der Main Street die ersten Straßenlaternen aufgestellt wurden. Ich war vierzehn Jahre alt und bin die sechs Meilen von der Farm hierher und wieder zurück zu Fuß gelaufen, nach der Arbeit, wohlgemerkt, nur um zu sehen, wie die Lichter angeschaltet wurden. Danach dauerte es noch zehn oder zwanzig Jahre, bis die Stromkabel zu allen Häusern der Gemeinde verlegt waren. Die erste Melkmaschine bekamen wir erst, als ich schon siebenundzwanzig war. Und das war wirklich eine Veränderung zum Besseren.«

Sie sprach nicht über Helens Tod. R. J. schnitt das Thema an, weil sie meinte, es würde der alten Frau guttun, darüber zu reden, aber Eva starrte sie nur aus müden Augen an, die so tief und unergründlich waren wie Seen.

»Sie war eine herzensgute Seele, das einzige Kind meines Bruders Harold. Natürlich vermisse ich sie. Ich vermisse sie alle, oder zumindest die meisten. Ich habe länger gelebt als alle, die ich früher gekannt habe«, sagte sie.

Heimischwerden

An einem milden Tag Mitte Oktober sah R. J. beim Verlassen des Krankenhauses in Greenfield auf dem Parkplatz Susan Millet, die einem rotgesichtigen Mann mit schütteren Haaren gerade etwas erklärte. Er war groß und kräftig, aber leicht gebeugt, als wäre sein Rückgrat aus verbogenem Zinn, und seine linke Schulter hing etwas tiefer als die rechte. Degenerative Skoliose, dachte sie.

»Hallo, R. J.! Hier habe ich jemanden, den ich Ihnen gern vorstellen möchte. Dr. Daniel Noyes, das ist Dr. Roberta Cole.« Sie gaben sich die Hände. »Sie sind also Dr. Cole. Ich kann Ihnen sagen, von den drei Hebammen habe ich in letzter Zeit nichts anderes gehört als Ihren Namen. Sie sind Expertin für Hormone, hat man mir gesagt.«

»Expertin wohl kaum.« Sie berichtete ihm von ihrer Arbeit in der PMS-Clinic am Lemuel Grace Hospital, und er nickte dazu. »Widersprechen Sie mir nicht! Das macht Sie zur größten Expertin, die wir bis dato hier hatten.«

»Ich möchte Entbindungen machen, weil das meiner Ansicht nach zu den Pflichten eines Hausarztes gehört. Dazu brauche ich die Unterstützung eines Gynäkologen und Geburtshelfers.«

»Soso, brauchen Sie die?« fragte er kühl.

»Ja.« Sie musterten einander.

»Und, war das jetzt eine Bitte um meine Mitarbeit?«

Er ist mürrisch und barsch, dachte sie, so, wie die Hebammen ihn beschrieben hatten. »Ja, darauf wollte ich hinaus. Mir ist klar, daß Sie nicht viel über mich wissen. Haben Sie zufällig Zeit zum Mittagessen?«

»Nicht nötig, daß Sie Geld für mein Mittagessen ausgeben. Die drei haben mir genug von Ihnen erzählt. Haben sie Ihnen gesagt, daß ich in zwölfeinhalb Monaten meinen Kittel an den Nagel hänge?«

»Ja, das haben sie.«

»Nun gut, wenn Sie trotzdem für diese kurze Zeit meine Mitarbeit wollen – mir soll's recht sein.«

»Großartig! Ich will Ihre Mitarbeit wirklich.«

Jetzt lächelte er. »Dann ist es also abgemacht. Und wie wär's, wenn ich jetzt Sie zum Mittagessen einlade und Ihnen ein paar Geschichten aus dem Leben eines Arztes in Western Massachusetts erzähle?«

Er war wirklich eine Seele von einem Menschen, das merkte sie jetzt. »Ich nehme die Einladung gern an.«

»Ich vermute, Sie wollen auch mitkommen«, sagte er nicht gerade sehr freundlich zu Susan, der man ansah, wie zufrieden sie war.

»Nein, ich habe einen Termin, gehen Sie nur, Sie beide!« Sie lachte in sich hinein, als sie zu ihrem Auto ging.

R. J. hatte viel zu tun, ihre Arbeitstage waren lang, und so war sie oft müde und wenig unternehmungslustig, wenn sie einmal ein wenig Zeit übrig hatte. Der Pfad durch den Wald machte keine großen Fortschritte, er reichte noch nicht viel weiter als bis zu den Biberteichen. Wenn sie zum Fluß wollte, mußte sie sich auch weiterhin durchs Dickicht kämpfen.

Im Spätherbst konnten sie und David nicht in den Wald gehen, denn dort wimmelte es nun von Jägern mit geladenen Jagdgewehren und lockeren Abzugsfingern. Es tat ihr in der Seele weh, immer und immer wieder erlegte Weißwedelhirsche auf den Ladeflächen von Pick-ups zu sehen.

Viele Leute im Hügelland gingen zur Jagd. Toby und Jan Smith luden R. J. und David zum Abendessen ein und servierten ihnen einen prächtigen Hirschrücken.

»Hab einen jungen Hirsch vor die Flinte bekommen, einen Vierender, gleich oben auf dem Grat hinter dem Haus«, sagte Jan. »Ich geh immer am ersten Tag der Saison mit meinem Onkel Carter Smith auf die Jagd, schon von klein auf.«

Wenn er und sein Onkel einen Hirsch erlegten, befolgten sie eine Smithsche Familientradition, erzählte er. Noch im Wald schnitten sie dem Wild das Herz heraus, zerteilten es und aßen es roh. Es machte ihm Spaß, von dieser Tradition zu berichten, und er erzählte so lebendig, daß die beiden Frauen einen Eindruck von der Zuneigung und der Verbundenheit zwischen dem alten und dem jungen Mann bekamen.

R. J. überwand ihre Abscheu. Sie konnte zwar nicht umhin, an all die Parasiten zu denken, die mit dem rohen Hirschherz in die Körper der beiden eindringen konnten, aber dann verdrängte sie diese Gedanken. Sie mußte zugeben, daß Wildfleisch einen hervorragenden Braten abgab, und sie griff herzhaft zu und lobte das Essen.

Sie hatte sich in eine kulturelle Umgebung begeben, die ihr erstaunlich wenig vertraut war. Manchmal schluckte sie schwer, wenn sie gezwungen war, sich Gepflogenheiten anzupassen, die ihrer Erfahrung fremd waren.

Eine ganze Reihe von Familien lebte schon seit vielen Generationen im Ort. Jan Smith' Vorfahren etwa waren in den letzten Monaten des siebzehnten Jahrhunderts samt ihren Kühen von Cape Cod nach Woodfield gezogen, und sie hatten untereinander geheiratet, so daß jeder des anderen Cousin oder Cousine zu sein schien. Einige der Alteingesessenen in Woodfield waren Neuankömmlingen gegenüber aufgeschlossen und freundlich, andere dagegen nicht. R. J. fiel auf, daß Leute, die mehr oder weniger zufrieden waren mit sich selbst, die in sich ruhten, sich für gewöhnlich schnell neuen Freundschaften öffneten. Jene aber, die ihr Selbstverständnis nur aus ihren Vorfahren und dem Umstand, alteingesessen zu sein, bezogen, waren »neuen Leuten« gegenüber eher kritisch und kalt.

Die meisten Einwohner von Woodfield waren froh über die neue Ärztin im Ort. Trotzdem war R. J. das ganze Umfeld nur wenig vertraut, und oft hatte sie das Gefühl, ein Pionier an einer neuen Grenze zu sein. Die Arbeit als Landärztin war ein Hochseilakt ohne Netz. Am Hospital in Boston hatte sie immer

Labore und Diagnosetechnologie zur Hilfe gehabt, hier war sie auf sich allein gestellt. High-Tech war zwar verfügbar, aber sie und ihre Patienten mußten sich sehr anstrengen, um in ihren Genuß zu kommen.

Aus Woodfield schickte sie Kranke nur weg, wenn es unbedingt sein mußte, denn sie verließ sich lieber auf ihr eigenes Wissen und ihre Fähigkeiten. Aber es kam vor, daß sie einen Patienten untersuchte und plötzlich eine Alarmglocke in ihrem Kopf schrillte. Dann wußte sie, daß sie Hilfe brauchte. Solche Fälle überwies sie nach Greenfield, Northampton oder Pittsfield, manchmal sogar zu noch qualifizierteren Spezialisten und ausgefeilterer Technik nach Boston, New Haven oder Hanover, New Hampshire.

Noch mußte sie sich häufig im Fremden tastend zurechtfinden, doch viele ihrer Patienten kannte sie bereits sehr genau. Sie hatte Einblick in die Winkel ihres Lebens, die ihre Gesundheit beeinflußten, und zwar auf eine Art, wie es nur einem Landarzt möglich ist.

Eines Nachts wurde sie von einem Anruf von Stacia Hinton, Gregory Hintons Frau, aus dem Schlaf gerissen.

»Dr. Cole, unsere Tochter Mary und unsere beiden Enkel sind aus New York bei uns zu Besuch. Die Kleinste, Kathy, ist zwei Jahre alt. Sie hat Asthma, und jetzt hat sie auch noch eine schlimme Erkältung bekommen. Sie kann kaum atmen. Sie ist ganz rot im Gesicht, und wir machen uns Sorgen. Wir wissen nicht, was wir tun sollen.«

»Halten Sie sie über einen dampfenden Wasserkessel, und legen Sie ihr ein Handtuch wie ein kleines Zelt über den Kopf! Lassen Sie sie den Dampf einatmen! Ich bin gleich bei Ihnen, Mrs. Hinton.«

R. J. packte das Intubationsbesteck in ihre Tasche, doch als sie auf der Milchfarm der Hintons ankam, sah sie, daß eine Intubation nicht nötig sein würde. Der Dampf hatte bereits gewirkt. Das Kind hatte Krupphusten, aber es bekam wieder Luft in die Lungen, und die Gesichtsfarbe normalisierte sich. R. J. hätte gern eine Röntgenaufnahme gemacht, um festzustellen, ob eine Epiglottitis vorlag, aber eine eingehende Untersuchung zeigte ihr, daß der Kehldeckel nicht in Mitleidenschaft gezogen war. Sie diagnostizierte eine Schleimhautentzündung des Kehlkopfs und der Luftröhre. Kathy weinte während der gesamten Untersuchung, und danach erinnerte R. J. sich an etwas, das ihr Vater mit Kindern als Patienten gemacht hatte. »Möchtest du gern ein Dreirad von mir?«

Kathy nickte schniefend. R. J. wischte ihr die Tränen von den Wangen, zog dann einen sauberen Zungenspatel aus der Tasche und zeichnete mit ihrem Kugelschreiber ein Dreirad darauf. Das kleine Mädchen nahm den Spatel und betrachtete ihn interessiert.

»Willst du eines mit einem Clown darauf?«

Kathy nickte noch einmal, und bald darauf hatte sie ein Dreirad mit Clown. »Großen Vogel.«

»Oho!« Ihr visuelles Gedächtnis war zwar nicht besonders gut, aber sie schaffte es trotzdem, einen Vogel Strauß mit einem Hut zu zeichnen, und das Kind lächelte.

»Muß sie ins Krankenhaus?« fragte Stacia Hinton.

»Ich glaube nicht«, erwiderte R. J. Sie ließ ihnen einige Musterpackungen mit Medikamenten da und stellte zwei Rezepte aus, die sie am nächsten Morgen in die Apotheke nach Shelburne Falls bringen sollten.

»Lassen Sie sie weiter Dampf einatmen! Wenn sie noch einmal Probleme bekommt, rufen Sie mich sofort!« sagte R. J. Dann ging sie mit steifen Gliedern zu ihrem Auto, fuhr schlaftrunken nach Hause und fiel wieder ins Bett.

Am folgenden Nachmittag kam Greg Hinton in die Praxis und sagte zu Toby, er müsse die Ärztin persönlich sprechen. Er setzte sich ins Wartezimmer und las in einer Zeitschrift, bis R. J. Zeit für ihn hatte.

»Was schulde ich Ihnen für letzte Nacht?«

Als sie es ihm sagte, nickte er nur und schrieb einen Scheck aus. Sie sah, daß der Betrag auch die Schulden für seine früheren Besuche abdeckte.

»Ich habe Sie gestern nacht nicht gesehen«, sagte R. J.

Er nickte noch einmal. »Ich habe mir gedacht, es ist besser, wenn ich mich nicht blicken lasse. Ich war ein sturer Trottel. Irgendwie war es mir peinlich, Sie mitten in der Nacht in mein Haus zu rufen, nachdem ich so mit Ihnen umgegangen bin.«

Sie lächelte. »Zerbrechen Sie sich darüber nicht den Kopf! Wie geht es Kathy heute?«

»Viel besser. Und dafür möchten wir Ihnen danken. Sie sind mir nicht mehr böse?«

»Nein, ich bin Ihnen nicht böse«, sagte sie und nahm die Hand, die er ihr entgegenstreckte.

Mit seiner Herde von einhundertfünfundsiebzig Kühen konnte Gregory Hinton es sich bequem leisten, seine Arztrechnungen zu bezahlen, aber R. J. behandelte auch Bonnie und Paul Roche, ein junges Ehepaar mit zwei kleinen Kindern, die mit ihren achtzehn Milchkühen ums Überleben kämpfen mußten. »Jeden Monat«, erzählte ihr Bonnie Roche, »lasse ich einen Tierarzt kommen, der unsere Kühe untersucht und ihnen die nötigen Spritzen gibt. Aber eine Krankenversicherung für uns selber können wir uns nicht leisten. Bis Sie hierhergezogen sind, waren meine Kühe medizinisch besser versorgt als meine Kinder.«

Die Roches waren in Amerika kein Einzelfall. Im November ging R. J. zur Wahl in das alte hölzerne Rathaus und gab Bill Clinton ihre Stimme. Clinton hatte ihren Patienten versprochen, er werde als Präsident der Vereinigten Staaten dafür sorgen, daß alle, die keine Krankenversicherung haben, eine bekommen. Dr. Roberta Cole wollte ihn beim Wort nehmen, und deshalb warf sie ihren Stimmzettel ein, als wäre er ein Brandsatz, den sie an das Gesundheitssystem legte.

Über der Schneegrenze

»Sarah hatte Sex.«

R. J. zögerte einen Augenblick, und dann fragte sie vorsichtig: »Woher weißt du das?«

»Sie hat es mir gesagt.«

»David, das ist doch wunderbar, daß sie mit dir über etwas so Intimes reden kann! Du mußt eine erstaunlich gute Beziehung zu ihr haben.«

»Ich bin fix und fertig«, sagte er leise, und sie sah, daß es stimmte. »Ich wollte, daß sie wartet, bis sie reif dafür ist. Früher war das einfacher, da wurde von den Frauen erwartet, daß sie bis zur Hochzeitsnacht Jungfrauen blieben.«

»David, sie ist siebzehn. Einige würden sagen, sie ist schon fast überfällig. Ich habe elfjährige Kinder behandelt, die bereits Sex hatten. Es stimmt, daß einige Frauen mit dem Sex bis zur Heirat warten, aber die gehören zu einer aussterbenden Spezies. Und sogar damals, als man von unverheirateten Frauen erwartete, daß sie Jungfrauen blieben, waren viele es nicht.«

Er nickte. Den ganzen Abend war er schweigsam und verdrossen gewesen, aber jetzt begann er, liebevoll von seiner Tochter zu reden. Er sagte, er und Natalie hätten mit Sarah vor und während ihrer Pubertät über Sexualität gesprochen, und jetzt erkenne er, was für ein Glück er habe, daß sie noch immer bereit war, so offen mit ihm über dieses Thema zu sprechen.

»Sarah hat zwar nicht gesagt, wer ihr Partner war, aber da sie nur mit Bob Henderson geht, darf man wohl annehmen, daß er es war. Sie hat gesagt, daß sie es als Experiment gesehen haben, daß sie und der Junge sehr gute Freunde sind und sie beide das Gefühl hatten, sie müßten es endlich mal hinter sich bringen.«

»Willst du, daß ich mit ihr über Verhütung und solche Sachen rede?« R. J. hoffte sehr, er würde ja sagen. Aber er machte ein erschrockenes Gesicht.

»Nein, ich glaube, das ist nicht nötig. Ich möchte nicht, daß sie weiß, daß ich mit dir über sie gesprochen habe.«

»Dann solltest aber du mit ihr über diese Dinge sprechen!«

»Ja, das werde ich.« Jetzt sah er wieder fröhlicher aus. »Außerdem hat sie mir gesagt, daß das Experiment vorbei ist. Den beiden ist ihre Freundschaft zu wertvoll, um sie durch so etwas zu verderben, und sie haben beschlossen, jetzt einfach wieder nur Kumpel zu sein.«

R. J. nickte skeptisch. Sie sagte ihm nicht, daß ihrer Erfahrung nach junge Leute, die einmal Sex gehabt haben, es in der Regel immer wieder machen.

Thanksgiving verbrachte sie im Haus der Markus. David hatte den Truthahn gebraten und gefüllte Folienkartoffeln gemacht, und Sarah hatte Süßkartoffeln in Ahornsirup kandiert und eine Drei-Beeren-Apfelsauce aus eigenen Beeren und Früchten gekocht. R. J. brachte Kürbis- und Apfelkuchen mit, die sie mit Hilfe von tiefgefrorenem Blätterteig aus dem Supermarkt und eigenhändig um drei Uhr morgens zubereiteten Füllungen gebacken hatte.

Es war ein ruhiges, sehr befriedigendes Thanksgiving-Mahl. R. J. war froh, daß weder David noch Sarah andere Bekannte dazugeladen hatten. Sie aßen die köstlichen Speisen, tranken Glühcider und machten sich Popcorn im offenen Kamin. Um R. J.s Vorstellung von einem perfekten Thanksgiving zu vervollkommnen, überzog sich der Himmel kurz vor der Abenddämmerung mit schweren, fast schwarzen Wolken, aus denen dicke, weiße Flocken fielen.

»Aber für Schnee ist es doch noch viel zu früh!«

»Nicht hier oben.«

Als sie nach Hause zurückfuhr, lagen bereits einige Zentimeter Schnee auf der Straße. Die Scheibenwischer hielten die Windschutzscheibe frei, und die Enteisungsanlage funktionierte, doch sie fuhr langsam und vorsichtig, weil sie noch keine Winterreifen aufgezogen hatte.

In Boston hatte R. J. im Winter die kurze, mystische Zeit unmittelbar nach einem Schneefall geliebt, wenn alles still und weiß war. Doch in der Stadt begannen schon bald Schneepflüge, Streuwagen und der Verkehr geschäftig zu lärmen, so daß aus der weißen Welt schnell dreckiger, trister Matsch wurde.

Hier war es anders.

Kaum war sie in ihrem Haus an der Laurel Hill Road angekommen, machte sie im Kamin ein Feuer, schaltete die Lichter aus und setzte sich im dunklen Wohnzimmer vor die Flammen. Durch die Fenster sah sie, wie eine immer dichter werdende bläuliche Weiße von Wald und Wiesen in ihrer Umgebung Besitz ergriff.

Sie dachte an die Tiere draußen in ihren Löchern unter dem Schnee, in den kleinen Steinhöhlen an den Hügelflanken und in den hohlen Bäumen, und sie wünschte ihnen, daß sie überlebten.

Dasselbe wünschte sie sich auch für sich. Die ersten einfachen Monate als Ärztin in Woodfield hatte sie überlebt, den Frühling und den Sommer. Jetzt zeigte die Natur in den Bergen ihre Zähne, und R. J. hoffte, der Herausforderung gewachsen zu sein.

Fiel in den Hochlagen erst einmal Schnee, ging er nicht wieder weg. Nur etwa zwei Drittel der Anhöhe, die die Einheimischen Woodfield Mountain nannten, waren schneebedeckt, so daß R. J., wenn sie ins Pioneer Valley fuhr, um das Krankenhaus, ein Kino oder ein Restaurant zu besuchen, unten im Tal eine schneefreie Landschaft vorfand, die ihr im ersten Augenblick so fremd vorkam wie die erdabgewandte Seite des Mondes. Erst in der ersten Woche des neuen Jahres sollte es auch im Tal so heftig schneien, daß der Schnee hier liegenblieb.

Sie genoß es, die schneelose Gegend zu verlassen und wieder die weiße Welt der Hügel zu betreten. Obwohl die Farmen, auf denen Milchwirtschaft betrieben wurde, immer weniger wurden, hielt die Gemeinde an der alten Gewohnheit fest, alle Straßen immer zu räumen, damit die Tanklaster die Milch abholen konnten, und so hatte R. J. keine Probleme, zu ihren Patienten zu kommen.

Eines Abends Anfang Dezember war sie früh zu Bett gegangen, wurde aber um elf Uhr zwanzig vom Klingeln des Telefons geweckt.

»Doctor Cole. Hier Letty Gates, von draußen an der Pony Road. Ich bin verletzt.« Die Frau weinte, ihr Atem kam stoßweise.

»Wie verletzt, Mrs. Gates?«

»Ich glaube, mein Arm ist gebrochen. Ich weiß nicht, meine Rippen… Ich habe Schmerzen beim Atmen. Er hat mich verprügelt.«

»Er? Ihr Mann?«

»Ja, er. Phil Gates.«

»Ist er noch bei Ihnen?«

»Nein, er ist wieder zum Saufen gegangen.«

»Pony Road, da geht's doch Henry's Mountain hoch, nicht?«

»Ja.«

»Gut. Ich bin gleich bei Ihnen.«

Zuvor rief sie den Polizeichef an. Giselle McCourtney, seine Frau, nahm ab. »Tut mir leid, Dr. Cole, aber Mack ist nicht da. Ein großer Sechsachser ist auf dieser eisigen Stelle gleich hinter der Müllkippe von der Straße abgekommen, und er ist schon seit neun dort und regelt den Verkehr. Aber ich erwarte ihn jeden Augenblick zurück.«

R. J. erklärte ihr, warum ihr Mann gebraucht wurde. »Schikken Sie ihn bitte zur Farm der Gates, sobald er Zeit hat?«

»Aber natürlich, Dr. Cole. Ich werde versuchen, ihn übers Funktelefon zu erreichen.«

Den Vierradantrieb mußte R. J. erst dazuschalten, nachdem sie in die Pony Road eingebogen war. Von da an ging es steil bergauf, aber die festgefahrene Schneedecke machte das Vorankommen leichter, als es im Sommer auf der Schotterpiste gewesen wäre.

Letty Gates hatte den starken Scheinwerfer über ihrer Stalltür eingeschaltet, und R. J. sah das Licht bereits durch die Bäume, als sie noch ein gutes Stück entfernt war. Sie fuhr auf den Hof und parkte den »Explorer« vor der Haustür. Sie war eben ausgestiegen und holte ihre Tasche vom Rücksitz, als ein jäher, lauter Knall sie hochschrecken ließ und etwas den Schnee neben ihren Stiefeln aufwirbelte.

Sie wandte sich um und entdeckte im dunklen Rechteck der Stalltür eine Gestalt. Das Licht der Außenbeleuchtung wurde vom Schnee reflektiert und schimmerte matt auf dem Lauf eines Jagdgewehrs, wie sie vermutete.

»Mach, daß du wegkommst!« Er schwankte, als er ihr das zurief, und hob sein Gewehr.

»Ihre Frau ist verletzt, Mr. Gates. Ich bin Ärztin, Doctor Cole, und ich gehe jetzt in Ihr Haus, um sie zu versorgen.« O Gott, dachte sie, das war nicht besonders klug. Sie durfte ihn nicht auf dumme Gedanken bringen, mußte auf jeden Fall verhindern, daß er wieder ins Haus ging und sich erneut über die Frau hermachte.

Er schoß noch einmal, und das Glas ihres rechten Scheinwerfers zersplitterte.

Sie konnte sich nirgends vor ihm verstecken. Er hatte eine gefährliche Waffe, und sie hatte gar keine. Ob sie sich nun hinter ihr Auto duckte oder sich in ihm verkroch, er brauchte nur ein paar Schritte zu gehen und konnte sie töten, wenn er wollte.

»Seien Sie vernünftig, Mr. Gates! Ich bin doch keine Gefahr für Sie! Ich möchte nur Ihrer Frau helfen.«

Ein dritter Schuß knallte, und ihr linker Scheinwerfer explodierte. Ein vierter riß ein Loch in ihren linken Vorderreifen.

Er zerschoß ihr Auto.

Sie war erschöpft, übernächtigt und so verängstigt, daß sie alle Vorsicht fahren ließ. All die Spannungen, die sich während des Zusammenbruchs ihres alten Lebens in Boston und des Neuanfangs hier aufgestaut hatten, wallten plötzlich auf und kochten über.

»Aufhören! Aufhören! Aufhören! Aufhören!«

Sie hatte ihre Selbstbeherrschung verloren, ihren Verstand abgeschaltet und machte jetzt einen Schritt auf ihn zu.

Er kam ihr entgegen, das Gewehr gesenkt, aber den Finger am

Abzug. Er war unrasiert und trug einen schmutzigen Overall, eine fleckige braune Arbeitsjacke und eine karierte Wollkappe mit dem aufgestickten Schriftzug *»Plaut's Animal Feeds«*.

»Niemand hat mich gezwungen, hierherzukommen.« Sie lauschte erstaunt ihrer eigenen Stimme, die wohlmoduliert und vernünftig klang.

Er sah ratlos aus, als er das Gewehr wieder hob. In diesem Augenblick hörten sie beide das Auto.

Er zögerte, während Mack McCourtney seine Sirene ertönen ließ, laut und leise wie das Heulen eines riesigen Tiers. Einen Augenblick später rollte das Auto in den Hof, und McCourtney sprang heraus.

»Mach dich nicht unglücklich, Philip! Leg die Waffe weg, sonst sieht's schlecht aus für dich. Du bist entweder eine Leiche oder kommst für den Rest deines Lebens ins Gefängnis ohne die Aussicht, dich je wieder zu betrinken.« Der Polizeichef sprach ruhig und gelassen, und Gates lehnte das Gewehr an die Hauswand. McCourtney legte ihm Handschellen an und bugsierte ihn in den Fond des Jeeps, der mit seiner Drahtgitterverstärkung sicher war wie eine Gefängniszelle.

Sehr vorsichtig, als würde sie auf dünnem Eis laufen, betrat R. J. das Haus.

Letty Gates hatte mehrere Prellungen von den Fäusten ihres Gatten sowie Haarrisse an der linken Elle und der neunten und zehnten Rippe auf der linken Seite, wie sich bei der späteren Untersuchung im Krankenhaus herausstellte. R. J. rief den Sanitätswagen, der eben vom Transport des verletzten Lastwagenfahrers ins Krankenhaus zurückgekehrt war.

Mrs. Gates' Arm wurde geschient und mit einem breiten Dreieckstuch vor ihrer Brust festgebunden, um die Rippen ruhigzustellen. Als sie im Krankenwagen weggebracht wurde, hatte McCourtney bereits den Reservereifen an R. J.s Auto montiert. Ohne Scheinwerfer war der »Explorer« blind wie ein Maulwurf, aber sie fuhr dicht hinter dem Polizei-Jeep den Berg hinunter.

Zu Hause angekommen, war sie noch nicht einmal ganz ausgezogen, als sie sich auf die Bettkante setzte, um nur noch zu weinen.

Am nächsten Tag herrschte Hektik in der Praxis, aber Dennis Stanley, einer von McCourtneys Teilzeitkräften, fuhr den »Explorer« für sie nach Greenfield. Er besorgte einen neuen Reservereifen, und die Ford-Werkstatt setzte neue Scheinwerfergläser ein und reparierte die Verdrahtung des linken Strahlers. Dann ging Dennis zum Bezirksgefängnis und legte Phil Gates die Rechnung mit dem Hinweis vor, der Richter würde es bei der Entscheidung über eine Freilassung gegen Kaution vermutlich positiv bewerten, wenn Gates ehrlich sagen könne, daß es ihm leid tue und er bereits eine Entschädigungszahlung geleistet habe. Dennis brachte R. J. Gates' Scheck zusammen mit dem reparierten Auto und riet ihr, ihn sofort einzulösen, was sie auch tat.

Im Dezember ließ der Arbeitsdruck etwas nach, und R. J. war froh um die Atempause. Ihr Vater hatte beschlossen, dieses Jahr an Weihnachten Freunde in Florida zu besuchen, und er fragte sie, ob er sie vom 19. bis zum 22. Dezember besuchen könne, um das Fest mir ihr im voraus zu feiern.

Dadurch fiel R. J.s Weihnachtsfeier mit Chanukka zusammen, und David und Sarah nahmen die Einladung zum Festessen sehr gerne an.

R. J. fällte in ihrem Wald einen kleinen Baum, was ihr viel Spaß machte, und bereitete dann für sich und ihre Gäste ein festliches Mahl.

Nach dem Essen tauschten sie Geschenke aus. David bekam von R. J. ein kleines Gemälde, auf dem eine Blockhaustür dargestellt war, die sie an sein Haus erinnerte, sowie eine Familienpackung M & Ms. Für ihren Vater hatte sie bei den Roches einen Krug mit Ahornsirup gekauft und bei David ein Glas seines Honigs. Sarah schenkte sie eine Sammlung der Romane von Jane Austen. Von ihrem Vater erhielt sie eine Flasche französischen Cognac und von David einen Gedichtband von Emily Dickinson, »Belle of Armherst«. Sarah hatte für sie ein Paar selbstgestrickte Fäustlinge aus ungefärbter Wolle und einen dritten Herzstein für ihre Sammlung in Geschenkpapier eingepackt. Sie überreichte R. J. das Päckchen mit der Bemerkung, daß ihre Geschenke in gewisser Weise auch von Bobby Henderson stammten. »Die Wolle ist von Schafen, die seine Mutter aufgezogen hat, und den Herzstein habe ich auf dem Hof der Hendersons gefunden.«

Robert Jameson Cole wurde allmählich alt. Er war zögerlicher als früher, ein wenig stiller und nachdenklicher. Er hatte seine Gambe mitgebracht. Obwohl seine Hände so arthritisch waren, daß ihm das Spielen Schmerzen bereitete, bestand er darauf, zu musizieren. So setzte sie sich nach der Bescherung an den Stutzflügel, und sie spielten eine lange Reihe von Stücken für Klavier und Streichinstrument. Dieses Fest war noch schöner, als das perfekte Thanksgiving es gewesen war, für R. J. das schönste Weihnachten, das sie je erlebt hatte.

Nachdem David und Sarah gegangen waren, öffnete Robert Jameson Cole die Tür und trat auf die Veranda. Es war klirrend kalt, so daß sich eine dünne Firnkruste auf der Schneedecke gebildet hatte, und der Vollmond warf einen breiten Lichtpfad über die glitzernde Oberfläche, als wäre die Wiese ein See.

»Gib acht!« sagte der Vater.

»Auf was?«

»Auf die Stille und den Glanz.«

Das taten sie auch, eine lange Minute standen sie da und atmeten die kalte Luft ein. Kein Hauch regte sich, kein Laut war zu hören.

»Ist es hier immer so friedlich?«

R. J. lächelte. »Meistens«, antwortete sie.

Die kalte Jahreszeit

Eines Nachmittags, als R. J. unterwegs war, fuhr David zu ihrem Haus hinüber und lief mit Schneeschuhen dreimal über ihren Waldpfad, bis der tiefe Schnee so kompakt war, daß sie auf der Spur langlaufen konnten. Der Pfad war zu kurz, auf Skiern viel zu schnell durchmessen, und sie nahmen sich deshalb vor, ihn rechtzeitig vor dem nächsten Winter weiterzuführen, um dann besser langlaufen zu können.

Im Winter war der Wald eine vollkommen andere Welt. Sie sahen Spuren von Tieren, die im Sommer unbemerkt durch den Wald gezogen wären, Fährten von Hirschen, Nerzen, Waschbären, wilden Truthähnen und Rotluchsen. Eine Hasenfährte endete ein Stückchen neben dem Pfad an einer Stelle, wo die Firndecke durchbrochen und der Schnee aufgewühlt war. Als David mit seinem Skistock im Schnee stocherte, entdeckten sie gefrorenes Blut und Fetzen weißen Hasenfells. Hier hatte eine Eule zugeschlagen.

Den Schnee durfte man für den Alltag in den Hügeln nicht unterschätzen. Auf Davids Anregung hin kaufte R. J. sich ein paar Schneeschuhe und übte damit, bis sie sich einigermaßen sicher mit ihnen bewegen konnte. Sie hatte sie dann immer im Auto dabei, »nur für den Fall«. Tatsächlich mußte sie die Schneeschuhe in diesem Winter noch nicht benutzen. Aber Anfang Januar erlebte sie einen Sturm, den sogar die Ältesten des Ortes als richtigen Blizzard bezeichneten.

Nach einem Tag und einer Nacht beständigen, dichten Schneefalls klingelte bei R. J. das Telefon, als sie sich eben zum Frühstück setzen wollte. Es war Bonnie Roche.

»Dr. Cole, ich habe furchtbare Schmerzen in der Seite, und mir ist so schlecht, daß ich mitten im Melken aufhören mußte.«

»Haben Sie Fieber?«

»Ein bißchen über achtunddreißig. Aber meine Seite. Es tut wahnsinnig weh.«

»Welche Seite?«

»Die rechte.«

»Eher weiter oben oder weiter unten?«

»Unten... Ach, ich weiß nicht. In der Mitte, denke ich.«

»Hat man Ihnen den Blinddarm schon herausgenommen?«

»Nein. O Gott, Dr. Cole, ich kann nicht ins Krankenhaus, das ist unmöglich! Wir können es uns nicht leisten.«

»Nur keine vorschnellen Schlüsse. Ich bin gleich bei Ihnen.«

»Sie kommen nur bis zum Ende der Gemeindestraße. Unser Zufahrtsweg ist nicht geräumt.«

»Rühren Sie sich nicht von der Stelle!« sagte R. J. entschlossen. »Ich komme schon durch.«

Der Zufahrtsweg war eineinhalb Meilen lang. R. J. rief den Notdienst der Gemeinde an, der auch über Schneemobile verfügte. Sie stießen an der Einmündung des Zufahrtswegs mit zwei dieser Gefährte zu ihr, und bald saß sie hinter Jan Smith und klammerte sich, die Stirn gegen seinen Rücken gedrückt, an ihn, während sie über den schneebedeckten Feldweg glitten. Auf der Farm angekommen, sah R. J. sofort, daß Bonnie eine Blinddarmentzündung hatte. Ein Schneemobil war zwar nicht unbedingt das optimale Transportmittel für eine Patientin mit entzündetem Blinddarm, aber unter den gegebenen Umständen blieb R. J. keine andere Wahl.

»Ich kann doch nicht ins Krankenhaus, Paulie«, sagte Bonnie zu ihrem Mann. »Ich kann nicht. Und das weißt du verdammt genau.«

»Zerbrich dir darüber nicht den Kopf! Überlaß das mir!« erwiderte Paul Roche. Er war groß und hager, Anfang Zwanzig und hatte ein so jungenhaftes Gesicht, daß man meinen konnte, er sei noch nicht alt genug, um Alkohol trinken zu dürfen. Sooft R. J. zur Farm der Roches gekommen war, hatte er gearbeitet, und sie hatte ihn noch nie – weder hier noch in der Stadt – ohne die Sorgenfalten eines alten Mannes auf seinem Jungengesicht gesehen.

Trotz Bonnies Proteste hob man sie auf das von Dennis Stanley gesteuerte Schneemobil, auf dem Dennis, so langsam, wie es nur ging, mit ihr davonfuhr. Bonnie saß vornübergebeugt, eine Hand über dem Blinddarm. An der geräumten Gemeindestraße wartete bereits der Krankenwagen auf sie, und das Sirenengeheul, mit dem er sie wegbrachte, zerriß die Stille des Orts.

»Was das Geld betrifft, Dr. Cole. Wir haben keine Krankenkasse«, sagte Paul.

»Hat die Farm im letzten Jahr mehr als sechzigtausend netto abgeworfen?«

»Netto?« Er lächelte bitter. »Wollen Sie mich auf den Arm nehmen?«

»Dann müssen Sie nach den Bestimmungen des Burton-Hill-Gesetzes für den Krankenhausaufenthalt nichts bezahlen. Ich werde dafür sorgen, daß man Ihnen die entsprechenden Formulare zuschickt.«

»Meinen Sie das ernst?«

»Gewiß. Nur... ich fürchte, die Arztkosten sind durch das Burton-Hill-Gesetz nicht abgedeckt. Meine Rechnung können Sie vergessen«, zwang sie sich zu sagen, »aber den Chirurgen, den Anästhesisten, den Radiologen und den Pathologen werden Sie wohl bezahlen müssen.«

Es tat ihr weh, mit ansehen zu müssen, wie der Kummer wieder seinen Blick überschattete.

An diesem Abend erzählte sie David von der Notlage der Roches. »Das Hill-Burton-Gesetz sollte eigentlich Mittellose und Nichtversicherte vor Katastrophen bewahren, aber das funktioniert nicht, weil dieses Gesetz nur den Krankenhausaufenthalt abdeckt. Die Roches bewegen sich auf wirtschaftlich sehr dünnem Eis. Die Kosten, die sie selbst tragen müssen, sind möglicherweise so hoch, daß sie einbrechen.«

»Die Krankenhäuser erhöhen die Pflegesätze, die sie den Versicherungen in Rechnung stellen, um sich das zu holen, was sie bei Patienten wie Bonnie Roche nicht kassieren können«, sagte David langsam. »Und die Versicherungsgesellschaften erhöhen ihre Beiträge, um diese erhöhten Kosten abzudecken. Das läuft dann darauf hinaus, daß jeder, der eine Krankenkasse hat, Bonnies Klinikrechnung mitbezahlt.«

R. J. nickte. »Das ist ein lausiges, unzureichendes System. In den Vereinigten Staaten gibt es siebenunddreißig Millionen Menschen ohne Krankenversicherung. Jede andere führende Industrienation auf dieser Welt – Deutschland, Italien, Frankreich, England, Kanada und all die anderen – gewährleistet eine medizinische Minimalversorgung für alle ihre Bürger, und zwar zu einem Bruchteil dessen, was das reichste Land der Welt für sein völlig unzureichendes Gesundheitssystem ausgibt. Das ist eine nationale Schande.«

David seufzte. »Ich glaube nicht, daß Paul es als Farmer schafft, auch wenn er dieses Problem übersteht. Der Boden hier in den Hügeln ist karg und steinig. Es gibt ein paar Kartoffeläcker und wenige Obstgärten, und früher haben einige Farmer Tabak angepflanzt. Aber hier oben wächst nun einmal am besten das Gras. Deshalb gab es hier früher viele Milchfarmen. Aber die Regierung subventioniert die Milchpreise nicht mehr, und die einzigen Milchproduzenten, die noch Gewinn machen können, sind die Großbetriebe, riesige Farmen mit gigantischen Herden in Staaten wie Wisconsin und lowa.«

Das war das Thema seines Romans. »Die kleinen Farmen hier in der Gegend sind eingegangen wie die Fliegen. Und mit den Farmen sind auch die landwirtschaftlichen Substrukturen verschwunden. Es gibt nur noch ein paar Tierärzte, die die Herden versorgen, und viele Landmaschinenhändler haben ihr Geschäft aufgegeben, so daß ein Farmer wie Paul, wenn er ein Ersatzteil für seinen Traktor oder seine Ballenpresse braucht, bis nach New York State oder Vermont fahren muß, um es sich zu besorgen. Der kleine Farmer ist dem Untergang geweiht. Vorerst halten sich nur solche, die privates Vermögen haben, und ein paar wie Bonnie und Paul: hoffnungslose Romantiker.« Sie erinnerte sich daran, wie ihr Vater ihren Wunsch, Landärztin zu werden, umschrieben hatte: »Die letzten Cowboys auf der Suche nach der verschwundenen Prärie?«

David grinste. »So was in der Richtung.«

»Nichts gegen Romantiker!« Sie beschloß, alles in ihrer Macht Stehende zu tun, damit Bonnie und Paul ihre Farm erhalten konnten.

Sarah war über Nacht in New Haven, wo sie sich mit der Theatergruppe der Schule den »Tod eines Handlungsreisenden« ansah, und beinahe schüchtern fragte David R. J., ob er die Nacht bei ihr verbringen dürfe.

Damit wurde eine neue Seite in ihrer Beziehung aufgeschlagen. Er war zwar nicht unwillkommen, aber plötzlich nahm er in ihrem Leben einen größeren Platz ein, und daran mußte sie sich erst gewöhnen. Sie liebten sich, und dann blieb er in ihrem Schlafzimmer, beanspruchte ausgestreckt mehr als die Hälfte des Bettes und schlief so tief, als hätte er die letzten tausend Nächte hier verbracht.

Um elf Uhr schlich sie sich aus dem Bett, weil sie nicht einschlafen konnte. Sie ging ins Wohnzimmer, stellte den Fernseher an und dämpfte die Lautstärke. In den Spätnachrichten war ein Senator zu hören, der Hilary Clinton als »verträumt-naive Weltverbesserin« geißelte, weil sie gelobt hatte, alles zu tun, um ein Gesetz zur Reform des nationalen Gesundheitssystems durchzubringen. Der Senator war ein Millionär, dessen gesundheitliche Probleme kostenlos im Bethesda Naval Hospital behandelt wurden. R. J. saß alleine vor dem flackernden Bildschirm und verwünschte ihn, zornig vor sich hinflüsternd, bis sie über ihre eigene Torheit lachen mußte. Dann schnitt sie dem Mann das Wort ab, indem sie abschaltete, und ging zurück ins Bett.

Draußen heulte und ächzte der Wind, und die Luft war so kalt wie das Herz des Senators. Es war schön, sich an Davids warmen Körper zu schmiegen wie ein Löffel an den anderen, und kurz darauf schlief sie so tief wie er.

Die Säfte steigen

Der Frühlingsanfang traf R. J. völlig überraschend. Sie war seelisch noch ganz auf Winter eingestellt, als sie in der letzten Woche eines grauen und freudlosen Februar plötzlich vom Auto aus Leute in den Wäldern bei der Arbeit sah. Sie trieben hölzerne oder metallene Zapfröhren in die Ahornbäume und hängten Kübel daran; andere steckten an die Röhren Plastikschläuche, die sich wie ein gigantisches Infusionsnetzwerk von den Stämmen zu großen Sammeltanks schlängelten. Der frühe März brachte dann das beste Wetter für die Zuckerbildung: frostige Nächte, wärmere Tage.

Die ungeteerten Straßen tauten jeden Morgen auf und verwandelten sich in Schlammkanäle. Kaum daß sie auf die Zufahrtsstraße der Roches eingebogen war, bekam R. J. Schwierigkeiten, und bald darauf hatte sich der »Explorer« bis zu den Radkappen in den Morast gegraben.

Beim Aussteigen versanken ihre Stiefel, als würden sie nach unten gezogen. R. J. zerrte das Drahtseil von der Winde unter dem Kühler ihres »Explorer« und trottete damit die Straße entlang, bis über dreißig Meter Kabel hinter ihr im Schlamm lagen. Sie wählte eine riesige Eiche, die aussah, als sei sie für alle Ewigkeit in der Erde verankert, legte das Seil um den Stamm und hakte den Karabiner ein.

Die Winde hatte eine Fernbedienung. Sie stellte sich ein wenig abseits, drückte den Startknopf und sah fasziniert und erfreut zu, wie das Seil langsam, aber unausweichlich auf die Windentrommel gewickelt wurde und sich straffte. Ein lautes Schmatzen war zu hören, als die vier Reifen sich aus dem zähen Schlamm lösten und das Auto sich Handbreit um Handbreit vorwärts bewegte. Nach etwa zwanzig Metern stoppte sie die

Winde, stieg ins Auto und ließ den Motor an. Mit zugeschaltetem Vierradantrieb griffen die Räder, und wenige Minuten später hatte sie das Drahtseil wieder auf die Trommel gerollt und fuhr auf das Farmhaus der Roches zu.

Bonnie, nun ohne Blinddarm, war allein zu Hause. Sie durfte noch nicht schwer arbeiten, deshalb kam Sam Roche, Pauls fünfzehnjähriger Bruder, jeden Morgen vor der Schule und jeden Abend nach dem Essen vorbei, um die Kühe zu melken. Paul hatte einen Job in der Versandabteilung einer Messerfabrik in Oakland angenommen, um das Geld für die Rechnungen zusammenzubekommen. Er kam jeden Tag gegen fünfzehn Uhr nach Hause und nutzte den Rest des Tageslichts, um Ahornsaft zu sammeln, den er dann bis in die frühen Morgenstunden in der Zuckersiederei zu Sirup verkochte. Das war Schwerstarbeit, denn er mußte vierzig Liter Saft abzapfen, um einen Liter Sirup zu erhalten, aber die Leute zahlten gut für Ahornsirup, und die Roches brauchten jeden Dollar.

»Ich habe Angst, Dr. Cole«, sagte Bonnie zu R. J. »Ich fürchte, er hält diese Belastung nicht durch, ich fürchte, einer von uns wird wieder krank. Und wenn das passiert, dann: ade, Farm!« R. J. fürchtete dasselbe, aber sie schüttelte den Kopf. »Das werden wir einfach nicht zulassen«, sagte sie. Gewisse Augenblicke würde sie nie vergessen. 22. November 1963: Sie war an der High-School und gerade unterwegs zu ihrer Lateinstunde, als sie zwei Lehrer sich darüber unterhalten hörte, daß John F. Kennedy in Texas erschossen worden war.

4. April 1968: Sie wollte Bücher in die Bostoner Leihbibliothek zurückbringen, als sie die Bibliothekarin weinen sah und erfuhr, daß die Kugel eines Mörders Martin Luther King getroffen hatte.

5. Juni im selben Jahr: Sie hatte mit ihrem Freund im Wagen vor der Wohnung, in der sie mit ihrem Vater lebte, geschmust; sie wußte nur noch, daß es ein pausbäckiger Junge war, der Jazzklarinette spielte, an seinen Namen konnte sie sich nicht mehr erinnern. Er hatte eben seine Hand auf den aus einem dicken Pullover und einem BH bestehenden Stoffpanzer über ihrem

Busen gelegt, und sie überlegte noch, wie sie reagieren sollte, als aus dem Radio des Autos ihres Vaters die Nachricht kam, Robert Kennedy sei angeschossen worden und liege im Sterben.

Immer in Erinnerung bleiben würden ihr auch die Augenblicke, als sie erfuhr, daß auf John Lennon ein Mordanschlag verübt worden und daß der Raumtransporter *»Challenger«* explodiert war.

Und jetzt, an einem regnerischen Vormittag Mitte März 1994 in Barbara Kingsmith' Haus, erlebte sie einen weiteren dieser schrecklichen Augenblicke.

Mrs. Kingsmith hatte eine schwere Niereninfektion; doch das Fieber hatte ihr nichts von ihrer Redseligkeit genommen, und sie beklagte sich gerade über die Farben, die bei der Innenrenovierung des Rathauses verwendet wurden, als R. J. ein paar Worte von den Fernsehnachrichten hörte, die Mrs. Kingsmith' Tochter im Wohnzimmer angeschaltet hatte.

»Entschuldigen Sie«, sagte sie zu Mrs. Kingsmith und ging ins Wohnzimmer. Das Fernsehen brachte die Meldung, daß in Florida ein Aktivist der Recht-auf-Leben-Bewegung mit dem Namen Michael F. Griffin einen Dr. David Gunn, der als Arzt in einer Abtreibungsklinik arbeitete, erschossen hatte.

Weiter hieß es, daß Abtreibungsgegner Geld sammelten, um für Griffin die bestmöglichen Anwälte zu engagieren.

R. J. bekam weiche Knie vor Angst.

Nach dem Besuch bei den Kingsmith fuhr sie direkt zu David und fand ihn in der Küche.

Er nahm sie in die Arme, tröstete sie, und er hörte aufmerksam zu, als sie von den verzerrten Gesichtern erzählte, an denen sie an so vielen Donnerstagen in Jamaica Plain hatte vorbeigehen müssen. Sie erzählte von den haßerfüllten Blicken und gestand ihm, daß sie jetzt wisse, was sie an diesen Donnerstagen immer befürchtet hatte: eine auf sie gerichtete Waffe, einen Finger am Abzug.

Eva Goodhue erhielt öfter von R. J. Besuch, als es vom ärztlichen Standpunkt aus nötig war. Evas Wohnung lag nur wenige

Schritte von R. J.s Praxis entfernt, und die alte Frau imponierte ihr und war außerdem für sie eine unerschöpfliche Informationsquelle zur Geschichte des Ortes.

Meistens brachte R. J. Eiskrem mit, und dann saßen sie beisammen, aßen das Eis und unterhielten sich. Eva erzählte von den samstäglichen Tanzabenden, die in dem Saal im ersten Stock des Rathauses abgehalten wurden und die jeder am Ort samt Kindern besuchte. Und sie berichtete von Tagen, als es am Big Pond noch ein Eishaus gab und hundert Männer auf der Eisfläche des Teichs ausschwärmten, um große Blöcke herauszuschneiden. Und sie schilderte den Frühlingsmorgen, als ein vierspänniger Wagen auf dem Eis einbrach und in dem schwarzen Wasser versank, wobei alle Pferde und ein Mann namens Chink Roth ertranken.

Eva wurde ganz aufgeregt, als sie erfuhr, wo R. J. wohnte. »Mein Gott, nur eine gute Meile von Ihrem Haus entfernt habe ich mein ganzes Leben verbracht. Das Anwesen dort an der oberen Straße, das war unsere Farm.«

»Wo Freda und Hank Krantz jetzt wohnen?«

»Ja. Die haben uns die Farm abgekauft.« Damals gehörte R. J.s Grund einem Mann namens Harry Crawford, berichtete Eva. »Er hatte eine Frau namens Rosalie. Er hat Ihr Land von uns gekauft und darauf das Haus gebaut, in dem Sie wohnen. Er betrieb eine kleine Sägemühle am Ufer des Catamount, mit einem Mühlrad als Antrieb. Er holte sich die Stämme aus unserem Wald und verkaufte alle möglichen Sachen aus Holz: Eimer, Buttermodel, Paddel und Ruder, Joche, Serviettenringe, manchmal auch Möbel. Die Mühle ist schon vor Jahren abgebrannt, aber wenn Sie genau hinschauen, müßten Sie die Fundamente eigentlich noch am Flußufer sehen können.«.

Eva Goodhue erwärmte sich für das Thema.

»Ich weiß noch, ich war… ach, vielleicht sieben oder acht Jahre alt, und ich bin immer hingegangen und hab zugesehen, wie sie sägten und hämmerten, als sie Ihr Haus bauten. Harry Crawford und noch zwei andere Männer. An die Namen der beiden erinnere ich mich nicht mehr, aber ich weiß noch, wie Mr. Crawford mir aus einem Zwei-Penny-Nagel einen kleinen Ring gemacht hat.« Sie nahm R. J.s Hände und schaute ihr freundlich in die Augen. »Wissen Sie, es kommt mir fast vor, als wären wir zwei Nachbarn.«

R. J. fragte sie eingehend nach den Crawfords aus, weil sie hoffte, daß deren Geschichte vielleicht das Geheimnis der kleinen Knochen enthüllen könnte, die man beim Aushub ihres Teichs gefunden hatte. Aber sie erfuhr nichts, was ihr weiterhalf.

Ein paar Tage später ging sie in das alte Holzhaus an der Main Street, in dem sich das Historische Museum Woodfields befand, um dort im Archiv zu stöbern. In einem vergilbten, moderigen Familienregister las sie, daß die Crawfords vier Kinder gehabt hatten: Ein Sohn und eine Tochter, Tyrone Joseph und Linda Rae, waren jung gestorben und lagen auf dem Friedhof von Woodfield. Eine zweite Tochter, Barbara, war im Erwachsenenalter in Ithaka, New York, gestorben; ihr Ehemann hatte Sewall geheißen. Der andere Sohn, Harry Hamilton Crawford junior, war vor vielen Jahren nach Kalifornien gezogen, aber über seinen Verbleib war nichts bekannt.

Harry und Rosalie Crawford waren Mitglieder der First Congregational Church in Woodfield gewesen. Sie hatten zwei ihrer Kinder auf dem hiesigen Friedhof begraben – war da anzunehmen, fragte R. J. sich, daß sie ein weiteres Kleinkind in morastiger, ungeweihter Erde vergraben würden, noch dazu ohne Grabstein?

Nein, es sei denn, es gab etwas im Zusammenhang mit dieser Geburt, dessen die Crawfords sich außerordentlich schämten. Die Sache blieb ein Rätsel.

Zwischen R. J. und Toby hatte sich mehr entwickelt als nur ein gutes Verhältnis zwischen Chefin und Angestellter. Sie waren richtige Freundinnen geworden, die in gegenseitigem Vertrauen über alle wichtigen Dinge sprechen konnten. Es schmerzte R. J. deshalb um so mehr, daß sie Toby und Jan offensichtlich nicht helfen konnte, ein Baby zu bekommen.

»Du sagst, die Endometrium-Biopsie war ohne Befund, und Jans Sperma ist ebenfalls in Ordnung. Und wir tun genau das, was du uns geraten hast.«

»Manchmal weiß man einfach nicht, warum es zu keiner Schwangerschaft kommt«, entgegnete R. J. und hatte ein schlechtes Gewissen, weil sie mit ihrer Weisheit am Ende war. »Ich glaube, ihr solltet nach Boston zu einem Fertilitätsspezialisten gehen. Oder nach Dartmouth.«

»Ich glaube nicht, daß ich Jan dazu bringen kann. Er hat die Nase voll von dieser ganzen Geschichte. Wir haben sie beide gestrichen voll«, sagte Toby gereizt. »Laß uns von was anderem reden!«

Also sprach R. J. offen mit ihr über David.

Aber Toby reagierte kaum darauf.

»Ich glaube, du magst David nicht besonders«, sagte R. J.

»Das stimmt nicht«, erwiderte Toby. »Ich glaube, David ist schon in Ordnung. Die meisten Leute mögen ihn, aber ich kenne niemanden, der engeren Kontakt zu ihm hat. Er, hm... er genügt sich irgendwie selbst, wenn du weißt, was ich meine.«

R. J. wußte es.

»Aber die wichtige Frage ist doch, ob *du* ihn magst«, sagte Toby.

»Ich mag ihn, aber das ist nicht die entscheidende Frage. Die entscheidende Frage ist: *Liebe* ich ihn?«

Toby zog die Augenbrauen in die Höhe. »Und wie lautet die entscheidende Antwort?«

»Ich weiß es nicht. Wir sind so total verschieden. Er sagt, er ist ein religiöser Zweifler, aber er lebt in einer sehr spirituellen Welt, einer so spirituellen Welt, daß ich sie nie mit ihm werde teilen können. Früher habe ich wenigstens an die Wirkung von Antibiotika geglaubt.« Sie lächelte wehmütig. »Jetzt glaube ich nicht mal mehr an die.«

»Und – wie wird es weitergehen mit euch?«

R. J. zuckte die Achseln. »Ich muß mich bald entscheiden, alles andere wäre unfair ihm gegenüber.«

»Ich kann mir nicht vorstellen, daß du gegenüber irgend jemandem unfair sein kannst.«

»Du würdest dich wundern«, sagte R. J.

David arbeitete an den letzten Kapiteln seines Buches. Das brachte es mit sich, daß sie sich weniger oft sahen, aber er stand kurz vor dem Ziel eines langen, mühseligen Weges, und sie freute sich für ihn.

Die wenige Freizeit, die ihr blieb, verbrachte sie häufig allein. Bei einem Spaziergang am Fluß fand sie das Fundament von Harry Crawfords Sägemühle, große, behauene Steinquader; Buschwerk und Bäume waren in den Jahren gewachsen und hatten die Grundmauern überwuchert, einige Blöcke waren ins Flußbett gerutscht. Sie konnte es kaum erwarten, bis David wieder Zeit hatte und sie ihm ihre Entdeckung zeigen konnte. Neben einem der großen Quader fand sie einen kleinen blauen Herzstein, dessen Zusammensetzung sie nicht kannte. Es schien ihr nicht sehr wahrscheinlich, daß er magische Kräfte besaß.

Aus einer spontanen Eingebung heraus rief sie Sarah an. »Hast du Lust, mit mir ins Kino zu gehen?«

»Hm... ja!«

Eine Schnapsidee, tadelte sie sich. Aber zu ihrer Freude verlief der Abend gut. Sie fuhren nach Pittsfield, wo sie in einem Thai-Restaurant aßen und sich dann einen Film anschauten.

»Das machen wir wieder einmal«, sagte R. J. und meinte es ernst. »Okay?«

»Aber sicher doch.«

Doch dann hatte sie viel zu tun, und drei oder vier Wochen verstrichen. Ein paarmal traf sie Sarah auf der Main Street, und Sarah war stets freundlich und schien sich zu freuen, sie zu sehen. Es wurde immer unkomplizierter und angenehmer, ihr über den Weg zu laufen.

Doch an einem Samstagnachmittag überraschte Sarah R. J.: Sie kam auf Chaim vor ihr Haus geritten und band die Zügel am Geländer der Veranda fest.

»Heh! Das freut mich aber. Willst du Tee?«

»Hallo! Ja, bitte.«

R. J. hatte eben Rosinenbrötchen nach einem Rezept gebakken, das Eva Goodhue ihr empfohlen hatte, und sie stellte eine Schale mit dem Gebäck auf den Tisch.

»Vielleicht fehlt eine Zutat. Was denkst du?« fragte sie skeptisch.

Sarah nahm ein Brötchen in die Hand. »Sie könnten lockerer sein … Gibt es eigentlich mehrere Gründe, wenn einmal die Periode ausbleibt?« fragte sie plötzlich, und R. J. vergaß ihre Backprobleme.

»Ja, schon. Viele Gründe. Ist es das erste Mal, daß eine Periode nicht termingerecht gekommen ist? Und ist nur eine einzige ausgeblieben?«

»Schon mehrere.«

»Verstehe«, sagte R. J. leichthin mit einer Stimme, die sie immer benutzte, wenn sie Patienten nicht beunruhigen wollte. »Gibt es noch andere Symptome?«

»Übelkeit und Erbrechen«, sagte Sarah. »Man kann es wohl morgendliche Übelkeit nennen.«

»Erkundigst du dich für eine Freundin? Möchte sie vielleicht einmal zu mir in die Praxis kommen?«

Sarah nahm ein Rosinenbrötchen in die Hand und schien sich zu überlegen, ob sie hineinbeißen sollte oder nicht. Nach kurzem Zögern legte sie es auf den Teller zurück. Sie sah R. J. auf ganz ähnliche Art an, wie sie das Gebäck angesehen hatte. Als sie dann sprach, schwang in ihrer Stimme nur eine kaum merkliche Bitterkeit mit und nur ein sehr leises Zittern.

»Ich erkundige mich nicht für eine Freundin.«

DRITTER TEIL
Herzsteine

Sarahs Bitte

Sarah trug ihre Haare in diesem Jahr nach dem Vorbild vieler schicker junger Models und Schauspielerinnen in langen, wirren Ringellocken. Ihre sanften, melancholischen Augen wirkten hinter den dicken Brillengläsern noch größer und glänzender. Ihre vollen Lippen bebten leicht, und die hochgezogenen, angespannten Schultern schienen die strafenden Schläge eines rachsüchtigen Gottes zu erwarten. Die Pickel auf ihrem Kinn waren wieder aufgeblüht, und in der Furche an der Nasenwurzel war auch einer zu sehen. Selbst jetzt, obwohl sie nur mit Mühe ihre Verzweiflung unterdrücken konnte, sah sie ihrer toten Mutter sehr ähnlich, deren Fotos R. J. so verstohlen gemustert hatte, nur daß Sarah etwas größer war und einige von Davids Gesichtszügen geerbt hatte. In dem Mädchen schlummerte das Versprechen einer Schönheit, die noch interessanter war als die Natalies, soweit sie in den Schnappschüssen zum Vorschein kam.

Auf R. J.s behutsames Nachfragen gestand Sarah ein, daß es sich bei den »mehreren ausgebliebenen Perioden« um drei handelte.

»Warum bist du nicht schon früher zu mir gekommen?« fragte R. J.

»Meine Periode ist sowieso immer ziemlich unregelmäßig, und ich habe mir immer gedacht, die kommt schon noch.«

Und außerdem, sagte Sarah, habe sie sich nicht entscheiden können, was sie tun wolle. Babys seien doch etwas so Wunderbares. Sie sei oft auf ihrem Bett gelegen und habe sich die süße Weichheit und die warme Hilflosigkeit eines solchen Sprößlings vorgestellt.

Wie hatte das gerade ihr passieren können?

»Habt ihr irgendwelche Verhütungsmittel benutzt?«

»Nein.«

»Sarah! Und das nach all dem, was man euch in der Schule über Aids beigebracht hat!« sagte R. J. und konnte ihre Verärgerung kaum verbergen.

»Wir haben gewußt, daß wir nicht Aids bekommen.«

»Und wie wollt ihr das gewußt haben?«

»Wir hatten es noch nie mit jemandem gemacht, beide nicht. Beim erstenmal hat Bobby ein Kondom benutzt, aber beim nächstenmal hatten wir keins.«

Sie waren naiv wie Kinder. R. J. bemühte sich, gelassen zu bleiben. »Und – hast du mit Bobby darüber geredet?«

»Er macht sich vor Angst in die Hose«, sagte Sarah tonlos.

R. J. nickte.

»Er sagt, wir können heiraten, wenn ich will.«

»Willst du?«

»R. J. … ich mag ihn sehr gern. Ich liebe ihn sogar. Aber ich liebe ihn nicht so… du weißt schon, für immer. Ich weiß, er ist viel zu jung, um ein guter Vater zu sein, und ich weiß, ich bin zu jung, um eine gute Mutter zu sein. Er will Jura studieren und ein großer Anwalt in Springfield werden wie sein Vater, und ich möchte auch studieren.« Sie schob sich eine Locke aus der Stirn. »Ich möchte Meteorologin werden.«

»Ja?« Wegen Sarahs Steinsammlung hätte R. J. eher auf Geologie getippt.

»Ich schau mir immer die Wetterberichte im Fernsehen an. Ein paar von diesen Wetterarschlöchern sind doch nur Clowns, die von nichts eine Ahnung haben. Die Wissenschaft findet immer neue Sachen über das Wetter heraus, und ich glaube, daß eine intelligente Frau, die hart arbeitet, auf diesem Gebiet etwas erreichen kann.«

Trotz ihrer zwiespältigen Gefühle mußte R. J. lächeln, aber nur kurz. Sie merkte deutlich, worauf diese Unterhaltung hinauslief, aber sie wollte warten, bis Sarah von sich aus Klartext redete.

»Und was hast du jetzt vor?«

»Ich kann kein Baby aufziehen.«

»Denkst du daran, es zur Adoption freizugeben?«

»Ich habe viel darüber nachgedacht. Im Herbst komme ich in die Abschlußklasse. Das wird ein wichtiges Jahr. Ich brauche ein Stipendium, um aufs College gehen zu können, und den Eignungstest bestehe ich nicht, wenn ich mich mit einer Schwangerschaft herumschlagen muß. Ich will eine Abtreibung.«

»Bist du sicher?«

»Ja. Das dauert doch nicht lange, oder?«

R. J. seufzte. »Nein, das dürfte nicht sehr lange dauern. Solange es keine Komplikationen gibt.«

»Gibt es oft Komplikationen?«

»Nein, nicht sehr oft. Aber Komplikationen kann es immer geben. Es handelt sich eben um einen Eingriff.«

»Aber du kannst mich doch in eine gute Klinik bringen, eine wirklich gute, nicht?«

Die Sommersprossen stachen aus dem blassen Gesicht hervor und ließen Sarah so jung und so verletzlich wirken, daß R. J. Mühe hatte, mit normaler Stimme zu sprechen. »Ja, ich könnte dich in eine sehr gute Klinik bringen, wenn du das wirklich willst. Warum besprechen wir es nicht mit deinem Vater?«

»Nein. Er darf von der Sache nichts erfahren. Kein einziges Wort, verstanden?«

»Aber das … das ist ein schwerer Fehler, Sarah.«

»Du kannst mir nicht einreden, daß es ein Fehler ist. Glaubst du, du kennst meinen Vater besser als ich? Als meine Mutter starb, wurde er zum Säufer. Diese Geschichte könnte ihn wieder zum Trinken verleiten, und das will ich nicht riskieren. Schau, R. J., du tust meinem Vater gut, und ich merke, daß er große Stücke auf dich hält. Aber er liebt auch mich, und er hat … ein sehr unrealistisches Bild von mir in seinem Kopf. Ich fürchte, diese Sache würde er nicht verkraften.«

»Aber das ist eine furchtbar wichtige Entscheidung, Sarah, und du solltest sie nicht allein treffen.«

»Ich bin nicht allein. Ich habe dich.«

Das zwang R. J. dazu, fünf brutale Worte auszusprechen: »Ich bin nicht deine Mutter.«

»Ich brauche keine Mutter. Ich brauche eine Freundin.« Sarah sah sie an. »Ich werde das durchziehen, ob nun mit oder ohne deine Hilfe, R. J. Aber ich brauche dich wirklich.«

R. J. erwiderte den Blick. Dann nickte sie. »Gut, Sarah. Ich werde deine Freundin sein.« Ihr Gesicht oder ihre Stimme mußte ihren Schmerz verraten haben, denn das Mädchen faßte ihre Hand.

»Danke, R. J.! Werde ich über Nacht wegbleiben müssen?«

»Nach dem, was du mir gesagt hast, bist du bereits über den dritten Monat hinaus. Eine Abtreibung nach dem dritten Monat ist eine zweitägige Prozedur. Nach dem Eingriff wird es zu Blutungen kommen. Vielleicht nur wie bei einer starken Menstruation, aber möglicherweise stärker. Du mußt dich darauf einrichten, daß du mindestens eine Nacht von zu Hause wegbleiben mußt. Aber, Sarah … in Massachusetts braucht eine Frau unter achtzehn für eine Abtreibung die schriftliche Einwilligung ihrer Eltern.«

Sarah starrte sie an. »Du könntest doch die Abtreibung machen, hier, in deinem Haus.«

»Nein.« Auf keinen Fall, meine Freundin. R. J. nahm Sarahs freie Hand und spürte die beruhigende Kraft der Jugend. »Ich bin für eine Abtreibung nicht eingerichtet. Und wir wollen doch kein Risiko eingehen. Wenn du dir wirklich sicher bist, daß du eine Abtreibung willst, hast du zwei Möglichkeiten. Entweder du gehst in eine Klinik in einem anderen Staat, oder du kannst eine Anhörung vor einem Richter verlangen, der dir die Genehmigung erteilt, in diesem Staat ohne elterliche Einwilligung abzutreiben.«

»O Gott. Eine öffentliche Verhandlung?«

»Nein, überhaupt nicht. Du würdest mit dem Richter in seinem Büro reden; nur ihr beide.«

»Was würdest du tun, R. J., wenn du an meiner Stelle wärst?« Diese direkte Frage trieb sie in die Ecke. Ein Ausweichen war nicht möglich, sie schuldete dem Mädchen eine ehrliche Antwort.

»Ich würde zu einem Richter gehen«, sagte sie bestimmt. »Ich könnte einen Termin für dich vereinbaren. Die Genehmigung wird fast immer erteilt. Und dann könntest du in eine Klinik in Boston gehen. Ich habe früher dort gearbeitet, ich weiß, daß sie sehr gut ist.«

Sarah lächelte und wischte sich mit den Fingerspitzen die Augen. »Dann machen wir es so. Aber, R. J., was wird das kosten?«

»Eine Abtreibung bis zum dritten Monat kostet dreihundertzwanzig Dollar. Eine Abtreibung nach dem dritten Monat, wie sie bei dir nötig ist, ist komplizierter und teurer. Fünfhundertfünfzig Dollar. Soviel Geld hast du nicht, oder?«

»Nein.«

»Die Hälfte zahle ich. Und du mußt Bobby Henderson sagen, daß er die andere Hälfte übernehmen soll. In Ordnung?«

Sarah nickte. Zum erstenmal begannen nun ihre Schultern zu zucken.

»Aber zuerst muß ich dir einen Termin für eine Untersuchung besorgen.«

Trotz der harten Worte von zuvor betrachtete R. J. Sarah schon beinahe als... nicht gerade als ihre Tochter, aber doch als einen Menschen, zu dem sie eine starke persönliche Bindung hatte. Sie konnte die medizinische Untersuchung nicht selbst durchführen, denn sie kam sich vor, als hätte sie selbst die Wehen bei Sarahs Geburt durchlitten, als wäre sie dabeigewesen, als Sarah auf den Teppichboden des Kaufhausaufzugs gepinkelt hatte, als hätte sie sie an ihrem ersten Schultag begleitet.

Sie griff zum Telefon, rief Daniel Noyes' Praxis in Greenfield an und vereinbarte für Sarah einen Untersuchungstermin.

Dr. Noyes sagte, soweit er das feststellen könne, sei Sarah in der fünfzehnten Woche schwanger.

Zu lange. Der straffe junge Bauch des Mädchens war zwar noch kaum gewölbt, aber lange würde es nicht mehr dauern. R. J. wußte, daß mit jedem Tag, der jetzt noch verstrich, die Zellen sich vervielfachten, der Fötus wuchs und die Abtreibung immer komplizierter würde.

Sie arrangierte eine Anhörung vor Richter Geoffrey J. Moynihan. Sie fuhr Sarah zum Gerichtsgebäude, küßte sie vor der Tür des Richterzimmers, setzte sich dann auf die polierte Holzbank in dem marmorverkleideten Korridor und wartete.

Zweck der Anhörung war es, Richter Moynihan davon zu überzeugen, daß Sarah reif genug war für eine Abtreibung. In R. J.s Augen stellte diese Anhörung eine Farce dar: Wenn Sarah nicht reif genug war für eine Abtreibung, wie konnte sie dann reif genug sein, ein Kind auszutragen und aufzuziehen?

Das Gespräch mit dem Richter dauerte zwölf Minuten. Als Sarah aus dem Zimmer kam, nickte sie ernst.

R. J. legte dem Mädchen den Arm um die Schultern, und gemeinsam gingen sie zum Auto.

Ein kurzer Ausflug

»Was ist schon eine Lüge? Nichts als die Wahrheit in Verkleidung«, schrieb Byron. R. J. haßte die Verkleidung.

»Ich möchte deine Tochter für ein paar Tage nach Boston einladen, wenn du nichts dagegen hast, David. Frauen unter sich.«

»*Wow!* Was gibt's denn Besonderes in Boston?«

»Zum einen eine Inszenierung von ›*Les Miserables*‹ durch eine Tourneetruppe. Und dann nehmen wir uns die Freiheit und machen einen gründlichen Schaufensterbummel. Ich will, daß wir zwei uns besser kennenlernen.« Sie fühlte sich gedemütigt durch diese Lüge, sah aber keinen anderen Ausweg.

David war von der Idee sehr angetan, küßte R. J. und schickte die beiden fröhlich und mit seinen besten Wünschen auf den Weg.

R. J. rief Mona Wilson in Jamaica Plain an und sagte, daß sie Sarah Markus in die Klinik bringen werde, eine siebzehnjährige Patientin im zweiten Trimester der Schwangerschaft.

»Das Mädchen bedeutet mir sehr viel, Mona. Wirklich sehr viel.«

»Gut, R. J., wir werden uns um sie kümmern«, erwiderte Mona, und sie klang dabei ein bißchen weniger herzlich als früher.

R. J. verstand das als Hinweis, daß für Mona jede Patientin etwas Besonderes war, aber sie ließ sich nicht einschüchtern. »Arbeitet Les Ustinovich noch bei euch?«

»Ja.«

»Könnte ich Les für sie haben, bitte?«

»Dr. Ustinovich für Sarah Markus. So machen wir es.«

Als R. J. Sarah abholte, erschien sie ihr zu fröhlich, zu ausgelassen. Auf R. J.s Rat hin trug sie einen lockeren Zweiteiler, denn sie hatte erfahren, daß sie nur ihren Unterleib würde freimachen müssen.

Es war ein milder Sommertag mit einer Luft klar wie Glas, und R. J. fuhr langsam und vorsichtig über den Mohawk Trail und die Route 2, so daß sie knapp drei Stunden nach Boston brauchten.

Vor der Klinik in Jamaica Plain standen zwei gelangweilt aussehende Polizisten, die R. J. nicht kannte, aber keine Demonstranten. Als sie das Gebäude betraten, stieß die Frau am Empfang, Charlotte Mannion, einen Freudenschrei aus, kaum daß sie R. J. erkannt hatte. »Willkommen aus der Fremde!« sagte sie, eilte hinter dem Tresen hervor und küßte R. J. auf die Wange.

Es hatte große Fluktuationen im Personal gegeben, und die Hälfte der Leute, die R. J. an diesem Vormittag sah, waren ihr unbekannt. Die anderen machten viel Tamtam um das Wiedersehen, was R. J. freute, weil es Sarah ganz offensichtlich zuversichtlich stimmte. Sogar Mona hatte ihre Zurückhaltung aufgegeben und drückte sie lange und fest an sich. Les Ustinovich, zerzaust und unwirsch wie immer, schenkte ihr nur ein knappes Lächeln, aber es war herzlich. »Wie lebt es sich im Grenzland?«

»Sehr gut, Les.« Sie stellte ihm Sarah vor, nahm ihn dann beiseite und gab ihm leise zu verstehen, daß ihr diese Patientin sehr wichtig sei. »Ich bin froh, daß Sie Zeit haben, sie zu behandeln.«

»So?« Er überflog Sarahs Unterlagen und bemerkte, daß Daniel Noyes die präklinische Untersuchung vorgenommen hatte und nicht R. J. Er sah sie fragend an. »Ist sie eine Verwandte? Eine Nichte? Oder eine Cousine?«

»Ihr Vater bedeutet mir sehr viel.«

»Aha! Glücklicher Vater.« Er wandte sich zum Gehen, drehte sich dann aber noch einmal um. »Wollen Sie assistieren?«

»Nein, aber vielen Dank!« Sie wußte, daß das als wohlwollende Geste gemeint war, die ihn einige Überwindung gekostet hatte. Sie blieb während der Präliminarien des ersten Tages bei Sarah, um ihr bei der Aufnahme und den medizinischen Voruntersuchungen den Rücken zu stärken. Während des Informationsgesprächs, bei dem Sarah nicht viel Neues erfuhr, weil R. J. bereits jede Einzelheit sorgfältig mit ihr durchgegangen war, wartete R. J. vor der Tür und blätterte in einer zwei Monate alten *»Times«*.

Die letzte Station dieses Tages war ein Behandlungszimmer, wo ihr ein Quellstift eingesetzt wurde.

R. J. starrte abwesend in eine *»Vanity Fair«*, denn sie wußte, daß Sarah jetzt auf dem Behandlungstisch lag, die Fersen in den Fußbügeln, während ihr BethAnn DeMarco, eine Krankenschwester, ein fünf Zentimeter langes Stück Blattang in den Gebärmutterhals einführte. Bei Ersttrimester-Abtreibungen hatte R. J. den Gebärmutterhals stets mit einer Folge immer dicker werdender Stifte aus rostfreiem Stahl gedehnt. Bei Zweittrimester-Abtreibungen war eine größere Öffnung nötig, da eine dickere Kanüle verwendet werden mußte. Der Tang saugte sich über Nacht mit Feuchtigkeit voll und quoll auf, so daß eine weitere Dehnung nicht mehr nötig war.

BethAnn DeMarco begleitete Sarah zur Tür und erzählte R. J. vom Verbleib von einigen Leuten, mit denen sie gearbeitet hatte. »Es kann sein, daß Sie einen schwachen Druck verspüren«, sagte die Schwester beiläufig zu Sarah, »und es kann heute nacht auch zu leichten Krämpfen kommen.«

Von der Klinik fuhren sie in ein Hotel am Charles River. Nachdem sie sich eingetragen und ihre Sachen aufs Zimmer gebracht hatten, entführte R. J. Sarah zu *»Chef Chang's«* zum Abendessen, denn sie hatte vor, sie mit einer duftenden Suppe und Pekingente zu überraschen und abzulenken. Die Überraschung und Ablenkung gestalteten sich jedoch schwierig, weil Sarah zunehmend Beschwerden bekam. Die Ingwer-Eiskrem mußten sie stehenlassen, denn aus dem »schwachen Druck«, den Schwester DeMarco erwähnt hatte, wurden heftige Krämpfe.

Als sie endlich in ihrem Hotelzimmer angekommen waren, sah Sarah blaß und abgekämpft aus. Sie holte den kristallenen Herzstein aus ihrer Tasche und legte ihn auf den Nachttisch, so daß sie ihn sehen konnte, dann rollte sie sich in ihrem Bett wie ein Ball zusammen und versuchte, nicht zu weinen.

R. J. gab ihr Kodein, und schließlich streifte sie ihre Schuhe ab und legte sich neben das Mädchen, obwohl sie befürchtete, zurückgewiesen zu werden. Doch Sarah kuschelte sich an ihre Schulter, als R. J. den Arm um sie legte.

R. J. streichelte ihr die Wange und strich ihr über die Haare. »Weißt du, Kleine, irgendwie wünsche ich mir fast, du wärst bis jetzt nicht ganz so kerngesund gewesen. Wenn du dir ein paar Zahnfüllungen hättest machen lassen müssen oder wenn man dir die Mandeln oder den Blinddarm herausgenommen hätte, dann wüßtest du jetzt, daß Dr. Ustinovich sich gut um dich kümmern und alles bald vorbei sein wird. Nur noch morgen, und dann ist es vorbei«, sagte sie, klopfte Sarah sanft auf den Rücken und wiegte sie sogar ein bißchen hin und her. Es schien das Richtige zu sein, und die beiden blieben lange so aneinandergeschmiegt liegen.

Am nächsten Morgen waren sie früh in der Klinik. Les Ustinovich hatte seinen Morgenkaffee noch nicht gehabt und begrüßte sie nur mit einem Nicken und einem Grunzen. Während er sich seine Koffeindosis verpaßte, führte Schwester DeMarco Sarah und R. J. in das Behandlungszimmer und brachte die Schwangere auf dem Tisch in Position.

Sarah war blaß und steif vor Anspannung. R. J. hielt ihre Hand, während DeMarco den parazervikalen Block, eine Injektion von zwanzig Kubikzentimetern Lidocain, verabreichte, und dann mit der Infusion begann. Unglücklicherweise setzte die Schwester die Infusionsnadel ein paarmal vergebens an, bevor sie die Vene fand, und Sarah umklammerte R. J.s Hand so fest, daß es schmerzte. »Gleich fühlst du dich besser«, sagte R. J., während DeMarco die intravenöse Sedierung mit hundert Mikrogramm Fentanyl begann.

Les Ustinovich kam herein und sah ihre miteinander verschweißten Hände. »Ich glaube, Sie gehen jetzt besser ins Wartezimmer, Dr. Cole.«

R. J. wußte, daß er recht hatte. Sie zog ihre Hand zurück und küßte Sarah auf die Wange. »Bis bald!«

Im Wartezimmer setzte sie sich zwischen einem Mann, der konzentriert an seiner Nagelhaut knabberte, und einer Frau, die abwesend in einem zerfledderten *»Redbook«*-Exemplar blätterte, auf einen harten Stuhl. Sie hatte sich ein *»New England Journal of Medicine«* mitgebracht, doch die Lektüre fiel ihr schwer. Sie war gründlich vertraut mit dem Ablauf der Prozedur und wußte genau, was in jedem Augenblick mit Sarah passierte. Die Kürettage erfolgte in zwei Absaugvorgängen. Der erste hieß »die lange Sitzung« und dauerte etwa eineinhalb Minuten. Nach einer Pause folgte eine zweite, kürzere Absaugung, bei der etwaige noch verbliebene Reste entfernt wurden. R. J. hatte kaum Zeit gehabt, einen Artikel ganz zu lesen, als Les Ustinovich schon vor die Tür trat und ihr winkte.

Als Arzt kannte er nur ein Verhalten: schonungslose Offenheit. »Die Abtreibung ist vollzogen, aber ich habe die Gebärmutter perforiert.«

»Mein Gott, Les!«

Er warf ihr einen eisigen Blick zu, der sie zur Vernunft brachte.

Zweifellos fühlte er sich schon schlecht genug, da bedurfte es kein Salz in der Wunde.

»Sie hat im falschen Augenblick gezuckt. Gott weiß, daß sie keine Schmerzen verspüren konnte, aber sie war ein Nervenbündel. Die Gebärmutterperforation passierte ausgerechnet an einer Stelle, wo eine fibromatöse Veränderung sitzt, es hat also einige Gewebsrisse gegeben. Sie blutet stark, aber das wird schon wieder. Wir haben sie versorgt, und der Krankenwagen ist schon unterwegs.«

Von da an lief für R. J. alles in Zeitlupe ab, so als würde sie sich plötzlich unter Wasser bewegen.

Während ihrer Tätigkeit in dieser Klinik war ihr nie eine Perforation unterlaufen, aber sie hatte immer nur Schwangere bis zum dritten Monat behandelt. Perforationen kamen höchst selten vor, und sie machten eine chirurgische Intervention nötig. Zum Glück war das Lemuel Grace Hospital nur wenige Minuten entfernt. Der Krankenwagen traf sogar so schnell ein, daß R. J. kaum mehr Zeit hatte, Sarah zu beruhigen und zu trösten.

Auf der kurzen Fahrt saß sie hinten bei Sarah, die sofort nach der Einlieferung in den Operationssaal gefahren wurde.

R. J. mußte nicht erst einen Chirurgen verlangen. Um Sarah kümmerte sich ein Gynäkologe, den R. J. dem Namen nach kannte, Sumner Harrison. Er hatte einen sehr guten Ruf, man durfte also das Beste hoffen.

Das Hospital, das ihr früher so vertraut gewesen war, kam R. J. ein wenig fremd vor. Viele unbekannte Gesichter. Zwei alte Bekannte lächelten und grüßten sie flüchtig, als sie im Korridor an ihr vorbeieilten.

Aber sie wußte noch, wo sich die Telefone befanden. Sie hob einen Hörer ab, zog ihre Kreditkarte durch den Schlitz und wählte die Nummer.

Nach dem zweiten Klingelzeichen meldete er sich.

»Hallo, David, hier ist R. J.«

Den Berg hinunter

Als David in Boston ankam, hatte Sarah die Operation bereits hinter sich, und es ging ihr den Umständen entsprechend gut. Er saß an ihrem Bett und hielt ihre Hand, während sie allmählich aus der Narkose erwachte.

Zuerst weinte sie, als sie ihn sah, und schaute ihn argwöhnisch an. Aber R. J. hatte das Gefühl, daß er sie genau richtig behandelte. Er war zärtlich und tröstend, und es gab kein Anzeichen, daß er seinen Durst nicht völlig unter Kontrolle hatte.

R. J. hielt es für das beste, die beiden eine Weile allein zu lassen. Da sie in allen Einzelheiten wissen wollte, was passiert war, rief sie BethAnn DeMarco an und fragte sie, ob sie sich zum Abendessen treffen könnten. BethAnn hatte Zeit, und sie trafen sich in einem kleinen mexikanischen Restaurant in Brookline, gleich in BethAnns Nachbarschaft.

»Das war vielleicht ein Vormittag, was?« sagte DeMarco.

»Ja, was für ein Vormittag!«

»Ich kann den *arroz con pollo* empfehlen, der ist sehr gut«, sagte BethAnn. »Les geht es schlecht. Er redet zwar nicht darüber, aber ich kenne ihn. Ich arbeite jetzt seit vier Jahren in der Klinik, und das ist erst die zweite Perforation, die ich gesehen habe.«

»Wem ist die andere passiert?«

BethAnn machte ein verlegenes Gesicht. »Zufällig auch Les. Aber die war so winzig, daß eine Operation nicht nötig war. Wir mußten die Patientin nur verbinden und heim ins Bett schicken. Für die Geschichte heute morgen konnte Les nichts. Das Mädchen hat unwillkürlich gezuckt, wie so'n heftiger Hüftschwung, und die Kürette hat den Uterus durchstoßen. Dem Arzt, der sie bei euch zu Hause untersucht hat…«

»Daniel Noyes.«

»Also, Dr. Noyes kann man auch keinen Vorwurf machen – daß er das Fibrom übersehen hat, meine ich. Es war nicht groß und steckte in einer kleinen Gewebefalte, wo es unmöglich zu sehen war. Wenn es sich nur um die Perforation oder um die Behandlung des Fibroms gehandelt hätte, wäre die ganze Geschichte einfacher gewesen. Wie geht's ihr denn?«

»Scheint alles in Ordnung zu sein.«

»Ende gut, alles gut. Für mich den *arroz con polio*, und Sie?«

R. J. war es egal, und sie bestellte ebenfalls *arroz con polio.*

Erst später an diesem Abend, als R. J. und David allein waren, brachte er die harten Fragen vor, die sie nur schwer beantworten konnte.

»Was, zum Teufel, hast du dir denn dabei gedacht, R. J.? War dir denn nicht klar, daß du die Sache mit mir hättest besprechen müssen?«

»Ich wollte es ja, aber Sarah hat es mir verboten. Es war ihre Entscheidung, David.«

»Sie ist doch noch ein Kind!«

»Manchmal macht eine Schwangerschaft aus einem Mädchen eine Frau. Sie ist eine siebzehnjährige Frau, und sie hat darauf bestanden, ihr Problem allein zu lösen. Sie war bei einem Richter, der entschieden hat, daß sie reif genug ist, die Schwangerschaft ohne deine Einwilligung zu beenden.«

»Ich nehme an, du hast ihr den Termin bei dem Richter besorgt?«

»Auf ihre Bitte hin, ja.«

»Verdammt, R. J. Du hast dich verhalten, als wäre ihr Vater ein Fremder für dich.«

»Das ist ungerecht.«

Als er nichts darauf erwiderte, fragte sie ihn, ob er bis zu Sarahs Entlassung aus dem Krankenhaus in Boston bleiben werde.

»Natürlich.«

»Ich habe Patienten, die auf mich warten. Ich werde also zurückfahren.«

»Ja, tu das!« sagte er.

Drei Tage lang regnete es heftig in den Hügeln, aber an dem Tag, als Sarah nach Hause kam, schien warm die Sonne, und ein sanfter Wind trug den würzigen Geruch des sommerlichen Waldes in den Ort. »Was für ein Tag, um mit Chaim auszureiten!« rief Sarah. Es freute R. J., sie lächeln zu sehen, doch das Mädchen war blaß und sah müde aus.

»Das kommt überhaupt nicht in Frage. Du bleibst im Bett und ruhst dich noch ein paar Tage aus! Verstanden?«

Sarah lächelte. »Ja.«

»So hast du wenigstens Gelegenheit, dir mal wieder richtig schlimme Musik anzuhören.« Sie hatte ihr die neueste CD von Pearl Jam gekauft, und Sarahs Augen wurden feucht, als R. J. sie ihr gab.

»R. J., ich werde nie vergessen…«

»Schon gut! Paß jetzt gut auf dich auf, Kleines, und sieh zu, daß du dein Leben wieder in den Griff kriegst! Ist er noch immer wütend?«

»Er wird drüber hinwegkommen. Bestimmt. Wir müssen einfach nur ganz lieb zu ihm sein.«

»Du bist ein großartiges Mädchen.« R. J. küßte sie auf die Wange. Sie beschloß, unverzüglich mit David zu reden, und ging deshalb hinaus auf den Hof, wo er Heuballen von seinem Pick-up ablud. »Kommst du bitte morgen abend zu mir zum Essen? Allein?«

Er sah sie an und nickte dann. »In Ordnung.«

Am nächsten Morgen kurz nach elf Uhr wollte R. J. sich eben auf den Weg nach Greenfield machen, um im Krankenhaus zwei Patienten zu besuchen, als das Telefon klingelte.

»R. J., Sarah hier. Ich blute.«

»Viel oder wenig?«

»Viel. Sehr viel.«

»Ich bin gleich da.« Sie rief zuerst den Krankenwagen an.

Stundenlang hatte Sarah brav und, wie es sich für eine Kranke gehört, in dem alten gepolsterten Schaukelstuhl neben den

Honiggläsern auf der Veranda gesessen und die Umgebung beobachtet: Eichhörnchen, die auf dem Scheunendach Tauben verfolgten, zwei Hasen, die einander jagten, ihren Nachbarn Mr. Riley in seinem verrosteten blauen Pick-up, ein großes und obszön fettes Waldmurmeltier, das in der nordwestlichen Ecke der Weide Klee äste.

Sie sah, wie das Murmeltier tolpatschig in seinen Bau unter dem Steinmäuerchen flüchtete, und Augenblicke später wußte sie auch, warum, denn aus dem Wald trottete ein Schwarzbär. Es war ein kleiner Bär, wahrscheinlich erst in der letzten Saison geboren, aber das Pferd nahm seine Witterung auf. Chaim hob den Schwanz und begann verängstigt und laut wiehernd zu tänzeln.

Auf das Geräusch hin flitzte der Bär wieder in den Wald, und Sarah mußte lachen.

Aber dann traf Chaim mit der Schulter den einzigen schlechten Pfosten des Stacheldrahtzauns. Alle anderen Pfosten bestanden aus frischgeschlagenem Scheinakazienholz, das der Feuchtigkeit jahrelang widerstand. Nur dieser eine war aus Fichtenholz, und er war auf Bodenhöhe so stark angefault, daß er, als das Pferd dagegenstieß, beinahe geräuschlos umfiel und Chaim über das nun flachliegende Zaunstück springen konnte.

Auf der Veranda stellte Sarah ihre Kaffeetasse ab und stand auf. »Verdammt! Heh, Chaim, sei artig!« rief sie. »Bleib, wo du bist, du Flegel!«

Sie schnappte sich ein Stück altes Seil und einen Futterkübel, in dem noch ein wenig Hafer war, und stieg die Verandatreppe hinunter. Es war ziemlich weit bis zu dem Pferd, und sie zwang sich, langsam über den Hof zu gehen.

»Komm her, Chaim!« rief sie. »Komm, und hol's dir, Junge!«

Sie trommelte mit den Fingern auf den Futtereimer. Normalerweise reichte das, um das Pferd anzulocken, aber es hatte noch die Bärenwitterung in den Nüstern und trottete ein Stückchen die Straße hoch.

»Verdammt!«

Nun wartete Chaim auf sie, drehte sich aber um, so daß er den

Waldrand beobachten konnte. Er hatte bei ihr nie ausgeschlagen, aber sie wollte kein Risiko eingehen und näherte sich ihm vorsichtig von der Seite, den Eimer vor sich ausgestreckt.

»Friß, du alter Trottel!«

Als er den Kopf in den Eimer senkte, ließ sie ihn ein Maulvoll fressen und legte ihm dann das Seil um den Hals. Sie verknotete es nicht, aus Angst, er könne noch einmal durchgehen, worauf sich das Seil irgendwo verfangen und ihn würgen würde. Am liebsten hätte sie sich auf ihn geschwungen und ihn ohne Sattel geritten. Statt dessen schob sie ihm, die ganze Zeit sanft und beruhigend auf ihn einredend, das Seil über die Ohren und an den Augen vorbei und hielt die Enden mit den Händen zusammen.

Sie mußte ihn an der Lücke im Zaun vorbei bis zum Gatter führen und dann die schweren Balken aus den Halteschlaufen heben, damit er wieder auf die Weide trotten konnte. Anschließend schloß sie das Gatter und überlegte sich eben, wie sie die Schadstelle bis zur Rückkehr ihres Vaters verbarrikadieren solle, als sie sich der Feuchtigkeit, der glänzenden Röte ihrer Beine und der schockierenden Spur, die sie hinterlassen hatte, bewußt wurde, und plötzlich verließen sie alle Kräfte, und sie begann zu weinen.

Als R. J. bei dem Holzhaus ankam, mußte sie sofort erkennen, daß die Handtücher, die Sarah zu Packen zusammengedrückt hatte, völlig unzureichend waren. Auf dem Boden war mehr Blut, als R. J. je für möglich gehalten hätte. Sie nahm an, daß Sarah dort gestanden hatte, weil sie die Bettwäsche nicht ruinieren wollte, dann aber, vermutlich vor Schwäche, aufs Bett gefallen war. Jetzt hingen die Beine vom dunkelrot gefärbten Bett herunter, die Zehen berührten den Boden.

R. J. hob die Füße aufs Bett, entfernte die durchtränkten Tücher und legte frische Kompressen an. »Sarah, du mußt die Beine fest zusammenpressen.«

»R. J.«, sagte Sarah schwach, von sehr weit weg.

Sie war bereits halb im Koma, und R. J. sah, daß sie ihre Muskeln nicht würde kontrollieren können. Mit langen Streifen

Heftpflaster klebte sie Sarahs Beine an Knöcheln und Knien zusammen, stapelte dann Decken aufeinander und lagerte die Beine hoch.

Der Krankenwagen kam kurz darauf. Sarah wurde unverzüglich hineingebracht, und R. J. stieg zusammen mit Steve Ripley und Will Pauli hinten ein und begann sofort mit der Sauerstofftherapie. Während der Wagen mit heulender Sirene durch die Kurven schwankte, begann Ripley mit der Untersuchung. Er brummte, als die Werte der Vitalfunktionen denen entsprachen, die R. J. vor dem Eintreffen der Sanitäter im Haus gemessen hatte.

R. J. nickte. »Sie hat einen Schock.«

Sie legten Sarah die Beine hoch und deckten sie fest zu. Sarahs Gesicht unter der grauen Sauerstoffmaske, die Mund und Nase bedeckte, hatte die Farbe von Pergament.

Zum erstenmal seit langer Zeit versuchte R. J., sich mit jeder Faser ihres Seins direkt an Gott zu wenden.

Bitte, sagte sie, bitte, ich will dieses Kind!

Bitte! Bitte, bitte, bitte! Ich brauche dieses frische, langbeinige Mädchen, dieses lustige, wunderschöne Mädchen, diese mögliche Tochter. Ich brauche sie.

Sie zwang sich, die Hände Sarahs in die ihren zu nehmen, und dann konnte sie sie nicht mehr loslassen, denn sie spürte, wie der Sand aus dem Stundenglas rieselte.

Sie konnte nichts tun, um das zu verhindern, konnte den Lauf der Dinge nicht mehr aufhalten. Sie konnte nur an der Sauerstoffversorgung herumschrauben, damit auch ja die optimale Mischung in die Maske strömte, und Will bitten, im Krankenhaus geeignetes Blut für eine Transfusion anzufordern.

Als der Krankenwagen aus Woodfield die Notaufnahme erreichte und die wartenden Pfleger die Heckklappe öffneten, erschraken sie; beschämt und verunsichert starrten sie R. J. an, die Sarahs Hände nicht loslassen konnte. Sie hatten noch nie erlebt, daß ein Krankenwagen eine am Boden zerstörte Ärztin zu ihnen brachte.

Der Eisblock

Steve Ripley rief Mack McCourtney an und bat ihn, David Markus zu suchen und ihn ins Krankenhaus zu bringen.

Paula Simms, die Ärztin in der Notaufnahme, bestand darauf, R. J. ein Beruhigungsmittel zu geben. Dadurch wurde R. J. sehr still und abwesend, doch gegen ihr Entsetzen wirkte das Mittel nicht. Sie saß wie erstarrt neben Sarah und hielt ihr die Hand, als David mit stierem Blick ins Zimmer stürzte.

Er sah R. J. nicht an. »Laß uns allein!«

R. J. ging in den Warteraum. Nach einer Weile kam Paula Simms zu ihr.

»Er besteht darauf, daß Sie heimfahren. Ich glaube, das ist das beste, R. J. Er ist sehr... Sie wissen schon, aufgeregt.«

Unerträglich schmerzhaft drang die Wahrheit in ihr Bewußtsein. Es konnte nicht sein, daß Sarah für immer fehlen würde, einfach nicht mehr da war. Das einzusehen fiel ihr schwer, und jeder Gedanke, jeder Atemzug tat ihr weh.

Plötzlich war der Eisblock, in dem sie nach Charlie Harris' Tod gelebt hatte, wieder da.

Am Nachmittag rief sie das erste Mal bei David an. Danach probierte sie es alle fünfzehn und zwanzig Minuten. Doch jedesmal hörte sie seine Stimme nur vom Anrufbeantworter, indem sie ihr ach so professionell, ach so entspannt für ihren Anruf bei der Woodfield Immobiliengesellschaft dankte und sie bat, eine Nachricht zu hinterlassen.

Am nächsten Morgen fuhr sie zu seinem Haus, vielleicht saß er dort allein herum und ging nicht ans Telefon.

Will Riley, Davids Nachbar von weiter unten an der Straße, rammte eben einen neuen Zaunpfosten in die Erde.

»Ist er zu Hause, Mr. Riley?«

»Nein. Hab heute morgen einen Zettel von ihm an meiner Tür gefunden. Ob ich mich nicht ein paar Tage lang um seine Tiere kümmern könnte. Da hab ich mir gedacht, du kannst ihm wenigstens seinen Zaun reparieren. Schon ein verdammtes Unglück, nicht, Dr. Cole?«

»Ja. Ein verdammtes Unglück.«

»Dieses wunderbare kleine Mädchen.«

Sarah!

Was war mit David los? Wo war er?

Im Haus war alles noch genauso, wie sie und die Krankenwagenbesatzung es hinterlassen hatten. Nur das Blut war zu einer dicken Kruste vertrocknet. Sie zog das Bett ab und steckte die Wäsche in einen Müllbeutel. Mit Davids Gartenspaten kratzte sie den entsetzlichen Pudding vom Boden, trug das Blut dann in einem Plastikeimer in den Wald und vergrub es. Dann suchte sie sich Davids Wurzelbürste und die Kernseife und schrubbte den Boden, bis das Wasser, mit dem sie nachspülte, immer weniger rot und schließlich klar wurde.

Unter dem Bett fand sie die Katze.

»Ach, Agunah.«

Sie hätte sie gern gestreichelt, sie an sich gedrückt, aber das Tier starrte sie an wie eine in die Ecke getriebene Löwin.

Sie mußte schnell heimfahren, um noch duschen zu können und dann rechtzeitig vor Sprechzeitbeginn in der Praxis zu sein.

Es war bereits mitten am Nachmittag, als sie Toby im Gang über den Weg lief und erfuhr, was die halbe Stadt bereits wußte, daß nämlich David Markus seine Tochter nach Long Island gebracht hatte, um sie dort zu beerdigen.

Danach saß sie an ihrem Tisch und versuchte, das Krankenblatt ihres nächsten Patienten zu entziffern, aber die Buchstaben und Worte verschwammen hinter einem tiefen wäßrigen Funkeln. Schließlich tat sie etwas, was sie noch nie zuvor getan hatte. Sie bat Toby, sie bei den Patienten zu entschuldigen und ihnen neue Termine zu geben. Sie habe furchtbare Kopfschmerzen.

Zu Hause setzte sie sich in der Küche auf einen Stuhl. Das Haus war sehr still. Sie saß einfach nur da.

Für vier Tage sagte sie alle Termine ab. Sie ging viel spazieren, verließ das Haus und wanderte einfach los, auf dem Pfad, über die Felder, die Straße entlang, ohne zu wissen, wohin, so daß sie manchmal unvermittelt hochschrak und sich überrascht umsah: Wie um alles in der Welt bin ich hierhergekommen?

Sie rief Daniel Noyes an, und sie trafen sich zu einem verlegenen, kummervollen Mittagessen.

»Ich habe sie sorgfältig untersucht«, sagte er ruhig. »Ich konnte wirklich keine Abnormität sehen.«

»Sie trifft keine Schuld, Dr. Noyes. Das weiß ich.«

Er sah sie lange und prüfend an. »Auch Sie trifft keine Schuld. Wissen Sie das?«

Sie nickte.

Er seufzte. »Ja, es ist immer schwer, einen Patienten zu verlieren, nicht wahr, R. J.? Und es wird nicht einfacher, egal, wie lang man schon praktiziert. Aber wenn man jemanden verliert, der einem viel bedeutet…« Er schüttelte den Kopf. »Das kann einem schon jeden Mut nehmen.«

Draußen vor dem Restaurant küßte er sie auf die Wange, bevor er sich umdrehte und zu seinem Auto ging.

Schlafprobleme hatte R. J. keine. Im Gegenteil, nachts versank sie in einen tiefen, traumlosen Schlaf, der ihre Zuflucht darstellte. Morgens lag sie dann in Embryonalhaltung unter der Decke und konnte sich lange nicht rühren.

Sarah.

Ihr Verstand sagte ihr, daß sie keine Schuldgefühle zulassen durfte, aber sie spürte auch, daß dieses Schuldbewußtsein unentwirrbar mit ihrem Kummer verwoben war und von nun an ein Teil von ihr sein würde.

Sie sah ein, daß es besser war, David zuerst zu schreiben, bevor sie versuchte, mit ihm zu reden. Es war ihr wichtig, daß er begriff, Sarahs Tod hätte ebensogut die Folge einer Blinddarmoperation oder einer Darmresektion sein können. Daß es bei keinem chirurgischen Eingriff hundertprozentige Sicherheit gab. Daß die Abtreibung Sarahs ganz persönlicher Entschluß gewesen war und daß sie sie hätte vornehmen lassen, auch wenn R. J. nicht versprochen hätte, ihr zu helfen.

R. J. wußte, es würde David nur wenig trösten, wenn man ihm sagte, daß auch die sichersten invasiven Prozeduren ein gewisses Sterberisiko beinhalten. Daß Sarah, indem sie die Abtreibung der Schwangerschaft vorzog, ihre Überlebenschancen erhöhte, da in den Vereinigten Staaten durchschnittlich eine von 14 300 Frauen, die ihr Kind austragen, stirbt, dagegen nur eine von 23 000 Frauen, die abgetrieben haben. Und daß sowohl eine Schwangerschaft als auch eine Abtreibung äußerst geringe Risiken darstellen, vergleicht man sie mit dem Sterberisiko von eins zu sechstausend, sobald ein Mensch sich in ein Auto setzt.

Sarahs Tod als Folge einer legalen Abtreibung war eine Ausnahme. Eine äußerst selten vorkommende Ausnahme.

Sie begann Brief um Brief, bis sie schließlich einen fertigschrieb, der sie zufriedenstellte, und mit dem fuhr sie zum Postamt.

Doch anstatt ihn aufzugeben, zerriß sie ihn und warf ihn in den Abfallkorb. Sie erkannte, daß sie ihn ebenso für sich wie für David geschrieben hatte. Was konnte ein solcher Brief denn schon bewirken? Was scherte sich David um Statistiken? Sarah war nicht mehr da.

Und David ebenfalls nicht.

Vermächtnisse

Die Tage vergingen, doch R. J. hörte nichts von David. Sie rief Will Riley an und fragte ihn, ob er wisse, wann sein Nachbar zurückkomme.

»Nein, ich habe keine Ahnung. Das Pferd hat er verkauft, wissen Sie das? Telefonisch. Ich habe von ihm einen Brief bekommen, per Expreß, und ich mußte gestern um vier drüben sein, damit der neue Besitzer das Pferd abholen konnte.«

»Die Katze nehme ich«, sagte R. J.

»Das wäre gut. Sie ist in meiner Scheune. Ich habe schon vier Katzen.«

Also holte sie Agunah ab und nahm sie mit nach Hause. Agunah stolzierte durch das ganze Anwesen und inspizierte alles mit hochmütigem Argwohn, von der Schwanzspitze bis zu den Schnurrhaaren eine Königin auf Besuch. R. J. hoffte, daß David bald heimkommen und sie abholen würde. Zwischen ihr und der Katze war nie eine wirkliche Beziehung entstanden.

Einige Tage später unterhielt sie sich mit Frank Sotheby vor seinem Laden, und der warf die Frage auf, ob wohl ein anderer Immobilienmakler in den Ort ziehen und Dave Markus' Stelle einnehmen werde.

»Ich war überrascht, als ich hörte, daß er sein Haus zum Verkauf ausgeschrieben hat«, sagte er und musterte sie eingehend.

»Soweit ich weiß, kümmert Mitch Bowditch aus Shelburne Falls sich darum.«

R. J. fuhr auf dem Mohawk Trail nach Shelburne Falls zum Mittagessen und schaute dann im dortigen Maklerbüro vorbei.

Bowditch war ein freundlicher Mann, ungezwungen im Umgang. Mit ehrlichem Bedauern in der Stimme sagte er ihr, daß er weder eine Adresse noch eine Telefonnummer von David Markus habe. »Ich besitze nur einen Brief, in dem er mich ermächtigt, den Grund und das Haus mit allem Inventar zu verkaufen – und die Nummer eines New Yorker Bankkontos, auf das ich das Geld überweisen soll. David will, daß ich es schnell an den Mann bringe. Er ist ein wirklich guter Immobilienmakler, und er hat den Preis eher niedrig angesetzt. Ich glaube, ich kann es ziemlich schnell verkaufen.«

»Falls er anrufen sollte, wären Sie dann so freundlich, ihm zu sagen, er soll sich mit mir in Verbindung setzen?« sagte R. J. und gab ihm ihre Karte.

»Sehr gerne, Doctor«, erwiderte Bowditch.

Nach drei Tagen lief die Katze davon.

R. J. suchte die Laurel Hill Road ab und durchstreifte auf dem Pfad den Wald.

»Aagunaaah!« rief sie immer wieder.

Sie dachte an all die Tiere, die eine Hauskatze als willkommene Mahlzeit betrachten würden, die Rotluchse, Kojoten, Pumas und die großen Raubvögel. Doch als sie nach Hause zurückkam, entdeckte sie auf ihrem Anrufbeantworter eine Nachricht: Muriel, Will Rileys Frau, teilte ihr mit, daß die Katze quer über die Hügel in ihre Scheune zurückgefunden habe.

R. J. holte Agunah noch einmal ab, doch zwei Tage später lief das Tier wieder zu den Rileys.

Noch dreimal machte die Katze sich aus dem Staub.

Inzwischen war es Ende September. Will lächelte sie mitleidig an, als sie wieder einmal ihren störrischen Gast abholen wollte. »Wir haben nichts dagegen, wenn Sie sie einfach dalassen«, sagte er, und R. J. war sofort einverstanden.

Trotzdem fiel ihr die Trennung nicht leicht. »Shalom, Agunah!« sagte sie, doch die verdammte Katze gähnte sie nur an.

Auf der Rückfahrt kam sie an Davids Holzhaus vorbei und sah, daß ein neuer blauer Jeep mit New Yorker Nummer auf dem Hof stand.

David?

Sie parkte hinter dem Jeep, doch als sie an die Haustür klopfte, öffnete ihr Mitch Bowditch. Hinter ihm stand ein Mann mit braungebranntem Gesicht, schütterem graumeliertem Haar und einem buschigen Schnurrbart.

»Hallo. Kommen Sie doch herein, und lernen Sie einen anderen Arzt kennen!« Er stellte sie vor. »Dr. Roberta Cole. Dr. Kenneth Dettinger.« Dettingers Händedruck war freundlich, aber knapp. »Dr. Dettinger hat das Haus soeben gekauft.«

Sie zügelte ihre Reaktion. »Meinen Glückwunsch! Wollen Sie hier praktizieren?«

»Gott bewahre, nein! Ich werde das Haus nur an den Wochenenden und im Urlaub nutzen. Sie kennen das ja.«

Sie kannte es. Er hatte eine Praxis in White Plains, Kinder- und Jugendpsychiatrie. »Viel Streß, lange Arbeitszeit. Dieses Haus hier, das wird der reinste Himmel für mich sein.«

Zu dritt gingen sie hinaus auf den Hinterhof und zur Scheune, vorbei an den sechs Bienenstöcken.

»Werden Sie die Bienen behalten?«

»Nein.«

»Wollen Sie die Stöcke verkaufen?«

»Ach, nehmen Sie sie ruhig! Ich bin froh, wenn Sie sie mir vom Hals schaffen. Ich würde mir hier gern ein Schwimmbecken anlegen, und ich bin allergisch gegen Bienengift.«

Bowditch riet R. J., die Stöcke erst in fünf oder sechs Wochen abzuholen, wenn die Bienen nach dem ersten heftigen Kälteeinbruch in Winterstarre gefallen wären. »Weil wir gerade dabei sind...« Er sah in seiner Inventarliste nach. »...David besitzt noch acht weitere Bienenstöcke, die er an Dovers Apfelplantage vermietet hat. Wollen Sie die auch?«

»Ich denke schon.«

»Ein Haus so zu kaufen, wie ich es tue, bringt einige Probleme mit sich«, sagte Kenneth Dettinger. »In den Schränken hängt Kleidung, Schreibtische und Schubladen müssen ausgeräumt werden. Dabei habe ich keine Frau, die mir helfen könnte, das Haus auf Vordermann zu bringen. Ich bin frisch geschieden, müssen Sie wissen.«

»Tut mir leid.«

»Ach.« Er verzog das Gesicht und hob die Schultern, dann lächelte er ein wenig wehmütig. »Ich muß mir jemanden suchen, der das Haus ausräumt und die Sachen wegbringt.«

Sarahs Kleider.

»Kennen Sie jemanden, den ich für eine solche Arbeit engagieren könnte?«

»Lassen Sie mich das erledigen! Umsonst. Ich ... ich bin eine Freundin der Familie.«

»Das wäre sehr nett. Vielen Dank.« Er betrachtete sie mit Interesse. Er hatte feingeschnittene Züge. Doch sie traute der Kraft nicht, die aus seinem Gesicht sprach. Vielleicht bedeutete sie nur, daß er es gewohnt war, seinen Willen durchzusetzen. »Ich bringe meine eigenen Möbel, aber den Kühlschrank werde ich behalten, der ist erst ein Jahr alt. Wenn Sie irgendwas wollen, nehmen Sie es sich einfach. Und was übrigbleibt... geben Sie es weg, oder beauftragen Sie jemanden mit einem Lastwagen, es auf die Müllkippe zu fahren! Die Rechnung schicken Sie mir.«

»Bis wann wollen Sie das Haus leer haben?«

»Wenn es bis Weihnachten geht, wäre ich sehr dankbar.«

»Na gut.«

Dieser Herbst in den Hügeln war außergewöhnlich schön. Im Oktober verfärbten sich die Blätter, doch es kamen keine Regengüsse, die sie von den Zweigen fegten. Wohin R. J. auch fuhr, in die Praxis, ins Krankenhaus, zu Hausbesuchen, überall verblüffte sie diese Farbenpracht, die in der kalten, kristallklaren Luft schillerte.

Sie versuchte, zu ihrem normalen Lebensrhythmus zurückzufinden und sich wieder stärker auf ihre Patienten zu konzentrieren, aber es kam ihr vor, als würde sie immer ein wenig hinterherhinken. Sie befürchtete schon, ihr ärztliches Urteilsvermögen könne unter ihrem Kummer leiden.

Ein Paar, das ganz in ihrer Nähe wohnte, Prudence und Albano Trigo, hatte einen kranken Sohn. Lucien war zehn Jahre alt und wurde Luke genannt. Er hatte keinen Appetit, war kraftlos und litt an starkem Durchfall. Nichts schien zu helfen, sein Zustand besserte sich nicht. R. J. machte eine Sigmoidoskopie, schickte ihn zur radiologischen Magen-Darm-Passage, ja sogar zur Kernspintomographie.

Nichts.

Der Junge wurde immer schwächer. R. J. überwies ihn zu einem Gastroenterologen nach Springfield, doch auch der konnte nichts finden.

Eines späten Nachmittags ging sie auf ihrem, jetzt von raschelndem Laub bedeckten Waldpfad spazieren. Am ersten Biberteich angekommen, sah sie eines der Tiere, das behende wie eine kleine Robbe unter Wasser davonflitzte.

Überall am Catamount gab es Biberkolonien. Und der Fluß floß auch durch das Anwesen der Trigos.

Sie lief zu ihrem Auto und fuhr zu den Nachbarn. Lucien lag auf der Couch im Wohnzimmer und sah fern.

»Luke, bist du diesen Sommer schwimmen gegangen? Im Fluß?«

Er nickte.

»Bist du auch in den Biberteichen geschwommen?«

»Klar.«

»Hast du das Wasser getrunken?«

Prudence Trigo hörte aufmerksam zu.

»Ja, manchmal«, sagte Lucien. »Es ist doch so sauber und kalt.«

»Es sieht nur sauber aus, Luke. Ich schwimme selber drin. Aber mir ist gerade eingefallen, daß Biber und andere wilde Tiere wahrscheinlich ins Wasser defäkieren und urinieren.«

»Defäkieren und …«

»Scheißen und pissen«, sagte Pru zu ihrem Sohn. »Dr. Cole meint, daß sie ins Wasser scheißen und pissen, und du trinkst es dann.« Sie wandte sich an R. J. »Glauben Sie, daß es daher kommt?«

»Ich halte es für möglich. Tiere verunreinigen das Wasser mit Parasiten. Wenn jemand das Wasser trinkt, vermehren sich in ihm die Parasiten und bilden eine Art Belag im Darm, so daß der keine Nahrung mehr verarbeiten kann. Ganz sicher können wir erst sein, wenn ich eine Stuhlprobe ins staatliche Labor geschickt habe. In der Zwischenzeit gebe ich ihm ein starkes Antibiotikum.«

Die Testergebnisse, die sie einige Tage später erhielt, zeigten, daß es in Luciens Verdauungstrakt nur so wimmelte von *Lamblia intestinalis* und daß er auch Spuren von anderen Parasiten aufwies. Binnen zwei Wochen aß der Junge wieder, und sein Durchfall war verschwunden. Einige Wochen später ergab ein zweiter Test, daß der Darmtrakt jetzt frei war von Parasiten, und Luciens aufgestaute Energie brach so vehement durch, daß er seiner Mutter schon auf die Nerven ging.

R. J. machte mit ihm aus, daß sie im nächsten Sommer im Big Pond anstatt im Fluß schwimmen und daß sie auch das Seewasser nicht trinken würden.

Die Kälte kam von Kanada herunter, der Todeskuß für alle Blumen bis auf die widerstandsfähigsten Chrysanthemen. Die gemähten Felder mit Stoppeln, die an den Haarschnitt von Strafgefangenen erinnerten, wurden braun unter der zitronenfahlen Sonne. R. J. gab Will Riley etwas Geld, damit er die Bienenstöcke in seinem Pick-up zu ihrem Haus brachte und sie in ihrem Hof zwischen Haus und Waldrand aufreihte. Doch nachdem sie aufgestellt waren, nahm sie kaum Notiz von ihnen, so sehr war sie mit der Behandlung von Kranken beschäftigt. Sie hatte von den Gesundheitsämtern die Warnung erhalten, daß der diesjährige Grippevirus, A/Bejing 32/92 (H3N2), besonders aggressiv und schwächend sei, und schon seit Wochen hatte Toby ältere Patienten in die Praxis bestellt, damit sie sich einer Vorsorgeimpfung unterzogen. Doch trotz der Impfungen wütete die Epidemie, als sie schließlich zum Ausbruch kam, und plötzlich wurden R. J. die Tage zu kurz. Schon bald konnte sie das ständige Klingeln des Telefons nicht mehr hören. Einigen, deren Infektionen bakteriell zu sein schienen, verschrieb sie Antibiotika, aber den meisten konnte sie nur raten, »Aspirin« zu nehmen, viel Flüssigkeit zu trinken, sich warm zu halten und viel zu schlafen. Toby steckte sich an, aber R. J. und Peg Weiler schafften es, trotz der Arbeitsüberlastung gesund zu bleiben. »Wir beide sind viel zu störrisch, um krank zu werden«, sagte Peg.

So fand sie erst am zweiten Novembertag Zeit, mit Pappkartons zu Davids Haus zu fahren.

Es war, als würde sie nicht nur Sarahs Leben zum Abschluß bringen, sondern auch das Davids.

Während sie Sarahs Kleider zusammenlegte und einpackte, versuchte sie, ihren Verstand auszuschalten. Hätte sie beim Packen auch die Augen schließen können, hätte sie es getan. Wenn ein Karton voll war, brachte sie ihn zum Müllplatz und stellte ihn in den Altkleidercontainer der Heilsarmee.

Lange stand sie vor Sarahs Sammlung von Herzsteinen und überlegte, was sie mit ihnen tun sollte. Sie konnte sie nicht verschenken oder wegwerfen, und so packte sie schließlich alle vorsichtig ein und trug sie zum Auto, als waren es Edelsteine. Ihr Gästezimmer wurde ein Steinmuseum, überall standen Kästen mit Herzsteinen.

Unbarmherzig räumte sie Davids Arzneischränkchen aus; Sarahs »Clearasil« und Davids Antihistamine wanderten auf den Müll. In ihr baute sich eine Kälte David gegenüber auf, weil er sie zwang, so schmerzliche Dinge zu tun. Die Briefe, die sie auf seinem Schreibtisch fand, steckte sie, ohne sie zu lesen, in einen braunen Umschlag, um sie aufzubewahren. In der unteren linken Schreibtischschublade fand sie in einem Papierkarton sein Romanmanuskript, das sie mit nach Hause nahm und ins oberste Fach ihres Kleiderschranks zu ihren alten Halstüchern, den Handschuhen, die nicht mehr paßten, und der Red-Sox-Kappe aus ihrer College-Zeit legte.

An Thanksgiving arbeitete sie, aber die Epidemie war bereits am Abklingen. In der folgenden Woche schaffte sie es, sich zwei Tage freizunehmen und wegen eines wichtigen Anlasses nach Boston zu fahren: Ihr Vater hatte die von der Universität vorgeschriebene Pensionierungsgrenze bereits um zehn Monate überschritten. Jetzt mußte er den Lehrstuhl an der Medical School räumen, den er so viele Jahre innegehabt hatte, und seine Fakultätskollegen hatten R. J. zu dem Dinner eingeladen, das ihm zu Ehren im Union Club gegeben wurde. Es war ein beschaulicher Abend, voller Lob, Sympathie und Erinnerungen. R. J. war sehr stolz.

Am nächsten Morgen lud ihr Vater sie zum Frühstück ins »Ritz« ein. »Geht es dir gut?« fragte er sanft. Über Sarahs Tod hatten sie bereits ausführlich gesprochen.

»Ich bin vollkommen in Ordnung.«

»Was glaubst du, was mit ihm passiert ist?«

Ihr Vater fragte das zaghaft, er wollte sie nicht noch mehr verletzen, doch sie hatte sich die Frage bereits selbst gestellt und wußte, daß sie ihn möglicherweise nie wiedersehen würde. »Ich bin mir sicher, daß er irgendwo an der Flasche hängt.«

Dann erzählte sie ihrem Vater, daß sie ein Drittel des Bankkredits, für den er gebürgt hatte, bereits zurückbezahlt habe, und beide waren froh, das Thema wechseln zu können.

Die Zukunft für Professor Cole sah so aus, daß er die Gelegenheit nutzen wollte, das Lehrbuch zu schreiben, das er schon seit Jahren geplant hatte, und als Gastprofessor an der University of Miami Vorlesungen zu halten gedachte.

»Ich habe gute Freunde in Florida, und ich sehne mich nach Wärme und Sonnenschein«, sagte er und hob die Hände, die vor Arthritis so knorrig waren wie ein Apfelbaum. Er kündigte R. J. an, er wolle ihr nun die Gambe geben, die sein Urgroßvater aus Schottland mitgebracht hatte.

»Was soll ich denn mit ihr anfangen?«

»Vielleicht lernst du, sie zu spielen. Ich spiele inzwischen überhaupt nicht mehr, und ich möchte mit leichtem Gepäck reisen.«

»Schenkst du mir auch Rob J.s Skalpell?« Insgeheim war sie immer sehr beeindruckt gewesen von diesem uralten Familienstück.

Er lächelte. »Das Skalpell nimmt nicht viel Platz weg. Ich behalte es noch. Du bekommst es früh genug.«

»Noch lange nicht, hoffe ich«, sagte sie und beugte sich über den Tisch, um ihn zu küssen.

Die Einrichtung seiner Wohnung wollte er einlagern, und er bat sie, sich zu nehmen, was sie wollte.

»Den Teppich in deinem Arbeitszimmer«, sagte sie sofort.

Er war überrascht. Es war ein unscheinbarer belgischer Teppich, beige und fast schon fadenscheinig, ohne jeden Wert, »Nimm doch den Hamadan aus dem Wohnzimmer! Der ist viel besser als der in meinem Arbeitszimmer.« Aber sie hatte bereits einen schönen Perserteppich und wollte nur etwas, das zu ihrem Vater gehört hatte. Also gingen die beiden in seine Wohnung, rollten den Teppich zusammen und verschnürten ihn. Obwohl sie ihn gemeinsam trugen, jeder an einem Ende, war es eine rechte Plackerei, bis sie ihn nach unten geschafft und im Gepäckraum des »Explorer« verstaut hatten. Die Gambe nahm den gesamten Rücksitz ein, als sie nach Woodfield zurückfuhr.

Sie freute sich über das Instrument und den Teppich, aber es stimmte sie traurig, daß sie beständig Dinge von Leuten erbte, die ihr wichtig waren.

Winterabende

Eines Samstags ging R. J. vormittags eben die letzten der Markusschen Habseligkeiten durch, als Kenneth Dettinger im Holzhaus eintraf. Er half ihr, die Werkzeuge und Küchengeräte zu sortieren.

»Ach, die Schraubenzieher und ein, zwei Sägen würde ich gerne behalten.«

»Okay. Sie haben sie ja bezahlt.«

Offensichtlich hörte sie sich so deprimiert an, wie sie sich fühlte. Er sah sie forschend an. »Was passiert mit dem restlichen Zeug?«

»Sie geben es der Kirche für den Weihnachtsbasar.«

»Ausgezeichnet.«

Eine Weile arbeitete jeder schweigend für sich. »Sind Sie verheiratet?« fragte er schließlich.

»Nein. Geschieden – wie Sie.«

Er nickte. Sie sah Kummer über sein Gesicht huschen, flüchtig wie ein Vogel, einen Augenblick lang sichtbar und schon wieder verschwunden. »Das ist ein verdammt großer Club, was?«

R. J. nickte. »Mit Mitgliedern auf der ganzen Welt«, erwiderte sie.

Sie verbrachte viel Zeit mit Eva, bei der sie sich über die alte Zeit in Woodfield erkundigte, über Ereignisse, die in Evas jungen Jahren passiert waren. Dabei hatte sie immer ein wachsames Auge auf die alte Frau, denn sie war etwas beunruhigt von einem immer deutlicher sichtbaren Nachlassen ihrer Vitalität, einem allmählichen Verfall, der kurz nach dem Tod ihrer Nichte eingesetzt hatte.

Immer und immer wieder fragte R. J. sie nach den Crawford-

Kindern, denn das Geheimnis des kindlichen Skeletts ging ihr nicht mehr aus dem Kopf. Linda Rae Crawford war in ihrem sechsten Lebensjahr gestorben, und Tyrone mit neun, beide vor der Geschlechtsreife. Also konzentrierte R. J. ihre Aufmerksamkeit auf die beiden Geschwister, Barbara Crawford und Harry Hamilton Crawford junior.

»Der junge Harry war ein sanfter Junge, aber nicht für das Leben auf einer Farm geschaffen«, erinnerte sich Eva. »Hatte immer die Nase in einem Buch. Eine Zeitlang studierte er am staatlichen College in Amherst, aber dann wurde er hinausgeworfen, hatte irgendwas mit Glücksspiel zu tun. Er ist einfach weggezogen. Ich glaube, nach Kalifornien oder Oregon. Irgendwo da drüben.« Die andere Tochter, Barbara, sei ein stabilerer Mensch gewesen, sagte Eva.

»War Barbara hübsch? Hatte sie Männer, die... Sie wissen schon, ihr den Hof gemacht haben?«

»Sie war schon recht hübsch, ein sehr nettes Mädchen. Ich weiß nicht mehr, ob sie irgendeinen speziellen Kerl hatte, aber sie ist dann nach Springfield auf die normale Schule gegangen und hat später einen Lehrer namens Sewall geheiratet.«

Offensichtlich verdrossen Eva die vielen Fragen, und R. J.s Anwesenheit wurde ihr allmählich lästig. »Sie haben keine Kinder, mh? Oder einen Mann zu Hause?«

»Nein.«

»Also, da machen Sie einen Fehler. Ich hätte mir einen Mann angeln können, das hätte ich bestimmt getan, wenn ich frei gewesen wäre.«

»Frei? Eva, Sie reden ja, als wären Sie damals eine Sklavin gewesen. Sie waren doch immer frei.«

»Nicht richtig. Ich konnte nicht ausbrechen. Mein Bruder brauchte mich immer auf der Farm«, erwiderte sie steif. Manchmal wurde sie bei solchen Gesprächen sichtlich erregt, und dann zupfte sie am Tischtuch, an der Bettdecke oder an der schlaffen Haut der anderen Hand. Sie hatte ein schweres Leben hinter sich, und R. J. sah, daß die Erinnerung daran sie quälte. Aber auch in ihrem gegenwärtigen Leben gab es zahlreiche und immer größer werdende Probleme. Die freiwilligen Helfer der Kirchengemeinde, die ihre Wohnung sauberhielten und ihr Essen kochten, hatten in der Krise großartig reagiert, aber sie konnten diesen Service nicht längerfristig aufrechterhalten. Marjorie Lassiter wurde ermächtigt, eine Frau zu engagieren, die einmal pro Woche die Wohnung putzte, aber Eva brauchte weiterreichende Pflege, und die Sozialarbeiterin vertraute R. J. an, sie sehe sich schon nach einem Pflegeheim um, das bereit sei, Eva aufzunehmen. Da Eva nörglerisch war und oft laut wurde, hatte R. J. den Verdacht, daß man in den meisten Pflegeheimen versuchen würde, sie ruhigzustellen. Sie sah Schwierigkeiten voraus.

Mitte Dezember gesellte sich zu der Kälte plötzlich der Schnee. Manchmal mummte R. J. sich in dicke Schichten von Kleidern ein und wagte sich mit Langlaufskiern auf ihren Pfad. Der winterliche Wald war still wie eine leere Kirche, aber es gab genug Hinweise auf seine Bewohner. Sie sah die frischen Pfotenabdrücke einer Wildkatze, Spuren von Rotwild verschiedener Größe und eine blutige Stelle voller Fellfetzen im aufgewühlten Schnee. Jetzt brauchte sie David nicht mehr, um zu wissen, daß hier ein Raubtier einen Hasen geschlagen hatte; es waren Kojoten gewesen, ihre Hundespuren waren überall im Umkreis zu sehen.

Die Biberteiche waren zugefroren und schneebedeckt, und der winterliche Fluß rauschte und gurgelte unter, über oder durch eine Sphäre aus Eis. R. J. wäre gerne am Flußufer entlang Ski gelaufen, aber dort endete der Pfad, und sie mußte umkehren und den Weg zurückfahren, den sie gekommen war.

Der Winter war schön in den Wäldern und auf den Feldern, aber schöner wäre es gewesen, in dieser Jahreszeit Gesellschaft zu haben. Sie sehnte sich nach David.

Eigenartigerweise war sie versucht, Tom Kendricks anzurufen und mit ihm über ihre Nöte zu sprechen, aber sie wußte, daß sie auf Tom nicht mehr zählen konnte. Sie fühlte sich einsam, und sie hatte Angst vor der Zukunft. Wenn sie auf ihren Skiern so durch das eisstarrende Weiß lief, kam sie sich wie ein verlorenes Würmchen in dieser weiten Frostlandschaft vor.

Zweimal hängte sie in einem Zwiebelnetz Rindertalg für die Vögel auf, und jedesmal wurde er von einem Rotfuchs gestohlen. Sie sah seine Spuren und gelegentlich sogar ihn selbst zwischen den Bäumen lauern, ein vorsichtiger Dieb. Schließlich schleppte sie eine Leiter zu einer jungen Esche am Waldrand und hängte, nachdem sie auf dem schwankenden Ding in die Höhe geklettert war, ein drittes Talgnetz so hoch, daß der Fuchs es nicht mehr erreichen konnte. Ihre Futterhäuschen füllte sie zweimal täglich mit frischen Körnern, und aus der Geborgenheit ihres Hauses heraus konnte sie die unterschiedlichsten Vögel beim Fressen beobachten: Chickadee-Meisen, Haubenmeisen, verschiedene Kleiber und Finken, einen riesigen, struppigen Specht und ein Pärchen Kardinale. Über das Kardinalmännchen ärgerte sie sich: Es schickte immer zuerst sein Weibchen zum Futterhäuschen, für den Fall, daß dort Gefahr drohte, und das Weibchen gehorchte, ein beständig sich wiederholender potentieller Opfergang.

Werden wir Frauen es je lernen? fragte sich R. J.

Als Kenneth Dettinger anrief, war sie überrascht. Er verbrachte das Wochenende in den Hügeln und fragte sie, ob sie Lust habe, mit ihm zum Essen zu gehen.

Sie öffnete schon die Lippen, um die Einladung abzulehnen, doch dann regte sich in ihr Widerspruch. Du solltest annehmen, sagte sie sich, während der Augenblick sich dehnte und Dettinger auf eine Antwort wartete, bis die Pause peinlich wurde.

»Sehr gerne«, sagte sie dann.

Sie nahm sich Zeit für ihre Toilette und zog ein Kleid an, das sie schon lange nicht mehr getragen hatte. Als er sie abholte, trug er ein Tweedsakko, eine Wollhose, leichte schwarze Wanderschuhe und einen dicken Daunenparka – die Ausgehkluft der Hügelbewohner. Sie fuhren zu einem Restaurant am Mohawk Trail und wählten sorgfältig den Wein aus, bevor sie bestellten. R. J. war nicht mehr an Alkohol gewöhnt, der Wein lockerte sie, und sie entdeckte, daß Kenneth ein interessanter Mann war, ein guter Gesprächspartner. Über einen längeren Zeitraum hinweg hatte er jährlich drei Wochen in Guatemala verbracht und dort Kinder behandelt, die nach der Ermordung eines oder beider Elternteile an einem Trauma litten. Seine Fragen nach ihrer Arbeit in den Hügeln waren kenntnisreich.

Ihr gefiel das Essen, das Gespräch über Medizin und Bücher und Filme, und sie amüsierte sich so, daß es ihr, als er sie nach Hause brachte, ganz natürlich vorkam, ihn noch zum Kaffee einzuladen. Sie bat ihn, im Kamin Feuer zu machen, während sie den Kaffee aufsetzte.

Als er sie küßte, kam ihr auch das natürlich vor, und sie genoß es. Er küßte gut, und sie erwiderte den Kuß.

Aber dann wurden ihre Lippen wie Holz, und sie löste sich von ihm.

»Tut mir leid, Ken. Ich fürchte, es ist einfach nicht der richtige Zeitpunkt.«

Wenn sie sein Ego verletzt hatte, so ließ er es sich nicht anmerken. »Darf ich ein anderes Mal darauf zurückkommen?« Sie zögerte zu lange mit der Antwort, und er lächelte. »Ich werde in Zukunft häufig hier am Ort sein.« Er hob seine Kaffeetasse. »Auf einen besseren Zeitpunkt! Falls du irgendwann Lust bekommst, mich zu sehen, sag mir Bescheid!«

Beim Abschied küßte er sie auf die Wange.

Eine Woche später kam er wieder nach Woodfield, um hier die Weihnachtsfeiertage zu verbringen. In seiner Begleitung waren ein weiterer Mann und zwei sehr attraktive Frauen.

Als R. J. ihnen im Auto auf der Straße begegnete, hupte Ken und winkte.

Den Weihnachtstag verbrachte R. J. bei Eva Goodhue. Sie hatte zu Hause einen kleinen Truthahn gebraten und ihn zusammen mit den Beilagen und einem Schokoladenkuchen zu ihr gebracht, aber Eva fand nur wenig Freude an dem Festmahl. Sie hatte erfahren, daß sie in zwei Wochen in ein Pflegeheim in Northampton eingeliefert werden sollte. R. J. hatte sich das Heim angesehen und Eva versichert, daß es hervorragend sei, aber die alte Frau hatte nur still zugehört und kommentarlos mit dem Kopf genickt.

Als R. J. nach dem Essen das Geschirr wusch, begann Eva zu husten. Und als die Teller im Schrank aufgeräumt waren, war Evas Gesicht heiß und gerötet.

R. J. hatte genügend Erfahrung mit Grippe, um sofort eine solche zu diagnostizieren. Es mußte eine Virusabart sein, die von dem Impfstoff, den Eva erhalten hatte, nicht abgedeckt wurde.

R. J. überlegte, ob sie bei Eva schlafen oder eine der Frauen des Ortes bitten solle, die Nacht bei der Kranken zu verbringen.

Aber Eva war sehr schwach. Schließlich rief R. J. den Sanitätswagen und fuhr mit ihr nach Greenfield, wo sie sie ins Krankenhaus einwies.

Am Tag darauf war sie froh, daß sie es getan hatte, denn die Infektion hatte auf Evas Atemwege übergegriffen. In der Hoffnung, daß es sich um eine bakterielle Lungenentzündung handelte, verordnete R. J. Antibiotika, aber es war eine Virusinfektion, und Eva verfiel sehr schnell.

Tag für Tag wartete R. J. im Krankenzimmer. »Eva«, sagte sie, »Eva, ich bin hier bei Ihnen.«

Sie fuhr zwischen Woodfield und Greenfield hin und her, sie saß an Evas Bett und hielt ihre Hand. Als sie fühlte, wie Evas Lebenslicht langsam erlosch, verabschiedete sie sich ohne Worte von ihr.

Sie verordnete Sauerstoff, um Eva die Atmung etwas zu erleichtern, und als es auf das Ende zuging, Morphium. Zwei Tage vor Neujahr starb Eva.

Die Erde auf dem Friedhof von Woodfield war hart wie Feuerstein, es konnte kein Grab ausgehoben werden. Evas Sarg wurde in eine Aufbewahrungsgruft gestellt. Ihr Begräbnis mußte bis zum Frühjahr warten. In der Congregational Church wurde ein Gedächtnisgottesdienst abgehalten, der nur spärlich besucht war, da in den über zweiundneunzig Jahren nur wenige Leute in der Stadt Eva Goodhue nähergekommen waren.

Das Wetter war grausig, endlos reihten sich Tage aneinander, an denen man nicht einmal einen Hund vor die Tür jagt, wie Toby sagte. R. J. hatte nicht einmal einen eigenen Hund, an den sie sich angesichts der Kälte hätte schmiegen können, und sie erkannte die Gefahr, die ein unablässig grauer Himmel für die Seele darstellte. In Northampton fand sie eine Gambenlehrerin, Olga Melnikoff, eine Frau Mitte Siebzig, die sechsundzwanzig Jahre lang im Boston Symphony Orchestra gespielt hatte. R. J. begann, wöchentlich Stunden zu nehmen, und abends saß sie dann in ihrem stillen, kalten Haus und umklammerte die Gambe mit den Beinen wie einen Liebhaber. Die ersten Bogenstriche verbreiteten tiefe, sonore Schwingungen, die sich in ihrem ganzen Körper ausbreiteten, und bald war sie versunken in das köstliche Geschäft des Musizierens. Mrs. Melnikoff brachte ihr zuerst die Grundbegriffe bei, korrigierte barsch ihre Bogenhaltung und ließ sie immer und immer wieder die Tonleiter spielen. Aber R. J. spielte ja bereits Klavier und Gitarre, und bald beherrschte sie Übungsstücke und ein paar einfache Lieder. Das Gambenspielen gefiel ihr sehr. Wenn sie allein dasaß und spielte, kam sie sich vor, als würde sie von den Generationen von Coles begleitet, die auf diesem Instrument musiziert hatten.

Es war die Zeit für lodernde Feuer im Kamin und kuschelige Abende im Bett. Sie wußte, daß die Tiere draußen im Wald litten. Sie wollte Heu für das Wild streuen, aber Jan Smith redete es ihr aus. »Verschonen wir sie mit unserer Freundlichkeit! Es geht ihnen am besten, wenn wir sie vollkommen in Ruhe lassen«, sagte er, und sie versuchte, nicht an die Vierfüßer und Vögel zu denken, wenn es draußen so kalt war, daß Bäume barsten mit einem Knall wie ein Pistolenschuß.

Das Krankenhaus gab bekannt, daß Ärzte mit einem entsprechenden Modem in wenigen Sekunden Zugriff zu Patientendaten bekommen und den Krankenschwestern per Telefon Anweisungen geben konnten, ohne die lange Fahrt auf der eisglatten Straße nach Greenfield unternehmen zu müssen. Es gab Nächte, in denen R. J. trotzdem ins Krankenhaus mußte, aber sie kaufte sich das Gerät und war dankbar, nun doch wieder einen Teil jener Technologie, die sie in Boston zurückgelassen hatte, zur Verfügung zu haben.

Die großen Feuer, die sie jeden Abend im Kamin entzündete, hielten sie trotz des Windes, der an dem Haus an der Grenze rüttelte, warm. Sie saß vor dem Feuer und las eine Fachzeitschrift nach der anderen, was ihre Weiterbildungslücken zwar nicht ganz schloß, aber doch deutlich verringerte.

Eines Abends ging sie zum Kleiderschrank und holte Davids Manuskript heraus. Sie setzte sich vor den Kamin und begann zu lesen.

Stunden später wurde ihr plötzlich bewußt, daß es kalt geworden war im Zimmer, und sie stand auf, um Holz nachzulegen, auf die Toilette zu gehen und frischen Kaffee zu kochen. Dann setzte sie sich wieder und las weiter. Manchmal kicherte sie, doch öfter weinte sie.

Der Himmel war bereits hell, als sie mit der Lektüre fertig war. Aber sie wollte das Ende der Geschichte erfahren. Der Roman handelte von Farmern, die ihr Leben ändern mußten, weil die Welt sich verändert hatte, die aber nicht wußten, wie sie es tun sollten. Die Zeichnung der Figuren war lebendig, aber das Manuskript unvollendet. R. J. fühlte sich tief berührt, und gleichzeitig hätte sie am liebsten geschrien. Sie konnte sich nicht vorstellen, daß David ein solches Projekt aufgab, solange er sich in der Lage fühlte, es zu vollenden, und sie wußte, daß er entweder schwer krank oder tot war.

Verborgene Bedeutungen

20. Januar

R. J. saß zu Hause und wärmte die Luft mit Musik. Sie hatte das unbestimmte Gefühl, daß dieser Abend ein besonderer war. Ein Geburtstag? Irgendein Jubiläum? Und dann fiel es ihr ein, eine Strophe von Keats, die sie im Literaturkurs am College hatte auswendig lernen müssen.

Sankt-Agnes-Abend –
bittrer Frost war das!
Die Eule blieb trotz
aller aller Federn kalt,
Der Hase hinkte
durchs gefrorne Gras,
Und lautlos war
die Herde heimgewallt.

R. J. hatte keine Ahnung, wie es den Herden ging, aber sie wußte, daß alle Tiere, die keinen Stall hatten, erbärmlich litten.

Schon einige Male hatte sie morgens zwei große wilde Truthennen langsam über die schneebedeckten Felder watscheln sehen. Nach jedem frischen Schneefall hatte sich an der Oberfläche eine eisige Kruste gebildet, so daß der Boden jetzt mit vielen undurchdringlichen Schichten bedeckt war. Die Truthähne und das Rotwild kamen deshalb nicht mehr an das Gras und die Pflanzen, die sie zum Überleben brauchten. Die beiden Truthennen bewegten sich über die Schneefläche wie arthritische Matronen.

R. J. fragte sich, ob die Gabe auch bei Tieren funktionierte.

Aber sie brauchte die Truthennen nicht zu berühren, um zu

wissen, daß sie dem Tod nahe waren. Im Obstgarten nahmen sie ihre letzte Kraft zusammen und versuchten, schwach und ohne Erfolg, hochzuflattern, um an gefrorene Knospen zu kommen.

Sie hielt es nun nicht mehr aus. In der Futtermittelabteilung in Amherst kaufte sie einen großen Sack gestoßenen Mais und streute ihn mit vollen Händen an den Stellen aus, wo sie die Truthennen gesehen hatte.

Jan Smith war erbost. »Jahrtausendelang hat die Natur es ohne Menschen geschafft. Solange der Mensch die Tiere nicht tötet, kommen sie ganz gut ohne seine Hilfe zurecht. Die Stärksten werden überleben«, sagte er. Er ärgerte sich sogar über die Futterhäuschen. »Die sind doch nur dazu da, daß die Leute ihre singenden Lieblinge aus der Nähe betrachten können. Ohne diese Häuschen müßten die Vögel ihren Arsch in Bewegung setzen, um zu überleben, und ein bißchen mehr Anstrengung würde ihnen nicht schaden.«

R. J. war es gleichgültig. Befriedigt sah sie zu, wie die Truthennen und andere Vögel ihre großzügigen Gaben annahmen. Tauben und Fasane kamen, Krähen und Eichelhäher und kleinere Vögel, die sie aus der Entfernung nicht identifizieren konnte. Wenn aller Mais gefressen war oder frischer Schnee auf die Körner gefallen war, streute sie neuen aus.

Aus dem kalten Januar wurde ein frostiger Februar. Wenn die Leute sich nach draußen wagten, dann nur in dicken Schichten wärmender Kleidung: gestrickte Pullover, Daunenmäntel, alte Bomberjacken mit Wollfutter. R. J. trug lange, dicke Unterhosen und eine Wollmütze, die sie sich tief über die Ohren zog.

Das schlechte Wetter weckte den Pioniergeist wieder, der die Leute Jahrhunderte zuvor in die Hügel geführt hatte. Während eines Blizzards stapfte R. J. eines Morgens zu Fuß durch Schneeverwehungen zu ihrer Praxis und stand dann weißgepudert in der Tür. »Was für ein Wetter!« keuchte sie.

»Ja«, erwiderte Toby mit glühendem Gesicht, »ist es nicht großartig?«

Es war ein Monat für warme, herzhafte Mahlzeiten, die man

am besten mit Freunden und Nachbarn teilte, denn der Winter dauerte lange in den Hügeln, und eine Art Hüttenkoller war allgegenwärtig. Über Schüsseln mit dampfendem Chili bei Toby und Jan unterhielt R. J. sich mit Lucy Gotelli, einer Museumskuratorin, über amerikanisches Kunsthandwerk. Lucy sagte, ihr Labor sei in der Lage, das Alter von Objekten ziemlich genau zu datieren, und R. J. erzählte ihr von dem Tontäfelchen, das man bei den Babyknochen in ihrer Wiese gefunden hatte.

»Ich würde es gern sehen«, sagte Lucy. »Im neunzehnten Jahrhundert gab es hier in Woodfield eine Töpferei, die ordentliches unglasiertes Geschirr herstellte. Vielleicht stammt das Täfelchen von dort.«

Einige Wochen später brachte R. J. Lucy das Täfelchen.

Die Kuratorin untersuchte es mit einem Vergrößerungsglas. »Also für mich sieht das wirklich wie ein Produkt der Woodfielder Töpferei aus. Ganz sicher können wir natürlich nicht sein. Jedes Stück war mit einer Markierung gekennzeichnet, den miteinander verschlungenen Buchstaben T und R auf der Unterseite. Falls dieses Täfelchen eine Markierung hatte, ist sie längst verblaßt.« Sie betrachtete neugierig die sieben übriggebliebenen Buchstaben – *ah* und *od*, *u* und dann *ot* – und kratzte dann mit dem Fingernagel an dem *h*. »Komische Farbe. Ist das Tinte, was meinen Sie?«

»Keine Ahnung. Sieht aus wie Blut«, erwiderte R. J. zaghaft, und Lucy lachte.

»Nein. Das ist garantiert kein Blut. Hören Sie, warum lassen Sie es nicht hier? Mal sehen, was ich im Labor herausfinden kann.«

»Okay.« Sie ließ das Täfelchen bei Lucy, obwohl es ihr merkwürdigerweise widerstrebte, es auch nur für kurze Zeit aus der Hand zu geben.

Trotz der Kälte und des tiefen Schnees kratzte eines frühen Morgens ein Lebewesen an R. J.s Haustür. Und dann noch einmal. Sie öffnete die Tür, und zu ihrer Erleichterung trottete nicht ein Bär oder ein Wolf herein, sondern die Katze, die von Zimmer zu Zimmer stolzierte.

»Tut mir leid, Agunah«, sagte R. J. »Sie sind nicht hier.«
Agunah blieb eine knappe Stunde, dann stand sie vor der Tür und wartete, bis R. J. sie hinausließ.
Noch zweimal in dieser Woche kam sie und kratzte an der Haustür, durchsuchte dann ungläubig das Haus und verschwand schließlich wieder, ohne R. J. nur eines Blickes zu würdigen.

Zehn Tage vergingen, bis Lucy Gotelli anrief und sich für die Verzögerung entschuldigte. »Ihr Täfelchen hab ich jetzt untersucht. War eigentlich keine große Sache, aber wir hatten im Museum eine Aufregung nach der anderen, und ich bin erst vorgestern dazu gekommen.«
»Und?«
»Es wurde wirklich in der Woodfielder Töpferei hergestellt. Ich habe die Markierung gefunden. Und ich habe Fragmente der Substanz untersucht, mit der die Buchstaben auf der Oberseite geschrieben wurden. Es ist Kaseinfarbe.«
»Von Kasein weiß ich nur, daß es ein Milchbestandteil ist.«
»Richtig. Kasein ist das Hauptprotein der Milch, der Bestandteil, der stockt, wenn Milch sauer wird. Früher haben die meisten Milchfarmer hier in der Gegend ihre Farbe selbst hergestellt. Sie hatten ja genügend entrahmte Milch, und die gestockte ließen sie trocknen und zerrieben sie dann zwischen Steinen. Das Kasein wurde als Bindemittel benutzt und mit Farbpigmenten, Milch, Eiweiß und ein wenig Wasser vermischt. In Ihrem Fall war das verwendete Pigment Mennige. Die Inschrift ist mit roter Scheunenfarbe aufgemalt worden, eigentlich ein sehr leuchtendes Rot, das sich aber im Lauf der Zeit und durch die chemische Reaktion mit der Erde zu Rostrot verändert hat.«
Sie habe das Täfelchen nur unter ultraviolettes Licht zu legen brauchen, sagte Lucy. Der poröse Ton hatte die Farbe zwar absorbiert, aber unter dem Ultraviolettlicht fluoreszierte sie, indem sie Energie absorbierte und reflektierte.
»Und – konnten Sie die anderen Buchstaben entziffern?«
»Natürlich. Haben Sie einen Stift bei der Hand? Ich lese Ihnen die Inschrift vor.«

Sie diktierte langsam, und R. J. notierte sich die Inschrift auf ihrem Rezeptblock. Als Lucy fertig war, saß sie da, ohne Lidschlag, ja fast ohne zu atmen, und starrte auf das, was sie sich notiert hatte:

ISAIAH NORMAN GOODHUE
Geh in Unschuld
zu Gott
12. Nov. 1915

Harry Crawfords Familie hatte also nichts mit den kleinen Knochen zu tun. R. J. hatte in der falschen Richtung geforscht. Sie versicherte sich in den Annalen der Gemeinde, daß Isaiah Norman Goodhue tatsächlich der Bruder Norm war, mit dem Eva fast ihr ganzes Leben lang allein zusammengelebt hatte.

Doch das bedeutete keine einfache Lösung, sondern warf nur neue Fragen auf, gab Anlaß zu Hypothesen, von denen eine beunruhigender war als die andere.

1915 war Eva ein vierzehnjähriges Mädchen gewesen, zwar schon gebärfähig, aber in vieler Hinsicht doch immer noch ein Kind. Sie und ihr Bruder hatten allein in diesem abgelegenen Farmhaus an der Laurel Hill Road gelebt.

Falls dieses Baby Evas Kind gewesen war, war der Vater dann ein Unbekannter oder ihr eigener Bruder?

Der Name auf dem Tontäfelchen schien diese Frage zu beantworten.

Isaiah Norman Goodhue war dreizehn Jahre älter als seine Schwester. Er hatte nie geheiratet, er verbrachte sein Leben zurückgezogen und bewirtschaftete die Farm allein. Er hatte Eva gebraucht, damit sie für ihn kochte, das Haus in Ordnung hielt und ihm mit den Tieren und auf dem Feld half.

... Und seine anderen Bedürfnisse?

Und wenn Bruder und Schwester die Eltern waren, war Eva dann gezwungen worden? Oder war es eine inzestuöse Liebesgeschichte gewesen?

Welches Entsetzen und welche Bestürzung mußte das

Mädchen angesichts dieser Schwangerschaft empfunden haben!

Und danach. R. J. konnte sich Evas Gefühle vorstellen: verängstigt, von Schuldgefühlen geplagt, weil ihr Kind in ungeweihter Erde lag, mitgenommen von der Geburt und vermutlich ohne Nachsorge oder nur mit ungenügender.

Ganz offensichtlich hatte man die Feuchtwiese des Nachbarn deshalb als Grabstelle gewählt, weil sie wertlos war und deshalb nie umgepflügt würde. Hatten Bruder und Schwester das Kind gemeinsam begraben? Das Tontäfelchen hatte weniger tief in der Erde gelegen als das Skelett. R. J. glaubte, daß Eva es beschriftet hatte, um Namen und Geburtsdatum ihres toten Sohnes aufzuzeichnen – das einzige Andenken, das ihr blieb –, und sich dann zu der Stelle geschlichen hatte, um es über ihrem Baby zu vergraben.

Eva hatte fast ihr ganzes Leben lang von ihrem Haus auf die Feuchtwiese hinuntergesehen. Was hatte sie wohl empfunden, wenn sie Crawfords Kühe dort weiden sah, die in den Morast pißten und koteten?

Mein Gott, war das Kind vielleicht lebend geboren worden?

Nur Eva hätte diese dunklen Fragen beantworten können. Die ganze Wahrheit würde R. J. nie erfahren, und das war auch gut so. Sie wollte das Täfelchen nun nicht mehr im Wohnzimmer ausstellen. Zu deutlich zeugte es von einer Tragödie, spiegelte zu offensichtlich das Leid eines Mädchens vom Lande in tiefer Verzweiflung, und R. J. wickelte es in Packpapier und legte es in die unterste Schublade ihres Wohnzimmerschranks.

Auf dem Pfad

Die Beschäftigung mit der jungen Eva warf einen gespenstischen Schatten auf R. J., den nicht einmal ihr entschlossenes Musizieren aufhellen konnte. Jetzt verließ sie gerne jeden Morgen das Haus, denn sie brauchte dringend den Kontakt mit Menschen, und sie fand ihn bei ihrer Arbeit. Aber auch die Praxis war ein problematischer Ort, weil Tobys ausbleibende Schwangerschaft deren Belastbarkeit im Alltag beeinträchtigte. Sie schien reizbar und aufbrausend, und was noch schlimmer war, R. J. merkte, daß Toby sich ihrer eigenen Unausgeglichenheit bewußt war.

R. J. war klar, daß sie über kurz oder lang mit ihr darüber würde reden müssen, aber Toby war inzwischen weit mehr als nur eine Angestellte und eine Patientin. Die beiden waren enge Freundinnen geworden, und R. J. schob die Konfrontation so lange wie möglich hinaus. Trotz dieser zusätzlichen Belastung blieb sie jeden Tag lange in der Praxis und kehrte nur widerstrebend in ihr stilles Haus, in das einsame Schweigen zurück. Sie fand Trost in der Gewißheit, daß der Winter bald zu Ende gehen würde. Die Schneewälle am Straßenrand schmolzen. Die sich erwärmende Erde saugte das Schmelzwasser auf, und die Sirupkocher begannen wie jedes Jahr, die Ahornbäume anzuzapfen und den kostbaren Saft zu sammeln. Noch im Dezember hatte Frank Sotheby eine mottenzerfressene Skihose und ein Paar alte Tennisschuhe mit Lumpen ausgestopft. Vor seinem Laden hatte er diesen Unterleib zusammen mit je einem Ski und Skistock in einen Schneehaufen gesteckt, so daß es aussah, als sei ein Skifahrer mit dem Kopf voran in diesen Haufen gestürzt. Jetzt schmolz der Blickfang zusammen mit dem Schnee. Als Sotheby die durchweichten Kleidungsstücke entfernte, sagte ihm R. J., dies sei das sicherste Zeichen für den Frühlingsbeginn.

Eines Abends öffnete sie auf das inzwischen schon vertraute Kratzen hin die Tür, und die Katze kam ins Haus und absolvierte ihren üblichen Inspektionsgang.

»Ach, Agunah, bleib doch diesmal bei mir!« sagte R. J., die sich so einsam fühlte, daß sie sogar ein Tier um Gesellschaft anflehte. Aber Agunah stand bald wieder vor der Tür und verlangte ihre Freiheit. Sie huschte hinaus und ließ R. J. allein.

Mit der Zeit freute sie sich sogar über abendliche Anrufe der Notrettung, und sie bot ihre Hilfe gern an, obwohl streng nach Vorschrift die Rettungsmannschaften sie nur rufen sollten, wenn sie mit einer Situation nicht mehr allein zurechtkamen. Der letzte Abend im März brachte auch den letzten Schneesturm. Auf der Landstraße, der Verlängerung der Main Street, schleuderte ein Betrunkener mit seinem »Buick« auf die Gegenfahrbahn und stieß frontal mit einem kleinen Toyota zusammen. Der Toyota-Fahrer prallte gegen das Lenkrad, was zu Rippenbrüchen und der Abtrennung des Brustbeins von den Rippen führte, einem Zustand, den man als Flatterbrust bezeichnet. Bei jedem Atemzug hatte er starke Schmerzen. Schlimmer noch, die abgerissenen Rippen bewegten sich bei der Atmung nicht mehr mit und durchstießen so das Rippenfell.

Die Rettungssanitäter konnten für den Verletzten vor Ort nichts anderes tun, als ihm einen kleinen, flachen Sandsack auf das lädierte Brustbein zu binden, ihm Sauerstoff zu geben und ihn so schnell wie möglich ins Krankenhaus zu schaffen. Als R. J. an der Unfallstelle eintraf, geschah das bereits. Zur Abwechslung hatten diesmal zu viele Rettungssanitäter auf den Notruf reagiert, und auch Toby war da. Die beiden sahen zu, wie die Krankenwagenbesatzung den Mann transportfähig machte, dann aber führte R. J. Toby von den Feuerwehrmännern weg, die Glas und Metall von der Fahrbahn räumten.

Sie gingen ein Stückchen die Straße entlang, blieben dann stehen und schauten zu der Unfallstelle zurück.

»Ich habe viel über dich nachgedacht«, sagte R. J.

Die Nachtluft war kühl, und Toby zitterte leicht in ihrer roten Sanitäterjacke. Das grellgelbe Signallicht des Krankenwagens, das wie ein Leuchtturmfeuer kreiste, erhellte alle paar Sekunden ihr Gesicht. Sie schlang die Arme um den Oberkörper und sah R. J. an.

»Ja?«

»Ja. Es gibt da ein bestimmtes Verfahren, und ich möchte gern, daß du dich dem unterziehst.«

»Was für ein Verfahren?«

»Ein Untersuchungsverfahren. Ich will, daß sich jemand mal genau ansieht, was in deinem Becken los ist.«

»Ein chirurgischer Eingriff? Vergiß es! Hör zu, R. J., ich laß mich nicht aufschneiden. Es gibt eben Frauen, die einfach nicht dazu bestimmt sind, Mutter zu werden.«

R. J. lächelte freudlos.

»Das mußt du gerade mir sagen!« Sie schüttelte den Kopf. »Dazu muß man dich nicht aufschneiden. Heutzutage reichen drei winzige Einstiche im Unterbauch: einen im Nabel und zwei darunter, ungefähr über den Eierstöcken. Man benutzt ein sehr dünnes Faseroptikinstrument mit einer unglaublich empfindlichen Linse, dank der der Arzt alle Einzelheiten sehr genau sehen kann. Wenn nötig, können mit weiteren Spezialinstrumenten auch korrigierende Eingriffe vorgenommen werden – und alles durch diese drei winzigen Einstiche.«

»Müßte ich mich dazu betäuben lassen?«

»Ja. Du bekämst eine Vollnarkose.«

»... Würdest *du* diese Untersuchung ... wie nennt man sie ... machen?«

»Laparoskopie. Nein. Ich kann das nicht machen. Ich würde dich zu Danny Noyes schicken. Er ist sehr gut.«

»Vergiß es!«

R. J. gestattete sich ein kurzes Aufbrausen. »Aber warum? Du willst doch unbedingt ein Kind.«

»Hör mal, R. J.! Du predigst doch die ganze Zeit, daß Frauen das Recht zusteht, selbst zu entscheiden, was mit ihrem Körper geschieht. Und das ist mein Körper. Und ich habe entschieden, mich nur operieren zu lassen, wenn mein Leben oder meine Gesundheit in Gefahr ist – was jedoch offensichtlich nicht der Fall zu sein scheint. Laß mich also mit dieser Geschichte verdammt noch mal in Frieden, ja? Vielen Dank für deine Fürsorge!«

R. J. nickte. »Nichts zu danken«, entgegnete sie traurig.

Im März hatte sie versucht, ohne Skier oder Schneeschuhe in den Wald hinter ihrem Haus zu gehen, aber es war ihr nicht gelungen, denn sie war bis zu den Oberschenkeln im Schnee versunken, der auf dem schattigen Pfad noch nicht zu tauen begonnen hatte. Als sie es im April wieder versuchte, lag zwar noch etwas Schnee, aber sie konnte, wenn auch noch ein wenig mühsam, auf ihm gehen. Der Winter hatte die Wildnis noch wilder gemacht, und der Pfad war wegen der vielen herabgestürzten Äste, die erst weggeräumt werden mußten, unwegsam. Sie hatte das Gefühl, als würde der Waldgeist auf sie herabstarren. Auf einer noch schneebedeckten Stelle entdeckte sie Spuren wie von einem barfüßigen Mann mit breiten Füßen und zehn scharfen Klauen. Aber die großen Zehen lagen außen, und R. J. wußte sofort, daß diese Spuren von einem großen Bären stammten. Sie blies die Backen auf und pfiff, so laut sie konnte, aus irgendeinem Grund *»My Old Kentucky Home«*, auch wenn diese Melodie Bären wohl eher einschläfern als in die Flucht jagen konnte.

An drei Stellen waren Bäume über den Pfad gestürzt. R. J. holte sich eine Bügelsäge aus ihrer Scheune und versuchte mit ihr, die umgestürzten Bäume zu zerkleinern. Schnell merkte sie, daß diese Säge ungeeignet war und die Arbeit viel zu lange dauerte. Für gewisse Dinge brauche ich einfach einen Mann, sagte sie resigniert zu sich.

Ein paar Tage lang überlegte sie, wen sie bitten könnte, ihr gegen Bezahlung den Pfad freizuräumen und ihn vielleicht entlang des Flußufers zu verlängern. Doch ein paar Tage später stand sie bereits nachmittags in der Landmaschinenhandlung und erkundigte sich nach Kettensägen.

Die Sägen sahen lebensgefährlich aus, und R. J. wußte, daß

sie so bedrohlich sein konnten, wie sie aussahen. »Die jagen mir eine Heidenangst ein«, gestand sie dem Verkäufer.

»Na, das sollten sie auch. Damit sind Sie Ihr Bein genauso schnell los, wie Sie einen Ast durchsägen«, sagte er leichthin. »Aber solange Sie sie fürchten, sind die Dinger ungefährlich. Unfälle passieren nur denen, die sich so sicher fühlen, daß sie mit der Säge leichtsinnig umgehen.«

Es gab Kettensägen von verschiedenen Herstellern und unterschiedliche Gewichts- und Längenklassen. Der Verkäufer zeigte ihr das kleinste, leichteste Modell. »Die meisten Frauen entscheiden sich für die.« Doch als sie ihm sagte, wozu sie die Säge brauchte, schüttelte er den Kopf und zeigte ihr eine größere Säge. »Das ist eine mittelschwere. Ihre Arme werden zwar schneller müde, und Sie müssen öfters Pause machen, aber mit diesem Modell schaffen Sie auch mehr als mit dem kleinen.«

Ein halbes dutzendmal ließ sie sich zeigen, wie man die Säge anließ, wie man sie abschaltete und wie die Automatikbremse eingestellt sein mußte, damit das rasende Sägeblatt ihr nicht den Schädel aufriß, wenn die Säge an irgend etwas hängenblieb und zurückschnellte.

Doch als sie die Säge dann zusammen mit einer Dose Schmieröl und einem vollen Kanister Benzin nach Hause gebracht hatte, kamen ihr Zweifel. Nach dem Abendessen studierte sie sorgfältig die Bedienungsanleitung und erkannte, daß der Kauf Unsinn gewesen war. Die Säge war zu kompliziert, das Gerät konnte viel zu viel Schaden anrichten, und sie würde nie den Mut aufbringen, allein in den Wald zu gehen und mit diesem gefährlichen Werkzeug zu arbeiten. Sie deponierte alles in einem Winkel der Scheune und versuchte, nicht mehr daran zu denken.

Zwei Tage später kam sie am späten Nachmittag von der Praxis zurück und holte wie üblich die Post aus dem Briefkasten an der Straße. Sie trug sie die lange Auffahrt zum Haus hoch, setzte sich an den Küchentisch und verteilte die Sendungen auf drei Stapel: zum einen Sachen, mit denen sie sich später beschäftigen würde, also Rechnungen, Kataloge und Zeitschriften, die sie interessierten; dann Briefe; und schließlich all die Postwurfsendungen, die ungelesen in den Abfall wanderten.

Der Umschlag war quadratisch, mittelgroß und hellblau. Kaum hatte sie die Handschrift erkannt, wurde die Luft im Zimmer dicker, wärmer und schwerer zum Atmen.

Sie riß das Kuvert nicht überstürzt auf, sie behandelte es eher wie eine Briefbombe und untersuchte es sorgfältig von beiden Seiten. Ein Absender war nicht angegeben. Der Poststempel war drei Tage alt und stammte aus Akron, Ohio.

Sie nahm ihren Brieföffner zur Hand und schlitzte den Umschlag ordentlich an der Oberkante auf.

Es war eine Glückwunschkarte:

FROHE OSTERN.

Als sie die Karte aufschlug, sah sie Davids verkrampfte, schräge Handschrift:

Meine liebe R. J., ich weiß kaum, was ich sagen, wo ich anfangen soll. Zuerst muß ich Dir wohl sagen, wie entsetzlich leid es mir tut, daß ich Dir so viel unnötigen Kummer bereitet habe. Ich will Dich wissen lassen, daß ich noch am Leben und gesund bin. Ich bin jetzt schon seit einiger Zeit trocken, und ich gebe mir die größte Mühe, es auch zu bleiben. Ich bin an einem sicheren Ort, in Gesellschaft guter Menschen. Ich komme mit meinem Leben wieder zu Rande. Ich hoffe, Du bringst es übers Herz, mit Wohlwollen an mich zu denken, so, wie ich mit Wohlwollen an Dich denke.

Viele Grüße
David

Er denkt mit Wohlwollen an mich? Er wünscht mir frohe Ostern?

Sie warf Karte und Umschlag auf den Kaminsims. Von einer eisigen, ungeheuren Wut gepackt, preschte sie durchs Haus und lief schließlich nach draußen und in die Scheune. Sie nahm die neue Kettensäge und schleppte sie zum ersten umgestürzten Baum auf ihrem Pfad.

Sie hielt sich genau an das, was sie von dem Verkäufer und aus der Bedienungsanleitung erfahren hatte: Sie kniete sich hin und stützte den rechten Fuß auf den hinteren Griff, damit die Säge nicht wegrutschte, sie stellte den Handschutz auf, zog den Choke und betätigte den Anlaßschalter. Mit der linken Hand packte sie den vorderen Griff, drückte kräftig nach unten und zog mit der rechten Hand am Startseil. Als auch nach mehrmaligem Ziehen nichts passierte, wollte sie schon aufgeben, doch dann zog sie noch einmal, und die Säge sprang stotternd an.

Sie betätigte den Gashebel, und die Säge donnerte los. Dann drehte sie sich zu dem umgestürzten Baum um, gab wieder Gas und hielt das Sägeblatt an den Stamm. Die Kette sauste, und die Zähne fraßen sich ins Holz und durchtrennten leicht und schnell den Stamm. Der Lärm war Musik in ihren Ohren.

Diese Kraft! dachte sie. Diese Kraft!

In kürzester Zeit hatte sie den Stamm in kleine Stücke zerteilt, die sie mühelos tragen konnte. Als die Dämmerung hereinbrach, stand sie mit dröhnender Säge in der Hand da, den Finger noch immer am Gashebel, berauscht vom Erfolg und bereit, alle ihre Probleme einfach abzusagen. Sie zitterte nicht mehr. Sie hatte auch keine Angst vor dem Bär; sie wußte, der Bär würde vor dem Lärm der vibrierenden, reißenden Zähne flüchten.

Ich habe es geschafft! sagte sie sich triumphierend. Die Geister des Waldes sind Zeuge, daß eine Frau alles schaffen kann.

Die Brücke

Zwei Nachmittage hintereinander schleppte sie die Kettensäge in den Wald, um die beiden anderen umgestürzten Bäume zu beseitigen. Am Donnerstag dann, ihrem freien Tag, ging sie sehr früh – die Bäume waren noch vom Tau feucht und kalt – in den Wald und machte sich an die Verlängerung des Pfades. Bis zum Fluß war es nur ein kurzes Stück, so daß sie kurz vor der Mittagspause den Catamount erreicht hatte. Ganz aufgeregt bahnte sie sich von der Biegung flußabwärts weiter ihren Weg.

Die Säge war schwer. Sie mußte immer wieder aufhören, aber in den Pausen zerrte sie die zersägten Äste und kleinen Bäume vom Pfad und schichtete sie zu Haufen, in denen Hasen und anderes Kleingetier Nester bauen konnten. Am Flußufer lag hier und dort noch Schnee, aber das Wasser strömte wie flüssiges Kristall, schnell und klar. An einer Stelle stieß bereits Stinkender Zehrwurz durch den Schnee, und direkt dahinter entdeckte sie im flachen Wasser am Uferrand einen blauen herzförmigen Stein. Als sie den Ärmel ihres Pullovers hochschob und die Hand ins Wasser streckte, schien auch ihr Arm zu Kristall zu werden, und der Kälteschock setzte sich bis zu den Zehen fort. Der Stein war schön geformt, und sie trocknete ihn behutsam mit ihrem Taschentuch und steckte ihn in die Tasche. Den ganzen Nachmittag lang trieb sie den Pfad voran, und sie hatte das Gefühl, daß ihr der Herzstein Kraft und Stärke verlieh.

Abends auf dem Rückweg begleiteten sie das helle Jaulen der Kojoten und das dunkle Rauschen des angeschwollenen Flusses wie eine Serenade. Morgens beim Frühstücken in der Küche, wenn sie ihr Bett machte und beim Aufräumen des Wohnzimmers sah sie durch die Fenster ein Stachelschwein, Habichte, eine Eule, Bussarde und die großen Kolkraben, die das Land übernommen hatten, als hätten sie es langfristig gepachtet. Sie beobachtete auch viele Hasen und einige Hirsche, aber von den beiden Truthennen, die sie im Winter gefüttert hatte, war nichts zu sehen, und sie machte sich ihre Gedanken.

Jeden Tag beeilte sie sich nun, nach Hause zu kommen, wo sie die Kleider wechselte und die Kettensäge aus dem Schuppen holte. Sie arbeitete schwer, und ihre Befriedigung glich einem stillen Frohlocken, während sich der Verlauf des Pfades in einer großen Kurve wieder ihrem Haus näherte.

In der Luft lag etwas Neues, Mildes. Jeden Tag wurde es ein bißchen später dunkel, und aus den unbefestigten Nebenstraßen waren plötzlich Schlammpfade geworden. Inzwischen kannte R. J. die Umgebung sehr gut, und sie wußte, wann sie bei Hausbesuchen den »Explorer« stehenlassen und zu Fuß weiterstapfen mußte. Sie brauchte ihre Winde nicht mehr und mußte sich auch von anderen nicht aus dem Schlamm ziehen lassen.

Anfangs bekam R. J. Muskelkater von der schweren Arbeit im Wald, und ihre Glieder schmerzten so, daß sie beim Gehen stöhnte. Aber schon bald wurde ihr Körper abgehärtet, und er gewöhnte sich an die regelmäßige körperliche Betätigung. Da sie die Säge tief ins Geäst hineinschieben mußte, um mit dem Sägeblatt möglichst nah an den Stamm zu kommen, bekam sie Kratzer und Schürfwunden an Armen und Händen. Sie versuchte es mit langen Ärmeln und Handschuhen, aber die Ärmel verfingen sich in den Zweigen, und mit den Handschuhen konnte sie die Säge nicht fest genug packen, und so begnügte sie sich damit, jeden Abend nach dem Baden die Wunden sorgfältig zu desinfizieren. Die Schorfe trug sie wie Auszeichnungen.

Manchmal hielt ein Notfall sie von der Arbeit am Pfad ab, ein Hausbesuch oder eine Fahrt zu einem Patienten im Krankenhaus. Sie wurde knauserig, was ihre Freizeit betraf, und verbrachte jede verfügbare Minute im Wald. Inzwischen war es ein gutes Stück Weg bis zum Ende des Pfads, und jedesmal, wenn sie ein paar Stunden Zeit für die Arbeit fand, wurde er länger.

Sie gewöhnte sich an, Ölkännchen und Benzinkanister in gut verschlossenen Plastiksäcken im Wald stehenzulassen. Manchmal fand sie Spuren, die sie beunruhigten. An einer Stelle, wo sie erst am Nachmittag zuvor gearbeitet hatte, fand sie die langen Federn und die weichen Unterdaunen eines Truthahns, der von irgendeinem Raubtier in der Nacht geschlagen worden war, und obwohl sie wußte, daß es töricht war, hoffte sie, daß es nicht eine »ihrer« Hennen gewesen war. Eines Morgens fand sie auf dem Weg einen riesigen Haufen Bärenkot, der ihr vorkam wie eine Warnung. Sie wußte, daß die Schwarzbären fast den ganzen Winter über schliefen, ohne zu fressen oder sich zu entleeren. Im Frühling fraßen sie sich dann voll, bis es zu einer heftigen Darmbewegung kam, durch die ein harter, dicker Kotpfropfen ausgestoßen wurde. Sie hatte von den Pfropfen gelesen, und jetzt untersuchte sie dieses Exemplar. Seine Dicke ließ auf ein sehr großes Tier schließen, vermutlich handelte es sich um den Bären, dessen Spuren sie im Schnee gefunden hatte. Es war, als hätte der Bär auf den Pfad gekotet, um ihr deutlich zu machen, daß es sich hier um sein Territorium handelte, nicht um ihres. Und nun wurde sie wieder unruhig, wenn sie im Wald arbeitete.

Den ganzen April über trieb sie den Pfad voran, an schwierigen Stellen manchmal nur wenige Meter am Tag, an einfacheren längere Strecken. Schließlich stand sie vor der letzten großen Herausforderung, einem Bach, der überbrückt werden mußte. Es war ein natürlicher Entwässerungsgraben, der das Wasser der Moorwiesen in den Fluß leitete, und er hatte sich im Lauf der Zeit tief in den Waldboden gegraben. David hatte an anderen Stellen des Pfads bereits drei Brücken errichtet, und sie war sich nicht sicher, ob sie die vierte bauen konnte – vielleicht waren dazu mehr Kraft und mehr Erfahrung nötig, als sie besaß.

Eines Tages nach der Arbeit untersuchte sie die Uferböschung des Baches und ging dann zu den Brücken, die David gebaut hatte, um sich die Konstruktion genau anzusehen. Sie erkannte, daß sie mindestens einen ganzen Tag für diese Arbeit brauchen würde, der Brückenbau würde also bis zu ihrem nächsten freien Tag warten müssen. Da sie an diesem Abend nichts mehr ausrichten konnte, beschloß sie, den Rest des Tageslichts zu ihrem Freizeitvergnügen zu nutzen. Der Fluß war noch immer angeschwollen und reißend und der Wasserstand zu hoch zum Fischen. Nachdem sie sich ihre Angelrute geholt und neben dem Komposthaufen einige Würmer ausgegraben hatte, ging sie deshalb zum größten der Biberteiche und warf dort die Leine aus. Während sie mit einem Auge den Schwimmer beobachtete, bewunderte sie mit dem anderen die Arbeit der Biber, die den Damm vergrößert und dazu eine beachtliche Anzahl von Bäumen gefällt hatten. Bevor der Schwimmer auch nur einmal gezuckt hatte, kam ein Königsfischer herbei und verspottete sie mit seinem Ruf. Er tauchte blitzschnell ins Wasser und flog mit einem Fisch im Schnabel wieder davon. R. J. fühlte sich dem Vogel unterlegen, doch schließlich fing sie zwei schöne, kleine Bachforellen, die sie sich, zusammen mit einer Menge gedünsteter Zimtfarnsprossen, zum Abendessen zubereitete.

Als sie nach diesem Frühlingsmahl den Abfall hinausbrachte, entdeckte sie an der Stelle, an der sie zuvor die Würmer ausgegraben hatte, einen schwarzen Herzstein, und sie stürzte sich auf ihn, als könne er davonlaufen. Sie trug ihn ins Haus, wusch und polierte ihn, bis er glänzte, und legte ihn dann auf ihren Fernsehapparat.

Kaum war die Erde völlig vom Schnee befreit, war es, als hätte R. J. Sarah Markus' Talent zum Herzsteinfinden geerbt. Wohin sie auch ging, fiel ihr Blick auf diese Gebilde, als würde er von Sarahs Geist gelenkt. Es gab sie in allen Ausformungen: Steine mit birnenförmig ausladenden Herzbogen und tiefen Kerben, Steine mit eckigen, aber symmetrischen Bögen, Steine mit Spitzen so scharf wie ein Dolch oder geformt wie der flache Bogen einer Kinderschaukel.

Einen Stein, der so winzig war wie ein glattes braunes Muttermal, fand sie in einer Tüte mit Blumentopferde. Einen von der Größe einer Faust entdeckte sie am Sockel einer bröckelnden Steinmauer an der Westgrenze ihres Besitzes. Sie fand sie bei der Arbeit im Wald, auf der Laurel Hill Road oder beim Einkaufen entlang der Main Street.

In Woodfield sprach sich diese Vorliebe der Ärztin für herzförmige Steine sehr schnell herum. Die Leute halfen ihr bei ihrem Hobby, sammelten für sie Steine und brachten sie ihr mit stolzem Gesichtsausdruck ins Farmhaus oder in die Praxis. Oft kam es vor, daß sie abends beim Nachhausekommen die Taschen, die Geldbörse oder die Einkaufstüten voller Steine hatte. Sie wusch und polierte sie und zerbrach sich dann den Kopf, wo sie sie unterbringen solle. Sehr schnell war das Gästezimmer zu klein für ihre Sammlung. Bald waren die Herzsteine auch übers ganze Wohnzimmer verteilt, auf dem Sims der Holztäfelung und über dem Kamin, auf dem Beistelltischchen und dem Couchtisch. Aber auch auf der Küchenanrichte und im Bad im ersten Stock sowie auf der Spiegelkommode im Schlafzimmer und auf dem Spülkasten in der Toilette im Erdgeschoß.

Die Steine sprachen zu ihr, sandten traurige, wortlose Botschaften aus, die sie an Sarah und David erinnerten. Sie wollte sie nicht hören, und doch sammelte sie die Steine zwanghaft. Sie kaufte sich ein Geologiehandbuch und begann, die Steine zu klassifizieren. Es bereitete ihr Freude, den einen als Basalt aus der jüngeren Juraperiode zu identifizieren, einer Zeit, da Monsterwesen durch dieses Tal gezogen waren, und einen anderen als erstarrtes Magma, das vor Millionen von Jahren vom flüssigen Erdkern als siedende, zähe Masse ausgestoßen worden war, oder zu wissen, daß dieser Stein aus miteinander verschmolzenem Sand und Kies einer Zeit entstammte, als ein tiefer Ozean diese Hügel bedeckte, und daß jenes Stück glitzernder Gneis wahrscheinlich ein langweilig sandfarbener Stein gewesen war, bevor die kollidierenden Kontinente ihn im Dampfkochtopf der Metamorphose verwandelten.

Eines Nachmittags in Northampton kam R. J. in der King Street an einer Baugrube vorbei, in der neue Abwasserrohre verlegt wurden. Es war ein etwa eineinhalb Meter tiefer Graben, der mit Holzböcken, Metallgittern und gelbem Plastikband abgesperrt war. In einer Furche des Grabens entdeckte sie etwas, das sie erstaunt die Augen aufreißen ließ: einen rötlichen, wohlgeformten Stein von gut fünfunddreißig Zentimetern Länge und etwa fünfundvierzig Zentimetern Breite. Das versteinerte Herz eines ausgestorbenen Riesen.

Die Baustelle war verlassen. Die Arbeiter hatten bereits Feierabend gemacht, und es war niemand mehr da, den sie hätte bitten können, den Stein für sie heraufzuholen. Schade, dachte R. J. und ging weiter. Aber schon nach fünf Schritten drehte sie sich um und kehrte zurück. Ohne Rücksicht auf ihre neue Hose kroch sie unter dem Absperrband hindurch, setzte sich mit baumelnden Beinen auf den Grabenrand, stieß sich mit den Händen ab und sprang in die Grube.

Der Stein war wirklich so schön, wie er von oben ausgesehen hatte. Aber er war sehr schwer, sie konnte ihn nur mit Mühe hochheben, und sie mußte ihn erst bis auf Kinnhöhe stemmen, bevor sie ihn aus dem Graben hinauswuchten konnte. Sie schaffte es beim zweiten Versuch, fast schon einem Akt der Verzweiflung.

»Heh, Lady, was treiben Sie denn da?«

Es war ein Polizist, der von oben ungläubig auf sie hinabstarrte.

»Würden Sie mir bitte heraushelfen?« fragte sie und streckte ihm eine Hand entgegen. Es war kein sehr starker Polizist, doch einen Augenblick später hatte er sie schon herausgezogen, was ihn allerdings nicht weniger Anstrengung gekostet hatte als sie zuvor das Herauswuchten des Steins.

Schwer atmend starrte er sie an, musterte die Erdspuren auf ihrer rechten Wange, die grauen Lehmstreifen auf ihrer schwarzen Hose, den Schmutz auf ihren Schuhen. »Was wollten Sie denn da unten?«

Sie stand nur da, lächelte ihn glückselig an und dankte ihm für seine Hilfe. »Ich bin Sammlerin«, sagte sie.

Drei Donnerstage verstrichen, bis sie Zeit fand, die Brücke zu bauen. Sie wußte genau, was zu tun war. Ein halbes dutzendmal war sie zu dem Bach gelaufen, um die künftige Baustelle genau in Augenschein zu nehmen, und immer und immer wieder war sie in Gedanken durchgegangen, wie sie es anstellen wollte.

Sie mußte zwei etwa gleich große Bäume fällen, die als Stützbalken für die Brücke dienen sollten. Die zugerichteten Stämme mußten stark genug sein, um Gewicht tragen und den Umwelteinflüssen trotzen zu können, dabei aber so leicht, daß sie sie transportieren und in Position bringen konnte.

Die beiden Bäume hatte sie sich bereits ausgesucht, und nun machte sie sich sofort mit der Säge an die Arbeit. Das Knurren des Motors und das Jaulen der Kette waren Musik in ihren Ohren, und sie kam sich schon wie eine Expertin vor, während sie die Bäume fällte und zurichtete. Die Stämme waren zwar schlank, sie waren jedoch sehr schwer, aber sie entdeckte, daß sie sie einzeln und Stück für Stück bewegen konnte, indem sie erst das eine Ende anhob und vorwärtswuchtete und dann das andere. Die Erde schien unter dem Aufprall der Stämme zu beben, und sie fühlte sich beinahe wie eine Amazone, wenn sie nur nicht so schnell müde geworden wäre.

Mit Pickel und Schaufel grub sie vier flache Löcher, zwei an jedem Ufer, in die sie die Balken einsetzen wollte, damit sie nicht wegrutschten.

Langsam, aber sicher brachte sie die Balken in ihre endgültige Stellung, wobei sie zum Schluß in den Bach stieg, jeden Balken auf die Schulter nahm und ihn auf diese Weise in die vorbereiteten Aushöhlungen manövrierte. Als sie das erledigt hatte, war es Mittag, und Mücken und Moskitos fielen über sie her, worauf sie sich ziemlich hastig zurückzog.

Sie war viel zu aufgeregt, um etwas zu kochen, und begnügte sich deshalb mit einem hastig geschmierten Erdnußbutterbrot und einer Tasse Tee. Sie sehnte sich nach einem heißen Bad, aber sie wußte, wenn sie jetzt in die Wanne stieg, würde die Brücke nicht fertig werden, und dabei hatte sie den Sieg doch schon vor Augen. Also sprühte sie sich nur frisch mit Insektenmittel ein und ging wieder nach draußen.

Von Hank Krantz hatte sie eine Fuhre Scheinakazienbretter

gekauft – sie waren hinter dem Haus aufgestapelt –, und aus diesen sägte sie sich einen Meter zwanzig lange Planken zurecht, wobei sie darauf achtete, daß alle möglichst die gleiche Stärke hatten. Dann trug sie sie, immer drei oder vier auf einmal, zur Brückenbaustelle. Danach war sie so erschöpft, daß sie eine zweite Teepause einlegte. Aber sie wußte, daß das, was jetzt noch zu tun war, deutlich im Bereich ihrer Möglichkeiten lag, und dieses Wissen beflügelte sie, während sie die Planken nebeneinander auf die Balken legte und festnagelte. Die Schläge des Hammers hallten laut durch den Wald und verscheuchten jedes wilde Tier, das es wagte, sich ihrem Territorium zu nähern.

Als schließlich die spätnachmittäglichen Schatten anfingen, den Wald zu verdunkeln, hatte sie es geschafft. Die Brücke war solide. Das einzige, was noch fehlte, war ein hübsches weißes Birkengeländer, doch das würde sie irgendwann später anbringen. Die Brücke federte ein bißchen stark, das mußte sie zugeben, und das wäre nicht passiert, wenn sie mit dickeren Stämmen hätte arbeiten können. Aber insgesamt war sie ein solides Bauwerk, das seinen Zweck erfüllen würde.

Sie stellte sich mitten auf die Brücke und vollführte einen Freudentanz. Da bewegte sich am östlichen Bachufer das rechte Ende der Brücke leicht.

Als sie zur Stelle ging und auf und ab hüpfte, sank das Ende ein Stück ein. Sie hüpfte noch ein paarmal, und der Balken rutschte noch ein wenig tiefer. Ihr Maßband zeigte ihr, daß die Brücke auf der rechten Seite fünfunddreißig Zentimeter tiefer lag als auf der linken.

Sie war natürlich selbst schuld an diesem Problem, weil sie die Erde unter dem Balken nicht festgestampft hatte. Sie sah auch ein, daß es vermutlich klüger gewesen wäre, einen flachen Stein unter jedes Balkenende zu legen.

Sie stieg abermals in den Bach und versuchte, die Brücke auf der rechten Seite anzuheben, aber sie konnte die Konstruktion keinen Zentimeter bewegen. Frustriert betrachtete sie ihr schiefes Bauwerk. Wenn die Brücke nicht noch weiter sank, würde man sie mit vorsichtigen Schritten überqueren können, aber es wäre töricht gewesen, sie mit einer schweren Last oder einem vollbeladenen Schubkarren betreten zu wollen.

R. J. suchte ihr Werkzeug zusammen und trottete todmüde und sehr enttäuscht nach Hause. Von nun an würde es ihr deutlich weniger Spaß machen, sich zu sagen, daß sie alles schaffen konnte, denn sie mußte eine Einschränkung hinzufügen: »... fast.«

Wiedervereinigungen

Eines Tages, als das Wartezimmer bis auf den letzten Platz besetzt war, so daß Nordahl Peterson draußen auf der Eingangsstufe sitzen mußte, kam George Palmer in die Praxis. Als er schließlich an der Reihe war und sie mit ihm über seine Schleimbeutelentzündung gesprochen und ihm erklärt hatte, warum sie ihm kein Kortison mehr verschreibe, nickte er und dankte ihr, machte aber keine Anstalten zu gehen.

»Unser jüngstes Kind heißt Harold. Unser Baby«, sagte er sarkastisch. »Jetzt zweiundvierzig Jahre alt: Harold Wellington Palmer.«

R. J. lächelte und nickte.

»Buchhalter. Lebt in Boston. Das heißt, er hat die letzten zwölf Jahre in Boston gelebt. Jetzt kommt er zu uns zurück. Er zieht wieder nach Woodfield.«

»Oh! Aber das freut Sie doch sicher, George«, erwiderte sie vorsichtig, da sie nicht genau wußte, ob es sich wirklich um einen freudigen Anlaß handelte.

Es zeigte sich, daß es das für George ganz und gar nicht war. »Harold ist HIV-positiv, wie man das nennt. Er kommt mit seinem Freund Eugene zu uns. Die beiden leben schon neun Jahre zusammen ...« Er schien plötzlich den Faden verloren zu haben, fand ihn dann aber unvermittelt wieder. »Na ja, er wird einen Arzt brauchen, der sich um ihn kümmert.«

R. J. faßte Georges Hand. »Dann werde ich ihn ja bald kennenlernen. Ich bin gern seine Ärztin«, sagte sie und drückte die Hand des pensionierten Sägewerksarbeiters. George Palmer lächelte sie an, dankte ihr und verließ das Sprechzimmer.

Nur noch ein kurzes Waldstück lag zwischen dem gegenwärtigen Ende des Pfads und ihrem Haus, aber die so unglücklich abgesackte Brücke hatte R. J.s Begeisterung gedämpft, und so stellte die Arbeit im Gemüsegarten eine willkommene Abwechslung für sie dar. Es war noch zu früh für zartes Gemüse. In ihren Gartenbüchern las sie zwar, daß sie schon vor einigen Wochen Erbsen hätte säen sollen, anstatt im Wald zu arbeiten, aber dank des kühlen Hügelklimas hatte sie noch Spielraum, und deshalb verteilte sie Torfmoos, Kompost und zwei Sack gekauften Grünsand auf die Hochbeete, die sie mit David gebaut hatte, und grub alles unter. Sie säte Zuckerschoten, die sie besonders gerne mochte, und Spinat, da sie wußte, daß beiden Gemüsen der immer noch regelmäßig auftretende Nachtfrost nichts anhaben konnte.

Sie goß sehr sorgfältig – nicht zu viel, um die Samenkörner nicht zu ertränken, nicht zu wenig, damit sie nicht austrockneten – und wurde schließlich mit einer Reihe Keimlinge belohnt, die sich jedoch kaum eine Woche hielten. Eines Morgens waren sie einfach verschwunden, und der einzige Hinweis auf ihren Verbleib war der einzelne, aber perfekte Hufabdruck eines kleinen Hirschen in der samtigen Erde.

An diesem Abend ging sie zu Kaffee und Nachtisch zu den Smith und erzählte ihnen, was passiert war. »Was soll ich jetzt tun? Neu ansäen?«

»Du kannst es probieren«, sagte Toby. »Die Zeit dürfte noch reichen, um eine Ernte zu bekommen.«

»Aber es gibt viel Wild in den Wäldern«, sagte Jan. »Du solltest etwas unternehmen, um die Tiere von deinem Garten fernzuhalten.«

»Du bist doch der Fisch- und Wildexperte!« entgegnete R. J. »Wie stelle ich das an?«

»Na ja, einige holen sich beim Friseur Menschenhaare und streuen sie um die Beete. Ich habe das selber schon probiert. Manchmal funktioniert's, manchmal nicht.«

»Und wie schützt ihr euren Garten?«

»Wir pinkeln um die Beete«, sagte Toby seelenruhig. »Also,

ich nicht.« Sie deutete mit dem Daumen auf ihren Mann. »Er tut's.«

Jan nickte. »Das ist das beste. Ein Hauch Menschenpisse, und die Viecher holen sich ihre Vitamine woanders. Das solltest du auch machen.«

»Du hast leicht reden. Es gibt gewisse physiologische Unterschiede zwischen uns beiden, die mir bei der Ausführung deines Tips ziemliche Probleme bereiten dürften. Aber wie wär's, wenn du zu mir kommst und …«

»Nichts da!« sagte Toby bestimmt. »Er hat nur einen begrenzten Vorrat, und der ist bereits reserviert.«

Jan grinste, gab R. J. aber noch einen guten Rat mit auf den Weg: »Nimm einen Pappbecher!«

Das tat sie auch, nachdem sie die Erbsen neu eingesät hatte. Das Problem war, daß auch ihr Vorrat begrenzt war, obwohl sie sich zwang, mehr zu trinken, als ihr Durst verlangte. Aber es genügte, um die Erde entlang der Saatreihen zu befeuchten, und als diesmal die Keimlinge ihre Köpfe durch die Erde steckten, wurden sie nicht abgefressen.

Eines Tages hörte R. J. in ihrem Hof ein Geräusch wie von vielen kleinen Motoren, und als sie das Haus verließ, sah sie, daß sich aus einem der Bienenstöcke ein summender Schwarm erhob. Tausende von Bienen flogen auf in gewundenen, tanzenden Strängen, die sich in Dachhöhe zu einer dicken Säule verflochten und vereinigten, einer Säule, die manchmal wie festgefügt wirkte, so dicht gedrängt und zahlreich waren die kleinen dunklen Körper. Aus der Säule wurde eine Wolke, die sich zusammenzog und ausdehnte, sich verlagerte und wuchs, bis sie schließlich in die Höhe stieg und dunkel über den Wald davonflog.

Zwei Tage später schwärmte ein zweites Volk. David hatte sich immer viel Mühe mit seinen Bienen gegeben, R. J. aber hatte sie vernachlässigt, doch sie machte sich keine Vorwürfe wegen des Verlustes. Sie war mit ihrer eigenen Arbeit und ihren Interessen beschäftigt, sie mußte mit ihrem eigenen Leben zurechtkommen.

An diesem Nachmittag erhielt sie in der Praxis einen Anruf. Gwen Gabler wollte aus Idaho herüberkommen und sie besuchen. »Ich muß für ein paar Wochen nach Western Massachusetts. Ich erklär's dir, wenn wir uns sehen«, sagte Gwen.

Eheprobleme? Nein, danach klang es überhaupt nicht. »Viele Grüße von Phil und den Kindern«, sagte Gwen.

»Grüße sie auch von mir! Und mach schnell! Beeil dich!«

R. J. wollte sie abholen, aber Gwen wußte nur zu gut, wie der Tagesablauf einer Ärztin aussah, und so kam sie mit dem Taxi vom Flughafen in Hartford – die alte, flapsige, herzliche, wunderbare Gwen.

Sie kam nachmittags an, begleitet von einem Frühlingswolkenbruch, und die beiden fielen sich regennaß in die Arme und küßten und musterten sich und johlten und lachten. R. J. führte Gwen zum Gästezimmer.

»Laß das erst mal! Wo ist das Klo? Ich hab's mir seit Springfield verkniffen.«

»Erste Tür links«, sagte R. J. »Ach, wart mal!« Sie lief in ihr Schlafzimmer, schnappte sich vier Pappbecher von der Frisierkommode und lief hinter Gwen her. »Da. Würdest du die bitte benutzen? Ich wäre dir sehr dankbar.«

Gwen starrte sie verständnislos an. »Willst du eine Urinprobe?«

»Nein, so viel, wie du kannst. Es ist für den Garten.«

»Ach so, für den Garten.« Gwen drehte sich um, aber ihre Schultern zuckten bereits, und einen Augenblick später lehnte sie brüllend vor Lachen an der Wand. »Du hast dich nicht verändert, kein bißchen. Mein Gott, wie sehr ich dich vermißt habe, R. J. Cole!« sagte sie und wischte sich die Tränen aus den Augen. »Für den Garten?«

»Ich werd's dir erklären.«

»Bloß nicht! Ich will es nicht hören. Ich laß mir doch den Spaß nicht verderben«, sagte sie und rannte mit den vier Pappbechern in der Hand ins Bad.

Abends ging es um ernstere Dinge. Sie blieben lange auf und unterhielten sich, während draußen der Regen gegen die Fensterscheiben prasselte. Gwen hörte aufmerksam zu, während R. J. von David erzählte und berichtete, was mit Sarah passiert war. Sie hielt R. J.s Hand und stellte gelegentlich Zwischenfragen.

»Und was ist mit dir? Wie läuft's in der HMO?«

»Na ja, in Idaho ist es sehr schön, und die Leute dort sind wirklich nett. Aber das Family Health Center ist eine verdammt schlechte Gesundheitsfürsorgeorganisation.«

»Ach, Gwen, schade! Du hattest dir doch solche Hoffnungen gemacht.«

Gwen zuckte die Achseln. Am Anfang habe es wirklich ideal ausgesehen, sagte sie. Sie war überzeugt von dem HMO-System, und bei der Vertragsunterzeichnung hatte sie sogar einen Bonus erhalten. Man garantierte ihr vier Wochen bezahlten Urlaub und drei Wochen für den Besuch von Ärztekongressen und ähnlichem. Es gab zwar ein paar Ärzte, die auf sie nicht gerade den Eindruck von Genies machten, aber sie erkannte auch sofort, daß vier der angestellten Mediziner erstklassig waren, drei Männer und eine Frau.

Aber schon sehr bald darauf verließ einer der guten Ärzte, ein Internist, das Health Center, um in einem nahe gelegenen Veteranenkrankenhaus zu arbeiten. Anschließend zog ein zweiter – der einzige Gynäkologe und Geburtshelfer der HMO – nach Chicago. Und als dann auch die Ärztin, eine Kinderspezialistin, kündigte, war Gwen ziemlich klar, was hinter dieser Massenabwanderung steckte.

Das Management war sehr schlecht. Die Gesellschaft besaß im gesamten Westen sieben HMOs, und obwohl es laut Werbung ihr Hauptanliegen war, eine erstklassige medizinische Versorgung zu bieten, ging es im Grunde genommen nur um Profit. Der Regionalmanager, ein früherer Internist namens Ralph Buchanan, stellte, anstatt Medizin zu praktizieren, nur noch Rentabilitätsstudien an. Buchanan kontrollierte sämtliche Behandlungsberichte, um festzustellen, wo die angestellten Ärzte Geld »verschwendet« hatten. Es war ohne Bedeutung, wenn ein Arzt bei einem Patienten das Gefühl hatte, daß eine genauere Untersuchung ratsam schien. Wenn ein Arzt keinen »Standardgrund« für die Verordnung eines Tests anführen konnte, wurde er zur Rechenschaft gezogen. Die Gesellschaft hatte etwas, das die Manager algorithmischen Entscheidungsbaum nannten. »Wenn A auftritt, dann B. Wenn B auftritt, dann C. Das ist Praktizieren nach Zahlen. Die Wissenschaft ist standardisiert, alles wird dir bis ins kleinste vorgeschrieben, für individuelle Variationen oder Bedürfnisse ist kein Platz. Das Management besteht darauf, daß die nichtklinischen Aspekte im Leben eines Patienten – der gesamte Hintergrund, der uns ja manchmal erst die wahren Gründe für die Probleme zeigt – außer acht gelassen werden müssen, weil es dergleichen für Zeitverschwendung hält. Einem Arzt bleibt da absolut kein Spielraum, um die medizinische Kunst zu praktizieren.«

Das heiße jedoch nicht, daß das ganze HMO-System versagt habe, ergänzte Gwen. »Ich bin auch weiterhin davon überzeugt, daß privatwirtschaftliche Gesundheitsfürsorge funktionieren kann. Ich glaube, die medizinische Wissenschaft ist so weit fortgeschritten, daß wir auch unter Beschränkungen im Hinblick auf die Untersuchungszeit und Behandlungsart bei den einzelnen Krankheiten arbeiten können, solange die Ärzte nur das Recht und die Möglichkeit haben, im Notfall auch von den Standardgründen abzuweichen, ohne danach Zeit und Energie für eine Rechtfertigung vor dem Management vergeuden zu müssen. Aber diese spezielle HMO wird von Trotteln geleitet.« Gwen lächelte. »Warte, es kommt noch schlimmer!« Als Ersatz für die drei guten Ärzte, fuhr sie fort, habe Buchanan eingestellt, wen er gerade kriegen konnte: einen ehemaligen Internisten, der wegen ärztlicher Nachlässigkeit in Boise die Approbation verloren hatte, einen Siebenundsechzigjährigen, der sein ganzes Berufsleben lang nie praktiziert, sondern nur geforscht hatte, und einen jungen Allgemeinarzt von einer medizinischen Zeitarbeitsfirma, der im Health Center arbeiten sollte, bis die Gesellschaft einen anderen Arzt zur Festanstellung gefunden hatte.

»Der letzte gute Arzt, außer meiner Wenigkeit, war ein New-Age-Doc Mitte Dreißig und mit Pferdeschwanz. Marty Murrow. Er trug bei der Arbeit Blue Jeans und besuchte tatsächlich medizinische Kongresse, um noch etwas dazuzulernen. Er versuchte, alles zu lesen, was ihm unter die Augen kam, und war ein hervorragender junger Internist, der in die Medizin verliebt war. Kommt dir das bekannt vor? Auf jeden Fall haben wir beide schnell Probleme bekommen.«

Für sie habe es damit angefangen, erzählte Gwen, daß die Gesellschaft den »Stümper aus Boise« zu ihrer Vertretung an ihren freien Tagen bestimmte. Sie bestürmte Buchanan daraufhin mit einer ganzen Reihe von Anrufen, zuerst höflich und freundlich, doch sehr bald ziemlich bissig. Sie sagte ihm, sie sei approbierte Gynäkologin und lasse es nicht zu, daß eine unqualifizierte Person ihre Patientinnen behandle; daß sie viele Fälle von dem abgewanderten Gynäkologen übernommen habe; daß sie viel mehr Patienten zu betreuen habe, als vertraglich vereinbart war; und daß sie bei dieser Menge die Qualität der Versorgung nicht mehr aufrechterhalten könne und die Gesellschaft schleunigst einen zweiten Gynäkologen einstellen solle.

»Buchanan hat mich daran erinnert, daß wir Teamarbeit betreiben und ich mich in dieses Team einzufügen hätte. Ich habe ihm gesagt, wenn er sich weigert, einen zweiten qualifizierten Gynäkologen einzustellen, kann er sich die ganze Sache in seine flexura sacralis recti schieben. Und so habe ich auf seiner Abschußliste einen Ehrenplatz bekommen. Aber Marty Murrow hatte noch viel größere Probleme. Laut Vertrag hatte er eintausendsechshundert Patienten zu betreuen, aber über zweitausendzweihundert waren bei ihm in Behandlung. Die unqualifizierten neuen Ärzte kümmerten sich jeweils nur um vierhundert bis sechshundert Patienten. Der Forscher hatte einfach keine Ahnung von innerer Medizin. Wenn der auf der Intensivstation war, mußten die Krankenschwestern für ihn die Medikamentenbestellungen ausfüllen. Der hat nicht einmal zwei Monate durchgehalten. Die Patienten merkten bald, daß es am Highland Family Health Center ein paar ziemlich lausige Ärzte gab, und als dann das Center mit einer kleinen Fabrik einen Vertrag über die medizinische Versorgung ihrer Angestellten abschloß, wollten von fünfzig achtundvierzig Marty Murrow als ihren Arzt. Er und ich sind natürlich ausgeflippt. Viele von den Namen auf den Krankenblättern kannten wir gar nicht. Oft mußten wir Rezepte für Patienten von anderen Ärzten unterschreiben, mußten Leuten, die wir nicht kannten und deren Krankheitsbild uns nicht vertraut war, Medikamente verordnen. Und weil wir als Ärzte ja nur Angestellte waren, hatten wir keinen Einfluß auf die generellen Qualitätsmängel, die im Center herrschten.«

Eine der Schwestern, erzählte Gwen, sei besonders schlecht gewesen. Marty Murrow hatte sie wiederholt bei Fehlern ertappt, wenn sie ihm Nachfolgerezepte zur Unterschrift vorlegte. »Zum Beispiel hat sie einem Patienten, der ›Xanax‹ brauchte, ›Zantax‹ verordnet. Wir mußten ihr ständig auf die Finger schauen.« Gwen ärgerte es auch, daß die Empfangsdame an der Rezeption und am Telefon barsch und sarkastisch war und Nachrichten und Anfragen von Patienten oft nicht an die Ärzte weiterleitete.

»Marty Murrow und ich haben sie angeschrien und beschimpft«, sagte Gwen. »Wir haben beide regelmäßig bei Buchanan angerufen und uns beschwert, was dem natürlich gefallen hat, denn so konnte er uns in unsere Schranken weisen, indem er die Beschwerden einfach ignorierte. Marty Murrow hat schließlich einen Brief an den Präsidenten der Gesellschaft geschrieben, einen pensionierten Urologen, der in Los Angeles lebt. Marty hat sich über die Krankenschwester, die Empfangsdame und Buchanan beschwert und den Präsidenten gebeten, alle drei zu ersetzen. Buchanan erhielt einen Anruf vom Präsidenten und informierte die Schwester und die Empfangsdame schriftlich über Dr. Murrows Beschwerde. Als dieser sie anschließend wieder traf, erzählten beide dieselbe Geschichte: Dr. Martin B. Murrow hatte sie sexuell belästigt. Buchanans Triumph kannst du dir ja wohl vorstellen. Er schickte Murrow ein Einschreiben, in dem er ihn über die Belästigungsklagen ins Bild setzte und ihn informierte, daß er für zwei Wochen vom Dienst suspendiert sei und in dieser Zeit eine Untersuchung gegen ihn durchgeführt werde. Marty hat eine sehr attraktive Frau, von der er die ganze Zeit erzählt, und zwei kleine Töchter, mit denen er jede freie Minute verbringt. Seiner Frau erzählte er sofort, was los war. Es war der Anfang einer schrecklichen Zeit für sie beide. Buchanan vertraute gezielt mehreren Leuten an, daß er Marty suspendiert habe und warum. Und sehr schnell kamen diese Gerüchte auch Freunden der Murrows zu Ohren. Marty rief seinen älteren Bruder Daniel J. Murrow an, einen Sozius der Anwaltskanzlei ›Golding, Griffey & Moore an der Wall Street. Und Daniel J. Murrow rief Buchanan an und sagte ihm, daß es sehr wohl zu der angekündigten Untersuchung kommen müsse und daß sein Klient, Dr. Martin Murrow, auf einer gründlichen Befragung jeder Person in seiner Abteilung bestehe.«

R. J. setzte sich auf. Obwohl sie der Jurisprudenz den Rücken gekehrt hatte, erweckten gewisse Fälle noch immer ihr Interesse. »Bist du ganz sicher, daß Martin Murrow nicht…«

Gwen lächelte und nickte. »Die Krankenschwester, um die es geht, ist Ende Fünfzig und ziemlich dick. Da ich selber immer älter und dicker werde, will ich mich auf keinen Fall über Alte und Dickleibige lustig machen, aber ich kann mir nicht vorstellen, daß sie sexuell attraktiver sind als junge Frauen, die noch nie Probleme mit Zellulitis hatten. Was die Empfangsdame betrifft, die ist zwar erst neunzehn, aber dürr und gehässig. Insgesamt arbeiten elf Frauen regelmäßig mit Marty, und drei oder vier von ihnen sind wirkliche Schönheiten. Und jede einzelne außer den beiden hat ausgesagt, daß Dr. Murrow sie nie belästigt hat. Eine Krankenschwester erinnerte sich lediglich daran, daß sie eines Montag morgens zu Marty gesagt hatte, sie habe einen Test für ihn. ›Wenn Sie wirklich ein so scharfer Diagnostiker sind, dann sehen Sie Josie und Francine in die Augen, und sagen Sie mir, welche am Wochenende einen Mann gehabt hat.‹ Wahrscheinlich Francine, hat er geantwortet, weil sie so strahlt.«

»Nicht sehr belastend«, bemerkte R. J. trocken.

»Das war das Schlimmste, was sie ihm anlasten konnten. Keine der beiden Klägerinnen konnte irgendwelche Beweise vorbringen, und es war klar, daß sie die Belästigungsklage gemeinsam ausgeheckt hatten, nachdem er sich über sie beschwert hatte. Andere im Center beklagten sich nun ebenfalls über die Arbeitsleistung der beiden, und nach Abschluß der Untersuchung wurde der Schwester und der Empfangsdame gekündigt.«

»Und Buchanan?«

»Dr. Buchanan ist noch immer auf seinem Posten. Die ihm unterstehenden Center werfen stattliche Profite ab. Marty wurde von ihm schriftlich darüber informiert, daß die Untersuchung keine Bestätigung der erhobenen Vorwürfe ergeben habe und Marty deshalb wieder am Highland Family Health Center als Internist praktizieren dürfe. Marty erwiderte sofort, daß er vorhabe, Buchanan und die beiden entlassenen Angestellten wegen Verleumdung und die HMO wegen Vertragsbruch zu verklagen. Der Präsident der Gesellschaft kam extra aus Kalifornien zu uns nach Idaho. Er traf sich mit Marty und fragte ihn nach seinen Zukunftsplänen. Als Marty meinte, er habe vor, eine Privatpraxis zu eröffnen, sagte der Präsident, um die negative Publicity eines Rechtsstreits zu vermeiden, sei die Gesellschaft bereit, ihm dabei behilflich zu sein. Er bot an, das Marty bis zum Ende der Vertragslaufzeit noch zustehende Gehalt in bar auszubezahlen, insgesamt zweiundfünfzigtausend Dollar. Außerdem könne Marty die gesamte Ausstattung seines Büros und seiner zwei Untersuchungszimmer mitnehmen, dazu ein EKG-Gerät und eine Sigmoidoskopieausrüstung, mit denen umgehen zu lernen keiner der anderen Ärzte der Mühe wert gehalten hatte. Marty stimmte sofort zu.«

Zu diesem Zeitpunkt, fuhr Gwen fort, habe für sie festgestanden, daß auch sie nicht länger am HMO bleiben wollte. »Aber ich war in der Klemme. Phil hatte seine Liebe zum Dozentenberuf entdeckt, und ich wollte seinen Karriereplänen nicht in die Quere kommen. Doch dann hat er bei einem Kongreß den Dekan der Business School der University of Massachusetts getroffen, und bei dem Gespräch wurde ziemlich schnell klar, daß Phil eine perfekte Ergänzung des dortigen Lehrkörpers darstellen würde. Ich habe dann sofort Buchanan ebenfalls mit einer

Klage wegen Vertragsbruchs gedroht, und nach einigem Feilschen erklärte er sich bereit, die Kosten für unseren Umzug in den Osten zu übernehmen. Im September kommen wir wieder zurück, und Phil wird in Amherst unterrichten.«

Gwen hielt inne und sah lachend ihrer Freundin zu, die herumtollte wie ein aufgeregtes und sehr glückliches Kind.

Eine Taufe

»Und was wirst *du* tun, wenn du hier bist?« fragte R. J.

Gwen zuckte die Achseln. »Ich glaube noch immer, daß privatwirtschaftliche Institutionen Amerikas einzige Chance sind, eine Gesundheitsfürsorge für alle zu erreichen. Wahrscheinlich werde ich mir eine neue HMO suchen, die mich einstellt. Aber diesmal werde ich mich zuerst vergewissern, daß es wirklich eine gute ist.«

Am nächsten Morgen ging sie mit R. J. in den Ort. Sie schlenderten die Main Street entlang, und Gwen beobachtete nachdenklich, wie die Leute ihre Ärztin grüßten oder ihr zulächelten. In der Praxis ging sie von Zimmer zu Zimmer, sah sich alles genau an und stellte hin und wieder eine Frage.

Während R. J. sich um ihre Patienten kümmerte, saß Gwen im Wartezimmer und las gynäkologische Fachzeitschriften. Mittags bestellten sie bei »Sotheby's« Sandwiches.

»Wie viele Gynäkologen gibt es hier in den Hügeln?«

»Keinen einzigen. Die Frauen müssen nach Springfield oder Amherst oder Northampton fahren. In Greenfield gibt es zwei Hebammen, die in den Hügeln Hausbesuche machen. Aber die Orte wachsen, Gwen, und es gibt hier inzwischen genügend Frauen, um einen Gynäkologen mit Patientinnen einzudecken.« Es wäre vermessen gewesen, zu hoffen, daß Gwen eine Praxis in den Hügeln eröffnen würde, und R. J. war nicht überrascht, als ihre Freundin nur nickte und sich einem anderen Thema zuwandte.

An diesem Abend waren sie bei Toby und Jan eingeladen. Während des Essens klingelte das Telefon, und jemand meldete dem Jagd- und Fischereiaufseher, daß in Colrain ein Schütze einen Weißkopfseeadler verletzt habe. Jan entschuldigte sich deshalb gleich nach dem Essen und fuhr los, um nach dem Rechten zu sehen. Das war auch gut so, denn auf sich allein gestellt, machten es sich die drei Frauen im Wohnzimmer gemütlich und plauderten.

R. J. hatte schon erlebt, daß es ziemlich riskant sein konnte, die enge Freundin einer engen Freundin zu treffen. Eine solche Begegnung konnte so oder so ausgehen: Entweder es entstanden Eifersüchteleien oder Rivalitäten, die alles verdarben, oder die beiden noch kaum Bekannten sahen in der jeweils anderen sofort, was die gemeinsame Freundin in ihr sah. Zum Glück reagierten Toby und Gwen mit spontaner Sympathie aufeinander. Toby erfuhr alles von Gwens Familie, und sie erzählte sehr offen von ihrer Sehnsucht nach einem Kind und ihrer und Jans Enttäuschung nach all den vergeblichen Bemühungen.

»Diese Frau ist die beste Gynäkologin, die ich kenne«, sagte R. J. zu Toby. »Es würde mich sehr beruhigen, wenn du dich morgen vormittag in der Praxis von ihr untersuchen lassen würdest.«

Toby zögerte und nickte dann. »Wenn es Ihnen keine allzu großen Umstände macht.«

»Unsinn. Das macht mir überhaupt keine Umstände«, erwiderte Gwen.

Am nächsten Morgen setzten sich die drei nach der Untersuchung im Sprechzimmer zusammen. »Haben Sie nicht genau zu bestimmende Schmerzen im Unterleib?« fragte Gwen.

Toby nickte. »Manchmal.«

»Eindeutige Probleme konnte ich keine finden«, sagte Gwen langsam zu Toby. »Aber ich glaube, Sie sollten eine Laparoskopie machen lassen, das ist ein Untersuchungsverfahren, mit dem sich genau feststellen läßt, was in Ihrem Körper abläuft.« Toby verzog das Gesicht. »Das hat R. J. mir auch schon einzureden versucht.«

Gwen nickte. »R. J. ist eben eine gute Ärztin.«

»Machen Sie Laparoskopien?«

»Bauchhöhlenspiegelungen mache ich fast jeden Tag.«

»Und würden Sie auch bei mir eine machen?«

»Wenn ich es nur dürfte, Toby. Ich habe zwar noch eine Zulassung in Massachusetts, aber ich gehöre zu keinem Krankenhaus. Wenn Sie einen Untersuchungstermin bekommen, bevor ich nach Idaho zurück muß, werde ich gerne als Beobachterin teilnehmen und dem durchführenden Arzt als Beraterin zur Seite stehen.«

Und so geschah es dann auch. Daniel Noyes' Sekretärin bekam im Operationssaal einen Termin, drei Tage bevor Gwen wieder nach Hause mußte. Als R. J. mit Dr. Noyes redete, war der sofort bereit, sich von Gwen als Beobachterin über die Schulter schauen zu lassen.

»Warum kommen Sie nicht auch?« sagte er zu R. J. »Sie können dann über die andere Schulter schauen.«

In den folgenden fünf Tagen besuchte Gwen HMOs und Ärzte in einer ganzen Reihe von Orten, die im Einzugsgebiet von Amherst lagen. Am Abend des fünften Tages sah sie sich mit R. J. im Fernsehen eine Diskussion über das nationale Gesundheitswesen in den Vereinigten Staaten an.

Es war ein frustrierendes Erlebnis. Jeder Diskussionsteilnehmer gab zu, daß das Gesundheitssystem ineffizient, exklusiv und zu teuer ist. Das einfachste und kostengünstigste Verfahren wäre das »Einheits-Zahler«-System, das in vielen führenden Industrienationen angewendet wird und bei dem die Regierung Steuern erhebt und die Gesundheitsfürsorge für alle Bürger bezahlt. Doch während der amerikanische Kapitalismus einerseits die besten Aspekte der Demokratie hervorbringt, ist er andererseits auch Urheber der schlimmsten, wie die bezahlten Lobbyisten zeigen, die enormen Druck auf den Kongreß ausüben, um die satten Profite der Gesundheitsindustrie zu schützen. Die riesige Armee der Lobbyisten repräsentiert private Versicherungsgesellschaften, Pflegeheime, Krankenhäuser, die Pharmaindustrie, Ärzteverbände, Gewerkschaften, Unternehmerverbände, Befürworter der Abtreibung, die diese vom Staat sehen wollen, Abtreibungsgegner, die sie möglichst verhindern wollen, Wohlfahrtsverbände, Senioren...

Der Kampf ums Geld ist gemein und schmutzig und alles andere als ein schöner Anblick. Einige Republikaner geben offen zu, daß sie die Gesetzesvorlage zur Gesundheitsreform zu Fall bringen wollen, da sie andernfalls die Chancen des Präsidenten auf eine Wiederwahl verbessern würde. Andere Republikaner sprechen sich für eine universelle Gesundheitsfürsorge aus, sagen aber, daß sie mit allen Mitteln gegen eine Steuererhöhung oder eine Finanzierung der Krankenversicherung durch die Arbeitgeber kämpfen würden. Einige Demokraten, die an den Wahlkampf denken und finanziell von den Lobbyisten abhängig sind, reden genau wie die Republikaner.

Die Nadelstreifenträger im Fernsehen waren übereinstimmend der Meinung, daß jedes neue System stufenweise eingeführt werden müsse, über viele Jahre hinweg, und daß sie sich damit zufriedengeben würden, wenn irgendwann neunzig Prozent der Bevölkerung der Vereinigten Staaten abgesichert wären. Gwen stand unvermittelt auf und schaltete wütend den Fernseher ab.

»Idioten! Die tun so, als wären neunzig Prozent Abgesicherte eine wunderbare Errungenschaft. Wissen die denn nicht, daß dann immer noch mehr als fünfundzwanzig Millionen Menschen unversorgt wären? Damit schaffen sie in Amerika eine Art Kaste der Unberührbaren, Millionen von Menschen, die so arm sind, daß sie keine andere Wahl haben, als sich in Krankheit und Tod zu fügen.«

»Wie wird das alles ausgehen, Gwen?«

»Ach, irgendwie werden sie ein praktikables System zusammenstöpseln – aber erst nach Jahren vergeudeter Zeit, vergeudeter Gesundheit und vergeudeten Lebens. Doch allein schon die Tatsache, daß Bill Clinton den Mut hatte, dieses Problem ins allgemeine Bewußtsein zu rücken, hat etwas verändert. Überflüssige Krankenhäuser werden geschlossen, andere zusammengelegt. Ärzte verordnen keine unnötigen Untersuchungen mehr …«

Niedergeschlagen sah sie R. J. an. »Die Ärzte werden wohl auch ohne große Unterstützung durch die Politiker versuchen müssen, etwas zu ändern, einige Leute umsonst behandeln zum Beispiel.«

»Das tue ich bereits.«

Gwen nickte. »Verdammt, du und ich, wir sind gute Ärzte, R. J. Wie wär's denn, wenn wir eine eigene Medizinerorganisation gründeten? Wir könnten damit anfangen, daß wir gemeinsam praktizieren.«

Kurzfristig übermannte R. J. bei diesem Gedanken die Begeisterung, doch sehr schnell gewann die Vernunft wieder die Oberhand. »Du bist meine beste Freundin, und ich liebe dich, Gwen. Aber meine Praxis ist zu klein für zwei Ärzte, und umziehen will ich nicht. Woodfield ist zu meiner Heimat geworden, die Leute hier sind meine Leute. Was ich mir hier aufgebaut habe ... es gefällt mir. Wie soll ich es erklären? Ich möchte es mir nicht ruinieren.«

Gwen nickte und verschloß mit ihrem Zeigefinger R. J.s Lippen. »Ich würde nie etwas wollen, das dir etwas kaputtmacht.«

»Aber wie wär's, wenn du eine eigene Praxis eröffnen würdest, irgendwo in der Nähe? Wir könnten uns trotzdem zusammenschließen, vielleicht eine Kooperative guter unabhängiger Ärzte gründen. Wir könnten unseren Bedarf gemeinsam einkaufen, uns gegenseitig vertreten, gemeinsam Verträge mit Labors abschließen, uns gegenseitig Patienten überweisen, uns jemanden teilen, der unsere Buchhaltung macht, und gemeinsam überlegen, wie wir die medizinische Versorgung von Nichtversicherten gewährleisten könnten. Was hältst du davon?«

»Ich glaube, sehr viel.«

Am nächsten Nachmittag begannen sie in den Nachbarorten mit der Suche nach Praxisräumen für Gwen. Drei Tage später hatten sie etwas Geeignetes gefunden, in einem zweistöckigen Backsteinbau in Shelburne Falls, in dem sich bereits zwei Anwaltskanzleien, eine Psychotherapiepraxis und eine Tanzschule befanden.

Am Dienstag standen sie vor Tagesanbruch auf, tranken nur schnell eine Tasse Kaffee und fuhren in der frühmorgendlichen

Kühle zum Krankenhaus. Gemeinsam mit Dr. Noyes wuschen sie sich die Hände, wie es die Desinfektionsroutine vorschrieb, jene zugleich notwendige und ritualisierte Prozedur ihres Berufsstands. Behandschuht und vermummt standen sie im Operationssaal, als Toby um sechs Uhr fünfundvierzig hereingeschoben wurde.

»Hallo, Kleine!« sagte R. J. hinter ihrem Mundschutz und zwinkerte.

Toby lächelte matt. Sie hing bereits am Tropf: Ringerlaktatlösung kombiniert mit »Midazolam« als Beruhigungsmittel, wie R. J. von Dom Perrone wußte, dem Anästhesisten, der gerade das Anlegen von EKG-Elektroden, Blutdruckmesser und Puls-Oxymeter überwachte. R. J. und Gwen standen mit verschränkten Armen außerhalb des sterilen Bereichs und sahen zu, wie Dr. Perrone Toby einhundertzwanzig Milligramm »Propofol« verabreichte.

Tschüs, meine Freundin! Schlaf gut! dachte R. J. anteilvoll.

Der Anästhesist verabreichte nun ein Muskelrelaxans, legte den Trachealtubus und gab Sauerstoff, dem Lachgas und Isofluran beigemischt waren. Schließlich brummte er zufrieden. »Sie ist bereit für Sie, Dr. Noyes.«

Nach wenigen Minuten hatte Daniel Noyes die drei winzigen Einschnitte gesetzt und die faseroptische Linse eingeführt, und Augenblicke später war auf einem Bildschirm das Innere von Tobys Becken zu sehen.

»Endometriale Wucherungen an der Beckeninnenwand«, bemerkte Dr. Noyes. »Das dürfte die Erklärung für die gelegentlich auftretenden undefinierbaren Schmerzen sein, die im Krankenblatt erwähnt sind.« Kurz darauf kam noch etwas anderes ins Blickfeld, und er und seine Beobachter nickten sich zu. Der Bildschirm zeigte fünf kleine Zysten zwischen den Eierstöcken und den Eileitern, zwei auf der einen Seite, drei auf der anderen.

»Und das dürfte erklären, warum es bis jetzt zu keiner Schwangerschaft gekommen ist«, murmelte Gwen.

»Höchstwahrscheinlich«, entgegnete Dan Noyes fröhlich und machte sich an die Arbeit.

Nach einer Stunde waren sowohl die endometrialen Wucherungen als auch die Zysten entfernt, Toby ruhte im Aufwachraum, und Gwen und R. J. fuhren auf dem Mohawk Trail nach Woodfield zurück, damit R. J. ihre Sprechstunde abhalten konnte.

»Dr. Noyes hat saubere Arbeit geleistet«, sagte Gwen.

»Er ist sehr gut. Nächstes Jahr geht er in Pension. Er hat viele Frauen aus der Umgebung als Patientinnen.«

Gwen nickte. »Hmm. Dann erinnere mich daran, daß ich ihm einen Brief schreibe und ihm Honig ums Maul schmiere«, sagte sie und lächelte R. J. verschwörerisch an.

Gwen mußte am Freitag wieder abreisen und wollte den Donnerstag deshalb nicht ungenutzt verstreichen lassen. »Hör mal«, sagte sie, »ich habe beträchtlich und großzügig zum Wohlergehen deiner Zuckerschoten beigetragen, ich ändere mein ganzes Leben, um deine Partnerin und Nachbarin zu werden, und ich habe bei Tobys Untersuchung beratend mitgewirkt. Gibt es sonst noch etwas, das ich für dich tun kann, bevor ich fahre?«

»Um ehrlich zu sein, ja. Komm mit«, sagte R. J.

In der Scheune suchte sie sich den Drei-Pfund-Schlegel und die riesige, alte Brechstange, die vermutlich noch von Harry Crawford stammte. Sie gab Gwen Arbeitshandschuhe und den Schlegel, hievte selbst die Brechstange auf die Schulter und führte Gwen durch den Wald, den Fluß entlang bis zur letzten Brücke am Ende des Pfads. Die drei flachen Steine lagen noch genau dort, wo sie sie deponiert hatte.

Sie stiegen in den Bach. R. J. brachte das Brecheisen in Position, bat Gwen, es zu halten, und trieb es mit kräftigen Schlägen unter den abgesackten Balken.

»Jetzt«, sagte sie, »müssen wir probieren, ob wir ihn gemeinsam anheben können.«

Sie zählte: »Eins... zwei...« Seit der Unterstufe der High-School kannte R. J. Archimedes' Behauptung, mit einem genügend langen Hebel könne er auch die Erdkugel bewegen. Jetzt glaubte sie an sie. »... drei.«

Und wirklich, als sie und Gwen ächzend die Arme nach oben stemmten, stieg das Ende des Balkens etwas in die Höhe.

»Noch ein Stückchen!« befahl R. J. mit fachmännischem Blick. »Und jetzt mußt du die Stange allein halten!«

Gwen wurde bleich.

»Okay?«

Gwen nickte. R. J. ließ los und griff nach dem ersten flachen Stein.

»R. J.!« Das Brecheisen wackelte, als R. J. den Stein unter den Balken schob.

Sie bückte sich eben nach dem zweiten, als Gwen aufschrie: »R. J.! Ich …«

Auch der zweite Stein war an Ort und Stelle.

»… kann nicht mehr!«

»Halt durch, Gwen! Halt durch!«

Kaum war der dritte Stein in Position, ließ Gwen los und kauerte sich im Bachbett zusammen.

R. J. mußte die ganze ihr noch zur Verfügung stehende Kraft zusammennehmen, um das Brecheisen unter dem Balken herauszuziehen. Es kratzte laut über den obersten Stein, aber die drei Steine rührten sich nicht. R. J. kletterte ans Ufer und ging über die Brücke.

Sie war einigermaßen eben. Als sie auf den Brettern aufstampfte, machte die Konstruktion einen soliden Eindruck. Eine Brücke für Generationen.

Wieder vollführte sie einen Freudentanz. Die Brücke vibrierte zwar, weil sie flexibel war, aber sie sackte nicht mehr ab. Sie wirkte solide und dauerhaft. R. J. warf den Kopf zurück, schaute ins grüne Blätterdach der Bäume und trampelte vor Freude.

»Ich taufe dich ›Gwendolyn T.‹, was heißen soll: ›Traumhafte Gabler-Brücke‹!«

Gwen unten im Bach versuchte, kurz zu schreien, brachte aber nur ein ersticktes Kichern zustande.

»Ich kann alles schaffen, alles«, triumphierte R. J. vor den Waldgeistern, »mit ein wenig Hilfe von meinen Freunden.«

Wovor Agunah sich fürchtete

Der Mai war mild und wohltuend. Die erwärmte Erde konnte nun bearbeitet, Gräber konnten wieder ausgehoben werden. Am fünften Tag des Monats, zwei Tage vor der alljährlichen Gemeindeversammlung, wurde Eva Goodhues Sarg aus der Aufbewahrungsgruft geholt und auf dem Friedhof von Woodfield beerdigt. John Richardson sprach am Grab einfache, aber bewegende Worte. Nur eine Handvoll Leute waren gekommen, meist ältere Menschen, die sich noch daran erinnerten, daß Eva aus einer Familie stammte, die seit langem mit der Geschichte des Ortes verbunden war.

Nach ihrer Rückkehr vom Begräbnis bestellte R. J. eins ihrer beiden Hochbeete. Sie säte in dichten Reihen, um dem Unkraut wenig Platz zu lassen. In die Furchen kamen die Samen für zwei Sorten Karotten, drei verschiedene Blattsalate, Radieschen und Rettiche, Schalotten, rote Bete, Basilikum, Petersilie, Dill und Speckbohnen. Sie empfand es irgendwie tröstlich, daß Eva jetzt in der Erde ruhte, die solche Wohltaten hervorbringen konnte.

Es war schon später Nachmittag, als sie mit der Arbeit fertig war und das Gartenwerkzeug aufräumte. Sie wusch eben in der Küche das Geschirr ab, da klingelte das Telefon.

»Hallo. Hier Dr. Cole.«

»Dr. Cole, mein Name ist Barbara Eustis. Ich bin die Leiterin der Family Planning Clinic in Springfield.«

»Aha.«

Ausführlich und ruhig schilderte Barbara Eustis ihre verzweifelte Lage: Ihre Ärzte hatten sich einschüchtern lassen angesichts der Gewalttätigkeit der militanten Abtreibungsgegner, der Drohungen und des Mords an Dr. Gunn in Florida.

»Sicher, aber der Mörder wurde zu lebenslänglicher Haft verurteilt. Das sollte doch eine Abschreckung sein.«

»Ach, das hoffe ich sehr. Aber es bleibt dabei: Viele Ärzte sind nicht mehr bereit, sich und ihre Familien einem solchen Risiko auszusetzen. Ich kann es ihnen nicht verdenken, aber ich fürchte, wenn ich nicht ein paar Ärzte finde, die bei mir aushelfen, müssen wir die Klinik schließen. Und das wäre tragisch, denn die Frauen brauchen uns wirklich. Ich habe mich mit Gwen Gabler unterhalten, und sie hat vorgeschlagen, ich sollte doch einmal Sie anrufen.«

Das gibt's doch nicht! Verdammt, Gwen, wie konntest du nur? Die Wut stieg in R. J. hoch.

Barbara Eustis erzählte ihr, sie habe bereits ein paar mutige Leute, die bereit seien, in der Family Planning Clinic zu arbeiten. Gwen habe versprochen, nach ihrem Umzug hierher einen Tag pro Woche zur Verfügung zu stehen. Die Stimme am Telefon flehte R. J. an, der Klinik ebenfalls einen Tag zu opfern und dort Ersttrimester-Abtreibungen vorzunehmen.

»Tut mir leid. Ich kann nicht. Die Beiträge für meine Kunstfehlerversicherung belaufen sich auf dreieinhalbtausend Dollar pro Jahr. Wenn ich für Sie arbeite, würden sie auf über zehntausend Dollar hochschnellen.«

»Wir bezahlen Ihnen die Versicherung.«

»Aber – mir fehlt dazu der Mut, wie allen anderen auch. Ich habe einfach Angst.«

»Natürlich haben Sie Angst, und das mit Recht. Aber lassen Sie mich Ihnen sagen, daß wir viel Geld in die Sicherheit investieren. Wir haben bewaffnetes Wachpersonal. Wir haben freiwillige Leibwächter, die unsere Ärzte abholen, zur Klinik bringen und wieder zurückbegleiten.«

Mit alldem wollte R. J. nichts mehr zu tun haben. Auch nicht mehr mit der allgemeinen Kontroverse, den mobilisierten Massen und dem Haß. Sie wollte an ihrem freien Tag im Wald arbeiten, spazierengehen, Gambe spielen.

Eine Abtreibungsklinik wollte sie nie wieder von innen sehen. Was Sarah widerfahren war, würde sie ewig verfolgen, das wußte sie. Aber auch dem Wissen um das Schicksal der jungen Eva Goodhue und anderer Frauen konnte sie sich nicht entziehen. Sie seufzte.

»Na, dann opfere ich Ihnen meine Donnerstage.«

Zwischen der »Gwendolyn T.« und dem Hof ihres Hauses lag nur noch ein kurzes Stück Wald, aber das bestand größtenteils aus dichtem Gestrüpp und eng beieinanderstehenden Bäumen. Ein Donnerstag blieb ihr noch, bevor sie mit der Arbeit in der Klinik begann, und sie beschloß, an diesem Tag wenigstens zu versuchen, den Pfad fertigzustellen.

Sie stand früh auf und nahm sich kaum Zeit fürs Frühstück, da sie so schnell wie möglich draußen sein und mit der Arbeit beginnen wollte. Als sie das Geschirr abräumte, hörte sie ein Kratzen an der Tür zum Hof, und sie ließ Agunah ins Haus.

Wie gewöhnlich wurde sie von Agunah ignoriert. Die Katze inspizierte das Haus und wartete dann an der Vordertür, bis sie wieder herausgelassen wurde. R. J. hatte es aufgegeben, ihrer hochnäsigen Besucherin besondere Aufmerksamkeit zu schenken. Sie öffnete die Tür, um das Tier hinauszulassen, aber Agunah zögerte, machte einen Buckel und stellte mit gesträubtem Fell den Schwanz auf. Sie sah aus wie die Karikatur einer irritierten Katze, und plötzlich drehte sie sich um und lief zurück ins Haus.

»Was ist denn los, Agunah? Wovor fürchtest du dich?«

Aber schon schloß sie die Tür, drehte in beinahe panischem Schrecken den Schlüssel im Schloß um und spähte durch das Fenster nach draußen.

Eine sehr große schwarze Gestalt kam gemächlich über die Wiese auf das Haus zu.

Der Bär stapfte durch das hohe Gras. R. J. hätte nie geglaubt, daß ein Bär in den Hügeln von Massachusetts so groß werden kann. Das große männliche Tier war zweifellos jenes, dessen Spuren ihr seit Wochen im Wald aufgefallen waren. Wie gebannt stand sie da, unfähig, das Fenster auch nur so lange zu verlassen, daß sie ihre Kamera hätte holen können.

Einige Meter vor dem Haus blieb der Bär unter dem Holzapfelbaum stehen und stellte sich auf die Hinterläufe, um an ein paar verschrumpelten Äpfeln vom letzten Jahr zu schnuppern. Dann ließ er sich wieder auf alle viere fallen und trottete aus ihrem Blickfeld zur Flanke des Hauses.

R. J. rannte die Treppen hinauf zu ihrem Schlafzimmerfenster und schaute direkt auf ihn hinunter. Er starrte sein Spiegelbild im Glas eines Erdgeschoßfensters an; R. J. war sich ziemlich sicher, daß er glaubte, einen anderen Bären vor sich zu haben, und sie hoffte, er werde nicht aggressiv werden und das Fenster einschlagen. Die zotteligen schwarzen Haare an seinem Hals und seinen Schultern schienen sich aufzustellen. Der große, breite Kopf war leicht zur Seite geneigt, und seine Augen, die zu klein schienen für diesen massiven Kopf, funkelten vor Feindseligkeit.

Einen Augenblick später wandte er sich von seinem Spiegelbild ab. Von R. J.s Blickwinkel aus wirkte die Kraft seiner massigen Schultern und der überraschend dicken, langen Beine überwältigend.

Zum erstenmal in ihrem Leben spürte R. J., wie sich ihre Nackenhaare tatsächlich aufrichteten. Agunah und ich, dachte sie.

Sie sah dem Bären nach, bis er wieder im Wald verschwunden war, dann ging sie in die Küche, ließ sich auf einen Stuhl sinken und blieb dort bewegungslos sitzen.

Die Katze lief nun, wenn auch noch etwas ängstlich, wieder zur Haustür. Als R. J. sie diesmal öffnete, zögerte Agunah nur einen Augenblick, dann lief sie in entgegengesetzter Richtung zu der, in die der Bär verschwunden war, davon.

R. J. setzte sich wieder. Jetzt kann ich unmöglich in den Wald gehen, sagte sie sich.

Und doch wußte sie, wenn sie den Pfad an diesem Tag nicht fertigstellte, würde sie wahrscheinlich sehr lange nicht mehr dazu kommen.

Nach einer halben Stunde ging sie in die Scheune, füllte in die Kettensäge Benzin und Öl nach und machte sich auf in Richtung Wald. Jan Smith hatte ihr gesagt, daß Bären die Menschen fürchteten und ihnen aus dem Weg gingen, aber kaum hatte sie den dunklen, schattigen Pfad betreten, bekam sie es mit der Angst zu tun, denn sie war sich bewußt, daß sie ihr eigenes Territorium verlassen und das des Bären betreten hatte. Jan hatte ihr versichert, daß Bären sich, wenn Geräusche oder ähnliches sie vor der Anwesenheit eines Menschen warnten, aus dem Staub machten, und sie hob deshalb einen Stock auf und schlug mit ihm auf den Griff der Säge. Jan hatte ihr auch gesagt, daß Pfeifen für Bären keine Warnung darstellte, da sie an Vogelgeräusche gewöhnt seien. Deshalb fing sie an zu singen, so laut sie konnte, Songs, die sie als Teenager auf dem Harvard Square gesungen hatte, *»This Land Is Your Land«* und dann *»Where Have All The Flowers Gone«*. Sie war mitten in *»When The Saints Go Marching In«*, als sie ihre neue Brücke erreichte und überquerte.

Erst als der Motor der Kettensäge knatternd ansprang, fühlte sie sich sicher, und sie stürzte sich förmlich auf das Gestrüpp, um ihre Angst mit schwerer Arbeit zu vertreiben.

Gleichgesinnte

Die Family Planning Clinic in Springfield war in einem hübschen alten Backsteinhaus an der State Street untergebracht, einem Gebäude, das außen ein wenig verwittert war, aber ansonsten in gutem Zustand. R. J. hatte Barbara Eustis wissen lassen, daß sie, zumindest für den Augenblick, lieber unbegleitet kommen und gehen wolle, denn sie glaube nicht daran, daß eine Eskorte wirklichen Schutz biete. Doch als sie jetzt ihr Auto einen Block entfernt abstellte und zu Fuß zur Klinik ging, zweifelte sie an der Richtigkeit dieser Entscheidung. Ein Dutzend Demonstranten stand mit Schildern vor der Klinik, und kaum hatte R. J. die erste Stufe betreten, begann das Pfeifen und Schreien, und man streckte ihr Schilder vors Gesicht.

Eine der Demonstrantinnen hielt ein Schild mit der Aufschrift JESUS WEINTE. Sie war eine Frau, die R. J. auf Mitte Dreißig schätzte, mit langen, honigfarbenen Haaren, einer schmalen, wohlgeformten Nase und kummervollen braunen Augen. Sie schrie nicht und schwenkte auch ihr Schild nicht, sondern stand einfach nur da. Ihr Blick traf sich mit dem R. J.s, die wußte, daß sie dieser Frau noch nie begegnet war, aber irgendwie das Gefühl hatte, daß sie einander kannten. Sie nickte deshalb, und die Frau erwiderte das Nicken. Doch dann hatte sie den Treppenabsatz erreicht und betrat das Gebäude, und der Tumult lag hinter ihr.

Medizinisch fiel es ihr nicht schwer, sich wieder in die Routine der Ersttrimester-Abtreibungen einzugewöhnen, aber die erhöhte Anspannung wurde nun wieder ein beständiger Teil ihres Lebens.

Das Grauen packte sie nur jeden Donnerstag, aber terrorisiert wurde sie die ganze Woche über. Sehr schnell wurde ihr Auto identifiziert. Nur zwei Wochen nach ihrem Arbeitsbeginn in der Klinik begannen die Anrufe, und sie kamen regelmäßig – mit Verwünschungen, Beschuldigungen, Drohungen.

»Mörderin, du wirst sterben. Sterben, sterben, unter Qualen. Dein Haus wird brennen, aber du wirst nicht nach Hause kommen und schwelende Ruinen vorfinden, denn du wirst in der Asche sein. Wir kennen dein Haus gut, an der Laurel Hill Road in Woodfield. Deine Apfelbäume müssen geschnitten und bald muß dein Dach ausgebessert werden, aber kümmer dich erst gar nicht darum! Dein Haus wird brennen. Und du wirst darin sein.«

Sie bemühte sich erst gar nicht um eine Geheimnummer, schließlich mußten die Leute am Ort ihre Ärztin erreichen können.

Eines Morgens ging sie zum Polizeirevier im Untergeschoß des Rathauses und unterhielt sich mit Mack McCourtney. Der Polizeichef wurde sehr hellhörig, als sie ihm von den Drohungen berichtete.

»Sie müssen diese Drohungen ernst nehmen«, sagte er. »Sehr ernst. Ich will Ihnen mal was erzählen. Mein Vater war der erste Katholik, der in diese Stadt gezogen ist. Einunddreißig war das. Und eines Nachts kam der Ku-Klux-Klan.«

»Ich habe gedacht, so was gab's nur im Süden.«

»O nein, o nein... Eines Nachts sind sie in ihren Yankee-Bettüchern aufgekreuzt und haben auf unserer Weide ein großes Kreuz verbrannt. Die Väter und Onkel von Leuten, die wir beide kennen, Leuten, denen wir täglich begegnen, haben vor dem Haus meines Vaters ein großes Holzkreuz verbrannt, weil er ein Katholik aus Chicopee war, der es wagte, hierherzuziehen. Sie sind eine wunderbare Frau, Doc. Ich weiß das, weil ich Sie in Aktion gesehen und Sie sehr genau beobachtet habe, auch wenn Sie es gar nicht merkten. Ab jetzt werde ich Sie noch genauer beobachten. Sie und Ihr Haus.«

R. J. hatte drei HIV-positive Patienten: ein Kind, das sich bei einer Bluttransfusion mit dem Virus infiziert hatte, und ein Ehepaar, bei dem der Mann die Frau angesteckt hatte.

Eines Morgens kam George Palmers Sohn Harold in Begleitung seines Freundes in die Praxis. Eugene Dewalski las im Wartezimmer in einer Zeitschrift, während R. J. Harold untersuchte, doch dann rief sie auf Bitten ihres Patienten Mr. Dewalski ins Sprechzimmer, und zu dritt diskutierten sie den Befund.

Sie war überzeugt, daß das, was sie mit den beiden zu besprechen hatte, keine Überraschung für sie war. Beide wußten seit über drei Jahren, daß Harold Palmer HIV-positiv war. Kurz vor seiner Rückkehr nach Woodfield hatte man bei ihm die ersten Kaposi-Sarkome festgestellt, die den Ausbruch der Krankheit im Vollbild markierten. Während des Gesprächs waren die Männer ruhig dagesessen und hatten auf ihre Fragen mit trockenen, ausdruckslosen Stimmen geantwortet. Nach der Besprechung der Symptome erzählte Harold Palmer ihr begeistert, wie sehr er sich freue, wieder in Woodfield zu sein. »Man kann einem Landjungen das Land einfach nicht austreiben.«

»Und wie gefällt es Ihnen hier bei uns, Mr. Dewalski?«

»Ach, sehr gut.« Er lächelte. »Man hat mich gewarnt, ich würde hier unter lauter kalten Yankees leben, aber die Yankees, die ich bis jetzt getroffen habe, waren freundlich und herzlich. Außerdem scheinen hier in der Gegend die polnischstämmigen Farmer in der Mehrheit zu sein, denn wir haben bereits zwei Einladungen zu hausgemachten *Kielbasa, Golumpki* und *Galuska* erhalten, die wir natürlich mit Freuden angenommen haben.«

»Die *du* mit Freuden angenommen hast«, sagte Harold Palmer lachend, und in gutmütigem Disput über die polnische Küche verließen die beiden Männer die Praxis.

In der folgenden Woche kam Harold allein, um sich eine Spritze geben zu lassen. Binnen Minuten lag er heftig schluchzend in R. J.s Armen. Sie drückte seinen Kopf an ihre Schulter, strich ihm übers Haar, umarmte ihn, sprach ihm gut zu – tat, was in der Möglichkeit des Arztes steht. So entstand zwischen ihnen eine Beziehung, wie sie notwendig war für Harolds langen Leidensweg.

Für viele ihrer Patienten waren es schwierige Zeiten. Zwar meldeten die Fernsehnachrichten steigende Aktienwerte, aber die wirtschaftliche Lage in den Hügeln war schlecht. Eines Tages wurde Toby wütend, weil eine Frau, die nur ihre jüngste Tochter zu einer Untersuchung angemeldet hatte, mit allen drei Kindern zu dem Termin erschien. Doch Tobys Zorn verrauchte, als sie merkte, daß die Frau nicht versichert war und mit ziemlicher Sicherheit auch kein Geld für drei Untersuchungen hatte.

Ausgerechnet an diesem Abend hörte R. J. in den Nachrichten einen US-Senator, der zum wiederholten Male voller Arroganz behauptete, es gebe keine Krise des Gesundheitssystems in Amerika.

Manchmal fand R. J. am Donnerstagmorgen eine große Gruppe Demonstranten vor der Klinik, dann wieder waren es nur wenige. R. J. fiel auf, daß die Protestierenden, wenn nur an einem Tag das Wetter schlecht war, durchaus erschienen, daß sie aber wegblieben, sobald es mehrere Tage hintereinander regnete – bis auf eine Ausnahme: die Frau mit dem ruhigen Blick. Gleichgültig, wie das Wetter war, sie stand immer da, doch schrie sie nie und schwenkte auch nie ihr Schild.

Jeden Donnerstag nickten sie und R. J. einander zu, eine geheime, widerwillige Anerkennung der Menschlichkeit im Gegner. An einem windigen, regnerischen Morgen kam R. J. besonders früh zur Klinik und sah die Frau in einem gelben Regenmantel allein auf der Straße stehen. Sie nickten sich wie üblich zu, und R. J. ging die Treppe hoch, kehrte dann aber noch einmal um. Wasser tropfte vom Regenhut der Frau.

»Hören Sie, ich möchte Sie gerne auf eine Tasse Kaffee einladen. In dem Café an der Ecke.«

Sie sahen einander schweigend an. Schließlich nickte die Frau. Auf dem Weg zum Café hielt sie bei einem »Volvo«-Kombi an und verstaute ihr Schild.

Im Café war es warm und trocken, der Raum hallte wider vom Geschirrgeklapper und den rauhen Stimmen von Männern, die sich über Sport unterhielten. Die beiden zogen ihre Regenkleidung aus und setzten sich einander gegenüber an einen Tisch.

Die Frau lächelte dünn. »Soll das ein fünfminütiger Waffenstillstand sein?«

R. J. sah auf die Uhr. »Machen wir zehn Minuten draus! Dann muß ich in der Klinik Dienst tun. Ich bin übrigens Roberta Cole.«

»Abbie Oliver.« Die Frau zögerte kurz und streckte dann die Hand aus. R. J. nahm sie.

»Sie sind Ärztin, nicht?«

»Ja. Und Sie?«

»Lehrerin.«

»Welches Fach?«

»Englisch für die Unterstufe.«

Beide bestellten koffeinfreien Kaffee.

Ein verlegenes Schweigen entstand, während dem beide von der anderen die erste Boshaftigkeit erwarteten. Doch keine eröffnete den Reigen. R. J. drängte es, diese Frau mit den Tatsachen zu konfrontieren, ihr zum Beispiel zu sagen, daß in Brasilien jährlich ebenso viele Abtreibungen illegal vorgenommen werden wie legal in den Vereinigten Staaten, daß aber in Nordamerika jedes Jahr nur zehntausend Frauen wegen Komplikationen nach einer Abtreibung ins Krankenhaus müssen, während es in Brasilien vierhunderttausend sind.

R. J. wußte aber auch, daß die Frau ihr gegenüber ebenfalls unbedingt ihre Argumente präsentieren wollte, zum Beispiel R. J. ins Gesicht schleudern, daß jeder Gewebeklumpen, den sie absaugte, eine Seele enthielt, die danach schrie, geboren zu werden …

»Das ist wie eine Feuerpause damals im Bürgerkrieg«, sagte Abbie Oliver, »als die Soldaten aus ihren Gräbern kletterten und Essen und Tabak tauschten.«

»Ja, das könnte man sagen. Nur – ich rauche nicht.«

»Ich auch nicht.«

Sie unterhielten sich über Musik. Es zeigte sich, daß beide eine Schwäche für Mozart hatten, Ozawa bewunderten und den

Verlust von John Williams als Dirigent der Boston Pops bedauerten.

Abbie Oliver spielte Oboe. R. J. erzählte ihr von ihrer Gambe. Doch schließlich war der Kaffee ausgetrunken.

R. J. lächelte, schob den Stuhl zurück, und Abbie Oliver nickte und bedankte sich. Während R. J. zahlte, ging die Frau in den Regen hinaus. Als R. J. aus dem Café kam, hatte Abbie ihr Schild schon wieder aus dem Auto geholt und ging vor der Klinik auf und ab. Als R. J. die Treppe hochstieg, mieden beide Frauen den Blickkontakt.

Der Exmajor

Ihren Garten mußte R. J. in abgezwackten halben Stunden bestellen, wenn sie spätnachmittags aus der Praxis zurückkehrte. Oft arbeitete sie bis nach Einbruch der Dunkelheit, und ihre Tomaten- und Paprikasetzlinge mußte sie bei Nieselregen pflanzen, was gärtnerisch nicht gerade klug, aber zeitlich nicht anders möglich war. Das war Gartenarbeit häppchenweise, aber irgendwie gefiel es ihr auch, und sie genoß die Verheißung der Scholle, die sie spürte, sooft sie Erde an den Händen hatte.

Und der Garten gedieh. An einem späten Mittwochnachmittag kauerte sie vor ihren Hochbeeten und erntete gerade Blattsalat, als ein Auto mit einem Nummernschild aus Connecticut vor ihrer Zufahrt abbremste und einbog.

Sie richtete sich auf und sah zu, wie der Fahrer ausstieg und hinkend auf sie zukam. Schlank, aber um die Taille herum etwas voll, mittleren Alters, mit hoher Stirn, eisengrauen Haaren und einem buschigen Schnurrbart.

»Dr. Cole?«

»Ja.«

»Ich bin Joe Fallon.«

Im ersten Augenblick sagte ihr der Name nichts, doch dann erinnerte sie sich an den Raketenangriff auf den Mannschaftswagen, von dem David ihr erzählt hatte, bei dem ein katholischer Geistlicher verwundet und ein zweiter getötet worden war.

Unwillkürlich sah sie an seinen Beinen hinunter.

Er bemerkte es. »Ja.« Er hob das rechte Knie und klopfte auf den unteren Teil des Beins. Es klang massiv hölzern. »Dieser Joe Fallon«, sagte er und grinste.

»Waren Sie der Lieutenant oder der Major?«

»Der Major. Der Lieutenant war Bernie Towers. Möge er in Frieden ruhen! Aber ich bin schon seit langer Zeit nicht mehr Major. Und was das angeht, seit langer Zeit auch kein Priester mehr.«

Er entschuldigte sich, weil er ohne Voranmeldung bei ihr aufgetaucht sei. »Ich bin unterwegs zu Exerzitien im Trappistenkloster in Spencer. Muß erst morgen dort sein, und auf der Karte habe ich gesehen, daß ich mit nur einem kleinen Umweg bei Ihnen vorbeischauen könnte. Ich würde gerne mit Ihnen über David reden.«

»Wie haben Sie mich gefunden?«

»Ich hab auf der Feuerwache gefragt, wo Sie wohnen.« Er hatte ein nettes Lächeln, das typische Lächeln eines irischen Charmeurs.

»Kommen Sie doch ins Haus!«

Er saß am Küchentisch und sah zu, wie sie den Salat wusch. »Haben Sie schon gegessen?«

»Nein. Wenn Sie Zeit haben, würde ich Sie gern zum Dinner ausführen.«

»Es gibt nur wenige Restaurants in den Hügeln, und alle sind ziemlich weit weg. Ich wollte mir eben ein einfaches Abendessen machen, Eier und Salat. Darf ich Sie dazu einladen?«

»Das wäre sehr nett.«

Sie zerkleinerte Kopfsalat und Rucola, schnitt eine gekaufte Tomate in Scheiben, toastete tiefgefrorenes Brot, machte Rühreier und stellte alles auf den Tisch. »Warum haben Sie den Priesterstand aufgegeben?«

»Weil ich heiraten wollte«, erwiderte er so unverkrampft, daß sie sofort merkte, er hatte diese Frage schon oft beantwortet. Er senkte den Kopf. »Herr, wir danken dir für deine Gaben.«

»Amen.« Sie fühlte sich unbehaglich und mußte sich beherrschen, um nicht zu schnell zu essen. »Und was tun Sie jetzt?«

»Ich unterrichte am College. An der Loyola University in Chicago.«

»Sie haben ihn getroffen, nicht wahr?«

»Ja.« Er brach ein Stück Toast ab, ließ es in den Salat fallen und schob es mit der Gabel auf dem Teller herum, um das Dressing aufzutunken.

»Vor kurzem?«

»Es ist noch nicht lange her.«

»Er hat sich bei Ihnen gemeldet, nicht? Hat Ihnen gesagt, wo er ist?«

»Ja.«

Sie versuchte, die Tränen der Wut wegzublinzeln, die ihr in die Augen stiegen.

»Es ist kompliziert. Ich bin sein Freund – vielleicht sein bester Freund –, aber ich bin eben nur Joe, der alte Kumpel. Vor mir konnte er sich in einem ... Zustand der Schwäche sehen lassen. Sie sind ihm auf eine ganz andere Art furchtbar wichtig, bei Ihnen konnte er das nicht riskieren.«

»Er konnte es nicht riskieren, mich wissen zu lassen, daß er noch am Leben ist? All diese Monate? Ich weiß, was Sarah für ihn bedeutet, was ihr Verlust ihm angetan hat. Daß ich auch ein menschliches Wesen bin, hat er nicht berücksichtigt. Von Liebe will ich gar nicht reden.«

Fallon seufzte. »Da ist so viel, das zu verstehen niemand von Ihnen erwarten kann.«

»Aber einen Versuch müßte es wert sein.«

»Es fing alles in Vietnam an. Zwei Pfarrer und ein Rabbi, wie in einem dieser blöden Witze. David und Bernie Towers und ich. Den ganzen Tag über haben wir drei Seelsorger versucht, den Verstümmelten und Sterbenden in den Lazaretten Trost zuzusprechen. Abends haben wir Briefe an die Familien der Toten geschrieben, und dann sind wir losgezogen und haben sozusagen die Sau rausgelassen: Wir haben Unmengen von Alkohol vernichtet.

Bernie trank genausoviel wie David und ich, aber er war ein ganz besonderer Priester, wie ein Fels, wenn es um seine Berufung ging. Ich hatte bereits damals Schwierigkeiten, mein Keuschheitsgelübde zu halten, und wenn ich Zuspruch und Verständnis brauchte, habe ich mich an den Juden gewandt, nicht an meinen

Glaubensgenossen. David und ich sind in Vietnam sehr enge Freunde geworden.«

Er schüttelte den Kopf.

»Im Grunde ist alles sehr merkwürdig. Ich hatte immer das Gefühl, eigentlich hätte es mich treffen müssen und nicht diesen wunderbaren Priester Bernie. Aber...« Er zuckte die Achseln. »Die Wege des Herrn sind unergründlich. Als wir dann in die Staaten zurückkamen, wußte ich, daß ich mein Priesteramt aufgeben mußte, aber ich schaffte es nicht. Ich wurde ein richtiger Säufer. David hat sich um mich gekümmert, hat mich zu den AA gebracht, mir den Kopf zurechtgesetzt. Und als dann seine Frau starb, war ich an der Reihe, ihm zu helfen. Und jetzt bin ich noch einmal an der Reihe. Er ist es wert, glauben Sie mir. Aber es ist auch nicht einfach mit ihm«, sagte er, und sie murmelte zustimmend.

Als sie anfing, den Tisch abzuräumen, stand er ebenfalls auf und half ihr. Sie setzte Kaffee auf, dann gingen sie ins Wohnzimmer.

»Was unterrichten Sie?«

»Religionsgeschichte.«

»Loyola. Eine katholische Universität.«

»Na ja, ich fühle mich immer noch sehr katholisch. Habe alles streng nach Vorschrift gemacht, wie ein alter Soldat. Habe den Papst um die Aufhebung meines priesterlichen Gelübdes gebeten, und die Bitte wurde mir gewährt. Dorothy – inzwischen meine Frau – hat das gleiche getan. Sie war eine Nonne.«

»Sie und David? ... Sie waren seit der Militärzeit immer in engem Kontakt?«

»Die meiste Zeit. Ja. Wir sind Mitglieder einer kleinen, aber wachsenden Bewegung, die zu einer größeren Gruppe religiös orientierter Pazifisten gehört. Nach Vietnam wußte jeder von uns, daß wir nie wieder einen Krieg haben wollen. Wir fingen an, bestimmte Seminare und Workshops zu besuchen, und da wurde sehr schnell klar, daß es eine ganze Reihe von uns gab, Geistliche und Theologen jeder religiösen Ausrichtung, die alle so ziemlich dasselbe empfanden.« Er hielt inne, denn R. J. war aufgestanden, um den Kaffee zu holen. Als sie ihm seine Tasse gab, trank er einen Schluck, nickte und fuhr fort.

»Sehen Sie. Überall auf der ganzen Welt und seit es die Menschheit gibt, haben Leute an die Existenz einer höheren Macht geglaubt und sich verzweifelt danach gesehnt, mit dieser Gottheit in Kontakt zu kommen. Novenen werden abgehalten, Psalmodien gesungen, Kerzen angezündet, es wird gespendet und gestiftet, Gebetsmühlen werden gedreht. Heilige Männer heben die Hände, knien sich hin, werfen sich zu Boden. Sie rufen Allah an, Buddha, Schiwa, Jehova, Jesus und eine Vielzahl von schwachen und mächtigen Heiligen. Wir haben alle unser eigenes Bild von Gott. Alle glauben wir, daß unser Kandidat der richtige ist und alle anderen Fälschungen. Um es zu beweisen, haben wir jahrhundertelang die Anhänger der falschen Religionen getötet und uns dabei eingeredet, wir tun das heilige Werk des einzigen wahren Gottes. Noch immer töten Katholiken und Protestanten sich gegenseitig, Juden und Moslems, Moslems und Hindus, Sunniten und Schiiten. Und so weiter und so fort. Nun gut. Nach Vietnam fingen wir an, Seelenverwandte zu erkennen, gläubige Männer und Frauen, die glaubten, daß wir alle Gott auf unsere ganz persönliche Art suchen können, ohne blutige Schwerter schwenken zu müssen. Wir fühlten uns zueinander hingezogen, und wir haben eine sehr lockere Gruppe gebildet, die ›Friedvolle Gottheit‹, wie wir sie nennen. Wir versuchen, bei religiösen Orden und Stiftungen Geld zu sammeln. In Colorado kenne ich ein Stück Land mit einem Gebäude, das wir gerne kaufen und zum Studienzentrum ausbauen möchten. Dort sollen Leute aus jeder Religion zusammenkommen und über das Streben nach der wahren Rettung und der besten Religion reden, über das Streben nach dem Weltfrieden nämlich.«

»Und David ist ein Mitglied dieser … ›Friedvollen Gottheit‹?«

»Ja, das ist er.«

»Aber er ist doch Agnostiker!«

»Oh, verzeihen Sie mir meine Unverschämtheit, aber offensichtlich kennen Sie ihn in gewisser Weise überhaupt nicht. Bitte verstehen Sie das nicht als Beleidigung!«

»Sie haben recht; ich weiß, daß ich ihn nicht kenne«, sagte sie düster.

»Er redet zwar viel über Agnostizismus, aber tief in seiner Seele – und ich weiß, wovon ich rede – glaubt er, daß etwas, ein größeres Wesen als er selbst, seine Existenz und die der Welt steuert und leitet. David kann diese Macht nur nicht in Begriffe fassen, die so präzise sind, daß sie ihm genügen, und deshalb macht er sich verrückt. Er ist vielleicht der religiöseste Mensch, den ich je kennengelernt habe.« Fallon hielt inne. »Nachdem ich mit ihm geredet habe, bin ich mir sicher, daß er irgendwann versuchen wird, Ihnen seine Verhaltensweise persönlich zu erklären, wahrscheinlich sehr bald.«

Sie war niedergeschlagen und enttäuscht. Sarah und David, so hatte sie es gesehen, hatten ihr nach ihrem stürmischen, unglücklichen Leben ein ruhigeres, ein liebevolleres in Aussicht gestellt. Aber Sarah war tot. Und David war… irgendwo, von Dämonen gejagt, die sie sich nicht einmal vorstellen konnte, und er hatte offensichtlich nicht mehr so viel übrig für sie, um mit ihr wieder Kontakt aufzunehmen. Über all das hätte sie gern mit diesem Mann hier gesprochen, aber sie war nicht dazu in der Lage.

Jeder trug seine Tasse und seine Untertasse zum Spülbecken. Als Fallon Anstalten machte, das Geschirr abzuwaschen, hielt sie ihn davon ab. »Machen Sie sich nicht die Mühe. Ich spüle ab, wenn Sie gegangen sind.«

Er druckste herum. »Also, ich hätte Sie gerne noch um etwas gebeten. Ich bin die ganze Zeit unterwegs, stelle in den verschiedenen Orden die ›Friedvolle Gottheit‹ vor, rede mit Stiftungen, versuche, Geld für unser Zentrum aufzutreiben. Die Jesuiten bezahlen einen Teil meiner Reisekosten, aber sie sind nicht gerade für üppige Spesenerstattung bekannt. Ich habe einen Schlafsack… und ich habe mich gefragt, ob Sie mich vielleicht in Ihrer Scheune übernachten lassen würden.«

Sie warf ihm einen argwöhnischen, forschenden Blick zu, aber er kicherte.

»Keine Angst um Ihre Nachtruhe! Vor mir sind Sie sicher. Ich habe die beste Frau der Welt. Und wenn man schon einmal ein wichtiges Gelübde gebrochen hat, dann nimmt man die anderen sehr genau.«

Sie führte ihn ins Gästezimmer. »Überall in Ihrem Haus Herzsteine«, sagte er. »Sie war ein großartiges Mädchen, unsere Sarah.«

»Ja.«

Als sie abwusch, trocknete er ab. Dann gab sie ihm ein Handtuch und einen Waschlappen. »Ich gehe jetzt nur kurz unter die Dusche und dann schlafen. Sie können sich Zeit lassen, so lange Sie wollen. Wegen des Frühstücks ...«

»Ach, wenn Sie aufstehen, bin ich längst verschwunden.«

»Wir werden sehen. Gute Nacht, Mister Fallon!«

»Schlafen Sie gut, Doctor Cole!«

Nach dem Duschen lag sie im Dunkeln da und überlegte verschiedenes. Aus dem Gästezimmer hörte sie leises Murmeln, er sprach wohl sein Abendgebet. Was er sagte, konnte sie nicht verstehen, nur am Ende, als seine Stimme sich zufrieden, beinahe erleichtert hob, hörte sie die Worte: »Im Namen des Vaters und des Sohnes und des Heiligen Geistes, Amen.« Kurz vor dem Einschlafen fiel ihr ein, was er über das Brechen von wichtigen Gelübden gesagt hatte, und sie fragte sich, ob Joseph Fallon und seine Nonne Dorothy sich geliebt hatten, bevor der Papst ihnen Dispens gewährte.

In aller Frühe wurde sie vom Motorgeräusch seines Leihwagens geweckt. Es war noch dunkel, und sie schlief weiter, bis eine Stunde später der Wecker klingelte.

Das Gästezimmer sah aus wie unberührt, nur das Bett war straffer gemacht, als sie es gewöhnlich schaffte, mit militärischer Präzision. Sie zog es ab, faltete die Decken zusammen und stopfte die Bezüge in den Wäschekorb.

Sie und Toby hatten es sich zur Gewohnheit gemacht, sich jeden Donnerstagmorgen für eine Stunde zusammenzusetzen und den nötigsten Papierkram zu erledigen, bevor sie nach Springfield fuhr. An diesem Morgen gingen sie die Papiere durch, die

R. J. unterschreiben mußte, dann lächelte Toby sie geheimnisvoll an.

»R. J. Ich glaube... ich glaube, die Laparoskopie hat funktioniert.«

»O Toby! Bist du sicher?«

»Na ja, das laß ich mir wohl besser von dir sagen. Aber ich glaube, ich weiß es bereits. Ich möchte, daß du die Entbindung machst, wenn's soweit ist.«

»Nein. Bis dahin ist Gwen doch schon längst hier, und eine bessere Geburtshelferin gibt es nicht. Du bist ein Glückspilz!«

»Nein, ich bin einfach nur dankbar.« Toby begann zu weinen.

»Hörst du wohl auf damit, du Dummkopf!« sagte R. J., und dann umarmten sie sich, bis es schmerzte.

Der rote Pick-up

Am Nachmittag des zweiten Donnerstags im Juli bemerkte R. J., als sie von der Klinik wegfuhr, im Rückspiegel ihres »Explorer« einen zerbeulten roten Pick-up, der sich vom Straßenrand löste und ihr folgte. Während sie das Ortszentrum von Springfield in Richtung Route 91 durchquerte, blieb er die ganze Zeit hinter ihr.

Kaum hatte sie den Highway erreicht, fuhr sie vor der Einfahrt an den Rand und hielt an.

Sie atmete erleichtert auf, als der rote Pick-up an ihr vorbeirauschte, blieb noch einige Minuten sitzen, bis ihr Puls sich wieder normalisiert hatte, und fuhr dann auf den Highway.

Nach einer halben Meile auf der Route 91 sah sie den roten Pick-up wieder. Er wartete auf einem Parkplatz und reihte sich hinter ihr ein.

Jetzt zitterte sie. An der Abzweigung der Route 292, die zu der kurvigen Nebenstraße Richtung Woodfield Mountain führte, blieb sie auf dem Highway.

Diese Leute wußten zwar offensichtlich bereits, wo sie wohnte, aber R. J. wollte nicht, daß sie sie auf einsamen, verkehrsarmen Straßen verfolgten. So blieb sie auf der Route 91 bis Greenfield, nahm dann die Route 2 nach Westen und folgte dem Mohawk Trail bis hinauf in die Hügel. Sie fuhr langsam, behielt immer den Pick-up im Auge und versuchte, sich Details einzuprägen. In Shelburne Falls fuhr sie auf den Parkplatz vor der Kaserne der Massachusetts State Police, und der rote Pick-up hielt auf der anderen Straßenseite an. Die drei Männer in der Fahrerkabine sahen zu ihr herüber. Am liebsten wäre sie zu ihnen gegangen und hätte ihnen gesagt, sie sollten sich zum Teufel scheren. Aber Leute wie diese schossen auf Ärzte, und so stieg sie nur aus und rannte in das Gebäude, wo es, im Gegensatz zum hellen frühsommerlichen Sonnentag draußen, kühl und dunkel war.

Der Mann hinter dem Schreibtisch war jung und braungebrannt, die schwarzen Haare trug er kurzgeschnitten. Seine Uniform war gestärkt, und sein Hemd zierten drei vertikale Bügelfalten, die schärfer waren als mit dem Messer gezogen. »Ja, Ma'am? Ich bin Trooper Buckman.«

»Seit Springfield verfolgen mich drei Männer in einem Pick-up. Sie stehen auf der anderen Straßenseite.«

Er stand auf und ging mit ihr zur Tür. Der Platz, an dem der rote Transporter gestanden hatte, war leer. Ein anderer Pick-up kam mit ziemlichem Tempo die Straße entlanggesaust, wurde aber langsamer, als der Fahrer den Trooper bemerkte. Der Pick-up war gelb. Und ein Ford.

R. J. schüttelte den Kopf. »Nein, es war ein roter Chevy. Er ist verschwunden.«

Der Trooper nickte. »Kommen Sie wieder mit rein!«

Er setzte sich hinter seinen Schreibtisch und füllte ein Formular aus, ihren Namen und ihre Adresse, den Gegenstand ihrer Anzeige. »Sind Sie sicher, daß Sie verfolgt wurden? Wissen Sie, manchmal hat ein Fahrzeug einfach nur dasselbe Ziel wie man selbst, und man hält es für einen Verfolger. Mir ist das auch schon passiert.«

»Nein. Es waren drei Männer. Und sie haben mich verfolgt.«

»Also wissen Sie, Doctor, das waren wahrscheinlich nur ein paar Jungs, die sich ein bißchen was hinter die Binde gegossen haben. Die sehen eine hübsche Frau und verfolgen sie ein Stückchen. Das ist zwar nicht sehr nett, aber auch nicht besonders schlimm.«

»So war es nicht.«

Sie erzählte ihm von ihrer Arbeit in der Family Planning Clinic, von den Demonstrationen und Drohungen. Danach merkte sie, daß er sie sehr kühl ansah. »Ja, ich kann mir vorstellen, daß es da einige Leute gibt, die Sie nicht besonders mögen. Und was soll ich jetzt Ihrer Meinung nach unternehmen?«

»Können Sie nicht Ihre Patrouillenfahrzeuge benachrichtigen, daß sie nach dem Transporter Ausschau halten?«

»Wir haben nur eine begrenzte Zahl von Fahrzeugen, und die sind alle auf den Hauptstrecken unterwegs: nach Vermont hinüber, runter nach Greenfield, im Süden bis nach Connecticut und im Westen bis in den Staat New York. Ein Großteil der Leute hier auf dem Land fährt Pick-ups, und die meisten davon sind rote Fords oder Chevrolets.«

»Es war ein roter Chevrolet mit Trittbrettern. Kein neues Modell. In dem Auto saßen drei Männer. Der Fahrer trug eine randlose Brille. Er und der Mann an der Beifahrertür waren dünn, oder zumindest Durchschnitt. Der Mann in der Mitte sah ziemlich dick aus und hatte einen stattlichen Bart.«

»Alter? Hautfarbe? Augenfarbe?«

»Das konnte ich nicht erkennen.« Sie griff in die Tasche und zog ihren Rezeptblock heraus, auf dem sie sich Notizen gemacht hatte. »Der Pick-up hatte Nummernschilder aus Vermont. Die Nummer ist TZK-4922.«

»Aha.« Er notierte sie sich. »Okay, wir überprüfen das und melden uns dann bei Ihnen.«

»Können Sie es nicht gleich tun? Während ich hier warte.«

»Das kann aber einige Zeit dauern.«

Jetzt wurde sie auch unangenehm. »Ich werde warten.«

»Wie Sie wollen.«

Sie setzte sich auf eine Bank in der Nähe des Tisches. In den ersten fünf Minuten kümmerte sich der Beamte ostentativ nicht um ihr Anliegen, doch dann griff er zum Telefon und wählte eine Nummer. Sie hörte, wie er das Vermonter Kennzeichen durchgab, dann jemandem dankte und auflegte.

»Was haben sie gesagt?«

»Ich muß ihnen ein bißchen Zeit lassen. Ich rufe später noch mal an.«

Er beschäftigte sich mit Schreibarbeiten und ignorierte sie. Zweimal klingelte das Telefon, und er führte kurze Gespräche, die nichts mit ihr zu tun hatten. Zweimal stand sie auf und ging nervös nach draußen, um den Highway zu beobachten, sah aber nur den langsam stärker werdenden Feierabendverkehr.

Als sie das zweite Mal ins Büro zurückkehrte, redete er am Telefon über die Autonummer des Pick-ups.

»Gestohlene Nummernschilder«, sagte er ihr. »Die wurden heute morgen an der Madley Mall von einem Honda abgeschraubt.«

»Und? Ist das alles?«

»Das ist alles. Wir werden eine Fahndung rausgeben, aber die haben inzwischen bestimmt schon andere Schilder an ihrem Transporter, da können Sie sicher sein.«

Sie nickte. »Vielen Dank!« Sie wandte sich zum Gehen, doch plötzlich fiel ihr noch etwas ein. »Die Leute wissen, wo ich wohne. Würden Sie freundlicherweise bei der Polizei in Woodfield anrufen und Chief McCourtney bitten, zu meinem Haus zu kommen?«

Er seufzte. »Jawohl, Ma'am«, sagte er.

Mack McCourtney durchsuchte gemeinsam mit ihr das Haus, Zimmer um Zimmer, den Keller und den Dachboden. Anschließend gingen sie den Waldpfad ab.

Sie erzählte ihm von den telefonischen Belästigungen. »Bietet denn die Telefongesellschaft nicht inzwischen ein Gerät an, mit dem man die Telefonnummer des Anrufers feststellen kann?«

»Ja. Anrufer-Identifikation. Der Service kostet ein paar Dollar extra pro Monat, und Sie müssen sich ein Gerät kaufen, das ungefähr soviel kostet wie ein Anrufbeantworter. Aber damit haben Sie am Ende nur einen Haufen Telefonnummern, und ›New England Telephone‹ verrät Ihnen nicht, wem sie gehören. Wenn ich denen allerdings sage, daß es eine polizeiliche Angelegenheit ist, legen sie eine Fangschaltung. Dieser Service ist umsonst, aber sie verlangen dann drei Dollar für jede Nummer, die sie aufspüren und identifizieren.«

Mack seufzte.

»Das Problem ist nur, R. J., diese Mistkerle, die anrufen, sind gut organisiert, sie kennen diese Geräte, und Sie bekommen nichts anderes als einen Haufen Nummern von Telefonzellen, für jeden Anruf eine andere Zelle.«

»Sie glauben also nicht, daß es etwas bringt, die Nummern herauszufinden?«

Er schüttelte den Kopf.

Auch auf dem Waldpfad konnten sie nichts entdecken. »Ich wette ein Jahresgehalt, daß die längst verduftet sind«, sagte Mack. »Andererseits, diese Wälder sind sehr dicht. Da gibt es genug Stellen, wo man einen Pick-up abseits der Straße verstecken kann. Mir wäre es deshalb lieber, wenn Sie heute nacht Fenster und Türen verschließen. Ich habe um neun Feierabend, Bill Peters macht die Nachtschicht. Wir werden regelmäßig an Ihrem Haus vorbeifahren und unsere Augen offenhalten. Okay?«

»Okay.«

Es wurde eine lange, heiße Nacht, die nur langsam vorbeiging. Immer wieder ließen die Scheinwerfer eines die Straße entlangfahrenden Autos Lichtflecken durch R. J.s Schlafzimmer tanzen. Der Wagen bremste jedesmal ab, wenn er am Haus vorbeikam, und sie nahm an, daß es Bill Peters in seinem Streifenwagen war.

Gegen Morgen wurde die Hitze erdrückend. Eigentlich war es Blödsinn, die Fenster auch im ersten Stock geschlossen zu halten, dachte sie. Sie würde es auf jeden Fall hören, wenn jemand eine Leiter gegen die Hauswand lehnte. Sie öffnete die Fenster, lag dann im Bett und genoß die kühle Luft, die hereinwehte. Kurz nach fünf Uhr begannen hinter dem Haus die Kojoten zu heulen. Ein gutes Zeichen, dachte sie, denn wenn Menschen im Wald wären, würden die Kojoten still bleiben.

Sie hatte gelesen, daß dieses Heulen fast immer eine sexuelle Aufforderung bedeutet, eine Verabredung zur Paarung, und sie mußte lächeln, als sie nun den langgezogenen Lauten lauschte: *Ai-uu-uu-uu-uu-jip-jip-jip*: Hier bin ich, ich bin bereit, komm und nimm mich!

Die Zeit ihrer Enthaltsamkeit dauerte nun schon sehr lange. Und ein Mensch war schließlich auch nur ein Säugetier, so bereit zum Sex wie ein Kojote. Sie streckte sich im Bett, öffnete den Mund und ließ den Schrei heraus: *Ai-uu-uu-uu-uu-jipup-up*. Sie heulte mit dem Kojotenrudel, während sich die Nacht perlgrau lichtete, und stellte zu ihrer Überraschung fest, daß sie zur gleichen Zeit so viel Angst und so viel Lust verspüren konnte.

Frühkonzert

Es wurde ein an Freuden und Traurigkeit reicher Sommer für R. J., während sie unter Leuten arbeitete, die sie wegen ihrer vielen Stärken, aber auch der Menschlichkeit ihrer Schwächen wegen bewundern gelernt hatte. Janet Cantwells Mutter, Elena Allen, litt seit achtzehn Jahren an Diabetes mellitus, und schließlich hatten Durchblutungsprobleme zu einer Gangrän geführt, die eine Amputation des rechten Beins nötig machte. Voller unguter Vorahnungen behandelte R. J. auch arteriosklerotische Schädigungen am linken Bein. Elena war achtzig Jahre alt, aber geistig noch sehr wach. Auf Krücken zeigte sie R. J. ihre preisgekrönten Lilien und riesige Tomaten, die bereits langsam rot wurden. Elena versuchte, ihr einige ihrer überschüssigen Zucchini aufzuschwatzen.

»Ich habe doch selber welche!« protestierte R. J. lachend. »Wollen Sie vielleicht ein paar von meinen?«

»Ach, du meine Güte, nein!«

Jeder Gartenbesitzer in Woodfield züchtete Zucchini. Gregory Hinton meinte, wer an der High Street parke, solle besser sein Auto abschließen, sonst werde er beim Zurückkommen feststellen, daß ihm jemand Zucchini auf den Rücksitz gelegt hat. Greg Hinton, der alte Geizhals, war zu einem loyalen Förderer und Freund R. J.s geworden, und es schmerzte sie, daß sie bei ihm einen kleinzelligen Lungenkrebs diagnostizieren mußte. Als er hustend und keuchend zu ihr kam, war er bereits in ernsten Schwierigkeiten. Er war siebzig und hatte seit seinem fünfzehnten Lebensjahr täglich zwei Schachteln Zigaretten geraucht. Aber seiner Ansicht nach gab es auch noch andere Gründe für die Krankheit. »Jeder sagt, wie gesund das Leben als Farmer ist: die Arbeit an der frischen Luft und so weiter.

Aber niemand denkt an den Heustaub in geschlossenen Scheunen und an die chemischen Dünger und Unkrautvernichter auf den Feldern, die der arme Kerl die ganze Zeit einatmen muß. In vieler Hinsicht ist das eine sehr ungesunde Arbeit.«

R. J. schickte ihn zu einem Onkologen in Greenfield, wo eine Kernspintomographie zusätzlich einen kleinen, ringförmigen Schatten in seinem Hirn zutage brachte. R. J. sorgte nach der Strahlenbehandlung für ihn, überwachte seine Chemotherapie und litt mit ihm.

Aber es gab auch positive Augenblicke und Wochen. Den ganzen Sommer über hatte es keinen Sterbefall gegeben, und die Menschen in R. J.s Umgebung wuchsen und mehrten sich. Tobys Bauch schwoll an wie eine Popcorntüte in der Mikrowelle. Sie litt unter morgendlicher Übelkeit, die sich teilweise bis in die Nachmittags- und Abendstunden erstreckte. Sie fand aber heraus, daß eiskaltes Mineralwasser mit Zitronenscheiben die Übelkeit linderte, und so saß sie zwischen zwei Brechanfällen hinter ihrem Schreibtisch in R. J.s Praxis und hielt sich an einem hohen Glas fest, in dem die Eiswürfel klimperten, wenn sie in kleinen, würdevollen Schlucken aus ihm trank. R. J. hatte Toby für die siebzehnte Woche ihrer Schwangerschaft zur Amniozentese vorgesehen.

Ein Ereignis schlug in der ansonsten ruhigen Oberfläche der Gemeinde hohe Wellen. An einem entsetzlich schwülen Tag entband R. J. Jessica Garland von Drillingen, zwei Mädchen und einem Jungen. Obwohl seit langem bekannt war, daß Drillinge anstanden, feierte nach der problemlosen Geburt der ganze Ort. Es war R. J.s erste Entbindung von Drillingen und wahrscheinlich auch ihre letzte, denn sie hatte beschlossen, nach dem Umzug der Gablers in die Hügel alle werdenden Mütter zu Gwen zu überweisen. Die Neugeborenen wurden Clara, Julia und John getauft. R. J. hatte immer geglaubt, man würde Landärzten die Ehre erweisen, Babys nach ihnen zu benennen, aber offensichtlich gab es diesen Brauch nicht mehr.

Eines Morgens kam Gregory Hinton wie gewohnt zur Chemotherapie in ihre Praxis. Doch nach der Behandlung druckste er herum.

»Dr. Cole, ich habe erfahren, daß Sie in Springfield Abtreibungen durchführen.«

Die formelle Anrede ließ sie aufhorchen, denn er nannte sie schon seit längerer Zeit R. J. Die Frage allerdings überraschte sie nicht, hatte sie doch bewußt kein Geheimnis aus dieser Tätigkeit gemacht. »Ja, das stimmt, Greg. Ich arbeite jeden Donnerstag in dieser Klinik.«

Er nickte. »Wir sind Katholiken. Haben Sie das gewußt?«

»Nein, das habe ich nicht gewußt.«

»Jaja. Ich wurde als Kongregationalist geboren und erzogen, Stacia aber als Katholikin. Sie hieß Stacia Kwiatkowski, ihr Vater hatte eine Hühnerfarm in Sunderland. An einem Samstagabend kam sie mit ein paar Freundinnen zum Tanz in unseren Rathaussaal, und dort habe ich sie kennengelernt. Nach unserer Hochzeit erschien es uns einfacher, in *eine* Kirche zu gehen, und so habe ich angefangen, die ihre zu besuchen. Hier im Ort gibt es natürlich keine katholische Kirche, wir gehen in die Pfarrei Jesu Namen in South Deerfield. Ja, und irgendwann bin ich konvertiert.«

Er räusperte sich.

»Wir haben eine Nichte in Colrain, Rita Hinton, die Tochter meines Bruders Arthur. Sie sind Kongregationalisten. Rita war auf der Syracuse University, hat sich dort eine Schwangerschaft anhängen lassen, und der Junge machte sich aus dem Staub. Rita hat das Studium aufgegeben und das Baby behalten, ein kleines Mädchen. Meine Schwägerin Helen kümmert sich um das Baby, und Rita nimmt ihr dafür die Hausarbeit ab. Wir sind sehr stolz auf unsere Nichte.«

»Das dürfen Sie auch sein. Wenn das ihre Entscheidung war, sollten Sie sie unterstützen und sich mit ihr freuen.«

»Die Sache ist die«, sagte er leise, »wir können Abtreibungen nicht billigen.«

»Ich mag auch keine Abtreibungen, Greg.«

»Warum machen Sie sie dann?«

»Weil die Leute, die in diese Klinik kommen, verzweifelt Hilfe brauchen. Viele Frauen würden sterben, wenn sie keine Chance zu einer sicheren, sauberen Abtreibung bekommen. Für diese Frauen ist es unwichtig, was andere schwangere Frauen getan oder nicht getan haben, oder was Sie denken, oder was ich denke, oder was diese oder jene Gruppe denkt. Für diese Frauen ist nur wichtig, was in ihrem eigenen Körper und in ihrer Seele passiert, und sie müssen persönlich entscheiden, was sie tun wollen, um zu überleben.« Sie sah ihm in die Augen. »Können Sie das verstehen?«

Nach einem Augenblick des Zögerns nickte er. »Ich glaube, ich kann es«, antwortete er widerstrebend.

»Darüber bin ich froh.«

Trotzdem war sie nicht länger bereit, sich vor jedem Donnerstag zu fürchten. Als sie Barbara Eustis versprochen hatte auszuhelfen, hatte sie ihr auch gesagt, daß sie es nur vorübergehend tun werde, nur so lange, bis die Leiterin der Klinik andere Ärzte gefunden habe. Am letzten Donnerstag im August fuhr R. J. nach Springfield mit dem festen Vorsatz, Barbara Eustis zu sagen, daß sie nicht mehr weitermachen wolle.

Vor der Klinik fand eine Demonstration statt, als sie am Gebäude vorbeifuhr. Wie gewöhnlich parkte sie ein paar Blocks entfernt und ging zu Fuß zurück. Ein positives Ergebnis der Politik Clintons war es, daß die Polizei die Demonstranten nun auf der anderen Straßenseite halten mußte, so daß sie niemanden mehr körperlich beim Betreten der Klinik belästigen konnten. Trotzdem wurden, als ein Auto in die Klinikauffahrt einbog, die Schilder und Plakate geschwenkt und in die Höhe gereckt, und das Geschrei erhob sich.

Aus einem Lautsprecher dröhnte: »Mommy, bring mich nicht um! Mommy, bring mich nicht um!«

»Mutter, bring dein Baby nicht um!«

»Kehre um! Rette ein Leben!«

Offensichtlich hatte jemand R. J. erkannt, die nun nur noch wenige Schritte von der Tür entfernt war.

»Mörderin ... Mörderin ... Mörderin!«

Kurz bevor sie das Gebäude betrat, sah sie, daß das Fenster des Verwaltungszimmers zerbrochen war. Die Tür zu diesem Büro war offen, und R. J. sah Barbara Eustis, die auf Händen und Knien Glassplitter einsammelte.

»Hallo!« sagte Barbara gelassen.

»Guten Morgen! Ich wollte Sie kurz sprechen, aber offensichtlich …«

»Kommen Sie nur rein, R. J.! Für Sie habe ich immer Zeit.«

»Ich bin etwas zu früh dran. Lassen Sie mich Ihnen mit den Scherben helfen! Was ist denn nur passiert?«

»Fragen Sie lieber, wer es gewesen ist! Ein Junge, vielleicht dreizehn, ist allein an der Klinik vorbeigeschlendert, mit einer Papiertüte in der Hand. Und direkt unter meinem Fenster hat er das hier aus der Tüte gezogen und geworfen.«

Ein Stein etwa von der Größe eines Baseballs lag auf Barbaras Schreibtisch. R. J. sah, daß er die Kante der Schreibtischplatte getroffen hatte, die unter der Wucht des Aufpralls zersplittert war. »Nur gut, daß er nicht Sie getroffen hat. Wurden Sie von Glassplittern getroffen?«

Barbara Eustis schüttelte den Kopf. »Ich war in dem Augenblick auf der Toilette. Glück gehabt, ein schicksalhaftes Bedürfnis sozusagen.«

»Hat der Junge zu den Demonstranten gehört?«

»Wir wissen es nicht. Er ist die Straße hochgerannt und dann in diesen Verbindungsweg, der zur Forbes Avenue führt. Die Polizei hat die Verfolgung aufgenommen, ihn aber nicht gefunden. Wahrscheinlich wurde er von einem wartenden Auto mitgenommen.«

»O Gott. Jetzt benutzen sie schon Kinder! Barbara, wie wird das enden? Wohin führt uns diese ganze Sache?«

»In die Zukunft, Doctor! Der Oberste Gerichtshof der Vereinigten Staaten hat die Legalität der Abtreibung in diesem Land bestätigt. Und jetzt hat die Regierung Tests mit der Abtreibungspille genehmigt.«

»Glauben Sie, daß diese Pille wirklich etwas ändert?«

»Davon bin ich überzeugt. Ja.« Barbara Eustis warf Glasscherben in den Papierkorb, fluchte und saugte an ihrer Fingerspitze. »Die Tests mit RU-486 dürften bei uns positiv ausfallen, da diese Pille in Frankreich, England und Schweden seit Jahren in Gebrauch ist. Wenn Ärzte erst einmal diese Pillen verschreiben dürfen und die Folgebehandlung in Ruhe in ihrer Praxis durchführen können, werden wir den Krieg gewonnen haben, zumindest mehr oder weniger. Natürlich wird es noch viele gewichtige moralische Einwände gegen die Abtreibung geben, und die Leute werden auch weiterhin von Zeit zu Zeit Demonstrationen veranstalten, aber wenn Frauen eine Schwangerschaft beenden können, indem sie einfach ihren Hausarzt besuchen, wird der Abtreibungsstreit so ziemlich vorbei sein. Die Gegner können schließlich nicht vor jeder Arztpraxis protestieren.«

»Wann wird es soweit sein?«

»Ungefähr zwei Jahre wird es noch dauern, denke ich. In der Zwischenzeit ist es unsere Pflicht, irgendwie durchzuhalten. Jeden Tag sind weniger Ärzte bereit, in den Abtreibungskliniken zu arbeiten. Im ganzen Staat Mississippi gibt es nur einen einzigen Mann, der Abtreibungen vornimmt. In North Dakota nur eine einzige Frau. Ärzte in Ihrem Alter machen diese Arbeit nicht; viele Kliniken können nur geöffnet bleiben, weil ältere, bereits pensionierte Ärzte in ihnen tätig sind.« Sie lächelte. »Alte Ärzte haben noch Mumm in den Knochen, R. J., sie sind viel mutiger als die jüngeren. Warum wohl?«

»Weil sie vielleicht weniger zu verlieren haben als die jüngeren. Die haben Familien mit Kindern, um die sie sich kümmern, und Karrieren, die sie erst aufbauen müssen.«

»Ja. Gott sei Dank, daß es die Alten noch gibt! Sie, R. J., sind eine echte Ausnahme. Ich würde alles geben, um noch so eine Ärztin wie Sie aufzutreiben … Aber sagen Sie, worüber wollten Sie eigentlich mit mir reden?«

R. J. ließ die Glasscherben in den Papierkorb fallen und schüttelte den Kopf. »Es ist spät geworden, und ich mache mich besser an die Arbeit. Es war nicht wichtig, Barbara. Ich schau ein andermal bei Ihnen vorbei.«

Am Freitag machte sie sich eben Bratgemüse zum Abendessen und hörte im Radio ein Violinkonzert von Mozart, als Toby anrief.

»Siehst du gerade fern?«

»Nein.«

»O Gott, R. J. Schalt an!«

In Florida war ein siebenundsechzigjähriger Arzt namens John Bayard Britton vor der Abtreibungsklinik, in der er arbeitete, erschossen worden. Die Waffe, eine Schrotflinte, war von einem fundamentalistischen protestantischen Pfarrer namens Paul Hill abgefeuert worden. Der Mord hatte in Pensacola stattgefunden, jener Stadt, in der im Jahr zuvor Michael Griffin den Arzt Dr. David Gunn getötet hatte. R. J. saß starr da und hörte sich die grausigen Details an. Als der Gestank verbrannten Kohls sie aus ihrer Trance riß, sprang sie auf, um den Herd auszuschalten und die verschmorten Überreste in den Abfalleimer zu kippen. Dann setzte sie sich wieder und verfolgte weiter den Bericht.

Der Mörder war auf das Auto des Arztes zugesprungen, als der eben vor der Klinik anhielt, und hatte die Flinte aus kürzester Distanz auf den Vordersitz abgefeuert.

Die Fahrertür und das Fenster wurden durchlöchert, der Arzt war sofort tot. Bei ihm im Auto waren zwei freiwillige Begleiter, ein Mann Mitte Siebzig, der neben Dr. Britton saß und ebenfalls getötet wurde, und dessen Frau, die im Fond mitfuhr und so schwer verletzt wurde, daß sie ins Krankenhaus eingeliefert werden mußte.

Der Nachrichtensprecher meldete, daß Dr. Britton kein erklärter Abtreibungsbefürworter gewesen sei, aber in der Klinik gearbeitet habe, um Frauen eine Wahlmöglichkeit zu geben.

Anschließend wurde ein bei einer früheren Demonstration aufgenommenes Interview mit Reverend Paul Hill gezeigt, in dem der Pfarrer Michael Griffin für die Ermordung von Dr. Gunn seine Anerkennung zollt.

Es gab auch Interviews mit religiösen Führern der Abtreibungsgegner, die sich gegen Gewalt und Mord aussprachen. Aus dem Off war die Stimme des Anführers einer nationalen Antiabtreibungsorganisation zu hören, der erklärte, seine Gruppe bedauere diesen Mord. Doch gleich anschließend zeigte der Sender eben diesen Mann, wie er seine Gefolgsleute dazu ermuntert, dafür zu beten, daß jeden Arzt, der abtreibe, ein Unglück ereilen möge.

Ein Kommentator erinnerte an die Rückschläge, die die Abtreibungsgegner in den Vereinigten Staaten in jüngster Zeit hatten hinnehmen müssen. »Angesichts dieser neuen Gesetze und des Stimmungsumschwungs ist mit weiteren Gewalttaten von seiten radikaler Einzelpersonen und Gruppen innerhalb dieser Bewegung zu rechnen«, sagte er.

R. J. saß da und hatte die Arme fest um sich geschlungen, so als könne sie nicht warm werden. Auch als die Nachrichten vorüber waren und längst eine Unterhaltungs-Show lief, starrte sie gebannt auf den flackernden Bildschirm.

Das ganze Wochenende über rechnete sie mit Scherereien. Sie verschloß alle Türen, zog die Läden vor die Fenster, blieb, wegen der Hitze nur leicht bekleidet, im Haus und versuchte zu lesen und zu schlafen.

Früh am Sonntagmorgen verließ sie kurz das Haus, um einen dringenden Patientenbesuch zu machen. Bei der Rückkehr verschloß sie die Tür wieder.

Als sie am Montag zur Arbeit fuhr, parkte sie abseits der Main Street und ging zu Fuß zur Praxis. Drei Häuser vor dem Gebäude bog sie in eine Auffahrt ein. Die Hinterhöfe waren nicht durch Zäune abgetrennt, so daß sie ihre Praxis problemlos und durch die Hintertür erreichte.

Den ganzen Tag über war sie unkonzentriert. Nachts lag sie schlaflos da, nur noch ein Nervenbündel, weil die telefonischen Belästigungen plötzlich aufgehört hatten. Bei jedem Geräusch, ob nun das alte Farmhaus ächzte oder der Kühlschrank ansprang, zuckte sie zusammen.

Um drei Uhr stand sie schließlich auf, öffnete alle Fenster und entriegelte die Tür.

Barfuß trug sie einen Klappstuhl nach draußen und stellte ihn neben ihre Gemüsebeete. Dann ging sie wieder ins Haus, holte die Gambe und setzte sich unter den Sternenhimmel. Sie grub die Zehen ins Gras und spielte eine Chaconne von Marais, ein Stück, das sie schon seit längerem einstudierte. Es klang wunderbar in der dunklen Morgenluft, und während sie spielte, stellte sie sich vor, wie die Tiere im Wald diesen ungewohnten, rätselhaften Tönen lauschten. Sie machte Fehler, aber das störte sie nicht, sie brachte ja nur dem Salat ein Ständchen.

Die Musik wirkte auf sie wie eine Muttransfusion, und sie fand ihre Gelassenheit wieder. Am Morgen fuhr sie zur Arbeit und parkte an der gewohnten Stelle. Auch mit ihren Patienten konnte sie wieder normal umgehen. Jeden Morgen vor der Arbeit nahm sie sich jetzt die Zeit, einen Waldspaziergang zu machen, und wenn sie nachmittags heimkam, jätete sie im Garten. Sie säte neue Buschbohnen aus und Rucola, weil der alte bereits ausgeschossen war.

Am Mittwoch rief Barbara Eustis an und sagte ihr, die Klinik habe Freiwillige zur Verfügung, um sie abzuholen und wieder nach Hause zu bringen.

»Nein. Keine Freiwilligen.«

»Warum nicht?«

»Es wird nichts passieren, das spüre ich. Außerdem haben die Freiwilligen diesem Arzt in Florida auch nicht viel geholfen.«

»Na gut. Aber fahren Sie direkt auf den Parkplatz! Dort wird jemand auf Sie warten und Ihnen den Platz gleich neben der Tür freihalten. Und wir haben so viele Polizeiautos hier wie noch nie. Wir sind also sicher.«

»Gut«, sagte sie.

Am Donnerstag kehrte die Panik zurück.

Sie war dankbar, als sie an der Ortsgrenze von Springfield ein Polizeiwagen empfing und ihr diskret, mit ein paar Wagenlängen Abstand, quer durch den Ort bis zur Klinik folgte. Demonstranten waren nirgends zu sehen. Wie versprochen, hielt eine der Sekretärinnen ihr den Parkplatz neben der Tür frei.

Der Tag erwies sich als ereignislos und einfach, und als die letzte Behandlung abgeschlossen war, schien sogar Barbara sichtlich erleichtert. Die Polizei – und sonst niemand – folgte R. J. bis zur Stadtgrenze, und dann war sie plötzlich nur wieder eine von vielen, die auf der Route 91 Richtung Norden fuhren.

Zu Hause angekommen, freute sie sich über eine kleine Tüte auf ihrer Veranda, in der sie zarte neue Kartoffeln etwa von der Größe eines Golfballs fand, zusammen mit einer Nachricht von George Palmer, der ihr riet, sie als Pellkartoffeln mit Butter und ein wenig frischem Dill zu genießen. Die Kartoffeln schrien förmlich nach einer Forelle, und sie grub ein paar Würmer aus und machte sich mit ihrer Angelrute auf den Weg. Es war der Jahreszeit entsprechend warm. Als sie den Wald betrat, empfing sie die Kühle wie ein Willkommensgruß. Die Sonne, die durch das Blätterdach schien, sprenkelte Boden und Stämme.

Als der Mann plötzlich aus dem tiefen Schatten trat, mußte sie sofort an einen Angriff des Bären denken. Sie hatte noch Zeit zu erkennen, daß es ein großer und bärtiger Mann war, mit langen Haaren wie Christus, dann hob und senkte sich bereits ihr Arm, und die Angelrute peitschte über den Oberkörper des Mannes, auf den sie einschlug. Die Angelrute zerbrach, aber sie hieb weiter, denn sie wußte plötzlich, wer dieser Mann war. Starke Arme umfaßten sie, sein Kinn auf ihrem Kopf tat ihr weh.

»Vorsicht! Der Haken hat sich gelöst, du wirst dir damit die Hand aufreißen.« Er sprach in ihre Haare. »Du hast den Pfad fertiggestellt«, sagte er.

VIERTER TEIL
Die Landärztin

Die Frühstücksgeschichte

Minuten nachdem David ihr auf dem Waldpfad einen solchen Schrecken eingejagt hatte, saßen sie in R. J.s Küche und betrachteten einander, beide noch ein bißchen unsicher. Es fiel ihnen sehr schwer, die ersten Worte zu finden. Bei ihrer letzten Begegnung hatten sie sich über die Leiche seiner Tochter hinweg angestarrt.

Keiner der beiden war der Mensch geblieben, den der andere in Erinnerung hatte. Als hätten wir uns verkleidet, dachte sie und merkte, daß sie den Pferdeschwanz vermißte und der Bart sie einschüchterte. »Willst du über Sarah reden?«

»Nein«, sagte er schnell. »Zumindest jetzt nicht. Ich will über uns reden.«

Sie faltete die Hände im Schoß, sehr fest, damit sie nicht zitterten, während Hoffnung und Verzweiflung in ihr einen Zweikampf führten. Seltsame Gefühle durchjagten sie, Freude, eine seltsame Heiterkeit, enorme Erleichterung – aber da war auch fataler Ärger.

»Warum bist du zurückgekommen?«

»Ich konnte einfach nicht aufhören, an dich zu denken.«

Er wirkte so gesund, so »normal«, als ob nichts geschehen wäre. Er erschien ihr zu ruhig, zu sachlich. Sie wollte ihm etwas Zärtliches sagen, aber über ihre Lippen kam das Gegenteil.

»Na, das freut mich aber… Einfach so. Ein Jahr lang kein Wort, und dann: ›Hallo, gute alte R. J.! Ich bin wieder da.‹ Woher soll ich denn wissen, daß du nicht schon bei der ersten Auseinandersetzung in dein Auto steigst und für ein weiteres Jahr verschwindest? Oder für fünf Jahre, oder für acht?«

»Weil ich es dir sage. Bist du wenigstens bereit, darüber nachzudenken?«

»Aber natürlich werde ich darüber nachdenken.« Sie sagte es mit so viel Verbitterung, daß er sich abwandte.

»Kann ich die Nacht hierbleiben?«

Sie hatte die Ablehnung schon auf der Zunge, merkte aber dann, daß dies zu weit gehen würde. »Warum nicht«, sagte sie und lachte.

»Du müßtest mich zu meinem Auto fahren. Ich habe es an der Dorfstraße abgestellt und bin über den Grund der Krantz marschiert, um am Fluß auf den Waldpfad zu stoßen.«

»Hol den Wagen doch zu Fuß, während ich uns ein Abendessen mache!« sagte sie grausam und ein bißchen außer Fassung, worauf er nur stumm nickte und das Haus verließ.

Als er zurückkam, hatte sie ihre Beherrschung wiedergefunden. Höflich, so, wie sie mit jedem Gast reden würde, forderte sie ihn auf, seinen Koffer ins Gästezimmer zu stellen. Sie setzte ihm ein Essen vor, das man nicht gerade ein Festmahl nennen konnte: aufgewärmte Kalbsfrikadellen, Folienkartoffeln vom Vortag und Apfelsoße aus einem Glas.

Sie setzten sich an den Tisch, doch bevor sie einen Bissen gegessen hatte, stand sie wieder auf, ging schnell in ihr Zimmer und schloß die Tür. David hörte, wie der Fernseher angeschaltet wurde, und dann kam Gelächter aus dem Lautsprecher, eine Wiederholung von »Alf«.

Aber er hörte auch R. J. Irgendwie wußte er, daß sie nicht wegen ihnen beiden weinte, und er ging zur Tür und klopfte leise.

Sie lag auf dem Bett, und er kniete sich daneben. »Ich habe sie doch auch geliebt«, schluchzte sie.

»Ich weiß.«

Sie weinten gemeinsam, wie sie es schon vor einem Jahr hätten tun sollen, und sie rutschte zur Seite und machte ihm Platz. Die ersten Küsse waren sanft und schmeckten nach Tränen.

»Ich habe die ganze Zeit an dich gedacht. Jeden Tag, jeden Augenblick.«

»Ich hasse den Bart«, sagte sie.

Am Morgen kam R. J. sich merkwürdigerweise vor, als hätte sie die Nacht mit einem Mann verbracht, den sie eben erst kennengelernt hatte. Es liegt nicht nur am zugewucherten Gesicht und am fehlenden Pferdeschwanz, dachte sie, als sie in der Küche stand und Saft mischte.

Als der Toast und die Rühreier fertig waren, kam auch David in die Küche.

»Das ist aber ein guter Saft. Was für einer ist das?«

»Ich mischte Orangensaft mit Preiselbeersaft.«

»Früher hast du nie diese Mischung getrunken.«

»Na, aber jetzt trinke ich sie. Die Dinge ändern sich, David... Ist dir in den Sinn gekommen, daß ich vielleicht einen anderen kennengelernt haben könnte?«

»Hast du?«

»Das geht dich nichts mehr an.« Ihre Wut brach durch. »Warum hast du dich bei Joe Fallon gemeldet, aber nicht bei mir? Warum hast du nie angerufen? Warum hast du so lange gewartet, bis du mir geschrieben hast? Warum hast du mich nicht wissen lassen, daß es dir gutgeht?«

»Es ging mir nicht gut.«

Die Eier auf ihren Tellern waren noch unberührt und wurden kalt, aber er begann zu reden, ihr alles zu erzählen.

Nach Sarahs Tod hatte die Luft sich irgendwie verfärbt, so als wäre alles in ein sehr blasses Gelb getaucht. Ein Teil von mir funktionierte noch normal. Ich rief das Bestattungsunternehmen in Roslyn, Long Island, an, bestellte das Begräbnis für den nächsten Tag, fuhr hinter dem Leichenwagen her nach New York, aber vorsichtig, sehr vorsichtig.

Ich blieb in einem Motel. Am nächsten Morgen gab es nur eine sehr schlichte Zeremonie. Der Rabbi in unserer früheren Gemeinde war neu; er hatte Sarah nicht gekannt, und ich bat ihn, es kurz zu machen. Die Sargträger waren Angestellte des Bestattungsinstituts. Der Direktor hatte zwar in der Morgenzeitung eine Todesanzeige aufgegeben, aber nur wenige Leute fanden die Zeit, zur Beerdigung zu kommen. So standen am

Grab im Beth Moses Cemetery in West Babylon nur zwei Schulfreundinnen von Sarah, die sich an den Händen hielten und weinten, dazu fünf trauernde Erwachsene, die unsere Familie von früher her kannte. Ich schickte die Totengräber weg und schaufelte das Loch selber zu. Ich hörte, wie zunächst die Steine bei den ersten Schaufelladungen auf den Sarg prasselten, und dann kam nur noch Erde auf Erde, bis das Grab eben war und sich schließlich ein Hügel erhob.

Eine dicke Frau, die ich kaum wiedererkannte, die aber, damals schlanker und jünger, Natalies beste Freundin gewesen war, weinte und drückte mich an sich, und ihr Mann flehte mich fast an, doch zu ihnen zu kommen. Ich war mir kaum bewußt, was ich zu ihnen sagte.

Ich verließ den Friedhof sofort, direkt hinter dem Leichenwagen. Ich fuhr ein paar Meilen und bog dann auf den leeren Parkplatz vor einer Kirche ein, wo ich über eine Stunde wartete. Als ich schließlich zum Friedhof zurückfuhr, waren die Trauergäste verschwunden.

Die beiden Grabstellen lagen nebeneinander. Ich setzte mich dazwischen, die eine Hand auf Sarahs Grab, die andere auf dem von Natalie. Niemand störte mich.

Ich nahm nur meinen Kummer und eine unglaubliche Verlassenheit wahr. Am späten Nachmittag setzte ich mich in mein Auto und fuhr los.

Ich hatte kein Ziel. Es war, als würde das Auto mich fahren, die Wellwood Avenue hinunter, Schnellstraßen entlang, über Brücken.

Nach New Jersey hinein.

In Newark hielt ich beim »Old Glory« an, einer Arbeiterbar direkt an der Schnellstraße. Ich kippte drei schnelle Drinks, doch dann spürte ich die Blicke und das betretene Schweigen. Wenn ich Jeans oder einen Overall getragen hätte, wäre ich nicht aufgefallen, aber ich hatte einen zerknitterten und erdbeschmutzten marineblauen Einreiher von »Hart, Schaffner & Marx« an, und außerdem war ich ein nicht mehr ganz junger Mann mit Pferdeschwanz. Ich zahlte also und verließ die Bar, ging in einen Schnapsladen und kaufte mir drei Flaschen »Beefeaters«, mit denen ich mich im nächsten Motel verkroch. Ich habe schon Hunderte von Säufern über den Geschmack von Schnaps reden hören. Einige beschreiben ihn als »flüssige Sterne«, »Nektar auf der Zunge«, »Stoff der Götter«. Ich hasse den Geschmack von Whiskey und halte mich an Wodka oder Gin. In diesem Motel suchte ich nur Vergessen und trank, bis ich einschlief. Wenn ich aufwachte, lag ich ein paar Augenblicke verwirrt da, versuchte mich zu orientieren, und plötzlich war die elende Erinnerung wieder da, und ich griff zur Flasche.

Es war ein altes, vertrautes Verhaltensmuster, das ich schon vor langer Zeit perfektioniert hatte. Ich trank nur in verschlossenen Zimmern, wo ich sicher war. Die drei Flaschen hielten mich vier Tage lang betrunken. Danach war mir einen Tag und eine Nacht lang kotzübel, und am nächsten Morgen kaufte ich mir das leichteste Frühstück, das ich bestellen konnte, checkte im Motel aus und ließ mich von meinem Auto irgendwohin bringen.

Das war eine Routine, die ich von früher her noch allzugut kannte und die ich jetzt sehr schnell wieder aufnahm. Ich fuhr nie, wenn ich betrunken war, denn ich wußte, daß nur mein Auto, meine Brieftasche mit den Kreditkarten und mein Scheckbuch mich vor der Katastrophe bewahrten.

Ich fuhr langsam und automatisch, mit leerem Hirn, und ich versuchte, die Wirklichkeit hinter mir zu lassen. Aber früher oder später kam immer der Moment, in dem die Wirklichkeit ins Auto stieg und mit mir fuhr, und wenn der Schmerz dann unerträglich wurde, hielt ich an, kaufte mir ein paar Flaschen und suchte mir ein Motelzimmer.

Ich betrank mich in Harrisburg, Pennsylvania. Ich betrank mich am Rande von Cincinnati, Ohio, und in Orten, deren Namen ich gar nicht kannte. So soff ich mich in den Herbst hinein.

An einem warmen Morgen – es war noch sehr früh, und ich hatte einen entsetzlichen Kater – fuhr ich irgendeine Landstraße entlang. Es war eine hübsche, sanft hügelige Gegend, etwas flacher als hier in Woodfield, und es gab mehr bestellte Felder als Wald. Ich überholte einen schwarzen Einspänner, der von einem bärtigen Mann mit Strohhut, weißem Hemd und schwarzer, von Hosenträgern gehaltener Hose gefahren wurde. Amische.

Ich kam an einem Farmhaus vorbei und sah eine Frau in einem langen Kleid und einer Gebetshaube, die zwei Jungen dabei half, Kürbisse von einem Fuhrwerk abzuladen. Hinter einem Maisfeld entdeckte ich einen anderen Mann auf einem Fünfspänner bei der Haferernte.

Mir war übel, und ich hatte Kopfweh.

Ich fuhr langsam durch dieses Farmland, vorbei an weißen oder ungetünchten Häusern, wundervollen Scheunen, Wassertürmen mit Windmühlen, wohlbestellten Feldern. Zuerst dachte ich, ich sei womöglich wieder in Pennsylvania, vielleicht in der Nähe von Lancaster, aber bald darauf kam ich an ein Ortsschild und erfuhr, daß ich Apple Creek, Ohio, verließ und in den Bezirk von Kidron hineinfuhr. Ich hatte einen mächtigen Durst. Ich konnte nicht ahnen, daß ich weniger als eineinhalb Meilen von Geschäften, einem Motel, kaltem Coca-Cola und Essen entfernt war… Das erfuhr ich erst später.

Ich war an dem Haus bereits vorbeigefahren, als ich am Straßenrand einen leeren Einspänner sah, dessen Deichselarme auf der Straße lagen. Die zerrissenen Riemen des Geschirrs erzählten stumm die Geschichte von einem durchgegangenen Pferd.

Dann fuhr ich an einem Mann vorbei, der hinter einer Stute herrannte, die, immer ihren Vorsprung wahrend, genau zu wissen schien, was sie wollte.

Ohne lange nachzudenken, überholte ich das Pferd, versperrte mit dem Auto die Straße, stieg dann aus, stellte mich vor das Auto und schwenkte die Arme vor dem näher kommenden Pferd. Auf der einen Straßenseite war ein Zaun, auf der anderen hoher Mais. Als die Stute langsamer wurde, ging ich auf sie zu, redete beruhigend auf sie ein und packte dann die Zügel.

Schwer atmend und mit hochrotem Gesicht kam der Mann angerannt.

»Danke. Vielen Dank«, sagte er auf pennsylvaniadeutsch. »Sie

wissen, wie man mit solchen Tieren umgehn muß, ja?« fuhr er dann auf englisch fort, damit ich ihn verstehen konnte.

»Wir hatten früher auch ein Pferd.«

Das Gesicht des Mannes verschwamm vor meinen Augen, ich mußte mich gegen das Auto lehnen.

»Sie sind *krank*? Brauchen Hilfe?«

»Nein, ich bin in Ordnung. Alles in Ordnung.« Das Schwindelgefühl ließ nach. Ich mußte nur aus der unbarmherzig sengenden Sonne. Ich hatte »Tylenol« im Auto. »Wissen Sie vielleicht, wo ich hier einen Schluck Wasser bekommen kann?«

Der Mann nickte und zeigte auf das Haus, an dem ich vorbeigefahren war. »Diese Leute, die werden Ihnen Wasser geben. Klopfen Sie an ihre Tür!«

Das Farmhaus war umgeben von Getreidefeldern, aber es gehörte nicht Amischen. Im Hinterhof sah ich nämlich eine ganze Reihe von Autos stehen, deren Gebrauch Amische ablehnen. Ich hatte bereits geklopft, als mir das kleine Schild auffiel:

YESHIVA YISROEL

Das Studienhaus Israels. Durch das offene Fenster drang hebräischer Gesang, unverkennbar Zeilen aus einem Psalm: *»Bayt Yisroel barachu et-Adonai, bayt Aharon barachu et Adonai!* O du Haus Israel, lobe den Herrn, o du Haus Aaron, lobe den Herrn!«

Die Tür wurde von einem bärtigen Mann geöffnet, der in dunkler Hose und weißem Hemd aussah wie ein Amischer, doch auf seinem Kopf hatte er ein Käppchen, sein linker Hemdsärmel war hochgekrempelt, und um Stirn und Arm waren Gebetsriemen gewickelt. Hinter ihm saßen Männer an einem Tisch.

Er sah mich an. »Komm rein, komm rein. *Bist a Jid?«*

»Ja.«

»Wir haben auf dich gewartet«, sagte er auf jiddisch.

Eine Vorstellung gab es nicht. Vorgestellt wurde später. »Du bist der zehnte Mann«, sagte ein Graubart. Ich begriff, daß ich für sie den *Minjan* vervollständigte, so daß sie nun mit dem Psalmensingen aufhören und die Morgengebete beginnen konnten. Einige Männer lächelten, andere murmelten nur mürrisch, es werde langsam Zeit. Ich stöhnte innerlich. Nicht unter den besten Umständen hätte ich mir gewünscht, in einem orthodoxen Gottesdienst festzusitzen.

Aber unter diesen Umständen, was blieb mir anderes übrig? Auf dem Tisch standen Wasser und Gläser, und sie ließen mich zuerst trinken. Jemand gab mir Gebetsriemen.

»Nein, vielen Dank.«

»Was? Sei doch kein *Nahr. Du* mußt die *Tefillin* anlegen, die beißen nicht«, brummte der Mann.

Es war schon zu lange her, und sie mußten mir helfen, die dünnen Lederriemen korrekt um den Unterarm, die Hand und den Mittelfinger zu wickeln und die Kapsel mit dem Schriftvers zwischen den Augen zu befestigen. Unterdessen kamen noch zwei Männer herein und legten die *Tefillin* an, doch niemand drängte mich. Später erfuhr ich, daß sie es gewöhnt waren, nicht praktizierende Juden bei sich zu haben. Es war für sie eine *Mizwa,* eine Pflicht, Ungläubige unterweisen zu dürfen. Als die Gebete anfingen, merkte ich, daß mein lange vernachlässigtes Hebräisch zwar eingerostet, aber noch recht brauchbar war. Vor Urzeiten im Seminar war ich immer wegen meines guten Hebräisch gelobt worden. Gegen Ende der Andacht standen drei Männer auf, um ein *Kaddisch,* ein Gebet für die Toten, zu sprechen, und ich stand mit ihnen auf.

Anschließend gab es Frühstück mit Orangen, hartgekochten Eiern, *Kichlach* und starkem Tee. Ich überlegte eben, wie ich mich am besten aus dem Staub machen könnte, als das Geschirr weggeräumt wurde und die großen hebräischen Folianten auf den Tisch kamen, die Seiten vergilbt und spröde, die Ecken der Ledereinbände aufgebogen und abgenutzt.

Dann setzten sie sich auf bunt zusammengewürfelten Holzstühlen um den Tisch und beugten sich über die Schriften, doch sie studierten sie nicht nur, sie widersprachen sich gegenseitig, argumentierten eifrig und hörten einander mit höchster Aufmerksamkeit zu. Das Thema war die Zusammensetzung des Menschen aus *yetzer hatov*, guten Trieben, und *yetzer harah*, bösen Trieben. Ich staunte, wie selten sie in den vor ihnen liegenden Texten nachsehen mußten; ganze Passagen aus den vor eintausendachthundert Jahren von Rabbi Judah niedergeschriebenen Gesetzestexten konnten sie aus dem Gedächtnis zitieren. Gewandt und stilkundig bewegten sie sich sowohl im Babylonischen wie im Palästinensischen Talmud, wie Burschen, die auf Rollschuhen Kunststücke vorführen. Sie ergingen sich in spitzfindigen Debatten über gewisse Punkte im *»Zeraim«*, im *»Berachot«* und einem Dutzend Kommentaren. Mir wurde bewußt, daß ich hier Zeuge einer Gelehrsamkeit wurde, wie sie seit fast sechstausend Jahren und an vielen Orten praktiziert wird, in der großen Talmud-Akademie in Nehardea, in der *Beth-Midresh* des Salomo Ben Isaak, im Studierzimmer des Maimonides oder in den *Jeschiwas* Osteuropas.

Die Diskussion wurde in einem rasant wechselnden Mischmasch aus Jiddisch, Hebräisch, Aramäisch und Umgangsenglisch geführt. Vieles davon verstand ich nicht, doch wenn sie über ein Zitat nachdachten, wurde der Wortwechsel häufig langsamer. In meinem Kopf hämmerte noch immer der Schmerz, aber ich war fasziniert von dem, was ich verstehen konnte.

Ich merkte bald, wer ihr Vorsteher war: ein älterer Jude mit grauem Vollbart und ebensolcher Mähne, einem prallen Bauch unter seinem Gebetsschal, mit Flecken auf der Krawatte und einer runden Stahlbrille, hinter der stark vergrößert intensive achatblaue Augen funkelten. Der *Rebbe* saß stoisch da und beantwortete die Fragen, die von Zeit zu Zeit an ihn gerichtet wurden.

Der Vormittag flog nur so vorüber. Ich kam mir vor wie in einem Traum gefangen. Als es Zeit zum Mittagessen war, holten die Gelehrten ihre braunen Lunch-Tüten hervor, und ich löste mich aus meiner Versunkenheit und wollte mich zum Gehen wenden, da winkte mich der *Rebbe zu* sich.

»Komm mit mir, bitte! Wir werden etwas essen.«

Ich folgte ihm aus dem Lesesaal, und es ging durch zwei

kleine Klassenzimmer mit Reihen abgenutzter Schulbänke und hebräischen Hausaufgaben der Kinder an der Wand neben der Tafel, bis wir schließlich eine Treppe hochstiegen.

Es war eine kleine, ordentliche Wohnung. Der Parkettboden glänzte, auf den Möbeln im Wohnzimmer lagen Spitzendeckchen. Alles war an seinem Platz; kleine Kinder gab es hier offensichtlich nicht.

»Hier wohne ich mit meiner Frau Dvora. Sie ist im Nachbarort bei der Arbeit, verkauft *Klaider*. Ich bin Rabbi Moscowitz.«

»David Markus.«

Wir gaben uns die Hand.

Die Kleiderverkäuferin hatte Thunfischsalat und Gemüse in den Kühlschrank gestellt, und der *Rebbe* holte mit flinken Bewegungen *Challa*-Scheiben aus dem Gefrierfach und steckte sie in den Toaster.

»*Nu*«, sagte er, als er die Mahlzeit gesegnet hatte und wir zu essen begannen. »Was tust du? Biste ein Vertreter?«

Ich zögerte. Wenn ich mich als Immobilienmakler zu erkennen gab, würde das wahrscheinlich neugierige Fragen nach Objekten, die möglicherweise in der Nachbarschaft zum Verkauf standen, hervorrufen. »Ich bin Schriftsteller.«

»Wirklich? Und worüber schreibst du?«

So ist es, wenn man mit dem Lügen anfängt, sagte ich mir. »Über Landwirtschaft.«

»Hier gibt es sehr viele Farmer«, sagte der *Rebbe*, und ich nickte. Wir aßen in kameradschaftlichem Schweigen zu Ende. Danach half ich ihm beim Tischabräumen.

»Magst du einen Apfel?«

»Ja.«

Der *Rebbe* holte ein paar frühe Macintosh aus dem Kühlschrank. »Hast für heute nacht schon ein Zimmer?«

»Noch nicht.«

»Dann bleib bei uns! Wir vermieten unser Gästezimmer, es ist nicht teuer. Und morgen früh können wir dich wieder als zehnten Mann brauchen. Wie wär's?«

Der Apfel, in den ich biß, war sauer und knackig. An der Wand hing der Fotokalender einer Matzenbäckerei mit einer Abbildung der Klagemauer. Ich hatte es satt, immer nur im Auto zu sitzen, und als ich zuvor das Bad benutzt hatte, war es makellos sauber gewesen. Ja, warum eigentlich nicht, dachte ich etwas benommen.

In der Nacht stand Rabbi Moscowitz häufig auf und schlurfte auf müden Füßen in Pantoffeln ins Bad. Ich nahm an, daß er eine vergrößerte Prostata hatte.

Dvora, seine Gattin, war eine kleine, graue Frau mit rosigem Gesicht und lebendigen Augen. Sie erinnerte mich an ein gütiges Eichhörnchen, und jeden Morgen beim Zubereiten des Frühstücks sang sie mit süßer, zitternder Stimme jüdische Liebes- und Wiegenlieder.

Ich räumte meine Kleider nicht in die Kommode, sondern lebte aus dem Koffer, denn ich hatte vor, bald wieder weiterzuziehen. Jeden Morgen machte ich mir selbst mein Bett und räumte mein Zimmer auf. Dvora Moscowitz meinte, um einen solchen Logiergast würde sie jeder beneiden.

Am Freitag gab es zum Abendessen jene Speisen, die meine Mutter mir als Junge immer vorgesetzt hatte: gefüllten Fisch, Hühnersuppe mit Mandeln, Brathähnchen mit Kartoffelkugeln, Fruchtkompott und Tee. Am Nachmittag machte Dvora einen *Cholent* für den folgenden Tag, denn am Sabbat war es verboten zu kochen. Sie schichtete Kartoffeln, Zwiebeln, Knoblauch, Perlgraupen und weiße Bohnen in einen irdenen Topf und bedeckte alles mit Wasser. Sie würzte mit Salz, Pfeffer und Paprika und brachte alles zum Kochen. Ein paar Stunden vor Beginn des Sabbat fügte sie einen großen *Flanken* Rindfleisch hinzu und stellte den abgedeckten Topf in den Ofen, wo das Gericht bei schwacher Hitze bis zum folgenden Abend blieb.

Als der Topf geöffnet wurde, hatte der *Cholent* eine wunderbare Kruste bekommen, und bei dem köstlichen Duft lief mir das Wasser im Mund zusammen.

Rabbi Moscowitz holte eine Flasche »Seagram's Seven-Crown«-Whiskey aus dem Schrank und füllte zwei Gläser.

»Für mich nicht.«

Der *Rebbe* breitete die Hände aus. »Kein *Schnapsel?«*

Ich wußte, wenn ich die Einladung zu diesem Glas annahm, würde ich kurz darauf die Flasche Wodka aus meinem Auto holen, aber dieses Haus war nicht der Ort, um sich bis zur Besinnungslosigkeit zu betrinken.

»Ich bin Alkoholiker.«

»Ach so ...« Der *Rebbe* nickte und spitzte die Lippen.

Es war, als wäre ich plötzlich in all die Geschichten eingetaucht, die meine Eltern immer von der jüdisch-orthodoxen Welt, in der sie aufgewachsen waren, erzählt hatten. Aber manchmal wachte ich nachts auf, und dann übermannten mich die Erinnerung und der Schmerz, der einen zur Flasche greifen läßt. Einmal stand ich auf, ging barfuß die Treppe hinunter und hinaus auf den taufeuchten Hof. Ich öffnete den Kofferraum meines Autos, holte den Wodka heraus und trank zwei große Schlucke, als wäre ich am Verdursten, nahm aber die Flasche nicht mit ins Haus. Falls der Rabbi oder seine Frau mich gehört hatte, so sagten sie am nächsten Morgen nichts. Jeden Tag saß ich bei den Gelehrten und fühlte mich dabei wie einer der Cheder-Schüler, die nachmittags in die Klassenzimmer kamen. Diese Männer hatten ihr ganzes Leben lang ihren Geist so geschärft, daß auch noch der geringste von ihnen mir mit meiner beschränkten Kenntnis der Bibel und der *Halacha,* des jüdischen Rechts, um Lichtjahre überlegen war. Ich verschwieg, daß ich Absolvent des Jewish Theological Seminary und ordinierter Rabbi war. Ich wußte, daß für sie ein konservativer oder ein Reform-Rabbi kein Rabbi war. Und mit Sicherheit kein *Rebbe.*

Also hörte ich schweigend zu, während sie über Gut und Böse, über Ehe und Scheidung, über koschere und nicht koschere Speisen, über Schuld und Sühne oder über Geburt und Tod debattierten.

Vor allem ein Disput interessierte mich besonders. Reb Levi Dressner, ein zitternder alter Mann mit einer heiseren Stimme, sprach von drei verschiedenen Gelehrten, die behaupteten, ein hohes Alter könne zwar die Belohnung für Rechtschaffenheit sein, aber auch die Rechtschaffenen könnten schon in jungen Jahren sterben, was ein großes Unglück sei.

Reb Reuben Mendel, ein stämmiger Mittvierziger mit rotem Gesicht, zitierte Werk um Werk, um zu belegen, daß die Hinterbliebenen sich mit dem Gedanken trösten dürften, junge Leute würden im Tod oft mit ihrem Vater oder ihrer Mutter wiedervereinigt.

Reb Yehuda Nahman, ein blasser Junge mit schläfrigen Augen und einem seidigen braunen Bart, führte verschiedene Autoritäten an, die alle sicher waren, daß die Toten eine Verbindung mit den Lebenden aufrechterhielten und sich für deren Belange interessierten.

Kidron

»Dann hast du also das ganze Jahr bei den orthodoxen Juden verbracht?« fragte R. J.

»Nein, ich bin auch dort weggelaufen.«

»Wie ist es dazu gekommen?« fragte R. J., nahm sich ein kaltes Toastdreieck und biß ein Stück ab.

Dvora Moscowitz war in Gegenwart ihres Gatten und der anderen Gelehrten still und respektvoll, aber ziemlich gesprächig, wenn sie allein mit mir war, so als spüre sie, daß ich anders war.

Sie arbeitete schwer, um die Wohnung und das Studienhaus rechtzeitig für die hohen Feiertage auf Hochglanz zu bringen, und während sie wusch und schrubbte, erzählte sie mir die Geschichte und die Legenden der Familie Moscowitz.

»Seit siebenundzwanzig Jahren verkaufe ich jetzt Kleider im ›Bon Ton Shop‹. Ich freue mich schon sehr auf nächsten Juli.«

»Was passiert im Juli?«

»Da werde ich zweiundsechzig Jahre alt und bekomme die staatliche Rente.«

Sie genoß die Wochenenden, denn am Freitag und Samstag, ihren Sabbat-Tagen, arbeitete sie nicht, und am Sonntag, dem Sabbat ihres Arbeitgebers, war das Geschäft geschlossen. Sie hatte dem *Rebbe* vier Kinder geschenkt, und danach war es Gottes Wille gewesen, daß sie keine mehr bekommen konnte. Die beiden hatten drei Söhne, zwei davon lebten in Israel. Label Ben Shlomo war ein Gelehrter in einem Studienhaus in Mea-Shearim, Pincus Ben Shlomo war Rabbi einer Gemeinde in Petakh Tikva. Ihr Jüngster, Irving Moscowitz, verkaufte in Bloomington, Indiana, Lebensversicherungen. »Mein schwarzes Schaf.«

»Und das vierte Kind?«

»Eine Tochter, Leah. Sie starb mit zwei Jahren. An Diphtherie.« Ein kurzes Schweigen entstand. »Und du? Hast du Kinder?«

Da brach das ganze Elend aus mir heraus, und ich war nicht nur gezwungen, mich ihm zu stellen und über es nachzudenken, ich mußte es auch noch in Worte fassen.

»Aha. Dann ist es also eine Tochter, für die du das *Kaddisch* sprichst.« Sie nahm meine Hand. Wir bekamen feuchte Augen, und ich wollte unbedingt gehen. Doch sie machte sofort Tee und nötigte mir Mandelbrot und kandierte Karotten auf.

Am nächsten Morgen stand ich sehr früh auf, als die beiden noch schliefen. Ich machte mein Bett, legte Geld und einen Dankesbrief auf den Tisch und schlich mich mit meinem Koffer zum Auto, während die Stoppelfelder noch von der Dunkelheit verhüllt wurden.

Die ganze heilige Zeit über war ich betrunken – in einer Absteige in Windham, in einem windschiefen Ferienblockhaus in Revenna. Nachdem ich in einem Motel in Cuyahoga Falls drei Tage lang durchgetrunken hatte, sperrte der Manager mit seinem Nachschlüssel mein verriegeltes Zimmer auf und setzte mich auf die Straße. Bis zum Abend war ich nüchtern genug, um nach Akron zu fahren, wo ich das heruntergekommene alte »Majestic-Hotel« fand, ein Opfer des Motel-Zeitalters. Das Eckzimmer im zweiten Stock war voller Staub und brauchte einen neuen Anstrich. Von einem Fenster aus sah ich den Rauch einer Gummifabrik, vom anderen das braune Band des Muskingum River. In diesem Hotel verkroch ich mich für acht Tage. Ein Page namens Roman brachte mir Schnaps, wenn er mir ausging. Das Hotel hatte keinen Zimmerservice. Roman ging irgendwohin – vermutlich ziemlich weit, weil er immer so lange brauchte –, um schlechten Kaffee und fettige Hamburger zu besorgen. Ich gab ihm großzügige Trinkgelder, damit er mich nicht ausraubte, wenn ich betrunken war.

Ich habe nie erfahren, ob Roman der Vor- oder der Familienname des Pagen war.

Eines Nachts wachte ich auf und wußte, daß jemand im Zimmer war.

»Roman?«

Ich schaltete das Licht an, aber im Zimmer war niemand.

Ich sah sogar in der Dusche und im Schrank nach. Als ich das Licht ausschaltete, spürte ich wieder, daß jemand im Zimmer war.

»Sarah?« sagte ich schließlich. »Natalie? Bist du das, Nat?« Niemand antwortete.

Da kannst du ja ebensogut nach Napoleon oder Moses rufen, dachte ich verbittert. Aber die Gewißheit, daß ich nicht allein im Zimmer war, wurde ich einfach nicht los.

Wer oder was immer da war, hatte nichts Bedrohliches an sich. Ich ließ das Licht ausgeschaltet, lag im Dunkeln da und dachte an die Diskussion im Studienhaus. Reh Yehuda Nahman hatte Gelehrte zitiert, die geschrieben hatten, daß die geliebten Verstorbenen nie weit weg seien und daß sie sich für die Belange der Lebenden interessierten.

Ich griff nach der Flasche, und plötzlich überfiel mich der Gedanke, daß meine Frau und meine Tochter mich beobachteten, mich schwach und selbstzerstörerisch in diesem elenden, nach Kotze stinkenden Zimmer sahen. Ich hatte genug Alkohol in mir, um auch so nach einer Weile in einen tiefen, umnebelten Schlaf zu fallen.

Als ich aufwachte, spürte ich, daß ich wieder allein war, aber ich lag auf dem Bett und erinnerte mich genau an die Nacht. Später an diesem Tag fand ich ein Türkisches Bad, wo ich mich im Dampf auf einer Bank ausstreckte und stundenlang den Alkohol aus mir herausschwitzte. Danach brachte ich meine verschmutzten Kleider in einen Waschsalon. Während sie im Trockner rotierten, ging ich zu einem Friseur und bekam einen sehr schlechten Haarschnitt verpaßt, doch ich fand es an der Zeit, dem Pferdeschwanz Lebewohl zu sagen, endgültig erwachsen zu werden und mich zu ändern.

Am nächsten Morgen stieg ich in mein Auto und verließ Akron. Ich war nicht überrascht, daß das Auto mich rechtzeitig zum *Minjan* nach Kidron zurückbrachte, denn dort fühlte ich mich sicher.

Die Gelehrten begrüßten mich herzlich. Der *Rebbe* lächelte und nickte, als wäre ich nur kurz weg gewesen, um etwas zu erledigen. Er sagte, das Zimmer sei frei, und nach dem Frühstück brachte ich meine Sachen nach oben. Diesmal packte ich meinen Koffer aus, hängte einiges in den Schrank und legte den Rest in die Schubladen der Kommode.

Aus dem Herbst wurde Winter, der in Ohio ganz ähnlich ist wie in Woodfield, nur daß die verschneite Landschaft offener wirkt, weil Feld sich an Feld reiht. Ich zog an, was ich auch in Woodfield angezogen hätte: lange Unterhosen, Jeans, Flanellhemd und Wollsocken. Wenn ich nach draußen ging, zog ich einen dicken Pullover über, setzte eine Strickmütze auf, nahm den uralten roten Schal, den Dvora mir gegeben hatte, und eine Marinejacke, die ich in meinem ersten Jahr in den Berkshires in einem Secondhandladen in Pittsfield gekauft hatte.

Jeden Morgen kam ich pünktlich zum *Minjan,* doch mehr, weil ich mich verpflichtet fühlte, denn aus echter innerer Anteilnahme an den Gebeten. Ich hörte auch weiterhin sehr interessiert den gelehrten Diskussionen zu, die auf jede Andacht folgten, und merkte, daß ich mit der Zeit immer mehr verstand. Nachmittags kamen die Cheder-Schüler lärmend in die angrenzenden Klassenzimmer gelaufen, und einige der Gelehrten unterrichteten sie. Ich wollte mich schon freiwillig als Aushilfe melden, doch dann erkannte ich, daß die Lehrer bezahlt wurden, und ich wollte niemanden um sein täglich Brot bringen. Ich las viel in den alten hebräischen Büchern, und gelegentlich stellte ich dem *Rebbe* eine Frage, die wir dann besprachen.

Jeder der Gelehrten wußte, daß Gott es war, der ihm dieses Studium ermöglichte, und sie alle nahmen ihre Arbeit sehr ernst. Wenn ich sie beobachtete, war es nicht ganz so, als würde Margaret Mead die Samoaner studieren – schließlich hatten meine Großeltern diesem Kulturkreis angehört –, aber ich war doch ein Fremder, ein Besucher. Ich hörte aufmerksam zu und vertiefte mich wie die anderen oft in die auf dem Tisch liegenden Traktate, um Argumente für eine These zu finden, und gelegentlich vergaß ich meine Zurückhaltung und platzte selbst mit einer Frage heraus. So auch während einer Diskussion über das verheißene Paradies.

»Woher wissen wir, daß es ein Leben nach dem Tod gibt? Woher wissen wir, daß es eine Verbindung gibt zu unseren Lieben, die gestorben sind?«

Alle Gesichter am Tisch wandten sich besorgt mir zu.

»Weil es geschrieben steht«, murmelte Reb Gershom Miller.

»Vieles, was geschrieben steht, ist unwahr.«

Reb Gershom Miller wurde ungehalten, aber der *Rebbe* sah mich an und lächelte. »Also komm, *Dovidel!*« sagte er. »Würdest *du* den Allmächtigen, gepriesen sei Sein Name, bitten, einen Vertrag zu unterschreiben?« Und ich stimmte ein wenig widerstrebend in das allgemeine Gelächter ein.

Eines Abends sprachen wir beim Essen über die »Sechsunddreißig Gerechten«, die *Lamed Waw Zaddikim.* »Unsere Tradition besagt, daß es in jeder Generation sechsunddreißig rechtschaffene Männer gibt, gewöhnliche Menschen, die ihrer alltäglichen Arbeit nachgehen, von deren Redlichkeit aber der Fortbestand der Welt abhängt«, sagte der *Rebbe.*

»Sechsunddreißig Männer. Kann eine Frau denn keine *Lamed wownik* sein?« fragte ich.

Der *Rebbe* ließ die Hand zum Bart wandern und kraulte ihn wie immer, wenn er über eine Frage nachdachte. Durch die geöffnete Tür zur Speisekammer sah ich, daß Dvora in ihrer Arbeit innegehalten hatte. Zwar konnte ich nur ihren Rücken sehen, aber sie stand da wie eine Statue und lauschte.

»Doch, ich glaube schon.«

Mit Eifer machte sich Dvora wieder an die Arbeit. Sie sah sehr erfreut aus, als sie den Lachssalat hereinbrachte.

»Kann auch eine christliche Frau eine *Lamed wownik* sein?«

Ich fragte das eher beiläufig, aber ich merkte, daß sie die Wichtigkeit der Frage für mich an meiner Stimme hörten und erkannten, daß etwas ungemein Persönliches dahintersteckte. Ich fühlte, wie Dvoras Augen mein Gesicht musterten, als sie die Platte auf den Tisch stellte.

Die blauen Augen des *Rebbe* waren unergründlich. »Was glaubst du, wie die Antwort lautet?« fragte er.

»Natürlich kann sie es.«

Der *Rebbe* nickte, ohne Überraschung zu zeigen, und schenkte mir ein schwaches Lächeln. »Vielleicht bist du ein *Lamed wownik*«, sagte er.

Zu dieser Zeit wachte ich häufig mitten in der Nacht auf und hatte ein bestimmtes Parfüm in der Nase. Und mir fiel ein, daß ich das immer eingeatmet hatte, wenn mein Gesicht an deinem Hals lag.

R. J. sah David an und wandte dann den Blick ab. Er wartete ein paar Augenblicke, bevor er weitererzählte.

Ich hatte sexuelle Träume von dir, und dann spritzte das Sperma aus meinem Körper. Aber öfters sah ich dein Gesicht, dein Lachen. Manchmal ergaben die Träume keinen Sinn. Ich träumte, daß du mit dem Ehepaar Moscowitz und einigen Amischen am Tisch sitzt. Ich träumte, daß du einen Achtspänner lenkst. Ich träumte, daß du das formlose, lange Gewand der Amisch-Frauen trägst, mit dem *Halsduch* über der Brust, der Schürze um die Taille und der züchtigen weißen *Kapp* auf deinen dunklen Haaren.

In der *Jeschiwa* wurde mir zwar viel Wohlwollen entgegengebracht, aber wenig Respekt. Die Gelehrsamkeit der Männer des Studienhauses war viel gründlicher als meine, und ihr Glaube war anders.

Und jeder in der *Jeschiwa* wußte, daß ich Alkoholiker war.

An einem Sonntagnachmittag vollzog der *Rebbe* die Trauung von Reb Yossel Steins Tochter. Basha Stein wurde verheiratet mit Reb Yehuda Nahman, dem jüngsten der Gelehrten, einem siebzehnjährigen Jungen, der immer schon ein *Ilui*, ein Wunderkind, gewesen war. Die Hochzeit fand in der Scheune statt, und jeder aus der *Jeschiwa* war anwesend. Als das Paar unter dem Baldachin stand, sang die Gemeinde mit kräftigen Stimmen:

»Er, der stark ist über alles,
Er, der gesegnet ist über alles,
Er, der groß ist über alles,
Möge er Braut und Bräutigam
segnen.«

Danach, als der Schnaps ausgeschenkt wurde, kam niemand zu mir, um mir ein Glas anzubieten, so, wie mir noch nie jemand beim *Oneg Shabbat*, dem Abschluß der Sabbat-Zeremonie, ein Glas Wein angeboten hatte. Sie behandelten mich mit gütiger Herablassung, sie taten ihre *Mizwa*, ihre Pflicht, wie bärtige Pfadfinder, die freundlich zu Krüppeln sind, um sich als transzendentales Verdienstabzeichen ihr Anrecht auf die himmlische Belohnung zu erwerben.

Den Beginn des Frühlings spürte ich wie eine neue Pein. Ich war mir sicher, daß mein Leben sich ändern würde, aber ich wußte nicht, wie. Ich rasierte mich nicht mehr, wollte mir einen Bart stehenlassen wie alle Männer in meiner Umgebung. Kurz spielte ich mit dem Gedanken, mir in der *Jeschiwa* eine neue Existenz aufzubauen, merkte aber, daß mich von diesen Juden beinahe soviel unterschied wie von den Amischen.

Ich sah, wie die Farmer auf ihren sich erwärmenden Feldern mit der Arbeit begannen. Der honigschwere Gestank von Dung war überall.

Eines Tages besuchte ich Simon Yoder auf seiner Farm. Yoder war der Mann, der den Grund der *Jeschiwa* gepachtet hatte und bestellte und dessen durchgegangenes Pferd ich an meinem ersten Tag in Kidron eingefangen hatte.

»Ich würde gern für Sie arbeiten«, sagte ich.

»Und was tun?«

»Alles, wozu Sie mich brauchen können.«

»Können Sie ein Pferdefuhrwerk lenken?«

»Nein.«

Yoder sah mich zweifelnd an und wunderte sich wohl über diesen komischen Nicht-Amischen. »Wir zahlen hier keine gesetzlichen Mindestlöhne, müssen Sie wissen. Viel weniger.«

Ich zuckte die Achseln.

Also versuchte Yoder es mit mir, stellte mich an den Dunghaufen und ließ mich den ganzen Tag Pferdemist in den Streuer schaufeln. Ich war im Himmel. Als ich abends mit schmerzenden Muskeln und stinkenden Klamotten in die Wohnung der Moscowitz zurückkehrte, nahmen Dvora und der *Rebbe* vermutlich an, daß ich entweder wieder zu trinken angefangen oder meinen Verstand verloren hatte.

Es war ein ungewöhnlich warmer Frühling, etwas trocken, aber doch genügend feucht für ein anständiges Wachstum. Nachdem der Mist verteilt war, pflügte und eggte Simon mit fünf Pferden, und sein Bruder Hans pflügte mit einem Gespann von acht kräftigen Tieren. »Ein Pferd bringt Dünger und neue Pferde«, belehrte mich Simon. »Ein Traktor bringt nur Rechnungen.«

Er brachte mir bei, wie man ein Pferdegespann lenkt. »Mit *einem* Pferd können Sie ja schon recht gut umgehen. Das ist eigentlich am wichtigsten. Eins nach dem anderen spannen Sie sie an. Und eins nach dem andern holen Sie sie aus dem Geschirr. Die Tiere sind daran gewöhnt, im Gespann zu arbeiten.« Bald darauf ging ich schon hinter zwei Pferden und pflügte die Ecken der Felder. Ganz allein bestellte ich das Maisfeld, das die *Jeschiwa* umgab. Während ich, die Zügel in der Hand, hinter den Pferden herging, war mir bewußt, daß sich hinter jedem Fenster gelehrte, bärtige Gesichter drängten, die jede meiner Bewegungen beobachteten, als wäre ich vom Mars.

Bald nach der Aussaat war es Zeit für die erste Heumahd. Ich arbeitete jeden Tag auf den Feldern, das Parfüm der Arbeit in der Nase, eine Mischung aus Pferdedunst, meinem eigenen Schweiß und dem schweren Aroma großer Flächen frisch gemähten Grases. Meine Haut wurde dunkel von der Sonne, und mein Körper wurde langsam wieder stärker und härter. Ich ließ mir die Haare wachsen, und der Bart wucherte in meinem Gesicht. Mit der Zeit fühlte ich mich wie Samson.

»Rebbe«, fragte ich eines Abends beim Essen, »glaubst du wirklich, daß Gott allmächtig ist?«

Die langen weißen Finger kraulten den langen weißen Bart.

»In jeder Hinsicht bis auf einer«, antwortete er schließlich. »Gott ist in jedem von uns. Aber wir müssen ihm erlauben herauszukommen.«

Den ganzen Sommer über hatte ich echte Freude an der Arbeit. Ich dachte an dich, während ich mich abplagte, und ich gestattete es mir, weil ich das Gefühl hatte, langsam wieder mein eigener Herr zu werden. Ich hatte bereits wieder gewagt, Hoffnung zu fassen, aber ich blieb auch Realist und wußte, daß ich Alkoholiker war, weil mir eine bestimmte Art von Mut fehlte. Mein ganzes Leben lang war ich geflohen: Ich war vor dem Grauen, das ich in Vietnam erlebt hatte, geflohen – in den Alkohol. Ich war vor dem Rabbiamt geflohen – ins Maklergewerbe. Ich war vor einem persönlichen Verlust geflohen – in die Selbsterniedrigung. Ich machte mir nur wenig Illusionen über mich selbst.

In mir baute sich ein Druck auf. Während der Sommer zu Ende ging, versuchte ich mich abzulenken, manchmal beinahe verzweifelt, aber schließlich ließ dieser Druck sich nicht mehr leugnen. Am heißesten Tag im August half ich Simon Yoder beim Einbringen der letzten Heuernte, und dann fuhr ich nach Akron.

Der Schnapsladen war noch genau dort, wo ich ihn in Erinnerung hatte. Ich kaufte eine Literflasche »Seagram's-Seven-Crown«-Whiskey; in einer koscheren Bäckerei fand ich Kichlach, und auf dem jüdischen Markt kaufte ich ein halbes Dutzend Gläser Salzheringe. Offensichtlich war der Deckel eines dieser Gläser locker, denn schon nach kurzer Fahrt wehte der scharfe, tranige Fischgeruch durchs Auto.

Ich ging zu einem Juwelier und machte meinen letzten Einkauf: eine einzelne Perle an einer feinen Goldkette. Das kleine Schmuckstück gab ich noch am selben Abend Dvora Moscowitz zusammen mit einem Scheck für die Miete anstelle einer offiziellen Kündigung. Sie küßte mich auf beide Wangen.

Am nächsten Morgen nach der Andacht schenkte ich den Männern die Eßsachen und den Whiskey. Ich gab jedem die Hand. Der *Rebbe* brachte mich zum Auto und gab mir eine Tüte, die Dvora für mich gepackt hatte, Thunfischsandwiches und Streuselkuchen. Von Rabbi Moscowitz erwartete ich etwas Gewichtigeres, und der alte Mann enttäuschte mich nicht.

»Möge der Herr dich segnen und beschützen! Möge er dir Sein Antlitz freundlich zuwenden und dir Frieden bringen!«

Ich dankte ihm und ließ den Motor an. *»Schalom, Rebbe!«* Ich war mir bewußt, daß ich diesmal einen Ort ordentlich verließ. Diesmal sagte ich dem Auto, wohin es fahren sollte, und ich steuerte es direkt nach Massachusetts.

Als David mit seiner Geschichte zu Ende war, sah R. J. ihn an. »Und … soll ich bleiben?« fragte er sie.

»Ich glaube, ja, zumindest für eine gewisse Zeit.«

»Für eine gewisse Zeit?«

»Ich bin mir noch nicht ganz klar über dich. Aber bleib erst mal eine Weile! Und falls wir zu der Einsicht kommen, daß wir nicht zusammenpassen, dann können wir es wenigstens …«

»Dann können wir es wenigstens mit Anstand beenden?«

»So in der Richtung.«

»Was mich betrifft, ich muß nicht lange überlegen. Aber du nimm dir Zeit, R. J.! Ich hoffe …«

Sie berührte das sanfte, vertraute und gleichzeitig so fremde Gesicht. »Ich hoffe es auch. Ich brauche dich, David. Oder jemanden wie dich«, fügte sie zu ihrer eigenen Überraschung hinzu.

Das Arrangement

Als R. J. an diesem Abend von der Praxis nach Hause kam, empfing sie der köstliche Duft eines brutzelnden Lammbratens. Es war unnötig, im Ort Davids Rückkehr bekanntzugeben, das erkannte sie. Wenn er bei »Sotheby's« gewesen war, um das Lamm zu kaufen, wußte jetzt fast die ganze Gemeinde, daß er wieder da war.

Er hatte ein großartiges Essen gekocht: kleine Karotten und junge Kartoffeln in der Bratensoße gegart, Maiskölbchen in Butter, Blaubeerkuchen. Er wusch ab, während sie in ihr Zimmer ging und den Karton aus dem obersten Fach ihres Schrankes holte. Als sie ihm den Karton hinstreckte, wischte er sich die spülwasserfeuchten Hände ab und trug ihn zum Küchentisch. Sie merkte, daß er Angst hatte, den Karton zu öffnen, doch schließlich hob er den Deckel hoch und holte das dicke Manuskript heraus.

»Es ist alles da«, sagte sie.

Er setzte sich und musterte das Manuskript. Er blätterte darin, wog es in der Hand.

»Es ist so gut, David!«

»Hast du es gelesen?«

»Ja. Wie konntest du so etwas nur aufgeben, David?« Die Frage war so absurd, daß sogar sie lachen mußte, und er rückte die Perspektive wieder zurecht.

»Na ja, dich hab ich ja auch im Stich gelassen, oder?«

Die Leute im Ort reagierten unterschiedlich auf die Nachricht, daß er zurückgekommen war und jetzt bei ihr lebte. In der Praxis versicherte ihr Peggy, daß sie sich für sie freue. Toby sagte zwar nichts Negatives, konnte aber ihre Vorbehalte nicht verbergen. Sie war mit einem Vater aufgewachsen, der Alkoholiker gewesen war, und R. J. wußte, daß ihre Freundin sich vor dem fürchtete, was die Zukunft einem Menschen brachte, der einen Süchtigen liebte.

Toby wechselte schnell das Thema. »Das Wartezimmer ist fast jeden Tag zum Bersten voll, und du gehst nie mehr zu einer vernünftigen Zeit nach Hause.«

»Wie viele Patienten haben wir jetzt, Toby?«

»Vierzehnhundertundzweiundvierzig.«

»Na, dann sollten wir wohl besser keine neuen Patienten mehr aufnehmen, sobald wir fünfzehnhundert erreicht haben.«

Toby nickte. »Fünfzehnhundert habe ich mir auch als Obergrenze vorgestellt. Aber das Problem ist, R. J., daß wir immer wieder neue Patienten bekommen. Wirst du es wirklich übers Herz bringen, Leute unbehandelt wegzuschicken, wenn wir bei fünfzehnhundert angelangt sind?«

R. J. seufzte. Sie kannten beide die Antwort. »Woher kommen denn die neuen Patienten vorwiegend?«

Sie steckten die Köpfe vor dem Computer zusammen und studierten die Landkarte. Es war offensichtlich, daß die neuen Patienten aus den Randbezirken des Einzugsbereichs kamen, vorwiegend aus Orten westlich von Woodfield, denn die Leute dort hatten zu den Ärzten in Greenfield oder Pittsfield einen extrem langen Weg.

»Genau hier brauchen wir einen neuen Arzt«, sagte Toby und tippte auf der Karte auf den Ort Bridgetown. »Es gäbe dort genügend Patienten für sie – oder für ihn«, ergänzte sie mit einem schnellen Lächeln. »Und dir würde es das Leben sehr viel einfacher machen, wenn du zu Hausbesuchen nicht mehr so weit fahren müßtest.«

R. J. nickte. An diesem Abend rief sie Gwen an, die gerade damit beschäftigt war, ihren Umzug von einem Ende des Kontinents zum anderen zu organisieren. Sie sprachen ausführlich über das Problem der Patientendichte, und in den folgenden Tagen schrieb R. J. an die medizinischen Leiter von Krankenhäusern mit einer soliden Assistenzarztausbildung Briefe, in denen sie die Anforderungen, aber auch die Vorteile einer ärztlichen Praxis in den Hügelorten darlegte.

David war nach Greenfield gefahren und hatte einen Computer, einen Drucker und einen Klapptisch erstanden, die er im Gästezimmer installierte. Er schrieb wieder. Er hatte seinen Verlag angerufen, was für ihn schwierig gewesen war, weil er fürchtete, daß Elaine Cataldo, seine Lektorin, vielleicht gar nicht mehr dort arbeitete oder das Interesse an seinem Roman verloren hatte. Aber Elaine meldete sich und sprach mit ihm, zunächst allerdings sehr zurückhaltend. Sie äußerte ganz offen Bedenken wegen seiner Zuverlässigkeit, doch nachdem sie sich lange unterhalten hatten, erzählte sie ihm, daß auch sie einen großen persönlichen Verlust erlitten habe, aber daß das Leben weitergehen müsse. Sie ermutigte ihn, das Buch abzuschließen, und sagte, sie werde einen neuen Terminplan für die Veröffentlichung ausarbeiten.

Zwölf Tage nach Davids Rückkehr war plötzlich ein Kratzen an der Tür zu hören. Als er öffnete, kam Agunah herein. Sie schlich um ihn herum, drückte ihren Fellkörper an seine Beine und belegte ihn aufs neue mit ihrem Geruch. Als er sie hochhob, leckte sie ihm das Gesicht.

Er streichelte sie lange. Und als er sie schließlich wieder absetzte, stolzierte sie zuerst durch alle Zimmer, bevor sie sich auf den Teppich vor dem Kamin legte und zufrieden einschlief. Diesmal lief sie nicht mehr weg.

R. J. fand sich nun plötzlich in einem Gemeinschaftshaushalt wieder. Auf Davids Vorschlag hin kaufte er ein und kochte, sorgte für Feuerholz, erledigte die Hausarbeit und bezahlte die Stromrechnung.

R. J. brauchte sich um nichts zu kümmern, und sie kehrte nach der Arbeit nicht mehr in ein leeres Haus zurück. Es war ein perfektes Arrangement.

Das Fossil

Gwen und ihre Familie kamen am Sonntag nach dem Labor Day an, alle erschöpft und gereizt nach der dreitägigen Fahrt. Das Haus, das sie und Phil am Ufer des Deerfield River in Charlemont gekauft hatten, war geputzt und bezugsfertig, aber der Umzugstransporter mit all ihren Möbeln war in Illinois liegengeblieben und würde sich um zwei Tage verspäten. R. J. bestand darauf, daß die Gablers für diese zwei Nächte in ihr Gästezimmer zogen. Bei einem Möbelverleih besorgte sie zwei Klappbetten für die Kinder Annie, acht Jahre, und Julian, sechs, den sie Julie nannten.

David gab sich die größte Mühe, um die Mahlzeiten zu einem vergnüglichen Ereignis zu machen, und er kam sehr gut mit Phil aus, mit dem er eine Begeisterung für alle möglichen Sportarten teilte. Annie und Julie waren nett und gutartig, aber sie waren doch Kinder, lärmend und voller aufgestauter Energie, und ihre Gegenwart ließ das Haus klein wirken. Am ersten Morgen kam es zu einem lauten und heftigen Streit zwischen den Kindern, und Julie heulte, weil seine Schwester behauptete, er habe einen Mädchennamen.

Phil und David nahmen die Kinder schließlich mit zum Fischen an den Fluß, und die beiden Frauen waren zum erstenmal allein.

»Weißt du, Annie hat recht«, sagte R. J. »Er hat wirklich einen Mädchennamen.«

»Also hör mal!« entgegnete Gwen scharf. »Wir haben ihn immer so genannt.«

»Und? Das kann man doch ändern. Nennt ihn Julian! Das ist ein ordentlicher Name, und er wird sich dann auch wie ein Erwachsener fühlen.«

R. J. war sich ziemlich sicher, daß Gwen ihr erwidern würde, sie solle sich doch um ihre eigenen Angelegenheiten kümmern. Aber nach einem kurzen Zögern grinste ihre Freundin sie an. »Gute alte R. J., du hast noch immer auf alles eine Antwort. Übrigens, ich mag David. Wie geht's denn jetzt weiter mit euch beiden?«

R. J. schüttelte den Kopf. »Auf alles habe ich eben nicht eine Antwort.«

David fing jeden Morgen früh mit dem Schreiben an, manchmal sogar schon, bevor R. J. aufstand. Er erzählte ihr, daß er dank seiner Erlebnisse bei den Amischen nun die Leute, die vor hundert Jahren in den Hügeln von Massachusetts gelebt hatten, farbiger und lebendiger beschreiben könne, ihre Abende bei Kerzenschein und die arbeitsreichen Tage.

Das Schreiben erzeugte eine Spannung in ihm, die er nur mit körperlicher Arbeit wieder lösen konnte. An jedem Nachmittag war er draußen beschäftigt, pflückte Äpfel in dem kleinen Obstgarten, erntete Spätgemüse und riß die ausgelaugten Pflanzen aus und warf sie auf den Kompost.

Er war dankbar, daß R. J. sich seiner Bienenstöcke angenommen hatte, und er machte sich daran, sie wieder auf Vordermann zu bringen. Das bot ihm genau die körperliche Betätigung, die er brauchte.

»Die sehen übel aus«, berichtete er R. J. grinsend.

Nur zwei der Bienenstöcke beherbergten noch gesunde Völker. David hielt die Augen offen, und sooft er Bienen sah, die in den Wald flogen, folgte er ihnen, weil er hoffte, wenigstens einen der ausgerissenen Schwärme wieder einfangen zu können. In einigen Stöcken waren die Völker von Krankheiten und Parasiten geschwächt. Er baute sich in der Scheune aus rohen Brettern eine Werkbank und zimmerte sich ein Bienenhaus. Mit Feuereifer kümmerte er sich um den Wiederaufbau seiner Zucht, er reinigte und desinfizierte die Stöcke, gab den Bienen Antibiotika und entfernte Mäusenester aus zwei Stöcken.

Eines Tages fragte er sich laut, was wohl mit seiner Honigschleuder und all den leeren Gläsern und gedruckten Etiketten passiert sei.

»Das ist alles in einem Winkel der Scheune auf deinem alten Grundstück«, sagte R. J. »Ich habe die Sachen selber dort abgestellt.«

An diesem Wochenende rief er Dr. Kenneth Dettinger an. Dettinger sah in der Scheune nach und berichtete, daß alles noch da sei, und David fuhr zu ihm und holte die Sachen ab. Bei seiner Rückkehr erzählte er R. J., daß er angeboten habe, die Schleuder und die Gläser zurückzukaufen, Dettinger sie ihm aber umsonst überlassen habe, zusammen mit seinem alten Aushängeschild und dem gesamten Vorrat an vollen Gläsern, fast vier Dutzend. »Dettinger hat gesagt, daß er nicht ins Honiggeschäft einsteigen wolle. Und daß er mit einem gelegentlichen Glas Honig zufrieden sei. Er ist ein netter Kerl.«

»Ja, das ist er«, sagte R. J.

»Hättest du etwas dagegen, wenn ich wieder Honig verkaufe – hier?«

Sie lächelte. »Nein, das wäre schön.«

»Dann muß ich aber das Schild wieder aufhängen.«

»Ich mag das Schild.«

Er bohrte am unteren Rand ihres Hausschilds zwei Löcher, befestigte Ringschrauben und hängte sein Schild unter das ihre.

Jetzt wurde jeder, der an dem Haus vorbeikam, restlos aufgeklärt:

DAS HAUS AN DER GRENZE
DR. R. J. COLE

I'm-In-Love-With-You
Honey

Allmählich blickte R. J. wieder hoffnungsvoll in die Zukunft. David hatte angefangen, Treffen der Anonymen Alkoholiker zu besuchen. An einem Abend begleitete sie ihn und saß dann mit etwa vierzig anderen Leuten in dem niedrigen Versammlungsraum einer würdevollen episkopalischen Steinkirche. Als David an der Reihe war, stand er auf und stellte sich vor die Gruppe.

»Ich bin David Markus, und ich bin Alkoholiker. Ich lebe in Woodfield und bin Schriftsteller«, sagte er.

Sie stritten sich nie. Sie kamen prächtig miteinander aus, und R. J. hätte völlig unbekümmert sein können, wenn da nicht eine Sache gewesen wäre, die sich nicht unter den Teppich kehren und verdrängen ließ.

Er sprach mit ihr nie über Sarah.

Eines Nachmittags, David hatte die verholzten, kräftigen Rhabarberwurzeln, die schon alt gewesen waren, als R. J. das Haus gekauft hatte, ausgegraben, zerteilt und wieder eingesetzt, kam er ins Haus und wusch etwas in der Spüle ab.

»Schau her!« sagte er, als er es trockengerieben hatte.

»O David, das ist ja wunderbar!«

Es war ein Herzstein. Der Kiesel aus rötlichem Tonschiefer war zwar nur ein unregelmäßiges Herz, was ihn aber so besonders machte, war das deutliche Relief eines uralten, gepanzerten Fossils, das leicht seitlich versetzt in den Stein eingebettet war. »Was ist das?«

»Keine Ahnung. Sieht ein bißchen aus wie eine Art Krebs, findest du nicht auch?«

»Nicht wie die Krebse, die ich kenne.« Die Versteinerung war etwa sieben Zentimeter lang. Sie zeigte einen breiten Kopf mit deutlich hervortretenden, leeren Augenhöhlen. Der Panzer bestand aus übereinanderlappenden Querrippen und war durch zwei deutliche Längsfurchen in drei Teile gegliedert.

Sie sahen im Lexikon unter dem Stichwort »Fossilien« nach.

»Ich glaube, das da ist es«, sagte sie und zeigte auf ein Exemplar, das im Buch als »Trilobit« bezeichnet wurde, ein krebsartiges Tier, das vor mehr als 225 Millionen Jahren gelebt hatte, als noch ein warmer, flacher Ozean einen Großteil der Vereinigten Staaten bedeckte. Das kleine Krustentier war im Schlamm gestorben. Lange bevor der Schlamm zu Stein geworden war,

war das Fleisch verfault und karbonisiert und hatte einen harten Chemikalienfilm auf diesem Abdruck hinterlassen, der nun nach Äonen unter einer Rhabarberpflanze wieder ans Licht kam.

»Was für ein Fund, David! Einen schöneren Herzstein kann es nicht geben. Wo sollen wir ihn hintun?«

»Ich will ihn nicht im Haus ausstellen. Ich möchte ihn ein paar Leuten zeigen.«

»Gute Idee«, sagte sie. Das Thema Herzsteine erinnerte sie an etwas. Als sie an diesem Morgen die Post hereingeholt hatte, war ein Brief für David vom Beth Moses Cemetery in West Babylon, Long Island, dabeigewesen. Sie hatte in der Zeitung gelesen, daß es bei den Juden Tradition war, in der Zeit vor ihren hohen Feiertagen die Friedhöfe zu besuchen.

»Warum besuchen wir beide nicht Sarahs Grab?«

»Nein«, war die knappe Antwort. »Das könnte ich im Augenblick noch nicht ertragen«, sagte er, steckte den Stein in die Tasche und ging hinaus in die Scheune.

Einladungen

»Hallo?«

»R. J.? Hier spricht Samantha.«

»Sam! Wie geht es dir?«

»Ganz besonders gut, und deshalb rufe ich auch an. Ich möchte mich mit dir und Gwen treffen, weil ich eine Überraschung für euch habe, eine gute Nachricht.«

»Sam. Du heiratest.«

»Also, R. J., fang jetzt bloß nicht an, gewagte Spekulationen anzustellen, sonst wirkt meine Überraschung im Vergleich dazu ja noch richtig schäbig. Ich will, daß ihr beide nach Worcester kommt. Mit Gwen habe ich bereits gesprochen, ich habe die Heimkehrerin nach Massachusetts willkommen geheißen. Sie sagt, sie weiß, daß du am nächsten Samstag freihast, und sie wird kommen, wenn du kommst. Also sag, daß du kommst!«

R. J. sah in ihrem Terminkalender nach. Am Samstag hatte sie wirklich noch nichts vor, abgesehen von den unzähligen Kleinigkeiten in Haus und Garten. »Okay.«

»Großartig! Wir drei wieder mal zusammen. Ich kann es gar nicht erwarten.«

»Es ist eine Beförderung, nicht? Eine Professur? Stellvertretende Leiterin der Pathologie?«

»R. J., du bist immer noch eine schreckliche Nervensäge. Bis bald! Ich liebe dich.«

»Ich liebe dich auch«, erwiderte R. J. und legte lachend auf.

Als sie zwei Tage später nachmittags von der Praxis nach Hause fuhr, kam ihr David entgegen. Er war zu Fuß losmarschiert, um sie abzufangen, die Laurel Hill Road hinunter und dann die Franklin Road entlang, weil er wußte, daß das ihre gewohnte Route war.

Er war zwei Meilen von zu Hause entfernt, als sie ihn sah, und sie mußte lachen, als er den Daumen in die Höhe reckte wie ein Anhalter. Sie öffnete ihm die Tür.

Mit strahlendem Gesicht stieg er ein. »Ich konnte es nicht mehr erwarten, es dir zu erzählen. Ich habe den ganzen Nachmittag mit Joe Fallon telefoniert. Die ›Friedvolle Gottheit‹ wird ab sofort von der Thomas Blankenship Foundation gefördert. Das bedeutet eine Menge Geld, genug, um das Center in Colorado einzurichten und zu betreiben.«

»Ach, David, das ist ja großartig für Joe! Blankenship. Ist das dieser englische Verleger?«

»Neuseeländer. Eine Unzahl von Zeitungen und Magazinen. Das ist großartig für uns alle, die Frieden wollen. Joe hat uns gebeten, zu ihm zu kommen, in ein paar Monaten.«

»Was soll das heißen?«

»Was ich gesagt habe. Eine kleine Gruppe von Leuten wird in dem Center leben und arbeiten und als Stammpersonal an den interkonfessionellen Friedenskonferenzen mitarbeiten. Joe lädt dich und mich dazu ein. Er will, daß wir zu diesem Kreis gehören.«

»Aber warum lädt er mich ein? Ich bin doch keine Theologin.«

»Joe meint, du könntest Wertvolles beitragen. Den medizinischen Blickwinkel zum Beispiel, wissenschaftliche und juristische Analysen. Außerdem hätte er gerne eine Ärztin im Center, die sich um die anderen Mitglieder kümmert. Du hättest genug zu tun.«

Während sie in die Laurel Hill Road einbog, schüttelte sie den Kopf. Sie mußte es nicht in Worte fassen, damit er sie verstand.

»Ich weiß. Du hast genug hier zu tun, und hier willst du auch bleiben.« Er strich ihr über die Wange. »Es ist ein interessantes Angebot. Wenn du nicht wärst, würde ich es wohl annehmen. Aber wenn du hierbleiben willst, will ich es auch.«

Doch als sie am nächsten Morgen aufwachte, war er verschwunden. Auf dem Küchentisch lag eine gekritzelte Notiz.

Liebe R. J.,
ich muß gehen. Gewisse Dinge muß ich einfach tun. In ein paar Tagen dürfte ich wieder zurück sein.

In Liebe David

Wenigstens hat er diesmal eine Nachricht hinterlassen, sagte sie sich.

Die drei Frauen

Samantha lief sofort ins Foyer des Medical Center hinunter, als die Empfangsdame sie anrief und ihr sagte, daß R. J. und Gwen eingetroffen seien. Der Erfolg hatte ihr ruhiges Selbstvertrauen geschenkt. Ihre kurzgeschnittenen schwarzen Haare umschmiegten ihren ebenmäßigen Kopf, über ihrem rechten Ohr zeigte sich eine breite weiße Strähne. Früher hatten Gwen und R. J. ihr vorgeworfen, aus Eitelkeit der Natur mit Chemie nachzuhelfen, doch sie wußten, daß das nicht stimmte. Es war ganz einfach Samanthas Art, zu akzeptieren, was die Natur ihr geschenkt hatte, und das Beste daraus zu machen.

Überschwenglich umarmte sie die beiden und dann gleich jede noch einmal.

Wie sie ihren Freundinnen erklärte, hatte sie Mittagessen im Krankenhaus geplant, dann eine Besichtigungstour durch das Medical Center, Abendessen in einem wunderbaren Restaurant und später einen gemütlichen Plausch in ihrer Wohnung. Gwen und R. J. wollten über Nacht bleiben und am nächsten Morgen in aller Frühe in die Hügel zurückfahren.

Sie hatten noch kaum zu essen begonnen, als R. J. Samantha mit ihrem Anwaltsblick fixierte: »Also, Frau – was ist jetzt mit der Neuigkeit, wegen der wir zwei Stunden gefahren sind?«

»Neuigkeit?« fragte Samantha gelassen. »Ja, es ist eine Neuigkeit: Man hat mir die Leitung der Pathologie in diesem Center angeboten.«

Gwen seufzte. »Respekt!«

Beide Freundinnen strahlten und gratulierten ihr. »Hab ich's doch gewußt«, sagte R. J.

»Aktuell wird's allerdings erst in achtzehn Monaten, wenn der jetzige Leiter, Carroll Hemingway, an die University of

California geht. Aber sie haben mir den Posten frühzeitig angeboten, und ich habe akzeptiert, weil es genau das ist, was ich schon immer wollte.« Sie lächelte. »Aber … das ist nicht *die Neuigkeit.«*

Sie drehte den glatten Goldreif am Ringfinger ihrer linken Hand und präsentierte den Stein. Der blaue Diamant in der Goldfassung war nicht groß, aber wunderschön geschliffen, und R. J. und Gwen sprangen auf und umarmten sie noch einmal.

Sie waren gerührt. Samantha hatte in ihrem Leben eine Reihe von Männern gehabt, aber sie war unverheiratet geblieben. Auch wenn sie sich einen beneidenswerten Status als alleinstehende Frau geschaffen hatte, waren sie doch froh, daß sie nun jemanden gefunden hatte, mit dem sie das Leben teilen konnte.

»Laß mich raten!« sagte Gwen. »Ich wette, er ist auch Mediziner, ein Professor oder so was in der Richtung.«

R. J. schüttelte den Kopf. »Ich rate nicht. Ich habe keine Ahnung. Erzähl uns von ihm, Sam!«

Doch Samantha schüttelte ebenfalls den Kopf. »Er wird's euch selber sagen. Er trifft sich mit uns zum Dessert.«

Dana Carter erwies sich als großer, weißhaariger Mann, ein fast zwanghafter Jogger, der vierzig Meilen pro Woche lief und so schlank war, daß er beinahe unterernährt wirkte. Er hatte kaffeebraune Haut und junge Augen.

»Ich bin nervös wie eine Katze«, gestand er ihnen. »Sam hat mir gesagt, daß das Treffen mit ihrer Familie in Arkansas nicht einfach sein würde, daß aber die wirkliche Hürde sein würde, vor Ihnen zu bestehen.« Er war Personalchef einer Versicherungsgesellschaft, ein Witwer mit einer erwachsenen Tochter, die im ersten Semester an der Brandeis University studierte. Er war lustig und herzlich und gewann Gwen und R. J. sofort für sich. Es war offensichtlich, daß er so verliebt war, um auch Samanthas engste Freundinnen zufriedenstellen zu können.

Als er sich verabschiedete, war es mitten am Nachmittag, und auch danach war er noch eine ganze Stunde lang Gesprächsthema der drei Frauen. R. J. und Gwen erfuhren die Details seiner Biographie – geboren auf den Bahamas, aber aufgewachsen in Cleveland – und versicherten Samantha, was für ein Glück sie habe und was für einen »verdammten Dusel« dieser Dana.

Sam sah sehr glücklich aus, als sie ihre Freundinnen durch das Medical Center führte, ihnen ihre Abteilung zeigte und die Unfallstation mit dem dazugehörigen Heliport. Sie führte sie auch durch die moderne Bibliothek mit ihrer Vielzahl aktuellster Neuerscheinungen, durch die Labors und die Hörsäle der Medical School.

R. J. ertappte sich bei der Überlegung, ob sie Samantha um ihren Erfolg und ihre einflußreiche Stellung beneidete. Es war deutlich zu sehen, daß die glänzende Zukunft, die schon während des Studiums jeder dieser Ärztin prophezeit hatte, Wirklichkeit geworden war. R. J. bemerkte die Ehrerbietung, mit der die Leute im Medical Center Sam ansprachen, die beflissene Art, wie sie ihr zuhörten und sich beeilten, ihre Vorschläge auszuführen.

»Ich glaube«, sagte Samantha, »ihr zwei solltet hier bei uns arbeiten. Wir sind das einzige große Medical Center im Staat mit einer eigenen Abteilung für Allgemeinmedizin. Wäre es nicht schön«, fügte sie ein wenig wehmütig hinzu, »wenn wir drei im selben Haus arbeiten und uns jeden Tag sehen könnten? Ich weiß, daß es für euch beide hier interessante Aufgaben geben würde.«

»Ich habe bereits eine interessante Aufgabe«, erwiderte R. J. spitz, denn sie hatte das Gefühl, ein wenig gönnerhaft behandelt zu werden, und es ärgerte sie, daß dauernd wohlmeinende Leute versuchten, ihr Leben zu ändern.

»Also hör mal!« sagte Samantha. »Was hast du denn da oben in den Hügeln, das du hier nicht haben kannst? Und erzähl mir jetzt bloß nichts von frischer Luft und Gemeinschaftsgeist! Auch hier haben wir gute Luft zum Atmen, und ich bin in meiner Umgebung so aktiv wie du in deiner. Ihr beide seid hervorragende Ärztinnen, und ihr solltet die Medizin von morgen mitgestalten. Hier in diesem Krankenhaus arbeiten wir an der vordersten Front der medizinischen Wissenschaft. Was könnt ihr als Ärztinnen da draußen auf dem Land tun, was ihr hier nicht tun könnt?«

Die beiden lächelten sie an und warteten, bis sie sich wieder beruhigt hatte. R. J. hatte wenig Lust auf eine Diskussion. »Ich arbeite lieber dort, wo ich jetzt bin«, sagte sie ruhig.

»Und ich merke bereits, daß es mir dort in den Hügeln genauso gehen wird«, sagte Gwen.

»Wißt ihr was? Nehmt euch soviel Zeit, wie ihr braucht, um diese Frage zu beantworten«, sagte Samantha leichthin. »Und falls euch eine Antwort einfällt, dann laßt es mich wissen, okay, Dr. Cole, Dr. Gabler?«

R. J. lächelte sie an. »Es wird mir ein Vergnügen sein, dir diesen Gefallen zu erweisen, Professor Porter«, sagte sie.

Das erste, was R. J. sah, als sie am nächsten Morgen in ihre Auffahrt einbog, war ein Streifenwagen der Massachusetts State Police, der vor ihrer Garage parkte.

»Sind Sie Doctor Cole?«

»Ja.«

»Guten Morgen, Ma'am! Ich bin Trooper Burrows. Keine Angst, es ist nichts Schlimmes. Es gab nur gestern nacht ein wenig Ärger. Chief McCourtney hat uns gebeten, auf Sie zu warten und ihm dann über Funk Bescheid zu geben.«

Er beugte sich ins Auto und griff zum Funkgerät, um ebendies zu tun.

»Was für Ärger?«

Kurz nach sechs Uhr habe Mack McCourtney, als er an dem verlassenen Haus vorbeifuhr, einen ihm unbekannten blauen Transporter, einen alten »Dodge«, bemerkt, der zwischen Haus und Scheune auf dem Rasen parkte. Bei seinem Kontrollgang habe er hinter dem Haus drei Männer entdeckt.

»Hatten sie eingebrochen?«

»Nein, Ma'am. Sie hatten keine Chance, irgendwas anzustellen. Anscheinend ist Chief McCourtney genau im richtigen Augenblick am Haus vorbeigefahren. Aber in dem Transporter befanden sich ein Dutzend Kanister mit Kerosin und Material zur Herstellung eines Zeitzünders.«

»O Gott!«

Sie bestürmte den Trooper mit Fragen, aber Burrows hatte nur wenige Antworten. »McCourtney weiß viel mehr über diese Angelegenheit als ich. Er wird in ein paar Minuten hiersein, und ich fahre dann.«

Tatsächlich traf Mack ein, bevor sie ihre Reisetasche aus dem Kofferraum geholt hatte. Sie setzten sich in die Küche, und er berichtete ihr, daß er die Männer verhaftet und über Nacht in die enge Zelle im Keller des Rathauses gesperrt habe.

»Sind sie noch dort?«

»Nein, das sind sie nicht mehr, Doc. Brandstiftung konnte ich ihnen nicht vorwerfen. Die entzündlichen Stoffe waren noch im Transporter, und die Männer behaupteten, sie seien unterwegs gewesen, um Gestrüpp abzubrennen, und hätten bei Ihnen nur angehalten, um nach dem Weg zur Sheilburne Falls Road zu fragen.«

»Könnte das stimmen?«

McCourtney seufzte. »Ich fürchte, nein. Warum sollten sie den Transporter neben der Auffahrt auf dem Rasen abstellen, wenn sie nur nach dem Weg fragen wollten? Und sie hatten zwar – quasi als Alibi – eine Abbrenngenehmigung, aber das war eine Genehmigung zum Abbrennen von Gras in Dalton, drüben im Berkshire County, und von diesem Ort waren sie ziemlich weit weg. Außerdem waren ihre Namen beim Generalstaatsanwalt in der Kartei der amtsbekannten Anti-Abtreibungs-Aktivisten registriert.«

»Oh.«

Er nickte. »Ja. Die Nummernschilder des Transporters waren gestohlen, und der Besitzer wurde deswegen in Greenfield verhaftet. Aber da tauchte sofort jemand mit der Kaution auf.«

Mack hatte die Namen und Adressen der drei, und er zeigte R. J. Polaroids, die er in seinem Büro von ihnen aufgenommen hatte. »Kommen Ihnen diese Typen bekannt vor?«

Einer der drei, ein Übergewichtiger mit Bart, gehörte vielleicht zu den Männern, die sie von Springfield her verfolgt hatten. Vielleicht aber auch nicht.

»Ich bin mir nicht sicher.«

McCourtney, normalerweise ein gutmütiger Polizist, dem die Bürgerrechte sehr am Herzen lagen, hatte in diesem Fall seine Befugnisse überschritten, wie er zugab, »auf eine Art, die mich meinen Job kosten könnte, wenn Sie mit jemand anderem darüber reden«. Nachdem er die drei verhaftet hatte, hatte er ihnen ruhig, aber unmißverständlich gesagt, falls sie oder ihre Freunde Dr. Cole noch einmal belästigen würden, garantiere er persönlich ihnen gebrochene Knochen und dauerhafte Behinderungen.

»Wenigstens mußten sie die Nacht in der Zelle verbringen. Und das ist wirklich ein elendes Loch«, sagte er befriedigt. Dann stand er auf, klopfte R. J. unbeholfen auf die Schulter und ging.

Am Tag darauf kam David zurück. Die Begrüßung war etwas verkrampft, doch als sie ihm erzählte, was passiert war, ging er zu ihr und nahm sie in die Arme.

Er wollte mit McCourtney sprechen, und so besuchten sie ihn gemeinsam in seinem kleinen Büro im Untergeschoß.

»Was sollen wir tun, um uns zu schützen?« fragte David den Polizeichef.

»Haben Sie eine Waffe?«

»Nein.«

»Sie könnten sich eine kaufen. Ich würde Ihnen behilflich sein, einen Waffenschein zu bekommen. Sie waren in Vietnam, nicht wahr?«

»Ich war Militärseelsorger.«

»Ach so.« McCourtney seufzte. »Ich werde versuchen, Ihr Haus im Auge zu behalten, R. J.«

»Danke, Mack.«

»Aber wenn ich Patrouille fahre, bin ich für ein großes Gebiet verantwortlich.«

Am nächsten Tag brachte ein Elektriker an allen vier Seiten des Hauses Scheinwerfer mit Wärmesensoren an, die automatisch das Licht einschalteten, sobald sie in einem Umkreis von zehn Metern um das Haus eine Person oder ein Fahrzeug registrierten. R. J. rief eine Firma an, die Sicherheitssysteme verkaufte, und dann brauchte der Spezialistentrupp einen ganzen Tag, um Vorrichtungen zu installieren, die Alarm gaben, sobald eine Außentür von einem Unbefugten geöffnet wurde, sowie Wärme- und Bewegungssensoren, die ebenfalls Alarm auslösten, falls es jemandem gelingen sollte, in das Haus einzudringen. Außerdem konnte das System innerhalb von Sekunden auch Polizei oder Feuerwehr alarmieren.

Eine knappe Woche nach der Installation dieser ganzen Elektronik hatte Barbara Eustis zwei Vollzeitärzte für die Klinik in Springfield gefunden, was bedeutete, daß R. J. nicht mehr gebraucht wurde.

Die Donnerstage standen ihr wieder zur Verfügung.

Schon nach wenigen Tagen ignorierten sie und David das Sicherheitssystem weitgehend. R. J. wußte, daß die Abtreibungsgegner kein Interesse mehr an ihr hatten, denn sie würden sehr schnell herausfinden, daß es zwei neue Ärzte gab, und sich auf diese konzentrieren. Obwohl sie jetzt wieder frei war, gab es Zeiten, in denen sie es einfach nicht glauben konnte. Sie hatte einen immer wiederkehrenden Alptraum, in dem David nicht zurückgekehrt oder vielleicht auch wieder verschwunden war und in dem sie von jenen drei Männern verfolgt wurde. Wenn dieser Traum sie aus dem Schlaf riß, oder auch wenn das alte Haus im Wind ächzte, wie arthritische, betagte Gebäude das eben tun, dann streckte sie die Hand zu der Kontrolltafel neben dem Bett aus und drückte den Knopf, der den elektronischen Burggraben füllte und die Drachen auf Patrouille schickte. Verstohlen tastete sie dann unter der Bettdecke herum, um sich zu vergewissern, daß es wirklich nur ein Traum gewesen war – um sich zu versichern, daß David noch neben ihr lag.

Die Antwort auf eine Frage

In ihren Briefen an die medizinischen Leiter diverser Krankenhäuser hatte R. J. vor allem die wunderschöne Landschaft und die Jagd- und Angelmöglichkeiten in den Hügeln herausgestrichen. Sie hatte sich zwar keine Flut von Antworten erhofft, aber auch nicht damit gerechnet, daß alle ihre Briefe unbeantwortet bleiben würden.

Sie freute sich deshalb sehr, als eines Tages ein gewisser Peter Gerome anrief, der ihr erzählte, daß er seine Assistenzzeit absolviert habe und sich anschließend im University of Massachusetts Medical Center zum Allgemeinarzt habe ausbilden lassen. »Im Augenblick arbeite ich in einer Notaufnahme und sehe mich nebenbei nach einer Landpraxis um. Ob meine Frau und ich Sie wohl besuchen könnten?«

»Kommen Sie, sobald Sie können!« ermunterte ihn R. J.

Noch am Telefon einigten sie sich auf einen Termin für seinen Besuch, und am selben Nachmittag schickte sie Dr. Gerome die Wegbeschreibung zu ihrer Praxis, wozu sie ihr jüngstes Zugeständnis an die moderne Technik benutzte, ein Faxgerät, das dazu diente, Nachrichten und Krankenberichte von Krankenhäusern und anderen Ärzten zu empfangen.

Sie machte sich ihre Gedanken über den bevorstehenden Besuch. »Es ist wohl kaum zu erwarten, daß der einzige, der auf meine Briefe reagiert hat, auch gleich der geeignete Kandidat ist«, sagte sie zu Gwen, und doch war ihr sehr daran gelegen, den Besuch möglichst attraktiv zu gestalten. »Wenigstens zeigt sich die Landschaft von ihrer schönsten Seite. Die Blätter fangen schon an, sich zu verfärben.«

Aber wie es manchmal im Herbst passiert, überzog am Tag vor der Ankunft des Ehepaares Gerome ein heftiger Regen New

England. Die ganze Nacht über prasselten die Tropfen auf das Dach, und am nieseligen nächsten Morgen überraschte es R. J. nicht, daß fast alle bunten Blätter von den Bäumen gefallen waren.

Die Geromes waren liebenswürdige Leute. Peter Gerome war ein großer Teddybär von einem jungen Mann, mit rundem Gesicht, sanften braunen Augen hinter dicken Brillengläsern und beinahe aschfarbenem Haar, das er sich beständig aus der Stirn schob. Seine Frau Estelle, die er als Estie vorstellte, eine gutaussehende, wenn auch leicht übergewichtige Brünette, war staatlich geprüfte Anästhesieschwester. Sie war vom Temperament her ihrem Gatten sehr ähnlich, und ihr ruhiges, freundliches Auftreten machte sie R. J. sofort sympathisch.

Die Geromes kamen an einem Donnerstag. R. J. brachte sie zuerst zu Gwen und fuhr dann mit ihnen durch das ganze westliche County und schließlich nach Greenfield und Northampton, um ihnen die Krankenhäuser zu zeigen.

»Und, wie ist's gelaufen?« fragte Gwen sie an diesem Abend am Telefon.

»Kann ich nicht sagen. Aber sie haben sich nicht gerade überschlagen vor Begeisterung.«

»Ich glaube, die gehören nicht zu denen, die sich so leicht überschlagen. Das sind Leute, die denken«, sagte Gwen.

Was die Geromes gesehen hatten, hatte ihnen immerhin so zugesagt, daß sie noch einmal kamen, diesmal zu einem viertägigen Besuch. R. J. hätte sie gerne bei sich untergebracht, aber aus dem Gästezimmer war inzwischen Davids Büro geworden. Überall im Zimmer lagen Kapitel seines Manuskripts verstreut, und er arbeitete fieberhaft am Abschluß des Romans. Gwen war noch nicht so komplett eingerichtet, daß sie Gäste beherbergen konnte, aber die Geromes fanden ein Zimmer mit Frühstück an der Main Street, nur zwei Häuserblocks von R. J.s Praxis entfernt, und so gaben sich diese und Gwen damit zufrieden, die Gäste jeden Abend zu bewirten.

Insgeheim hoffte R. J. bereits, daß die Geromes in die Gegend ziehen würden. Die Ausbildung und Berufserfahrung der beiden war ideal, und sie stellten vernünftige, praxisorientierte Fragen, als R. J. mit ihnen über die lockere, HMO-ähnliche Ärztekooperative sprach, die sie mit Gwen im Hügelland aufbauen wollte.

Die Geromes brachten die vier Tage damit zu, durch die Gegend zu fahren und mit Leuten in Rathäusern, Geschäften und Feuerwachen zu reden. Der Nachmittag des vierten Tages war kühl und bewölkt, aber R. J. machte trotzdem mit ihnen einen Spaziergang auf ihrem Waldpfad. Peter fand Gefallen am Catamount. »Sieht aus wie ein gutes Forellengewässer.«

R. J. lächelte. »Ja, es ist ein sehr gutes.«

»Dürfen wir darin fischen, wenn wir hierherziehen?« R. J. war hocherfreut. »Aber natürlich.«

»Na, damit ist die Sache wohl entschieden«, sagte Estie Gerome.

Veränderung – nicht nur die jahreszeitliche – lag in der kühlen, bleigrauen Luft. Toby hatte zwar noch kaum zwei Drittel ihrer Schwangerschaft hinter sich, verließ aber R. J.s Praxis trotzdem. Sie hatte vor, sich einen Monat lang auf das Baby vorzubereiten und dann Dr. Gerome bei der Suche nach Praxisräumen und dem Aufbau der Praxis zu helfen. Danach sollte sie die Verwaltung der geplanten Ärztekooperative, der Hilltown Medical Cooperative, wie sie sie nennen wollten, übernehmen und für die Praxen von R. J., Peter und Gwen Rechnungsstellung, Einkauf und Buchhaltung erledigen.

Toby selbst schlug ihre Nachfolgerin als R. J.s Sprechstundenhilfe vor, und R. J. stellte die Frau auch ein, da sie wußte, daß Toby ein feines Gespür für Menschen hatte. Mary Wilson hatte dem Gemeindeplanungsausschuß angehört, als R. J. dort die Genehmigungen für die Renovierung ihrer Praxis beantragt hatte. Mary versprach, eine sehr gute Sprechstundenhilfe abzugeben, aber R. J. wußte, daß ihr etwas fehlen würde, wenn sie Toby nicht mehr jeden Tag sah. Und um Tobys neuen Job zu feiern, luden R. J. und Gwen sie zum Abendessen in das Restaurant in Deerfield ein.

Sie trafen sich nach der Arbeit. Toby wollte wegen ihrer

Schwangerschaft keinen Alkohol trinken, aber die drei waren auch ohne Wein sehr schnell in bester Stimmung, und sie stießen mit Preiselbeersaft auf das Baby und den neuen Job an. R. J. empfand eine tiefe Zuneigung für beide Freundinnen, und sie amüsierte sich sehr gut.

Auf der Heimfahrt begann es etwa auf halber Höhe des Woodfield Mountain zu regnen. Als R. J. Toby zu Hause abgesetzt hatte, goß es in Strömen, und R. J. fuhr langsam und starrte angestrengt an den Scheibenwischern vorbei auf die Straße.

Sie hatte sich so aufs Fahren konzentriert, daß sie schon beinahe an Gregory Hintons Milchfarm vorbei war, als sie merkte, daß im Stall Licht brannte. Durch die offene Tür erspähte sie eine Gestalt auf einem Stuhl.

Die Straße war glatt, und sie versuchte erst gar nicht zu bremsen. Sie ging nur vom Gas, und erst als sie den Feldweg, der zur Weide der Hintons führte, erreicht hatte, wendete sie und fuhr zurück. Gregory erhielt zu dieser Zeit eine Kombination aus Bestrahlung und Chemotherapie, er hatte seine Haare verloren und litt an den Nebenwirkungen der Behandlung. Es kann nicht schaden, wenn ich mal kurz guten Tag sage, dachte R. J.

Sie fuhr bis vor die Stalltür, und er wandte sich ihr zu, als sie die Autotür zuschlug und durch den Regen rannte. In Overall und Arbeitsjacke saß er auf einem Klappstuhl vor einer der Boxen, die frische Glatze unter einer Kappe mit dem Logo einer Düngemittelfirma verborgen.

»Puh, was für eine Nacht! Hallo, Greg, wie geht's?«

»R. J. ... Ach, Sie wissen schon.« Er schüttelte den Kopf. »Übelkeit, Durchfall. Und schwach bin ich wie ein Baby.«

»Das ist der schlimmste Teil der Behandlung. Wenn der vorüber ist, werden Sie sich gleich wieder viel besser fühlen. Es ist nur so, daß wir keine andere Wahl haben. Wir müssen das Wachstum dieses Hirntumors stoppen und ihn zum Schrumpfen bringen, wenn's geht.«

»Verdammte Krankheit.« Er deutete auf einen zweiten Klappstuhl weiter hinten im Stall. »Wollen Sie sich ein wenig zu mir setzen?«

»Gerne, ja.« Sie ging den Stuhl holen. Sie war noch nie in Gregorys Stall gewesen. Wie ein Flugzeughangar erstreckte er sich vor ihr in tierwarmer Dunkelheit, und in den Boxen zu beiden Seiten sah sie die Kühe. Hoch oben unter dem Dach flatterte und schwebte etwas, und Greg Hinton sah in die Richtung ihres Blicks.

»Nur eine Fledermaus. Die bleiben da oben.«

»Ein Riesenstall.«

Er nickte. »Genaugenommen waren es früher mal zwei Ställe. Der Teil hier ist der ursprüngliche. Die hintere Hälfte war ein zweiter Stall, der vor ungefähr hundert Jahren mit Ochsengespannen hierhergeschafft wurde. Hab mir immer vorgestellt, daß ich da mal so 'nen neumodischen Melkstand reinbaue, hab's aber nie getan. Stacia und ich melken auf die altmodische Art, mit den Köpfen der Kühe im Freßgitter, damit sie uns in Ruhe lassen.«

Er schloß die Augen, und sie legte ihre Hand auf die seine.

»Glauben Sie, daß man je ein Heilmittel gegen diese verdammte Geschichte finden wird, R. J.?«

»Ich bin mir ziemlich sicher, Greg. Man arbeitet an gentechnischen Heilmitteln für alle möglichen Krankheiten, darunter auch verschiedene Krebsarten. In den nächsten paar Jahren wird viel passieren. Es wird eine ganz neue Welt entstehen.« Er öffnete die Augen und sah sie an. »In wie vielen Jahren?« Die große schwarzweiße Kuh in der Box vor ihnen muhte plötzlich, ein lautes, klagendes Brüllen, das R. J. erschreckte. Ja, in wie vielen Jahren? Sie nahm sich zusammen. »Ach, Greg, ich weiß es nicht. Vielleicht schon in fünf? Aber das ist nur eine Vermutung.«

Ein bitteres Lächeln huschte über sein Gesicht. »Ist wahrscheinlich egal, in wie vielen Jahren. Ich werde diese neue Welt wohl nicht mehr erleben, was?«

»Ich weiß es nicht. Viele Leute leben mit einer Krankheit wie der Ihren eine ganze Reihe von Jahren. Ich glaube, wichtig ist, daß Sie glauben – wirklich glauben –, daß Sie zu denen gehören. Ich weiß, daß Sie gläubig sind, und es schadet nicht, wenn Sie gerade jetzt viel beten.«

»Tun Sie mir einen Gefallen?«

»Und was?«

»Beten auch Sie für mich, R. J.!«

Ach, du meine Güte, da hast du aber die falsche Nummer erwischt, dachte sie, doch dann lächelte sie ihn an. »Na, das kann ja wohl auch nicht schaden, was?« sagte sie und versprach es ihm. Das Tier vor ihnen stieß plötzlich einen lauten Schrei aus, der zuerst nur von einer Kuh am anderen Ende des Stalls erwidert wurde, dann auch von anderen.

»Sagen Sie mal, warum sitzen Sie eigentlich so allein hier draußen?«

»Die Kuh da versucht, ein Kalb zu werfen, aber sie hat ein Problem«, sagte er und deutete mit dem Kinn auf das Tier vor ihnen in der Box. »Sie ist eine Färse – Sie wissen schon, eine, die noch nie ein Kalb hatte.«

R. J. nickte. Eine Erstgebärende.

»Also, sie ist ziemlich eng, und das Kalb hat sich in ihr verheddert. Ich habe die einzigen beiden Tierärzte in der Gegend angerufen, die sich noch um große Tiere kümmern. Hal Dominic liegt mit einer schlimmen Grippe im Bett, und Lincoln Foster ist drüben im südlichen County, wo er noch zwei oder drei Sachen zu erledigen hat. Er hat gesagt, er wird versuchen, bis elf hierzusein.«

Die Kuh muhte wieder und rappelte sich hoch.

»Ganz ruhig, Zsa Zsa!«

»Wie viele Kühe haben Sie?«

»Im Augenblick siebenundsiebzig. Davon einundvierzig Milchkühe.«

»Und Sie kennen sie alle beim Namen?«

»Nur die, die gemeldet sind. Wissen Sie, ich muß Namen auf die Meldezettel schreiben. Die Tiere, die nicht gemeldet sind, bekommen anstelle von Namen Nummern auf ihre Flanken gepinselt, aber diese Kuh da heißt Zsa Zsa.«

Noch während sie zusahen, sank das Tier zu Boden, das heißt, es ließ sich einfach auf die rechte Seite fallen und streckte die Beine von sich.

»Scheiße. *Scheiße!* Entschuldigung«, sagte Hinton. »Aber so auf die Seite lassen sie sich nur fallen, wenn sie schon fast nicht mehr können. Bis elf hält die nie durch. Sie versucht jetzt schon seit fünf Stunden zu kalben. Ich habe viel Geld in das Tier gesteckt«, sagte er verbittert. »Von einer gemeldeten Kuh wie dieser kann ich dreißig bis vierzig Liter Milch pro Tag erwarten. Und auch das Kalb wäre allerhand wert. Ich habe hundert Dollar allein für den Samen von einem besonders guten Bullen bezahlt.«

Die Kuh stöhnte und zitterte.

»Können wir denn gar nichts für sie tun?«

»Nein, ich bin zu krank für eine solche Arbeit, und Stacia ist absolut fertig, weil sie fast alleine gemolken hat. Sie ist eben auch nicht mehr die Jüngste. Ein paar Stunden lang hat sie versucht, der Kuh zu helfen, aber sie schaffte es einfach nicht und mußte ins Haus gehen und sich hinlegen.«

Die Kuh brüllte jetzt vor Schmerz, richtete sich mühsam auf und sank wieder zu Boden.

»Lassen Sie mich doch mal nachsehen!« sagte R. J. Sie zog ihre italienische Lederjacke aus und legte sie auf einen Heuballen. »Wird sie mich treten?«

»Unwahrscheinlich, so, wie sie daliegt«, erwiderte Hinton trocken, und R. J. näherte sich vorsichtig dem Tier und kauerte sich hinter ihm ins Sägemehl. Es war ein merkwürdiger Anblick, ein kotverschmierter Anus wie ein großes, rundes Auge und darunter die riesige Kuhvulva, in der sie einen rührend kleinen Huf erkennen konnte und etwas Schlaffes, Rotes, das seitlich heraushing.

»Was ist das?«

»Die Zunge des Kalbs. Der Kopf ist knapp dahinter, aber noch nicht zu sehen. Aus irgendeinem Grund kommen Kälber oft mit heraushängender Zunge auf die Welt.«

»Was hält das Kalb zurück?«

»Bei einer normalen Geburt kommen zuerst die Vorderläufe und dann der Kopf – das Kalb macht es ungefähr so wie ein Schwimmer bei einem Hechtsprung ins Wasser. Bei dem da ist der linke Huf zwar in der richtigen Position, aber der rechte ist irgendwo nach hinten geknickt. Der Tierarzt muß den Kopf in die Scheide zurückschieben und dann mit der Hand hineingreifen, um festzustellen, was nicht stimmt.«

»Aber, das könnte ich doch auch versuchen.«

Er schüttelte den Kopf. »Dazu ist viel Kraft nötig.«

Sie sah, wie die Kuh wieder zitterte. »Na, aber ein Versuch kann doch nichts schaden. Ich hab bis jetzt noch nie eine Kuh verloren«, sagte sie, aber der Scherz ging ins Leere, Greg verzog nicht einmal das Gesicht zu einem Grinsen. »Benutzen Sie ein Gleitmittel?«

Er sah sie skeptisch an und schüttelte dann den Kopf. »Nein, waschen Sie sich nur den ganzen Arm, und lassen Sie viel Seife darauf«, sagte er und deutete zum Waschbecken.

Sie krempelte beide Blusenärmel bis zu den Schultern hoch und schrubbte sich mit kaltem Wasser und dem dicken Riegel Kernseife, der auf dem Beckenrand lag, Hände und Arme.

Dann kauerte sie sich wieder hinter die Kuh. »Ruhig, Zsa Zsa!« sagte sie und kam sich recht lächerlich vor, weil sie zu dem Hinterteil sprach. Als R. J.s Finger und dann die Hand in die feuchte Wärme des Geburtskanals eindrangen, richtete die Kuh ihren Schwanz auf, bis er starr und gerade war wie ein Schürhaken.

Der Kopf des Kalbs lag knapp hinter der Öffnung, aber er schien unbeweglich zu sein. Als R. J. zu Greg hochsah, konnte sie trotz aller Besorgnis in seinen Augen ein deutliches Ich-hab's Ihnen-ja-gesagt erkennen, doch sie holte tief Luft und stemmte sich gegen den Kopf, als wolle sie einen Schwimmer in fast gefrorenes Wasser zurückstoßen. Sehr langsam wich der Kopf zurück. Sobald genug Platz war, schob sie die Hand tiefer in die Kuhscheide, zuerst nur bis zum Handgelenk, dann bis zur Hälfte des Unterarms, und plötzlich spürten ihre Finger etwas anderes.

»Ich spüre… ich glaube, es ist das Knie des Kalbs.«

»Ja, wahrscheinlich. Probieren Sie mal, sich da entlang zu tasten und den zweiten Huf vorzuziehen«, sagte Hinton, und R. J. versuchte es.

Sie schob Hand und Arm tiefer hinein, aber plötzlich spürte sie ein mächtiges inneres Vibrieren, so unleugbar wie ein Erdbeben, und dann eine rollende Kraft, die Muskel und Gewebe wie eine Welle gegen ihre Hand und ihren Unterarm drückte und sie hinauskatapultierte, als würde jemand einen Kirschkern ausspucken, und das mit einer solchen Kraft, daß sie auf den Rücken fiel.

»Was, zum Teufel...«, flüsterte sie, aber Greg brauchte ihr nicht zu sagen, daß sie eben eine Vaginalkontraktion erlebt hatte, wie ihr noch nie eine untergekommen war.

Sie nahm sich Zeit, um ihren Arm wieder einzuseifen. Dann kehrte sie zur Kuh zurück, und nach einigen Minuten der Beobachtung hatte sie herausgefunden, womit sie es hier zu tun hatte. Die Kontraktionen kamen einmal pro Minute und dauerten etwa fünfundvierzig Sekunden, es blieb ihr für ihre Arbeit also jeweils nur eine Pause von fünfzehn Sekunden. Sobald sie spürte, daß eine Kontraktion nachließ, schob sie den Arm tief in die angespannte Öffnung – am Knie vorbei und an der Wade entlang.

»Ich spüre einen Knochen, es dürfte der Beckenknochen sein«, berichtete sie Greg.

Und dann: »Ich habe den Huf, aber er ist unter dem Beckenknochen eingezwängt.«

Der starre Schwanz zuckte, vielleicht vor Schmerz, und schlug R. J. auf den Mund. Spuckend packte sie ihn mit der linken Hand, um ihn festzuhalten. Eine neue Kontraktion kündigte sich an, und sie hatte gerade noch Zeit, den Huf zu fassen, bevor die Vaginalmuskulatur ihren Arm von den Fingerspitzen bis zum Schulteransatz wie in einen Schraubstock einklemmte. Diesmal bestand keine Gefahr, daß ihr Arm wieder ausgestoßen wurde, dazu wurde er zu fest umklammert. Ihr Handgelenk wurde gegen den Beckenknochen der Kuh gedrückt, und im ersten Augenblick blieb ihr die Luft weg vor Schmerz. Der Arm wurde sehr schnell taub, und R. J. schloß die Augen und drückte die Stirn gegen Zsa Zsas Hinterlauf. Ihr Arm steckte bis zur Schulter fest, sie war eine Gefangene, fest mit dieser Kuh verbunden. Ihr wurde schwindelig, und plötzlich überkam sie die schreckliche Vision, daß die Kuh sterben werde und man den Kadaver aufschneiden müsse, um ihren Arm zu befreien.

Sie hörte nicht, wie Stacia Hinton in den Stall kam, sie hörte nur die leicht gereizte Stimme der Frau. »Was treibt denn das Mädchen da?« und als Antwort ein unverständliches Murmeln von Greg Hinton. R. J. roch Dung, die Ausdünstungen aus der Leibeshöhle der Kuh und den animalischen Geruch ihrer eigenen Angst und ihres Schweißes. Dann war die Kontraktion vorbei.

Sie hatte genügend menschliche Babys auf die Welt gebracht, um zu wissen, was zu tun war, und sie zog die taube Hand bis zum Knie des Kalbs zurück und drückte es nach hinten. Dann konnte sie daran vorbeilangen, und sie schob den Arm tiefer hinein. Als sie den Huf wieder ertastet hatte, mußte sie gegen ihre Panik ankämpfen, denn sie wollte ihre Bewegungen überstürzen, um nicht mehr in der Vagina zu stecken, wenn die nächste Kontraktion kam.

Aber sie arbeitete sorgfältig, packte den Huf, zog ihn den Geburtskanal entlang und dann aus der Vagina heraus, bis er neben dem ersten lag, wo er hingehörte.

»Hey!« Greg Hinton atmete erfreut auf.

»Braves Mädchen!« rief Stacia.

Bei der nächsten Kontraktion tauchte der Kopf des Kalbs auf.

Hallo! begrüßte ihn R. J. stumm und entzückt. Aber sie schafften es nicht, mehr als die Vorderläufe und den Kopf aus der Kuh zu ziehen. Das Kalb steckte fest wie ein Korken in einer Flasche.

»Wenn wir nur einen Kalbszug hätten«, sagte Stacia Hinton.

»Was ist das?«

»Eine Art Winde«, sagte Greg.

»Binden Sie die Hufe zusammen!« sagte R. J. Sie ging zu ihrem »Explorer«, löste den Haken ihrer Seilwinde und zog das Kabel in den Stall.

Mit der Motorwinde ließ sich das Kalb leicht herausziehen – auch ein Argument für die moderne Technik, dachte R. J.

»Ein Stierkalb«, konstatierte Greg.

R. J. saß auf dem Boden und sah zu, wie Stacia dem kleinen Bullen Schleim und die Überreste der Fruchtblase von der Schnauze wischte. Sie brachten das Kalb zum Kopfende der Box, aber Zsa Zsa war zu erschöpft und rührte sich kaum. Greg rieb dem Neugeborenen die Brust mit trockenem Heu ab. »Das bringt die Lungen zum Arbeiten, und das ist der Grund, warum eine Kuh ihr Kalb immer mit ihrer rauhen Zunge abschleckt. Aber die Mama unseres kleinen Kerls da ist zu müde, um auch nur eine Briefmarke abzulecken.«

»Erholt sie sich wieder?« fragte R. J.

»Aber klar doch«, sagte Stacia. »In ein paar Minuten bringe ich ihr einen Kübel warmes Wasser. Das wird ihr helfen, die Nachgeburt auszustoßen.«

R. J. stand vom Boden auf und ging zum Waschbecken. Sie reinigte sich die Hände und den rechten Arm, sah aber gleich, daß sie sich hier unmöglich würde ganz säubern können.

»Sie haben … äh, Dung in den Haaren«, bemerkte Greg taktvoll.

»Nicht hinfassen! Das verschmiert nur«, sagte Stacia.

R. J. rollte das Kabel der Motorwinde auf, trug ihre Lederjacke mit spitzen Fingern zum Auto und legte sie auf den Rücksitz, so weit von sich weg wie möglich.

»Gute Nacht!«

Sie hörte kaum, wie die beiden sich bedankten. Auf dem Nachhauseweg versuchte sie, so wenig wie möglich mit der Polsterung des Autos in Kontakt zu kommen.

Daheim zog sie schon in der Küche die Bluse aus. Die Ärmel waren heruntergerutscht, und die Brust war ebenfalls verschmiert. Sie erkannte Blut, Schleim, Seife, Dung und verschiedene Geburtsflüssigkeiten. Angeekelt rollte sie die Bluse zusammen und warf sie in den Abfalleimer.

Dann blieb sie lange unter der heißen Dusche, massierte sich ihren rechten Arm und wusch sich mit Unmengen von Seife und Shampoo.

Danach putzte sie sich die Zähne und zog im Dunkeln ihren Pyjama an.

»Was ist los?« rief David.

»Nichts«, sagt sie, und er schlief wieder ein.

Eigentlich hatte sie vorgehabt, gleich ins Bett zu gehen, aber nun ging sie doch noch einmal hinunter in die Küche und setzte Wasser für einen Kaffee auf. Ihr Arm war gequetscht und schmerzte, aber sie bewegte Finger und Handgelenk und merkte, daß nichts gebrochen war. Sie holte Papier und Kugelschreiber von ihrem Schreibsekretär und setzte sich an den Küchentisch, um auszuprobieren, ob sie schreiben konnte. Sie beschloß, Samantha Porter einen Brief zu schreiben.

Liebe Sam,
Du hast zu mir und Gwen doch gesagt, wir sollen Dir schreiben, wenn uns etwas einfällt, was eine Ärztin auf dem Land tun kann, aber nicht in einem Krankenhaus in der Stadt. Heute abend ist mir so etwas eingefallen: Man kann den Arm in eine Kuh stecken.

Viele Grüße
R. J.

Die Visitenkarte

Eines Morgens stellte R. J. bestürzt fest, daß der Termin näher rückte, an dem sie ihre Zulassung als praktische Ärztin in Massachusetts würde erneuern lassen müssen, und daß sie darauf nicht vorbereitet war. Die staatliche Zulassung mußte alle zwei Jahre neu beantragt werden, und zum Schutz der Bevölkerung verlangte das Gesetz, daß ein Arzt, der dies tat, den Nachweis über hundert Stunden medizinische Weiterbildung zu erbringen hatte.

Dieses System war darauf angelegt, das medizinische Wissen der Ärzte immer auf dem neuesten Stand zu halten, generell ihre Fähigkeiten zu verbessern und zu verhindern, daß sie hinter den Standard ihres Berufes zurückfielen. R. J. war mit dem Konzept der ständigen Weiterbildung durchaus einverstanden, mußte aber erkennen, daß sie in den vergangenen knapp zwei Jahren nur einundachtzig Weiterbildungspunkte gesammelt hatte, die einundachtzig Stunden entsprachen. Der Aufbau ihrer neuen Praxis und die Arbeit in der Klinik in Springfield hatten sie so beansprucht, daß sie ihre Weiterbildung vernachlässigt hatte.

Die Krankenhäuser in der Umgebung boten häufig Vorlesungen oder Seminare an, für die es einige Punkte gab, aber es blieb ihr nicht mehr genug Zeit, um ihren Rückstand auf diese Art aufzuholen.

»Du mußt an einem großen Medizinerkongreß teilnehmen«, sagte Gwen. »Mir geht es genauso.«

Also begann R. J., die Kongreßankündigungen in den medizinischen Fachzeitschriften zu studieren, und dabei fiel ihr ein dreitägiges Krebs-Symposium für Allgemeinärzte auf, das im New Yorker »Plaza Hotel« stattfinden sollte. Die Veranstaltung wurde von der Amerikanischen Krebsgesellschaft und der Amerikanischen Internistenvereinigung gesponsert und war achtundzwanzig Weiterbildungspunkte wert.

Peter Gerome und Estie waren bereit, während R. J.s Abwesenheit in ihrem Haus zu wohnen, damit Peter ihre Vertretung übernehmen konnte. Er hatte bereits eine Krankenhauszulassung beantragt, doch die war noch nicht erteilt, und R. J. bat deshalb einen Internisten in Greenfield, diejenigen ihrer Patienten, bei denen stationäre Behandlung nötig war, ins dortige Krankenhaus einzuweisen.

David schwitzte über dem vorletzten Kapitel seines Buches, und sie kamen überein, daß er die Arbeit nicht unterbrechen sollte. Also fuhr sie im fahlgelben Sonnenschein des frühen Novembers allein nach New York.

Sie stellte fest, daß sie, obwohl sie bei ihrem Wegzug aus Boston froh gewesen war, die Hektik der Großstadt hinter sich zu lassen, sich jetzt wieder auf diese freute. Nach der Einsamkeit und der Stille auf dem Land glich New York einem kolossalen menschlichen Ameisenhaufen, und die Betriebsamkeit all dieser Menschen wirkte auf sie sehr stimulierend. Es war kein Vergnügen, durch Manhattan zu fahren, und sie war froh, als sie dem Hotelportier ihr Auto übergeben konnte, dennoch freute es sie, daß sie hier war.

Ihr Zimmer im neunten Stock war klein, aber komfortabel. Sie machte ein kurzes Nickerchen und hatte dann gerade noch Zeit, zu duschen und sich anzuziehen. Die Kongreßeröffnung war mit einer Cocktailparty verbunden, und sie holte sich ein Bier und stillte ihren Hunger am üppigen Büfett.

Sie sah niemanden, den sie kannte. Viele Paare waren da. Am Büfett verwickelte sie ein Arzt, dessen Namensschild ihn als Robert Starbruck aus Detroit, Michigan, auswies, in eine Unterhaltung.

»Und wo in Massachusetts liegt Woodfield?« fragte er mit einem Blick auf ihr Namensschild.

»Am Mohawk Trail.«

»Aha. Alte Berge, zu sanfter Lieblichkeit verwittert. Fahren

Sie die ganze Zeit durch die Gegend und bestaunen die Landschaft?«

Sie lächelte. »Nein. Ich sehe sie mir nur an, wenn ich zu Hausbesuchen unterwegs bin.«

Jetzt sah er ihr ins Gesicht. »Sie machen Hausbesuche?«

Sein Teller war leer, und er ließ sie kurz stehen, um sich am Büfett zu bedienen, war aber gleich wieder zurück. Er war ein mäßig attraktiver Mann, suchte aber so offensichtlich und aufdringlich mehr als nur Konversation, daß es ihr nicht schwerfiel, ihn zusammen mit dem schmutzigen Teller stehenzulassen, als sie zu Ende gegessen hatte.

Sie fuhr im Aufzug in die Halle hinunter und trat hinaus auf die Straßen von New York City. Der Central Park war kein Ort, den man nachts betrat, und er reizte sie auch nicht, denn Bäume und Gras hatte sie zu Hause. Sie schlenderte die Fifth Avenue entlang, blieb vor fast jedem Schaufenster stehen und betrachtete eingehend die üppige Vielfalt an Kleidung, Koffern und anderen Reiseutensilien, Schuhen, Schmuck und Büchern. Sie ging etwa sechs Block weit, überquerte die Straße und kehrte zum Hotel zurück. Dann fuhr sie nach oben und legte sich früh schlafen, wie sie es in den langen Jahren ihres Studiums am Abend vor Seminaren immer getan hatte. Sie konnte beinahe Charlie Harris hören, der zu ihr sagte: »Mußt dich ums Geschäft kümmern, R. J.!«

Es war ein guter Kongreß, sehr intensiv und lehrreich, mit einem kleinen Frühstück, das jeden Morgen während der ersten Sitzung serviert wurde, und Vorlesungen während des Mittag- und Abendessens. R. J. nahm das Ganze sehr ernst. Sie ließ keine Sitzung aus, schrieb sorgfältig mit und bestellte sich von Vorlesungen, die sie besonders interessierten, sogar Tonbandmitschnitte. Die Abende waren der Unterhaltung vorbehalten, und das Angebot war auch hier sehr gut. Am ersten Abend sah sie eine Inszenierung von »Show Boat« und amüsierte sich köstlich, am zweiten war das »Dance Theater of Harlem« an der Reihe, das ihr ebenfalls gut gefiel.

Bis zum dritten Morgen hatte sie bereits genügend Punkte für ihre erneute Zulassung beisammen. Nur die erste der Veranstaltungen dieses Tages interessierte sie noch, und sie beschloß, danach die Tagung für sich abzuschließen und noch einen Einkaufsbummel zu machen, bevor sie New York verließ.

Doch auf dem Weg zu ihrem Zimmer hatte sie plötzlich eine bessere Idee.

Die Empfangsdame war eine unbeirrbar fröhliche Frau Anfang Fünfzig. »Aber natürlich«, sagte sie, als R. J. sie fragte, ob sie eine Straßenkarte des Großraums New York habe.

»Können Sie mir sagen, wie ich am besten nach West Babylon, Long Island, komme?«

»Wenn Madam sich einen Augenblick gedulden wollen …« Die Frau studierte die Karte und zeichnete dann mit entschlossenen Strichen ihres Markerstifts die Route ein.

R. J. hielt bei der ersten Tankstelle, die sie nach Verlassen des Expressways sah, an und fragte nach dem Weg zum Beth Moses Cemetery.

Als sie den Friedhof erreicht hatte, fuhr sie an der Begrenzungsmauer entlang, bis sie den Eingang fand. Gleich hinter dem Tor befand sich das Verwaltungsgebäude, und sie stellte den Wagen ab und ging hinein. Ein Mann etwa in ihrem Alter, in einem blauen Anzug und mit einem weißen Käppchen auf seinen schütteren blonden Haaren, saß hinter einem Schreibtisch und zeichnete Papiere ab. »Guten Morgen«, sagte er, ohne aufzusehen.

»Guten Morgen. Können Sie mir helfen, ein Grab zu finden?«

Er nickte. »Namen des Verstorbenen?«

»Markus. Sarah Markus.«

Er drehte sich zu seinem Computer um und tippte den Namen ein.

»Ja, wir haben sechs mit diesem Namen. Anfangsbuchstabe des zweiten Vornamens?«

»Keinen. Markus mit k, nicht mit c.«

»Ach so … Dann sind es immer noch zwei. War sie siebenundsechzig oder siebzehn?«

»Siebzehn«, sagte R. J. mit dünner Stimme, und der Mann nickte. »Es sind ja so viele«, sagte er entschuldigend.

»Sie haben einen sehr großen Friedhof.«

»Vierundzwanzig Hektar.« Er nahm einen Plan des Friedhofs und zeichnete ihr den Weg ein. »Von hier aus zwölf Abteilungen runter, dann rechts. Nach acht Abteilungen biegen Sie links ein. Das Grab, das Sie suchen, befindet sich in der Mitte der zweiten Reihe. Falls Sie sich verirren, kommen Sie zurück, dann bringe ich Sie hin... Ja«, sagte er, nachdem ein Blick auf dem Monitor ihm die Richtigkeit seiner Angaben bestätigt hatte.

»Wir haben alles im Computer«, bemerkte er stolz, »alles. Wie ich sehe, gab es da im letzten Monat eine Weihe.«

»Eine Weihe?«

»Ja, da wurde der Grabstein aufgestellt.«

»Oh.« Sie dankte ihm und ging mit dem Plan in der Hand nach draußen.

Langsam schlenderte R. J. den geraden schmalen Kiesweg entlang. Hinter den Friedhofsmauern rauschten Autos vorbei, ein Motorrad knatterte, Bremsen quietschten, eine Hupe lärmte.

Sie zählte die Abteilungen.

R. J.s Mutter lag auf einem Friedhof in Cambridge, mit Rasenflächen zwischen den Grabsteinen. Die Gräber hier sind furchtbar nah beieinander, dachte sie. Es waren so viele, als wären die Verstorbenen aus einer Stadt in eine andere gezogen.

...elf... zwölf.

Sie bog nach rechts ab und ging acht Abteilungen weit. Hier müßte es sein.

In der Abteilung dahinter saßen Leute auf Stühlen neben einem Loch in der Erde. Ein Mann mit einem Käppchen beendete seine Ansprache, und die Trauergäste stellten sich an, um Erde ins Grab zu schaufeln.

R. J. ging zur zweiten Reihe in ihrer Abteilung und versuchte, sich dabei so unauffällig wie möglich zu verhalten. Jetzt zählte sie nicht mehr die Reihen, sondern las die Namen auf den Steinen. Emanuel Rubin. Lester Rogovin. Auf vielen Grabsteinen lagen zusätzlich kleine Steine, »Visitenkarten«, die an den Besuch eines Hinterbliebenen erinnerten. Einige Gräber waren mit Blumen oder Büschen bepflanzt. Eines war überwuchert von einer Eibe, und R. J. schob die Zweige beiseite, um den Namen lesen zu können: Leah Schwartz. Auf Leah Schwartz' Gedenkstein lagen keine »Visitenkarten«.

Sie ging am Familiengrab der Gutkinds vorbei, der vielen Gutkinds, und dann sah sie einen Doppelstein mit den hübschen emaillierten Porträtfotos einer jungen Frau und eines jungen Mannes: Dmitri Levnikov, 1970–1992, und Basya Levnikov, 1973–1992. Ein Ehepaar? Bruder und Schwester? Starben sie gemeinsam? Bei einem Verkehrsunfall, in einem Feuer? Ist wahrscheinlich ein russischer Brauch, dachte sie, die Fotos auf dem Grabstein. Offensichtlich waren es Emigranten gewesen. Wie traurig, dachte sie, da haben sie diesen weiten Weg zurückgelegt, haben die Schallmauer der Kulturen durchbrochen, und dann das.

Kirschner. Rosten. Eidelberg. Markus. Markus, Natalie J. 1952–1985. Unsere innig geliebte Gattin und Mutter.

Es war ein Doppelstein, die eine Hälfte graviert, die andere leer.

Daneben: Markus, Sarah. 1977–1994. Unsere zärtlich geliebte Tochter.

Ein einfacher Granitblock wie der für Natalie, aber noch nicht verwittert, unverkennbar neu.

Auf jedem Grabstein lag ein kleiner »Visitenkarten«-Stein. Es war der kleine Stein auf Sarahs Grab, den R. J. wie gebannt anstarrte: ein Stück rötlichen Tonschiefers in Form eines unregelmäßigen Herzens, mit dem deutlichen Abdruck des krebsähnlichen Kopfes und des dreilappigen Körpers eines Trilobiten, der vor vielen Millionen Jahren gelebt hatte.

R. J. redete nicht mit Natalie oder Sarah, denn sie glaubte nicht, daß sie sie hören würden. Sie erinnerte sich, vermutlich während des Studiums irgendwo gelesen zu haben, daß ein christlicher Philosoph – Thomas von Aquin? – Zweifel daran geäußert habe, ob die Toten um die Belange der Lebenden wüßten. Aber hatte er das sicher wissen können? Was wußte überhaupt jemand, ob Thomas von Aquin, David oder irgendein anderer vermessener Mensch? R. J. fiel ein, daß Sarah sie geliebt hatte. Vielleicht war Magie in diesem Herzstein, ein Magnetismus, der sie hierhergezogen hatte und sie erkennen ließ, was sie tun mußte.

R. J. hob zwei Kiesel vom Boden auf und legte einen auf Natalies Grabstein, den anderen auf den von Sarah.

Das Begräbnis nebenan war zu Ende, die Trauergäste zerstreuten sich. Viele kamen in ihre Richtung, gingen an ihr vorbei. Sie wandten den Blick ab von dem traurigen, aber alltäglichen Anblick einer gebrochenen Frau an einem Grab. Sie konnten nicht wissen, daß R. J. ebensosehr um die Lebenden weinte wie um die Toten.

Als Ärztin hatte sie es schon immer schwierig gefunden, mit Betroffenen über das nahe Ende zu reden, und am nächsten Morgen am Küchentisch mußte sie sich sehr überwinden, mit David über das Ende ihrer Beziehung zu sprechen. Aber sie schaffte es, ihm zu sagen, daß es Zeit sei, Schluß zu machen. Sie bat ihn, einzusehen, daß es nie funktionieren würde. »Du hast mir gesagt, du wärst weggefahren, um für dein Buch zu recherchieren. Aber du bist nach New York gefahren, um den Grabstein deiner Tochter einzuweihen. Als ich mit dir dorthin fahren wollte, hast du dich geweigert.«

»Ich brauche Zeit, R. J.«

»Ich glaube nicht, daß die Zeit etwas ändern wird, David«, sagte sie sanft. »Sogar Leute, die schon lange verheiratet sind, lassen sich oft nach dem Tod eines Kindes scheiden. Ich wäre vielleicht in der Lage, mit deinem Alkoholismus und der Angst, daß du eines Tages wieder verschwindest, zu leben. Aber tief in deinem Herzen gibst du mir die Schuld an Sarahs Tod. Ich glaube, du wirst mich immer dafür verantwortlich machen, und damit kann ich nicht leben.«

Er war blaß geworden. Er stritt nichts ab. »Wir hatten es so schön miteinander. Wenn nur das nicht passiert wäre ...«

Alles verschwamm vor ihren Augen. Er hatte recht. In vieler Hinsicht hatten sie so gut zusammengepaßt. »Aber es ist passiert.«

Er akzeptierte, daß es stimmte, was sie sagte, aber er brauchte länger, um auch die unvermeidlichen Konsequenzen zu akzeptieren. »Ich habe gedacht, du liebst mich.«

»Ich habe dich geliebt, ich liebe dich noch, ich werde dich immer lieben, und ich wünsche dir Glück.« Aber sie hatte eine Entdeckung gemacht: Sie liebte auch sich.

An diesem Abend blieb sie lange in der Praxis, und als sie nach Hause kam, eröffnete er ihr, daß er beschlossen habe, nach Colorado zu gehen und sich Joe Fallons Leuten anzuschließen. »Ich werde die Honigschleuder und ein paar der besten Bienenvölker mitnehmen und in Colorado eine neue Zucht aufbauen. Ich habe mir gedacht, ich könnte die anderen Stöcke ausleeren und sie in deiner Scheune abstellen.«

»Nein. Es wäre besser, wenn du sie verkaufst.«

Er begriff, was sie meinte, die Endgültigkeit dieses Schritts. Sie sahen einander an, und er nickte.

»Ich werde erst in ungefähr zehn Tagen abreisen können. Ich will zuerst mein Manuskript abschließen und es meinem Verleger schicken.«

»Das ist nur vernünftig.«

Agunah kam in die Küche und starrte R. J. aus kalten Augen an.

»David, tust du mir einen Gefallen?«

»Und was für einen?«

»Wenn du diesmal gehst, nimm die Katze mit!«

Die Stunden vergingen jetzt sehr langsam, und sie bemühten sich, einander aus dem Weg zu gehen. Erst zwei Tage waren vergangen, da erhielt sie einen Anruf von ihrem Vater, aber ihr war es viel länger vorgekommen.

Als ihr Vater nach David fragte, fand sie die Kraft, ihm zu sagen, daß sie und David sich trennten.

»Oh. Alles in Ordnung mit dir, R. J.?«

»Ja, alles in Ordnung«, sagte sie und kämpfte mit den Tränen. »Ich liebe dich.«

»Ich liebe dich auch.«

»Aber warum ich anrufe: Wie wär's, wenn du zu Thanksgiving zu mir kommst?«

Plötzlich wollte sie ihn sehen, mit ihm reden, sich von ihm trösten lassen. »Könnte ich vielleicht schon früher kommen? Jetzt gleich zum Beispiel?«

»Kannst du es denn einrichten?«

»Ich weiß noch nicht. Ich werd's mal versuchen.«

Peter Gerome wunderte sich zwar, als sie ihn fragte, ob er sie noch einmal für zwei Wochen vertreten könne, aber er war gern dazu bereit. »Mir macht die Arbeit bei Ihnen wirklich Spaß«, sagte er. Daraufhin buchte sie einen Flug und rief dann ihren Vater an, um ihm zu sagen, daß sie am nächsten Tag nach Florida komme.

Sonne und Schatten

Das Herz wurde ihr leicht, als sie ihren Vater sah, aber sein Aussehen machte ihr Kummer. Er schien irgendwie in sich zusammengeschrumpft zu sein, und ihr wurde bewußt, daß er seit ihrer letzten Begegnung alt geworden war. Doch er war guten Mutes und offensichtlich ganz aus dem Häuschen vor Freude, sie wiederzusehen. Sie begannen fast sofort zu streiten, doch ohne Heftigkeit; sie wollte einen Träger für ihre zwei Gepäckstücke, weil sie wußte, daß er ihr eins würde abnehmen wollen.

»Aber R. J., das ist doch dumm! Ich trage den Koffer, und du kannst den Kleidersack nehmen.«

Mit einem resignierten Auflachen ließ sie ihm seinen Willen. In dem Augenblick, da sie das Flughafengebäude verließen, blinzelte sie in das grelle Sonnenlicht und sackte unter dem feuchten Ansturm tropisch heißer Luft förmlich zusammen.

»Wieviel Grad hat es, Dad?«

»Über dreißig«, sagte er stolz, als wäre die Hitze ein persönliches Verdienst seinerseits. Er fuhr vom Flughafengelände in die Stadt, als sei das sein täglicher Weg. Er war immer ein selbstsicherer Fahrer gewesen. Auf dem blauen, spiegelglatten Meer sah sie Segelboote aufblitzen, und sie vermißte die kühle Brise ihrer Wälder.

Ihr Vater lebte in einem weißen Hochhaus, das der Universität gehörte, in einer unpersönlichen Wohnung mit zwei Schlafzimmern. Man spürte, daß er kaum versucht hatte, ihr eine persönliche Note zu geben. Zwei Ölgemälde mit Ansichten von Boston hingen im Wohnzimmer. Das eine zeigte den Harvard Square im Winter. Auf dem zweiten war eine Szene bei der Ruderregatta auf dem Charles River dargestellt, grimassierende Ruderer der Boston University erstarrt in kraftvoller Bewegung, als wollten sie ihr Boot aus der Leinwand heraustreiben, und im Hintergrund die verschwommenen Umrisse des M. I. T. am anderen Ufer. Abgesehen von den Bildern und einigen Büchern war die Wohnung militärisch ordentlich, aber ungemütlich wie die vergrößerte Zelle eines modernen Gelehrtenmönchs. Auf dem Schreibtisch im Gästezimmer, das er zu seinem Büro umfunktioniert hatte, stand das Eichenkästchen mit Rob J.s Skalpell.

In seinem Schlafzimmer sah R. J. ein Foto von sich, daneben ein sepiabraunes Bild ihrer Mutter als lächelnde junge Frau in einem altmodischen einteiligen Badeanzug, die an einem Strand in Cape Cod in die Sonne blinzelte. Auf der zweiten Kommode stand das gerahmte Foto einer Frau, die R. J. nicht kannte.

»Wer ist das, Dad?«

»Eine Freundin. Ich habe sie eingeladen, mit uns zum Abendessen zu gehen, wenn du nichts dagegen hast.«

»Natürlich nicht. Aber zuerst muß ich einmal ausführlich duschen.«

»Ich glaube, du wirst sie mögen«, sagte er. Offensichtlich war ihr Vater doch kein Mönch.

Er hatte einen Tisch in einem Fischrestaurant bestellt, wo sie beim Essen den Schiffsverkehr auf dem Kanal beobachten konnten. Das Gesicht auf dem Foto gehörte einer gutgekleideten Frau namens Susan Dolby. Sie war etwas stämmig, aber nicht übergewichtig, und machte einen sportlichen Eindruck. Die grauen Haare waren kurzgeschnitten und lagen dicht am Kopf an, die Fingernägel waren kurz und glänzten unter farblosem Lack. Ihr Gesicht war gebräunt und hatte Lachfältchen neben beinahe mandelförmigen Augen. Waren sie grün? Braun? R. J. hätte wetten mögen, daß sie Golf oder Tennis spielte.

Susan Dolby war ebenfalls Ärztin, eine Internistin mit einer Privatpraxis in Fort Lauderdale.

Die drei saßen am Tisch und unterhielten sich über Gesundheitspolitik. Während ein Weihnachtslied aus den Lautsprechern des Restaurants drang – zu früh im Jahr, wie sie übereinstimmend meinten –, funkelte draußen auf dem Wasser die gleißende Sonne, und Segelboote zogen vorbei wie kostbare Schwäne.

»Erzählen Sie mir von Ihrer Praxis!« sagte Susan.

R. J. erzählte ihnen vom Ort und von den Leuten. Sie unterhielten sich über Grippe in Massachusetts und in Florida und verglichen ihre Problemfälle – ärztliche Fachsimpelei. Susan sagte, sie sei schon seit Abschluß ihrer Chicagoer Assistenzzeit in Lauderdale. Sie hatte die Medical School der University of Michigan besucht. R. J. fand ihre offene Art und ihre unbeschwerte Freundlichkeit sehr sympathisch.

Als gerade das Hauptgericht serviert wurde – Shrimps –, meldete sich Susans Piepser. »Oh-oh«, sagte sie, entschuldigte sich und suchte ein Telefon.

»Was sagst du?« fragte R. J.s Vater Augenblicke später, und sie merkte, daß diese Frau ihm wichtig war.

»Du hattest recht. Ich mag sie wirklich.«

»Das freut mich.«

Er kenne Susan seit drei Jahren, sagte er. Bekanntschaft geschlossen hätten sie bereits in Boston, bei einer Konferenz an der Medical School.

»Danach haben wir uns gelegentlich gesehen, manchmal in Miami, manchmal in Boston. Aber wir konnten uns nicht oft treffen, weil wir beide zu viele Verpflichtungen hatten. Also habe ich mich kurz vor meiner Pensionierung in Boston mit Kollegen hier an der Universität in Verbindung gesetzt und war sehr froh, als ich dieses Angebot bekam.«

»Dann ist das eine ernsthafte Beziehung.«

Er lächelte sie an. »Ja, allmählich wird's ernst.«

»Dad, ich freue mich ja so für dich!« sagte R. J. und nahm seine Hände in die ihren.

Im ersten Augenblick fiel ihr nur auf, daß seine Finger noch arthritischer geworden waren. Doch als sie sich zu ihm beugte und ihn anlächelte, spürte sie eine Art Verströmen, einen allmählichen Energieverlust.

Susan kehrte zum Tisch zurück. »Ich habe es telefonisch erledigen können«, sagte sie.

»Dad, fühlst du dich wohl?«

Ihr Vater war blaß, sah sie aber aus hellwachen Augen an. »Ja. Warum denn?«

»Irgendwas ist los«, sagte R. J.

Susan Dolby musterte sie. »Was soll das heißen?«

»Ich glaube, er bekommt einen Herzinfarkt.«

»Robert«, sagte Susan ganz ruhig, »hast du Schmerzen in der Brust? Atembeschwerden?«

»Nein.«

»Du scheinst auch nicht zu schwitzen. Hast du Muskelschmerzen?«

»Nein.«

»Also hört mal! Ist das vielleicht ein spezieller Witz in eurer Familie?«

R. J. spürte ein Sinken, ein Fallen des inneren Barometers. »Wo ist das nächste Krankenhaus?«

Ihr Vater sah sie interessiert an. »Ich glaube, wir sollten besser auf R. J. hören, Susan«, sagte er.

Susan war verwirrt, doch dann nickte sie. »Das Cedars Medical Center ist nur ein paar Minuten entfernt. Das Restaurant hat einen Rollstuhl. Die Notaufnahme können wir von meinem Autotelefon aus anrufen. Es geht schneller, wenn wir ihn selbst hinbringen, anstatt auf den Krankenwagen zu warten.«

Als sie in die Zufahrt zum Krankenhaus einbogen, begann Robert J. Cole unter den ersten Schmerzen zu stöhnen. Schwestern und Ärzte warteten bereits mit einer Trage und Sauerstoff vor der Tür. Sie injizierten ihm »Streptokinase«, schoben ihn in ein Untersuchungszimmer, rollten ein fahrbares EKG-Gerät herbei.

R. J. stand daneben. Sie hörte sehr aufmerksam zu, beobachtete jeden Handgriff, aber diese Leute waren gut, und es war das beste, sie in Ruhe zu lassen, damit sie ihre Arbeit tun konnten. Susan Dolby war an der Seite ihres Freundes und hielt ihm die Hand. R. J. war nur eine Zuschauerin.

Es war spät am Abend. R. J.s Vater lag wohlversorgt und an piepsende Kontrollgeräte angeschlossen unter einem Sauerstoffzelt auf der Intensivstation. Die Krankenhauscafeteria war bereits geschlossen, R. J. und Susan gingen deshalb in ein kleines Restaurant in der Nähe und aßen Schwarze-Bohnen-Suppe und ubanisches Brot.

Dann kehrten sie ins Krankenhaus zurück und saßen alleine in einem kleinen Wartezimmer.

»Ich glaube, es geht ihm recht gut«, sagte Susan. »Er hat die Antikoagulation sehr frühzeitig bekommen, eins Komma fünf Millionen Einheiten ›Streptokinase‹, ›Aspirin‹, fünftausend Einheiten ›Heparin‹. Wir hatten großes Glück.«

»Gott sei Dank!«

»Aber – woher haben Sie es gewußt?« So knapp und sachlich wie möglich erklärte R. J. es ihr. Susan Dolby schüttelte den Kopf. »Normalerweise würde ich sagen, das ist alles Einbildung, ein Märchen. Aber ich habe es miterlebt.«

»Mein Vater nennt es die Gabe… Es gab Zeiten, da habe ich sie als Belastung betrachtet. Aber ich lerne, mit ihr zu leben, sie nutzbringend anzuwenden. Heute abend bin ich sehr dankbar, daß ich sie habe«, sagte R. J. und zögerte dann kurz. »Ich rede über die Gabe nicht mit anderen Ärzten, wie Sie vielleicht verstehen können. Ich wäre Ihnen sehr dankbar, wenn auch Sie nicht…«

»Nein. Wer würde mir denn glauben? Aber warum haben Sie mir die Wahrheit erzählt? Waren Sie denn nicht in Versuchung, eine Ausrede zu erfinden?«

R. J. beugte sich zu ihr und küßte sie auf die gebräunte Wange. »Ich habe gewußt, daß es in der Familie bleibt.«

Ihr Vater hatte Schmerzen, und da sublinguales Nitroglycerin nicht viel half, gaben die Ärzte ihm Morphium. Er schlief daraufhin viel. Nach dem zweiten Tag konnte R. J. bereits für ein oder zwei Stunden am Stück das Krankenhaus verlassen. Sie benutzte sein Auto. Susan mußte sich um ihre Patienten kümmern, aber sie zeigte ihr die besten Strände, und R. J. schwamm im Meer. Sie cremte sich mit Sonnenschutzmitteln ein, wie es sich für eine gute Ärztin gehörte, aber es war einfach ein tolles Gefühl, wieder einmal zu spüren, wie das Salz auf der Haut trocknete. Ein paar Minuten lang lag sie mit einem orangefarbenen Schein über den geschlossenen Augen auf dem Rücken und dachte mit kummervollem Bedauern an David. Sie betete für ihren Vater und dann für Greg Hinton, wie sie es versprochen hatte.

An diesem Abend bat sie um ein Gespräch mit dem Kardiologen ihres Vaters, Dr. Sumner Kellicker, und sie war froh, daß Susan ebenfalls teilnehmen wollte. Kellicker war ein rotgesichtiger, hektischer Mann, der sündteure Anzüge trug und offensichtlich nicht gerade erbaut war über einen Patienten, der eine ganze Ärztefamilie hinter sich hatte.

»Ich mache mir Sorgen wegen des Morphiums, Dr. Kellikker.«

»Warum denn das, Dr. Cole?«

»Es hat vagotone Wirkung. Es kann doch zu einer Verlangsamung der Herzfrequenz und zu einem schwerwiegenden Blutdruckabfall führen, oder?«

»Nun ja, das kann passieren. Aber alles, was wir tun, birgt ein Risiko in sich, hat eine Kehrseite sozusagen. Das wissen Sie doch auch.«

»Wie wär's, wenn Sie ihm Beta-Blocker anstelle von Morphium geben?«

»Beta-Blocker wirken nicht immer. Und dann hätte er wieder Schmerzen.«

»Aber einen Versuch wäre es doch wert, nicht?«

Dr. Kellicker warf Susan Dolby einen Blick zu und suchte offensichtlich Unterstützung. »Ich bin derselben Meinung«, sagte Susan.

»Wenn Sie beide das wollen, dann habe ich keine Einwände«, sagte Dr. Kellicker verstimmt. Er nickte und entfernte sich.

Susan ging zu R. J. Sie sah ihr in die Augen und schloß sie in die Arme. So standen sie da, und R. J. erwiderte die Umarmung.

Sie erledigte verschiedene Anrufe. »Gleich an Ihrem ersten Tag in Florida hatte er den Anfall?« fragte Gerome. »Das ist ja genau der richtige Auftakt für einen Urlaub!« Er habe alles im Griff, versicherte er ihr. Die Leute würden sie vermissen und ließen sie grüßen. David erwähnte er nicht.

Toby war furchtbar besorgt, zunächst um R. J.s Vater, aber auch um R. J. Auf die Frage nach ihrem Befinden erwiderte Toby trübselig, sie habe Rückenschmerzen und fühle sich, als wäre sie schon ihr ganzes Leben lang schwanger.

Gwen ließ sich den Fall in allen Einzelheiten beschreiben und meinte, es sei vernünftig gewesen, Beta-Blocker als Ersatz für das Morphium zu verlangen.

R. J. behielt recht. Die Beta-Blocker linderten den Schmerz, und nach zwei Tagen durfte Robert Jameson Cole zweimal täglich für eine halbe Stunde das Bett verlassen und in einem Sessel Platz nehmen. Wie so viele Ärzte war er ein schrecklicher Patient. Er stellte unzählige Fragen nach seinem Zustand und verlangte die Ergebnisse seiner Angiographie sowie einen vollständigen Bericht von Kellicker.

Seine Stimmung war wilden Schwankungen unterworfen, von absoluter Euphorie bis zu tiefster Depression und umgekehrt. »Ich möchte, daß du Rob J.s Skalpell mitnimmst, wenn du abreist«, sagte er in einem depressiven Augenblick zu seiner Tochter.

»Warum?«

Er zuckte die Achseln. »Eines Tages wird es sowieso dir gehören. Warum sollst du es nicht gleich bekommen?«

Sie sah ihm fest in die Augen. »Weil es noch viele Jahre deines sein wird«, sagte sie, und damit war das Thema für sie abgeschlossen.

Er machte gute Fortschritte. Am dritten Tag konnte er schon für kurze Zeitspannen neben dem Bett stehen, und am Tag darauf versuchte er erste Schritte auf dem Gang. R. J. wußte, daß die ersten sechs Tage nach einem Infarkt die kritischsten waren, und als eine Woche ohne Komplikationen vergangen war, atmete sie auf.

An ihrem achten Tag in Miami traf sie sich morgens mit Susan in einem Hotel zum Frühstück. Sie saßen auf der Strandterrasse, und R. J. atmete tief die weiche Seeluft ein. »Daran könnte ich mich gewöhnen.«

»Wirklich, R. J.? Gefällt es Ihnen in Florida?«

R. J.s Bemerkung war eigentlich nur ein Witz gewesen, eine Anspielung auf den ihr ungewohnten Luxus. »Florida ist recht hübsch – aber eigentlich mag ich diese Hitze nicht.«

»Man gewöhnt sich daran, allerdings lieben wir Floridianer auch unsere Klimaanlagen. R. J., ich habe vor, im nächsten Jahr in Pension zu gehen. Meine Praxis ist gut eingeführt, und sie wirft ein recht solides Einkommen ab. Ich frage mich, ob Sie Interesse hätten, sie zu übernehmen?«

Oh!

»Ich fühle mich sehr geschmeichelt, Susan. Vielen Dank! Aber ich habe inzwischen in Woodfield Wurzeln geschlagen. Es bedeutet mir sehr viel, dort zu praktizieren.«

»Sind Sie sicher, daß Sie es sich nicht wenigstens überlegen wollen? Ich könnte Ihnen viele gute Argumente nennen. Ich könnte Sie ein Jahr lang einarbeiten…«

R. J. lächelte und schüttelte den Kopf.

Nur kurz huschte ein betrübter Schatten über Susans Gesicht, dann erwiderte sie das Lächeln. »Ihr Vater ist für mich sehr wichtig geworden. Und Sie habe ich vom ersten Augenblick an gemocht. Sie sind intelligent und fürsorglich und offensichtlich eine sehr gute Ärztin – die Art von Ärztin, die ich bewundere und die meine Patienten verdient hätten. Also habe ich mir gedacht, das wäre doch der perfekte Weg, jeden zufriedenzustellen: meine Patienten, Sie, Robert… und mich selbst. Alle zusammen. Ich habe keine Familie. Ich sollte es eigentlich besser wissen, doch ich habe mir die Illusion gestattet, daß wir eine Familie werden könnten. Aber ich hätte wissen müssen, daß es perfekte Lösungen, die jeden befriedigen, nie gibt.«

R. J. bewunderte Susans Offenheit. Sie wußte nicht, ob sie lachen oder weinen sollte; vor kaum mehr als einem Jahr hatte sie selbst noch ganz ähnliche Illusionen gehabt.

»Auch ich mag Sie, Susan, und ich hoffe, daß ihr beide, Sie und mein Vater, ein gemeinsames Leben aufbaut. Und wenn das klappt, werden wir uns regelmäßig und öfter treffen«, sagte R. J.

Als sie an diesem Mittag das Krankenzimmer ihres Vaters betrat, legte er sein Kreuzworträtsel weg. »Hallo!«

»Hallo!«

»Was gibt's Neues?«

»Neues? Nicht viel.«

»Hast du dich heute morgen mit Susan unterhalten?« Aha. Sie hatten also darüber geredet, bevor Susan ihr den Vorschlag gemacht hatte. »Ja, habe ich. Ich habe ihr gesagt, daß das sehr lieb von ihr sei, daß ich aber selbst eine Praxis habe.«

»Um Himmels willen, R. J.! Das ist eine phantastische Chance«, sagte er gereizt.

Ihr kam der Gedanke, daß möglicherweise ihre persönliche Ausstrahlung die Leute dazu verleitete, ihr Ratschläge zu erteilen, wie und wo sie leben sollte. »Du mußt lernen, mich nein sagen zu lassen, Dad«, erwiderte sie ruhig. »Ich bin vierundvierzig Jahre alt und durchaus in der Lage, meine eigenen Entscheidungen zu treffen.«

Er wandte sich ab. Aber kurz darauf drehte er sich wieder zu ihr um. »Weißt du was?«

»Was, Dad?«

»Du hast vollkommen recht.«

Sie spielten Gin-Rommé, und er gewann ihr zwei Dollar fünfundvierzig Cent ab und machte dann ein Nickerchen.

Als er wieder aufwachte, erzählte sie ihm von ihrer Arbeit. Er freute sich, daß die Praxis so schnell gewachsen war, und lobte ihre Entscheidung, ab fünfzehnhundert Patienten keine neuen mehr anzunehmen. Aber es weckte seinen Unmut, als sie ihm erzählte, daß sie in Kürze den Rest des Bankkredits, für den er gebürgt hatte, zurückzahlen würde.

»Du mußt doch nicht die ganzen Schulden in zwei Jahren tilgen! Ich finde nicht gut, wenn du auf Sachen verzichtest, die du vielleicht brauchst.«

»Ich verzichte auf gar nichts«, sagte sie und ergriff seine Hand. Ruhig und souverän streckte er ihr auch die andere hin.

Für sie war es ein beängstigender Augenblick, doch die Botschaft, die seine Hände ihr vermittelten, zauberte ein Lächeln auf ihre Lippen. Sie beugte sich zu ihm hinüber, um ihn zu küssen, und in dem kurzen Lächeln, das er ihr schenkte, erkannte sie seine Erleichterung.

An Thanksgiving ließen R. J. und Susan sich Tabletts mit Klinikkost ins Krankenzimmer bringen.

»Ich bin heute vormittag Sumner Kellicker begegnet«, berichtete Susan. »Er ist sehr zufrieden mit deinem Zustand und sagt, er hoffe, dich in zwei oder drei Tagen entlassen zu können.«

R. J. wußte, daß sie allmählich wieder zu ihren Patienten zurückkehren sollte. »Wir werden jemanden engagieren müssen, der in der ersten Zeit bei dir in der Wohnung bleibt.«

»Nichts da!« sagte Susan. »Er wird bei mir wohnen. Nicht wahr, Robert?«

»Ich weiß nicht, Susan. Dein Patient will ich eigentlich nicht sein.«

»Ich glaube, es ist an der Zeit, daß wir alles füreinander sind«, sagte sie, und schließlich war er einverstanden, zu ihr zu ziehen.

»Ich habe eine gute Köchin, die die Woche über das Abendessen zubereitet. Wir werden auf Roberts Diät achten und dafür sorgen, daß er genau das richtige Maß an Bewegung bekommt. Um diesen Mann brauchst du dir keine Sorgen zu machen«, sagte Susan, und R. J. versprach, dies nicht zu tun.

Am nächsten Tag nahm sie die Abendmaschine nach Hartford. Als sie über dem Bradley Airport kreisten, verkündete der Pilot: »Die Temperatur am Boden beträgt minus vier Grad. Willkommen in der normalen Welt!«

Die Nachtluft war scharf und beim Einatmen beißend, New-England-Luft im Spätherbst. Sie fuhr langsam heim, nach Massachusetts hinein und hinauf in die Hügel.

Als sie in ihre Zufahrt einbog, spürte sie, daß irgend etwas anders war. Sie hielt einen Augenblick an und musterte ihr dunkles Haus an der Grenze, aber alles schien unverändert. Erst als sie am nächsten Morgen aus dem Fenster sah und ihr Blick auf den Pfosten mit dem Hausschild fiel, merkte sie, daß die Haken unter ihrer Tafel leer waren.

Die Aussaat

Frost lag in der Dunkelheit kurz vor Sonnenaufgang, als der Wind von den Hügeln herunterblies und über ihre Wiese fegte, um an ihrem Haus zu rütteln. Im Halbschlaf und in der behaglichen Wärme des Bettes mochte R. J. die Geräusche des Windes. Das Licht des anbrechenden Tages weckte sie, und sie kuschelte sich in ihre warme Doppelsteppdecke und geriet ins Grübeln, bis sie sich schließlich zwang, aufzustehen, den Thermostat hochzudrehen und sich unter die Dusche zu stellen. Ihre Periode war schon einige Wochen überfällig, fiel ihr beim Abtrocknen ein, und mißmutig dachte sie über eine mögliche Diagnose nach, die sich ihr aufdrängte: präklimakterische Amenorrhö. Sie war gezwungen, sich der Tatsache zu stellen, daß jetzt oder zumindest sehr bald ihre Körperfunktionen sich verlangsamen und verändern würden, daß nicht mehr benötigte Organe allmählich ihre Tätigkeit einstellten und so das dauerhafte Ausbleiben der Menstruation ankündigten. Doch schnell verdrängte sie den Gedanken wieder.

Es war Donnerstag, ihr freier Tag. Kaum war die Sonne ganz aufgegangen, erwärmte sie schon das Haus, und R. J. drehte den Thermostat herunter und zündete im Kamin ein Feuer an. Es tat wohl, jetzt wieder Holzfeuer flackern zu sehen, aber sie trockneten die Luft aus und überzogen sämtliche Oberflächen mit einer feinen Schicht grauer Asche. Und die Herzsteine, die überall herumlagen, machten das Staubwischen zu einer Plage.

Irgendwann stand sie da und starrte einen herzförmigen grauen Flußstein an. Schließlich legte sie ihren Staublappen weg und ging zum Schrank, in dem sie ihren Rucksack aufbewahrte. Sie legte den grauen Stein in den Rucksack und durchstreifte dann das Haus, um alle Herzsteine einzusammeln.

Als der Rucksack fast voll war, schleppte sie ihn zur Hintertür hinaus und ließ die Steine in den großen Schubkarren poltern. Dann ging sie wieder ins Haus und holte weitere Steine. Sie behielt nur die drei Herzsteine, die Sarah ihr geschenkt hatte, und die zwei, die sie Sarah geschenkt hatte: den Kristall und den winzigen schwarzen Basalt.

Fünfmal mußte sie gehen, bis alle Steine aus dem Haus waren. Sie zog Winterkleidung an – Daunenjacke, Strickmütze, Arbeitshandschuhe –, trat vors Haus und packte den Schubkarren bei den Griffen. Der große Karren war beinahe halbvoll, und die Steine wogen schwer. Sie mußte sich ziemlich anstrengen, um den Karren acht Meter über den Rasen zu schieben, doch als sie den Waldpfad erreicht hatte, fiel das Gelände zum Fluß hin ab, und der Schubkarren rollte fast von allein.

Das spärliche Sonnenlicht, das durchs Geäst fiel, sprenkelte den tiefen, satten Schatten. Es war kalt im Wald, aber die Bäume hielten den Wind ab, und der Gummireifen des Schubkarrens zischte über die festgetretenen, feuchten Fichtennadeln und holperte dann über die Bretter der »Gwendolyn T.«

Am Fluß, der, vom Herbstregen angeschwollen, träge und gurgelnd dahinströmte, hielt sie an. Die letzte Rucksackladung hatte sie nicht mehr in den Schubkarren geleert, und jetzt schulterte sie den Rucksack und ging mit ihm den Pfad entlang. Das Flußufer war von Bäumen und Buschwerk gesäumt, aber zwischen den Stämmen öffneten sich Lücken, und sie blieb immer wieder stehen, nahm einen Herzstein aus dem Rucksack und warf ihn ins Wasser.

Sie war eine praktisch denkende Frau und fand sehr schnell ein System für diese Entsorgung: Die kleinen Steine landeten an flachen Stellen am Rand, die größeren kamen in tieferes Wasser, vorwiegend in die Gumpen, die sich hier und dort gebildet hatten. Als der Rucksack leer war, kehrte sie um und schob den Karren ein Stück flußaufwärts. Dann füllte sie den Rucksack wieder und warf weiter Herzsteine ins Wasser.

Der schwerste Stein im Schubkarren war der große, den sie auf der Baustelle in Northampton gefunden hatte. Mit durchgedrücktem Rückgrat und mit hochgezogenen Schultern schleppte sie ihn zu dem tiefsten Gumpen knapp unterhalb eines großen, breiten Biberdamms. Zum Werfen war er zu schwer, sie mußte ihn auf dem Biberdamm bis zur Gumpenmitte tragen. Gleich am Anfang rutschte sie aus, und ihre Stiefel liefen voll Eiswasser. Aber langsam und Schritt für Schritt schaffte sie es bis zu einer Stelle, die ihr gefiel. Dort warf sie den Stein wie eine Bombe ins Wasser und sah zu, wie er auf den Grund sank und im Sand landete.

R. J. gefiel es, den Stein dort zu wissen, wo bald winterliches Eis und Schnee ihn bedecken würden. Im Frühling legten vielleicht Eintagsfliegen ihre Eier dort ab, Forellen konnten dann die Larven abweiden und sich hinter den Herzflügeln vor der Strömung schützen. Sie stellte sich vor, wie in der geheimnisvollen Stille einer Sommernacht ein Biberpärchen über dem Stein schwebte und sich im klaren, vom Mond erhellten Wasser liebte gleich zwei sich in der Luft vereinigenden Vögeln. Sie verließ den Damm und warf die restlichen Steine in den Fluß, als würde sie bei einem Bestattungsritual die Asche eines Verstorbenen verstreuen. Auf diese Weise verwandelte sie eine halbe Meile des wunderschönen Bergflusses in eine Stätte des Gedenkens an Sarah Markus.

Im Fluß konnte man jetzt einen Herzstein finden, wann immer man einen brauchte.

Sie schob den leeren Schubkarren nach Hause und stellte ihn ab.

Im Vorraum zog sie die Stiefel und die durchnäßten Strümpfe aus. Barfuß holte sie sich trockene Wollsocken, die sie anzog. Dann fing sie auf Strümpfen in der Küche an zu putzen und wischte in jedem Zimmer des Hauses Staub.

Als sie damit fertig war, ging sie ins Wohnzimmer. Alles war leer, sauber und still – bis auf das Geräusch ihres Atems.

Es gab keinen Mann mehr, keine Katze, keinen Geist. Jetzt war es wieder ganz allein ihr Haus, und sie saß in der Stille und der dichter werdenden Dunkelheit im Wohnzimmer und wartete, was die Zukunft bringen würde.

Der erste Schnee

Unter einem Himmel düsterer Wolken wurde der November zum Dezember. Die Laubbäume im Wald hatten die Blätter verloren, ihre Äste glichen in die Höhe gereckten Armen, die Zweige tastenden Fingern. Den ganzen Sommer hatte sie den Pfad bedenkenlos betreten, aber jetzt, da die meisten Bären bereits ihren Winterschlaf hielten, befürchtete sie komischerweise, auf dem schmalen Weg jenem großen Bären zu begegnen. Als sie wieder nach Greenfield fuhr, ging sie in ein Sportgeschäft und kaufte sich eine Schiffsirene, eine kleine Dose mit einem Schalltrichter, die ein lautes Tröten von sich gab, wenn man auf einen Knopf drückte. Immer wenn sie in den Wald ging, trug sie den Lärmmacher in einem Gürteltäschchen bei sich, aber das einzige Tier, das ihr begegnete, war ein großer Rehbock, der die Jagdsaison überlebt hatte. Er zog wenige Meter vor ihr durch den Wald, ohne sie zu wittern; wenn sie ein Jäger gewesen wäre, hätte er dran glauben müssen.

Zum erstenmal war sie sich ihres Alleinseins voll bewußt.

Sie sah, daß an den Bäumen entlang des Pfades viele der unteren Äste abgestorben waren, und eines Tages ging sie mit einer Baumsäge in den Wald und befreite Stamm um Stamm von den trockenen, rindenlosen Ästen. Die zurechtgestutzten Bäume, die nun glatt in die Höhe ragten wie natürliche Säulen, gefielen ihr, und sie beschloß, alle Bäume entlang des Pfades zu beschneiden, ein längerfristiges Projekt.

Am dritten Dezembertag kam der Schnee – ein heftiger, alles unter sich begrabender Sturm, der ohne jede Vorwarnung losbrach. Es schneite einen Tag und eine Nacht lang. Als sie danach auf ihrem Pfad langlaufen wollte, mußte sie sich noch immer mit der namenlosen, irrationalen Angst herumschlagen, die sie seit einiger Zeit plagte. Sie ging zum Telefon und rief Freda Krantz an. »Hallo, Freda, hier R. J. Ich will auf meinem Waldpfad Ski laufen. Wenn ich mich in ungefähr eineinhalb Stunden nicht wieder melde, würdest du dann bitte Hank sagen, er soll mich suchen? Ich erwarte zwar keine Probleme, aber...«

»Kluges Mädchen«, sagte Freda ruhig. »Natürlich. Viel Spaß da draußen, R. J.!«

Die Sonne stand hoch an einem strahlendblauen Himmel. Der Neuschnee blendete sie, aber im Wald war das Licht nicht mehr so grell. Ihre Ski zischten über den Pfad; es war noch zu früh nach dem Schneesturm, als daß sie viele Spuren hätte entdecken können, aber immerhin sah sie die Fährten eines Hasen und eines Fuchses und einige Mäuseabdrücke.

Auf der ganzen Länge des Pfades gab es nur ein gefährliches Steilstück. Bei der Abfahrt verlor sie das Gleichgewicht und stürzte schwer in den frischen, tiefen Schnee. Mit geschlossenen Augen lag sie in der flockigen Kälte, eine leichte Beute für alles, was sie aus dem Wald heraus anfallen mochte: ein Bär, ein Räuber, ein bärtiger David Markus.

Aber nichts geschah, und kurze Zeit später stand sie auf, machte sich auf den Heimweg und rief Freda an.

Den Sturz schien sie gut überstanden zu haben, kein Bruch, keine Verstauchungen, nicht einmal ein blauer Fleck, nur ihre Brüste spannten und waren sehr empfindlich.

Als sie an diesem Abend zu Bett ging, schaltete sie zum erstenmal seit langer Zeit das Sicherheitssystem an.

R. J. beschloß, sich einen Hund zuzulegen. Sie holte sich Bücher aus der Gemeindebibliothek und informierte sich über die verschiedenen Rassen. Jeder Hundehalter, mit dem sie redete, hatte eine andere Empfehlung, aber sie brachte mehrere Wochenenden damit zu, Tierhandlungen und Hundezwinger zu besuchen, so daß ihre Liste immer kürzer wurde und sie sich schließlich für einen Riesenschnauzer entschied, eine jahrhundertealte Rasse großer, kräftiger Hunde, die Herden hüten und Kühe vor Raubtieren schützen konnten. Bei der Zucht hatte man die hübschen, intelligenten normalen Schnauzer mit Schäferhunden und dänischen Doggen gepaart, und eins der Bücher beschrieb das Resultat als »hervorragenden Wachhund, groß, treu und stark«.

In Springfield fand sie einen Zwinger, der auf Riesenschnauzer spezialisiert war. »Am besten kaufen Sie sich einen Welpen, damit er sich von klein auf an Sie gewöhnen kann«, riet ihr der Besitzer. »Ich habe da genau den richtigen kleinen Kerl für Sie.«

R. J. verliebte sich augenblicklich in das Jungtier. Es war klein und tapsig, mit riesigen Pfoten, einem drahtigen schwarzen Fell, einer stumpfen, kantigen Schnauze und kurzen Schnurrhaaren. »Er wird fast siebzig Zentimeter hoch und knapp vierzig Kilo schwer«, sagte der Verkäufer. »Also, Achtung, er frißt eine Menge!«

Der Hund hatte ein heiseres, aufgeregtes Bellen, das R. J. an die keuchende Stimme von Andy Devine erinnerte, dem Schauspieler in den alten Filmen, die sie sich manchmal spätabends im Fernsehen ansah. Sie nannte ihn deshalb Andy, das erste Mal bereits auf der Rückfahrt, als sie ihn tadeln mußte, weil er auf den Autositz gepinkelt hatte.

Toby hatte entsetzliche Rückenschmerzen. Sie schaffte es zwar am Weihnachtsmorgen in die Kirche, aber dann ging R. J. zu den Smith, briet einen Truthahn und bereitete das Festmahl vor. Sie hatte absichtlich einen zu großen Puter gekauft, damit die Smith auch an den folgenden Tagen etwas zu essen hatten. Davor hatten schon andere Freunde Tobys für sie und Jan gekocht oder ihnen Mahlzeiten gebracht. So etwas machte man in Woodfield einfach, wenn es nötig war – ein für die Provinz typischer Brauch, den R. J. sehr bewunderte.

Nach dem Essen spielte R. J. auf dem alten Klavier der Smith Weihnachtslieder. Die drei sangen und saßen danach schläfrig vor dem Feuer. R. J. wunderte sich über ihre Erschöpfung. Hin und wieder entstand ein langes, behagliches Schweigen, und Toby meinte dazu: »Wir müssen nicht immer reden. Wir können einfach hier sitzen und warten, daß mein Kind auf die Welt kommt.«

»Warten kann ich auch zu Hause«, erwiderte R. J. plötzlich etwas gereizt, küßte die Freundin und wünschte ihr und Jan frohe Weihnachten und eine gute Nacht.

Zu Hause erhielt sie dann ihr schönstes Geschenk, einen Anruf aus Florida. Ihr Vater machte am Telefon einen sehr guten Eindruck, er klang stark und glücklich. »Susan tritt mir schon in den Hintern, damit ich nächste Woche wieder zu arbeiten anfange«, sagte er. »Wart mal einen Augenblick! Wir müssen dir etwas sagen.«

Susan kam ebenfalls ans Telefon, und gemeinsam eröffneten sie ihr, daß sie beschlossen hätten, im Frühling zu heiraten. »Wahrscheinlich in der letzten Maiwoche.«

»O Dad... Susan! Ich freue mich ja so für euch!«

Ihr Vater räusperte sich. »R. J., wir haben uns gefragt, ob wir vielleicht bei dir, in deinem Haus die Hochzeit feiern könnten?«

»Dad, das wäre wunderbar.«

»Wenn das Wetter mitspielt, könnten wir im Freien feiern, auf der Wiese, mit deinen Hügeln im Hintergrund. Wir würden gern ein paar Leute aus Miami einladen, ein paar von meinen Freunden aus Boston und Susans engste Verwandte. Ich glaube, insgesamt werden es ungefähr dreißig Gäste. Wir bezahlen das Fest natürlich, aber R. J., könntest du es arrangieren? Du weißt schon, einen Priester finden, einen guten Catering-Service und solche Sachen?«

Sie versprach, sich um alles zu kümmern. Nach dem Gespräch setzte sie sich vors Feuer und versuchte, Gambe zu spielen, aber sie war in Gedanken nicht bei der Musik. So holte sie sich Papier und Bleistift und begann aufzuschreiben, was für die Hochzeit alles nötig sein würde. Musik, vielleicht ein Quartett; zum Glück gab es am Ort hervorragende Musiker. Das Essen erforderte sorgfältige Planung, da wollte sie sich beraten lassen. Blumen... Ende Mai würde es Lilien im Überfluß geben und vielleicht auch schon frühe Rosen. Die Wiese würde sie früher als sonst zum erstenmal mähen müssen. Sie würde ein Zelt mieten, ein kleines mit offenen Seiten.

Daß sie Dads Hochzeit planen durfte!

R. J. hatte einige Wochen und viel grimmige Entschlossenheit gebraucht, bis Andy stubenrein war, und auch danach verlor der Welpe noch manchmal, wenn er aufgeregt war, die Kontrolle über seine Blase. Wenn sie ihn allein im Haus ließ, hatte er im Keller neben dem Heizbrenner ein weiches Lager. Silvester feierte sie alleine mit ihrem Hund. Sie hatte keine Verabredung und bemühte sich einige Stunden lang, nicht in Selbstmitleid zu versinken. Schließlich saß sie mit Andy, der es sichtlich genoß, neben ihrem Sessel vor dem Feuer zu liegen, im Wohnzimmer und prostete ihm mit Kakao zu. »Auf uns, Andy! Auf die alte Dame und ihren Hund«, sagte sie zu ihm. Aber Andy war bereits eingeschlafen.

Die alljährliche Grippe- und Erkältungswelle schwappte über das Land, und das Wartezimmer war voll mit Hustenden und Schniefenden. R. J. hatte es zwar geschafft, sich nicht anzustecken, aber sie fühlte sich erschöpft und reizbar, ihre Brüste spannten noch immer, und die Muskeln schmerzten.

Am Montag ging sie in der Mittagspause in die kleine Gemeindebibliothek, um ein Buch zurückzugeben, und plötzlich ertappte sie sich dabei, wie sie Shirley Benson, der Bibliothekarin, unverwandt ins Gesicht starrte.

»Wie lange haben Sie dieses schwarze Mal da an Ihrem Nasenflügel schon?«

Shirley verzog das Gesicht. »Ein paar Monate. Häßlich, nicht wahr? Ich habe es eingeweicht und versucht, es auszudrücken, aber nichts scheint zu helfen.«

»Ich werde Mary Wilson sagen, daß sie für Sie unverzüglich einen Termin bei einem Dermatologen ausmachen soll.«

»Nein, das will ich nicht, Dr. Cole.« Sie zögerte und wurde rot. »Ich kann es mir nicht leisten, für so was Geld auszugeben. Ich bin ja hier nur Teilzeitkraft, die Gemeinde bezahlt mir deshalb keine Krankenversicherung. Mein Junge ist in der Abschlußklasse der High-School, und wir machen uns wirklich Sorgen, wie wir für ihn das College finanzieren sollen.«

»Ich befürchte, daß es sich bei Ihrem Mal möglicherweise um

ein Melanom handelt, Shirley. Vielleicht täusche ich mich, dann haben Sie das Geld zum Fenster hinausgeworfen. Aber wenn ich recht habe, könnte es sehr schnell zu Metastasenbildungen kommen. Und ich bin mir sicher, Sie wollen erleben, daß Ihr Sohn aufs College geht.«

»Na gut.« Shirleys Augen glitzerten feucht. R. J. wußte nicht, ob es Tränen der Angst waren oder Tränen der Wut über ihre despotische Art.

Am Mittwoch vormittag war in der Praxis viel zu tun. Einige Patienten waren zur alljährlichen Generaluntersuchung gekommen, und bei der Diabetikerin Betty Patterson mußte R. J. die medikamentöse Behandlung umstellen, da sie zu Infektionen neigte. Danach besprach sie mit Sally Howiand, die an Herzjagen litt, die Ergebnisse ihres EKGs. Polly Strickland hatte einen Termin, weil sie sich wegen ungewöhnlich starker Monatsblutungen Sorgen machte. Sie war fünfundvierzig Jahre alt.

»Es könnte der Beginn der Wechseljahre sein«, sagte R. J.

»Ich habe gedacht, da hören die Perioden auf.«

»Manchmal werden sie ganz zu Anfang erst sehr heftig und kommen dann unregelmäßiger. Es gibt die verschiedensten Abläufe. Nur bei wenigen Frauen hört die Menstruation einfach auf, als würde man einen Hahn abdrehen.«

»Die Glücklichen!«

»Ja...«

Bevor sie in die Mittagspause ging, las sie noch einige Pathologieberichte. Darunter auch einen, aus dem sie erfuhr, daß es sich bei dem von Shirley Bensons Nase entfernten Mal um ein Melanom gehandelt hatte.

Nach der Sprechstunde verspürte sie plötzlich Hunger, und sie fuhr zu dem Restaurant in Shelburne Falls, wo sie einen Spinatsalat bestellte. Doch dann änderte sie ihre Meinung und bat noch im gleichen Atemzug die Kellnerin, ihr ein großes Lendensteak, medium, zu bringen.

Sie aß das Fleisch mit Kartoffelbrei, Kürbisgemüse, einem

griechischen Salat und Brötchen, und danach bestellte sie Apfelkuchen und Kaffee.

Auf der Rückfahrt nach Woodfield kam ihr der Gedanke, sich einmal zu überlegen, was sie tun würde, wenn eine Patientin zu ihr käme mit den Symptomen, die sie seit einigen Wochen an sich beobachtete: Gereiztheit und Stimmungsschwankungen, Muskelschmerzen, ein wölfischer Appetit, ein Spannen in den Brüsten und Berührungsempfindlichkeit sowie ausgebliebene Monatsblutung.

Der Gedanke war absurd. Jahrelang hatte sie versucht, ein Kind zu empfangen, doch ohne den geringsten Erfolg.

Trotzdem.

Sie wußte, was sie tun würde, wenn sie eine ihrer Patientinnen wäre, und deshalb fuhr sie nicht nach Hause, sondern zur Praxis und parkte vor der Tür.

Die Praxis war abgeschlossen und dunkel, aber sie benutzte ihren Schlüssel und schaltete das Licht an. Dann legte sie ihren Mantel ab und ließ an allen Fenstern die Rolläden herunter – mit einer Nervosität, als wäre sie eine Drogensüchtige, die sich einen Schuß setzen wollte.

Sie suchte sich eine sterile Butterfly-Nadel, die sie unkompliziert an sich selbst ansetzen konnte, befestigte ein Laborröhrchen daran und band sich mit einem Stauschlauch den linken Arm ab. Sie rieb sich die Armbeuge mit einem alkoholgetränkten Wattebausch ab und machte eine Faust. Es war nicht leicht, sich selbst Blut abzunehmen, aber schließlich fand sie die *Vena mediana cubiti* und zapfte die dunkle rotbraune Flüssigkeit.

Sie mußte die Zähne benutzen, um den Stauschlauch zu lösen. Dann zog sie die Nadel von dem Röhrchen, verschloß es und steckte es in einen braunen Umschlag. Sie zog den Mantel wieder an, schaltete die Lichter aus, sperrte die Tür zu und ging mit dem Umschlag zum Auto.

Anschließend fuhr sie wieder den Mohawk Trail entlang, doch diesmal den ganzen Weg bis nach Greenfield.

Das Blutlabor im Untergeschoß des Krankenhauses hatte vierundzwanzig Stunden geöffnet. Eine einzelne Laborantin bestritt die Nachtschicht.

»Ich bin Dr. Cole. Ich möchte gerne eine Blutprobe bei Ihnen abgeben.«

»Natürlich, Doctor. Ist es ein dringender Fall? Zu dieser Tageszeit machen wir Sofortanalysen nur in Notfällen.«

»Es ist kein Notfall. Lediglich ein Schwangerschaftstest.«

»Also, ich nehme die Probe an, und der Test wird dann morgen durchgeführt. Haben Sie das Formular schon ausgefüllt?«

»Nein.«

Die Laborantin nickte und zog aus einer Schublade ein Formular. Einen Augenblick lang war R. J. in Versuchung, hinter »Patient« einen falschen Namen einzutragen und nur als behandelnde Ärztin mit ihrem richtigen Namen zu unterschreiben. Doch noch während sie dies überlegte, wurde sie wütend auf sich selbst und schrieb ihren Namen zweimal: zum einen als Patientin, zum anderen als Ärztin.

Sie gab der Laborantin das Formular zurück und registrierte das bemüht ausdruckslose Gesicht der jungen Frau, als die denselben Namen zweimal las.

»Würden Sie mich bitte zu Hause anrufen, nicht in der Praxis, wenn das Ergebnis da ist?«

»Natürlich, Dr. Cole, sehr gerne.«

»Vielen Dank!« Sie ging zum Auto und fuhr langsam nach Hause, als wäre sie eben sehr weit gelaufen.

»Gwen?« sagte sie in den Hörer. »Ja. R. J?«

»Ja. Ich weiß, es ist eigentlich schon zu spät für einen Anruf...«

»Nein, wir sind noch wach.«

»Hast du morgen Zeit, mit mir zu Abend zu essen? Ich muß mit dir reden.«

»O nein, ich bin gerade beim Packen. Ich brauche noch vierzehn Weiterbildungspunkte für die Erneuerung meiner Zulassung, und ich mache es genauso wie du. Ich fahre morgen nach Albany zu einem Kongreß über Kaiserschnittgeburten.«

»Ach so … Gute Idee.«

»Ja. In den nächsten paar Tagen kommt keine meiner Patientinnen nieder, und Stanley Zinck übernimmt meine Vertretung. Hör mal, hast du ein Problem? Willst du jetzt darüber reden? Oder soll ich den Kongreß sausenlassen? Ich muß nicht unbedingt dorthin.«

»Nein, auf keinen Fall. Es ist eigentlich nichts.«

»Sonntag abend komme ich zurück. Wie wär's, wenn wir uns Montag nach der Arbeit zu einem frühen Abendessen treffen?«

»Klingt gut, das machen wir … Und du, fahr vorsichtig! Ja?«

»Mach ich, Schätzchen. Gute Nacht, R. J.!«

»Gute Nacht!«

Entdeckungen

Eine schlaflose Nacht. Am Donnerstag morgen stand sie früh auf, doch sie war gereizt und spürte den Schlafmangel. Das Frühstücksmüsli schmeckte wie Pappe. Vom Labor würde sie noch Stunden nichts hören. Es wäre einfacher gewesen, wenn sie an diesem Tag nicht frei gehabt hätte; die Arbeit wäre vermutlich eine gute Ablenkung gewesen. Sie beschloß, sich statt dessen um den Haushalt zu kümmern, und begann mit Andy als Zuschauer im Vorraum den Boden zu putzen. Sie mußte kräftig schrubben, um den angetrockneten Schmutz und die Flecken zu lösen, aber nach einer Weile glänzte das alte Linoleum wieder.

Als sie auf die Uhr sah, war erst eine Dreiviertelstunde vergangen.

Die zwei Feuerholzkisten waren fast leer. Sie schleppte schwere Scheite, immer drei oder vier auf einmal, aus dem Holzschuppen ins Haus und warf sie in die große Kieferkiste neben dem Kamin und in die Kirschholzkiste neben dem Küchenherd. Danach fegte sie Späne und Sägemehl zusammen.

Kurz nach halb elf Uhr holte sie sich die Silberpolitur und stellte Betts' Silberservice auf den Küchentisch. Sie legte eine Mozart-CD auf, »Adagio für Violine und Orchester«. Normalerweise half ihr Itzhak Perlmans Violine über vieles hinweg, aber an diesem Morgen klang das Konzert aufdringlich und schrill, und sie stand nach einer Weile auf, wischte sich die Politur von den Händen und ging zum CD-Player.

Kaum hatte die Musik aufgehört, klingelte das Telefon. Sie atmete tief durch und meldete sich.

Aber es war Jan. »R. J., Toby hat starke Schmerzen. Ihr Rükken ist so schlimm wie noch nie, und jetzt hat sie auch noch Krämpfe.«

»Laß mich mit ihr reden, Jan!«

»Sie ist ganz aufgelöst, sie weint.«

Eigentlich war es bei Toby erst in dreieinhalb Wochen soweit. »Na, dann werde ich wohl besser mal vorbeischauen.«

»Danke, R. J.«

Sie traf Toby sehr erregt an. In einem Flanellnachthemd mit winzigen roten Rosen darauf und in Karosocken, die sie von Peggy Weiler zu Weihnachten bekommen hatte, ging sie ruhelos auf und ab.

»R. J., ich habe solche Angst.«

»Setz dich erst mal! Laß mich nachsehen, was los ist.«

»Im Sitzen tut mein Rücken noch mehr weh.«

»Na, dann leg dich hin! Ich möchte deine Vitalfunktionen messen«, sagte R. J. unbekümmert, aber so forsch, daß Toby nicht widersprechen konnte.

Toby atmete etwas schnell. Ihr Blutdruck lag bei einhundertvierzig zu sechsundachtzig, ihr Puls bei zweiundneunzig, nicht schlimm angesichts ihrer Aufgeregtheit. R. J. machte sich erst gar nicht die Mühe, ihr die Temperatur zu messen. Als sie die Hand auf den gewölbten Bauch legte, waren die Kontraktionen unverkennbar, und sie nahm Tobys Hand und legte sie ihr auf den Bauch, damit sie wußte, was los war.

R. J. drehte sich zu Jan um. »Bestell doch bitte den Krankenwagen, und sag ihnen, daß deine Frau in den Wehen liegt! Dann ruf die Klinik an! Sag ihnen, daß wir kommen und daß sie Dr. Stanley Zinck benachrichtigen sollen.«

Toby fing an zu weinen. »Ist der denn gut?«

»Natürlich ist er gut, Gwen würde sich doch nicht von irgend jemandem vertreten lassen!« R. J. streifte sich sterile Handschuhe über. Tobys Augen waren weit aufgerissen. R. J. mußte die Freundin ein paarmal bitten, die Knie anzuziehen, das letzte Mal ziemlich scharf. Der Tastbefund war unauffällig, der Muttermund war noch kaum geöffnet, vielleicht drei Zentimeter.

»Ich habe solche Angst, R. J.«

R. J. nahm sie in den Arm. »Es wird alles gut, das verspreche ich dir.« Sie schickte sie ins Bad, damit sie ihre Blase entleerte, bevor der Krankenwagen eintraf.

Jan kam wieder ins Zimmer. »Sie wird ein paar Sachen mitnehmen müssen«, sagte R. J. zu ihm.

»Ihre Tasche ist seit fünf Wochen gepackt.«

Steve Ripley und Dennis Stanley kamen mit dem Krankenwagen, und sie waren besonders aufmerksam, da Toby doch eine von ihnen war. Bei ihrer Ankunft hatte R. J. eben noch einmal die Vitalfunktionen gemessen und sich die Daten notiert. Jetzt gab sie Steve das Blatt.

Jan und Dennis liefen hinaus, um die Trage zu holen.

»Ich fahre mit«, sagte R. J. »Sie hat Angst. Es wäre gut, wenn auch Jan hinten bei uns mitfahren könnte.« Steve nickte.

Es war eng im Krankenwagen. Steve stand hinter Tobys Kopf, in nächster Nähe zum Fahrer und dem Funkgerät, Jan stand zu Füßen seiner Frau, und R. J. war in der Mitte. Die drei schwankten und kämpften ums Gleichgewicht, vor allem als der Krankenwagen die Landstraßen verlassen hatte und über den kurvenreichen Highway brauste. Es war sehr warm, weil die Heizung voll aufgedreht war. Schon am Anfang der Fahrt hatten sie Toby die Decken abgenommen, und R. J. hatte ihr das Nachthemd weit über den gewölbten Bauch hochgeschoben. Zuerst hatte R. J. sie dezenterweise mit einem leichten Tuch bedeckt, aber Toby hatte die Beine nicht ruhig halten können und es heruntergestrampelt.

Anfangs war Toby blaß und still gewesen, aber schon bald rötete sich ihr Gesicht vor Anstrengung, sie ächzte und stöhnte und stieß hin und wieder einen angestrengten Schrei aus.

»Soll ich ihr Sauerstoff geben?« fragte Steve.

»Kann nicht schaden.«

Doch schon nach wenigen Atemzügen hielt Toby es nicht mehr aus und riß sich die Sauerstoffmaske vom Gesicht. »R. J.« rief sie verzweifelt und wich erschrocken zurück, als ein großer Schwall aus ihr hervorbrach und sich über R. J.s Hände und Jeans ergoß.

»Alles in Ordnung, Toby, das ist nur dein Fruchtwasser«, sagte R. J. und griff nach einem Handtuch. Toby riß den Mund weit auf und streckte die Zunge heraus, als wollte sie laut aufschreien, doch sie brachte keinen Ton heraus. R. J. hatte Tobys Zustand beständig kontrolliert und bis dahin nur eine geringe zusätzliche Erweiterung des Muttermunds auf etwa vier Zentimeter feststellen können. Doch als sie jetzt nach unten sah, bildete Tobys Vulva ein volles Rund, in dem bereits ein kleiner, behaarter Kopf zu erkennen war.

»Dennis!« rief sie. »Halt an!«

Dennis steuerte den Krankenwagen geschickt an den Straßenrand und bremste sanft. R. J. dachte zunächst, daß es sich noch etwas hinziehen würde, aber die Art, wie Toby plötzlich ächzte, überzeugte sie vom Gegenteil. Sie griff zwischen Tobys Beine, und ein kleines, rosiges Baby glitt ihr in die Hände.

Das erste, was R. J. bemerkte, war, daß das Baby, ob nun eine Frühgeburt oder nicht, bereits Haare hatte, so hell und fein wie die seiner Mutter.

»Du hast einen Jungen, Toby. Jan, du hast einen Sohn.«

»Schau nur«, sagte Jan. Er hörte keinen Augenblick auf, seiner Frau die Füße zu massieren.

Der Junge schrie, ein helles, entrüstetes Aufheulen. Sie wickelten ihn in ein Handtuch und legten ihn neben seine Mutter. »Fahr uns ins Krankenhaus, Dennis!« rief Steve.

Der Krankenwagen hatte eben die Stadtgrenze von Greenfield passiert, als Toby wieder zu keuchen begann. »O Gott. Jan, ich krieg noch eins!«

Sie warf sich hin und her, und R. J. nahm das Baby von der Trage und gab es Steve. »Noch mal anhalten!« rief sie nach vorne.

Diesmal fuhr Dennis auf den Parkplatz eines Supermarkts. Überall um sie herum waren Leute, die gerade aus ihrem Auto stiegen oder es beluden.

Toby riß die Augen weit auf. Sie hielt den Atem an, ächzte und preßte. Hielt den Atem an, ächzte und preßte, immer und immer wieder, während sie halb auf der Seite lag und hilflos die Wand des Krankenwagens anstarrte.

»Wir müssen ihr helfen. Halt ihr das rechte Bein in die Höhe!« sagte R. J., und Jan faßte mit der rechten Hand Tobys Knie und drückte mit der linken auf ihren Schenkel, damit das Bein angewinkelt blieb.

Jetzt schrie Toby.

»Nein, halt sie fest!« sagte R. J. und löste die Plazenta; dabei hatte Toby ein wenig Stuhlgang. R. J. bemerkte es und bedeckte das Resultat mit einem Tuch, voller Staunen darüber, daß so das Leben entstand, daß all die Millionen von Menschen seit Millionen von Jahren in ebendieser Mischung aus Schleim, Blut und Qual auf die Welt kamen.

Während Dennis den Parkplatz verließ und durch das Stadtzentrum fuhr, suchte R. J. sich eine Plastiktüte und steckte die Plazenta hinein.

Das Baby lag jetzt wieder neben Toby, und die Plazenta neben dem Baby. »Sollen wir die Nabelschnur durchtrennen?« fragte Steven.

»Womit denn?«

Er öffnete den kleinen Geburtshilfekoffer des Krankenwagens und zog eine einschneidige Rasierklinge heraus. Bei dem Gedanken, dieses Ding in dem schwankenden Fahrzeug zu benutzen, lief R. J. ein Schauer über den Rücken. »Nein, das soll jemand im Krankenhaus mit einer sterilen Schere machen«, erwiderte sie, nahm aber die beiden Schnurstücke aus dem Koffer und band die Nabelschnur ab, zuerst zwei Zentimeter über dem Bauch des Babys und dann an der Öffnung der Plastiktüte. Toby lag erschöpft da, die Augen geschlossen. R. J. massierte ihr den Unterleib, und als der Wagen vor dem Krankenhaus vorfuhr, spürte sie durch die dünne, glatte Haut des jetzt schlaffen Bauchs, wie der Uterus reagierte und sich zusammenzog, wie er schon anfing, wieder fest und bereit für ein nächstes Mal zu werden.

R. J. stand in der Personaltoilette am Waschbecken und wusch sich Hände und Arme, schrubbte sich Fruchtwasser und verdünntes Blut von der Haut. Ihre Kleidung war durchtränkt und verströmte einen stechenden, erdigen Geruch. Sie zog Jeans und Pullover aus und rollte beides zusammen. Auf einem Regal lag ein Stapel frischgewaschener grauer Klinikanzüge. Sie nahm sich eine Hose und ein Oberteil und zog sie an. Mit ihren Kleidern in einer Papiertüte verließ sie die Toilette.

Toby lag in einem Klinikbett. »Wo ist er? Ich will ihn bei mir haben.« Ihre Stimme war heiser.

»Sie machen ihn gerade sauber. Sein Daddy ist bei ihm. Er wiegt zweitausendfünfhundertfünfzig Gramm.«

»Das ist nicht viel, oder?«

»Er ist gesund. Nur klein, weil er ein bißchen früh geboren wurde. Deshalb hattest du es ja einfach.«

»Ich hatte es einfach?«

»Na ja... es ging ziemlich schnell.« Eine Schwester kam ins Zimmer, und das erinnerte R. J. an etwas. »Sie hat ein paar kleine Risse im Damm. Wenn Sie mir Nähmaterial bringen, kann ich sie versorgen.«

»Oh... Dr. Zinck ist schon unterwegs. Er ist der zuständige Geburtshelfer. Wollen Sie nicht warten und es ihn tun lassen?« schlug die Schwester diplomatisch vor, und R. J. verstand den Wink und nickte.

»Hast du vor, ihn nach der guten alten Ärztin zu benennen, nach der, die auf deinen Hilferuf hin gekommen ist?« fragte R. J. Toby.

»Nix da!« Toby schüttelte den Kopf. »Jan Paul Smith wird er heißen – wie sein Vater. Aber du wirst schon nicht leer ausgehen. Du kannst mit ihm einmal über Hygiene reden, und wie er die Mädchen behandeln soll und das alles.«

Sie schloß die Augen, und R. J. strich ihr die feuchten Haare aus der Stirn.

Es war vierzehn Uhr zehn, als der Krankenwagen R. J. bei ihrem Auto absetzte. Langsam fuhr sie durch die vertrauten Straßen des Orts nach Hause. Der Himmel über den schneebedeckten Feldern hatte sich mit grauen Wolken überzogen. Zwischen den Wiesen boten vereinzelte Waldstücke etwas Schutz, aber über das offene Land jagte der Wind wie ein Wetterwolf und peitschte hartgefrorene Schneeflocken wie prasselnde Geschosse gegen ihr Auto.

Zu Hause angekommen, hörte sie sofort den Anrufbeantworter ab, aber niemand hatte angerufen.

Sie versorgte Andy mit Fressen und frischem Wasser, kraulte ihn ausführlich und stieg dann in die Dusche. Lange blieb sie unter dem heißen Strahl, es war eine Wohltat für sie. Danach trocknete sie sich genüßlich mit weichen Handtüchern ab und zog ihre bequemsten Klamotten an: Jogginghose und ein uraltes Sweatshirt.

Sie hatte sich gerade den ersten Schuh übergestreift, als das Telefon klingelte, und sie ließ den zweiten fallen und hoppelte zum Apparat.

»Hallo? ... Ja, selbst am Apparat...«

»Ja. Was hat der Test ergeben?...«

»Verstehe. Wie sind die Zahlen?...«

»Gut. Würden Sie mir bitte eine Kopie des Befunds an meine Privatadresse schicken?...«

»Vielen Dank!«

Sie wußte nicht, wann sie sich den zweiten Schuh angezogen hatte. Sie wanderte ziellos im Haus umher. Irgendwann machte sie sich ein Sandwich mit Erdnußbutter und Gelee und trank ein Glas Milch.

Ein langgehegter Wunschtraum war in Erfüllung gegangen, sie hatte das größte Los der Welt gezogen.

Aber... die Verantwortung.

Je stärker die moderne Technik die Welt zusammenschrumpfen ließ, desto freudloser und gemeiner schien sie zu werden. Überall auf dieser Welt töteten die Menschen einander. Vielleicht wird in diesem Jahr ein Kind geboren, das... Das ist nicht fair, dachte sie, den Schultern eines noch Ungeborenen die Last aufzubürden, einer der »Sechsunddreißig Gerechten« oder auch nur ein Rob J. zu werden, der nächste in der langen Linie der Cole-Ärzte. Es genügt, wenn ich ein menschliches Wesen zur Welt bringe, ein gesundes menschliches Wesen.

Die Entscheidung war so einfach.

Dieses Kind würde ein warmes Zuhause bekommen und mit dem Duft von gutem Essen und Kuchen aufwachsen. R. J. überlegte, was sie ihr oder ihm alles beibringen wollte: Güte; wie man liebt; wie man stark ist und die Angst bekämpft; wie man in Eintracht mit den Tieren des Waldes lebt; woran man ein gutes Forellengewässer erkennt; wie man eine Spur liest und einen Pfad anlegt; und was Herzsteine alles bedeuten können.

Sie fühlte sich, als wolle ihr der Kopf zerspringen. Am liebsten wäre sie stundenlang spazierengegangen, aber draußen heulte noch der Wind, und es hatte stark zu schneien begonnen.

Sie schaltete den CD-Player ein und setzte sich auf einen Stuhl in der Küche. Jetzt war das Mozart-Konzert passend und erzählte ihr in süßen Tönen von Glück und Vorfreude. R. J. wurde ruhiger, während sie nur still dasaß und lauschte, die Hände auf ihrem Bauch. Die Klänge schwollen an. Sie spürte, wie sie über ihre Ohren die Nervenbahnen entlang durch Gewebe und Knochen wanderten. So stark war die Musik, daß sie bis zu ihrer Seele drang und bis zum Zentrum ihres Seins – jenem kleinen Teich, in dem ein winziges Fischlein schwamm.

Danksagung

Beim Schreiben dieses Romans hat mir eine ganze Reihe von Ärzten trotz ihrer sehr knapp bemessenen Zeit geholfen. Sie haben meine Fragen beantwortet und mir Bücher und anderes Material geliehen. Dazu gehörten die niedergelassenen Ärzte Richard Warner, M. D., in Buckland, Massachusetts; Barry Poret, M. D., und Nancy Bershofi, M. D., beide in Greenfield, Massachusetts; Christopher French, M. D., in Shelburne Falls, Massachusetts; sowie Wolfgang G. Gilliar, D. O., in San Francisco, Kalifornien.

Unterstützung erhielt ich außerdem von Medizinprofessoren und Krankenhausärzten. Dazu gehörten Louis R. Caplan, M. D., Leiter der Neurologischen Abteilung an der Tufts University und Chefneurologe am New England Medical Center in Boston, Massachusetts; Charles A. Vacanti, M. D., Professor für Anästhesiologie und Leiter der Anästhesiologischen Abteilung am University of Massachusetts Medical Center, Worcester, Massachusetts; sowie William F. Doyle, M. D., Leiter der Pathologischen Abteilung am Franklin Medical Center in Greenfield, Massachusetts.

Darüber hinaus waren Esther W. Puriton, R. N., Leiterin der Qualitätskontrolle am Franklin Medical Center, und die Hebamme Liza Ramlow, CMW, hilfreich. Susan Newsome von der Planned Parenthood League Massachusetts unterhielt sich mit mir über das Problem der Abtreibung, ebenso Virginia A. Talbot, R. N., von Hampden Gynecological Associates und dem Bay State Medical Center in Springfield, Massachusetts, sowie Kathleen A. Mellen, R. N. Polly Weiss aus West Palm Beach, Florida, gewährte mir aufschlußreiche Einblicke in die Anti-Abtreibungs-Bewegung.

Wie gewöhnlich fand ich Hilfe und Unterstützung in meinem Heimatort. Margaret Keith lieferte mir anthropologische

Informationen über Knochen; Don Buckloh vom US-Landwirtschaftsministerium sowie der Farmer Ted Bobetsky erzählten mir von Ackerbau und Viehzucht; Don Buckloh stellte mir auch die Bücher über Imkerei zur Verfügung, die seinem verstorbenen Vater Harold W. Buckloh aus Coldwater gehört hatten; mit Suzanne Corbett konnte ich mich über Pferde unterhalten; die Rettungssanitäter Philip Lucier und Roberta Evans frischten mein Wissen über den Rettungs- und Notdienst in den Hügeln auf, und Denise Jane Buckloh, die ehemalige Schwester Miriam vom Leib Christi, OCD, belehrte mich über Katholizismus und Soziologie. Der Anwalt Stewart Eisenberg und der ehemalige Polizeichef von Ashfield, Gary Sibilia, informierten mich über Gefängnisstrafen, und Russell Fessenden erzählte mir von seinem verstorbenen Großvater Dr. George Russell Fessenden, einem früheren Landarzt.

Roger L. West, DVM, in Conway unterhielt sich mit mir über Geburtshilfe bei Kühen, und der Milchfarmer David Thibault in Conway, Massachusetts, ließ mich Zeuge der Geburt eines Kalbs werden.

Julie Reilly, Konservatorin am Winterthur Museum, Winterthur, Delaware, lieferte mir Details über die Datierung alter Keramiken; Hilfe erhielt ich außerdem von Susan McGowan von der Pocumtuck Valley Memorial Association in Old Deerfield, Massachusetts.

Dankbar bin ich ferner den Memorial Libraries in Historic Deerfield sowie dem Personal der Belding Memorial Library in Ashfield sowie den Bibliotheken der University of Massachusetts in Amherst.

Ich danke meinem Literaturagenten Eugene H. Winick von McIntosh & Otis, Inc., für seine Freundschaft und Unterstützung.

Und schließlich möchte ich meiner Familie danken. Lorraine Gordon versteht es perfekt, die unterschiedlichsten Rollen auszufüllen: Ehefrau, Managerin und literarische Beraterin. Lise Gordon ist als Lektorin so hochgeschätzt wie als Tochter; sie hat mit dem Buch richtiggehend gelebt, bis es den Verlagen übergeben wurde. Roger Weiss, Computerexperte und Schwiegersohn, hat meine technischen Einrichtungen immer auf dem neuesten Stand und am Laufen gehalten. Meine Tochter Jamie Beth Gordon hat mir großzügigerweise erlaubt, meine Figuren und Leser an ihrer kreativen Leidenschaft für Herzsteine teilnehmen zu lassen. Der Begriff Heartrocks/Herzsteine™ ist rechtlich geschützt und darf nur mit ihrer Erlaubnis verwendet werden. Michael Gordon, mein Sohn, war mein geschätzter Berater in verschiedensten Bereichen, und als eine Notoperation es mir unmöglich machte, den James-Fenimore-Cooper-Preis persönlich entgegenzunehmen, vertrat er mich bei der Verleihungszeremonie in New York und verlas meine Dankesrede.

Dieses Buch widme ich ihnen, mit meiner ganzen Liebe.

»Die Erben des Medicus« ist der dritte Band einer Trilogie über die Ärztedynastie der Coles. Die ersten beiden Romane, »Der Medicus« und »Der Schamane«, haben diverse Preise gewonnen und sind internationale Bestseller. Die Trilogie hat dreizehn Jahre meines Lebens in Anspruch genommen und mich vom elften Jahrhundert bis in die Gegenwart geführt – eine faszinierende Reise. Ich bin dankbar, daß ich sie unternehmen konnte.

Ashfield, Massachusetts
16. Februar 1995

Werkverzeichnis der im Heyne Verlag erschienenen Titel von Noah Gordon

› Werkverzeichnis

HEYNE ‹

»Als ich ein Kind war, wollte ich nur zwei Dinge:
Ich wollte Zeitungsjournalist werden und Autor.
Und beides habe ich geschafft.«

Noah Gordon

Der Autor

Noah Gordon wurde am 11. November 1926 als zweites Kind von Robert und Rose Gordon in Worcester, Massachusetts, geboren. Nach seiner Schulausbildung meldete er sich 1945 trotz Sehschwäche und Farbenblindheit freiwillig für den Kriegsdienst. Er blieb von einem Fronteinsatz verschont und konnte nach seinem Ausscheiden dank der sogenannten »G.I.-Bill« kostenlos studieren – dieses Gesetz zur Resozialisierung amerikanischer Soldaten war sein Glück, denn seine Eltern hätten die Kosten für die akademische Ausbildung nicht übernehmen können. Auf Drängen der Familie begann Gordon ein Medizinstudium, wechselte allerdings nach einem Semester das Hauptfach und machte schließlich Abschlüsse in Journalismus und kreativem Schreiben.
Anschließend arbeitete er als Journalist beim *Boston Herald*, wo er unter anderem für das Wissenschaftsressort zuständig war. Sein erster Roman *Der Rabbi* schaffte es in Amerika direkt auf die Bestsellerlisten, allerdings ließ der große Durchbruch noch auf sich warten. Seine folgenden Bücher – stets mit historischem, medizinischem oder religiösem Thema – hatten zunächst wenig Erfolg. Erst als Karl Blessing *Der Medicus* auf Deutsch veröffentlichte, fand dieses Buch mehr Resonanz bei den Lesern und entwickelte sich zum Weltbestseller. Allein in Deutschland verkauften sich mehr als 8 Millionen Exemplare von der Geschichte des jungen Robert J. Cole. Durch den Erfolg der Medicus-Trilogie in Europa stieg auch das Ansehen des Autors in seiner Heimat, und mittlerweile sind sämtliche seiner publizierten Romane zu Bestsellern geworden.
Noah Gordon hatte drei erwachsene Kinder und lebte mit seiner Frau, mit der er über 50 Jahre glücklich verheiratet war, in der Nähe von Boston, wo er am 22. November 2021, kurz nach seinem 95. Geburtstag, verstarb.

Die Medicus-Trilogie

»Gordon fältelt eine weit verzweigte Handlung auf, bis das Panorama einer vergangenen Welt entstanden ist – so plastisch wie in den großen realistischen Romanen des 19. Jahrhunderts.« *Welt am Sonntag*

»Einer der größten Bucherfolge unserer Zeit.« *FAZ*

Der Medicus
(The Physician)

Rob Jeremy Cole ist gerade neun Jahre alt, als er im Jahre 1021 nach dem Tod seiner Mutter von einem fahrenden Bader als Geselle aufgenommen wird. Dieser ist nicht nur ein Genie, was den Verkauf seiner Elixiere und das Behandeln verschiedenster Leiden betrifft, sondern auch ein großer Lebenskünstler. Der Bader lehrt Rob jedoch nicht nur die Grundlagen der Heilkunst, sondern auch die Furcht vor der katholischen Kirche, da Bader in jenen Tagen häufig als Hexer auf dem Scheiterhaufen verbrannt wurden. Eines Tages hört Rob von der berühmten medizinischen Akademie in Isfahan und beschließt, nach Persien zu gehen und Arzt zu werden. Doch seine Reise dorthin dauert Jahre, und schließlich verbringt er lange Zeit als »Jude« unter den islamischen Einwohnern Isfahans.

»Noah Gordon vermag es, einer Story Saft und Kraft zu geben.«
Der Spiegel

Der Schamane

(Shaman)

Als Nachfahre des legendären Medicus will Rob J. Cole seine medizinische Laufbahn in der Neuen Welt beginnen. Nach ersten Erfahrungen als Armenarzt in Boston lässt er sich am Mississippi als Landarzt nieder. Eine indianische Schamanin weiht ihn dort in ihr Wissen über die heilenden Kräfte der Natur ein. Doch schon bald wird das ruhige Leben am Fluss vom beginnenden Bürgerkrieg erschüttert.

Nach dem *Medicus* der zweite Band aus Noah Gordons Trilogie über die Ärztedynastie der Coles

Die Erben des Medicus
(Matters of Choice)

Als Dr. Roberta J. Cole beschließt, ihre kriselnde Ehe und die Karriere in der Bostoner Großklinik hinter sich zu lassen, um Landärztin zu werden, erfährt ihr Leben eine ungeahnte Wendung. Inmitten der grünen Hügel von Massachusetts trifft sie auf den Aussteiger David Markus aus New York. Schon bald kommen die beiden Stadtflüchtlinge sich näher. Aber nicht nur Markus kämpft mit Problemen, vor denen er vergeblich zu fliehen sucht.
Auch seine Tochter Sarah steht vor der schwierigsten Entscheidung ihres Lebens – und braucht die Hilfe von Roberta, der Frau, die ihr den Vater wegzunehmen droht.

»Ein ergreifendes Frauenschicksal und eine kluge Auseinandersetzung mit den moralischen Problemen der heutigen Medizin.« *Publishers Weekly*

Der dritte Roman der *Medicus*-Reihe: der grandiose Abschluss der Trilogie über die Medizinerdynastie der Coles

Weitere Romane von Noah Gordon bei Heyne:

Der Katalane
(The Bodega)

Nachdem er Zeuge eines kaltblütigen Mordes wurde, versteckt sich Josep vier lange Jahre in Frankreich. Nun, zurück in seinem Heimatdorf in Katalonien, will er sich seinen Lebenstraum erfüllen: vollmundigen Wein auf dem Gut seiner Väter zu keltern. Doch die Reben sind vertrocknet, die Geldforderungen seines Bruders für den Erbhof horrend. Zusammen mit seiner Geliebten Maria nimmt Josep den Kampf ums Überleben auf, bis ihn die Vergangenheit einholt.

Der Rabbi
(The Rabbi)

Michael, Sohn einer reichen jüdischen Familie im Amerika der zwanziger Jahre, ist dazu ausersehen, Karriere zu machen. Sein Leben erfährt eine entscheidende Wendung, als er einen Rabbi kennenlernt: Er beschließt, Prediger zu werden.

Die Begegnung mit der Christin Leslie stellt sein Leben ein weiteres Mal auf den Kopf. Um ihrer wachsenden Liebe eine

Chance zu geben, konvertiert Leslie zum Judentum. Die Liebenden nehmen den Kampf mit einer Gesellschaft auf, die sie ablehnt, denn nicht nur Leslies Eltern sind strikt gegen die Verbindung ihrer Tochter mit Michael.

Der Medicus von Saragossa
(The Last Jew)

Im Jahre 1492 hat die Inquisition Spanien fest im Griff. Jona, der dreizehnjährige Sohn eines jüdischen Silberschmieds, steht nach der Ermordung seiner Familie vor der Frage, ob er zum Christentum konvertieren oder doch lieber das Land verlassen und flüchten soll. Er beschließt, der Inquisition zu trotzen, und begibt sich allein auf eine Odyssee durch ganz Spanien. Viele Jahre und unzählige Abenteuer später gelangt Jona zu einem alten Medicus in Saragossa. Dort spürt er, dass die Heilkunst seine wahre Berufung ist.

»Das Panorama einer wild bewegten Zeit, eine abenteuerliche Handlung, viele Erzähl- und Motivfäden, die der Autor immer im Auge behält und sorgsam zu Schleifen bindet.« *Die Welt*

Der Diamant des Salomon
(The Jerusalem Diamond)

Harry Hopeman lebt als erfolgreicher Diamantenhändler und Gelehrter in New York. Aber er steckt tief in der Midlife-Crisis. Als er gebeten wird, einen alten Diamanten, der für alle drei Weltreligionen von großer Bedeutung ist, wieder zu beschaffen, zögert Hopeman nicht lange und fährt nach Jerusalem. Auf seiner Reise wird er mit der aufregenden Geschichte seiner Familie konfrontiert. So wird die Suche nach dem Diamanten auch zur Suche nach sich selbst.

»Ein wunderbares Leseerlebnis« *Los Angeles Times*

Die Klinik
(The Death Committee)

Der Wissenschaftler Adam Silverstone, der kubanische Aristokrat Rafael Meomartino und der Farbige Spurgeon Robinson – sie sind drei grundverschiedene Klinik-Ärzte, die unter der unerbittlichen Aufsicht von Dr. Longwood praktizieren. Eines Tages stirbt eine Patientin, und Dr. Longwood wittert einen Behandlungsfehler. Sofort macht er sich auf die Suche nach einem Schuldigen, dem er die Verantwortung in die Schuhe schieben kann.

Leseprobe:
Der Katalane

An dem Morgen, als sich alles änderte, arbeitete Josep im Weinberg der Familie Mendès, und schon bald gingen ihm die Bewegungen wie in Trance von der Hand, er schritt von Rebstock zu Rebstock und entfernte die trockenen, müden Zweige, an denen die Früchte gehangen hatten, die sie im Oktober, als jede Traube saftig gewesen war wie eine reife Frau, geerntet hatten. Er stutzte mit unbarmherziger Hand und hinterließ karge Stöcke, die die nächste Generation von Trauben hervorbringen würden. Es war ein selten lieblicher Tag in einem bis dahin tristen Februar, und trotz der Kühle schien die Sonne mit Macht in den unermesslichen französischen Himmel zu steigen. Wenn er hin und wieder eine verschrumpelte Beere fand, die von den Pflückern übersehen worden war, aß er diese Fer-Servadou-Rosine mit großem Genuss. Am Ende jeder Reihe schichtete er die Abschnitte zu einem Haufen auf und holte vom vorherigen Feuer eine brennende Rebe, um ihn zu entzünden, und der beißende Rauch erhöhte noch seine Freude an der Arbeit.

Er hatte gerade einen neuen Haufen in Brand gesetzt, und als er den Kopf hob, sah er Léon Mendès quer durch den Weinberg auf sich zukommen, ohne mit einem der vier anderen Arbeiter ein Wort zu wechseln.

»Monsieur«, sagte er respektvoll, als Mendès dann vor ihm stand.

»Senyor.« Es war ein kleiner Witz zwischen den beiden, dass der Besitzer Josep ansprach, als wäre er der Besitzer und nicht der Arbeiter, aber Mendès lächelte nicht. Er war, wie immer, höflich, aber direkt. »Ich habe heute Morgen mit Henri Fontaine gesprochen, der erst kürzlich aus Katalonien zurückgekehrt ist. Josep, ich habe eine schlechte Nachricht. Dein Vater ist tot.«

Josep fühlte sich, als wäre ein Knüppel auf ihn niedergesaust, und brachte kein Wort heraus. Mein Vater? Wie kann mein Vater tot sein? Schließlich fragte er einfältig: »Was war die Ursache?«

Mendès schüttelte den Kopf. »Henri hat nur gehört, dass er Ende August gestorben ist. Mehr weiß er nicht.«

»Dann muss ich nach Spanien zurück, Monsieur.«

»Aber ist es da auch … sicher für dich?«, fragte Mendès sanft.

»Ich glaube schon, Monsieur. Ich denke schon lange über eine Rückkehr nach. Ich danke Ihnen für Ihre Freundlichkeit. Dass Sie mich aufgenommen haben. Und mich so vieles gelehrt haben.«

Mendès zuckte die Achseln. »Das ist doch nichts. Beim Wein hört man nie auf zu lernen. Den Tod deines Vaters bedaure ich sehr, Josep. Ich meine mich zu erinnern, dass du noch einen älteren Bruder hast. Ist das nicht so?«

»Ja. Donat.«

»Wo du herkommst, erbt da der Älteste? Wird Donat den Weinberg deines Vaters bekommen?«

»Wo ich herkomme, ist es der Brauch, dass der älteste Sohn zwei Drittel erbt und alle jüngeren Söhne sich den Rest teilen und eine Arbeit erhalten, die ihnen den Lebensunterhalt sichert. Aber in unserer Familie ist es der Brauch – weil wir so wenig Land besitzen –, dass alles an den ältesten Sohn geht. Mein Vater hatte mir immer zu verstehen gegeben, dass meine Zukunft in der Armee oder in der Kirche liegen würde … Leider eigne ich mich für beides nicht.«

Mendès lächelte, aber es war ein trauriges Lächeln.

»Ich kann dagegen nichts einwenden. In Frankreich hat die Aufteilung des Erbes unter allen überlebenden Kindern zu einigen lächerlich kleinen Höfen geführt.«

»Unser Weinberg umfasst nur vier Hektar. Das ist kaum genug Land, um eine Familie zu ernähren, wenn man nur Trauben erzeugt, aus denen billiger Essig gemacht wird.«

»Eure Trauben sind anfangs ja recht gut. Sie haben angenehme, vielversprechende Aromen – eigentlich viel zu gut für billigen Essig! Vier Hektar können, richtig bestellt, eine Ernte abwerfen, aus der man einen guten Wein machen kann. Ihr müsstet allerdings Keller graben, damit der Wein in der Sommerhitze nicht sauer wird«, sagte Mendès freundlich.

Josep hatte große Achtung vor Mendès, aber was wusste der französische Weinmacher denn schon von Katalonien oder vom Anbau von Reben, die zur Essigherstellung benutzt wurden. »Monsieur, Sie haben unsere kleinen *cases* mit ihren Lehmböden gesehen«, sagte er zu ungeduldig, weil er gerade vom Schmerz wie betäubt an seinen Vater dachte. »Wir haben keine großen *châteaux*. Es ist kein Geld da für den Bau von prächtigen Höfen mit Weinkellern.«

Es war offensichtlich, dass Monsieur Mendès nicht diskutieren wollte. »Da du den Weinberg nicht erbst, was wirst du in Spanien tun?«

Josep zuckte die Achseln. »Mir eine Anstellung suchen.« Aber mit ziemlicher Sicherheit nicht bei meinem Bruder Donat, dachte er.

»Vielleicht nicht in deinem Dorf? Die spanische Rioja-Region hat einige Weingüter, die sich glücklich schätzen würden, dich zu beschäftigen, denn du bist ein geborener Weinbauer. Du spürst, was die Reben brauchen, und deine Hände sind glücklich in der Erde. Natürlich ist Rioja nicht Bordeaux, aber man macht dort einige ganz passable Rote«, sagte er leichthin. »Aber wenn du je hierher zurückkommen willst, wirst du bei mir sofort wieder Arbeit finden.«

Josep dankte ihm noch einmal. »Ich glaube nicht, dass ich nach Rioja gehen oder in das Languedoc zurückkehren werde, Monsieur. Ich gehöre nach Katalonien.«

Mendès nickte verständnisvoll. »Der Ruf der Heimat ist immer laut. Geh mit Gott, Josep«, sagte er. Dann lächelte er. »Sag deinem Bruder, er soll einen Weinkeller graben.«

Josep lächelte ebenfalls, schüttelte aber den Kopf. Donat würde nicht einmal ein Loch für ein Scheißhaus graben, dachte er.

»Du gehst weg? Ah … Dann viel Glück.« Margit Fontaine, Joseps Vermieterin, nahm die Nachricht von seiner Abreise mit ihrem verstohlenen, verschmitzten kleinen Lächeln auf – sogar mit Freude, wie er vermutete. Sie war zwar eine Witwe in mittleren Jahren, hatte aber noch immer ein schönes Gesicht und einen Körper, der Joseps Herz gerührt hatte, als er sie zum ersten Mal gesehen hatte, aber sie war so sehr mit sich selbst beschäftigt, dass sie nach einiger Zeit ihren Liebreiz verloren hatte. Sie hatte ihn mit nachlässig bereiteten Mahlzeiten und einem weichen Bett versorgt, das sie manchmal voller Hohn mit ihm geteilt und ihn dabei behandelt hatte, als wäre er ein Schüler in ihrer strengen sexuellen Akademie. »Langsam, mit Bedacht. Zärtlich! *Mon Dieu,* Junge, das ist doch kein Wettrennen!« Es stimmte, dass sie ihm akribisch alles beigebracht hatte, was ein Mann tun konnte. Er war fasziniert gewesen von ihren Lektionen und ihrer Attraktivität, aber es waren nie zärtliche Gefühle zwischen ihnen entstanden, und sein Vergnügen war begrenzt, da sich bei ihm sehr bald eine Abneigung gegen sie entwickelt hatte. Er wusste, dass sie ihn als grobschlächtigen Bauernjungen betrachtete, dem sie erst von Grund auf beibringen musste, wie man eine Frau befriedigte, ein uninteressanter Spanier, der die Regionalsprache Okzitanisch nur schlecht und Französisch so gut wie gar nicht sprach.

Und deshalb brach er mit einem unromantischen *»Adieu!«* am nächsten Morgen auf, so, wie er nach Frankreich gekommen war, leise, unbemerkt und ohne jemanden zu stören. Auf einer Schulter trug er eine Stofftasche mit Würsten, einem Baguette und einer Flasche Wasser, auf der anderen Schulter eine zusammengerollte Decke und ein Geschenk von Monsieur Mendès, einen kleinen ledernen Weinschlauch an einem Seilriemen. Die Sonne war kaum zu sehen, der Himmel grau wie ein Taubenhals, der Tag kühl, aber trocken, und die staubige Straße fest – gute Bedingungen für einen Fußmarsch. Zum Glück waren seine Beine und Füße von der Arbeit gestählt. Er hatte einen weiten Weg vor sich und schritt deshalb beharrlich, aber ohne Hast aus.

Sein Ziel an diesem ersten Tag auf der Straße war ein *château* im Dorf Ste. Claire.

Als er dort ankam, ging er zu der kleinen Kirche St. Nazaire und fragte den Priester nach dem Weg zum Weingut eines Mannes namens Charles Houdon, eines Freundes von Léon Mendès, und als er das Gut gefunden und Monsieur Houdon die Grüße von Monsieur Mendès ausgerichtet hatte, erlaubte ihm Houdon, in seinem Fassraum zu schlafen.

Als der Abend hereinbrach, saß er vor den Fässern auf dem Boden und aß Brot und Wurst. Houdons Fassraum war makellos sauber. Die schwere Süße der gärenden Trauben konnte den herben Geruch neuen Eichenholzes nicht überdecken und auch den Gestank des Schwefels nicht, den die Franzosen in ihren Flaschen und Fässern verbrannten, um sie zu sterilisieren. In Südfrankreich wurde sehr viel Schwefel verbrannt, man hatte große Angst vor allen Krankheiten, vor allem aber vor Phylloxera, einer Seuche, die die Weingärten im Norden vernichtete und verursacht wurde von einer winzigen Laus, der Reblaus, die an den Wurzeln der Stöcke saugte. Dieser Fassraum erinnerte ihn an den auf Mendès' Weingut, auch wenn Léon Mendès rote Weine machte und Houdon nur Weißweine aus der Chardonnay-Traube herstellte, wie Josep erfahren hatte.

Josep bevorzugte Rotwein, und jetzt gestattete er sich einen Schluck aus seinem Schlauch. Der Wein blühte in seinem Mund auf, scharf und rein – *vin ordinaire,* ein gewöhnlicher Wein, den sich in Frankreich auch die Arbeiter leisten konnten, aber doch viel besser als alles, was Josep je in seinem Dorf getrunken hatte.

Lesen Sie weiter in:

»Der Katalane«

von Noah Gordon